Der edle Satyr

LUCINDA BRANT BÜCHER

— Roxton-Familiensaga —
DER EDLE SATYR
HEIRAT UM MITTERNACHT
HERZOGIN DES HERBSTES
TEUFELSKERL DAIR
DIE STOLZE MARY
DER SOHN DES SATYRS

— Salt Hendon-Serie —
DIE BRAUT VON SALT HENDON
RÜCKKEHR NACH SALT HENDON

— Alec-Halsey-Krimis —
TÖDLICHE VERLOBUNG
TÖDLICHE AFFÄRE
TÖDLICHE GEFAHR
TÖDLICHE VERWANDTSCHAFT

ÜBER DIE AUTORIN

Wenn ich nicht in meiner Sänfte durch das London des 18. Jahrhunderts schaukele oder mit parfümierten Hofleuten mit Schönheitspflästerchen in den vergoldeten Salons von Versailles den neuesten Klatsch austausche, schreibe ich preisgekrönte historische Liebesgeschichten und Krimis (die auch ihre Liebesgeschichten enthalten) aus der georgianischen Zeit. Meine Bücher spielen im georgianischen England des 18. Jahrhunderts, mit gelegentlichen Ausflügen auf den europäischen Kontinent. Ich lege die Zügel bei der französischen Revolution, wo ich ein früheres Leben wegen meines unverzeihlichen hedonistischen Lebensstil als faule Aristokratin beendet habe, nieder.

lucindabrant@gmail.com	|	lucindabrant.com
pinterest.com/lucindabrant	|	twitter.com/lucindabrant
facebook.com/lucindabrantbooks	|	youtube.com/lucindabrantauthor

SUSANNE DÖRING

BÜCHER WAREN IMMER mein größtes Vergnügen; indem ich sie übersetze, kann ich sie auch mit denen teilen, die lieber auf Deutsch lesen. Ihre Meinung ist mir wichtig, Sie erreichen mich unter:

werrakind@gmail.com

Der edle Satyr

Ein Liebesroman aus dem 18. Jahrhundert

Prequel der Reihe über die Geschichte der Familie Roxton

Lucinda Brant

Übersetzt von Susanne Döring

Ein Sprigleaf-Buch
Veröffentlicht von Sprigleaf Pty Ltd

Der edle Satyr: Ein Liebesroman aus dem 18. Jahrhundert
Copyright © 2020 Lucinda Brant
www.lucindabrant.com
Englischer Originaltitel: Noble Satyr
Deutsche Übersetzung: Susanne Döring
Redaktion & Korrektur: Stef Mills
Titelmodelle: Nicole Russack & Andy Peeke
Photographie, Kunst & Design: Sprigleaf & GM Studios
Modeschmuck: Kimberly Walters, Sign of The Gray Horse
Reproduction und historisch inspirierter Schmuck

Gesetzt in Adobe Garamond Pro.

Auch als E-book, Hörbuch und in anderen Sprachen.

ISBN 978-1-925614-56-5

10 9 8 7 6 5 4 3 2 1 (s) I

für meinen Ehemann

BJB

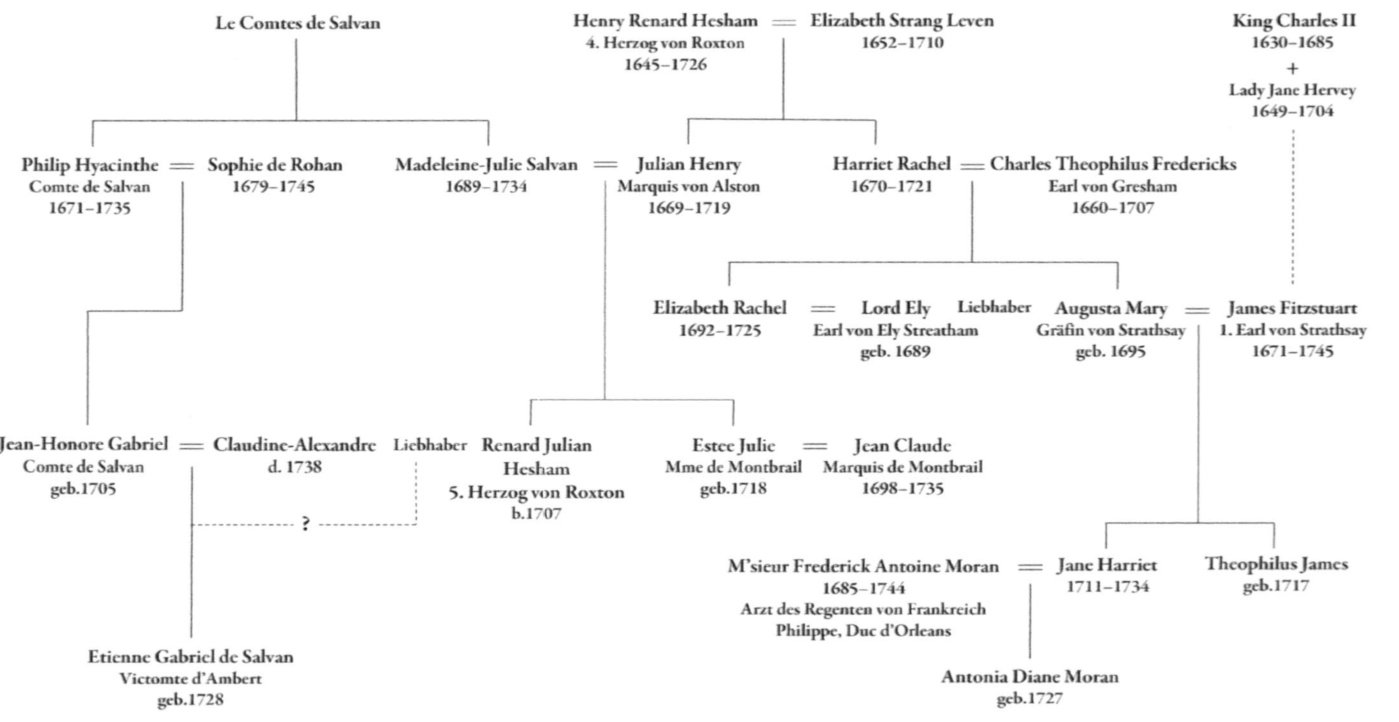

Le Comtes de Salvan
Henry Renard Hesham
4. Herzog von Roxton
1645–1726
Elizabeth Strang Leven
1652–1710
King Charles II
1630–1685
+
Lady Jane Hervey
1649–1704
Philip Hyacinthe
Comte de Salvan
1671–1735
Sophie de Rohan
1679–1745
Madeleine-Julie Salvan
1689–1734
Julian Henry
Marquis von Alston
1669–1719
Harriet Rachel
1670–1721
Charles Theophilus Fredericks
Earl von Gresham
1660–1707
Elizabeth Rachel
1692–1725
Lord Ely
Earl von Ely Streatham
geb. 1689
Liebhaber
Augusta Mary
Gräfin von Strathsay
geb. 1695
James Fitzstuart
1. Earl von Strathsay
1671–1745
Jean-Honore Gabriel
Comte de Salvan
geb.1705
Claudine-Alexandre
d. 1738
Liebhaber
Renard Julian
Hesham
5. Herzog von Roxton
b.1707
Estee Julie
Mme de Montbrail
geb.1718
Jean Claude
Marquis de Montbrail
1698–1735
?
M'sieur Frederick Antoine Moran
1685–1744
Arzt des Regenten von Frankreich
Philippe, Duc d'Orleans
Jane Harriet
1711–1734
Theophilus James
geb.1717
Etienne Gabriel de Salvan
Victomte d'Ambert
geb.1728
Antonia Diane Moran
geb.1727

TEIL I

IM FRANKREICH LUDWIGS XV

EINS

DER COMTE DE SALVAN SCHWANKTE AUF SEINEN ROTEN ABSÄTZEN die *Grand Escalier* des Palastes von Versailles zum ersten Stock hinauf und durchquerte den Herkules-Salon, wobei er sich vor allen verbeugte und denen, die ihn grüßten, mit dem Taschentuch zuwinkte. Die Pracht dieses großen, reich verzierten Marmorsaals war ihm ein Trost, er schob die Warnung des Chevaliers beiseite und atmete ruhig durch. Er blieb stehen, um mit zwei Bekannten, die an einer Sarrancolin-Marmorsäule herumstanden, Schnupftabak zu nehmen, und suchte in der Menge gepuderter, bändergeschmückter Adliger, die das *Appartement* betraten, nach seinem Sohn. Da er keinen Erfolg hatte, vertrieb er den launischen Jungen aus seinen Gedanken und hoffte, das eine schöne Gesicht unter Hunderten zu erblicken, dessen Eigentümerin er zu erobern wünschte. Leider war sie noch nicht erschienen.

Er war einer der letzten, die das *Appartement* betraten. Es war überfüllt und er konnte das Orchester hören, hatte aber keine Gelegenheit, dessen Mitglieder aus dem hinteren Teil des Raumes heraus zu sehen. Er erspähte den Duc de Richelieu, der gerade aus dem Exil im Languedoc zurückgekehrt war, und dicht an seiner Seite, sich träge fächelnd, Madame de la Tournelle. Sie prangte in Röcken aus blauem Damast, bestickt mit großen Blumensträußchen, und zeigte ein schönes Handgelenk, geschmückt mit milchigen Perlensträngen. Lange Zeit bemerkte er nicht, dass der Herzog von Roxton an seiner Seite stand.

„Ihr werdet das, wonach Ihr sucht, nicht finden", näselte der Herzog von Roxton, sein Augenglas fest auf Madame de la Tournelle gerichtet. „Der von Euch gesuchte ist nicht anwesend."

Salvan fuhr herum und starrte in das ausdruckslose, hakennasige Profil.

„Haltet weiter Maulaffen feil und ich werde woanders hingehen“, murmelte der Herzog. „Mademoiselle Claude macht mir seit einer halben Stunde Zeichen mit ihrem Fächer. Neben diesem Eisklumpen zu sitzen ist immer noch besser, als von Euch mit Blicken durchbohrt zu werden, liebster Cousin.“

Salvan klappte laut einen Fächer aus bemalter Hühnerhaut auf und fächelte sich damit wie eine Frau, während sein suchender Blick wieder zu dem Meer aus Seiden und Spitzen zurückkehrte.

„Wegen dieser Hexe verlassen zu werden, wäre eine Beleidigung, die ich nicht ertragen könnte, *mon cousin*. Ihr habt mich nur erschreckt.“

„Ich wiederhole, Eure Suche ist sinnlos.“

„Ah! Ihr seht, wie ich nach Gesichtern schaue. Das tue ich immer. Es hat keine Bedeutung“, sagte Salvan obenhin. „Dachtet Ihr, ich hielte nach jemand Besonderem Ausschau? Nein! Nach wem – nach wem, glaubt Ihr, hätte ich suchen sollen?“

„Mein lieber Salvan“, näselte der Herzog, „nach Eurem Sohn, Eurem gehorsamsten Sohn.“

„D'Ambert? Ja – ja – natürlich nach meinem Sohn!“, sagte Salvan erleichtert. Er wandte sich rechtzeitig für eine letzte Runde höflichen Beifalls wieder der Vorstellung zu. Als der König sich verabschiedet hatte, schob Salvan seinen Arm durch den seines Cousins. Sie gingen ein Stück weiter in eine Ecke des Raums, die weniger überfüllt war, um besser beobachten zu können, wie das Publikum sich zerstreute. „Dieser grässliche Lärm hat ein Ende, Gott sei Dank. Habt Ihr Euch ebenso gelangweilt wie ich? Antwortet nicht. Ich weiß es! Wo seid Ihr gewesen, *mon cousin*? Ich habe Euch in den Gängen des Palastes in der letzten Woche vermisst. Sagt mir nicht, Ihr wäret unser müde und bliebet lieber in Paris? Oder seid ihr dessen müde, was im Angebot ist?“

Sie verbeugten sich vor einer vorüber gehenden Schönheit, deren Haare zu einer auffälligen Kreation aus Federn und Perlen frisiert war und deren Lippen köstlich rot geschminkt waren.

„Sie versucht, Eure Aufmerksamkeit auf sich zu ziehen, Roxton. Das wäre eine, die Eure Langeweile heilen könnte.“

„Madame ist den Versuch nicht wert.“

„*Parbleu*! Wie glücklich sind die, die es sich leisten können zu wählen.“

Roxton nahm eine Prise Schnupftabak und schnippte ein Stäubchen der feinen Mischung von einem breiten Samtaufschlag. Er zuckte mit den Schultern. „Es ist offensichtlich, dass *M'sieur le comte* nicht das – äh – *Privileg* hatte, Madame ohne ihre sorgfältige Bemalung und ihr stützendes Mieder zu sehen. Ihr könnt sie gerne haben, wenn sie nach Eurem Geschmack ist."

„Nein. Ich nicht!"

„Nein. Euer Geschmack richtet sich eher auf die – äh – *Uneingeweihten*, nicht wahr, mein lieber Cousin?"

Es gab eine winzige Pause, bevor der Comte sich zu einem spröden Lachen zwang. Er tippte mit den silbernen Stäbchen seines Fächers auf den Samtärmel des Herzogs. „Das ist auch gut so, sonst würden wir einander am Ende in die Quere kommen und das fände ich überhaupt nicht amüsant!"

„Ihr könnt beruhigt sein, mein Lieber", sagte der Herzog glatt und erlaubte es seinem Augenglas, an seinem Seidenband hinabzuhängen. „Ich habe noch nie den Drang danach verspürt, Kindermädchen zu spielen und beabsichtige auch nicht, das zu ändern."

Salvan wurde gegen seinen Willen rot. Er wechselte sofort das Thema.

„Habt Ihr Richelieu gesehen? Er ist seit letzter Woche wieder bei Hofe. Man sagt, er und die Tournelle beabsichtigen, die langweilige Schwester zu vertreiben, sobald sie das fertigbringen. De Mailly ahnt von dem Ganzen nichts! Sie wird sich in der Verbannung wiederfinden, bevor sie weiß, wie ihr geschieht und ..."

„Mein Lieber, das sind alte Nachrichten", unterbrach der Herzog. „Aber vielleicht sind sie für Euch neu? Ihr müsst weniger Zeit damit verbringen, in den Gängen herumzulungern und viel mehr Zeit zwischen den Laken."

„So wie Ihr?", fauchte Salvan, bevor er sich beherrschen konnte.

Roxton machte ihm eine prächtige Verbeugung. „So wie ich", bestätigte er.

„Ha! Ein neuartiger Ansatz. Erzählt mir nicht, dass Ihr Energie auf Gespräche verschwendet."

„Ich hatte nicht vor, Euch etwas dieser Art zu erzählen, mein Lieber", kam die unverfrorene Antwort. Die schwarzen Augen des Herzogs beobachteten, wie ein Sturm über das verlebte Gesicht seines Cousins glitt, lachte leise und lenkte das Thema auf seine Schwester. „Madame lässt grüßen", sagte er höflich. „Sie fragt, wann Ihr das nächste Mal die Absicht hättet, Paris zu besuchen. Sie sehnt sich danach, den neuesten Hofklatsch zu hören, den zu wiederholen ich nicht übers Herz bringe. Ich sagte, ich würde Euch in ihrem Namen darum ersuchen und Euch bitten, sie zu besuchen. Ich bitte und habe meine Pflicht erfüllt. Den Rest überlasse ich Euch."

Die Erwähnung der schönen Schwester des Herzogs verwandelte

den Comte de Salvan sofort, wie Roxton es erwartet hatte. Er klatschte entzückt in die Hände.

„Estée hat um meinen Besuch gebeten? Ihr scherzt nicht?", sagte er erwartungsvoll und ging neben dem Herzog her, als dieser aus dem *Appartement* hinausschritt, den Herkulessaal durchquerte und die Treppe hinabging. „Ist sie bei guter Gesundheit? Langweilt sie sich in diesem Eurem trostlosen *hôtel* zu Tode? Ihr seid höchst grausam zu ihr, Roxton! Solche Schönheit verdient es, bewundert, angebetet und geschätzt zu werden. Sie ist seit sieben Jahren oder mehr nicht mehr bei Hofe gewesen. Sie ist die Witwe von Jean–Claude de Montbrail, dem unter Louis' Generälen, dem er die höchste Auszeichnung verliehen hatte. Wenn er nicht in der Blüte seiner Jahre niedergemacht worden wäre, würde Estée jetzt bei Hofe sein."

„Ja, ich verbiete es ihr, zu Hofe zu gehen. Das ist mein Recht."

„Selbst angesichts Louis' Missfallens?", flüsterte der Comte de Salvan und schaute sich rasch und nervös über seine gepolsterte Schulter um. „Ich kann Eure Privataudienz nicht vergessen", fuhr er mit Schaudern fort. „Ich wurde ohnmächtig. Ich erwartete einen *lettre de cachet*, mindestens. Ich danke Gott, dass es nicht dazu kam. Noch immer kann *Sa Majesté* Euch kaum ertragen. Er vergibt solche Kränkungen nie, *mon cousin*. Er könnte etwas nachgiebiger sein, wenn Ihr Eurer Schwester gestatten würdet, an den Hof zurückzukehren…"

„Ich bin an Louis' Meinung über mich nicht im Geringsten interessiert."

„*M'sieur le duc*! Bitte!", keuchte Salvan mit brüchiger Stimme. „Nicht so laut. Ich flehe Euch an!"

Der Herzog blieb im Vestibül stehen, das in den Marmorhof hinausführte, um es einem Lakaien zu erlauben, ihm in seinen mit vielen Kragen besetzten Umhang zu helfen.

„Ich wiederhole. Was Euer König von mir oder meinem Handeln denkt, ist von höchster Gleichgültigkeit für mich. Ihr vergesst, dass ich von gemischtem Blut bin. Ich bin nur zur Hälfte Franzose, und das von meiner Mutter Seite. Meine Treue gehört einem in Deutschland geborenen König, der auf dem englischen Thron sitzt. So bedauerlich dieser Umstand für viele sein mag, er dient einem Zweck. Und ich bin ein Lord jenes Königreichs, nicht dieses, daher muss ich meine Handlungen nicht gegenüber Eurem Lehensherrn rechtfertigen. Wenn meine Anwesenheit an diesem Hof Euch stört, mein lieber Cousin, so sei es euch freigestellt, Euch von meiner Familie zu distanzieren." Er verbeugte sich höflich. „Versailles ist für Menschen mit edlem Charakter, wie meine Schwester, kein Ort."

Der Comte de Salvan trottete hinter ihm nach draußen, während ein Diener mit einer Fackel ihnen rasch auf den Fersen folgte. „Und was ist mit dem Rest von uns?"

„Die von uns, die von edler Geburt sind, aber keinen Charakter haben, amüsieren sich, so gut sie können. Ich wünsche Euch eine gute Nacht."

Als er halb über den Hof gegangen war, fielen Salvan zwei sich im Schatten bewegende Gestalten auf und er schnappte hastig nach Luft. Sofort versuchte er, den Herzog mit einer belanglosen Geschichte über eine berüchtigte Frau und ihren gegenwärtigen Geliebten abzulenken, während er sich der erhobenen Stimmen bewusst war, die aus den dunklen Nischen des königlichen Hofes über die offene Fläche drangen. Doch der Herzog von Roxton ließ sich nicht ablenken. Er lauschte dem Geschwätz seines Cousins, während er ein Paar schwarzer Glacéhandschuhe überstreifte und dann urplötzlich die Richtung änderte, um in Richtung dieser Stimmen zu schlendern. Sein Cousin stieß hinter seinem Rücken einen Laut des Protestes aus und folgte ihm dann, so gut er es auf den hohen, roten Absätzen konnte.

Ein schmaler Jüngling, reich in flohfarbenen Satin gekleidet, den er unter einem sorglos über seine Schultern geworfenen Umhang verbarg, und ein Mädchen, dessen Kleid sich unter einem schäbigen Wollumhang verbarg, der für ihre kleine Gestalt zu lang war und daher durch den Schlamm geschleppt wurde, duckten sich unter einen Torbogen aus roten Backsteinen. Im Lichtschein einer flackernden Fackel waren sie in eine erhitzte Diskussion vertieft, der Jüngling hatte einen Arm zur gegenüberliegenden Wand ausgestreckt, um dem Mädchen den Ausgang zu versperren.

Der Herzog kam ihnen nicht so nahe, dass er sie gestört hätte, doch zeigte er genug Interesse, dass er sein Augenglas hob. Bald schloss sich ihm der Comte de Salvan an, der mit seinen hohen Absätzen über die Kieselsteine gehumpelt kam. Der Comte war bis auf die Knochen durchgefroren, da er seinen Umhang nicht mit herausgebracht hatte und verfluchte im Geiste das Andenken seines Vaters, weil dieser zugelassen hatte, dass sein Name auf ewig mit einer Familie ketzerischer Engländer verbunden wurde, die er für all sein vergangenes und gegenwärtiges Unglück verantwortlich machte.

„Erlaubt mir zu erklären", krächzte Salvan, nach Atem ringend.

„Erklären?", schnurrte der Herzog. „Das ist nicht notwendig. Euer so ergebener Sohn ist alt genug, um seine eigene Handlungsweise zu verteidigen."

Der Vicomte d'Ambert verzweifelte daran, Antonia zur Vernunft zu bringen. Er knurrte ungeduldig und schaute in die schwarze Nacht.

„Ich sagte Euch, es ist unmöglich!", verkündete er. „Warum wollt Ihr es nicht verstehen? Von dem Augenblick an, wo Ihr den Palast verlasst, kann ich Euch nicht mehr beschützen. Bisher habt Ihr es geschafft, ihm auszuweichen. Ich sage, wir warten auf Nachricht aus Saint–Germain. Wenn wir wissen, wie es Eurem Großvater geht, wird uns etwas einfallen. Das verspreche ich Euch."

„Ihr seid derjenige, der nichts versteht, Étienne!"

„Antonia, ich …"

„Mein *grandpère* liegt im Sterben", verkündete Antonia kurz. „Er ist nach Saint–Germain gegangen, um zu sterben, nicht um zu jagen oder sich an Ausschweifungen zu beteiligen, sondern um zu sterben. Er ist alt und krank und seine Zeit ist gekommen. Das ist nicht zu ändern. Ihr haltet mich für gefühllos, weil ich die Wahrheit ausspreche? Nun, es ist das Beste, dass ich mir eingestehe, wie es um ihn steht und mir nicht erlaube, mir den Kopf mit dummen Erwartungen vollzustopfen. Und erzählt mir nicht das Gegenteil! Sagt nicht, ich müsste Hoffnung haben, weil ich weiß, dass Ihr das nur sagen würdet, weil ich eine Frau bin und Ihr versuchen wollt, mich vor der Wahrheit zu schützen. Solche Galanterie ist an mich verschwendet, Étienne." Als er schwieg und sich weigerte, sie anzuschauen, versuchte sie, ihn aufzumuntern. „Schmollt nicht. Ihr wisst, was ich sage, ist die Wahr…"

„… die Wahrheit?", wiederholte er zornig. „Ja, es ist die Wahrheit. Ich wünschte, es wäre nicht so!"

„Wenn Ihr mich nach Paris bringen würdet, könnte ich allein nach London weiterreisen. Euer Vater wird mich in Paris nicht finden, es ist eine zu große Stadt und ich habe das Geld, das *grandpère* mir gegeben hat …"

„… um was zu tun?" Der Vicomte hob in einer Geste der Hoffnungslosigkeit den Arm. „Das ist verrückt, Antonia. Ihr, ein hübsches Mädchen allein in Paris, mit nicht einmal einer Zofe zur Begleitung? Gott gebe mir Geduld! Ihr würdet keinen Tag überleben."

„Das glaubt Ihr? Ich habe keine Angst vor einer großen Stadt. Vater und ich haben in vielen fremden Städten gelebt und uns prächtig amüsiert."

D'Ambert lachte. „Nur ein unwissendes Kind würde mir eine solche Antwort geben."

„Ihr seid achtzehn Jahre alt, macht das nicht *Euch* zu einem Kind?", erwiderte Antonia.

Er ignorierte die Wahrheit in ihren Worten. „Seid Ihr je in Paris gewesen?"

„Was soll das bedeuten?"

„Habt Ihr je allein eine Postkutsche genommen?"

„Nein. Aber ich bin nicht so ahnungslos, dass ich davor zurückschrecken würde, eine öffentliche Kutsche zu benutzen."

„Und wenn Ihr die Postkutsche nach Calais findet und durch ein Wunder auf eine Fähre nach Dover gelangt, was dann? Immer vorausgesetzt, dass keine dieser Reisen Euch in die geringste Gefahr bringt – ein weiteres Wunder – was dann? Ihr seid noch nie in England gewesen. Ich bezweifle, dass Ihr die barbarische englische Sprache sprecht."

„Falsch! Ich spreche sie", verkündete Antonia stolz. Das höhnische Lachen des Vicomtes ließ sie erröten. „Es ist sehr lange her, dass ich die englische Sprache mit Maman benutzt habe, aber – aber – ich kann *grandpères* englische Zeitungen lesen. Und es ist nicht so, als verstünde ich nicht das meiste. Das ist das kleinste Problem."

„Das ist sehr richtig, denn Ihr würdet, kaum dass Ihr in einer Pariser Straße abgesetzt werdet, bereits von einem der tausend Schurken dort entführt werden. Vor Einbruch der Nacht wäret Ihr in einem Bordell eingesperrt und Eure Gunst von einer fetten Puffmutter an den Höchstbietenden verkauft worden. Ist es das, was Ihr wollt?"

„Kein schlimmeres Schicksal als das, was mich erwartet, sollte ich hierbleiben."

Der Mund des Vicomtes blieb bei dieser Aussage offenstehen, doch es gab nichts, was er zur Antwort darauf hätte sagen können. Er kannte den Plan seines Vaters sehr wohl und er machte ihn krank. Er gab dem Earl von Strathsay an seinen derzeitigen Schwierigkeiten die Schuld. Der alte Mann hätte Antonia bis zu seiner Rückkehr mit einer strengen Gouvernante in Rom lassen sollen. Ein Kloster war für Mädchen ihrer Herkunft besser geeignet, wo sie vor Lüstlingen wie seinem Vater geschützt waren. Aber welche Klosterschule hätte sie aufgenommen, wenn sie sich selbst angesichts des Zorns ihres Großvaters dickköpfig weigerte, sich zur einzig wahren Kirche zu bekennen?

Er wünschte, seine Hände würden aufhören zu zittern. Er fühlte sich heiß und verschwitzt in seinem Rock trotz des bitterkalten Winds, der durch den Torbogen pfiff. Sein Diener hielt einen Leuchter näher, um Licht in seine Taschen zu bringen, als er nach seiner Schnupftabakdose suchte. Zwei Prisen dieser Mischung, und in kürzester Zeit würde das Zittern aufhören und er würde sich ruhiger fühlen, besser fähig, darüber nachzudenken, was er als Nächstes tun sollte. Aber was könnte er tun? Was sollte er tun? Ganz gleich, dass Antonia jung und schön war; am Hofe gab es viele solcher Mädchen. Warum konnte sein Vater keine andere Ablenkung finden, um sich zu zerstreuen? Aber der Vicomte kannte die Antwort. Zu Antonias großer Schönheit gesellte sich ein starker Wille und eine naive Freude am Leben. Und sie war Jungfrau – eine Seltenheit an einem Ort wie Versailles. All das übte eine starke Anziehung auf einen so abgestumpften *roué* wie seinen Vater aus. Und sein von Gelbsucht gefärbtes Auge war nicht das einzige, das in Antonias Richtung geworfen wurde, dachte d'Ambert mit wachsender Verzweiflung.

Antonia berührte seinen Arm. „Also werdet Ihr mich nach Paris bringen?"

„Ihr wisst, warum ich das nicht kann. Mein Vater hat mir mit einem *lettre de cachet* gedroht."

„Das kann ich nicht glauben. Er ist Euer Vater, nicht Euer Gefängniswärter. Warum sollte er so etwas tun? Ihr seid sein einziger Sohn. Es ist unbegreiflich."

„Würde ich Euch anlügen?", wollte er wissen.

Antonia sah ihn offen an, ihre klaren, grünen Augen musterten sein feuchtes Gesicht und sie schüttelte den Kopf. „Nein. Ihr würdet mich nicht belügen, Étienne. Er ist wirklich abscheulich, dass er mit so etwas droht. Würde das die Bastille bedeuten?"

„Oder irgendeine andere im Haftbefehl genannte Festung. Die stinkenden unterirdischen Kerker der Festung Bicêtre, wenn es seinen Zwecken dient. Dort ist alles in völliger Dunkelheit. Tod bei lebendigem Leib! Und solange es dem König beliebt. Ich könnte es nicht ertragen."

„Er würde Euch niemals dorthin schicken", sagte Antonia zuversichtlich, obwohl der Gedanke an solche Folterstätten sie innerlich erschauern ließ.

„Salvan wird vor nichts Halt machen, bis er bekommt, was er will", sagte der Vicomte entmutigt. „Er will Euch und sagt, ich müsse Euch heiraten. Vielleicht ..."

Antonia blinzelte. „Aber ich will Euch überhaupt nicht heiraten."

„Es könnte Euch Schlimmeres geschehen, als in meine Familie einzuheiraten!", brauste Étienne auf.

Antonia lachte leise. „Schaut doch nicht so gekränkt. Wenn Ihr dieses Gesicht zieht, erinnert Ihr mich an den Erzbischof von Paris."

Er wurde rot und lächelte. „Es tut mir leid. Es ist nur ... wenn nicht die Absichten meines Vaters wären, würdet Ihr es vielleicht in Betracht ziehen?"

„Nein", sagte sie fest. „Ich liebe Euch nicht, Étienne. Es tut mir leid. Wenn ich heirate, dann aus Liebe. Mein Vater und meine Mutter haben aus Liebe geheiratet und ich werde mich nicht mit weniger zufriedengeben."

Der Vicomte verneigte sich spöttisch.

„M'sieur d'Ambert dankt Mademoiselle für ihre Offenheit. Mademoiselle hat eine völlig neue Vorstellung von Ehe. Vielleicht ist es meine Person, die Anlass zur Beanstandung gibt? Bin ich nicht groß genug? Zu jung? Zieht Ihr braune Augen blauen vor? Oder hat Mademoiselle höhere Ambitionen? Mein Name und meine Abstammung sind makellos, aber ich werde nur den Titel eines Comte erben. Vielleicht wünscht Ihr ein *tabouret*? Ja! Ihr wollt einen Herzog! Eh?"

„Jetzt benehmt Ihr Euch kindisch", sagte Antonia kühl. „Wenn Ihr das tut, mag ich Euch wirklich nicht." Sie wollte gehen, aber er versperrte ihr den Ausgang. „Lasst mich durch, Étienne. Es ist spät und Maria wird schelten, wenn ich nicht zurück bin, bevor sie zur Messe geht."

„Ich bin kindisch?", verlangte er zu wissen und ergriff ihren Arm unter dem Umhang. „Ihr, die Ihr Euch von einer Hure herumkommandieren lasst …"

„Maria ist nichts dergleichen!"

„Nein? Sie ist doch die Mätresse Eures Großvaters?"

„Ja …"

„Ja?"

„Sie liebt ihn, Étienne."

„Ihr seid ein Kind. Eine Hure ist eine Hure. Maria Casparti ist eine Hure! Eine *venezianische* Hure."

„Lasst mich los! Ihr tut mir weh!"

„Vielleicht hat die kleine Antonia einen bestimmten Edelmann im Sinn?", stichelte der Vicomte mit einem höhnischen Lächeln und verdrehte ihr den Arm. „Weist sie mich deshalb so leichthin ab? Lasst mich nachdenken, wer Euch interessieren könnte …"

„Ihr macht Euch doch gar nichts aus mir", sagte Antonia verärgert. „Erst vor drei Wochen wart ihr bis über beide Ohren in Pauline Alexandre de Rohan verliebt. Sie ist ein sehr schönes und gebildetes Mädchen und ich weiß, wenn es Euch ernst gewesen wäre, hätte Euer Vater gegen eine solche Verbindung nichts einwenden können. Sie mochte Euch auch gern …"

„Vielleicht zieht Mademoiselle Männer bloßen Jungen vor? Ist es mein Alter, das Euch abschreckt?", reizte der Vicomte sie. „Etwas am Alter und dem Ruf meines englischen Cousins fasziniert Euch, nicht wahr? Einmal habt Ihr viele Fragen über ihn gestellt und ich weiß, dass ihr Euch davongeschlichen habt, um ihn im Prinzenhof mit stumpfem Degen fechten zu sehen. Ich habe Euch verfolgen lassen. Mein englischer Cousin ist sehr gut mit dem Schwert. Er hat eines der besten Handgelenke in Frankreich. Er hat auch im Bett jeder Frau in diesem Palast geschlafen!"

„Was hat das zu sagen? Das haben drei Viertel aller Gentlemen am Hofe auch!"

„Ich gehöre nicht dazu", stellte der Vicomte hochmütig fest.

Antonia lächelte zu ihm auf. „Törichter Étienne. Das war das, was ich von Anfang an bei Euch bewunderte. Jetzt lasst mich bitte gehen. Ich bin sicher, dass mein Handgelenk blau angelaufen ist."

Er lachte verlegen auf und drückte ihr Handgelenk, bevor er sie losließ.

„Ich habe ein sehr übles Temperament", sagte er achselzuckend. „Ärgert mich nicht und ich werde Euch nicht weh tun, törichte Antonia. Wenn Ihr einen blauen Flecken habt, tut es mir leid. Vielleicht hören wir ja morgen aus Saint-Germain. Anders als Ihr verzweifle ich nicht und hoffe auf gute Nachrichten – was ist los?"

Antonia hörte das Echo hoher Absätze über den verlassenen Innenhof und hatte gesehen, wie der Diener des Vicomtes zusammenfuhr. Sie hob den Umhang auf, der bei d'Amberts rauer Behandlung heruntergefallen war und warf ihn hastig über ihr Kleid, ohne sich darum zu kümmern, dass Schlamm und Schmutz vom Pflaster auf ihre Röcke spritzten.

„Hört zu, Étienne", flüsterte sie. „Wenn wir erwischt werden –"

„Zu spät", antwortete er und trat in das blassorange Licht.

DER VICOMTE SAH ZU, WIE DER SCHEIN EINES LEUCHTERS SICH über den Hof ausbreitete, und drei Gestalten aus der Dunkelheit auftauchten. Sein ganzer Körper wurde steif und er zog Antonia hinter sich, als er die Eindringlinge mit einer steifen Verbeugung grüßte. Er wagte es nicht, seinen Vater anzusehen, der neben dem Herzog von Roxton stand.

„Guten Abend, *M'sieur le duc*", sagte er höflich.

Bevor der Gruß erwidert werden konnte, ging der Comte de Salvan auf seinen Sohn los. „Was macht Ihr hier?", fragte er in einem Falsett-Flüsterton. „Habe ich Euch nicht gewarnt? Mischt Euch nicht in meine Angelegenheiten! Ihr werdet alles ruinieren! Alles."

„*M'sieur*, lasst mich erklären –"

„*Taisez-vous!*", knurrte der Comte und verwandelte sich an Antonias gewandt sofort in den vergnügten Höfling. „Mademoiselle Moran, erlaubt mir, mich für das Verhalten meines gedankenlosen Sohnes zu entschuldigen. Euch in einer so kalten Nacht ins Freie zu bringen ist unverzeihlich. Er ist ein Trottel! Ein rücksichtsloser Narr! Ich würde tausend Qualen durchleiden, wenn ich denken müsste, dass ein wertloses Stück meines Fleisches Euch die geringste Unannehmlichkeit verursacht hätte."

Er trat einen Schritt auf sie zu, doch Antonia zuckte zurück, was seinen Sohn dazu veranlasste, sich gerade aufzurichten. Das erzürnte den kleinen Mann, doch das schmeichelnde Lächeln blieb fest auf seinem geschminkten Gesicht fixiert. „Kommt schon, Ihr müsst Euch vor Salvan nicht fürchten. Er denkt an nichts anderes als Euer Wohlergehen und wie er Euch am besten zu Diensten sein kann." Er funkelte das ungerührte Gesicht seines Sohnes böse an. „Was hat mein Sohn gesagt, dass Ihr Euch vor dem armen Salvan fürchtet?"

„Pardon, *M'sieur le comte*, aber was ich mit *M'sieur d'Ambert* bespreche, ist nicht Eure Angelegenheit."

Salvans Lächeln wurde angespannt. „Verzeihung, Mademoiselle, aber wenn mein Sohn es sich in den Kopf setzt, sich mit unbegleiteten und sehr hübschen Damen zu treffen, ist das sehr wohl meine Angelegenheit." Er verbeugte sich förmlich.

Antonia fühlte sich etwas davon gestört, dass der Herzog von Roxton sie weiter lässig durch sein Augenglas musterte, ließ sich davon aber nicht abhalten, dem Comte zu antworten. „Verzeihung, *M'sieur le comte*, mir war nicht klar, dass *M'sieur le comtes* Leben von solcher Langeweile ist, dass er seinem Sohn nachspionieren muss."

Weit davon entfernt, sich beleidigt zu zeigen, klatschte der Comte de Salvan vor Entzücken in die Hände. „Ist sie nicht erfrischend, Roxton? Welch ein Esprit! Und bei jemand so Jungem! Mademoiselle ist göttlich. Seid Ihr nicht auch meiner Meinung, *mon cousin*? Was sie wohl als Nächstes sagen wird?"

Der Herzog ignorierte den Überschwang seines Cousins und ließ sein Augenglas fallen. Die hochmütige Haltung, wie das Mädchen das Kinn anhob, und das unverschämte Funkeln ihrer grünen Augen reizte ihn.

„Euch fehlt es an Manieren", sagte er zu Antonia und wandte sich ab in die Dunkelheit. „Begleitet mich zu meiner Kutsche, Salvan", befahl er. „Der Junge kann das Mädchen zurück ins Kinderzimmer bringen."

Salvans Gesicht wurde lang und seine Schultern sanken herab. „Aber, *mon cousin* ..."

„Verzeiht, *M'sieur le duc*", erwiderte Antonia, „aber da Ihr Euch weigert, unsere Verwandtschaft anzuerkennen, habt Ihr kein Recht, Euch über meine Manieren aufzuhalten."

„Antonia, *nein*", flüsterte der Vicomte und spürte, wie seine Knie vor Nervosität nachgeben wollten, als der Herzog von Roxton, der noch keine zwei Schritte zurückgelegt hatte, sich umdrehte und zurückkam, um sich vor Antonia aufzubauen.

Der Vicomte zupfte am Ärmel des Mädchens, um sie hinter sich zu schieben, aber sie rührte sich nicht. Sie stand tapfer neben ihm, der Hauch von Farbe auf ihren kalten, blassen Wangen das einzige Zeichen ihrer Nervosität.

„*M'sieur le duc*, ich bitte Euch, Mademoiselle zu vergeben, sie ...“

„Schweig, d'Ambert!“, zischte der Comte de Salvan. „Wenn jemand im Namen von Mademoiselle bitten soll, bin ich das, du Trottel!“

Vater und Sohn wurden ignoriert.

„Anders als mein geschätzter Cousin finde ich Mademoiselle nicht amüsant“, verkündete der Herzog eisig; in seinen schwarzen Augen, die sie unverwandt anstarrten, spiegelte sich unterdrückter Ärger. „Ihr verwechselt Frechheit mit Witz. Ein paar Jahre mehr im Schulzimmer könnten diesen Fehler korrigieren.“

Antonia gab vor, eingeschüchtert zu sein und senkte ihre Wimpern mit einem Seufzer der Resignation.

„Leider wird man mir nicht die Gelegenheit zu einer solche Besserung geben, *M'sieur le duc*“, antwortete sie verzagt mit einem flüchtigen Blick auf den Comte de Salvan, „das heißt, es sei denn, dass *M'sieur le duc* sich unserer Verwandtschaft erinnern will ...“

Der Herzog erfasste die Bedeutung ihres Blicks, ließ sich aber von ihrer vorgetäuschten Demut nicht zum Narren halten. Er sah das Grübchen in ihrer linken Wange und wusste, was sie zu tun versuchte. Es ärgerte ihn mehr, als es das hätte tun sollen. Er würde sich zu nichts zwingen lassen, von niemandem, schon gar nicht von so einem unverschämten jungen Ding, dessen unordentliches Haar und schlecht sitzende Kleidung einem Straßenkind besser angestanden hätten als der Enkelin eines hochdekorierten Generals und Earls. Er biss die Zähne zusammen.

„Ich bin nicht für Euch verantwortlich.“

„Natürlich nicht“, verkündete der Comte de Salvan mit einem gezwungen leichtherzigen Lachen, das parfümierte Taschentuch vor seine dünnen Nasenlöcher gepresst, jedoch ein misstrauisches Auge auf die unerbittlichen Züge des Herzogs haltend. „Mademoiselle hat einen Großvater, dem nur ihr Bestes am Herzen liegt. *Enfin.* Soviel dazu, lasst mich Euch jetzt zu Eurer Kutsche begleiten, *mon cousin*, bevor wir uns alle in dieser Nachtluft den Tod holen.“

„Die Vorstellungen meines *grandpère* stimmen nicht mit dem letzten Willen und Testament meines Vaters überein“, erklärte Antonia dem Herzog und ignorierte den Comte. „Mein Vater hat *M'sieur le duc* vor seiner letzten Krankheit aus Florenz eine Abschrift seines Testaments geschickt. "

Falls Frederick Moran ihm eine Abschrift seines Testaments geschickt hatte, war das dem Herzog neu und in seinen schwarzen Augen stand Überraschung. Doch das Mädchen musterte ihn weiter mit ihren klaren, grünen Augen, Augen, die voller Anklage waren; als ob er die letzten Wünsche ihres Vaters gelesen und absichtlich ignoriert hätte und sich deshalb ihr gegenüber verantworten müsste. Unverschämtes Geschöpf. Er würde ihr nicht die Befriedigung einer Antwort gewähren, und mit einem Nicken in die Richtung des Vicomte d'Ambert drehte er sich auf dem Absatz um und winkte den Comte zu, ihn zu begleiten.

Mit einem kleinen, wissenden Lächeln beobachtete Antonia, wie der Herzog in die Dunkelheit hineinschritt, taub für den Monolog des Vicomtes darüber, wie ihr ungezogenes Benehmen sie beide in Schwierigkeiten bringen würde. Der Herzog mochte zornig auf sie sein, tatsächlich deutete der Ausdruck auf seinem Gesicht an, dass er ein für alle Mal genug von ihr hatte. Doch war Antonia zufrieden mit diesem Zusammentreffen in später Nacht, denn anders als das halbe Dutzend Briefe, die sie ihm wegen ihrer misslichen Lage geschrieben hatte, schien dies endlich sein Gewissen getroffen zu haben.

Voller Zuversicht, Versailles bald verlassen zu können, hatte sie keine Zeit zu verlieren. Sie musste dafür sorgen, dass ihre Portmanteaux gepackt und für die Flucht aus diesem Palast und der bedrohlichen Nähe des Comte de Salvans bereitstünden. Sie würde bei dem Maskenball in zwei Tagen in der *Galérie des Glaces* den Herzog von Roxton zwingen, ihr beizustehen. Sie lächelte über ihre eigene Klugheit. Sie zog den übergroßen Umhang um ihre kleine Gestalt und rannte über den Marmorhof auf die Palastgebäude zu, während sie dem Vicomte zurief, dass sie eine gute Läuferin wäre und vor ihm bei den Räumen Maria Caspartis ankommen würde.

ZWEI

Eine Stunde später schwenkte die Stadtkutsche des Herzogs von Roxton durch die schwarzen Eisentore seines *hôtels* in der Rue St. Honoré ein. Die vier Kastanienbraunen glänzten vor Schweiß, sie warfen ihre Köpfe hoch, durch ihre geweiteten Nasenlöcher stiegen heiße Atemwolken in die schwarze Nacht. Stalljungen rannten zu den Köpfen der Pferde. Livrierte Lakaien verteilten sich über den Hof. Der Portier öffnete die massive, eisenbeschlagene Eingangstür weit und verbeugte sich tief.

Überall herrschte geordnetes Chaos.

Der Kutscher sprang mit einem Schnauben von seinem Bock und zog sich die Lederhandschuhe aus. Als ein Lakai mit erwartungsvollem Blick an seine Seite eilte, zeigte er mit einem Daumen hinter sich auf die Kutsche und hob seine dicken Augenbrauen.

„Heute hat er es in sich", murmelte Baptiste, der Kutscher. „Sag es Duvalier. Zwei Wagen auf der *Pont de Sèvres* umgeworfen und beinahe noch ein Unfall mit einem *coucou* auf dem *Quai de Passy*. Heute Nacht hatte er den Teufel im Leib!"

„Was ist so ungewöhnlich?", gluckste sein Gefährte. „Es ist immer dasselbe mit ihm."

Zwei Whippets, ein grauer, ein weiß und hellbraun gefleckter, beide mit diamantbesetzten Halsbändern geschmückt, begrüßten ihren Herrn im marmornen Foyer mit einem Schnuppern an seiner behandschuhten Hand und einem eifrigen Wedeln ihrer peitschenähnlichen Schwänze. Duvalier, der Butler des Herzogs, trat vor, vorsichtig, um nicht zwischen den Herrn und seine ihn liebenden Tiere zu geraten, und nahm dem Herzog Umhang, Handschuhe und Schwert ab. Der Herzog wurde darüber informiert, dass Madame de Montbrail und Lord Vallentine im Salon warteten und ging in den zweiten Stock hinauf, wobei die glücklichen Whippets ihm auf den Fersen folgten.

Der Herzog betrat leise das Zimmer und fand seine Schwester am Feuer sitzen und an einem Wandteppich arbeiten. Lord Vallentine, die Beine vor sich ausgestreckt, den Gehrock aufgeknöpft, die Perücke leicht verrutscht und das eckige Kinn auf seiner Spitzenkrawatte ruhend, saß bequem in einem tiefen Sessel. Er las laut aus einer englischen Zeitung vor, wobei er nur langsam vorankam, da die Übersetzung von Madames ständigen Unterbrechungen noch erschwert wurde.

„Das verstehe ich überhaupt nicht", warf sie ein und beugte ihren Kopf glänzend schwarzer Locken dicht über ihre Stickerei. „Warum hört Euer König auf diesen Minister? Ich würde kein Gesetz unterschreiben, das mir nicht gefällt. Warum sollte er das tun? Ist er nicht der König?"

„Hört zu, Estée", sagte Lord Vallentine geduldig. „England ist nicht Frankreich. Das erzähle ich Euch immer wieder. Ich habe es hundert Mal erklärt. Das Unterhaus stimmt über einen Gesetzesvorschlag ab, dann geht es ins Oberhaus. Wenn es dann eine Mehrheit der Stimmen bekommt, wird es dem König zur Unterschrift vorgelegt, damit es zum Gesetz wird. Wenn es ihm nicht gefällt, kann er es dem Haus zurückgeben und ..."

„Das ist alles so langweilig", seufzte sie. „Aber bitte, lest mir mehr über dieses Cambric–Gesetz vor."

„Nun, meine Kehle ist staubtrocken", sagte seine Lordschaft und streckte die Hand nach einer kleinen, silbernen Handglocke aus. „Mehr Kaffee, Estée?"

„Für drei, mein Lieber", sagte der Herzog und trat weiter in das warme Zimmer.

„Hey! Hey! Sieh, was die Nacht uns gebracht hat! Roxton ist da!", verkündete Vallentine mit einem breiten Grinsen und sprang auf, um die ausgestreckte Hand seines besten Freundes zu ergreifen.

„Wie immer, mein lieber Vallentine, bist du allwissend", sagte Roxton mit einem seltenen Lächeln. Er schnippte mit den Fingern und seine Hunde kamen bei Fuß und standen erwartungsvoll da, ohne sich zu bewegen, als Madame in einem Rascheln üppiger Seidenröcke durch den Raum und in die Arme ihres Bruders gerauscht kam.

„Sagte ich dir nicht heute Morgen, dass Vallentine bis zum Abendessen in Paris sein würde?", tadelte sie ihn spielerisch und erhielt auf jede Wange einen Kuss. „Und du warst nicht hier, um ihn zu empfangen!"

„Wie war deine Überfahrt?", fragte der Herzog und setzt sich in den Sessel gegenüber dem seines Freundes, wo die Whippets sich schnell zu seinen Füßen zusammenrollten. „Ich nehme an, sie war ruhig?"

„Das hätte ich auch gewünscht. Verdammt! Mir war hundeübel!", lachte Seine Lordschaft und streckte sich wieder in den Sessel. „Aber ein gutes Mahl an deinem Tisch und du wirst mich wieder bei bester Gesundheit sehen." Er musterte seinen Freund mit einem kritischen Blick. „Nicht anders als du selbst. Du wirst überhaupt nicht älter. Ich schwöre, ich habe mehr Falten im Gesicht als du. Und du siehst immer noch wie ein Geistlicher aus", sagte er, was sich auf den steifen, schwarzen Samtrock des Herzogs und dessen schwarzes Haar bezog, das streng aus dem kräftigen Gesicht gekämmt und zu einem Zopf geflochten war, der ihm bis in die Mitte seines breiten Rücken reichte. „Das kann ich nicht verstehen. Ein Mann in deiner Position könnte viel mehr aus sich machen. Lass dir eine Garderobe aus eleganten Röcken in allen Farben, Stoffen und Verzierungen machen, die dir gefallen. Nicht, dass ich sagen würde, dass schwarz und weiß dir nicht steht. Ganz im Gegenteil. Doch. Sieht auch sehr elegant aus!"

„Ich versuche, dich nicht zu enttäuschen, Vallentine", sagte der Herzog. „Aber ich sehe, dass ich in deiner Achtung gesunken bin. Bei deinem letzten Besuch nanntest du mich – äh – eine *Elster*."

„Tatsächlich, beim Jupiter? Na, und das stimmt doch auch!", sagte sein Freund unbefangen.

„Es ist sinnlos, mit ihm zu diskutieren", klagte Estée. „Ich sage ihm beständig dasselbe und er ist meinen Bitten gegenüber völlig taub. Ach, Duvalier: frischen Kaffee und sauberes Geschirr." Als der Butler die Tür geschlossen hatte, sagte sie zu ihrem Bruder: „Ich hatte dich viel früher zurückerwartet. Bist du zu dem Konzert geblieben?"

„Konzert?", wiederholte der Herzog geistesabwesend, während seine Augen auf dem großen, viereckig geschliffenen Smaragd ruhten, den er an einem Finger der schlanken, weißen Hand trug. Er war sein einziges Schmuckstück. „Konzert? Ja. Ich kann mich nicht an die gespielten Stücke erinnern, nur daran, dass das Ganze fade war."

„Ist es wahr, dass der Herzog von Richelieu zurückgekehrt ist?", fragte sie.

„Armand ist wieder da", antwortete er. „Madame de Charolais hat ihn sogleich an ihren Busen gezogen und Mademoiselle de Vintimille in ihr Bett, sobald er unter den Decken von Madame de Flavacourts wieder heraus war. Und wie immer riecht man ihn, bevor man ihn sieht. Seine Gewohnheiten und seine Parfüms sind unverändert geblieben."

„War er erfreut, dich zu sehen?", fragte sie.

„Armand freut sich immer, mich zu sehen", erwiderte der Herzog mit einem dünnen Lächeln. „Er bemerkte, er hätte meine Konkurrenz im Languedoc vermisst. Ich versicherte ihm, ich würde mein Bestes tun, ihm weiter Rätsel aufzugeben."

Estée lachte. „Und weiß er von Marie–Anne de la Tournelle?"

Der Herzog setzte einen unverbindlichen Gesichtsausdruck auf, was sie die Stirn runzeln ließ.

Lord Vallentine verstand sofort und pfiff leise, wofür er die gleiche Behandlung erhielt wie die Schwester. „Lass es sein, Estée", warnte er.

„Warum sollte ich nicht etwas über Marie–Anne sagen?", sträubte sie sich. „Die meisten Männer würden sich einer solchen Eroberung rühmen. Nun, selbst hier in Paris wird geflüstert, dass sie bald die de Mailly – ihre so hässliche Schwester – als Louis' nächste Mätresse ablösen wird. Deshalb interessiert es mich. Du spielst ein gefährliches Spiel, liebster Bruder. Es gefällt mir nicht."

„Es muss dir auch nicht gefallen. Es geht dich nichts an."

Estée de Montbrails wunderschönes Gesicht bebte, und sie eilte zurück zu ihrem Gobelinrahmen und saß schweigend da, ohne Nadel und Faden aufzunehmen. Lord Vallentine hasste es, sie bekümmert zu sehen, aber er wusste, dass sein Freund recht hatte, also hielt er den Mund. Die Stille wurde erst unterbrochen, als Duvalier mit einem Diener und dem Kaffeetablett zurückkehrte. Estée beschäftigte sich mit dem Eingießen und ihr Bruder beobachtete sie und sagte, als er eine Schale Kaffee entgegennahm:

„Ich habe Salvan deine Grüße ausgerichtet. Er hat versprochen zu kommen, sobald seine Pflichten am Hof es ihm erlauben. Bald wirst du über den gesamten Klatsch von Versailles auf dem Laufenden sein. Er hat immer eine Skandalgeschichte bereit."

„Er treibt sich immer noch da herum?", brummte Lord Vallentine.

„Warum verzieht Ihr das Gesicht?", fragte Estée. „Salvan ist unser Cousin und besucht uns oft, wenn er kann."

„Ich mag den Kerl nicht. Seine Schminke und Puder sind mir ebenso zuwider wie seine Scherze. Verdammt anmaßend!"

„Hegst du einen persönlichen Groll gegen *M'sieur le comte de Salvan*?", erkundigte sich der Herzog und stellte seine Kaffeeschale zurück auf die Untertasse. „Ich versichere dir, mein Lieber, er versucht nie, sich in die Galanterien eines anderen Mannes einzumischen. Anders als der *duc de Richelieu* – es sei denn, dass die Dame es erlaubt."

„Macht ihn das nicht zu einem wahren Gentleman?", neckte Estée Lord Vallentine.

„Er hat mir keinen Schaden zugefügt – noch nicht", antwortete seine Lordschaft finster und auf Englisch.

Der Herzog bot ihm Schnupftabak an.

„Und das wird er aller Wahrscheinlichkeit nach auch nie tun, mein lieber Vallentine", antwortete er in seiner Muttersprache. „Dir fehlt entweder das nötige Selbstvertrauen, oder du hast – äh – *Absichten* – auf die Tugend einer Dame. Ersteres kann ich nicht ändern. Letzteres, wenn es so sein sollte, wäre eine Beleidigung, und damit könnte ich durchaus fertig werden."

„Du hast eine nette Art, es auszudrücken."

Roxton senkte den Kopf. „Ich lebe, um zu gefallen."

„Bitte nimm meine Entschuldigung an."

„Wie immer."

Lord Vallentine lächelte Madame an und verfiel wieder in die französische Sprache. „Verzeiht uns, Estée. Es gibt ein paar Dinge, die auf Französisch auszudrücken mir schwer fällt."

„Nicht doch?", sagte sie und nippte an ihrem Kaffee. „Wenn Ihr mit meinem Bruder Englisch sprecht, dann, weil Ihr verhindern wollt, dass ich etwas verstehe. Ich finde das sehr unfair! Ihr habt alle Zeit der Welt, das zu tun, wenn ich mich zurückziehe. Aber wenn Ihr über den Hof gesprochen habt, erzählt es mir bitte. Wenn es Politik war, interessiert es mich nicht im Geringsten, es zu erfahren."

„Das ist doch ein und dasselbe, wie, Roxton? Obwohl ich die Gänge von Westminster den erstickenden Intrigen von Versailles vorziehe. An diesem Ort ist etwas viel Unheimlicheres. Zu viel Schmutz unter all dem Geglitzer! Weiß nicht, warum du dich überhaupt damit abgibst, Roxton. Gibt in Paris genug zu unternehmen, ohne sich in das Geschehen dort draußen verwickeln zu lassen."

Der Herzog schaute von seiner Bewunderung seines Smaragdrings auf. „Ist nicht zu ändern. Das liegt im Blut."

„Eine schwache Entschuldigung!", spottete seine Lordschaft. „Du bist bis ins Mark Engländer. In Eton zur Schule gegangen, in Oxford ausgebildet, dank des Einflusses deines Großvaters. Ein Jammer, dass deine Schwester nicht mit dir nach England geschickt wurde."

„Und Maman verlassen?", sagte Estée erschrocken. „Es war entsetzlich genug, als mein Bruder aus Mamans Armen gerissen wurde, als Papa starb. Er gehörte hierher zu uns. Hier wurde er geboren und hier wuchs er auf. Das war, was Papa für uns wollte. Er mochte England nicht. Er wollte, dass wir Franzosen wären, genau wie Maman. Ich bin Französin. Mein Bruder auch."

Vallentine fuhr kerzengerade auf und verschüttete Kaffee in die Untertasse.

„Roxton ist kein Franzose! Er ist nicht einmal Papist! Sein Vater war es auch nicht, was immer du sagst."

„Es ist eine große Schande“, seufzte Madame und zwinkerte ihrem Bruder zu.

„Schande? Nun hört einmal, Estée …“

„Etwas beunruhigt dich, Roxton“, sagte Madame und ignorierte den erhitzten Ausbruch seiner Lordschaft. „Du schaust ständig auf den herzoglichen Ring. Warum?“

„Sag es mir, Vallentine. Welche Farbe haben die Augen von Lady Strathsay?“

Lord Vallentine sah verwirrt aus. Er zuckte mit den Schultern. „Das entzieht sich meiner Kenntnis.“

„Lady Strathsay?“, fragte Estée. „Ich habe nicht die geringste Vorstellung. Ich habe sie seit vielen Jahren nicht gesehen. Der alte Earl, ihr Ehemann, stirbt endlich. *Malheur*! Eine ziemliche Veranstaltung, dieses Ereignis. Ist er nach Saint–Germain gebracht worden? Tante Victoire sagt, er sei dorthin gegangen, um zu sterben.“

Der Herzog zuckte die Achseln. „Möglich.“

„Tante sagt, dass er es ablehnt zu beichten, bevor er nicht Nachricht von dem wahren englischen König bekäme und er hätte die Mätresse, die er fünfzehn Jahre lang hatte, fortgeschickt. Die Frau tut mir leid. Tante sagt, sie wäre ihm mehr zugetan gewesen als eine Ehefrau es sein könnte. Nicht, dass Lady Strathsay noch das Recht hätte, seine Frau genannt zu werden, nachdem sie dreißig Jahre lang nicht mit ihm gelebt hat.“ Madame stieß einen langgezogenen Seufzer aus. „Armer Mann, eine solche Frau zu haben. Und sie ist unsere *Cousine*! Ich bin froh, dass sie nie zu Besuch kommt. Ich würde nicht gerne für jemanden wie sie die Gastgeberin spielen.“

„Der alte Mann muss fast achtzig sein“, sagte Vallentine. „Hast du bald lange genug mit diesem verdammten Ring herumgespielt, Roxton! Du blendest mich. Strathsay liegt im Sterben? Na ja. Das wird bald einen weiteren Nagel in den Sarg der Stuarts treiben. Er war der letzte von Charles Bastarden, und der letzte der Generäle des Prätendenten. Er muss fast achtzig sein.“

„Das sagtest du bereits. Er ist vierundsiebzig und es ist nicht das Alter, das ihn umbringt, sondern die Pocken“, teilte der Herzog ihm mit. „Ein passendes Ende für den Bastard des Fröhlichen Monarchen und dieser Xanthippe Jane Hervey. Sag mir, Estée, welche Farbe haben Augusta Strathsays Augen?“

Seine Schwester warf Lord Vallentine einen misstrauischen Blick zu, aber als seine Lordschaft nur mit den Schultern zucken konnte, sah sie wieder ihren Bruder an.

„Ich glaube, sie sind grün“, sagte sie ungeduldig. „Ja, sie sind grün.“

„Und warum erinnerst du dich so genau daran?“

„Ich wünschte, ich wüsste, was du dir denkst!", sagte sie. „So genau erinnere ich mich nicht an sie. Nur dass sie grün sind."

„Ist das alles?"

„Ja!" Das ist alles!", sagte Estée schmollend. Sie goss jedem von ihnen eine zweite Schale Kaffee ein. „Sie sind grün. Vallentine sollte es besser wissen."

„Grasgrün? *Seegrün?* Wie Jade, vielleicht?", fragte der Herzog beharrlich weiter.

„Ich frage mich, wie Lady Strathsay die Nachricht vom Tod des Earls aufnehmen wird?", fragte Lord Vallentine und hoffte, das Thema von der neuen Besessenheit seines Freundes mit der grünen Farbe abzulenken.

„Augusta wird es hassen, Trauer tragen zu müssen. Schwarz und Weiß steht ihr nicht", antwortete Roxton und streckte die Hand aus, so dass der Smaragd das Licht des Kronleuchters auffing. „Vielleicht ein *Erbsen*grün?"

Estée erhob sich schwungvoll. „Du bist unerträglich! Manchmal verstehe ich dich überhaupt nicht! Du warst erst vor vier Monaten in London, also kannst du uns sagen, welchen Grünton die Augen von Cousine Augusta haben."

„Ich möchte gerne, dass du es mir sagst", sagte er leise.

Madame ging zu ihrem Gobelin zurück. „Augusta ist, oder war, aber ich wage zu behaupten, dass sie es noch ist, eine sehr schöne Frau. Also. Ihre Augen sind auch schön. Wenn ich mich richtig erinnere, hat sie ungewöhnliche Augen – leicht schräg wie die einer Katze. Sehr ungewöhnlich. Und mit langen dunklen Wimpern, was auch für jemanden mit brandroten Locken ungewöhnlich ist."

„Kann mich nicht an sie erinnern", murmelte Lord Vallentine aus der Tiefe seines Sessels. Er war unruhig und stand auf, um sich die Beine zu vertreten. „Mir sind blaue Augen lieber. Was ist denn mit ihren Augen? Sie wird doch nicht blind, oder?"

„Natürlich nicht", antwortete Estée, deren Wangen bei dem vorsichtigen Kompliment Lord Vallentines Farbe bekamen.

„Ich werde blind werden, wenn du nicht aufhörst, diesen Smaragd ins Licht zu halten", verkündete seine Lordschaft blinzelnd. „Hey! Smaragd! Smaragdgrün!"

Der Herzog seufzte. „Endlich ist bei Vallentine der Groschen gefallen. Ich bin verblüfft."

Das Gesicht seiner Lordschaft verdunkelte sich. „Ich habe doch recht, oder?"

„Du sollst etwas Süßes von Duvalier für deine Anstrengung erhalten, mein lieber Vallentine", sagte Roxton und schnippte leicht gegen das Ohr des grauen Whippets. Er küsste seine Schwester auf die Stirn und sagte ihr gute Nacht. „Kommt, Kinder", befahl er den Hunden. „Du auch, mein Bester", sagte er zu seinem Freund. „Ich gehe zu Rossard. Wirst du mich begleiten?"

„Sicher doch. Aber nur, wenn du mit deinen Augen und Smaragden aufhörst!"

„Ich werde dein Gehirn nicht weiter belasten, nur dein Geschick am Spieltisch."

Es kratzte an der Tür, bevor die Gentlemen gehen konnten. Es war der Butler, mit vielen Entschuldigungen und der Nachricht, dass der Vicomte d'Ambert Monseigneur wegen einer äußerst dringenden Angelegenheit zu sprechen wünschte, die nicht bis zum Morgen warten könnte.

„In die Bibliothek, Duvalier. Vallentine, wirst du warten?"

„Ich bleibe noch etwas bei Estée sitzen."

„Worum geht es?", fragte Madame den Herzog. „Doch nicht Salvan? Oder Tante Victoire?"

„Das glaube ich nicht", erwiderte Roxton mit einem Gesichtsausdruck, den Estée immer so ärgerlich schwer zu durchschauen fand. „Doch hätte ich mir denken müssen, dass er uns Hals über Kopf aus Versailles folgen würde. Zweifellos hat das Straßenkind ihn geschickt, um ihre Befehle auszuführen." Und er verließ den Raum, bevor seine Schwester und Lord Vallentine ihm weitere Fragen stellen konnten.

Es gab ein Feuer in der Bibliothek, aber wenig Licht. Nur ein Kronleuchter warf einen Lichtblick auf den langen Raum mit seinen ledergebundenen Bänden und schweren Möbeln. Die schweren, burgunderroten Samtvorhänge waren vor den Fenstern zugezogen, die auf den Innenhof mit seinem kleinen Garten und den Ställen führten. Ein Fenster war nicht verhängt, und an diesem hatte der Vicomte, gestiefelt und gespornt, sich aufgebaut, als ein Lakai die Tür öffnete, um den Herzog einzulassen.

„Ihr wolltet mich wegen einer – äh – *dringenden* Angelegenheit sprechen?", fragte der Herzog in seiner charakteristischen, sanften Art.

Der Jüngling schrak zusammen und kam vom Fenster herüber, um sich mit dem Herzog in der Mitte des Raums zu treffen. Seine Verbeugung war steif und förmlich und verriet eine Nervosität, die sein blasses Gesicht sich angestrengt zu verbergen mühte. „Ich bitte um Verzeihung für diese Störung, *M'sieur le duc*. Aber ich dachte, dass ich Euch für die Vorgänge an diesem Abend eine Erklärung schuldig wäre. Ich kam, sobald ich konnte, bevor – bevor – sobald ich konnte."

Roxton hockte sich auf eine Ecke seines massiven Schreibtisches und ließ lässig ein Bein baumeln. Er musterte den jungen Mann, ohne zu blinzeln. „Bevor ich die Geschichte von Eurem Vater höre?", erkundigte er sich.

Röte überzog die mageren Wangen des Vicomte und er stockte. „Ich kann nicht annehmen, dass man eher mir als meinem Vater Glauben schenken würde. Aber ich muss Euch von Mademoiselle Moran erzählen und ...".

„Verzeiht, d'Ambert", unterbrach ihn der Herzog. „Ich habe nicht das geringste Interesse an Mademoiselle Moran – an dem Interesse Eures Vaters an ihr oder an dem Euren."

„A–aber *M'sieur le duc*", stotterte d'Ambert. „Es ist wichtig, dass Ihr es erfahrt!"

„Warum?"

„Wa–warum? Weil – weil Ihr Mademoiselle Moran und mich zusammen gesehen habt. Und Ihr der direkte Cousin meines Vaters seid. Er muss Euch gelegentlich ins Vertrauen ziehen und ...".

„Ich würde es energisch ablehnen, wenn Salvan mir etwas anvertrauen wollte", antwortete der Herzog ruhig. Er bot seine Schnupftabakdose an.

„N–nein, ich danke Euch. Ich – ich bevorzuge meine eigene Mischung."

Roxton nahm eine Prise. „Wie Ihr wollt."

Ein paar Augenblicke herrschte Schweigen, dann konnte der Vicomte sich nicht länger beherrschen. „Ihr müsst mir zuhören, *M'sieur le duc*! Es ist wichtig. Mein Vater, er ist Euer Cousin. Ich bin Euer Cousin. Ich habe sonst niemanden, mit dem ich über diese Sache reden kann. Niemand, der nicht finden wird, dass mein Vater recht hätte und ich im Unrecht wäre. Er will einfach nicht zur Vernunft kommen. Er ist ein Besessener. Ein Wahnsinniger! Er droht mir mit einem *lettre de cachet*. Mir, seinem Sohn! Ist das nicht ein abscheulicher Missbrauch? Findet Ihr nicht?" Er unterbrach sich, um tief Luft zu holen und bemerkte, dass er seinen Gastgeber angeschrien hatte. „Ihr glaubt mir nicht, nicht wahr? Wer würde einen Vater einer solchen Handlung gegen seinen Sohn für fähig halten?"

„Das ist keine neuartige Lösung für ein Problem, mein Junge. Väter haben sich schon aus geringerem Grund gegen ihre Söhne gestellt."

Die Schultern des Jünglings sackten herab. Er musste zugeben, dass das der Wahrheit entsprach. Es gab ein Dutzend oder mehr der ältesten Namen des Adels, die ihm einfielen, die bei der ein oder anderen Gelegenheit ein Mitglied ihrer Familie – und meistens einen verirrten Sohn – aus unbekannten Gründen in der Bastille hatten einsperren lassen.

Selbst der fröhliche Libertin, der Herzog von Richelieu, hatte Zeit als Gefangener in der Bastille verbracht, weil er sich geweigert hatte, die von seiner Familie erwählte Braut zu heiraten. D'Amberts blaue Augen musterten das Gesicht des älteren Mannes. Es war so unergründlich wie immer.

„Und was ist mit einem Vater, der seinen Sohn mit einem unschuldigen Mädchen verheiraten will, um sie zu seiner Mätresse zu machen? Seine Mätresse, aber in Ehren. Ha! Es widert mich an!", fauchte der Vicomte. „Das ist es, was er mit Mademoiselle Moran vorhat. Ihr wisst, dass ihr Großvater zu krank ist, um sich den Wünschen meines Vaters zu widersetzen? Ich sage Euch, sie muss Versailles verlassen – sofort! Ich will sie von ihm fortbringen. Werdet Ihr mir helfen?"

„Wobei?", fragte der Herzog ruhig.

Der Vicomte konnte es nicht glauben.

„Meinen Vater von seinen widerlichen Begierden abzuhalten! Er muss diese absurde Idee aufgeben, sie an mich zu verheiraten und dann – wenn Ihr nur mit ihm sprechen und ihn zur Vernunft bringen würdet! Er hört auf Euch. Ich glaube, er fürchtet Euch auch ein wenig."

„Ihr wollt sie nicht heiraten?"

„Ich – ich bin ein Salvan", sagte er mit hochmütiger Miene. „Sie ist Protestantin. Ihr Vater war nur eine Generation von hugenottischen Seidenhändlern entfernt."

„Salvan braucht Geld?"

Der Vicomte erstarrte.

„Ja, das ist eine unhöfliche Frage", näselte der Herzog. „Erwartet er, dass Strathsay dem Mädchen sein Vermögen hinterlässt?"

„Ja, *M'sieur le duc*. Die Güter der Salvans müssen dringend instandgesetzt werden. Mein Großvater war ein großer Spieler bei allen Glücksspielen, genauso wie mein Vater", gab der Jüngling zu. „Er hat weder das Glück von *M'sieur le duc* noch sein großes Vermögen."

„Die Tatsache, dass ich – um es recht vulgär auszudrücken – *unverschämt* reich bin, ist für Euren Vater eine ständig offene Wunde. Ebenso mein – äh – *unheimliches* Glück am Spieltisch. Ich kann an beidem wenig ändern."

„Werdet Ihr Mademoiselle Moran helfen?"

Roxton schüttelte seine Spitzenrüschen aus, als er sich erhob. Er betrachtete gleichgültig das eifrige Gesicht des Jünglings. „Nein."

„N–nein?", brachte der Vicomte heraus. Er verstand es nicht. „Warum – warum nicht, *M'sieur le duc*?"

„Ich versuche es stets zu vermeiden, irgendjemandem zu helfen."

„A–aber ich bin Euer Cousin! Sie – sie ist Eure *Cousine*!"

„Ich habe viele Cousinen. Es ist zu lästig."

Der Vicomte d'Ambert war fassungslos. Er fand keine Worte, um etwas auf eine so trockene Antwort zu erwidern. Er schaute zu, wie der Herzog das Feuer im Kamin mit einem Haken schürte, das ausgeprägte, hakennasige Profil zeichnete sich vor dem orangen Leuchten ab, und er fragte sich, warum er gedacht hatte, dass dieser vollendete Libertin ihm Hilfe anbieten würde. Der Ruf des Mannes war ebenso finster wie berüchtigt.

„Verzeiht meine Störung, *M'sieur le duc*", sagte er schließlich und mit einem Missmut, der nicht unbemerkt blieb. „Man vergisst, dass, obwohl *M'sieur le duc* unser Cousin und seine Mutter eine Salvan ist, er dies nicht ist, und auch kein Franzose. Wäre er das, würde er es verstehen."

Roxton stellte den Schürhaken auf seinen Ständer zurück. „Ja, das sollte man bedenken."

„Warum sollte es Euch kümmern, was mit mir geschieht. Oder mit einem noch nicht ganz zwanzigjährigen Mädchen!"

„Zwanzig?" Der Herzog blieb an der Tür stehen. „Seid Ihr sicher?"

„Ja, *M'sieur le Duc.*"

„Und Euer Alter? Sagt es mir noch einmal, d'Ambert."

„Ich bin achtzehn Jahre und zwei Monate alt, *M'sieur le duc.*"

Einen flüchtigen Moment lang sah der Herzog erschrocken aus. „*Ihr* seid achtzehn geworden?"

„Ja, *M'sieur le duc.*"

„Wollt Ihr sie?", fragte der Herzog und lächelte schief, als der Vicomte zögerte. „Salvan hätte sich schon eher an sie heranmachen können, wenn er gewollt hätte."

„Das wäre eine Vergewaltigung. Sie hasst ihn."

„Und Ihr? Ihr – äh – *begehrt* sie nicht?"

„Müssen alle Männer ein hübsches Mädchen verführen wollen?", fragte der Vicomte verächtlich.

Als der ältere Mann lediglich zur Antwort eine Augenbraue hob, wurde er deutlich rot.

„Verzeihung, Monseigneur", sagte er leise und verließ den Raum, während sein Gastgeber ihm die Tür weit aufhielt.

Lord Vallentine traf sie in der Halle. Er begrüßte den jungen Mann mit einem warmen Lächeln und ergriff seine Hand. Der Vicomte war höflich, hatte aber keine Lust, länger mit seiner Lordschaft zu sprechen, obwohl er ihn recht gern mochte. Sein Pferd stünde bereit, wurde gemeldet und er entschuldigte sich rasch.

„Hat einen ernsthaften Charakter, dieser Junge", sagte Vallentine stirnrunzelnd, während ein Lakai ihm in einen wollenen Überwurf half. „Ähnelt dem alten Salvan nicht sehr, nicht wahr?"

Der Herzog hob ein Paar schwarzer Rehlederhandschuhe vom Tisch in der Halle und nahm sein Schwert und die Schärpe von seinem Butler entgegen. Er lehnte es ab, die Kutsche rufen zu lassen und sagte, er würde zu Fuß gehen. „Er ist der Sohn seiner Mutter", war seine einzige Bemerkung, als sie in den Hof hinaustraten.

„Gutaussehender Bengel", bemerkte Lord Vallentine. „Meine mich zu erinnern, dass seine Mutter eine schöne Frau war. Kleines blondes, blauäugiges Ding. Aber nervös. War es nicht sie, die sich erhängte?"

„Gift", berichtigte Roxton.

Lord Vallentine entging die Schärfe in der Stimme seines Freundes. „Erinnere mich", sagte er, als sie in gutem Tempo die Rue St. Honoré entlang gingen. „Aber ganz gleich auf welche Weise, sie brachte sich selbst um, wie ich mich erinnere. Verursachte einen Skandal, nicht wahr? D'Ambert muss noch ein kleiner Junge gewesen sein."

„Er war zwölf."

„Bemerkenswertes Gedächtnis hast du, Roxton."

„Fast so bemerkenswert, wie deines beklagenswert ist."

Lord Vallentine trat um einen Straßenfeger herum. „Also habe ich erhängt und nicht vergiftet gesagt. Was soll's? Selbstmord ist Selbstmord, nicht wahr? Warum hat sie das gemacht?"

„Ich habe nicht die geringste Ahnung", sagte der Herzog und bog in eine dunkle Seitenstraße ein.

Sein Begleiter schwieg, die Hände tief in den Taschen seines Mantels vergraben und das eckige Kinn in die Falten seiner seidenen Krawatte gestützt. Es war eine ungewöhnlich kalte Nacht für einen der ersten Herbsttage, und das sprach er aus, aber der Herzog hörte ihn nicht oder wollte ihn nicht hören. Rossard, das vornehme Haus des Spiels für den Pariser Adel, war am Ende der Allee, am eleganten Eingang brannten Fackeln.

„Ich weiß, warum", stellte seine Lordschaft fest.

„Du weißt was, mein Lieber?", fragte der Herzog und winkte einen hartnäckigen Pagen beiseite.

„Warum sie sich umgebracht hat", sagte sein Freund. „Es wurde seinerzeit gemunkelt, es wäre eine Überdosis gewesen. Nun ja, sie war süchtig. Man nimmt an, Opium, oder etwas Ähnliches, das ein Apotheker zusammenbrauen kann. Sie war zu ihren besten Zeiten kein besonders kräftiges Geschöpf. Ich erinnere mich an eine Gelegenheit, als ich in der Botschaft war und … nun, das spielt keine Rolle mehr. Ich glaubte nicht, dass sie ohne Grund eine Überdosis genommen hätte, und viele andere Leute auch nicht."

„Nein?"

„Nein! Sie hatte einen Liebhaber."

„Welche feine Dame hat keinen?“

Sie stiegen die Treppe zur Vordertür hinauf und wurden von zwei livrierten Dienern eingelassen.

In der kleinen, goldverzierten Eingangshalle, die hell erleuchtet und voller Geschäftigkeit war, trafen sie auf zwei weitere Lakaien. Lord Vallentine hielt es für angebracht, nachdem er Mantels, Stock und Handschuhe abgegeben hatte, auf Englisch fortzufahren, zuversichtlich, dass keiner der Anwesenden dem Verlauf des Gesprächs würde folgen können. Er folgte dem Herzog die schmale Treppe hinauf zu einer Reihe von Spielsälen in den zweiten Stock, wo ihr Fortkommen ständig durch die Begrüßungen von Freunden und Verwandten aufgehalten wurde.

„Ich weiß, dass alle feinen Damen einen Liebhaber haben“, flüsterte seine Lordschaft verärgert. Er beobachtete, wie sein Freund die über-füllten und lauten Räume durch sein Augenglas musterte. „Aber sie war nicht diskret dabei, nicht wahr?“

„Musst du Claudine–Alexandre noch über das Grab hinaus belästi-gen, mein lieber Vallentine?“, fragte der Herzog mit leichter Steifheit in der tiefen Stimme. Er machte einem Gentleman in einer blau gepu-derten Perücke eine prachtvolle Verbeugung, der ihn mit dem Wedeln eines parfümierten Taschentuchs gegrüßt hatte und stützte sich auf die Lehne eines dünnbeinigen Stuhls am Ende des Raums lehnte. „Es ist unnötig, sich ihretwegen zu erregen.“

„Die Sache ist die“, sagte seine Lordschaft vertraulich, dicht am Ohr des Herzogs, „dass ich mich zu erinnern meine, dass ihr Liebhaber jemand war, den wir sehr gut kannten. Verdammt, wenn ich mich an seinen Namen erinnern könnte! Muss mir entfallen sein. Weiß nicht, warum. Wäre unverzeihlich, wenn ich mit Salvan schwatzte und dabei den Namen des elenden Kerls erwähnte. Ich meine, es könnte ungute Erinnerungen bei ihm hervorrufen. Es ist noch nicht so lange her, dass es vollkommen in Vergessenheit geraten wäre. Und er liebte seine Frau – liebte er sie?“, fragte er.

Er nahm ein Glas Burgunder von einem Diener mit einem ausdruckslosen Gesicht entgegen und trank auf die Gesundheit seines Freundes.

„Das ist der Grund, warum ich mit dir in dieses überteuerte Haus komme, Roxton. Der Wein ist immer erstklassig! Kann mich nicht beklagen. Ich glaube nicht, dass er sie so sehr liebte. Salvan ist so kalt wie eine Schlange. Es war trotzdem ein ziemlicher Skandal. Ihre Briefe waren überall verstreut. Und dass sie diese Nachricht hinterließ, als sie starb, wo sie alle Schuld dem armen Kerl aufbürdete, weil er die Affäre beendet hatte. Nannte die lange Liste seiner Eroberungen, den verflossenen wie den gegenwärtigen. Die lief in den Salons schneller um als jedes politische Pamphlet. Nun, ich tadele ihn nicht dafür, dass er sie loswerden wollen, das kann ich dir versichern." Vallentine schüttelte sich. „Verdammt scheußliche Angelegenheit." Er unterbrach sich, als er den Herzog in das Spiel an dem ihnen zunächst stehenden Tisch vertieft sah. „Wer war er?"

Roxton konnte sein Auge nicht von den Spielern wenden. „Wer war was, mein Lieber?"

Lord Vallentine runzelte die Stirn. „Nicht zugehört, wie?"

Die Karten wurden an die Bank zurückgegeben, das Spiel war beendet. Gentlemen begannen, auf ihren Stühlen herumzurutschen und es wurde, bevor die Karten erneut ausgegeben wurden, nach mehr Wein verlangt.

„Der Liebhaber. Sicher kennst du seinen Namen."

Der Herzog hob sein Augenglas in Richtung seiner Lordschaft mit einem Fletschen seiner perfekten, weißen Zähne.

Lord Vallentine blinzelte, schnappte nach Luft und schluckte gleichzeitig einen Mundvoll Burgunder herunter. Er brauchte mehrere Sekunden, um seinen Hustenanfall unter Kontrolle zu bringen. Ein Diener und dessen Helfer eilten zu seiner Hilfe herbei, mit ausgiebigen Entschuldigungen und einem Tuch, um die mit goldenen Fäden exquisit bestickte Weste seiner Lordschaft abzutupfen. Das Summen der Gespräche sank zu einem Murmeln herab und begann dann fast sofort erneut. Das Spiel wurde fortgesetzt. Der Herzog rührte sich nicht. Er fuhr fort, die Karten an dem ihm zunächst stehenden Tisch zu verfolgen, ohne auf jemanden zu achten.

ERST AM NÄCHSTEN NACHMITTAG VERLIESS DER VICOMTE d'Ambert Paris, um nach Versailles zurückzukehren. Er hatte eine unruhige Nacht am Wohnsitz seiner Großmutter, Madame de Salvan, an der Place Royale verbracht. Hätte er nicht bleich und besorgt und nervöser als sonst ausgesehen, als er kam, um sich von ihr zu verabschieden, hätte sie ihn vielleicht nichts anderes als gewöhnlich gefragt. Dass sein Vater sie fast ebenso fürchtete wie den Herzog von Roxton, gab ihm Hoffnung, und er schüttete sein Herz über seinen Besuch bei dem englischen Herzog aus. Er erzählte ihr auch einiges von den irrsinnigen Plänen seines Vaters. Die verwitwete alte Comtesse liebte ihren Enkel mehr als ihren Sohn, und hasste es, ihn so verzweifelt zu sehen, daher versicherte sie ihm, dass sie alles tun würde, was sie konnte, um die Angelegenheit in Ordnung zu bringen.

Was eine gebrechliche alte Dame von sechzig Jahren tun könnte, um ihm in seiner Notlage zu helfen, wusste er absolut nicht, ließ sich davon aber nicht stören. Ihre Versprechungen reichten aus, um seinen Schritten wieder Schwung zu verleihen und sobald er wieder am Palast angelangt war, machte er sich auf die Suche nach Antonia.

Sein Kratzen an ihrer Tür wurde von Maria Caspartis Kammerfrau beantwortet, einer fetten, fröhlichen Frau italienisch–französischer Abstammung. Mit einem breiten Lächeln führte sie ihn in einen kleinen, vollgestopften Raum und bat ihn zu warten, während sie fragte, ob Mademoiselle ihn empfangen könnte.

D'Ambert sah sich missmutig um. Da standen Portmanteaux, Bänderschachteln und offene Truhen, aus denen alle möglichen Arten von Kleidungsstücken quollen. Ein halb verzehrtes Abendessen bedeckte den Tisch und Stühle waren mit Hüten, Schuhen und Schmuckschatullen überhäuft. Kleidersäcke und weggeworfenes Seidenpapier waren in eine dunkle Ecke gestopft, zusammen mit gefärbten Federn, zerknitterten Umhängen und Bergen von Seidenbändern. Der Raum war ungelüftet und stank nach zu starkem Parfüm und Hundeurin. Er betete, dass *Signora* Casparti nicht zu Hause sein möge.

Die dicke Kammerfrau winkte ihn in den zweiten Raum, der kleiner war als der erste und als Schlafgemach diente. Er war im gleichen chaotischen Zustand, jedoch der abstoßende Geruch war nicht vorhanden, möglicherweise, weil dieses Zimmer ein winziges Fenster hatte, das offenstand. Das Feuer im Kamin war erloschen, daher war es in diesen Wänden kalt, obwohl es an diesem Tag wärmer gewesen war als seit Wochen. Der Vicomte zitterte trotz seines wollenen Umhangs und ging, um das Fenster zu schließen.

Die Kammerfrau machte ein protestierendes Geräusch, was Antonias Kopf hinter einem kunstvoll verzierten Wandschirm hervorlugen ließ.

„Wenn Ihr das Fenster schließt, wird es hier in diesem Zimmer bald ebenso schlimm sein wie im anderen", sagte sie und verschwand wieder.

Der Vicomte zog das Fenster herunter, ließ aber einen kleinen Spalt über der Fensterbank offen.

„Ein Wunder, dass Ihr noch nicht blau angelaufen seid", rief er aus. „Und taub vor Kälte! Was macht Ihr da drinnen?"

„Seid nicht frech, Étienne. Ich kann mich kaum vor Euren Augen ankleiden! Noch ein paar Minuten, dann bin ich fertig. Ich muss nur noch geschnürt werden. Dann lasse ich Euch eine Tasse von Marias speziellem Kaffee bringen und Ihr werdet die Kälte vergessen."

D'Ambert sah sich nach einem Stuhl um. Er fand einen in der Nähe des Himmelbetts, der mit schmutzigen Strümpfen und Strumpfbändern überhäuft war. Er warf sie hinunter und setzte sich in die Mitte des Raums. Er holte seine Schnupftabakdose heraus.

„Wie könnt Ihr diesen Schweinestall ertragen?", fragte er mit einer Grimasse. „Es ist ekelhaft. Warum räumt die dicke Frau hier nicht auf?"

„Tut sie doch. Aber was nutzt es, wenn Maria doch nur ihre gute Arbeit wieder zunichte macht, weil sie nach etwas Bestimmtem sucht? Ich glaube, sie kann gar nicht anders als in Chaos und Schmutz leben. Jedenfalls ist ihre Laune nicht so schlimm, wenn die Zimmer so ausse-hen. Und außerdem bin ich nur zu dankbar für einen Schlafplatz. Habt Ihr gehört, dass Großvaters Räume dem dritten Cousin der Marquise de Durfort überlassen worden sind?"

„Nein. Es tut mir leid, das zu hören", sagte der Vicomte leise, denn er wusste, dass der König, der bekanntlich den alten jakobitischen General sehr schätzte, das nie getan hätte, wenn nicht jede Hoffnung auf dessen Genesung aufgegeben worden wäre. „Wo ist die Casparti?"

„Wo glaubt Ihr wohl. In der Kapelle, wo sie die ganze Woche verbracht hat."

„Warum kleidet Ihr Euch zu dieser Stunde an?", fragte er und wurde misstrauisch, als Antonia zur Antwort lachte. „Warum hat die Frau einen Puderkegel und einen Frisierumhang mit hinter den Schirm genommen? Was habt Ihr vor, Antonia?"

„*M'sieur le vicomte* ist plötzlich neugierig", tadelte sie ihn spiele-risch. „Nur Geduld. Ihr werdet es sehen. Wo seid Ihr gewesen? Ich habe Euch heute Morgen eine Nachricht in Euer Zimmer geschickt. Wenn Ihr da gewesen wäret, um sie in Empfang zu nehmen, wüsstet Ihr, was ich vorhabe."

Er nahm noch eine Prise Schnupftabak und beobachtete, wie feiner Staub losen Puders in einer Wolke über dem Wandschirm aufstieg. Dann noch eine, dann kam die Kammerfrau heraus, um einen Spiegel und ein Töpfchen von dem vollgestellten Frisiertisch zu holen. Sie verschwand wieder hinter dem Schirm. Er rutschte unruhig auf dem gepolsterten Stuhl herum und zupfte an den Spitzen seiner Damast-weste. Hinter dem Schirm bewegte sich etwas, dann verließ die Kammerfrau das Zimmer, um den Kaffee zuzubereiten.

„Ich war in Paris", gestand er. „Ich habe im Haus meiner Groß-mutter übernachtet. Ich kam heute nur zurück, weil man erwartet, dass ich an diesem elenden Maskenball teilnehme. Ich weiß, dass es langweilig sein wird. Ich wünschte, ich müsste nicht hingehen, aber Salvan würde meine Abwesenheit bemerken", sagte er düster. „Warum ihn das stören sollte, wenn der Ball von allem möglichen Gesindel überfüllt sein wird, in Dominos und Masken und dergleichen. Er wird zu sehr darauf bedacht sein, das Auge irgendeiner Hure auf sich zu ziehen, um Zeit zu haben, sich darum zu kümmern, ob ich dort bin oder nicht."

„Habt Ihr darüber nachgedacht, in ein Kloster einzutreten, Étienne?", fragte Antonia, als sie hinter dem Wandschirm hervorkam und einen Fächer aus mit Gouache bemalter Hühnerhaut vor ihrem fast nackten Busen flattern ließ. „Die meisten jungen Männer Eures Alters wären begeistert, bei einem der Maskenbälle des Königs aufwarten zu dürfen. Denkt doch, was für ein Spaß das ist! Keine Frau kann vor der Demaskierung um Mitternacht erkannt werden. Alle versuchen zu raten, wer der andere ist. Und jeder kann so offen sprechen, wie er mag, ohne Angst vor Entdeckung zu haben. Ich werde mich großartig amüsieren!", Sie schob einen seidenen Schuh unter den weiten Reifen ihrer Röcke aus lachsrosa Seide und schimmerndem Silbergewebe hervor. „Gefallen Euch diese Schnallen? Sie gehören Maria. Sie sind keine Nachahmung, sondern Diamanten. *Grandpère* hat sie ihr vor vielen Jahren geschenkt. Ich habe zwei Tage gebraucht, um sie davon zu überzeugen, dass sie sie mich tragen lässt. Sie passen zu meinen Ohrringen, findet Ihr nicht?"

Während sie plauderte, bewegte sie sich durch das kleine Zimmer, hob einen Handspiegel auf und musterte ihre hochgekämmten, gepuderten Locken. Dann, um sicherzugehen, dass ihr Saum gerade saß und keine der winzigen Schleifen an ihrem Mieder schief war, spähte sie in den hohen Spiegel hinter der Tür. Der Vicomte starrte sie mit offenem Mund an, ohne glauben zu können, dass dies Antonia war. Ihr Gesicht war geschminkt. Ihre schönen Locken waren bis zur Unkenntlichkeit gepudert und in ihrem Augenwinkel sowie über der äußeren Wölbung ihres kirschroten Mundes saß je ein Schönheitspflästerchen. Als er es seinen Augen erlaubte, zu ihrem Dekolleté zu wandern, fehlten ihm die Worte, um seinen tiefen Schock auszudrücken. Ihre schönen Brüste waren so gut wie nackt. Unfreiwillig errötete er bis über beide Ohren.

„Oh gut!", sagte sie mit einem nervösen Lachen. „Ihr denkt *tatsächlich*, dass ich wie eine Hure aussehe." Sie schaute in den Handspiegel und seufzte. „Ich muss zugeben, dass ich mich selbst nicht erkenne. Als ich dieses Kleid anlegte und bevor ich Marias Schminke auftrug und meine Locken puderte, schämte ich mich. Ich hätte nie gedacht, dass das Mieder so tief ausgeschnitten wäre, dass praktisch alles von mir zu sehen ist! Falls es ein Trost ist: Es ist sehr unbequem."

Étienne verdrehte die Augen zum Himmel und als sie dies im Spiegel sah, lachte Antonia. Daraufhin sprang er von seinem Stuhl auf, packte sie am Handgelenk und zog sie zu sich. „War das die Idee dieser Hure?", fragte er.

„Maria? Nein! Lasst mich los! Sie weiß nichts davon. Ich will nicht, dass sie es erfährt. Ich will nicht, dass jemand anders außer Euch mich erkennt."

Daraufhin ließ er sie los, aber er war noch immer zornig. Er suchte in einer Tasche nach seiner Schnupftabakdose. „Ihr müsst mich für einen großen Hanswurst halten, wenn Ihr glaubt, dass ich Euch erlauben werde, diesen Raum so angezogen zu verlassen, dass jeder Mann Eure – Eure – Euch anglotzen kann!"

„Ich habe einen Domino", erklärte sie. „Wenn ich den über dem Kleid trage, was macht es dann noch? Ich habe mich nur so angezogen für den Fall, dass mein Domino versehentlich entfernt werden sollte und …"

„Ihr müsst die naivste Frau am Hofe sein!"

„– unter einen Absatz gerät oder ein einem Türknauf hängen bleibt und herabrutscht", argumentierte Antonia. „Dann würde ich wenigstens so aussehen wie das, was ich zu sein vorgebe."

„Was, wenn er von irgendeinem Lüstling mit oder ohne Eure Erlaubnis entfernt wird?", erwiderte er. „Was glaubt Ihr, was auf den Maskenbällen in der großen Menge von Nachtschwärmern vor sich geht, nachdem eine gute Menge Wein vertilgt wurde und die Räume heiß und überfüllt sind? Wird ein Edelmann einfach sagen: ‚gute Nacht, Verzeihung, Madame, ich habe den Abend immens genossen, darf ich Eure Fingerspitzen küssen?' Er wird dreiviertels betrunken sein und Euch in eine Nische oder hinter einen der Vorhänge manövrieren. Bevor Ihr wisst, was geschieht, ob ihr wollt oder nicht, wird Euer Domino um Eure Knöchel hängen und werden Eure Röcke bis zu Euren Ohren hinaufgeschoben sein!"

„Étienne", keuchte Antonia.

„Wenn Ihr die Keckheit besitzt, *bona roba* zu tragen, solltet Ihr von der Wahrheit nicht schockiert sein. Geht und zieht Euch um. Ihr werdet nicht zu der Maskerade gehen."

Zorn flammte in Antonias Augen auf, aber sie schwieg, weil die fette Kammerfrau mit einem Tablett, auf dem zwei Schalen süßen Kaffees standen, das Zimmer betrat. Sie stellte dies auf den frei gewordenen Stuhl und schlüpfte hinter den Wandschirm, um Antonias abgelegte Kleidung einzusammeln. Sie zeigte keine Anstalten, ihre Arbeit schnell zu erledigen, daher tranken Antonia und der Vicomte ihren Kaffee in angespanntem Schweigen, ohne einander anzuschauen.

„Es sieht Euch nicht ähnlich, dass Ihr nur zu Eurem Vergnügen wie eine Hure gekleidet auf eine Maskerade geht", sagte d'Ambert schließlich. „Es hat andere Gelegenheiten, andere Maskeraden gegeben, an denen Ihr nicht teilgenommen habt."

„*Grandpère* hätte das nicht erlaubt."

„Woher dann das plötzliche Verlangen, jetzt zu gehen? Es ist kaum der richtige Zeitpunkt, um Euch zu amüsieren."

„Das ist ungerecht!", flüsterte Antonia wütend.

„Die Casparti ist eine Hure, aber wenigstens erweist sie dem alten General den gebührenden Respekt. Ihr solltet in die Kapelle gehen und ein wenig beten."

„Ich bin keine Papistin, Étienne. Ich werde diese Kapelle nicht betreten. Mein Vater wäre sehr böse auf mich", sagte sie. „Außerdem, was habe ich heute Abend zu befürchten, wenn Ihr da sein werdet und mein Kostüm kennt?"

Er ließ sich nicht ablenken. „Warum genau wollt ihr an dieser Veranstaltung teilnehmen? Sagt es mir!", befahl er. „Sagt es mir oder ich werde Euch so lange in diesem Zimmer einschließen, bis ihr es tut!"

„Was ist falsch daran, sich amüsieren zu wollen?", antwortete sie leichthin und hob den schwarzen Domino mit scharlachroten Streifen vom Bett auf, um ihn um ihre Schultern zu legen. „Werdet Ihr mich zum Tanzen auffordern?"

„Ja – nein! Ihr werdet nicht dort sein!"

„Werden viele Leute aus Paris heute Abend dort sein?"

„Paris? Ja, viele. Warum?", fragte er und folgte ihr in den nächsten Raum. Er beobachtete sie aufmerksam, als sie den Inhalt einer Bänderschachtel durchsuchte und eine Halbmaske mit weißen Taubenfedern fand. „Ihr plant etwas Verrücktes", sagte er, schnappte die Maske und warf sie durch das Zimmer. „Ich werde Euch so gekleidet nicht ausgehen lassen!"

Sie ignorierte seinen Zorn und hob ruhig die Maske auf. „Wenn Ihr Euch nicht umkleidet, werdet Ihr zu spät kommen", sagte sie und trieb ihn zur Tür. „Ihr müsst vor mir ankommen, oder man wird uns zusammen sehen und meine Verkleidung durchschauen. Und wenn Ihr mich zum Tanzen auffordert, tut so, als würdet Ihr mich nicht im Geringsten kennen. Oh, Étienne, wir werden heute Abend großen Spaß haben!"

DREI

Das glaubte der Vicomte nicht. Als er am Fusse der Treppe herumstand und die Horden von Feiernden in ihren mit Federn und Bändern geschmückten, mit Edelsteinen und Schmuck übersäten Kostümen und die maskierten Gesichter aller Damen beobachtete, tadelte er sich selbst für seine Schwäche, Antonia die Teilnahme hieran erlaubt zu haben. Nicht, dass er sich einbildete, sie davon hätte abhalten zu können, indem er sie einsperrte. Sie hätte einen Ausweg gefunden oder einen Diener dazu überredet, die Tür aufzubrechen. Er hatte nur einen Blick auf sie erhascht, in der *Galerie des Glaces*, wo das Orchester mit dem Lärm der Feiernden wetteiferte. Bevor er zu ihr gehen konnte, fing ihn eine alternde Witwe, Tochter im Schlepptau, zu einer Unterhaltung ein und er verlor sie aus den Augen.

Die reich verzierten Salons neben der *Galerie des Glaces* standen den Feiernden offen, einer schloss sich an den anderen an, die lackierten, goldverzierten Möbel waren an die Wände geschoben, die Fensterflügel fest vor dem Herbstabend verschlossen und alle Kronleuchter strahlten im Lichterglanz. Gentlemen und Adlige mischten sich und versuchten, die Identität der maskierten Schönheiten zu erraten. D'Ambert fand sich vom Strom mitgerissen, der sich beständig durch die Räume bewegte, und als er mit dem Mann neben sich zusammenstieß, suchte er nach einem kleinen, schwarzen Domino mit einer Taubenfeder-Maske.

Er traute Antonia nicht, dass sie den Umhang über ihren Schultern lassen würde. Es war erdrückend heiß und viele Damen hatten ihre Umhänge abgelegt. Und wenn ein Gentleman sie zum Tanzen auffordern würde, müsste sie ihn ohnehin ablegen, weil er zwei Nummern zu groß war und über den Boden schleifte. Als er sie nicht im Salon der Diana fand, wandte er sich auf dem Absatz zum Zurückgehen um. Er würde bei der Tanzfläche Wache halten und hoffen, dass sie ihn dort fände. Er war gerade in die *Galerie des Glaces* zurückgegangen, als ein Arm sich ihm in den Weg streckte. Er wirbelte herum und sah sich seinem Vater gegenüber.

„Auf ein Wort, d'Ambert", befahl der Comte de Salvan.

Er bedeutete seinem Sohn, ihm zu einer Nische bei einem hohen Fenster zu folgen. Ein Gentleman, der die Tanzenden beobachtete, entfernte sich, als der Comte herannahte und verbeugte sich schwungvoll vor beiden. Der Comte schaute seinen Sohn mit völlig anderer Miene an.

„Wohin seid Ihr gestern Abend gefahren?", verlangte er zu wissen. „Euer schniefender Kammerdiener schwor, dass er es nicht wüsste! Ihr habt nicht in Eurem Bett geschlafen und Euer Pferd und Stallknecht wurden gesehen, wie sie nach dem Diner in die Ställe zurückkehrten. Habe ich Euch nicht deutlich genug gewarnt? Verlasst nie den Palast, ohne mich zu informieren. Wohin seid Ihr geritten?"

„V–Vater, i–ich …"

„Egal! Ääh! Könnt Ihr nichts zu mir sagen, ohne zu stottern wie ein Bauernlümmel?"

Der Comte unterbrach sich, um Schmeicheleien mit zwei maskierten Frauen auszutauschen, die vorüber glitten und mit ihren Fächern vor ihrem Busen flatterten und einladend lächelten. Er lachte über den Witz der einen und verbeugte sich auf die schweigende Einladung der anderen hin, dann wandte er sich wieder seinem Sohn zu, der hölzern an seiner Seite stand.

„Étienne, lügt mich nicht an. Ihr wart in Paris."

„Ich habe bei *grandmère* Salvan übernachtet."

„Glaubt Ihr, das weiß ich nicht? Haltet Ihr mich für einen Dummkopf? Ihr seid der Dummkopf!", zischte Salvan. „Ich verausgabe mich, um eine passende Partie für Euch zu arrangieren …"

„Ich will nicht …"

„Was Ihr wollt, spielt keine Rolle. Ihr seid mein Sohn. Ein Salvan. Ihr werdet tun, was am besten für den Namen unserer Familie ist."

„Diese bürgerliche Ketzerin zu heiraten, ist am besten für uns, Vater?", näselte der Vicomte hochmütig.

„Es ist zweckmäßig", sagte der Comte endgültig.

„Warum muss ich sie heiraten, um unsere finanziellen Schwierigkeiten ein Ende zu bereiten, aber um den Preis, mich damit zum Gespött unserer Freunde zu machen? Hört mir zu, Vater …"

„Ich streite nicht weiter mit Euch. Ihr werdet tun, was ich Euch sage, oder Ihr wisst, was passieren wird."

„Die Bastille macht mir keine Angst."

Der Graf musterte seinen Sohn und lachte. „Nein? Das werden wir ja sehen, mein Sohn. Abgeschnitten von der Welt und Euren Bequemlichkeiten würdet Ihr Eure Meinung bald ändern. Eine Prise, d'Ambert?"

Die Augen des Vicomte weiteten sich und er wurde blass. „N–nein ich – ich bevorzuge meine eigene Mischung, danke."

„Genau", kicherte Salvan und schloss seine Kiste mit einem Schnappen. Er wandte seine Aufmerksamkeit wieder den tanzenden Paaren zu. Sein Sohn starrte weiter aus dem Fenster. „Verschwindet, Étienne. Euer langes Gesicht beleidigt mich. Wartet! Sagt mal. Wer ist das kleine Täubchen, das mit Richelieu flirtet? *Parbleu*! Sie hat hübsche Knöchel."

Der Duc de Richelieu und seine Partnerin wirbelten hinter den anderen Tänzern einher und traten leichtfüßig wieder in die Reihe, tanzten die ganze Länge der Tanzfläche entlang auf eine Menge von Zuschauern zu, die am Rande des Kreises schwatzten und lachten. Der Mund des Comte bebte, als er das Paar auf sich zu tanzen sah.

„Oha! Richelieu ist ein Glückspilz! Sie hat nicht nur hübsche Knöchel, sondern auch noch prachtvolle Brüste!" Salvan schüttelte den Arm seines Sohnes, ohne die Augen von der Tanzfläche abzuwenden. „Étienne, schaut! Ist sie nicht entzückend? Ich muss Charmond finden. Er wird wissen, ob sie aus Paris ist. Ha! Was geschieht denn nun? Ein Rabe stürzt sich auf die Taube! Étienne, wollt Ihr mir wohl zuhören?", forderte er.

Der Vicomte trat vom Fenster weg und folgte dem Blick seines Vaters über das schimmernde Seidenmeer.

„Seht doch!", fuhr der Comte fort. „Der Tanz ist zu Ende und er ist gezwungen, sie ihrem nächsten Partner zu übergeben. Oha! Sie knickst hübsch genug, aber er schlendert davon und sieht gar nicht glücklich aus. Richelieu hat sich verraten, schätze ich." Er kicherte in ein parfümiertes Taschentuch und seine Augen funkelten wegen des kleinen Dramas, das sich vor ihm abspielte. „Armer *M'sieur le duc de Richelieu*! Er hatte auf Besseres gehofft und sucht nun Zuflucht bei Madame Duras-Valfons. Ich kann sehen, dass sie das ist. Ihre Maske kann diese anmutige Haltung nicht verbergen. Was kümmern Richelieus kleinliche Bemühungen um seine Mätresse, wenn er in diesem Spiel die Oberhand hat? Und wenn schon?" Salvan zuckte mit den Schultern. „*Mon cousin* ist ein vollendeter Schauspieler! Er wird Gleichgültigkeit vortäuschen, nur, um Richelieu zu ärgern. Er ist ein guter Tänzer, nicht wahr, Étienne?"

Der Vicomte antwortete nicht. Er starrte wie angewurzelt auf einen Punkt an der gegenüberliegenden Spiegelwand. Der Comte fragte sich, ob sein Sohn irgendetwas von seinem Monolog gehört haben mochte. Er seufzte irritiert darüber, dass er einen solchen Sohn gezeugt hatte, dem Hofintrigen überhaupt nichts bedeuteten und der ein melancholisches Gemüt besaß. Er verdrängte seine Gegenwart mit einem Knurren und einem Blick auf seinen Rücken und drehte sich um, um den Herzog von Roxton und seine Partnerin in der Taubenfedermaske zu beobachten.

Ein Bekannter in kanariengelben Seidenhosen und einem steifen Rock aus purpurn geblümtem Samt machte sich an Salvan heran und verbeugte sich schwungvoll.

„Salvan! Seht Ihr das auch?", flüsterte er dem Comte laut ins Ohr. „Diese Kleine macht sich zum Spektakel. Es geht das Gerücht, dass sie vom Maison Clermont wäre. Eine überaus schockierende Vorstellung! Eine ge-gewöhnliche Hure, die bei Hof hinter einer Maske tanzt! Um Mitternacht werden wir es erfahren. Charmond hat gewettet, dass es der verruchte englische Herzog ist, der sie dazu angestiftet hat. Könnt Ihr das glauben?"

„Nein", sagte Salvan und schob seine Unterlippe vor. „Das wäre selbst für ihn zu unfein. *Mon Cousin* ist berüchtigt, aber er weiß, wie man das Spiel spielt. Er geht zu Clermont, um die Neuheiten zu kosten, nicht, um Tänzerinnen für Maskeraden bei Hof zu suchen. Und diese hier, etwas sagt mir, dass sie in ihren Bewegungen nicht so geübt ist."

„Das mag sein, Salvan, aber letzte Nacht war Euer Cousin bei Clermont mit einem neuen Frauenzimmer, einer begabten Orientalin."

„So? Er ist neugierig", sagte der Comte achselzuckend. „Ihr könnt mich nicht glauben machen, dass dies eine Orientalin wäre. René, Ihr habt zu viel Wein getrunken! Wenn überhaupt, ist sie eine Schauspielerin. Würde Roxton offen mit einer gewöhnlichen Hure tanzen? Grotesk!"

„*Hélas*, es ist heiß hier drinnen", murmelte René und verabschiedete sich mit einer Verbeugung, um sich einer Dame anzuschließen, die ihn mit einer subtilen Bewegung ihres Fächers heranwinkte.

Salvan sah, dass sein Sohn immer noch wie eine Marmorstatue an seiner Seite stand. „Ihr seid interessiert, he, Étienne? Ihr tut so, als wäret Ihr schockiert, aber ich durchschaue Euch! Die Possen von *M'sieur le duc de Roxton* faszinieren Euch auch?"

„Ja, Vater", antwortete d'Ambert und führte mit einer zitternden

Hand eine Prise Schnupftabak an ein Nasenloch. Er sog tief die Luft ein.

„Warum betrachtet Ihr Roxtons Verführungsspielen von oben herab? Diese Frauen wollen das. Sie genießen es. Und es ist wohlbekannt, dass *mon cousin* im Bett sehr talentiert ist. Er verlässt sie mehr als befriedigt. Darin sind wir gleich, er und ich", prahlte Salvan. „Wenn Ihr mehr mein Sohn wäret, würdet Ihr Euch besser auf Frauen verstehen."

Der Vicomte begann, hysterisch zu lachen.

Die Brust des Comte de Salvan schwoll an. „Ich biete Euch meinen Rat an und Ihr wagt es, mich auszulachen?"

„Nein, Vater, nein!", kicherte der Vicomte. „Während Ihr und ich hier stehen, gewinnt er – er – Roxton, alles! Direkt unter unserer Nase gewinnt er alles! Ihr seid unfähig – unfähig, ihn aufzuhalten!"

„*Schweigt!* Schweigt, sage ich Euch! Die Leute schauen auf uns! Ihr seid verrückt!"

„Und was, wenn ich es wäre?", fragte d'Ambert und versuchte, seine Beherrschung wiederzufinden. Doch sein Mund zuckte und plötzlich brach er wieder in einen wilden Lachanfall aus. „Die kleine – die kleine Taube – sie–sie ist aus ihrem Käfig entwischt! Sie ist mit dem Raben davongeflogen!"

Salvan fuhr auf dem Absatz herum und seine kleinen Augen flogen suchend über die Tänzer und Zuschauer. Roxton war verschwunden, ebenso seine Tanzpartnerin.

„Ist das so erstaunlich? Muss man so darüber lachen?", fragte er. „Man könnte etwas von unserem Cousin lernen, he? Wenn Ihr mich nicht aufgehalten, von meinen Freuden abgelenkt hättet, wäre ich es gewesen und nicht er, der hinter einen Vorhang verschwunden wäre, um die Köstlichkeiten der kleinen Taube zu kosten! Lacht Ihr deshalb wie ein großer Trottel? Glaubt Ihr, Euer Vater wäre überlistet worden? Ha! So verlockend kann sie gar nicht sein, denn sie gab viel zu leicht nach. Darin liegt kein Reiz! Aber wenn ich *mon cousin* das nächste Mal sehe, werde ich ihn fragen, ob sie seiner Mühe wert war."

Der Vicomte wischte sich seine feuchten Augen mit der Rückseite eines breiten Ärmelaufschlags ab. An der Verbeugung und dem Lächeln, das er seinem Vater schenkte, war etwas seltsam Automatisches.

„Tut das, Vater. Roxton ist gerade mit Mademoiselle Moran fortgegangen."

🐎 🐎

DER HERZOG VON ROXTON HATTE BESCHLOSSEN, AN DER Maskerade des Palastes teilzunehmen, in der Hoffnung, seine Langeweile zu bekämpfen. Hätte Lord Vallentine seine Einladung angenommen, ihn zu begleiten, würden zweifellos das Auftreten seines Freundes unter dem französischen Adel und dessen Kriecher ihm etwas Vergnügen bereitet haben. Lord Vallentine zog es vor, zu Hause zu bleiben und einen ruhigen Abend mit der Schwester des Herzogs zu verbringen. Er sagte, er hasste Versailles und all seine Exzesse. Roxton hatte ihn alt genannt. Er neckte ihn mit seinen abnehmenden Verführungskünsten, woraufhin seine Lordschaft unter dem durchdringenden Blick Estée de Montbrails um eine Antwort rang.

Der Herzog ließ sich nicht vormachen, dass sein Freund die (für ihn) anstrengende Reise über den Kanal wegen des Vergnügens seiner Gesellschaft gemacht hätte. Er ließ sich auch nicht von dem gleichgültigen Gesicht seiner Schwester bei der Nachricht, dass Lucian Vallentine sie besuchen würde, zum Narren halten. Er fragte sich, wie lange es dauern würde, bis der eine oder die andere ihm die Wahrheit über ihre Gefühle anvertrauen würde. Sie beim Katz und Maus Spielen mit ihrer Zuneigung zu beobachten, war amüsant, half aber nicht, seine Langeweile zu bekämpfen.

Er war noch keine Stunde im Palast, bevor er beschloss, dass er genug von diesen Massen hatte, der parfümierten Hitze und dem unaufhörlichen Lärm schriller Stimmen. Er ignorierte mehrere Einladungen, mit einer willigen Dame hinter einem Vorhang zu verschwinden. Der angebotene Wein war für seinen verwöhnten Gaumen zu fade. Den frustrierten Bewegungen junger Leute und ihrer betrunkenen Gefährten zuzuschauen, machte ihm keine Freude. Und seine neueste Geliebte legte es darauf an, sich mit dem jungen Prinzen von Bouvallies zur Schau zu stellen, zweifellos, um eine eifersüchtige Reaktion bei ihm hervorzurufen. Er hasste solch vulgäres Benehmen und ihm lag nicht genug an ihr, als dass er sich hätte anstrengen wollen.

Als er an einer Seite eines verspiegelten Torbogens der *Galerie des Glaces* stand und die Tänzer durch sein Augenglas musterte, fragte er sich, ob er, und nicht sein Freund, langsam alt würde. Er ließ seufzend seinen Blick über die Menge gleiten und wollte schon auf dem Absatz kehrt machen und gehen, als er den Comte de Salvan und dessen Sohn erblickte. Was ihn interessierte, war die Haltung des Vicomte und sein versteinerter Blick auf die Tänzer. Ein Blick, dem er zum Duc de Richelieu und dessen Tanzpartnerin folgte, einer kleinen Frau in einer lächerlichen Federmaske, die schief auf ihrem lachenden Gesicht saß.

Er musste zugeben, dass sie tanzen konnte und zierliche Hände und Füße besaß. Doch sie erschien unbeholfen in einem Kleid, das seit mehr als einer Saison aus der Mode war. Das Mieder spannte sich zu eng über ihren Brüsten und ließ das Ganze unattraktiv erscheinen, während ein anderer Schnitt eine so üppige Figur sehr zu ihrem Vorteil hätte zeigen können. Diese Frau musste die schlechteste Schneiderin in ganz Frankreich haben. Das, oder sie war verarmt und auf der Suche nach einem Liebhaber mit fetter Börse, möglichst einem Ehemann, wenn sie einen einfangen konnte. Wer sie auch sein mochte, sie war absolut am falschen Ort …

Es kostete ihn nicht viele Minuten, Antonia aus dem schleimigen Griff des *duc de Richelieu* zu befreien. In der Tat war sie nur zu gerne bereit, den Tanzpartner zu wechseln, ein Umstand, der Richelieus zerbrechlichem Ego nicht schmeichelte, sodass er fortging, um sich mit Thérèse Duras-Valfons zu trösten. Roxton lachte in sich hinein bei diesem trotzigen Manöver, hielt es jedoch für typisch bei Armand.

Roxton tanzte eine Quadrille mit Antonia und wenn ihr bewusst war, dass er ihre Identität kannte, war sie doch schlau genug, den Anschein ihrer Verkleidung zu wahren. Sie plauderte nett über unwichtige Themen und brachte ein Lächeln zustande, wenn er nur einsilbig darauf antwortete. Er schaute sie nicht an, sondern spähte über die schillernde Menge hinweg nach dem nächsten und bequemsten Ausgang.

Als das Orchester die letzten Noten anschlug, tat er so, als wollte er sie wieder in die Menge zurückgeleiten, aber als sie erst von dieser verschluckt wurden, ging er einfach weiter. Als der Druck seiner Hand auf ihrem Oberarm fester wurde, schaute sie rasch zu ihm auf.

„Glaubt nicht, dass mich Eure Mätzchen amüsieren", zischte er, während er durch einen Salon, noch einen und den nächsten schritt. „Alle Schminke und Federn dieser Welt könnten Euch nicht vor mir verbergen."

„Nein, Monseigneur", antwortete sie respektvoll, aber ließ den Kopf hängen, damit er ihr breiter werdendes Lächeln nicht sehen konnte.

Er sagte nichts weiter, bis sie im Hof waren und auf seine Kutsche warteten. Einer seiner Lakaien kam durch das Gewühl von Kutschen und Pferden gerannt mit einem Umhang und schwarzen Handschuhen. Ein anderer schoss zwischen zwei Kutschen hervor und blieb, auf Anweisungen wartend, dort stehen. Einen Augenblick später hielt eine elegante vierspännige Kutsche vor ihnen und zwei in Livree gekleidete Diener sprangen vom Kutschbock, um die Stufen herunterzulassen.

„Sagt dem Jungen, wo Eure Räume sind", befahl der Herzog. „Ich vermute, Ihr habt – äh – *Sachen*?"

„Nichts von großer Wichtigkeit", antwortete Antonia fröhlich, gab aber dem Diener gehorsam Anweisung, wo er Maria Caspartis Zimmer finden würde und was er abholen sollte. Es wäre nur ein kleiner Portmanteau und der stünde an der Tür, und er sollte die dicke Kammerfrau, die auf sein Klopfen öffnen würde, nicht erschrecken. Als der Junge in der Nacht verschwand, drehte sie sich erwartungsvoll zum Herzog um.

Er beobachtete sie, während er seine Handschuhe überstreifte und als er ihren Schauder der Erregung sah, dachte er, sie würde frieren und half ihr in das gut gefederte Fahrzeug. „In der Ecke liegt ein Umhang. Legt ihn Euch um die Schultern."

„Darf ich jetzt diese dumme Maske abnehmen?"

„Unbedingt", sagte er und schnippte mit den Fingern, um einen Lakaien auf sich aufmerksam zu machen. „Ihr habt überhaupt keine Angst?", fragte er; seine Augen wirkten umschattet.

„Warum sollte ich, Monseigneur?", fragte sie aus dem Fenster heraus. „Ihr bringt mich nach Paris!"

„Euer Vertrauen ist fehl am Platze. Ich tue es aus meinen eigenen Gründen, nicht um Euretwillen."

„Ja, natürlich. Aber wir fahren doch nach Paris, oder nicht?"

„Ja", sagte er mit einem gereizten Seufzer. „Jetzt legt den Umhang um, bevor Ihr Euch den Tod holt, und sitzt still, bis ich wiederkomme."

Antonia tat, wie sie geheißen wurde, kam aber sofort zum Fenster zurück. „Ihr lasst mich doch nicht allein?", fragte sie kleinlaut. „Was, wenn – wenn jemand kommt, während Ihr fort seid?"

„Ich würde mir an Eurer Stelle keine unnötigen Sorgen machen", sagte er bissig. „Nachdem Ihr jetzt unter meinem – äh – *Schutz* steht, liegt Euer Ruf ohnehin in Trümmern. Kein Gentleman würde es wagen, mich beleidigen zu wollen, indem er versuchte, Euch zu retten."

„Dann werde ich mir keine Sorgen machen, Monseigneur", sagte sie fröhlich und verschwand drinnen, wo sie sich unter dem Kaschmirschal in eine samtbezogene Ecke kuschelte.

Roxton hatte eine völlig andere Reaktion auf seinen Scherz erwartet. Antonias uneingeschränktes Vertrauen brachte ihn aus dem Gleichgewicht. Ebenso ihre Verwendung der höflichen Anrede *Monseigneur* statt des formelleren *M'sieur le duc.* Es klang vertraulich, wenn sie es aussprach, und das gefiel ihm nicht; es störte ihn und ging ihm auf die Nerven. Er fragte sich, ob sie einfach unverschämt war. Als daher sein Kammerdiener, der an seiner Seite gestanden und diesem merkwürdigen Wortwechsel zwischen seinem Herrn und dem zierlichen, geschminkten Frauenzimmer gefolgt war, ihn nach seinen Anweisungen fragte, zögerte der Herzog mit der Antwort. Er starrte weiter geistesabwesend auf das offene Fenster seiner Kutsche, als ob er darauf wartete, dass Antonia wieder erscheinen möge, bis sein Kammerdiener in seine behandschuhte Faust hüstelte.

Schließlich rief er nach Schreibzeug und nachdem er eine Nachricht geschrieben und mit seinem Siegel (Wachs und Licht wurden vom Leuchter eines Pagen beschafft) verschlossen hatte, befahl er seinem Diener, eines der Pferde zu nehmen, auf schnellstem Weg zum Hôtel de Roxton zu reiten und das Briefchen Madame de Montbrail zu überbringen. Und wenn Madame bereits zu Bett gegangen wäre, sie herauszuholen; eine Aussicht, die den Kammerdiener nicht freute, denn ihm war Madames Temperament nur zu gut bekannt. Doch er zeigte seinem Herrn ein ausdrucksloses Gesicht und galoppierte innerhalb der nächsten zehn Minuten davon, die Nachricht sicher im Innenfutter seines Kammgarnmantels verstaut.

Der Herzog stieg nicht in die Kutsche, bevor nicht der Lakai mit Antonias Portmanteau zurückkam, dann wurde Befehl zur Abfahrt gegeben und die Pferde setzten sich in Bewegung. Die Kutsche bog in den von Bäumen gesäumten Boulevard ein, an einer Reihe wartender Kutschen und Wagen vorbei, in Richtung der Straße von Versailles nach Paris. Der Herzog saß Antonia schräg gegenüber, die sich aus dem Fenster beugte, die kühle Nachtluft im Gesicht, und einen letzten Blick auf den Palast warf.

„Schiebt das Fenster hoch", befahl er in seinem leisen, näselnden Ton.

Antonia gehorchte und lehnte sich in ihre Ecke zurück. Ihr gepudertes Haar war zerzaust und vom Winde verweht und fiel in einer wirren Masse über ihre bloßen Schultern. Die sorgfältig aufgetragene Schminke war verschmiert und ihr Kleid war so zerknittert, dass selbst größte Mühe beim Bügeln die Falten nie wieder würde beseitigen können. Es kümmerte sie nicht und sie war auch wegen des wachsamen Schweigens der Herzogs nicht besorgt. Sie war Versailles und dem Comte de Salvan entkommen, näher an London und der Großmutter, die sie erst noch kennenlernen musste.

„Seid Ihr nicht neugierig darauf, wohin ich Euch bringe?", fragte er.

„Ich weiß es. Ins *hôtel de Roxton* in der Rue St. Honoré", sagte sie zuversichtlich und lächelte, als in seinen schwarzen Augen leichte Überraschung aufblitzte. „Es ist das größte Herrenhaus in Privatbesitz von ganz Paris und Ihr habt eine Armee von Dienern und es gibt im zweiten Stock eine gute Bibliothek …"

„Ich kenne mein eigenes Haus!", fauchte er. „Was, wenn ich Euch sagen würde, dass ich Euch nicht in dieses Haus bringe?"

„Monseigneur hat noch ein anderes?", fragte sie mit erwachender Neugier und zog ihren Schal enger um sich, den ein Schlagloch in der Straße von einer Schulter hatte gleiten lassen. „Ich würde das in der Rue St. Honoré vorziehen, weil ich die Bibliothek sehen möchte, aber wenn

Ihr mich lieber in dieses andere bringen wollt – hat es auch eine Bibliothek?"

„Ihr seid entweder eine überaus gute Schauspielerin oder äußerst einfältig …"

„Ich bin nicht einfältig!" erwiderte Antonia. „Papa hat mir eine sehr gute Ausbildung in Klassik und Geschichte zuteilwerden lassen und mir beigebracht, wie man spricht …"

„Er hat vergessen, Euch beizubringen, höflich zu älteren Personen zu sein", sagte der Herzog kalt. „Wenn wir einigermaßen miteinander auskommen sollen, müsst Ihr wissen: Es gibt drei Dinge, die ich verabscheue: Mangel an gutem Benehmen, Schlampigkeit und Dummheit."

„Ja, *M'sieur le duc*", antwortete sie brav, konnte aber ihre Grübchen nicht unterdrücken. Als sie sah, wie seine Kiefermuskeln sich anspannten, senkte sie den Blick. „Verzeihung. Ich versuche mich zu benehmen, wie es sich gehört, aber das ist sehr schwierig, wenn man gelehrt wurde, offen zu sprechen und das plötzlich nicht mehr tun soll."

„Euer Vater war ein Narr, Euch wie einen Jungen zu erziehen. Ja, ich weiß alles darüber. Genauso, wie Ihr alles über mein Haus und mein Personal, meine Bibliothek und zweifellos auch über – äh – meine *Gewohnheiten* wisst. Also verzichten wir auf diese Scharade. Ich werde Euch einige Fragen stellten, auf die ich wahrheitsgemäße …"

„Ich lüge nicht!"

„… auf die ich wahrheitsgemäße Antworten erwarte", endete er betont.

„Ja, *M'sieur le duc*", antwortete sie leise. Sie strich sich das Haar aus dem Gesicht und rutschte herum, um sich bequemer in die Kissen zu setzen. Als sie sich endgültig zurechtgesetzt hatte, zeigte sie ihm ein gehorsames Gesicht voller Erwartung. „Ich bin bereit."

„Danke", sagte er geduldig und zog seine Schnupftabakdose heraus. „Warum hat Strathsay Euch im Palast zurückgelassen?"

„Ich weiß nicht. Er war sehr krank. Vielleicht dachte er nicht darüber nach? Er wollte auch Maria nicht mitnehmen."

„Maria?"

„Seine Hure."

„Seine Mätresse?"

„Das sagte ich doch. Seine Hure."

„Es ist höflicher, sie seine Mätresse zu nennen."

„Das sagte ich ja auch, aber Étienne besteht darauf, dass sie eine Hure ist", erklärte Antonia ihm. „Ist das nicht ein und dasselbe?"

„Ja und nein. Eine Frau, die von einem Gentleman ausgehalten wird, der ihre Bedürfnisse und Wünsche im Austausch gegen ihrer – äh

– *Gunst* erfüllt, das ist eine Mätresse. Eine Hure ist etwas völlig anderes.“

„Ja, Monseigneur?“, fragte Antonia, den Kopf zur Seite geneigt.

Roxton schaute von seiner Betrachtung der Gravur seiner goldenen Schnupftabakdose auf und ließ sich von ihrem höflich fragenden Gesichtsausdruck nicht täuschen. Ihre klaren grünen Augen funkelten mutwillig. Zum ersten Mal in seinem Leben verspürte er in Gegenwart eines weiblichen Wesens verlegenes Unbehagen. Das ärgerte ihn – eine unheimliche Fähigkeit, die sie bestens beherrschte. Als ob sie seine Gedanken lesen könnte, war sie es, die das Schweigen zwischen ihnen durchbrach.

„Es tut mir leid. Ich hatte nicht die Absicht, Euch in Verlegenheit zu bringen“, sagte sie offen. Im nächsten Atemzug war sie am Fenster und hatte schon den Vorhang zurückgezogen. „Monseigneur“, zischte sie. „Habt Ihr das gehört? Das klang wie ein Schuss! Und wir werden langsamer! Glaubt Ihr, dass es hier Straßenräuber gibt? *Mon Dieu*, ist das nicht aufregend!“

Sie drückte ihre kleine Nase an das Glas, war aber mit dem Blick nicht zufrieden und wollte das Fenster herunterschieben. Eine energische Hand warf sie in den Sitz zurück und ein behandschuhter Finger wurde auf ihre Lippen gedrückt.

„Ruhig“, flüsterte der Herzog und als sie nickte, nahm er seine Hand fort. Er tastete in einer Tasche nach seiner silberbeschlagenen Pistole und spannte den Hahn.

Ein erneuter Knall, lauter als der vorhergehende und aus einer Donnerbüchse, und die Kutsche kam mitten auf der Straße zum Stehen. Der Kutscher war in den Arm getroffen worden, er war sicher, dass der Knochen zerschmettert worden war und krümmte sich vor Schmerzen. Es gab keine weiteren unmittelbaren Opfer. Der Rest der Männer des Herzogs blieben auf ihren Posten und wagten es nicht, sich zu bewegen. Nur die Pferde zogen an ihrem Geschirr und stampften ängstlich mit den Hufen. Auf der anderen Seite des Wegs befanden sich drei Männer zu Pferd, die Hüte tief ins Gesicht gezogen, um ihre Gesichter vom Mondlicht abzuschirmen. Eine Kutsche und ein *carabas*, die aus der entgegengesetzte Richtung kamen, waren fünfzig Yards weiter unten an der Straße aufgehalten worden. Die Insassen waren zu einer Gruppe zusammengetrieben worden und standen von zwei wie ihre Kumpane gekleideten Männer, die ihre Gefangenen mit Pistolen bedrohten, bewacht. Alles war in unheimliches Mondlicht getaucht. Die Landschaft ringsum war bewaldet und dunkel.

Der Herzog stieg nicht aus, bis er von einem dumpfen Schlag mit dem Kolben einer Donnerbüchse an der Kutschentür, die sein Wappen trug, rüde dazu aufgefordert wurde. Er bewegte sich lässig, aufreizend langsam, und bediente sich weiter aus seiner Schnupftabaksdose. Während der ganzen Zeit machte er sich ein Bild von der Lage: dem Standort der beiden Reiter, dem großen, schmutzigen Räuber, der in der Nähe stand und dem aufgehaltenen Verkehr weiter unten an der Straße. Seine offensichtliche Lässigkeit verwirrte den Rohling, der ihm am nächsten stand, denn er sah sich hilfesuchend nach seinen Komplizen um.

„Durchsuch die Kutsche", kam der Befehl.

„Das würde ich nicht tun", sagte der Herzog hochmütig und staubte mit einem Spitzentaschentuch seinen Rockärmel ab.

Der große Rohling zögerte. Er war kräftig gebaut und groß und gut mit seinen Fäusten, aber dieser Edelmann mit seinen hageren, aristokratischen Gesichtszügen und der Pracht unter seinem gut geschnittenen Umhang war noch größer. Er kannte auch den Ton eines Befehls.

„Los schon, Pierre!", kam der Befehl.

Der Schläger grunzte, wütend über seine Schwäche. Was würde dieser Edelmann ihm vor den Augen seiner Kumpane schon anhaben können? Er hatte seine Befehle. Er hatte auch Anweisung, diesem Edelmann keinen Schaden zuzufügen. Das würde er noch sehen müssen; es juckte ihm in den Fingern, dieser zarten Haut ein paar blaue Flecken zuzufügen. Er kam einen Schritt näher, aber der Edelmann stand zwischen ihm und der Wagentür.

„Wenn Ihr mein Eigentum berührt, werde ich gezwungen sein, Euch aufzuhalten", sagte der Herzog ruhig.

„Wir wollen das Mädchen", rief der Bandit, der zuvor die Befehle gebrüllt hatte. „Wenn wir das Mädchen haben, steht es Euch frei, Euren Weg fortzusetzen!"

„Mädchen? Da liegt ein Missverständnis vor."

Die Stimme des Anführers wurde grob. „Es gibt kein Missverständnis! Ihr habt das Eigentum meines Herrn entführt! Es will es wiederhaben."

Der Herzog erschien empört. Seine Finger krümmten sich um den Abzug der Pistole. Die andere Hand hielt ein parfümiertes Taschentuch an seine schmalen Nasenlöcher und er atmete ausgiebig ein. Obwohl seine Aufmerksamkeit weiter auf den großen Rohling gerichtet war, der vor ihm stand, sprach er zu dem Anführer zu Pferd.

„Das Eigentum Eures Herrn?", antwortete er kalt. „Das kleine Luder! Natürlich könnt Ihr sie haben. Sie hat mir versichert, sie hätte keinen anderen Liebhaber."

Alle drei Männer kicherten darüber, und die beiden zu Pferd

machten einen ziemlich anzüglichen Witz. Der Anführer, in dessen Stimme noch das Lachen mitklang, schaute den Herzog wieder an.

„Es ist ein Jammer, Euer köstliches Schäferstündchen unterbrechen zu müssen, *M'sieur le duc*. Aber seht Ihr, bei der da würdet Ihr nicht weit kommen. Ihre Tugend ist so wohlbewacht wie die Bastille. Ihr habt Euch richtig hinters Licht führen lassen!"

Seine Kumpane begannen zu kichern und der große Schläger mit der Donnerbüchse trat vor und schob den Herzog mit der Schulter beiseite. Er packte die Tür, riss sie auf und hatte einen Stiefel auf die herunterklappbaren Stufen gesetzt, als es einen ohrenbetäubenden Knall gab. Er verlor den Halt, taumelte zurück, die Donnerbüchse fiel ihm aus der Hand und er stürzte tot in den Schlamm.

„Nein, meine Freunde", sagte der Herzog, „Ihr seid es, die hinters Licht geführt wurden. Ich habe sie gerade genommen."

Der Anführer, der durch den Tod seines Kumpans für einen Moment in Starre verfallen war, funkelte den Herzog böse an. „Was?!", donnerte er und drückte sein Pferd nach vorne. Er wusste nicht, was er als Nächstes tun sollte, aber eine Bewegung an der Wagentür ließ sein Zögern verschwinden. „Raus da!"

Der Klang eines Schusses so dicht am Wagen hatte Antonia sofort zur Tür geholt, voller Angst, der Herzog könnte getroffen worden sein. Als sie ihn ganz ruhig und in ihrer Nähe stehen sah, eine rauchende Pistole in der Hand, erschien ein erleichtertes Lächeln auf ihren Lippen und sie fürchtete sich nicht mehr. Sie schaute sich auf der Suche nach den Folgen seines Handelns um und riss die Augen auf, als sie den toten Mann mit dem Gesicht nach oben in einer Schlammpfütze liegen sah.

Als daher der Räuber zu Pferd auf die Kutsche zu stürmte, schrie und mit einer Pistole fuchtelte, reagierte sie nur langsam. Was dann folgte, geschah schnell. Später war sie sich nicht mehr sicher, in welcher Reihenfolge sich die Ereignisse genau abgespielt hatten – es war wie im Nebel, Schreie, der ätzende Geruch von Schießpulver; ihr Sturz in den Schlamm, wie sie auf die Beine gezerrt wurde, nach dem Herzog Ausschau hielt und ihn gesund vor sich sah; wie er ihr etwas zurief, sie aber seine Worte wegen eines letzten, ohrenbetäubenden Knalls nicht hören konnte; ein brennender Schmerz, der nicht aufhören wollte; und schließlich, wie sie in den Armen des Herzogs zusammenbrach.

Dann wurde alles schwarz.

⁂

Lord Vallentine kehrte vom Abendessen im Haus eines Freundes zurück und erkundigte sich bei Duvalier, ob Madame sich für die Nacht zurückgezogen hätte. Der Butler, ein außergewöhnlich diskreter und hochmütiger Mann seines Standes, der dem Herzog diente, seit sein Herr ein junger Mann gewesen war und der sich deshalb allen anderen überlegen fühlte, war nicht daran gewöhnt, mit einem „He da" und einem fröhlichen Grinsen begrüßt zu werden. Das brachte ihn aus der Fassung. Das tat Lord Vallentine immer, und es bewirkte, dass Duvaliers Gesicht erstarrte. Dieser Abend machte eine Ausnahme. Der Butler war besorgt und das ließ sich auf seinen aufgetauten Gesichtszügen ablesen. Seine Lordschaft bemerkte dies und runzelte die Stirn.

„Was gibt es?", fragte Lord Vallentine unverblümt. „Ist *M'sieur le duc* aus Versailles zurückgekehrt?"

„Nein. Das soll heißen, dass Monseigneur noch nicht aus Versailles zurückgekehrt ist, M'sieur."

„Er kommt spät, nicht wahr?"

„Das geschieht manchmal", antwortete der Butler steif.

„Schon gut! Schon gut! Ich bin kein ignoranter Dummkopf."

„M'sieur, ich wollte nicht andeuten ..."

„Nicht nötig. Ich weiß, was Ihr sagen wolltet! Sagte er, dass er zu einer bestimmten Stunde zurückkehren wollte?"

„Ja, M'sieur."

„Also hat er sich verspätet!"

„Zwei Stunden ..."

„Zwei Stunden, wie?", murmelte Vallentine. Er zog den Butler beiseite, aus der Hörweite des Portiers und eines herumstehenden Lakaien. „Irgendwelche Nachrichten?"

„Der Kammerdiener Monseigneurs kam zu Pferd mit einer Nachricht für Madame an", vertraute Duvalier ihm an.

„Er ist jetzt bei ihr?", fragte er und als der Butler den Kopf schüttelte, rieb er sich sein gespaltenes Kinn. „Ich denke, ich sollte mit Madame sprechen."

„Sehr wohl, M'sieur", antwortete der Butler und hätte noch mehr gesagt, doch Lord Vallentine rannte bereits ohne weiteres die Treppe hinauf. Duvalier sah ihm mit einem kleinen Lächeln hinterher, er wusste, was ihn erwartete. Als er sah, wie der Portier ihn anstarrte, wurde sein Gesicht wieder ausdruckslos und er zog sich in seine Kammer zurück, um die weiteren Entwicklungen abzuwarten.

Madames Zofe ließ seine Lordschaft in das ausgesprochen weibliche Boudoir ein, das stark nach Madames Parfüm roch. Die Möbel waren vergoldet und mit hellblauem, geblümtem Damast bezogen. Estée lehnte sich auf einer Chaiselongue zurück, ein schweres Seidengewand über ihrem Nachthemd und Pantöffelchen aus Glacéleder an ihren bestrumpften Füßen. Sie hatte einen Arm vor ihre Stirn geschlagen und in ihrer Hand hielt sie ein zerknülltes Stück Papier. Das Licht war trübe und warf Schatten auf die Wandbespannung aus Stoff.

Lord Vallentine musste blinzeln, um etwas sehen zu können.

„Was ist los?", fragte er.

Estée sah ihn, brach erneut in Tränen aus und vergrub ihr Gesicht in einem Chintz–Kissen. Vallentine stürzte vor und kniete sich neben ihr hin. Mit einem Rucken seines Kopfes schickte er die Zofe fort. Sie eilte davon, aber nur zur anderen Seite der Tür, die sie leicht angelehnt ließ, damit sie das Gespräch deutlich hören konnte.

„Schaut mich an, meine Liebe", sagte er besänftigend und tätschelte ihre Hand. „Es ist sinnlos, in dieses Kissen zu sprechen – es versteht nichts und ich kann nichts hören, wenn Ihr mich nicht anschaut."

Madame schnüffelte. „Ihr seid grässlich, dass Ihr hierherkommt, wenn ich einfach schrecklich aussehen muss! Mein Gesicht ist verschmiert und – und meine Augen sind rot und – Oh! Lucian!", platzte sie heraus und warf sich in die Arme seiner Lordschaft.

Er war glücklich, sie festhalten zu dürfen, in der Tat, hätte sie nicht geweint, würde er sie geküsst haben. Aber sie weinte an seiner Schulter und befleckte eine makellose, mit Silberfäden durchwirkte Weste, und das konnte er nicht ertragen. Außerdem kam er sich ziemlich dumm vor, nicht zu wissen, wie er diesen Strom eindämmen sollte, und so saß er einige Minuten lang bei ihr, bis ihr hysterisches Schluchzen von selbst aufhörte, und gab ihr dann sein trockenes Taschentuch.

„Danke", sagte sie mit schwacher Stimme. „Bitte ruft Hélène, sie soll etwas Burgunder holen." Als er zurückkam, saß sie aufrecht, mit dem Rücken zu dem Kronleuchter, sodass die Schatten ihrem fleckigen Gesicht schmeichelten. „Lest das", befahl sie und drückte ihm das zerknitterte Papier in die Hand. „Das ist von Roxton. Ich weiß nicht, was zum Teufel in ihn gefahren ist! Er war schon fast den ganzen letzten Monat nicht erst selbst, und jetzt dies! Ich weiß, dass man seine Stimmungen nie einschätzen kann, und er kann unerträglich und hochnäsig sein, aber in letzter Zeit wurde mir klar, dass er über etwas brütete. Jetzt weiß ich auch, warum!"

Lord Vallentine strich das Papier auf einem seiner seidenbedeckten Knie glatt, während sie noch sprach und las dann die vertraute Handschrift. Um ehrlich zu sein, konnte er nicht verstehen, warum Estée solches Aufhebens machte. „Wer ist der Gast?", fragte er beiläufig.

„Gast? *Gast*. Ihr seid ebenso schamlos wie er!"

„Langsam, Estée", warnte seine Lordschaft. „Ich protestiere dagegen, mit Eurem Bruder in eine Schublade gesteckt zu werden. Er ist mein bester Freund, aber das heißt nicht, dass mir die Art, wie er lebt, gefällt. Aber andererseits verurteile ich ihn auch nicht. Was die Scham-losigkeit angeht …"

„Tut doch nicht, als wäret Ihr ein solcher Trottel, Lucian! Ihr wisst ganz genau, was ich meine."

„Wie dem auch sei", stellte seine Lordschaft fest, „ich weiß nicht, was Ihr einzuwenden habt. Er bittet Euch nur, ein Zimmer vorzube-reiten und eines der Zimmermädchen als Kammerfrau anzustellen, bis eine passendere Lösung gefunden werden kann."

„Passendere Lösung?", höhnte Madame. „Er hat sich endlich mit der falschen Art von Frau eingelassen und wird dafür zur Rechenschaft gezogen! Das wird ihn lehren zu vergewaltigen und zu verführen …"

„Estée!" Seine Lordschaft schnappte nach Luft. „Hoffentlich kommt der Burgunder *subito*! Ihr braucht ihn! Roxton läuft nicht herum und vergewaltigt und verführt, und das wisst Ihr! Und er ist ein viel zu schlüpfriger Fisch, als dass er sich von einem weiblichen Haken fangen lassen würde, der vor seinen Augen baumelt, ganz gleich, wie verführe-risch. Warum seid Ihr so außer Euch? Er schreibt, es wäre nur für ein oder zwei Tage …"

„Warum schreibt er dann im nächsten Satz, dass ich Maurice bestellen soll – *Maurice*. Den besten Damenschneider von Paris, keinen Geringeren."

Lord Vallentine zuckte die Achseln. „Wer weiß. Aber das kann doch keine so große Unannehmlichkeit sein, oder?"

Madame wollte ihm gerade genau erklären, was für Unannehmlich-keiten es waren, als Duvalier mit einer Flasche Wein und zwei Gläsern ankam und sie vor seine Herrin stellte. Er goss ein und ging dann mit einer Verbeugung und einem winzigen Blick zu seiner Herrin, die seine Anwesenheit nicht beachtete.

„Ich werde *kein* Zimmer vorbereiten lassen und *keines* der Mädchen dazu bestimmen, als Kammerfrau zu dienen! Und ich weigere mich, Maurice herzubestellen, damit er um eine von Roxtons Huren herum-schwänzelt! Glotzt mich nicht so an, Lucian! Ihr wisst sehr wohl, dass es das ist, was sie sein muss, sonst wäre sie nicht ohne Begleitung und anständige Kleider in der Gesellschaft meines Bruders! Und glaubt nicht, dass ich ein vernünftiges Wort aus diesem Diener herausbe-kommen könnte. Sie sind alle gleich! Verschlagene, maulfaule Barbaren!"

„Ellicott ist kein Barbar. Er ist ein Engländer, der verdammt gut Französisch sprechen kann."

„Genau! Ein Barbar!"

Lord Vallentine hielt den Mund, er wusste, dass es sinnlos war, mit Madame zu streiten, wenn sie einen ihrer Wutanfälle hatte. Er nippte an seinem Wein und fragte sich, was seinen Freund aufhalten mochte. Er begann, sich Sorgen zu machen, daher schickte er nach dem Kammerdiener des Herzogs in der Hoffnung, dass der Diener ihm das Herz leichter machen würde.

„Erzählt mir von diesem Frauenzimmer, mit dem mein Bruder sich eingelassen hat", sagte Estée mürrisch.

„Hört zu, Estée", sagte seine Lordschaft beruhigend. „Würde Euer Bruder eine seiner – seiner – eine dieser Frauen hierherbringen, in ein Haus, das er sich mit seiner Schwester teilt? Er mag lockere Ansichten haben, aber er weiß, was er seinem Namen schuldig ist. Wenn sie zu der Art von Frauen gehörte, würde er sie nach – nach …"

Madame hob perfekt gewölbte Brauen. „Ja?"

Vallentine seufzte. „Ihr könnt es genauso gut wissen. Ein weiteres schmutziges Detail über die Lebensweise Eures Bruders wird Euch kaum zum Erröten bringen. Er hat am Südufer der Seine ein *petite maison*, zum Zwecke der – äh – Unterhaltung."

„Tatsächlich!", fauchte Estée. „Dann fragt man sich, warum er auch noch das Maison Clermont besuchen muss!"

Seine Lordschaft lächelte verlegen. „Ihr kennt Roxton. Er langweilt sich so schnell."

Es klopfte an der Tür und Hélène ließ Ellicott, den Diener des Herzogs, ein. Er verbeugte sich vor seiner Lordschaft, sein Gesicht war ausdruckslos, obwohl er sich erst eine halbe Stunde zuvor eine strenge Strafpredigt von Madame hatte anhören müssen.

Vallentine wusste, dass er Roxton höchst ergeben war, dass er viele amouröse Abenteuer mit seinem Herrn erlebt hatte, ohne jemals anderen Dienern oder Freunden auch nur ein Wort über Roxtons Ausschweifungen mit Frauen zu verraten. Daher war es unwahrscheinlich, dass er bei dieser Gelegenheit die geringste Kleinigkeit an Information preisgeben würde. Vallentine hoffte nur, Ellicott würde ihm sagen, was der Herzog im Schilde führte. Er beschloss, den Mann in seiner eigenen Sprache zu befragen, was ihm zweifellos Madames Zorn zuziehen würde, aber er hoffte, es würde es dem Kammerdiener leichter machen und ihn eher zur Offenheit veranlassen.

„Ihr seht zu schrecklich besorgt aus, Ellicott. Was ist los?"

Der Kammerdiener warf einen raschen Blick auf Madame de Montbrail, die sich bei den englischen Worten des Lords kerzengerade aufgesetzt hatte, mit roten Flecken auf beiden Wangen.

„Das kann ich nicht sagen, Mylord", sagte er vorsichtig.

„Wer oder was ist der Gast Seiner Gnaden?"

„Seine Gnaden haben mich nicht ins Vertrauen gezogen, Mylord."

Lord Vallentine entschied sich für eine direktere Frage. „Ist sie eine Hure, die er bei der Maskerade aufgesammelt hat?"

„Wie ich erklärte", sagte Ellicott hölzern, „ich kann es nicht sagen."

„Ganz hübsch zugeknöpft seid ihr, hm? Schaut, Ellicott. Ihr kennt mich. Ich bin der beste Freund des Herzogs. Ich mache mir Sorgen. Seine Schwester macht sich Sorgen."

„Ihr seid dumm, dass Ihr auch nur versucht, mit diesem Barbaren zu sprechen!", warf Estée Vallentine vor. „Er wird Euch nichts verraten! Roxtons Diener sind alle gleich. Verschlagen und unverschämt und – und Affen, sie alle! Er hat sie nur zu gut erzogen. Ich gehe, um mich um mein Gesicht und meine Haare zu kümmern, aber ich komme wieder und dann werdet Ihr so gut sein, mir alles mitzuteilen, was dieser Barbar Euch erzählt hat."

Lord Vallentine beobachtete, wie sie aus dem Zimmer rauschte, und wandte sich dann ausdruckslos dem Kammerdiener zu. „Heraus damit. Was führt der alte Fuchs im Schilde?"

„Ich weiß es nicht genau, Mylord", sagte der Kammerdiener aufrichtig. „Wenn Euer Lordschaft erlauben … ich mache mir Sorgen um das Wohlergehen Seiner Gnaden. Die Fahrt von Versailles dauert normalerweise nicht länger als eine Stunde und mit Pferden, wie Seine Gnaden sie im Stall hat, gewöhnlich noch weniger."

„Ihr glaubt also nicht, dass er in dem *petite maison* in der Rue St. Dominique Halt gemacht hat, wie?"

Ellicott hielt Lord Vallentines fragendem Blick stand, ohne ertappt mit der Wimper zu zucken.

„Ich habe die Zimmer des Herzogs hier vorbereitet, Mylord, wie er befahl."

„Und Ihr könnt mir nichts über dieses Frauenzimmer sagen, das bei ihm ist, he? Hey! Was ist das?", sagte er und ging zum Fenster.

Er hatte eine Kutsche über das Pflaster im Hof unten rattern hören. Er schob die schweren Vorhänge beiseite. Es war die Kutsche des Herzogs und die übliche Aufregung und das Durcheinander, das ihre Ankunft stets begleitete, nahm seinen Lauf. Seiner Lordschaft fiel nichts Ungewöhnliches an der Szene auf, die sich vor ihm abspielte, und er wollte bereits den Vorhang fallen lassen, aber Madame kam auf ihn zugeeilt und verlangte zu wissen, was vor sich ginge. Erst da bemerkte er die Abwesenheit des gewöhnlichen Kutschers des Herzogs.

„Hat Baptiste Roxton heute Abend kutschiert?", fragte Vallentine Ellicott auf Französisch.

„Das tut er immer, Mylord."

Lord Vallentines edle Stirn runzelte sich. „Das ist seltsam. Er sitzt nicht auf dem Kutschbock."

Der Kammerdiener schrak zusammen. „Darf ich …“

„Geht! Geht!“, sagte Vallentine mit einer Handbewegung, seine Nase an die Fensterscheibe gedrückt. „Er ist noch nicht ausgestiegen, Estée. Der Schlag steht offen – na, das ist seltsam …“

„Was? *Was?*“, forderte Estée zu wissen, die sich an den Hemdärmel seiner Lordschaft klammerte und es nicht wagte, über seine Schulter zu blicken.

„Ich glaube, ich gehe besser nach unten“, sagte Vallentine. „Einer der Lakaien ist in die Kutsche gesprungen und nicht herausgekommen. Jetzt ist ihm ein anderer gefolgt, und der kommt heraus, rennt wie ein Hase herum und brüllt nach einem Pferd. Duvalier ist auf die Treppe hinausgetreten …“

„*Mon Dieu*!“ stöhnte Madame de Montbrail und floh aus dem Raum, Lord Vallentine dicht hinter ihr.

VIER

Der Herzog betrat das Foyer, als seine Schwester und
Lord Vallentine die geschwungene Treppe hinuntergerannt kamen, um
ihn zu begrüßen. Dass er totenbleich war und ein in seine Roquelaure
gewickeltes Bündel fest an seine Brust gedrückt trug, aus dem zwei
kleine, schlammverschmutzte bestrumpfte Füße herausragten, schien
nicht in das Bewusstsein von Schwester oder Freund zu dringen. Sie
waren nur froh, ihn lebend und unversehrt zu sehen. Doch Estée war
nicht blind für die Tatsache, dass ihr Bruder in Hemdsärmeln war und
dass die weißen Spitzenrüschen an seinen Handgelenken mit Blut und
Schlamm beschmutzt waren. Sie rannte zu ihm, stellte sich ihm in den
Weg, schwatzte vor Erleichterung halb weinend, halb lachend.

„Wo warst du nur?", schimpfte sie. „Wir haben uns solche Sorgen
gemacht. Sonst kommst du nie zu spät, und als dein Kammerdiener mit
einer Nachricht kam, aber du ihm nicht folgtest und – oh! Da ist Blut
an deinen Händen! Bist du verletzt? Bist du …"

Vallentine zog die Schwester von ihrem Bruder weg. „Lasst ihn
vorbei, Liebes", sagte er leise und erfasste das Ganze auf einmal. „Wurde
der Arzt gerufen?", fragte er den Herzog und folgte ihm in einen Salon,
wo ein Diener sich bereits um den Kamin kümmerte und ein anderer
mit Kissen und Decke eingetroffen war.

„Es wurde nach ihm geschickt", sagte der Herzog.

„Arzt?", fragte Estée und schaute seine Lordschaft an. „Wozu
braucht mein Bruder einen …" – nur, um ihren Mund fest zuzupressen,
als der Herzog das Bündel sanft auf einem Sofa ablegte und eine Hand
nach Kissen und Decke ausstreckte.

„Schickt die Diener weg", befahl der Herzog. „Liegt Ihr bequem?",
fragte er Antonia.

Sie nickte mit weit aufgerissenen Augen und schaute sich trotz des
unerträglichen Pochens in ihrer Schulter interessiert um.

Er beobachtete, wie ein schmerzhaftes Zusammenzucken über ihr
schmutziges Gesicht glitt, und sagte scharf: „Versucht nicht, Euch zu
bewegen. Bleibt still liegen, bis der Arzt eintrifft."

„Dies ist wirklich ein elegantes Haus, *M'sieur le duc*", stellte sie fest.
„Es ist genau, wie Papa es mir beschrieben hat. Darf ich bitte einen
Schluck Wasser haben?"

„Estée. Wasser", befahl der Herzog über seine Schulter. „Ich bin
entzückt, dass es Mademoiselle gefällt und sie nicht enttäuscht ist",
sagte er mit einer Verbeugung. „Der Arzt wird bald hier sein."

„Gut. Der Schmerz ist wirklich schlimm", sagte Antonia und
schloss die Augen.

Der Herzog sah seine Schwester an, die sich nicht bewegt hatte. Sie
starrte das in den Umhang ihres Bruders gehüllte weibliche Wesen an.
Ihr gefiel gar nicht, was sie da sah. Das Mädchen – denn sie war keine
Frau, so sehr die dicke Schminke auf ihren Wangen und ihren Lippen
das Gegenteil behaupten mochten – hatte ein Gewirr aus Haaren,
gemischt mit Puder, Schlamm und Blut, dazu ein kleines, herzförmiges
Gesicht, das ebenso verschmiert war. Trotz der zarten kleinen Nase, der
hohen Stirn und den schön geschwungenen Lippen konnte Estée nur
einen Schluss ziehen, was die Tätigkeit des Mädchens anging. Daher
schreckte sie vor dem Anblick zurück und begegnete dem Herzog mit
einem Ausdruck wütender Empörung. Nichts davon entging Lord
Vallentine und er murmelte etwas davon, einen Wasserkrug zu holen
und sich um andere flüssige Erfrischungen zu kümmern, und verließ
das Zimmer.

„Du irrst dich, Estée", sagte der Herzog müde.

„Du hättest dieses Geschöpf nicht in dieses Haus bringen dürfen",
antwortete seine Schwester knapp. „Schaff sie weg. Nimm sie – nimm
sie in dieses *petite maison* mit, das du ebenso gut bestückt hältst wie
einen guten Fischteich!"

Das Gesicht des Herzogs wurde hart. „Ich muss Madame daran
erinnern, dass dies mein Haus ist."

„Dann werde ich es verlassen, wenn *das da*" – sie deutete mit einem
wohlmanikürten Fingernagel auf Antonia – „nicht sofort weggeschafft
wird. Ich weiß nicht, was mit ihm los ist …"

„*Sie* wurde angeschossen."

Madame lachte bitter. „Was für eine Gesellschaft, in der man sich
bewegt!" Aber sie duckte sich, als der Herzog einen Schritt auf sie zu

machte. „Willst du mich schlagen? Liebe Güte, *M'sieur le duc*! Das Geschöpf bedeutet dir offensichtlich mehr als dein eigenes Fleisch und Blut!"

Lord Vallentine betrat diese Szene mit einem Tablett in Händen, auf dem ein Wasserkrug und eine Cognackaraffe standen, und hätte das Ganze beinahe fallen lassen, als er aufschaute. „Roxton! Das Mädchen!"

Der Herzog fuhr herum, wo er Antonia schwankend auf den Beinen fand. Mit äußerster Willenskraft hatte sie sich zum Stehen aufgerichtet. Der Schmerz in ihrer Schulter war betäubend, als sie versuchte, den provisorischen Verband und ihre nackten Brüste mit den Resten ihres engen Mieders zu bedecken, das der Herzog in seiner Eile, die Blutung zu stillen, bis zur Taille aufgerissen hatte.

„Ihr kleine Närrin!", zischte Roxton, als er sie aufhob und wieder auf dem Sofa ablegte. Er warf die Decke über sie. „Bewegt Euch noch einmal, dann wird Euch nicht nur die Schulter wehtun!"

„Soll ich mich eine Woche lang nicht aufsetzen?", fragte Antonia mit einem Kichern, das ihn völlig aus der Fassung brachte. Er trat zur Seite, um Vallentine zu erlauben, ihr einen Schluck Cognac zu reichen. Die feurige Flüssigkeit brannte in ihrem Hals, aber wärmte ihren Magen und sie bedankte sich bei dem gutaussehenden Gentleman. „M'sieur möchte mich betrunken machen", sagte sie und schob das Glas weg. „Das ist keine so schlechte Idee, aber Burgunder wäre besser. Ich mag Burgunder."

„Tatsächlich, beim Jupiter!", lächelte Vallentine. „Ihr seid für beides zu jung, würde ich wetten."

„Das bin ich nicht! Ich bin – ich werde – in einem Monat *zwanzig*!"

„Oha! Ein fortgeschrittenes Alter!", lachte Vallentine und sah seinen Freund an, den er dabei ertappte, wie er stirnrunzelnd auf Antonia hinabschaute. „Sie wird es überleben. Sie ist noch viel zu lebendig."

„Natürlich werde ich es überleben", erwiderte Antonia und verzog das Gesicht. Sie war nahe daran, vor Schmerzen ohnmächtig zu werden und hielt ihre Augen nur mühsam offen. „Ich–ich bin nicht so schwer verwundet wie Baptiste. Er ist der Kutscher von *M'sieur le duc* und hat einen zerschmetterten Arm, glauben wir. Nicht wahr, Monseigneur?"

„Ja, allerdings", sagte Roxton mit einem unbewussten Lächeln und sah zu seiner Schwester, die reglos am Kamin stand.

Antonia folgte seinem Blick und sprach mit Lord Vallentine. „Das ist die Schwester von *M'sieur le duc*? Es tut mir leid, dass ich so eine Last bin."

„Macht Euch ihretwegen keine Sorgen", flüsterte seine Lordschaft und tätschelte ihre schmuddelige kleine Hand. „Sie wird sich beruhigen, Ihr werdet schon sehen."

Estée hörte diesen Wortwechsel und ging mit der Nase in der Luft zur Tür. „Wenn sie deinetwegen angeschossen wurde, tut sie mir wirklich leid“, sagte sie kalt. „Trotzdem hättest du sie nie in dieses anständige Haus bringen dürfen.“ Damit rauschte sie aus dem Zimmer und wäre fast mit Duvalier zusammengestoßen, der kam, um die Ankunft des Arztes und dessen Assistenten zu melden.

Der dicke kleine Arzt in Perücke und schwarzer Kleidung, dem sein Assistent mit einer großen, schwarzen Tasche voller Instrumente und Arzneien folgte, kam in den Raum geeilt und verbeugte sich vor allen. Er schnippte mit den Fingern, woraufhin sein Assistent sofort die Tasche öffnete und begann, bedrohlich aussehende chirurgische Instrumente auf einem niedrigen Tisch am Sofa anzuordnen. Dann gab er Duvalier mehrere Befehle, ging zu Antonia und lächelte auf sie hinab.

„Also dies ist die kleine Tochter des Chevaliers Frederick Moran?“, gurrte er, ohne beim Anblick ihrer seltsamen Kleidung und der dicken Schminke eine Miene zu verziehen. „Euer Papa war ein großartiger Arzt. Aber Ihr habt unter meinen Händen nichts zu befürchten, denn ich bin genauso gut. Meine Herren, wenn Ihr mir erlauben wollt …?“

Lord Vallentine und der Herzog wollten gehen, aber Antonia griff nach der Hand des Herzogs. „Ihr bleibt doch?“, sagte sie mit leiser, ängstlicher Stimme.

„Ich wäre nur im Weg“, murmelte der Herzog mit einem Blick auf die Finger, die seine umklammerten.

Der Arzt schaute von seiner Betrachtung des mit den Werkzeugen seines Metiers belegten Tisches auf und gab dem Herzog durch ein Zeichen zu verstehen, dass die Entscheidung bei ihm läge. Antonia lächelte und schloss die Augen, lockerte aber ihren Griff nicht.

„Wenn mein Anblick Eure Augen beleidigt, *M'sieur le duc*, dann solltet Ihr Euch unbedingt verabschieden.“

Der Arzt tätschelte ihre schmutzige Wange und wandte sich dann der Aufgabe zu, die Kugel aus ihrem Fleisch zu operieren. Er verließ das Hôtel erst zwei Stunden später, als das Haus sich völlig beruhigt hatte und Antonia zwischen saubere Laken gebettet lag. Ihre Schulter war fachmännisch verbunden und ihr selbst eine Dosis Laudanum verabreicht worden, um ihre Schmerzen zu dämpfen und ihr eine Nacht guten Schlafs zu verschaffen. Er teilte dem Herzog mit, dass seine Patientin mindestens drei Wochen lang nicht bewegt werden dürfte und er sie jeden Tag besuchen wollte, um ihre Fortschritte zu verfolgen. Mit diesen Worten verabschiedete sich der dicke kleine Mann, müde, aber befriedigt bei dem Gedanken, ein weiteres chirurgisches Wunder vollbracht zu haben.

LORD VALLENTINE, MIT EINEM CHINESISCHEN SEIDENSCHLAFROCK über seinem Nachthemd und einer Nachtmütze aus ähnlichem Tuch, die sein kurz geschnittenes Haar bedeckte, schlüpfte in die Bibliothek, wo noch ein Feuer und ein Kronleuchter flackerten. Der Herzog von Roxton saß in einem sauberen weißen Hemd und Rüschen an seinem Schreibtisch beim Schreiben eines Briefs.

„Auf der Anrichte steht Kaffee", sagte der Herzog, ohne aufzusehen. Er tauchte seine Feder in die Tinte und begann ein neues Blatt Papier.

„Konnte nicht schlafen", gestand seine Lordschaft mit einem Grinsen. Er füllte die Schale des Herzogs auf und goss sich selbst eine ein. „Hab's versucht, mich aber eine Stunde nur herumgewälzt. Verdammt scheußliche Angelegenheit", murmelte er und ließ sich in einem tiefen Sessel nahe dem kunstvoll verzierten Kaminsims nieder. Er saß mehrere Minuten da und schaute in die Flammen, bevor er sagte: „Wie geht es ihr, Roxton? Dieser Arzt hat sich wirklich Zeit gelassen! Ich hoffe, er wurde seinem Ruf und seinen Kosten gerecht. Ich meine, sie ist jung und – verdammt! Musst du weiterschreiben?"

„Ja, mein Lieber. Ich muss nur noch unterschreiben und dann höre ich dir zu."

Vallentine schaute wieder in die Flammen und wartete. Der Herzog brauchte länger, und als er endlich ans Feuer kam, sah Lord Vallentine ihn scharf an.

„Na? Wirst du mir erzählen, was passiert ist?", fragte er. „Wie geht es dem Mädchen? Es war eine Nacht mit verdammt schwieriger Arbeit! Meine Nerven liegen blank, das kann ich dir versichern. Ich habe ewig gebraucht, um Estée nach ihrem Wutanfall abzukühlen ..."

„Lucian, der Märtyrer", neckte der Herzog ihn bissig. „Ich weiß nicht, warum du dir die Mühe gemacht hast. Sie verdiente es, ihrer schlechten Laune überlassen zu bleiben."

Vallentine wand sich unbehaglich unter dem festen Blick des Herzogs. „Ich weiß, dass sie sich nicht so benommen hat, wie sie sollte, aber sie war außer sich, als du nicht pünktlich nach Hause kamst. Sie malte sich schon das Allerschlimmste aus. Als sie dich dann gesund sah, glaube ich, dass es die Erleichterung war, die sie so verdammt dämlich handeln ließ. Du weißt doch, wie sie ist."

„Mir war klar, dass Estées Gefühle weit verletzter waren, als irgendwelches Mitgefühl, das sie vielleicht meinetwegen hätte aufbringen mögen."

Seine Lordschaft nickte und hielt seinen Blick auf die dunkle Flüssigkeit in seiner Tasse gerichtet. „Ich muss zugeben, als ich das

Mädchen zuerst sah, dachte ich dasselbe wie Estée. Es war nur natürlich, dass wir das taten! Du bist nicht unbedingt ein – ein Heiliger. Ich meine, du hast seinerzeit ein paar recht schmutzige Dinge getan, und, nun ja, du hast Estée immer sehr beschützt. Obwohl sie Gerüchte gehört hat, war sie nie daran beteiligt und sich dem Mädchen gegenüber zu sehen, das angezogen war wie eine …"

„Und wenn ich sagen würde, dass sie meine neueste Hure ist?"

Lord Vallentine fiel die Kinnlade herab. „Diese Mädchen? Nein! Das glaube ich dir nicht." Als der Herzog schief lächelte, wurde ihm noch unbehaglicher. „Du machst dich über mich lustig, beim Jupiter!"

„Ja", antwortete der Herzog trocken. „Ich könnte ihr Vater sein."

„Wohl kaum!", sagte Vallentine mit einem Schnauben. „Sie hat gesagt, sie würde zwanzig, und du bist drei Jahre älter als ich, und ich bin sechs Jahre älter als Estée, aber du bist zwei Jahre jünger als dein verwöhnter Cousin Salvan. Das heißt, du bist … nun ja! Schätze, du könntest es sein!"

Der Herzog seufzte bei den komplizierten mathematischen Überlegungen seines Freundes. „Ja, ich könnte es sein. Ich muss zugeben, dass sie abscheulich gekleidet war", sinnierte er. „Ihre Vorstellung dessen, wie die schlimmsten Huren aussehen müssen – dummes Mädchen. Das hat ihr nur Richelieus unerwünschte Aufmerksamkeit eingebracht – und die jedes lüsternen Hundes am Hof. Ich habe den Verdacht, dass sie es tat, um mich zum Handeln zu zwingen, wozu ich mich – äh – unter diesen Umständen veranlasst sah. Und es führte nur dazu, dass meine Kutsche von einem Haufen dummer Ochsen überfallen wurde."

Das meiste, was der Herzog sagte, ging an seinem Freund vorbei, aber die Erwähnung von Straßenräubern brachte ihn dazu, sich gerade aufzusetzen und seine Nachtmütze gerade zu rücken. „Was? Die haben sich an die Straße von Versailles gewagt? Was ist passiert?"

„Passiert, Vallentine?", sagte Roxton und sah langsam von der Betrachtung seines Smaragdrings auf. „Zwei Bauernlümmel liegen tot auf der Straße von Versailles, beide von meiner Hand getötet. Der Anführer schaffte es nicht, mir das Mädchen abzunehmen und entkam. Es wurde auf uns geschossen …"

„Auf dich? Wer würde das wagen?"

Roxton zucke die Achseln. „Ein Rätsel, mein Lieber. Zwei Schüsse kamen aus dem Wald. Der zweite fand sein Ziel. Mademoiselle Moran lebt, weil die Kugel die Wagentür zerschmettert hat, bevor sie in sie eindrang, und so den Aufprall abschwächte. Die Kugel steckte flach im oberen Teil ihrer Schulter und hatte knapp Schlüsselbein und Rippen verfehlt. Sie hatte großes Glück."

„Verdammtes Glück!“, stellte seine Lordschaft fest. „Sie wird sich bald genug erholen?“

„Sie ist außer Gefahr“, sagte der Herzog ruhig. „Aber sie hat viel Blut verloren und ist sehr schwach. Mindestens vier Wochen Bettruhe, und dann werden wir sehen. Die Narbe wird nicht hübsch sein.“

„Armes kleines Ding“, murmelte Vallentine. „Was wollten die Rüpel außer den üblichen Forderungen?“

„Sie verlangten von mir, ihnen das Mädchen zu übergeben, sonst nichts. Eine unglaublich dumme Idee.“

„Das ist verdammt merkwürdig.“

„Ja. Meine Freunde da waren keine Straßenräuber, sondern standen alle im Dienst von jemandem – von jemandem, den ich erst noch identifizieren muss. Obwohl ich einen Verdacht habe.“

„Ja?“, fragte Vallentine eifrig.

Der Herzog nippte an dem kalten Kaffee. „Es ist viel zu früh in diesem Spiel, um meine Theorien in Worte zu fassen, Vallentine. Du wirst dich gedulden müssen.“

„Gab es Zeugen?“

„Eine Kutsche und ein *carabas* auf dem Weg zum Palast, die von den Komplizen meines Freundes angehalten worden waren. Ihre Insassen standen da direkt vor dem Schauspiel, das sich im silbernen Mondlicht abspielte. Sie hatten Logenplätze.“

„Dann sahen sie, wie du diese beiden Männer umgeb– getötet hast?“

„Ich bin ziemlich sicher, dass ich am Morgen einen Besuch des Polizeileutnants zu erwarten habe.“

„Benyer würde es nicht wagen, Hand an dich zu legen!“

Roxton schüttelte eine Rüsche aus und nahm eine Prise Schnupftabak. „Gott bewahre“, näselte er. „Ich bin schließlich kein Niemand.“

„Das meinte ich nicht – natürlich nicht“, sagte seine Lordschaft verlegen. „Aber wird es nicht eine Menge Fragen geben?“

„Vermutlich. Er kann so viele Fragen stellen, wie er möchte.“

„Aber du wirst ihm keine Antwort geben, nicht wahr?“, sagte Vallentine lachend.

„Mein lieber Vallentine“, sagte der Herzog und zog seine Augenbrauen hoch, „willst du andeuten, dass ich, der höchstedle Herzog von Roxton, vorsätzlich den Lauf der französischen Justiz behindern würde?“

Lord Vallentine grinste. „Du hast schon deine eigene Gerechtigkeit ausgeübt, wie es scheint. Und sie verdienten es! Mörderische Hunde, die eine – eine Mademoiselle – Moran entführen wollten?“

„Dein ach so charmantes Gesicht verrät dich, Vallentine“, sagte der

Herzog. „Ihr Name ist Antonia Diane Moran, Tochter des berühmten Arztes, des Chevaliers Frederick Moran …“

„Des Kerls, der den Erben des Fürsten von Parvelle im Kindbett getötet hat?“, sagte seine Lordschaft und setzte sich kerzengerade auf. „Verdammt!“

„Ich muss dein ausgezeichnetes Gedächtnis loben, Vallentine. Aber – *getötet* ist nicht ganz richtig. Sagen wir, es war eine – äh – *Entbindung,* die schlecht verlaufen ist“, antwortete der Herzog ruhig. „Ihm wurde nie etwas bewiesen, aber es hat seinen Ruf in Paris danach sicherlich ruiniert. Er suchte Zuflucht in England und brannte dann mit der jungen Tochter des Grafen von Strathsay durch.“

„Abenteuerlicher Charakter, was!“

Roxton lehnte es ab, auf Lord Vallentines spöttische Bemerkung zu reagieren und fuhr fort. „Lady Jane starb, als Antonia etwa fünf oder sechs Jahre alt war und ihr Vater vor weniger als einem Jahr in Genua. Sie hat niemanden auf der Welt außer einem sterbenden Großvater – ja, Vallentine, beruhige dich. Der Earl von Strathsay und seine ihm entfremdete Frau …“

„Deine Cousine Augusta ist die Großmutter dieses Mädchens?“, platzte sein Freund heraus. „Was für eine Abstammung! Die Enkelin der berüchtigten Lady Strathsay. Oho! Oho! Warte, bis Estée das hört!“

„Glaubst du, das wird ihr das Mädchen lieber machen?“, spottete der Herzog. „Weiter. Sie hat einen Onkel, Theophilus Fitzstuart, den Sohn des Earls …“

„Aber der alte Mann erkennt diese Verwandtschaft nicht an.“

„Musst du dauernd unterbrechen?“

„Verzeih.“

„Was der Earl ständig in die Welt hinausposaunt und was schlichte Tatsache ist, muss nicht notwendig ein und dasselbe sein“, antwortete der Herzog vernichtend. „Theophilus ist sein Sohn, was auch immer Strathsay Gegenteiliges behauptet. Augustas Moral ist entschieden anstößig, aber es ist unbestreitbar, dass er der Erzeuger des jungen Mannes ist. Meiner Überzeugung nach wird der liebe, alte Earl bei diesem Thema mit seinem letzten Atemzug noch zur Besinnung kommen. Schließlich ist er Papist und hat Angst um seine Seele. Er wird das noch in Ordnung bringen, sei dir gewiss.“

„Du meinst, es war Strathsay, der das Mädchen entführen lassen wollte?“, fragte Vallentine von der Anrichte her, wo er seine Tasse auffüllte, während der Herzog mehr Kaffee ablehnte. „Es dürfte ihm nicht gefallen haben zu erfahren, dass du sie entführt hattest. Hast du sie entführt?“

„Lass mich über die Möglichkeiten nachdenken. Ich habe meine eigenen Gründe. Aber nein, ich glaube nicht, dass es die Männer des netten, alten Earls waren." Roxton schaute seinen Freund gleichmütig an und lächelte dünn. „Und nein, ich habe sie nicht entführt. Mein übler Ruf hat sich selbst in deinem kleinen Verstand verzehnfacht." Er seufzte müde. „So viel zu meinem verblassenden Prestige ... Ich schätze, es wäre sinnlos, dir zu sagen, dass sie sehr genau weiß, dass ich der Cousin ihrer Großmutter bin und sie mir vor einigen Monaten bereits geschrieben hat mit der Bitte, sie aus einer unangenehmen Lage zu befreien. Sie glaubt fälschlicherweise, dass das Testament ihres Vaters sie meiner Obhut übergebe ..."

„Was? *Dir?* Vormund eines Mädchens, das noch nicht ganz zwanzig ist?", spottete Lord Vallentine. „Der Mann muss ein völliger Hohlkopf gewesen sein!"

„Dein Vertrauen in mich ist umwerfend", spöttelte der Herzog. „Wie ich hinzufügen wollte, meiner Obhut übergebe, um sie sicher nach England zu ihrer Großmutter zu bringen."

„Der Ritter in strahlender Rüstung! Glückwunsch, Roxton", rief seine Lordschaft aus. „Aber ist es weise, das Mädchen zu einer Frau mit den Sitten deiner Cousine zu schicken? Ich meine, du hast einen schlechten Ruf, sicher, aber Augusta Strathsay hat keinen anständigen Knochen im Leib!"

Der Herzog war zum Kamin gegangen und stand mit dem Rücken zu Lord Vallentine, so dass dieser seinen Gesichtsausdruck nicht sehen konnte, aber seine Lordschaft glaubte einen Hauch von Emotion in der sonst so gelassenen Stimme wahrzunehmen.

„Das Mädchen darf nicht in Frankreich bleiben", sagte er. „Ihr Großvater hat oder ist dabei – warten wir ab, ob er noch etwas länger lebt – eine Partie zwischen seiner Enkelin und dem Vicomte d'Ambert zu arrangieren. Warte, Vallentine, bevor du mir erzählst, dass eine solche Verbindung nicht unvernünftig erscheine, denn ich würde dir zustimmen, wenn nicht zwei Gründe dagegen sprächen. Erstens: Der Vicomte mag sie nicht heiraten, weil sie unter seinem Stand wäre. Ich weiß nichts über ihre Gefühle für ihn. Und zweitens: Salvan will, kaum dass er das Mädchen mit seinem Sohn verheiratet hat, sie sich selbst nehmen ..."

„Guter – Gott. Das ist widerlich!", erklärte seine Lordschaft mit verzerrtem Mund. „Salvan und dieses Mädchen?"

„Genau, mein Lieber. Auf jeden Fall ist dies Salvans Absicht", sagte der Herzog und lehnte seine breiten Schultern an den Kaminsims. „Ich muss zugeben, dass ich die Geschichte ziemlich märchenhaft fand, aber ich musste ihr angesichts der Vorliebe meines Cousins für Jungfrauen direkt aus dem Kloster doch einigen Glauben schenken."

„Ich fand immer, dass dein Cousin ein ekelhafter kleiner Wurm ist", knurrte seine Lordschaft und verzog das Gesicht.

„Dennoch", sinnierte der Herzog, „nachdem ich das Verhalten meines Cousins in letzter Zeit beobachtet habe und angesichts Antonias Abneigung gegen ihn war ich nicht völlig ungläubig. Dann erfuhr ich durch einen glücklichen Zufall, dass es einen *lettre de cachet* auf d'Amberts Namen gibt. Und vergessen wir nicht den Zustand der Finanzen meines Cousins. Er ist darauf angewiesen, dass sein Sohn eine gute Partie macht. Antonia wird eine Erbin sein, wenn ihr Großvater stirbt. Er wird ihr alles hinterlassen, was nicht unter Fideikommiss steht. Was ist der Name der Familie wert, wenn Salvan eine unschuldige Erbin für seinen Sohn erwischen kann, mit der er selbst schlafen möchte?" Er beobachtete, wie das Gesicht seines Freundes sich umwölkte. „Geh ins Bett, Vallentine. Dein Gehirn hat die Grenzen seiner Aufnahmefähigkeit überschritten."

Doch als der Herzog seine Absicht verkündete, zu Rossard zu gehen, nahm seine Lordschaft alle Kraftreserven zusammen und stürzte los, um sich umzuziehen und verkündete, den Herzog begleiten zu wollen. Er sagte, er würde innerhalb von zehn Minuten unten im Foyer sein. Er brauchte erheblich länger, um sich präsentabel zu machen. Roxton wartete geduldig in Umhang und Handschuhen, wobei eine Hand das Ohr seines grauen Whippets streichelte, während dessen Gefährte es zufrieden war, zu Füßen seines Herrn zu liegen.

„Meinst du, es ist weise, dich ausgerechnet heute Nacht bei Rossard zu zeigen?", fragte Vallentine, als man ihm in Umhang und Handschuhe half. „Es wird sicher einige Aufregung geben. Inzwischen dürfte ganz Paris wissen, was auf der Straße von Versailles passiert ist und, nun, da du sagtest, dass zwei Männer getötet wurden …"

„… ist Blut an meinen Händen?" Roxton zuckte mit den Schultern. „Die Welt von solcher *canaille* zu befreien ist für mich von höchster Gleichgültigkeit, mein Lieber. Aber wenn du meinst …"

„Nein, ich nicht! Ich könnte dir nicht mehr zustimmen!", antwortete Vallentine schnell und wartete darauf, dass der Herzog vor ihm unter dem Portikus des *hôtel* hindurchging, die Whippets dicht auf ihren Fersen. „Aber es wird zwangsläufig Gerede geben. Und es werden nicht wenige dein Handeln verdammen, aus keinem anderen Grund, als dass du es warst, der diese Schweine getötet hat. Ich hoffe nur, dass es keinen unangenehmen Empfang geben wird."

„Nicht für mich, mein Lieber", sagte der Herzog mit einer Hand an dem juwelenbesetzten Griff seines Schwerts, „aber für meinen Freund, der es wagte, ein schönes, junges Mädchen zu verletzen, wird es unangenehm werden, wundervoll unangenehm."

„Wie könnte Ihr sicher sein, dass er sein Gesicht zeigen
wird, nach dem, was passiert ist?", fragte der Chevalier de Charmond,
während er die Karten musterte, die ihm ausgeteilt worden waren. „Ihr
fangt an, Gustave", sagte er zu einem fetten Adligen, dessen rot
geschminkte Lippen nervös zuckten.

„Ganz Paris ist heute Nacht hier. Natürlich wird er auftauchen",
murmelte der Comte de Salvan und hob den Stapel Karten vor sich auf.
Er schaute sie nicht gleich an. Wieder durchsuchten seine kleinen,
schwarzen Augen die Menge und die lärmenden Spieltische, um dann
zur Tür weiterzuwandern. Es war mehr als die normale Anzahl von
Gesichtern zu sehen und keines gehörte seinem englischen Cousin.
Mon Dieu, ist es stickig hier."

Der Chevalier lachte leise. „Ihr habt mein Mitgefühl, *M'sieur le
comte*. Wirklich. Es sieht sehr schlecht für Euch aus, denke ich. Was
wollt Ihr abwerfen?"

„Ich weiß nicht, warum Ihr nach Paris gekommen seid! Es sieht
gar nicht schlecht aus, überhaupt nicht! Ihr werdet erleben, wie Salvan
das Allerbeste aus dieser Situation machen wird." Er warf leichtsinnig
eine Karte ab und sein Blick huschte wieder zur Tür. „Ich gebe zu,
dass er im Vorteil ist. Aber ich werde das Mädchen
zurückbekommen."

„Wie wollt Ihr wissen, dass das Mädchen noch bei ihm ist?", fragte
der Chevalier. „Vielleicht rannte sie in die Pariser Nacht hinaus,
nachdem er …"

„Das ist absurd!", verkündete der Comte. Er griff sich ein Glas
Wasser von einem Tablett, dass ein Diener ihm anbot. „Wie soll er Zeit
gehabt haben, sie zu verführen und drei – oder waren es vier? – Männer
zu töten, die seine Kutsche überfielen? He? Keine, sage ich Euch."

Charmond fächerte seine Karten auf und nahm sich Zeit zum
Ablegen.

„Vielleicht ist er jetzt bei ihr. Denkt darüber nach, Salvan! Während
wir hier sitzen, besteigt Euer Cousin die kleine *demoiselle* zum dritten
Mal!"

„Es waren zwei Männer", sagte der dicke Adlige, ein gewisser
Gustave, Marquis de Chesnay. „Ich weiß es. Marguerite ließ mich dem
Kutscher befehlen anzuhalten, damit sie es sich anschauen konnte. Sie
war nicht die Einzige. Es hatte sich eine ziemliche Menschenmenge
gebildet. Die Polizei befragte alle! Sie befragten sogar Marguerite. Stellt
Euch das vor!" Er schaute sich mit großen, ausdrucksvollen Augen am
Tisch um. „Sie hat sie natürlich angelogen. Das tut sie immer. Was für

ein vollkommener Engel! Ich wünschte, meine Frau wäre halb so klug …"

„… und halb so geschickt", murmelte ein Gentleman zu de Chesnays Rechter. Er machte eine unanständige Geste mit seiner Zunge, die die Männer in unkontrolliertes Lachen ausbrechen ließ.

De Chesnay lächelte breit und wartete, bis das Lachen sich beruhigte. „Marguerite sagte, dass diese zwei Leichen interessanter wären als ein Besuch in der Leichenhalle! Habt Ihr je so etwas wie sie gehört? Ach! Sie ist wirklich ein Engel! Fabrice, ich glaube, die Partie geht an uns."

„Einer wurde ins Herz geschossen", sagte ein Gentleman in einer puderblauen Perücke, der sich auf die runde Rückenlehne des Chevaliers de Charmond stützte. „Der andere in die Schläfe. Ich hätte dasselbe getan. Dreckiges Ungeziefer!"

„Warum sollten sie ausgerechnet Roxtons Kutsche überfallen und keine andere?", fragte der Marquis de Chesnay. „Das habe ich Marguerite auch gefragt. Ihr müsst zustimmen, Gentlemen, dass dies ein sehr seltsamer Umstand ist. Sie sagte, es müsse mit einer Frau zu tun haben."

„Wer hat das gesagt?", fragte der Comte de Salvan zu schnell. „Wer war die Frau?"

Der Marquis zuckte die Achseln und leckte sich über die fetten Lippen.

„Marguerite hat gesagt, es müsste um eine Frau gehen. Das ist bei unserem Freund Roxton immer so. Verlasst Euch darauf! Wenn es wegen einer Frau Ärger gibt, kann man darauf rechnen, dass Roxton daran beteiligt ist. Wer kann vergessen, dass erst vor einem Monat dieser alberne Schauspieler *M'sieur le duc de Roxton* zu einem Duell gefordert hat. *Ein Schauspieler.* Alles wegen dieser Schauspielerin, Félice. Die Unverschämtheit dieses Mannes! Diese Félice, nun ja, sie ist so weich und man sagt, ihr Geschick mit ihrer …"

„*M'sieur le marquis* braucht es nicht weiter auszuführen!", warf de Charmond ein und warf seine Karten weg. Er stand auf, was den Gentleman in der puderblauen Perücke aus dem Gleichgewicht brachte. „Es sei denn, Gustave, dass diese Félice Euch das Vergnügen ihrer Gesellschaft gewährt hat?"

„Nein", sagte der Marquis und blinzelte. „Ich mag keine Schauspielerinnen."

Der Chevalier verbeugte sich. „Nein. *M'sieur le marquis* bevorzugt andere …"

„Lasst ihn!", knurrte der Comte de Salvan und schubste den fetten Adligen wieder in seinen Stuhl. „Ich entschuldige mich tausendfach für Fabrice. Er ist nicht er selbst. Er sehnt sich nach Félice. Ach, wie er sich sehnt! Doch leider, meine Freunde, ist es Roxton, der die Sehnsüchte der göttlichen Félice wieder und wieder erfüllt!"

Die Gentlemen am und um den Tisch lachten laut darüber und stießen einander an; selbst de Chesnay lächelte. Der Comte de Salvan schlenderte davon, sehr zufrieden mit seinem Scherz. Er fand den Chevalier im Nachbarzimmer, wo er einen Teller mit Essen von einem Buffet füllte, das auf einen langen Tisch entlang einer Wand angerichtet war. Salvan suchte sich eine Auster aus und ließ sie durch seine Kehle gleiten. Er nahm noch eine und wartete, bis der Teller des Chevaliers gefüllt war und sie gemütlich an einem Tisch am Fenster saßen, bevor er seine Schnupftabakdose herausholte und zu dem Thema zurückkehrte, das seine Gedanken am meisten beschäftigte.

„Ihr habt ihn mitgebracht?", fragte er mit gesenkter Stimme.

Der Chevalier stopfte sich ein Stück Taubenpastete in den Mund und nickte. Er legte seine Serviette beiseite und griff in eine tiefe Tasche seines flohfarbenen Samtrocks. Er breitete den Inhalt auf dem Tisch aus: zwei Schnupftabakdosen, ein Etui, ein Bündel gefalteter Rechnungen, eine Handvoll Papiere und eine Handvoll Münzen. Er übergab dem Comte, was dieser so dringend verlangte und widmete sich dann wieder dem Essen.

„Passt gut darauf auf, Salvan", sagte er zwischen zwei Bissen. „Es wird keinen zweiten geben. Ihr ahnt nicht, welche Mühen der arme Fabrice auf sich nahm, um …"

„Ich weiß, ich weiß", antwortete der Comte ungeduldig, während seine ringgeschmückten Finger liebevoll das königliche Siegel streichelten. Nur einen Moment, dann ließ er den *lettre de cachet* rasch in einer Innentasche seiner geblümten Weste verschwinden. „Ich werde Eure Bemühungen in meiner Sache nicht vergessen, Fabrice." Er hob sein Weinglas zu einem Toast hoch. „Trinken wir auf unser Glück. Ich habe gehört, dass die sanfte Félice gar nicht glücklich mit ihrem Liebhaber wäre."

„Ja?", flüsterte der Chevalier, der kaum zu atmen wagte.

Der Comte nahm einen tiefen Zug.

„Es ist ihr zu Gehör gekommen, dass *M'sieur le duc* sich mit dem begnügt, was im Maison Clermont geboten wird, insbesondere mit einer gewissen Blüte, statt seine Abende in den Armen von Félice zu verbringen. Eure Schauspielerin lässt sich nicht gerne verdrängen, schon gar nicht von einer Orientalin."

Charmonds wässrige Augen leuchteten. Er biss heißhungrig in eine gekochte Zwiebel.

„Orientalin? Wart Ihr es, der Félice das erzählt hat? Ach, *M'sieur le comte*, Ihr habt eine große Last von den Schultern des armen Fabrice genommen! Ich werde morgen mit Geschenken und jeder Menge mitfühlender Worte zu ihr gehen! Ja, das werde ich tun! Sie wird mir nicht widerstehen können. Ich brauche eine neue Perücke und mein Schneider muss mir ein Paar Samthosen beschaffen. Vielleicht neue Knieschnallen mit Diamanten …“

„Es freut mich, dass Ihr glücklich seid, aber schließt Euren Mund. Sein Inhalt widert mich an.“ Der Comte verzog das Gesicht und rief einen Diener, um eine weitere Flasche Wein bringen zu lassen. „Ihr esst wie ein Schwein! Es ist zu heiß hier drinnen. Öffnet das Fenster. Wo bleibt dieser Wein?“

„Ihr seid besorgt, sehr besorgt. Das kann ich, Charmond, bemerken“, sagte der Chevalier mitfühlend. „Ich mache Euch keinen Vorwurf. Würde ich in Euren Schuhen stecken, mein lieber Comte, wäre ich äußerst besorgt. Es sieht sehr schlecht für Euch aus, denke ich. Diese Situation ist sehr, sehr schlecht. Die kleine Mademoiselle ist in den geschickten Händen des Satyrs und Ihr, Ihr seid machtlos, könnt nichts tun, nicht zu ihr gehen, um sie herauszuholen! Ja, selbst nachdem Ihr jetzt den *lettre de cachet* in Eurem Besitz habt, was hilft Euch das? Was könnt Ihr damit anfangen? Euer Sohn ist nicht mehr das Problem. Ihr könnt ihn ihm unter die Nase halten, aber wozu? Eure Pläne liegen alle in Trümmern. All Eure Anstrengungen waren umsonst.

„Am besten sucht Ihr Euch ein anderes Weibsbild. Sie kann nicht die einzige sein. Um ehrlich zu sein, Salvan, ich mochte diese schrägen Augen bei ihr noch nie – wie Katzenaugen! Und ihre Farbe, dieses Grün! Es ist nicht gut, mit grünäugigen Frauen zu schlafen. Und jetzt? Der Krug ist zerbrochen. Roxton liegt wahrscheinlich schon zwischen ihren weichen Schenkeln, während wir hier reden. Mein Freund, Ihr könnt Besseres finden als sie.“

„Ich will keine andere! Ich werde keine andere suchen! Ich werde sie bekommen! Ich *will* sie!“, kreischte der Comte wie ein böses, verzogenes Kind. Er sprang auf und donnerte mit einer geballten Faust auf den Tisch, was Besteck und Geschirr zum Klirren brachte; Weintropfen ergossen sich aus seinem Glas und der Lärm im Raum verstummte. Salvan nahm nichts davon wahr. Alles, was Charmond anzuschauen wagte, war das Weiße seiner Augen. „Dummkopf! Idiot! Großer Narr! Glaubt Ihr, dass es nur ihre Unschuld ist, nach der mich verlangt? Ach! Warum versuche ich, Euch diese Dinge zu erklären?“

Er setzte sich wieder und trank einen großen Schluck Wein. Eine Minute des Schweigens half ihm, sich wieder zu beruhigen. Der Chevalier traute sich nicht, zu essen oder zu trinken oder seinen Blick von dem narbigen Gesicht des kleinen Mannes abzuwenden.

„Ich stehe um Haaresbreite davor, einen Ehevertrag mit Strathsay zu unterschreiben", sagte der Comte mit ruhiger Stimme. „Während wir hier sprechen, wird er aufgesetzt. Meine Anwälte arbeiten Tag und Nacht daran, dies zu erledigen. Die Zeit ist entscheidend! Der alte Mann liegt im Sterben. Ich glaube, er verfault innerlich. Ich sage Euch, Charmond, jedes Mal, wenn ich ihn besuche, erbreche ich mich fast über sein Gesicht. Der Gestank ist unglaublich! Aber was glaubt Ihr, was passieren wird, wenn er auch nur das leiseste Flüstern über die Geschehnisse der heutigen Nacht hört, he? Was?"

Der Chevalier sagte nichts. Er zuckte nicht einmal mit den Schultern.

„Alles! Alles ruiniert!", sagte Salvan dramatisch. „Es wird den alten Geier umbringen! Und er wird bald genug davon erfahren, denn obwohl es meines gesamten Genies bedurfte, diese italienische Hure von seinem Bett fernzuhalten, wird sie es schaffen, zu ihm zu gelangen. Ich bin in Paris, nicht am Hof, und kann daher nicht jede ihrer Bewegungen beobachten. Sie glaubt, dass er sie nicht bei sich haben will, aber das tut er – oh, wie sehr er nach ihr verlangt! Es ist erbärmlich, Fabrice, wirklich erbärmlich. Ein solch großer General und nichts ist mehr von ihm übrig, als ein Häufchen Elend, das nach seiner Hure weint wie ein Kind nach seiner Amme!"

Er spülte sich den schlechten Geschmack im Mund mit mehr Wein hinunter.

„Die Casparti wird ihm alles erzählen, wenn sie es zu ihm schafft, bevor er stirbt. Er glaubt, das Mädchen wolle meinen Sohn heiraten. Das habe ich ihn glauben gemacht. Er möchte sie wohlversorgt sehen, bevor er stirbt. Das erhält ihn am Leben. Ihm gefällt die Vorstellung, dass sie in eine adlige französische Familie einheiratet. Aber wenn seine Hure ihm etwas anderes erzählt? Ach! Er wird zögern, wird das Mädchen an sein Krankenlager rufen und sie fragen! Eine Katastrophe! Ich muss sicherstellen, dass das nicht geschieht!"

„Salvan, Ihr seid ein Genie!", flüsterte der Chevalier mit aufgerissenen Augen.

Der Comte lächelte selbstgefällig. „Allerdings, Fabrice."

„Ein Verstand wie der Eure sollte eine Lösung für dieses schwierige – aber meiner Meinung nach sicher nicht unlösbare – Problem finden. Vielleicht wird der kleinen *demoiselle* nichts Böses zustoßen? Vor allem, wenn Roxton sie in sein *hôtel* mitgenommen hat. Lebt er nicht mit seiner verwitweten Schwester zusammen? Estée de Montbrail ist ein sehr respektables und schönes Geschöpf. Ein Blick auf die kleine *demoiselle* und sie wird sie unter ihre Fittiche nehmen."

„Ihr seid kein so großer Dummkopf, wie ich dachte", räumte Salvan ein. Er beugte sich über den Tisch und der Chevalier folgte seinem Beispiel; ihre langen Nasen berührten sich beinahe. „Was diese Geschichte auf der Straße von Versailles angeht: Ich werde Euch etwas erzählen. Ich traf am Ort des Geschehens ein, nur Augenblicke, nachdem sich alles zugetragen hatte. Natürlich zeigte ich mich nicht. Ich verfolgte das Mädchen. Ich hatte gesehen, wie sie die Maskerade in Begleitung meines Cousins verließ. Ich folgte ihnen eilends. Doch ließ ich meinen Kutscher Abstand halten. Und dann! Wird er überfallen!

„Ich lasse meinen Kutscher anhalten und warten. Eine andere Kutsche hinter uns hält an. Irgendein bürgerlicher Anwalt, den ich nicht kenne und an den ich mich nicht erinnern mag. Wir warten zusammen. Ich schicke einen Lakaien im Schutz der Dunkelheit voraus. Er versteckt sich im Wald. Kommt schneeweiß zurück. Roxton habe geschossen, ohne zu zögern, sagt er. Es war ein zu großes Durcheinander, um alles zu verfolgen.

„Wir warten, dieser Anwalt und ich, bis alles ruhig ist und eine Kutsche in die entgegengesetzte Richtung vorbeirast. Wir wissen, dass es jetzt sicher ist. Wir fahren weiter. Dieser Anwalt setzt seinen Weg einfach fort. Er ist feige und hat zu viel Angst um seinen Ruf, als dass er anhalten würde.

„Aber ich, ich schicke einen Lakaien mit einer Fackel los, um das Blutbad zu besichtigen. Einer der *canailles* lebt noch! In die Lunge geschossen, es geht ihm rasch schlechter! Aber er erzählt meinem Mann mit großer Schadenfreude, dass einer seiner Kumpane gut gezielt und das Mädchen getroffen hätte …“

„Großer Gott! Aber das ist ja schrecklich!“, keuchte der Chevalier. „Auf eine Unschuldige zu schießen – das ist das Schockierendste auf der Welt!“

Salvan lehnte sich in seinem Stuhl zurück, ein Arm hing lose über seine reich verzierte Lehne. „Ich glaube es nicht“, sagte er mit einer Bewegung seiner mit Rüschen geschmückten Hand. „Dieses Stück Abschaum hat gelogen. Hätte er gesagt, Roxton wäre getroffen worden, würde ich es vielleicht glauben. Aber nicht das Mädchen. Das ist zu abenteuerlich.“

„Aber – Salvan“, sagte Charmond verwirrt, „warum sollte ein sterbender Mann lügen? Das ist auch unglaubwürdig!“

„Wie soll ich das wissen?“, knurrte Salvan. „Bin ich sein Beichtvater? Kümmert es mich, ob seine Seele zur Hölle fährt? Jetzt warten wir. Warten auf *mon cousin*. Er hat das Mädchen. Ich muss zugeben, dass ich nicht mehr Herr der Ereignisse bin. Das beunruhigt mich ein wenig. Aber ich warte. Und wenn der Ehevertrag unterschrieben ist, werde ich zurückholen, was mir gehört. Er wird gezwungen sein, meinen Sieg anzuerkennen. Das wird er. Das muss er. Er ist ein Mann von Ehre, *mon cousin*, daher bin ich nur wenig besorgt."

Beide Männer wurden von Stimmengewirr am Eingang abgelenkt. Die Menge teilte sich und dort stand der Herzog von Roxton, in seine übliche schwarz-weiße Aufmachung gekleidet, Schnupftabakdose und Taschentuch in einer Hand, das Augenglas mit der anderen zu seinem harten, gutaussehenden Gesicht erhebend. Ohne auf das Starren und Flüstern zu achten, spähte er mit einem vergrößerten Auge um sich. Dicht neben ihm war Lord Vallentine, der sich der durch den Eintritt seines Freundes entstandenen Aufregung nur zu bewusst war und jedem misstraute, der ein falsches Wort sagen könnte.

ROXTON SAH SEINEN COUSIN UND DEN CHEVALIER SOFORT UND schlenderte zu ihrem Tisch am Fenster hinüber. Er führte vor jedem der Männer eine prachtvolle Verbeugung aus. Salvan und Charmond standen auf und starrten ihn an, wie zwei Schuljungen, die von ihrem Lehrer bei einer unsäglichen Missetat erwischt worden waren.

„Charmond, was für eine Freude, Euch zu sehen", schnurrte der Herzog. „Wir glaubten, dass Ihr mit einer tödlichen Krankheit der Lunge, oder war es nicht doch – des *Herzens*? – in Eurem Bett dahinsiechtet. Aber unwichtig. Ihr seid auferstanden! Was, wenn ich fragen darf, hat Euch ins Land der Lebenden zurückgeführt?"

„Es geht mir gut, vielen Dank, *M'sieur le duc*", sagte Charmond steif und erwiderte unwillig die formelle Verbeugung. „Mein Schnupfen ist vorbei. Ihr jedoch seid wie immer ein Bild bester Gesundheit."

„Vielen Dank, Fabrice", erwiderte der Herzog mit einem ungewöhnlich breiten Lächeln, das Vallentine für gefährlich hielt. „Ich bin mit unnatürlich guter Gesundheit gesegnet. Ich kann sagen, dass ich in meinem Leben noch nicht im Bett – äh – *dahingeschmachtet* habe."

Der Comte lachte über diesen Scherz und Charmond kochte innerlich. Doch der Chevalier hielt den Mund und war höflich, als Roxton ihn mit Lord Vallentine bekannt machte. Der Herzog lächelte immer noch, vielleicht sogar ein wenig breiter als zuvor, und als er seine Aufmerksamkeit ausschließlich auf Salvan richtete, tauchte ein Glitzern in den schwarzen Augen auf, das seinem Freund gar nicht gefiel.

„Ich dachte, Ihr wäret noch bei der Maskerade, Cousin", sagte er. „Jetzt hat unser lieber Freund Richelieu freie Bahn. Was gibt es bei Rossard, das Euch fortgezogen hat?"

„Das Gleiche wie Euch, *mon cousin*", sagte der Comte betont. „Es war ein wirklich schockierendes Benehmen, sein Flirten mit Thérèse. Und direkt unter Eurer Nase! Ich kann Euch keinen Vorwurf daraus machen, diese so bezaubernde Dame in der Taubenmaske entführt zu haben, nur um die schöne Thérèse zu ärgern. Ich fragte mich: Wie kann sie Richelieus Charme dem Euren vorziehen? Es ist unglaublich! Ach, die Herzen der Frauen, sie sind ein Geheimnis. So launisch und von unverständlicher Eifersucht."

Er nahm eine Prise Schnupftabak vom Herzog an und sog ihn genüsslich ein. „Ihr habt die exquisiteste Mischung von Schnupftabak in Frankreich und weigert Euch doch noch immer, mir das Geheimnis zu verraten."

Roxton schloss die kleine goldene Dose mit einem Klicken, aber sein Lächeln war nicht weniger breit. „Es gibt – äh – *Schätze* in der Welt, mein Lieber, die am besten unberührt bleiben."

„Wie meint Ihr das?", erkundigte sich Salvan.

„Ihr möchtet das Geheimnis meiner Schnupftabakmischung erfahren. Sie ist exquisit, da stimme ich Euch zu. Doch würde sie so begehrenswert, so exquisit bleiben, würde ihre Anziehungskraft ebenso mächtig sein, wenn Ihr ihr Geheimnis erführet? Und wenn Ihr Euch erst gesättigt hättet, was dann?"

„Ich verstehe Euer Argument, *mon cousin*", sagte der Cousin mit einem nachdenklichen Nicken und einem misstrauischen Blick in die schwarzen Augen. „Aber kann man je gesättigt sein von exquisiten und begehrenswerten Schätzen? Es würde mir als logischeres Ergebnis erscheinen, dass, wenn man erst das Geheimnis kennt und sich gesättigt hat, das Einzige, was bleibt, darin besteht etwas zu verbessern, weiterzuführen und alle eigene Erfahrung darein zu setzen, eine noch bessere Mischung zu erzielen."

„Und dennoch, wenn das, was Euch gegeben wurde, unverdorben und exquisit, das Ergebnis langer Jahre sorgfältiger Pflege war, würdet Ihr versuchen, es zu verderben, weil es für Euch, nachdem Ihr Euch gesättigt habt, nicht mehr von Interesse wäre?", sagte der Herzog mit gespielter Überraschung. „Deshalb verrate ich Euch mein Geheimnis nicht, wertester Cousin. Ihr würdet es nur in eine Karikatur seines früheren Selbst verwandeln. Euch fehlt die Wertschätzung für das Wesentliche. Und Ihr würdet es nicht in seiner unverfälschten Reinheit so zu schätzen wissen, wie ich es tue."

„Rotwein?", fragte Vallentine, um eine lange Pause des Schweigens zwischen den Cousins zu unterbrechen.

Der Comte sah ungewöhnlich dünnlippig und blass aus und der Chevalier trat von einem Fuß auf den anderen, ständig ein Auge auf die Herren haltend, die in der Nähe standen. Roxton lächelte immer noch, ein beunruhigender und seltener Umstand, was seinen Freund auf der Hut bleiben ließ.

„Am besten bleibt Ihr bei Eurer eigenen Mischung, *M'sieur le comte*", riet Lord Vallentine. „Roxton ist sehr empfindlich, wenn es darum geht, das zu behalten, was er als sein betrachtet. Ja, Chevalier. Wir sind keine Männer, die feilschen."

Der Chevalier de Charmond hob die Schultern. „Verzeiht, M'sieur Vallentine. Ich habe gerade nicht aufgepasst", sagte er mit einem schwachen Lächeln. Er wollte nicht in eine Diskussion zwischen den Cousins hineingezogen werden. „Schnupftabak, sagtet Ihr?"

Der Comte beäugte ihn verächtlich, schenkte dem Herzog jedoch ein süßliches Lächeln. „Vielleicht werde ich mir die Mühe machen, Euch den Schatz abzunehmen, Cousin."

„Mit Gewalt?", fragte der Herzog interessiert.

„Oh nein, das wäre zu unfein", antwortete der Comte. „Ich bin kein solcher Narr, als dass ich mit jemandem die Klingen kreuzen würde, der als einer der besten Fechter Frankreichs gilt."

„Ihr schmeichelt mir. Mein Freund hier ist der beste Fechter von Frankreich und England. Ich bin lediglich sein Schüler."

„Vielen Dank, Roxton", sagte Lord Vallentine mit strahlendem Lächeln.

„Jedoch", fuhr der Herzog fort, der seinen Cousin immer noch mit seinem Blick bannte, „Euch könnte ich leicht durchbohren. Aber nein, eine solche Methode ist zu unfein und würde keinen von uns beiden wirklich befriedigen. Also, um mir das zu entreißen, was Ihr so verzweifelt begehrt, wird es eines geschickteren und intelligenteren Plans bedürfen. Habt ihr einen solchen?"

Der Comte hielt inne, während ein Diener der kleinen Gruppe am Tisch Gläser mit Wein servierte. Jedoch unterbrach er seine auf das Gesicht des Herzogs gerichtete Aufmerksamkeit nicht, wenngleich er die, die sich am Büffet bedienten, zu beobachten schien.

„Wenn ich einen Plan habe, werde ich ihn Euch nicht verraten!", erklärte er lachend. „Es ist ein kleines Spiel, dass Ihr und ich spielen, *hein, mon cousin?*"

Lord Vallentine blies die Wangen auf und schüttelte den Kopf. Er war skeptisch. „Pardon, Salvan, aber Ihr habt nicht die leiseste Hoffnung, Roxton zu überlisten. Nehmt den Rat an, den ich Euch gab."

Die Ohren des Comte färbten sich rot, bevor er jedoch etwas erwidern konnte, hatte sich der Marquis de Chesnay ihnen genähert und schob seinen dicken Körper zwischen den Chevalier und den Herzog von Roxton. Er tippte mit den Stäbchen seines Elfenbeinfächers auf den Arm des Herzogs.

„*Mon Dieu!* Es ist Roxton!" rief er aus. „Und unversehrt! Erzählt uns, was geschehen ist, *mon cher*. Ganz Paris wartet darauf, die Geschichte aus Eurem Mund zu vernehmen.“

„Es gibt nichts zu erzählen, Gustave“, antwortete der Herzog, von dessen mittlerweile ausdruckslosem Gesicht das Lächeln verschwunden war. „Meine Kutsche wurde überfallen. Zwei wertlose Stück Vieh sind tot. Ich bin unverletzt. Das ist die ganze Geschichte.“

„Ah! Ihr wünscht, Eure Mühen in diesem Drama kleinzureden“, sagte de Chesnay. „Aber Ihr wart tapfer, sehr tapfer, Euch mit solchen Halsabschneidern anzulegen. Ihr hättet erschossen werden können. Ich schaudere bei dem Gedanken. Doch habt Ihr ihre Absichten so gekonnt vereitelt, ohne einen Kratzer an Eurer Person oder ein Opfer auf Eurer Seite davonzutragen. In der Tat sind wir alle dankbar dafür, dass unsere Straßen durch Euer Handeln ein klein wenig sicherer geworden sind. Jetzt wird die *canaille* vielleicht etwas nachdenken, bevor sie versucht, hochgestellte Personen zu bestehlen. Sollten wir *M'sieur le duc de Roxton* nicht Beifall klatschen, Gentlemen?“, sagte er und schaute sich im Raum um, aus dem er Nicken und zustimmende Rufe erhielt. Er leckte sich über die fetten Lippen und breitete die Arme aus. „Seht Ihr! Niemand unter uns, der mir nicht zustimmt!“

„Habe ich Verluste auf meiner Seite unerwähnt gelassen?“, sagte Roxton obenhin. „Wie nachlässig. Ja, es gab Verletzte.“

„Marguerite hatte recht“, keuchte de Chesnay. „Da war eine Frau! Ich sagte es Euch, Salvan. Marguerite irrt sich nie.“

„Nicht schwer zu erraten, wenn Roxton involviert ist“, murmelte Vallentine und mied den Blick des Herzogs.

„Mein Kutscher, ein ausgezeichneter Fahrer, wurde durch den Arm geschossen und der Knochen ist zerschmettert“, erzählte der Herzog ihnen. „Ich war gezwungen, ihn in der Obhut des nächsten Gastwirts zurückzulassen. Er wird nie wieder die Zügel führen.“ Er musterte die Gesichter der Gruppe um ihn herum. Der Comte war der einzige, der sich nicht für die Geschichte zu interessieren schien, denn er trank aus einem Glas und schaute sich zerstreut im Raum um. „Gustave, ich muss Marguerite loben. Eine Frau war beteiligt.“

„Ja? Ja?“, platzte der Chevalier ungewollt heraus.

„Ich wusste es!“, verkündete Gustave. „Marguerite irrt sich nie.“

„Bei dieser Gelegenheit wünschte ich verdammt noch mal, dass sie sich geirrt hätte!“, sagte Vallentine zornig. „Es gibt nichts, worüber man sich freuen müsste, wenn ein junges Mädchen, eine Unschuldige, brutal von einer Bande wertloser Hunde niedergemacht wird!“ Er funkelte den Comte an, dessen geschminktes Gesicht bebte. „Verzeih, Roxton, ich konnte nicht anders. Ich brauche mehr Wein“, sagte er und wanderte davon, während die Menge, die sich jetzt um den Herzog gesammelt hatte, sich teilte, um ihn zu den Tischen mit dem Büffet gehen zu lassen.

„Ist das wahr?", flüsterte de Chesnay. „Ein unschuldiges Mädchen? Das scheint unglaublich!"

„Dass sie unschuldig ist?", kicherte jemand in der Menge.

Niemand sonst wagte es, unter dem verächtlichen Blick des Herzogs eine Bemerkung zu machen.

„Erzählt uns, was passiert ist", sagte der Comte mit ruhiger Stimme. Er nahm mit kaum beherrschter Hand eine Prise Schnupftabak, das Pulver rieselte über einen großen Ärmelaufschlag. „Ein Mädchen, sagt Ihr? Höchst interessant."

„Ziemlich interessant, ja, Salvan", sagte Roxton kalt. „Ihr werdet überrascht sein zu erfahren, dass meine Begleiterin die besagte *demoiselle* in der Taubenmaske war."

„Nein!", rief der Chevalier in übertriebener Überraschung aus.

„Ein Mädchen. Eine Unschuldige, auf die eiskalt und brutal geschossen wurde ..."

„Nein! Nein! Das ist nicht wahr!"

Der gequälte Aufschrei kam aus dem Hintergrund des überfüllten Raums und alle gepuderten Köpfe drehten sich wie einer um, um zu sehen, wem diese Stimme gehörte. Einer von ihnen drängte sich an die Seite des Herzogs durch.

„Sie darf nicht verletzt sein! Sagt mir, dass sie nicht verletzt ist!"

„Was tust du hier?", verlangte der Comte in ersticktem Flüsterton zu erfahren. „Wie kannst du es wagen, in diesem Aufzug einen Fuß zu Rossard zu setzen! Du bist eine Schande. Eine Schande für deinen Namen!"

Der Vicomte d'Ambert stand keuchend da. Er ignorierte seinen Vater und schaute nur auf den Herzog. Sein Gesicht war schmutzverschmiert und Schlamm bedeckte seine Reitstiefel. Er hatte sich nicht die Mühe gemacht, Umhang, Schwert oder Handschuhe abzulegen. Er war ohne ein Wort zum Portier oder dem Diener im Foyer die Treppe heraufgestürmt und hatte alle Räume nach seinem Vater und dem Herzog durchsucht, zwei Diener dicht auf den Fersen.

„Ich komme eben von Eurem Hôtel, *M'sieur le duc*", erklärte er atemlos. „Ich wurde ohne ein Wort, ob sie dort sei oder nicht, abgewiesen. Erzählt mir von diesem Überfall! Ich weiß nichts davon, gar nichts bis jetzt! Ich schwöre es Euch! Sagt mir, dass sie unverletzt ist! Bitte, ich flehe Euch an!"

De Chesnay wandte sich zu dem Chevalier. „Ein weiterer Spieler auf der Bühne", murmelte er. „Es wird kompliziert. Wie steht dieser Junge zu dem Mädchen?"

„Ich wünschte, das könnte ich, mein lieber d'Ambert", sagte Roxton sanft. „Es wäre eine Lüge."

Diese Worte hatten kaum den Mund des Herzogs verlassen, als der Vicomte herumwirbelte und seinen Vater mit unkontrolliertem Zorn anfunkelte.

„Das ist Eure Schuld!", wütete er. „Ihr und Eure irrsinnigen Pläne! Sie würde jetzt nicht mit einer grässlichen Wunde darniederliegen, wenn Ihr sie in Ruhe gelassen hättet! Sie wäre nicht fortgelaufen, wenn Ihr sie nicht verfolgt hättet wie ein Jagdhund ein Reh!" Er brach in hysterisches Lachen aus. „Wenn ich daran denke, was Ihr ihr angetan habt ..."

Das scharfe Klatschen einer Ohrfeige kam schnell und unerwartet. Es erfüllte seinen Zweck. Der junge Mann fiel sofort in sich zusammen. Ein Stuhl wurde unter ihn geschoben und eine Hand drückte auf seine Schulter, um ihn zum Sitzen zu bringen. Lord Vallentine hielt ihm einen Rotweinpokal unter die Nase und zwang ihn zum Trinken. Als der Vicomte es wagte, unter seinen Brauen hervorzuschauen, stellte er fest, dass der Raum frei von Zuschauern und die Tür geschlossen war. Zwei diskrete Lakaien bewachten den Eingang zu beiden Seiten der Tür. Der Comte stand mit dem Rücken zu seinem Sohn am Fenster und rieb sich die Hand, die noch von dem Schlag, den er ausgeführt hatte, brannte.

„Vater – verzeiht mir", murmelte Étienne und ließ den Kopf sinken, als sein Vater ihm nicht antwortete.

„Mein Junge", sagte der Herzog und hielt dem Vicomte eine silberne Schnupftabakdose hin. „Das habt Ihr fallen lassen."

„Vielen Dank", sagte d'Ambert und steckte die Dose ein. „Ich bitte Euch um Vergebung, *M'sieur le duc*. I–ich war überreizt. Ich meinte nicht, was ich sagte – ich – ich – ist sie – ist sie schwer verletzt?"

„Ja."

Der Vicomte bedeckte sein Gesicht mit den Händen.

„Er nimmt es ziemlich schwer", flüsterte Vallentine dem Herzog ins Ohr. „Kannte sie, ja?"

„Dein Gebrauch der Zeiten lässt mich schaudern, Vallentine. Er kennt sie. Ich stelle fest, dass ich mich nach meinem Bett sehne. Der Tag und der Abend heute haben sogar mich erschöpft." Er legte dem Vicomte eine Hand auf die Schulter. „Sie wird einen Monat das Bett hüten müssen, vielleicht länger. Wenn es ihr gut genug geht, um Besuch zu empfangen, seid Ihr willkommen."

„Vielen Dank, *M'sieur le duc*", sagte der Vicomte mit einem schüchternen Lächeln. „Ich möchte sie sehr gerne sehen."

„Ich verbiete Euch, Roxtons Haus zu betreten!", verkündete der Comte. „Jetzt geht nach Hause und wartet dort auf mich!"

„Da es *mein* Haus ist, mein Lieber, ist es kaum an Euch, selbst einem Straßenfeger zu verbieten, es zu betreten, wenn ich es so wünschen sollte", näselte der Herzog.

„Erlaubt mir, mit meinem Sohn so zu verfahren, wie ich es wünsche", sagte der Comte eisig. Als sein Cousin ihm eine tiefe Verbeugung machte, die er als unverschämt auffassen konnte, zwang er sich, beherrscht zu bleiben. „Verzeiht, *M'sieur le duc.*"

„Bitte, mein Lieber", sagte Roxton mit einem raschen, unangenehmen Lächeln, bei dem Lord Vallentine ein Auflachen unterdrücken musste, „Ihr müsst Euch nicht erklären. Diese Geschichte hat etwas, das Euch große Angst verursacht. Seid versichert, dass der Schuft zur Rechenschaft gezogen werden wird. Der Gerechtigkeit soll Genüge getan werden. Was das Mädchen angeht, wird sie genesen, wenn sie viel Ruhe und *jede* Aufmerksamkeit erhält."

„Ihr macht Euch ihretwegen große Mühe, *mon cousin*", sagte Salvan. „Ich will mich nicht in ihre Genesung einmischen, aber sollte sie zu einer solchen Zeit nicht bei ihren eigenen Leuten sein?"

„Es ist keinerlei Mühe, einem jungen und sehr schönen Mädchen zu helfen. Das wisst Ihr von allen Männern am besten, Salvan", erwiderte der Herzog. „Und, seid versichert, sie ist bei ihren – äh – *Leuten*. Gute Nacht, Gentlemen." Er verneigte sich vor allen, zufrieden, seinen Cousin an den Rand eines wahnsinnigen Wutanfalls gebracht zu haben und den Sohn nahe an einen Nervenzusammenbruch. Er war halb durch den Raum, als er den Chevalier laut zischen hörte:

„Er weiß es! Eure Pläne sind nichts als ein großer Trümmerhaufen! Sie ist zu göttlich, um an diesen rabenlockigen Eiszapfen verschwendet zu werden, aber er wird sie bekommen. Denkt an meine Worte, Salvan! Er kann es kaum erwarten, dass sie genesen ist, um sie zu besteigen, ich sehe es! Und wenn er genug von ihr hat, wird sie wertlos sein …"

„Seid still! Seid still!", kreischte der Comte und hätte weitergeschrien, wenn nicht sein Cousin sich auf dem Absatz umgedreht hätte und zu ihm zurückgekommen wäre.

Lord Vallentine folgte ihm. Er hielt eine Hand an den Griff seines Schwerts und es juckte ihn, es zu gebrauchen. Eine Beleidigung seines Freundes konnte er nicht dulden. Doch ein Blick des Herzogs und er zog sich gehorsam zurück, um an der Tür stehenzubleiben.

„Ich werde nächste Woche als Gast des Königs und Madame de la Tournelle in Fontainebleau sein", informierte Roxton den Comte mit einem Auge auf dem ausdruckslosen Gesicht des Chevaliers. „Ich nehme nicht an, dass ich Euch dort sehen werde, da Ihr Eure eigene kleine Ablenkung hier in der Stadt habt?"

Salvan schrak zusammen. „Was?"

„Ihr braucht meine Einmischung nicht zu fürchten", fuhr Roxton fort. „Ein weiser Mann weiß, wann er sich zurückziehen muss. Ich gratuliere Euch. Sie gehört zu den geschickteren ihrer Art."

„Wer?", fragte der Chevalier den Comte, doch dieser Gentleman stand nur steif da, daher sah er den Herzog mit einem listigen Lächeln an. „Unser Freund hier hat ein neues Spielzeug? Eine hübsche Ablenkung? Er ist zu schüchtern, um es zuzugeben!" Er musterte den Comte. „Kommt schon, Salvan", lachte er, „verratet dem armen Fabrice den Namen des neuesten Gegenstands Eurer Begierde. Dann kann auch ich meine Glückwünsche aussprechen."

„Sie ist unwichtig", brummte der Comte. Er entfernte sich von dem Chevalier, der zu dicht stand und nach Zwiebeln roch.

„Oha! Ihr schätzt Euch selbst gering, *M'sieur le comte*. Sie muss ein recht guter Fang sein, wenn *M'sieur le duc* sich über sie äußert."

Der Comte schaute seinen Sohn, der noch immer stumm auf seinem Stuhl zusammengesunken saß, böse an. „Ich sagte Euch, dass Ihr nach Hause gehen solltet!"

Der Chevalier machte sich an Roxton heran.

„Sagt es mir, *M'sieur le duc*", sagte er. „Ich bitte Euch. Haltet den armen Fabrice nicht so in Spannung. Ist es diese Orientalin, von der ich so viel gehört habe, wie? Diese Blume des Ostens?"

„Wohl kaum, Charmond", sagte der Herzog ruhig. „Mein Cousin ist niemand, der an exotischen Früchten Gefallen findet."

Die Augen des Chevaliers tanzten. „*Parbleu*! Er ist nicht so abenteuerlustig wie Ihr, *M'sieur le duc*!"

„Und er ist auch nicht so geschickt mit Worten", witzelte Lord Vallentine, was den Chevalier zu einem erneuten Lachanfall veranlasste, den seine Lordschaft aufreizend fand. „Ich denke, ich werde nach Hause gehen, Roxton. Und du?"

„Ich auch. Aber ich kann Charmond nicht vor Neugier sterben lassen. Obwohl, vielleicht sollte ich das", sagte der Herzog und warf einen Blick auf seinen Cousin, der ihn wie gebannt anstarrte, als ob er ihn zwingen wollte, nicht weiterzusprechen. „Es ist an Salvan, das zu erzählen. Und – doch – nein. Er wird es nicht sagen, weil er zu bescheiden bei seinem kleinen Sieg ist." Er beugte sich zum Ohr des Chevaliers und flüsterte den Namen *Félice*.

FÜNF

Antonia sass zusammengekauert auf dem Fenstersitz und spähte aus einem Fenster, das teilweise mit Eis bedeckt war. Sie wagte es nicht, die Scheibe hochzuschieben. Draußen war es bitterkalt und es sah nach Schnee aus. Sie sollte am warmen Feuer sitzen, mit einer Decke über ihren Knien und einem Kaschmirschal um ihre Schultern, aber sie konnte nicht still sitzen und darauf warten, dass ihre Haare trockneten. Das konnte Stunden dauern und seit ihrem Bad, während dessen Rufe aus dem Hof von den Wänden widergehallt waren, hatte sie zum Fenster laufen wollen, um zu sehen ob es wirklich der Herzog von Roxton war, der nach Hause zurück gekommen war.

Madame de Monbrail hatte sie zum Ankleiden in Hemd und Strümpfen am Feuer stehen lassen. Sie war in ein enges Mieder aus cremefarbener Seide geschnürt, seidene Röcke waren über Reifen gebreitet und die Laschen an ihrer Taille geschlossen worden. Geschickt war ein offenes Gewand in zartestem Muschelrosa, bestickt mit winzigen Blüten und Ranken, darüber geworfen worden. Schließlich wurde ein mit silbernen Fäden besticktes Vorsteckmieder mit Haken befestigt. Ihre bis zur Taille reichenden Haare waren mit dem Handtuch trockengerieben, durchgekämmt und parfümiert und zum Trocknen ihren Rücken hinab hängen lassen worden, mit einem Kaschmirtuch um ihre Schultern darunter, um die Feuchtigkeit von ihrem Kleid abzuhalten. Zufrieden war Madame dann fortgegangen, mit strengen Anweisungen an Antonias Zofe, Gabrielle, darauf zu achten, dass ihre Herrin sich nicht vom Feuer entfernen sollte.

Kaum hatte die Tür sich geschlossen, schon flitzte Antonia zum

Fenstersitz. Sie ignorierte Gabrielles Flehen, zu begierig darauf zu erfahren, was unten im Hof geschah. Sie hörte Rufe und männliches Lachen und das Klirren und Kratzen einer Klinge auf einer anderen. Es waren jedoch nur zwei Lakaien zu sehen, von denen jeder einen Rock über dem Arm trug und einen Weinkelch in der Hand hielt.

Ihre Geduld wurde bald belohnt, als die beiden Schwertkämpfer in Sicht kamen. Sie durchquerten den Hof von einer Ecke zur anderen. Sie beide bewegten sich mit Eleganz, kräftig und schnell in ihrer Kunst. Die Klingen zischten und sangen, als sie darum rangen, den anderen zu besiegen. Zuerst wurde der Herzog von Lord Vallentine nach hinten gedrängt, dann erwies sich sein Handgelenk als stärker und zwang seine Lordschaft gegen die niedrige Steinmauer, die den Garten von den Ställen trennte. Sie hatten sich bis auf die Hemdsärmel entkleidet, sorglos, ohne die Kälte wahrzunehmen.

„Komm, sieh doch, Gabrielle!", drängte Antonia, die Stirn an das kalte Glas gedrückt. „*M'sieur le duc* und M'sieur Vallentine fechten mit korkgeschützten Klingen. Dies ist das erste Mal, dass ich auf bin und sie sehen kann. Ich habe immer die Geräusche gehört und war gezwungen, in diesem elenden Bett zu bleiben! Ist das nicht aufregend? Ich glaube, sie sind sehr gut. Vielleicht ist Vallentine schneller, aber *M'sieur le duc* ist stärker. Er sieht wundervoll aus in weißem Hemd und Reithosen und den offenen Haaren. Armer Vallentine! Wenn er nicht aufpasst, verliert er seine Perücke! Oh! Er ist auf den vereisten Pflastersteinen ausgerutscht!"

Sie lachte und drehte sich zu schnell um. Schmerz schoss ihr bis zu den Fingerspitzen durch den Arm, eine grimmige Ermahnung, dass sie noch nicht so völlig genesen war, wie sie gerne geglaubt hätte. Gabrielle war gegangen, um das Frühstück zu holen, daher schaute Antonia wieder aus dem Fenster und entdeckte, dass der Kampf vorbei war. Die beiden Gentlemen lehnten an der Gartenmauer, rangen nach Atem und tranken Wein. Sie fragte sich, ob sie sie sehen könnten und war sich dessen sicher, als Lord Vallentine aufschaute und etwas zu dem Herzog sagte. Antonia winkte. Vallentine antwortete ebenso. Der Herzog warf keinen Blick herauf, nicht einmal, als sie fünf Minuten später unter dem Fenster vorbeikamen, um nach drinnen zu gehen.

Sie sank stirnrunzelnd zurück auf die Kissen. So fand Estée sie und war gar nicht erfreut, dass ihre Patientin die Wärme des Feuers verlassen hatte. Sie schimpfte mit Gabrielle, die ihr mit einem Frühstückstablett ins Zimmer gefolgt war. Das Mädchen nahm die Scheltworte geduldig hin und verschwand, um sich ihren Pflichten zu widmen.

„Habe ich dir nicht gesagt, dass du am Feuer sitzenbleiben sollst?", wollte Madame wissen. „Du glaubst, nur, weil dieser dicke Arzt sagt, dass du das Zimmer verlassen darfst, bist du kräftig genug, um zu tun, was du möchtest? Vielleicht noch, dir eine Erkältung zu holen? Du stellst meine Geduld auf die Probe, Antoinette ..."

„Antonia. Ich heiße An–*tonia*! Mir gefällt die französische Form nicht. Das müsst Ihr Euch merken, Madame."

Madame de Montbrail seufzte und führte ihren Schützling zu dem Sessel am Kamin.

„Ich werde versuchen, daran zu denken, wenn du tust, worum ich dich bitte", sagte sie, hob den Kaschmirschal auf und drehte ihn in den Händen. „Aber es ist mir ein Rätsel, warum du den Namen Antoinette nicht magst. Er ist hübscher und er ist französisch. Antonia ist nur eine lateinische Entstellung ..."

„Antonia war der Name der Mutter des römischen Generals Germanicus. Er war ein sehr guter Soldat, der gegen die Germanen kämpfte und sie war eine gläubige und fromme ..."

„Woher hast du nur solche Trivialitäten immer? Nein, ich weiß schon. Dein Papa."

Antonia nahm eine Tasse heiße Schokolade entgegen und trank dankbar das bittersüße Gebräu.

„Das sind keine Trivialitäten", sagte sie trotzig. „Das ist Geschichte und Papa sagte ..."

„Genug! Trink deine Schokolade, iss diese Brötchen und gib mir eine Minute Ruhe, du schlimmes Mädchen!"

Antonia lachte leise in ihre Schokolade und schwieg, aber nicht lange.

„Ich bin eine schwere Prüfung für Euch, nicht wahr, Madame? Es tut mir leid. Das ist wirklich nicht meine Absicht. Manchmal kann ich einfach nicht anders. Wie, wenn Ihr mich Antoinette nennt, was ich mehr hasse als jeden anderen Namen. Das versteht Ihr doch, nicht wahr?"

„Ich verstehe, dass du dich bereits recht gut erholt hast, *ma petite*", lächelte Estée. „Es gab eine Zeit, da hattest du nicht die Kraft, um mit mir zu streiten."

„Wie lange bin ich schon hier?"

„Genau einen Monat und eine Woche", antwortete sie, nahm eine Bürste vom Frisiertisch und begann, die langen Locken des Mädchens zu bürsten. „Die Haare sind nicht mehr so feucht, als dass man sie nicht frisieren könnte. *La*! Du hast eine Haarfarbe, dich ich bewundere. Du machst mich neidisch, Kind. Es wäre schade gewesen, es abzuschneiden."

„Abschneiden?" Antonia verschüttete fast ihre Schokolade. „Ich lasse nicht zu, dass sie abgeschnitten werden! Ich bin sehr eitel, was meine Haare angeht, Madame. Das ist ein Fehler, ich weiß … Warum sollten sie abgeschnitten werden?“

„Jeder würde glauben, dass dein Hals auf dem Schafott läge!“, sagte Madame und schnalzte mit der Zunge. „Sitz still. Ich bin noch nicht fertig. Ich sagte, es *wäre* schade gewesen, nicht es *wird* schade sein! Der Arzt hatte vorgeschlagen, sie abzuschneiden, weil sie so verknotet waren. Selbst ich dachte, es würde unmöglich auszukämmen sein. Aber mein Bruder wollte nichts davon hören. Er kann sehr stur sein. Und Männer mögen es nicht, wenn die Haare einer Frau kurz sind, nicht einmal, wenn nur ein paar Zoll abgeschnitten werden.“ Sie gab einen Seufzer von sich, als die die Haare des Mädchens aufsteckte und Bänder durch die schweren, lockigen Strähnen flocht. „Mein Bruder hatte am Ende recht. Es wäre ein Jammer gewesen, solche goldenen Haare zu Boden fallen zu sehen. So ist es doch, nicht wahr, meine Liebe?“

„Ja, Madam“, antwortete Antonia, froh, dass Estée nur ihren Rücken sah und ihre erhitzten Wangen nicht bemerken konnte. Sie geduldete sich, solange an ihren Haaren gearbeitet wurde, sagte aber nach langem Schweigen dann kleinlaut: „Warum hat *M'sieur le duc* mich nicht besucht? M'sieur Vallentine kommt jeden Tag, um Backgammon und Reversi zu spielen. Manchmal liest er mir Nachrichten vor. Aber *M'sieur le duc* kommt nie. Ich finde das seltsam.“

Das fand Estée auch, hatte aber nicht vor, Antonia dies zu sagen.

„Vielleicht ekelt er sich vor Krankenzimmern? Menschen, die nie krank sind, tun das für gewöhnlich.“

„Nein, ich glaube nicht, dass das der Grund ist“, widersprach Antonia. „Als ich angeschossen wurde, war er es, der sich um meine Wunde kümmerte und sie verband. Und er blieb während der ganzen Operation bei mir. Nicht ein Mal zeigte er Ekel oder war von dem Anblick meiner Verletzung abgestoßen. Er sagte, ich wäre sehr tapfer.“

„Das warst du auch. Sehr tapfer.“

„Also warum kommt er dann nicht?“, fragte Antonia beharrlich. „Ich bin schon seit fast einer Woche aus dem Bett.“

„So, jetzt bin ich fertig“, sagte Estée fröhlich. Sie reichte Antonia den Handspiegel, aber das Mädchen schaute das Werk ihrer Hände nicht an.

„Madame, warum hat er mich nicht besucht?“

„Er war sehr beschäftigt“, antwortete Estée in einer unbefangenen Art, die überhaupt nicht ihren Gefühlen entsprach. „Er ist für vierzehn Tage nach Fontainebleau gereist, um mit dem König zu jagen, und danach war er ziemlich viel bei Hof. Und erst vor drei Tagen kam er von einem Aufenthalt in Marly zurück, oder war es Choisy? *La*! Ich kann mich nicht erinnern, wo er war! Er war in letzter Zeit so viel fort, dass es mir schwerfällt, mit all seinem Kommen und Gehen Schritt zu halten. Du siehst, wie es ist. Er war überhaupt nicht in Paris, während du an dein Zimmer gefesselt warst.“

„Aber er war hier in Paris“, beharrte Antonia in dieser hartnäckigen Art, die Estée unerträglich fand. „Ich habe ihn und Vallentine an den meisten Tagen dieser Woche unter meinem Fenster fechten hören. Und Vallentine sagte erst gestern, dass er und Monseigneur im Wald von Saint-Germain ausgeritten wären. Und ich weiß, wann er zu Hause ist, weil Gray und Tan mich dann besuchen, und er sie immer mitnimmt, wenn er mehr als einen Tag verreist.“

Madame de Montbrail warf verärgert die Hände hoch. „Genug! Er hält mich nicht über seine Reisepläne auf dem Laufenden! Ich bin nicht seine Hüterin! Heute ist er zu Hause. Das ist alles, was ich weiß. Bist du jetzt zufrieden? Heute könnte er kommen, um dich zu besuchen.“

„Das glaube ich nicht.“

„*Eh bien*! Ich mag es aber nicht, dass du mir ein finsteres Gesicht zeigst! Nun schau, was ich mit deinen Haaren gemacht habe und ob es dir gefällt.“

Antonia ging zu dem hohen Spiegel hinüber und musterte sich pflichtschuldig.

„Ich glaube, das sieht sehr gut aus, Madame. Vielen Dank. Oh! Ihr habt eine schöne Spange benutzt, um meine Locken hochzustecken. Das sind doch Diamanten und Smaragde, keine künstlichen Steine?“

„*Parbleu*! Was wirst du wohl als Nächstes sagen? Lass meinen Bruder nicht hören, dass du sein Geschenk unecht nennst!“

„Diese Spange gehört nicht Euch? Das ist ein Geschenk, sagt Ihr? Für – für *mich*?“

„Natürlich ist das nicht meine Haarspange. Smaragde stehen mir nicht. Saphire und Rubine ja, aber niemals Smaragde. Komm her, ich habe noch etwas für dich.“

„Was ist das, Madame?“, fragte Antonia, als Estée zwei mit Diamanten und Smaragden besetzte Schuhschnallen in ihre Handfläche fallen ließ. Als Madame ihre schönen Augen verdrehte, lächelte Antonia schüchtern. „Ich weiß, was das ist, ja. Aber – sie sind doch nicht auch für mich? Ich meine, Ihr müsst sie mir nicht schenken. Ich habe Marias und Ihr habt mir schon so viele schöne Dinge geschenkt.“

„Sie gehören dir, Antonia. Sie sind ebenfalls von meinem Bruder. Ich sollte sie dir nicht geben, bis es dir nicht gut genug ginge, um deine Zimmer zu verlassen. Also. Gefallen dir seine Geschenke?“

„Ja, sehr. Sie sind wunderschön und er ist sehr großzügig“, sagte Antonia leise, während sie mit einem Finger das Muster einer der Schuhschnallen nachzog. „Und ich habe jetzt so viele Röcke und

Kleider und Hauben, und oh, auch Schuhe! Alle von diesem Maurice
für mich gemacht, der mir ständig erzählt, dass er der beste Schneider
von ganz Paris wäre. *M'sieur le duc* gibt zu viel für mich aus. Ich
verdiene keine solche …"

„Liebe Güte, du musst dir den Kopf nicht wegen solcher Kleinigkeiten zerbrechen", sagte Madame abwehrend, während sie Bürsten und
Spiegel zu dem überfüllten Frisiertisch zurückbrachte. „Was bedeutet
diese Ausgabe meinem Bruder schon? Er ist sehr reich. Und es ist besser,
wenn er sein Vermögen für dich ausgibt als für eines dieser vulgären
Geschöpfe, das seinen Gefallen findet. Er verschwendet dreimal so viel
auf ihre Wünsche. Und alles umsonst. Also zerbrich dir nicht deinen
hübschen Kopf. Sie haben nichts zu bedeuten – bedeuten ihm nichts."

Antonia legte die Schnallen beiseite und ging zum Fensterplatz, weil
sie heiße Tränen in ihre Augen steigen spürte. Sie wusste, dass es töricht
war, sich durch Madames Worte verletzt zu fühlen, aber das war sie und
sie wusste nicht, warum.

„Nein, Madame", sagte sie tonlos. „Ich werde mir keine Sorgen
machen. Wo sind Marias Schuhschnallen?"

„Mein Bruder hat sie natürlich zurückgeschickt. Darum hattest du
ihn doch gebeten."

„Tatsächlich?"

„Es scheint so. In der Kutsche auf dem Weg hierher. Es schien dir
sehr wichtig, dass Maria nicht ohne ihre Schuhschnallen auskommen
müsste."

„Ich bin froh, dass er sie ihr zurückgegeben hat. Sie war sehr gut zu
mir, als *grandpère* krank wurde. Er – ist er noch …"

„Es geht ihm weder besser, noch schlechter", sagte Estée. „Warum
Tränen, *mignonne*? Komm, trockne deine Augen. Dein Großvater ist
noch am Leben, daher darfst du nicht um ihn weinen. Was, wenn
Vallentine oder mein Bruder gerade jetzt zu Besuch kämen? Du musst
fröhlich sein. Heute darfst du nach unten gehen und mit uns essen und
später machen wir vielleicht eine Ausfahrt, wenn du dich gut einpackst
und die Sonne herauskommt. Hier, ziehe deine Schuhe an und stelle
dich an die Tür, damit ich dich ganz sehen kann. Sieh nur, die
Schnallen sind perfekt! Jetzt dreh dich um dich selbst, langsam. *La!* Ich
sagte langsam! Wenn du dich zu schnell drehst, wird dir schlecht
werden! Ah, jetzt ärgerst du mich! Antonia! Steh still!"

„Aber Madame, wenn ich mich so drehe, könnt Ihr fast meine
Strumpfbänder sehen!", lachte Antonia, fühlte sich aber ein wenig
schwindelig und hielt schnell an. Sie sah Madames Stirnrunzeln. „Seid
mir nicht böse. Manchmal sage oder tue ich Dinge, die andere empörend finden. Es tut mir leid, dass ich Euch gekränkt habe."

An der Tür ertönte ein Klopfen und beide Frauen drehten sich um. Im Vorraum waren Stimmen zu hören und Antonias Augen glänzten erwartungsvoll. Herein schlenderte Lord Vallentine, die Hände in die Taschen eines Rocks in venezianischem Scharlachrot gesteckt, mit überschäumender weißer Spitze an seinen Handgelenken und eine frisch gepuderte Perücke fest auf seinem Kopf. Er grinste von einem Ohr zum anderen. Als Antonia sah, wer es war, sanken ihre Schultern herab und das Funkeln ihrer Augen erstarb.

„Es ist nur Vallentine", verkündete sie mit einem tiefen Seufzer voller Resignation.

„Hey! Ist das eine Art, einen alten Freund zu begrüßen?", fragte er und küsste Estées Hand. „Guten Morgen, Madame. Ich hoffe, unsere aufmüpfige Patientin benimmt sich gut? Ihrer Zunge geht es ausgezeichnet, wenn das ein Zeichen für ihr allgemeines Wohlbefinden ist."

„Seht selbst, Lucian", sagte Estée und lächelte ihn an. „Dann sagte mir, was Ihr über das Wunder denkt, das ich vollbracht habe."

„Nun, ich bin skeptisch bei Wundern", sagte seine Lordschaft und drehte sich zu Antonia um, die sich hinter der Tür versteckt hatte. „Und wenn Mademoiselle – ich meine – na, das ist – verdammt will ich sein!"

„Lucian! Und das werdet Ihr auch sein, wenn Ihr in der Nähe des Mädchens nicht Eure Zunge hütet!"

Antonia lachte leise über den Ausdruck auf Lord Vallentines Gesicht. „Ihr seht aus wie ein Fisch!"

„Antonia! Ist das eine Art, M'sieur Vallentine anzusprechen?", tadelte Estée. „Du musst einen Knicks vor ihm machen, nicht etwa Witze über ihn reißen!"

„Verzeihung", sagte Antonia ohne wirkliche Reue. Ihr Knicks war hübsch genug, aber sie lächelte noch immer fröhlich. „Aber Vallentine sieht immer noch aus wie ein Fisch!"

„Und bei Jupiter, ich fühle mich auch wie ein Fisch", gestand seine Lordschaft, erstaunt über die Verwandlung des Mädchens.

Als er Antonias Krankenzimmer zum letzten Mal einen Besuch abgestattet hatte, waren ihre Haare noch immer eine Masse ungewaschener Locken gewesen und sie nicht zum Ausgehen angekleidet. Mit ihren frisch gewaschenen, parfümierten und mit Bändern hochfrisierten, honigfarbenen Locken, gekleidet in ein Meer aus Röcken mit tief ausgeschnittenem Mieder, das ihre festen, runden Brüste betonte, wusste er nicht, wie er seiner Bewunderung anders als mit einem leisen Pfiff angemessen Ausdruck verleihen sollte.

„Roxton erwartet der Schock seines Lebens!"

Antonia runzelte die Stirn. „Warum? Gefallen Euch diese Kleider nicht?“

„Ganz im Gegenteil!“, verkündete Vallentine. „Ihr, mein liebes Mädchen, seid eine kleine Schönheit. Estée, ich gratuliere Euch. War Euer Bruder schon hier oben?“

„Er kommt?“, fragte Antonia hastig.

„Das weiß ich nicht, Kleines. Aber ich hoffe, ich werde dabei sein, wenn er Euch erblickt! Kein Wunder, dass er Euch entführt hat. Ich hätte es auch nicht riskiert, Euch am Hof zu lassen wo ihr belästig werden könntet von …“

„Lucian!“, flüsterte Madame wütend.

„Er hat mich nicht entführt!“, erklärte Antonia hitzig. „Ich habe es sehr klug arrangiert, dass er mich beim Maskenball retten sollte.“

„Oha! Das denkt Ihr!“, spöttelte seine Lordschaft. „Ich nehme an, er hatte dabei nichts mitzureden? Ich nehme an, er hätte Euch auch gerettet, wenn Ihr eine einäugige Hexe ohne Zähne gewesen wäret, he? Und ich nehme an, dass er diese Entführer obendrein nur ermordet hat, um Euch einen Gefallen zu tun?“

„*M'sieur le duc* hat niemanden ermordet! So etwas Abscheuliches dürft Ihr nicht sagen. Und Ihr nennt Euch seinen Freund. Er hat sich nur verteidigt und war gezwungen, auf sie zu schießen! Er hat mich nicht entführt und er ist kein Mörder!“

Antonias wütende Aufregung ließ Lord Vallentine nur lauter lachen. „Eine echte, kleine Xanthippe, nicht wahr?“

„Müsst Ihr sie reizen?“, ermahnte ihn Estée. „Ihr wisst doch, dass sie meinen Bruder jedes Mal verteidigen wird. Das tut sie immer.“

„Hier stehe ich“, sagte seine Lordschaft mit einem gekränkten Blick, „komme jeden Tag zu Besuch, lasse Euch beim Backgammon gewinnen, lese Euch aus den Zeitungen vor und sobald ich ein falsches Wort sage, fallt Ihr über mich her! Ein feiner Dank, muss ich sagen!“ Er ließ sich in einen Sessel fallen und schlug seine langen Beine übereinander. „Und nicht einmal ein Wort zur Begrüßung für Lucian Vallentine!“

„Ich bitte um Verzeihung“, sagte Antonia hochmütig. „Aber Ihr dürft solche Dinge nicht über *M'sieur le duc* sagen. Das sind keine netten Worte und ich rege mich darüber auf. Ich kann nicht anders.“

„Das kann ich sehen! Ich bin ja nicht blind!“

„Ihr seid nicht besser als sie mit Eurem Schmollen“, tadelte Estée seine Lordschaft und winkte Antonia zu sich. „Steh still, Kind, damit ich Eure Haare wieder aufstecken kann. Und Ihr dürft nicht in solchem Ton und mit so bösem Gesicht zu Lord Vallentine sprechen. Das ist ein schlechtes Benehmen für eine Dame.“

„Ja, Madame, aber trotzdem darf er nicht solche Dinge über *M'sieur le duc* sagen. Das dulde ich nicht.“

„Möge der Herr uns retten!", sagte Lord Vallentine mit einem tiefen Seufzer und warf die Hände in die Luft. „Ihr gebt nicht so leicht auf. Wartet, bis Roxton erfährt, dass er sich ein Mädel ins Haus geholt hat, das ihn im Guten oder Bösen, ob Regen oder Sonnenschein, verteidigt! Erheitert es Euch nicht, Estée, zu sehen, wie Euer Bruder so vehement verteidigt wird? Als ob er noch einen Ruf zu verlieren hätte. He da! Was zum – was macht Ihr da mit dem Kissen, Ihr Range? Nein! Werft nur nicht mit dem ..."

Madame de Montbrail stampfte mit dem Fuß auf, die Arme auf ihre Taille gestemmt. „Hört auf! Hört auf! Ich lasse Euch beide hier stehen, wenn Ihr Euch nicht benehmt! Wollt Ihr mich weinen sehen, Lucian? Ja? Das werde ich! Das werde ich, wenn Ihr beide nicht aufhört, Euch zu benehmen wie die *bébés*!"

„Kommt schon, Estée, kein Grund, Euch so aufzuregen!", sagte Vallentine ernst, obwohl es offensichtlich war, dass er sich prächtig amüsierte. Er hatte einen direkten Treffer mit einem weichen Kissen auf seinen Kopf erlitten, der seine Perücke gefährlich schief verrutschen ließ. „Antonia und ich machen nur Spaß. Nicht wahr, Xanthippe?"

Antonia nickte, ihre Augen standen voller Lachen, trotz des Pochens in ihrem Arm, das sie ignorierte. „Wie ein großer Heringskönig! So seht Ihr aus, Vallentine."

„Ich gehe!", verkündete Estée und rauschte zur Tür. „Ich werde zu den Tuilerien fahren, um ein wenig Ruhe zu finden, und es ist mir gleichgültig, wie kalt es draußen ist!"

„Wartet doch!", rief Vallentine und sprang auf, um ihr nachzulaufen. „Ihr könnt mich doch nicht mit Mademoiselle Xanthippe allein lassen. - Holt Euren Umhang", flüsterte er Antonia zu und schritt dann aus dem Raum, von wo seine Stimme noch immer zu hören war, als er versuchte, Estée zu besänftigen, während Antonia nach ihrer Zofe rief.

„ICH WEISS NICHT, WARUM ICH EUCH ERLAUBT HABE, MICH ZU überreden, Euch mitkommen zu lassen", sagte Estée mürrisch. Sie schaute dem vorbeifahrenden Verkehr zu und weigerte sich, ihre beiden Mitfahrer anzusehen, die sich auf die gegenüberliegende Bank gekuschelt hatten. Sie spürte, dass sie über sie lächelten und verschränkte ihre behandschuhten Hände fester in ihrem großen Muff aus Fuchspelz. „Wenn Antonia sich verkühlt, werdet Ihr das vor meinem Bruder zu verantworten haben!"

„Frische Luft wird ihr guttun. Und sie braucht die frische Luft. In diesem alten Mausoleum nahezu fünf Wochen eingesperrt zu sein, würde jeden krank machen."

„Es ist kein altes Mausoleum", widersprach Antonia. „*M'sieur le duc* hat ein wunderschönes *hôtel*."

„Dieses alte Gemäuer?", spottete seine Lordschaft und schluckte den Köder. „Wartet, bis Ihr Treat seht. Das ist einmal ein schönes Haus. Eher ein Palast. Dann würdet Ihr das Hôtel Roxton auch ein altes Gemäuer nennen!"

„Was ist Treat? Ist das ein Palast, den Ihr gesehen habt? Gehört er *M'sieur le duc*?"

„Genau. Sein Landsitz in England. Sein Großvater hat das Haus umgestalten lassen und Roxton hat seither immer umgebaut und repariert", erzählte Vallentine ihr, als er ihr beim Aussteigen half.

Sie warteten darauf, dass Madame de Montbrail ausstieg. Alle drei zogen ihre Umhänge enger um sich und die Damen bedeckten ihre Haare mit großen Kapuzen. Vallentine bot jeder von ihnen einen Arm und sie machten sich daran, in den von Bäumen gesäumten Alleen herumzuspazieren.

„Madame, warum nennt Vallentine *M'sieur le ducs* Haus ein altes Gemäuer, wenn Monseigneur so freundlich ist, ihm zu erlauben, unter seinem Dach zu wohnen? Wohnt Vallentine im *hôtel*?"

Trotz ihrer kampflustigen Stimmung konnte Estée ein Kichern nicht unterdrücken und sie drückte den Arm seiner Lordschaft. „Das solltet besser Ihr beantworten, Lucian."

„Ich weigere mich! Jetzt gebt beide Ruhe und lasst uns unseren Spaziergang schweigend genießen."

Als sie zum dritten Mal bei den Zeitungsverkäufern, die unter einer Baumgruppe herumlungerten und an Tischen saßen und Schach spielten, vorbeiliefen, zupfte Antonia Lord Vallentine plötzlich am Ärmel. Sie waren an einer Kreuzung angekommen, wo einige Pfade am Boulevard entlangliefen und eine Gruppe von Menschen in der Mitte standen. Gezierte Grüße wurden mit vielen Verbeugungen, Kratzfüßen und Knicksen und auffälligem Wedeln von Taschentüchern ausgeführt. Ausgestreckte, behandschuhte Hände wurden von geschminkten Lippen berührt, Augen- und Mundwinkel zuckten entzückt, und ein schrilles Geschwätz durchdrang den Frieden eines kalten, aber sonnigen Herbsttages.

Die Szene erinnerte Antonia an eine Ansammlung von Pfauen. Ein Edelmann jedoch trug ein völlig anderes Federkleid. Ihr erster Impuls war, auf den Herzog zuzulaufen, aber Vallentine hielt sie zurück. Er wechselte einen besorgten Blick mit Estée. Bei jeder anderen Gelegenheit hätten sie sich der Gruppe angeschlossen, denn sie kannten sie alle. Doch sie blieben wo sie waren, ein paar Yards entfernt stehen und schauten zu.

„Also ist Thérèse die Frau, die weiterhin seine neueste Unterhaltung bildet", flüsterte Estée, deren blaue Augen die große Frau verschlangen, die sich besitzergreifend an den Ellenbogen des Samtärmels ihres Bruders klammerte. „Sie hat lange genug ihren Köder nach ihm ausgeworfen."

„Wie Ihr sagt", antwortete seine Lordschaft mit leiser Stimme.

„Ich hatte nichts anderes von ihm erwartet. Sie muss sehr amüsant oder sehr geschickt zwischen den Laken sein."

„Beides, heißt es allgemein", bestätigte seine Lordschaft.

„Ja, das muss so sein, denn er hat sie schon länger behalten als die meisten. Ach, und sie sieht sehr zufrieden mit sich selbst aus. Ich frage mich, ob sie sich darüber im Klaren ist, dass sie ihn mit der de la Tournelle und dieser Schauspielerin teilt. Wie heißt sie doch gleich? Félice? Ja, Félice."

„Hat diese beiden aufgegeben."

„Was? Die Schauspielerin?", fragte Estée laut.

„Pst, meine Liebe. Beide. Ich sagte beide. De la Tournelle und Félice."

Madame verzog das Gesicht. „Nein! Das glaube ich nicht! Wenn das wahr ist, ist es kein Wunder, dass Thérèse lächelt. Sie glaubt, sie hat ihn ganz für sich allein. Sie wird unmöglich sein, wenn ich ihr beim nächsten Mal auf einem *levée* begegne. Ich wünschte, er würde sich verlieben."

Vallentine schnaubte. „Ruhig, Estée. Du hast doch Roxtons wechselnde Affären nie missbilligt. Und jetzt empfiehlst du *romantische Liebe* für jemanden wie deinen Bruder?"

Estées Augen verengten sich zu Schlitzen, als sie Madame Duras-Valfons mit ihren blonden Locken und ihrem schönen lachenden Gesicht weiter anstarrte. „Ich möchte nicht, dass er zu lange bei dieser Frau hängen bleibt. Sie ist nicht gut für ihn. Sie ist eitel und dumm und kümmert sich nur um sich selbst. Sie liebt ihn nicht."

„Ihn lieben? Was hat das damit zu tun? Er liebt sie auch nicht, würde ich wetten."

„Warum flüstert ihr?", fragte Antonia und stellte sich vor die beiden, das Gesicht zu seiner Lordschaft erhoben. „Sprecht Ihr über *M'sieur le duc* und die Comtesse Duras-Valfons? Sie ist geschminkt wie eine Puppe und stolziert bei Hof so herum …" Sie ahmte den schwebenden Gang der Frau nach, was ihr einen eisernen Griff Madams um ihr Handgelenk einbrachte. „Bitte! Das – das ist meine verletzte …"

Ein schmerzhafter Stich durchfuhr sie und sie wurde sofort losgelassen. Sie drehte sich wieder der Gruppe zu, rechtzeitig, um zu sehen, wie der Herzog Madame Duras-Valfons etwas ins Ohr flüsterte, woraufhin diese lachte und ihren Begleitern erzählte, was er gesagt hatte. „Sie sind alle wie Clowns angemalt! *Pah!* Diese Frau ist nicht besser als eine *putain*."

„Antonia! Wo hast du einen solchen Ausdruck gelernt?", verlangte Estée zu wissen.

Das Mädchen lächelte engelsgleich. „Wie, bei Hof, natürlich."

„*Allons!* Zeit, dich wieder nach Hause zu bringen", sagte Madame de Montbrail und wandte ihrem Bruder und seiner Mätresse den Rücken zu. „Die Mücken sind zu dieser Jahreszeit immer schrecklich …"

„Vallentine, Ihr werdet es mir bitte sagen", sagte Antonia und hüpfte auf ihn zu. „Ist Thérèse Duras-Valfons *M'sieur le ducs* neueste Hure?"

Diese offenherzige Frage ließ seine Lordschaft etwas Unzusammenhängendes stammeln und Estées entsetzt die Augen aufreißen. Antonia wiederholte unbeeindruckt von ihrer Reaktion die Frage, aber beide waren entschlossen, sie zu ignorieren.

„*Parbleu!* Woher hat sie solche Ideen?", flüsterte Estée.

„Euer Bruder ist nicht gerade diskret. Das Mädel war am Hof. Sie hat Augen. Und Ihr wisst, wie es in Versailles ist. Eine Schlangengrube. Unappetitliche Gesellschaft für ein junges Mädchen, soviel ist sicher."

„Mir schaudert bei dem Gedanken, welchen Lastern sie ausgesetzt war, in der Obhut dieser Hure Maria Casparti."

„*M'sieur le duc* sagt, es wäre höflicher, Maria Casparti *grandpéres* Mätresse zu nennen, nicht seine Hure", belehrte Antonia sie mit einem verschmitzten Zwinkern, das Vallentine zum Grinsen brachte. „Da gibt es einen Unterschied, nicht wahr?"

Madame de Montbrail hörte nur ihre Worte. Sie sah nicht den Mutwillen auf ihrem Gesicht und stürmte vor ihren Begleitern her, schwieg während er kurzen Fahrt zurück zum Hôtel, während Lord Vallentine und Antonia ihren scherzhaften Wortwechsel während des ganzen Heimwegs fortsetzten. Ihre Stimmung verbesserte sich in der relativen Wärme des Foyers des *hôtel* nicht und sie verkündete, dass sie Kopfschmerzen hätte und sich daher für ein oder zwei Stunden zum Ausruhen vor dem Essen in ihre Zimmer zurückziehen würde. Lord Vallentine bot seine Begleitung an, wurde aber schroff abgewiesen, und sie ließ Antonia und seine Lordschaft stehen, die ihr in nachdenklichem Schweigen hinterher schauten.

Als Vallentine Antonia vorschlug, Madames Beispiel zu folgen, verkündete sie, dass sie nicht im Geringsten müde wäre, trotz eines dumpfen Schmerzes in ihrer Schulter, der sie anfiel, wenn sie eine plötzliche falsche Bewegung machte. Sie überredete seine Lordschaft dazu,

Backgammon zu spielen. Er willigte nicht nur ein, sondern erlaubte es ihr, ihn zu überreden, den frühen Nachmittag vor einem Feuer im privaten Heiligtum des Herzogs, seiner Bibliothek, zu verbringen.

Und so verbrachten sie eine angenehme Stunde damit, auf dem dicken Teppich vor dem Feuer Backgammon zu spielen. Als seine Lordschaft erklärte, er sei es leid zu verlieren, ließ er heiße Schokolade und Kaffee bringen. Duvalier stellte ein schweres Silbertablett auf den Teppich vor ihnen und ließ sich Zeit, das Zimmer zu verlassen, während er mit einem Ohr Antonia und Vallentines hitziger Diskussion über die verschiedenen Verdienste und Nachteile bestimmter italienischer Staaten, die sie besucht hatten, zuhörte. Als er sich zurückzog, war er mehr denn je davon überzeug, dass der Freund des Herzogs, auch wenn er seinem Herrn im Alter näher war, einen Verstand besaß, der sich gut für die Gesellschaft von Kindern eignete.

Als Antonia ihrer Schokolade ausgetrunken hatte, rollte sie sich auf dem großen Ledersessel dicht am Kamin zusammen und kuschelte sich mit einem schmalen Band, den sie aus den mit Büchern gefüllten Regalen gewählt hatte, zusammen. Seine Lordschaft wies sie schnell darauf hin, dass sie nicht auf diesem speziellen Sessel sitzen dürfte, da es der Lieblingssessel des Herzogs wäre, und dass das Buch, das sie gewählt hätte, sich nicht für die Augen einer Dame eignete. Außerdem war es in lateinischer Sprache und er glaubte keine Sekunde, dass ein Mädel frisch aus dem Schulzimmer Latein lesen könnte – und wenn doch, wäre das ein Skandal. Sein Flehen fiel auf taube Ohren. Er musste seine Niederlage eingestehen und zog sich hinter die Blätter einer mehrere Tage alten, englischen Zeitung zurück.

Der Herzog betrat die Bibliothek keine Stunde später. Er fand sie verlassen, obwohl sein Butler ihm versichert hatte, dass Lord Vallentine und Mademoiselle Moran dort wären. Duvalier folgte ihm und legte mehrere Briefe auf den Schreibtisch. Er begann, das Tablett abzuräumen, als ein Rascheln seine Aufmerksamkeit erregte und er fast die silberne Kanne und Tassen umgeworfen hätte. Roxton blickte von einem Stapel Korrespondenz auf, erkannte sofort den Grund für sein Erschrecken und winkte seinen Butler fort. Erst, als die Tür sich hinter dem Rücken des Dieners geschlossen hatte, wagte er es, sich seinem Lieblingssessel zu nähern.

Neben dem gedrechselten Sesselfuß fanden sich ein Paar seidenbezogener Schuhe und ein ledergebundenes Buch, das auf dem Rücken lag und in dem ein seidenes Band zwischen zwei Seiten als Lesezeichen diente. Er hob einen der abgelegten Schuhe mit der großen, diamant–

und smaragdbesetzten Schnalle auf und besah die Verarbeitung. Und noch mit ihm in der Hand beugte er sich über die hohe Rückenlehne des gepolsterten Sessels, um auf die dort Sitzende hinabzuschauen.

Antonia schlief fest, ihr Gesicht vom verlöschenden Feuer abgewandt, ein Arm in einen Lockenberg versteckt, der andere schlaff über ihr Mieder hängend. Die Lagen ihrer Seidenröcke umgaben sie wie eine weiche Wolke aus zartem Rosé und ließen ihre kleinen, bestrumpften Füße sehen, die dem Feuer entgegengestreckt waren. Er konnte sich nicht an das letzte Mal erinnern, als er die Muße gehabt hatte, den schön geschwungenen Knöchel eines Dornröschens zu bewundern. Das Gefühl war ihm neu und brachte ihn zum Lächeln.

Er fragte sich, was sein nächster Schritt sein würde, nachdem er jetzt das süße Ding, das sein Cousin so verzweifelt begehrte, in seinen Besitzt gebracht hatte. Das Lächeln wurde breiter. Armer Salvan, dachte er ohne Mitgefühl, er musste fast den Verstand dabei verlieren, dass dieser einzigartige Gegenstand all seiner aufgestauten Begierden sich im Hause seines edlen englischen Cousins erholte, den er um seinen Reichtum und Umgang mit Frauen bis zum Hass beneidete.

Doch als er Antonia weiter beim Schlafen beobachtete, wurde er vom Rhythmus ihres Atems gefangen und das selbstgefällige Lächeln des Triumphs wurde zu einem eher ernüchternden Stirnrunzeln bei dem Gedanken, dass er das Mädchen zwar jetzt hatte, aber was sollte er mit ihr anfangen? Sie vom Maskenball wegzubringen war eine instinktive Reaktion gewesen, sich die Beute unter der Nase seines Cousins zu schnappen und die Folgen zu ignorieren.

Und dann hatte Antonia ihn völlig aus dem Gleichgewicht gebracht, indem sie seinen Absichten oder ihm nicht im Geringsten misstraute. Sie schien vollstes Vertrauen in ihn zu haben, dass er die Absicht hätte, sie vor diesem ausgemachten Lebemann Richelieu und jedem anderen lüsternen Kerl bei Hofe retten zu wollen. Dass sie ihn als einen Ritter auf dem weißen Ross betrachtete und nicht wie aus demselben Holz geschnitzt wie sein Freund Richelieu, brachte ihn völlig aus der Fassung. Ebenso wie ein nagender Zweifel, dass das Mädchen die ganze Flucht geplant hatte, und er nur ein Bauer auf *ihrem* Schachbrett war.

Schließlich hatte sie ihn mit Briefen belästigt und sich so viele Wochen am Rand seines gesellschaftlichen Umfelds bei Hof herumgetrieben, dass ihre Anwesenheit einen unerwünschten Eingriff in seine Freiheit darstellte. Er war ihrer auffallenden Schönheit gegenüber nicht unempfindlich. Er hatte sie an ihrem allerersten Tag bei Hof bemerkt und war fasziniert gewesen. Doch Schönheit, gepaart mit der Unerfahrenheit der Jugend und einem Mangel an Raffinesse hatte ihn nie gereizt. Er hatte immer erfahrene Schönheiten bevorzugt, deren sexuelle Neigungen seinen eigenen entsprachen und die einen verständnisvollen Ehemann im Hintergrund herumstehen hatten, der bereitwillig eine gepolsterte Schulter bieten würde, an der sie sich ausweinen konnten, wenn seine Langeweile ihn zum Weiterziehen verleitete.

Als diskrete Nachforschungen über Antonia ergaben, dass sie tatsächlich eine seiner bedürftigen entfernten Verwandten war, die um seine Hilfe bat, versenkte er sie innerlich im Abstellraum lästiger Verpflichtungen, die zu seinem Titel und Vermögen gehörten. Er tat alles, um sie zu ignorieren. Doch warum hatte er sich dann beim ersten Anzeichen, dass sie in Gefahr sein könnte – und ein junges Mädchen, das sich, wie eine Hure gekleidet, auf eine Maskerade begab, war in Gefahr – darum bemüht, sie Salvan wegzunehmen? Ein solches Handeln zeigte der Welt, dass er für sie verantwortlich war; ein Umstand, den er die drei davorliegenden Monate mit allen Mitteln zu vermeiden versucht hatte.

Und jetzt, als er weiter beobachtete, wie das Flackern des Kamins auf ihrem schönen Profil spielte, war völlig klar, dass jede Befriedigung, die er daraus gezogen hatte, Antonia aus Salvans Klauen zu retten, verschwand, wenn er sie an der Verantwortung maß, die sie jetzt für ihn bedeutete; dass er das Mädchen, wenn es völlig von der Verwundung genesen sein würde, sicher in die Obhut ihrer Großmutter nach London befördern musste.

Er grübelte noch immer über die Last dieser neu erworbenen Verantwortung nach, als Lord Vallentine in den Raum trat, eine Decke über einem Arm, und ihn leise auf die Schulter tippte.

„Sie *musste* ja unbedingt in deinem Sessel einschlafen", flüsterte er entschuldigend. „Ich hatte nicht das Herz, sie zu wecken, also hielt ich es für das Beste, dies selbst zu holen. Wollte nicht, dass sie sich erkältet." Er breitete die Decke zu seiner Zufriedenheit über sie und schaute den Herzog an. Was er sah, ließ ihn aufschrecken. „Roxton, was ist los? Du bist doch nicht krank geworden? Ich lasse Duvalier eine Flasche holen. He, Duvalier", zischte er, „eine Flasche vom Besten *M'sieur le ducs*, und schnell!"

Der Butler eilte davon und Vallentine folgte Roxton zu einer Sofagruppe in der Mitte des Raums. Die Tatsache, dass der Herzog noch immer Antonias Schuh in einer Hand hielt, ließ ihn lächeln. Als er eine Bemerkung darüber machte, weitete sich das Lächeln zu einem Grinsen, als er sah, wie der Herzog sich verlegen von dem Gegenstand befreite.

„Da hast du dir eine kleine Füchsin eingehandelt", sagte Vallentine auf Englisch, während er es sich auf einem Sessel gegenüber dem Herzog gemütlich machte.

„Tatsächlich?", sagte Roxton, der wieder Farbe auf den Wangen hatte.

„Ja, tatsächlich!", lachte seine Lordschaft. „Sie schlägt mich jedes Mal beim Backgammon und Reversi. Ich habe alle Tricks versucht. Nichts half! Sie sagte mir, ihr lieber Vater hätte ihr das Spielen beigebracht. Allein dafür könnte ich den Mann erwürgen! Und seit es ihr besser geht, kennt ihr Geplapper kein Halten mehr. Und streiten? Oha! Mir widerspricht sie, bis ich blau im Gesicht bin. Bei Estée ist sie artiger, aber nur, weil Estée sonst schlechte Laune bekommt und ihr droht, eine Szene zu machen, wenn das Mädel sich nicht benimmt."

„Ihre Manieren sind grässlich", sagte der Herzog verärgert.

„Oh, in ihr ist keine Bosheit", versicherte Vallentine ihm. „Sie ist nur voller Mutwillen. Es ist erfrischend. Manchmal kostet sie Estée den letzten Nerv. Wenn du mich fragst, das ist nur weibliche Eifersucht."

„Du erstaunst mich."

„Ich bin nicht so hohlköpfig, wie du glaubst. Manchmal, muss ich zugeben, bin ich nicht der scharfsinnigste Beobachter, aber wenn es sich um Frauen handelt, nun, da habe ich eine gewisse Ahnung, was sie reizt und was nicht. Deine Schwester ist eine schöne Frau, eine verdammt schöne Frau, aber Antonia, nun, sie ist – sie ist ungewöhnlich."

„Mein Lieber, deine Zunge stolpert. Ungewöhnlich, auf welche Art?"

Lord Vallentine bemerkte zu seinem höchsten Unbehagen, dass sein Gesicht heiß wurde. Er war erleichtert, als Duvalier sie ausgerechnet in diesem Moment unterbrach. Ein Glas Rotwein half ihm, sich abzukühlen, aber der Herzog wartete mit einem aufreizenden Heben seiner schwarzen Brauen auf die Antwort.

„Du musst mich nicht so anschauen! Ich bin nicht in das Mädel verliebt, wenn es das ist, was du denkst", gestand seine Lordschaft. „Ich muss zugeben, dass ich ihre Gesellschaft entzückend finde. Und ich bin nicht blind, also schau mich nicht so spöttisch an! Ich kann sehen, dass sie eine kleine Schönheit ist. Aber sie versucht nicht, das bei einem Mann auszunutzen, wie die meisten Frauen es für gewöhnlich tun. Sie ist einfach – sie ist einfach sie selbst. In der Tat", fuhr er kampflustig fort, „finde ich sie anbetungswürdig! Aber das bedeutet nicht, dass ich sie will – nicht auf *diese* Art und Weise. Außerdem will sie nicht mich, oder diesen jungen Welpen d'Ambert."

„Nein?"

„Sie ist nicht in d'Ambert verliebt, so viel steht fest. Er kam ein oder zweimal her und sie will ihn nicht sehen. Sagte, es ginge ihr nicht gut genug, um Besuche zu empfangen. Obwohl ich glaube, dass er sich selbst etwas vormacht, wenn er glaubt, dass er sie nicht liebe."

„Meinst du?"

„Ja, das meine ich. Und noch etwas. Jeder Versuch von mir oder Estée, ein Wort gegen dich zu sagen, verwandelt das liebenswerte kleine Ding in eine Höllenkatze."

Der Herzog runzelte die Stirn. „Was habe ich getan, um eine solche Anbetung zu verdienen?"

„Du kannst so gleichgültig tun, wie du willst", sagte Vallentine sarkastisch. „Ich schätze, du hast nichts Ungewöhnliches getan, nur dass es für ein Mädchen in Antonias Alter ungewöhnlich erscheinen muss. Du bist für sie ein Held, der sie aus Salvans schleimigen Pfoten gerettet und die beiden Schurken auf der Straße von Versailles erschossen hat, ganz zu schweigen davon, dass du mit deinen eigenen schönen Händen ihre Wunden versorgt hast."

„Mein lieber Vallentine, wenn ich dich nicht besser kennen würde, müsste ich fürchten, deine Eifersucht erregt zu haben."

„Ein Mann darf doch mal ein bisschen neidisch sein", gab seine Lordschaft zu. „Schließlich bin ich es, der jeden Tag das Krankenzimmer besucht, ihr Süßigkeiten und Zeitungen gebracht hat und gegen sie beim Backgammon verliert. Was bringen mir all meine Mühen und Aufmerksamkeiten ein? Sie schwätzt mir das Ohr voll über *dich*. Verdammt sollst du sein! Wie, ich konnte sie nicht einmal zu einem Spaziergang in den Tuilerien mitnehmen, ohne dir mit der Comtesse Duras-Valfons zu begegnen, was Antonia zu ein paar verdammt peinlichen Fragen veranlasste. Wie soll ich die beantworten? Sie ist so ein Lämmchen, wenn man sie mit den wilden Katzen vergleicht, mit denen du dich gewöhnlich abgibst."

Eine scharfe Falte entstand zwischen Roxtons Brauen über seiner Nase.

„Ich hoffe du warst vernünftig und hast deine Zunge gehütet."

„Musste meinen Mund gar nicht aufmachen", sagte Vallentine brav. „Ihr war die richtige Bezeichnung für Thérèse ohne ein Wort von mir klar."

„Mylord gibt sich plötzlich väterlich", stichelte der Herzog. „Wenn sich das Mädchen von der Gesellschaft, in der ich mich bewege, beleidigt fühlte ..."

„Beleidigt?", spottete seine Lordschaft. „Antonia? *Beleidigt?* Da kennst du sie schlecht! Sie hat Thérèse deine *putain* genannt und hatte den Nerv, Estée zu fragen, ob das stimme. He? Was ist das?", fragte er und drehte sich beim Geräusch raschelnder Röcke um. „Mir scheint, das kleine Biest erwacht."

SECHS

Antonia spähte schläfrig über die Rückenlehne des Sessels und als sie den Herzog sah, wurden ihre Augen groß und sie lächelte. Sie flog aus dem Sessel heraus, ohne sich darum zu kümmern, ihre zerknitterten Röcke zu glätten, vergaß, ihre bestrumpften Füße zu bedecken und ignorierte die Tatsache, dass die Spange, die ihre Locken hielt, zu Boden klapperte. Sie lief zum Sofa und knickste zu Füßen des Herzogs.

„*M'sieur le duc*", sagte sie glücklich, „Ihr seid es! Ich dachte, ich träumte, aber als ich Vallentines Stimme hörte, wusste ich, dass das nicht sein konnte, denn warum sollte er in einem meiner Träume erscheinen?"

„Siehst du, was ich meine, Roxton", stöhnte seine Lordschaft. „Ich glaube, ich werde Euch ignorieren, Ihr Göre."

Roxton lächelte über das verletzte Ego seines Freundes, hielt aber seine Augen auf Antonia gerichtet.

„Ich finde, dass Mademoiselle unfreundlich zu M'sieur Vallentine ist. Er war sehr gut zu ihr, wie er mir sagte."

Antonia nickte. „Das stimmt, Monseigneur. Aber man kann ihn auch sehr leicht necken." Sie ging zum Stuhl seiner Lordschaft und schaute zerknirscht drein. „Es tut mir leid, dass ich Euch gekränkt habe, M'sieur."

„Kleines Biest", grummelte er und tippte sie unters Kinn. „Habt Ihr gut geschlafen?"

„Ja, vielen Dank", antwortete sie fröhlich und lud sich selbst ein, sich neben dem Herzog auf dem Sofa niederzulassen. „Gefällt Euch dieses Kleid, *M'sieur le duc*? Und vielen Dank für die Spange, und die Schuhschnallen und meine Kleider und die hundert anderen Dinge, die Ihr Maurice für mich habt anfertigen lassen. Oh? Was macht denn mein Schuh da? Maurice ist ein sehr guter Schneider, denke ich. Aber er redet zu viel und tänzelt herum wie eine Frau, was mir gar nicht gefällt. Madame findet ihn amüsant, aber ich kann einen Mann, der einen Ohrring mit einer tropfenförmigen Perle trägt und seine Augenlieder schminkt, nicht anders als lächerlich empfinden, oder? Glaubt Ihr, er ist einer dieser Männer, von denen ich gehört habe, die ihresgleichen bevorzugen? Ein – ein Spartaner! Oder wie *M'sieur le duc de Gesvres*, der ein Experte mit seinen Stricknadeln ist?"

Beide Gentlemen lachten, aber bei dem letzten Namen, den sie erwähnte, starrte Vallentine sie mit offenem Mund an.

„Antonia! Wo – wo habt Ihr das aufgeschnappt – ich habe nie gehört …"

„Bei Hofe", antwortete sie schlicht und schaute den Herzog an. „Vielleicht sollte ich solche Dinge nicht sagen? Habe ich Euch schockiert?"

„Nicht im Geringsten", antwortete Roxton, dessen auf der Rückenlehne des Sofas ruhende Hand geistesabwesend mit einer seidigen Locke ihres Haares spielte. „Ich wusste immer, dass er zu dieser Fakultät gehört. Meinen Freund könntet Ihr jedoch schockiert haben."

„Mich? Ich bin nicht schockiert", sagte Vallentine mit einem Schnauben. „Aber du kannst solche Dinge nicht zu diesem Mädel sagen. Das schickt sich nicht. Sie ist doch kaum mehr als ein Kind, um Himmels willen."

„Ihr habt recht, *M'sieur le duc*", sagte Antonia mit einem resignierten Seufzer. „Ich habe Vallentine schockiert. *Hélas*. Er ist leicht zu schockieren und beim Backgammon leicht zu besiegen."

„Roxton weiß schon, dass Ihr mich bei jeder Partie geschlagen habt. Kein Grund, mir noch Salz in die Wunde zu streuen!"

„Würdet Ihr mit mir Backgammon spielen, Monseigneur? Und vielleicht ein paar Abende zu Hause bleiben, damit wir zu viert Whist und Hazard spielen können. Und da es mir jetzt so viel bessergeht, können wir zusammen dinieren, ja?"

„Sie hat deine Tage verplant!", lachte Vallentine, der sich von dem Paar auf dem Sofa ignoriert sah.

„Wenn Ihr es wünscht, *mignonne*", sagte der Herzog. „Aber ich warne Euch, ich bin ein besserer Spieler als Vallentine und werde Euch keine Gnade gönnen."

„Dann wird es ein interessanter Wettbewerb", sagte sie. Ein plötzlicher Gedanke ließ sie die Stirn runzeln. „Ihr geht aber doch nicht wieder fort, nicht wahr? Ihr – Ihr müsst doch nicht an den Hof oder aufs Land, solange ich hier bin, ja?"

Er schüttelte den Kopf. „Nein. Ich gehe nicht fort. Wir können tun, was Ihr mögt."

Ihr Lächeln kehrte zurück und sie berührte impulsiv seinen Arm. „Seht Ihr, Vallentine", sagte sie mit einem Funkeln in ihren schönen, grünen Augen, „wir werden jetzt eine Menge Spaß haben, nachdem *M'sieur le duc* in Paris bleibt."

Lord Vallentine nickte, aber er hörte kein Wort, das Antonia sagte, weil er eine verblüffende Entdeckung gemacht hatte. Er hätte von Anfang an sehen müssen woran er war, aber er hatte jedes Mal, wenn das Mädchen seinen Freund so temperamentvoll in Schutz nahm, gedacht, es ginge nur darum, ihn zu necken. Doch als er jetzt Antonia in Gegenwart des Herzogs sah, wurde ihm klar, dass das Mädchen in den Herzog verliebt war. Er fragte sich, ob sein Freund das ahnte, vermutete aber, dass das nicht der Fall war. Er konnte es kaum erwarten, diese interessante Wendung mit Madame de Montbrail zu besprechen.

Estée de Montbrail teilte Lord Vallentines Begeisterung nicht. Ihrer Meinung nach war das Mädchen nicht so sehr verliebt in ihren Bruder, sondern vernarrt, und das gefiel ihr gar nicht. Sie argumentierte, dass diese Vernarrtheit darauf beruhte, dass ihr Bruder Antonia auf der Straße von Versailles vor den Entführern gerettet und ein kleines Vermögen für ihre Kleidung ausgegeben hatte. Was seine Geschenke, Schuhschnallen und Spange, anging? Obwohl dies exquisite und sorgfältig ausgesuchte Stücke waren, hatte sie Antonia gegenüber deutlich zum Ausdruck gebracht, dass ihr Bruder schon kostbare Schmuckstücke an viele hübsche Hälse und Handgelenke gehängt hatte, daher sollte sich das Mädchen deshalb keinen Illusionen hingeben.

So viel Mühe er sich auch gab, Vallentine vermochte Madame nicht zu überzeugen, dass das Mädchen in einem Alter war, in dem es seine Gefühle kannte, und dass ihre unerschütterliche Bewunderung *ihm* am Ende guttun würden. Es war an der Zeit für Roxton zu erkennen, dass nicht alle schönen Frauen ein ganzes Vermögen als Gegenleistung für ihre sexuellen Gefälligkeiten verlangten. Die Zeit, die er in Antonias Gesellschaft verbrachte, könnte ihn noch das ein oder andere über die Liebe lehren. War es schließlich nicht Madames Idee gewesen, dass ihr Bruder sich verlieben sollte?

Doch Madame widersprach; Vallentine berücksichtige nicht die verheerende Wirkung, die es auf Antonia haben würde, die trotz all ihrer draufgängerischen Art doch jung und unerfahren in den sexuellen Plänkeleien zwischen Mann und Frau war. Sie war fest davon überzeugt, dass ihr Bruder sich mit Antonia nur amüsierte, wie man es mit einem neuen und faszinierenden Spielzeug tat. Was sollte werden, wenn diese Faszination nachließe und das Herz des Mädchens gebrochen war?

Estée erinnerte ihn daran, was er ihr über die Pläne des Comte de Salvan für Antonia und die Einmischung ihres Bruders in diese Pläne anvertraut hatte. Estée sagte, es bewiese nur ihre schlimmsten Befürchtungen: Antonia war nur eine Figur in einem hässlichen Spiel, das Bruder und Cousin spielten. Ihre eigenen fehlgeleiteten Vermutungen über Antonias Charakter in der Nacht ihrer Ankunft dienten nur dazu, diese Befürchtungen zu verstärken. Sie verspürte große Schuldgefühle, weil sie zuerst das Schlimmste über Antonia gedacht hatte. Ihre anfängliche völlige Ablehnung wog schwer. Sie wollte es wieder gut machen und empfand es als ihre Verantwortung, das Mädchen zu beschützen, nicht nur vor Männern wie dem Comte, sondern auch vor ihrem eigenen Bruder. Sie traute seinen Motiven nicht mehr als denen Salvans.

So gerieten sie und Lord Vallentine in eine Sackgasse. Sie konnten nicht miteinander sprechen, ohne dass Antonias Name erwähnt und Madames Befürchtungen laut wurden, dass das Mädchen dazu verdammt wäre, sich vom Herzog das Herz brechen zu lassen. Sie liebte ihren Bruder vorbehaltlos, aber sie kannte ihn so, wie er war. Das konnte sie akzeptieren, auch damit leben, aber sie würde sich nicht davon überzeugen lassen, dass Jahre gewohnheitsmäßiger Ausschweifungen von einem einzigen, einfachen Mädchen beendet werden könnten, ganz gleich, wie schön und von welch ungewöhnlichem Charakter sie auch sein mochte. Seine Lordschaft war anderer Ansicht, wie Estée wohl bewusst war. Sie hatten einen Streit. Das Ergebnis war eine scharfe Erwiderung von Madame, dass er selbst in Antonia verliebt sein müsste. Warum sonst würde er sich so vehement für sie einsetzen? Lord Vallentines Reaktion bestand darin, mit einem Fluch aus dem Zimmer zu stürzen und die Tür zuzuknallen, und Estée zurückzulassen, die sich die Augen ausweinte.

DAS DINER AN DIESEM ABEND WAR EINE SCHWEIGSAME Angelegenheit. In der Hoffnung, sie zu besänftigen, hatte Lord Vallentine Estée eingeladen, mit ihm nach dem Diner eine Vorstellung der *Comédie Française* zu besuchen. Sie stocherte noch immer in ihrem Essen und ließ sich nicht in eine Unterhaltung verwickeln, ganz gleich, wie sehr Antonia sich bemühte. Seine Lordschaft zog nur die Augenbrauen hoch, als Antonia ihn wortlos bat, Estées launisches Schweigen zu erklären. Das Diner zog sich hin. Der Herzog, der nie für belangloses

Geschwätz während der Mahlzeiten zu begeistern war, aß schweigend und sprach nur, wenn er angeredet wurde.

„Estée und ich gehen ins Theater", erklärte Vallentine dem Herzog, als die Teller abgeräumt waren und der Brandy auf den Tisch gestellt wurde. „Kommst du auch?"

„Nein. Ich glaube nicht", antwortete Roxton. Er goss ungleiche Mengen Brandy in drei Gläser und schob seinem Freund eines davon zu. Die kleineste Menge bot er Antonia an. „Das ist ausgezeichneter Brandy. Probiert ihn. Sagt mir, was Ihr davon haltet."

„Sie ist zu jung für starken Alkohol!", fauchte seine Schwester.

„Es ist nur ein winziger Schluck", lächelte Vallentine. „Es wird ihr nicht schaden. Versucht ihn, Kobold."

„Ist er besser als das scheußliche Zeug, das Ihr mich schlucken ließet, als ich angeschossen worden war?", fragte Antonia und schnupperte vorsichtig an dem Glas.

„Aber natürlich! Ihr glaubt doch nicht, ich hätte Euch einen guten Brandy in den Hals gegossen. Hey! Nicht so hastig! Genießt ihn. Genießt ihn. Ihr werdet Euch erhitzen, wenn Ihr ihn so schnell trinkt."

Bruder und Schwester starrten einander an, Madame mit einem deutlich hochmütigen Heben ihrer kleinen Nase. Vallentine bemerkte die Andeutung und verdrehte die Augen.

„Das Mädel wird von dem Tropfen schon nicht betrunken werden", flüsterte er. „Macht keine große Sache daraus, Estée. Lasst Roxton und das Mädchen in Ruhe, um Himmels willen."

Estée ignorierte ihn. Affektiert sagte sie zu ihrem Bruder: „Ganz Paris wird heute Abend im Theater sein. Es wundert mich, dass du nicht hingehst. Schließlich ist die Hauptattraktion diese charmante Schauspielerin mit der entzückendsten Singstimme. Ich glaube, sie heißt Félice."

„Sie ist eine zweite Vorstellung nicht wert."

„Komm schon!", sagte Estée mit einem spröden Lachen. „Sie ist das Stadtgespräch von ganz Paris, und du gehst so leicht über sie hinweg? Würdest du Lucian und mir also raten, lieber zu Hause zu bleiben?"

„Nein. Ihr werdet den Abend weit mehr genießen, als ich das könnte."

„Nach der Vorstellung gibt Thérèse Duras-Valfons eine Soirée für auserwählte Gäste. Wirst du hingehen?", fragte Estée.

„Ich bin eingeladen", war die knappe Antwort des Herzogs.

Lord Vallentine rutschte auf seinem Sitz herum und schaute zu Antonia, die nicht zuzuhören schien, sondern in einen Spiegel sah.

„Lucian und ich dachten, wir sollten vorbeischauen", fuhr Madame in leichtem Gesprächston fort, der im Gegensatz zu dem harten Glanz

in ihren blauen Augen stand. „Schon allein, um zu sehen, wer sich die
Ehre gibt. Vielleicht erscheinen Richelieu und Salvan. Ich werde mit
Salvan schelten, denke ich, weil er mich trotz seines Versprechens nicht
besucht hat." Sie stieß einen geübten Seufzer aus. „Und doch, vielleicht
werde ich nicht zu diesem Souper gehen, weil ich Thérèse nicht mag.
Insbesondere in letzter Zeit. Sie ist zu sehr von sich selbst eingenommen
und glaubt, sie wäre der Gegenstand einer einzigartigen Zuneigung."

„Ach ja?", sagte Roxton mit einem Gesichtsausdruck gelangweilten
Interesses.

Doch war es für Antonia klar, dass der Herzog unter seiner Maske
der Undurchschaubarkeit nicht erfreut über das Verhalten seiner
Schwester war. Sie fragte sich, wie eine Schwester so blind für die Stimmungen eines Bruders sein konnte, wenn sie, die nicht mehr als eine
Fremde in diesem Hause war, sein Verhalten so leicht deuten konnte.

Vielleicht war sie eher imstande, seine wahre Einstellung zu erah-
nen, da sie sich an eine scharfe Beobachtung, die ihr Vater über den
Herzog gemacht hatte, erinnerte, selbst wenn sie sie seinerzeit nicht
ganz verstanden hatte. Sie war in dem Zusammenhang gefallen, als ihr
Vater ihr anvertraut hatte, dass er seinen entfernten Cousin, den Herzog
von Roxton, zu seinem Testamentsvollstrecker bestimmt hätte. Antonia
sollte sich an diese Tatsache und an den Namen des Herzogs erinnern,
falls sie jemals in Schwierigkeiten geriete. Trotz des Rufs des Herzogs
bei Frauen, der durchaus der Wahrheit entsprach, hielt ihn ihr Vater für
einen Mann von Prinzip und Ehre. Als Herzog und Oberhaupt seiner
Familie nahm Roxton seine Verantwortung gegenüber der Familie und
seinen Gefolgsleuten sehr ernst. Ihr Vater hatte mit einem schlauen
Lachen hinzugefügt, dass die äußerlich schwarze Schale des Edelmannes
eine Vielzahl anständiger Eigenschaften verdeckte.

Als der Herzog sie also über den Rand seines Cognacschwenkers
anschaute, erwiderte Antonia den Blick, absolut nicht davon in Verlegenheit gebracht, dass Madame so kühn war, den Namen seiner gegenwärtigen Geliebten am Esstisch zu erwähnen.

„Euer Urteil über meinen Brandy, Mademoiselle?"

Antonia legte den Kopf zur Seite, und das schelmische Grübchen
erschien.

„Den Geschmack finde ich *angenehm*. Aber obwohl er am –
Gaumen weich ist, glaube ich nicht, dass ich es mir zur Gewohnheit
machen werde, nach dem Essen Cognac zu trinken."

Roxton lächelte und neigte den Kopf, während Lord Vallentine die
eisige Atmosphäre mit einem lauten Auflachen durchbrach.

„Hat man je etwas Dergleichen aus dem Mund eines Mädels

gehört?", rief seine Lordschaft aus. „Das habt Ihr Euren Vater sagen hören, nicht wahr, Mlle Virago?"

„Ich habe das gesagt. Niemand hat mir das vorgegeben. Und ich wünschte, Ihr würdet mich nicht Mlle Virago nennen! Und ich bin *kein Mädel*", fuhr Antonia auf. „Morgen werde ich – oh, das ist unwichtig! Ihr solltet mich trotzdem nicht so nennen. Wenn ich Euch nicht gernhätte, müsste ich sehr böse auf Euch sein!"

„Und Ihr seid es nicht?"

„Ihr alle haltet mich für zu naiv, um – um *bestimmte* Dinge über das Leben zu wissen. Aber Papa und ich haben auf unseren Reisen viel gesehen und er hat mich nie von der brutalen Seite des Lebens abgeschirmt. Und weil ich viel vom Elend des Lebens gesehen habe, möchte ich glauben, dass in allen Geschöpfen etwas Gutes ist, auch in Huren, Schurken und Dieben!" Sie unterbrach sich und senkte den Kopf, das anschließende Schweigen machte es für sie noch schwerer, ihre Fassung wiederzuerlangen. „Es tut mir leid", sagte sie knapp.

Estée erhob sich und ein livrierter Diener eilte herbei, um ihr behilflich zu sein und den Stuhl wegzuziehen. Sie schüttelte ihre weiten Röcke aus.

„Ich muss mich umziehen. Antonia, bleibe heute Abend nicht zu lange auf. Du brauchst deinen Schlaf, auch wenn du anders darüber denkst. Also, werden wir dich auf der Soirée sehen, Roxton?"

„Nein. Ich bleibe heute Abend zu Hause."

Antonia schaute rasch auf, das erwartungsvolle Leuchten in ihren Augen ließ ein nachsichtiges Grinsen auf Vallentines Gesicht erscheinen.

„Um mir Gesellschaft zu leisten?", fragte sie begierig.

„Um dir Gesellschaft zu leisten."

„Das freut mich sehr", antwortete Antonia lächelnd und schob ihren Stuhl zurück. „Können wir in der Bibliothek Backgammon spielen? Und dann kann ich Euch vielleicht dieses so überaus interessante Buch zeigen, das ich in Euren Regalen entdeckt habe. Ich habe mit Vallentine darüber zu sprechen versucht, aber sein Wissen über Geschichte ist sehr begrenzt. Und ich habe einen Brief an Maria geschrieben. Sie kann Französisch nicht lesen, also musste ich auf Italienisch schreiben. Ich habe gedacht, Ihr könntet ihn vielleicht für mich durchlesen? Ihr bleibt den ganzen Abend zu Hause? Versprochen?"

Der Herzog seufzte. „Versprechen? Mein Wort reicht nicht aus? Gut dann, ich verspreche es. Jetzt lauft und holt Euren Brief."

Antonia verschwand aus dem Raum, bevor Estée eine Gelegenheit hatte, sie wegen ihres Mangels an guter Erziehung zu tadeln, dass sie das

Zimmer so und ohne einen Knicks vor den Gentlemen verließ. Sie war kaum fort, als Madame ihren Bruder noch ein wenig mehr stichelte.

„*La*! Roxton, sie ist dir ebenso ergeben wie einer deiner elenden Hunde. Du musst ihr ein Diamanthalsband schenken. Ist das nicht lustig, Lucian?"

Lord Vallentine wirkte unbehaglich und zupfte an der Spitze seiner Krawatte. „Sie ist nur übermütig, Estée. An ihr ist nichts Falsches."

„Nein, an *ihr* nicht", warf sie über ihre bloße Schulter zurück, indem sie zur Tür rauschte. Sie wäre hinausgegangen, wenn nicht ihr Bruder ruhig die Anweisung gegeben hätte, dass sie und Lord Vallentine bleiben, die Diener sie aber allein lassen sollten. Der Tonfall in der leisen Stimme des Herzogs ließ ihre Knie weich werden, aber sie war entschlossen, ein tapferes Gesicht aufzusetzen. Sie drehte sich um und schaute ihn mit trotzig erhobenem Kopf an.

„Dein Verhalten in letzter Zeit kränkt mich. Das wird aufhören", sagte er kalt. „Wenn wir einigermaßen miteinander auskommen sollen, wirst du die Güte haben, dich als die wohlerzogene Gastgeberin zu benehmen, zu der du erzogen wurdest." Er ignorierte ihren Gesichtsausdruck schockierter Empörung und musterte seine fein gepflegten Nägel an einer schlanken Hand. „Ich bin überrascht und etwas beleidigt, dass meine eigene Schwester mich nicht gut genug kennt, um sich darüber im Klaren zu sein, dass meine Moral innerhalb der Wände meines eigenen Heims unzweifelhaft korrekt ist. Aber ich werde es dir ausdrücklich erklären, wenn es deine Sorge um das Wohlergehen des Mädchens verringert. Ich habe nicht die geringste Absicht, Antonia zu verführen. Sie ist Gast in meinem Haus und unsere Cousine, ganz gleich wie entfernt die Verwandtschaft ist. Deine eklatante Illoyalität enttäuscht mich, aber ich verstehe, dass sie von deiner Sorge um Antonias Wohlergehen ausgelöst wird und von einem – äh – *unvernünftig* eifersüchtigen Trotz."

Als Estée nach Luft schnappte und ihren Mund öffnete, um ihm zu widersprechen, fügte er mit einem schiefen Lächeln hinzu: „Hebe dir deine dramatischen Auftritte für Vallentine auf, meine Liebe. Er hat mehr Geduld." Er nahm seine Schnupftabakdose vom Tisch und steckte sie in seine Tasche. „Du darfst der entzückenden Thérèse meine Entschuldigung übermitteln. Erzähle ihr, was du willst – die Wahrheit, wenn es deinen Absichten nützt."

Madames einzige Antwort war, ohne einen Knicks des Abschieds aus dem Raum zu stolzieren. Als sie Antonia auf der Treppe traf, konnte sie nur kurz angebunden reagieren. Sie befahl ihr, eine Schleife an ihrem Mieder zu richten und sich die Haare aus dem Gesicht zu streichen und nicht die Treppen herunterzulaufen wie ein Wildfang. Antonia war zu glücklich, um beleidigt zu sein und richtete schnell ihre äußere Erscheinung, um dann zur Bibliothek zu springen. Madame sah sie mit tief gerunzelter Stirn davonlaufen, raffte eine Handvoll ihrer Röcke und stapfte zu ihrem Boudoir.

„Ich glaube nicht, dass Madame die *Comédie Française* genießen wird, wenn Vallentine sie nicht in bessere Laune zu versetzen weiß", vertraute Antonia dem Herzog an. Sie legte ihre Briefe auf dem Schreibtisch ab und setzte sich neben ihn auf das Sofa, wo ein Backgammon-Brett zum Spielen bereitstand. Der braun-weiße Whippet trottete heran und verlangte, dass sie ihm den Hals kraulte. „Ich bin froh, dass Ihr Kaffee bestellt habt", sagte sie, als sie zuschaute, wie Duvalier Kaffeegeschirr, Teller mit Süßigkeiten und das silberne Kaffeeservice auf einem niedrigen Tisch vor ihnen aufstellte. „Ich muss zugeben, dass ich nach diesem Cognac eine Tasse brauche. Es macht Euch doch nichts aus – dass ich das – über den Cognac sage?"

Der Herzog warf seinen Würfel und fand eine Sechs.

„Ich fange an", sagte er. „Eure *Vier* kann meine Sechs nicht schlagen. Es würde mir etwas ausmachen, wenn Ihr mir nicht die Wahrheit sagen würdet."

Sie warf eine *Drei* und *Eins* und zählte sie zusammen.

„Ihr müsst nicht mit mir zu Hause bleiben, w–wenn Ihr zur *Comédie* und Madame Duras-Valfons' Soirée gehen wolltet."

Er schaute von seiner Betrachtung des Spielstands durch sein Augenglas auf. Das Zögern in ihren Augen ließ ihn lächeln. „Ich bleibe zu Hause, weil ich es so möchte. Jetzt trinkt Euren Kaffee und konzentriert Euch auf das Spiel, oder Ihr werdet mit Sicherheit verlieren."

Sie spielten lange Zeit schweigend, bis Antonia am Ende der fünften Runde ihre Würfel aufhob und sie kritisch musterte.

„Ihr habt zum dritten Mal gewonnen", sagte sie, keineswegs unglücklich. „Warum kann ich keine passenden Zahlen würfeln, Monseigneur?"

„Das Glück ist nicht auf Eurer Seite", antwortete er. „Ihr gebt Euch zu viel Mühe zu gewinnen. Wenn Ihr mehr ans Spiel und weniger daran, mich zu besiegen, denken würdet, könnte Euer Glück sich wenden. Kommt, zeigt mir Euren Brief und wir setzen uns dichter ans Feuer, wo es wärmer ist." Er setzt sich in seinen Lieblingssessel und Antonia war es zufrieden, sich auf dem gepolsterten Hocker zu seinen Füßen zusammenzurollen. „Ihre solltet sie nicht mit Süßigkeiten füttern", sagte er, als er sah, wie sie Gray einen zweiten Brocken Kuchen gab. „Ihr verwöhnt sie."

„Sie lassen sich gerne verwöhnen. Wird Maria meinen Brief verstehen, was glaubt Ihr?", fragte sie, als er am Ende der zweiten Seite des Schreibens angelangt war.

„Es ist ein gut geschriebener Brief, meine Liebe. Mir scheint, du hattest einen guten Lehrer."

„Vielen Dank. Bis zu Papas Tod hatte ich einen Tutor. Aber *grandpère* wollte mir nicht erlauben, meine Studien fortzusetzen. Er sagte, es wäre falsch, mich wie einen Jungen unterrichten zu lassen. Er nahm mir meine Bücher weg. Es war sehr dumm, das zu tun. Ich kann nicht verlernen, was ich schon weiß!"

„Euer Vater war ziemlich exzentrisch, *petite*", sagte Roxton ernst, obwohl seine Mundwinkel bei ihrem Tonfall angestrengter Rücksichtnahme zuckten. „Weil er ein exzentrischer, gebildeter Arzt war, hat er Euch einen Tutor gestattet. Er hatte keinen Sohn. Obwohl ich mich frage, ob das bei Eurer Erziehung einen Unterschied gemacht hätte? Ich glaube es nicht. Junge Damen Eurer Herkunft werden nicht mit Unterricht in Geschichte, den Klassikern und Fremdsprachen verwöhnt."

„Diese jungen Damen müssen dann sehr langweilige Geschöpfe sein."

„Hört zu, Antonia", sagte er. Als sie sich bewegte, um ihn anzusehen, versuchte er, sehr streng zu wirken. „Jungen Damen wird gelehrt, zu tanzen und höflich Konversation zu machen und an ihrer Stickerei zu arbeiten. Sie lernen, das Klavichord zu spielen, ein wenig über Geschichte und wie man ein Aquarell pinselt. Sie sagen ihre Meinung nicht, solange sie nicht danach gefragt werden, und widersprechen nie. Das gehört sich nicht. Versteht Ihr das?"

Antonia schüttelte den Kopf.

„Tut mir leid, *M'sieur le duc*," sagte sie. „Diese Lebensweise, die Ihr beschreibt, ist für mich unvorstellbar. Ich hätte Langeweile, wenn ich nicht lesen dürfte, was immer ich möchte und daher unfähig wäre, etwas Neues zu lernen. Die Mädchen im Bürgertum werden anders erzogen. Das weiß ich, weil Papa es mir gesagt hat. Er sagte, die Eltern solcher Mädchen wären aufgeklärter als die höherstehenden. Daher ist es kaum erstaunlich für mich, dass Edelmänner sich zu den Salons solcher Frauen hingezogen fühlen, wenn sie mit ihren Frauen nur höfliche Konversation betreiben und über Aquarelle reden können!"

Als sie bemerkte, dass er in sich hineinlachte, errötete sie und schaute von ihm weg ins Feuer. „Ich – Ihr müsst mich für töricht halten. Ich – ich weiß, dass Konversation und Befreiung von Langeweile nicht die Hauptgründe sind, warum Adlige die Gesellschaft solcher Frauen suchen."

Der Herzog zwang sie mit einem unter ihr Kinn gelegten Finger, ihn anzusehen. „Ich habe nicht gelacht, weil ich Euch für dumm halte. Ich musste lachen, weil ich Euch zustimme und Ihr Eure Ansicht so wohl begründet habt."

„Oh? Glaubt Ihr – glaubt Ihr, es wäre wichtig für mich, diese dummen Dinge zu beherrschen?"

„Lasst es mich Euch anders erklären", sagte er geduldig. „Dein Großvater ist besorgt, dass Ihr Euch nicht zu sehr von den anderen jungen Damen am Hof unterscheidet. Frauen, die offen sagen, dass sie sich mit Themen auskennen, die ausschließlich zur männlichen Domäne gehören, sind in unserer Gesellschaft nicht sehr gut angesehen. Es ist das eine, Lady Mary Wortley Montague zu *sein*, aber etwas völlig anderes, nur ihren Ruf zu haben. Die Engländer verfügen über mehr Toleranz für solche Exzentrizitäten als ihre französischen Verwandten. In Frankreich ist es für die Bourgeoisie gut und schön, ihre Tochter in dieser modernen Art zu erziehen; sie heiraten aller Wahrscheinlichkeit nach nicht in unsere Kreise ein. Für ein Mädchen aus Eurer Schicht gelten andere Voraussetzungen."

„Aber Papa fiel am Hof in Ungnade. Und Mama brannte mit ihm durch und entehrte sich damit auch. Und mir ist der Hof egal oder was diese Gesellschaft, zu der ich angeblich gehöre, über mich denkt. Ich habe nie ans Heiraten gedacht und möchte auch jetzt nicht darüber nachdenken. Es wäre schrecklich, in eine Ehe gezwungen zu werden, die ich absolut nicht möchte! Madame sagt, Étienne würde einen guten Ehemann für mich abgeben, er sei aus einer guten, adligen Familie, aber – aber ich liebe ihn nicht. Wenn Ihr mich dem Comte de Salvan ausliefert", sagte sie eilig, „werde ich weglaufen!"

„Glaubt Ihr wirklich, ich würde Euch Salvan ausliefern?", fragte er und streichelte ihre erhitzte Wange.

Sie ließ den Kopf hängen, verbarg ihr Gesicht hinter den Haaren, weil sie spürte, wie heiß ihre Wange unter seiner Berührung wurde. „Vor einem Monat war es Euch gleichgültig, was aus mir werden würde. Ihr habt nie meine Briefe beantwortet oder am Hof in meine Richtung geschaut, wenn ich versuchte, Euren Blick auf mich zu ziehen ..."

„Zu viele Frauen versuchen, meinen Blick auf sich zu ziehen", sagte er lässig mit einem resignierten Seufzer.

„Diese Frauen sind ebenso dumm wie oberflächlich!", gab Antonia zurück und machte sofort einen Rückzieher, weil sie ihre Meinung so offen ausgesprochen hatte. „Es tut mir leid, Monseigneur. Ich verstehe, dass die *Gefühle* eines Gentlemans nichts damit zu tun haben müssen, wenn er mit einer dieser dummen Frauen schläft."

Er ließ sie zu sich aufschauen. „Vergesst Euer eigenes Geschlecht nicht in dieser Beziehung, Antonia", sagte er ernst und sah ihr in die klaren, grünen Augen. „In Versailles gilt das, was für den Hahn gilt, auch für die Henne."

„Sich zu lieben, ohne dabei gefühlsmäßig beteiligt zu sein, ist für mich unverständlich", stellte Antonia fest, ohne ihren Blick von seinem Gesicht abzuwenden. „Das könnte ich nicht. Das ist der Grund, aus dem ich den Vicomte d'Ambert oder irgendeinen anderen Mann, den mein *grandpère* mir aufzuzwingen versucht, nicht heiraten werde, ganz gleich, was Madame anderes dazu sagt."

Roxton sah zur Seite, plötzlich fühlte er sich unbehaglich und hielt den Verlauf des Gesprächs zwischen einem Edelmann seines Alters und diesem Mädchen, das jetzt unter seinem Schutz stand, für unpassend.

„Die Absichten meiner Schwester sind gut, aber sie ist ziemlich töricht. Fünf Minuten in Eurer Gesellschaft sollten ihr klargemacht haben, dass Ihr willensstark genug seid, um eine eigene Meinung zu haben. Und daher schulde ich Euch eine Entschuldigung …" Er drehte seinen Smaragdring in den Schein des Feuers und schaute Antonia schließlich in die Augen. „Ich hätte Eure missliche Lage am Hof ernst nehmen und Euch fünf Minuten meiner Zeit gönnen müssen, damit Ihr mir Eure Probleme schildern konntet. Aber so habt Ihr mich einfach gezwungen, nicht wahr?"

Antonias Augen funkelten und sie konnte ein kleines, triumphierendes Lächeln nicht unterdrücken. „Ja, Monseigneur. Was das nicht schlau?"

Aber Antonia wurde völlig aus der Fassung gebracht, als der Herzog ihr Handgelenk packte und sein Gesicht auf einmal nur wenige Zoll von ihrem entfernt war.

„Nein, das war nicht klug! Es war äußerst dumm, sich bei einer öffentlichen Maskerade wie eine Hure zu kleiden. Ihr sprecht davon, mit keinem Mann zu schlafen, ohne vorher Gefühle zu entwickeln, aber in jener Nacht wart Ihr, ein naives Mädchen, das nicht das Geringste darüber weiß, wie das ist, in großer Gefahr, vergewaltigt zu werden. Dummes Kind! Und wohin haben Eure schlauen Pläne Euch gebracht? Dazu, auf der Straße von Versailles angeschossen zu werden!" Er ließ sie los und lehnte sich zurück, verärgert über sich selbst, weil er zugelassen hatte, dass Antonia ihn seines Gleichmuts beraubte, ein Umstand, der bei ihr einmal zu oft aufgetreten war. „Ihr werdet mich nie wieder auf diese Weise in die Enge treiben, Antonia, hört Ihr?"

„Ja, Monseigneur", antwortete sie brav mit einem interessierten Blick auf die Druckstellen an ihrem Handgelenk, die seine schlanken Finger dort hinterlassen hatten.

Er bewegte seine muskulösen Beine, um es ihr auf dem Hocker bequemer zu machen und wechselte abrupt das Thema mit einem

Zupfen an ihren Locken, als er ihr den Brief zurückgab. „Ihr erweckt einen falschen Eindruck bei Maria, *mignonne*. Nach Eurem Bericht wird sie glauben, dass ich ganz allein die ganze Bruderschaft der Straßenräuber abgewehrt und getötet hätte."

Das brachte Antonia zum Kichern. „Oh, aber Ihr wart so tapfer! Und ich sage nicht die Unwahrheit, wenn ich schreibe, dass Ihr von Beginn an in der Unterzahl wart. Und vergesst nicht, dass noch einer von ihnen sich im nahen Wald versteckt hielt. Er war ein Feigling, weil er sich nicht zeigte und vorhatte, Euch zu erschießen. Stattdessen traf er mich, was gut war, denn wenn diese Kugel Euch getroffen hätte, wäre sie dichter am Herzen eingedrungen. Wenn ich daran denke, wo wir standen, und an den Winkel ..."

„Ihr habt viel Zeit damit verbracht, dieses – äh – *Verbrechen* zu rekonstruieren."

„Was sonst soll man tun, wenn man einen Monat im Bett bleiben muss?"

Er runzelte die Stirn. „Würdet Ihr mir die Narbe zeigen?"

Sie fragte sich, was von dem, was sie sagte, ihn so schnell wieder verärgert hätte, und schob stumm den Ärmel über ihre verletzte Schulter hinunter und strich die Haare beiseite, die ihr nach vorn auf die Brust fielen. Die Wunde sah nicht schön aus. Die Haut war noch gespannt und rot und reagierte sehr empfindlich auf Berührungen. Er beugte sich vor, um die Entstellung zu betrachten, eine Hand leicht auf ihre gesunde Schulter gelegt und die schlanken, kühlen Finger der anderen berührten kaum die Haut nahe der heilenden Wunde. Doch als tiefrote Flecken der Verlegenheit an ihrem Hals erschienen, lehnte er sich zurück und wies sie an, sich wieder zu bedecken.

„Mit der Zeit wird das verblassen", sagte er sanft. „Der Arm ist noch immer ein wenig steif?"

„Ein bisschen, aber es wird jeden Tag weniger", antwortete sie und bedeckte die verletzte Schulter mit einer dicken Haarsträhne.

„Stört Euch dieser Makel?"

„Es wäre gelogen, wenn ich das verneinte. Ich denke nur daran, wenn jemand ihn anstarrt. Ich habe eines der Zimmermädchen – ein dummes Ding – dabei erwischt, wie sie mich anstarrte, als Gabrielle mich ankleidete, und mich dabei sehr hässlich gefühlt. Ich konnte sehen, wie ekelhaft sie es fand." Sie schaute zu ihm auf. „Findet Ihr es ekelhaft?"

Das Stirnrunzeln verschwand sofort und seine schwarzen Augen lächelten in ihre. „Nicht im Geringsten, *mignonne*", sagte er sanft. „Das ist nur eine winzige Kampfnarbe."

Sie legte ihre Hände auf seine übergeschlagenen Knie. „Ich habe

Angst, dass die Kugel für Euch bestimmt war. Das ist eine dumme Befürchtung, aber sie will nicht verschwinden. Versprecht mir, dass Ihr vorsichtig sein werdet. Versprecht mir, auf Euch aufzupassen."

Ihre eindringliche Bitte überraschte ihn und er wehrte sie ab. „Mein liebes Mädchen, ich habe in all diesen Jahren doch sehr gut auf mich aufgepasst ...“

„*Versprecht* es mir, Monseigneur!"

„..., dass ein Versprechen Euch gegenüber kaum etwas in der ein oder anderen Weise daran ändern könnte", beendete er lässig den Satz. Doch sobald er das ausgesprochen hatte, bemerkte er, dass er ihre Gefühle verletzt hatte. „Na gut", sagte er und fasste sie spielerisch unter das Kinn. „Ich werde Euch etwas versprechen. Ich werde Euch versprechen, gut aufzupassen, obwohl ich die Identität unseres Freundes im Wald erst noch herausfinden muss. Habt Ihr zufällig jemanden gesehen?"

„Nein", sagte sie leise. „Es ging so schnell, das alles, dass keine Zeit blieb, um viel zu sehen. Doch ich fand es seltsam, dass einer von ihnen im Wald blieb. Die anderen hatten alle ihre Gesichter mit Tüchern bedeckt und die Hüte in die Stirn gezogen, warum sollte dann ihr Freund außer Sicht bleiben?"

„Tatsächlich geheimnisvoll", murmelte er. „Denken wir heute Abend nicht mehr darüber nach."

Antonia war bereit, dem nachzukommen, denn plötzlich war sie sehr müde. Sie legte ihren Kopf auf den Arm, der auf dem Stuhl ruhte und beobachtete die brennenden Holzscheite, die im Kamin knisterten, zischten und gelegentlich gelb aufflammten. Schatten spielten an den Wänden des großen Raums und ließen ihn kleiner, gemütlich und friedlich wirken. Es machte sie auch sehr schläfrig. Sie wusste nicht, ob sie eingeschlafen war oder nicht. Es schien, als hätten sich ihre Augen nur für einen Moment geschlossen.

Sie fühlte sich zum ersten Mal seit dem Tod ihres Vaters elf Monate zuvor mit dem Leben zufrieden, auf dem Hocker zusammengerollt, die Whippets auf ihren ausgebreiteten Röcken ausgestreckt, Grey mit der Schnauze in einem ihrer abgelegten Schuhe. Sie schloss ihre Augen wieder und rutschte etwas herum, um es bequemer zu haben, während der Herzog eine Hand auf ihren Locken ruhen ließ. Die sanfte Berührung seiner in ihre Haare verflochtenen Finger verursachte eine Mischung von Gefühlen und die Wärme stieg ihr wieder am Hals hinauf. Sie hatte ein seltsames Gefühl der Verlegenheit und doch vollkommenen Glücks und etwas mehr, tief in ihr, das sie nicht erklären konnte, von dem sie aber wusste, dass es unerklärlich mit diesem Mann, und nur mit diesem Mann, verbunden war. Sie hatte gleich gespürt, als sie ihn zum ersten Mal Gesicht bekommen hatte.

Das war in Versailles gewesen und er hatte im Hof der Prinzen gefochten, wo ihn zwei Dutzend oder mehr bewundernde Zuschauer beobachteten. Bis auf das Hemd entkleidet, das sich um seine breiten Schultern bauschte und in den Bund einer enganliegenden Samtkniehose gestopft war, die seine muskulösen Oberschenkel vorteilhaft betonten, dazu kräftige Unterschenkel in schwarzen Strümpfen. Seine Haare, ohne Puder und einfach aus seinem kräftigen, gutaussehenden Gesicht nach hinten gezogen, hingen in einem Zopf den Rücken hinunter. Als sie ihn beobachtete, wie er mit seinem Gegner Schläge und Paraden tauschte, während sie sich durch den Hof bewegten, war sie in der Bewunderung für zwei wohlgeübte und sehr geschickte Vertreter ihrer Kunst versunken. Doch sie hatte nur Augen für den Herzog, den sie als das prächtigste Exemplar von Männlichkeit betrachtete, das sie je gesehen hatte.

Zu denken, dass sie jetzt auf seinem Fußschemel zusammengerollt saß und er ihre Haare streichelte, glich einem Traum. Sie fragte sich, ob sie, wenn sie ihre Augen öffnete, aufwachen und sich wieder in Maria Caspartis engen, schmutzigen Räumen in Versailles finden würde. Doch seine Finger in ihren Haaren versicherten ihr, dass es kein Traum war und sie wünschte sich, das Leben könnte so bleiben, wie es jetzt war, sie und der Herzog allein in der Stille der Bibliothek, ohne die Einmischung anderer, weder des Comte de Salvan, noch Madames oder Lord Vallentines, und vor allem nicht sämtlicher Mätressen des Herzogs.

Die leise Antwort des Herzogs auf ein Klopfen an der Tür beendete den Frieden in der Bibliothek. Er versuchte nicht, sich zu bewegen oder umzudrehen, um zu sehen, wer seine Zeit mit Antonia hier störte, und da sie sich nicht bewegte, war er zufrieden, sie nicht zu stören. Der Butler teilte ihm mit, dass Madame nach Hause gekommen wäre und bevor Duvalier Gelegenheit hatte, das Kaffeegeschirr abzuräumen, zerstörten Lord Vallentine und Madame die letzten Spuren des friedlichsten Abends, den er seit langer Zeit gehabt hatte.

„Bringt eine neue Kanne Kaffee, Duvalier“, befahl Lord Vallentine. „Und Portwein. Wenn in der Speisekammer noch etwas zu essen ist, was aufgetragen werden kann, wäre eine kalte Mahlzeit gut, um das Knurren meines Magens zu beruhigen.“ Er schaue sich blinzelnd im Zimmer um. „Warum ist es hier so verdammt dunkel? Roxton wird doch nicht sparen wollen, oder, Estée?“ Er warf seinen Rock auf das Sofa. „Bin froh, dass wir nicht bei Duras-Valfons' kleiner Gesellschaft geblieben sind. Sie macht das ja sehr nett und ich muss zugeben, dass sie einen faszinierenden Anblick bietet, aber für mich wäre sie nichts! Ihr hattet auch recht. Sehr von sich eingenommen, nicht wahr? Bin froh, dass Ihr das auch seht, obwohl Euer Bruder vielleicht noch nicht mit ihr fertig ist. Wenigstens ist ein Feuer hier. He, hallo Roxton!" Er trat zwei Schritte zurück und grinste wie ein Idiot, als er den festen Blick des Herzogs auf sich ruhen spürte. „Es hieß, du wärst hier drinnen, aber ich habe dich nicht bemerkt, nicht wahr, Estée?"

Estée hatte ihren Bruder und Antonia gesehen, lange bevor Lord Vallentine sie entdeckt hatte. Sie sah auch, dass der Kopf des Mädchens schwer auf den übergeschlagenen Beinen ihres Bruders ruhte, es die Schuhe abgestreift hatte und die Whippets sich auf den bauschigen Röcken zusammengerollt hatten. Sie schaute ihn vielsagend an, woraufhin er seine Finger aus den honigblonden Locken des Mädchens zog, dann setzte sie sich schwerfällig auf das gegenüberliegende Sofa.

„Wie war es im Theater?", fragte Roxton beiläufig.

„Erträglich", antwortete sie knapp, ohne ihn anzuschauen. Dann in Eile, weil sie sich nicht zurückhalten konnte: „Das Mädchen hätte schon vor Stunden ins Bett gehört!"

„Deine mütterliche Sorge ist an mich verschwendet, meine Liebe", antwortete der Herzog.

Lord Vallentine streckte sich neben Estée aus und holte seine Schnupftabakdose heraus. „Salvan war auf der Soiree", sagte er leise. „Er stolzierte in diesen hohen Schuhen herum und lachte wie ein verdammtes Weibsbild! Mir gefiel seine Pose nicht. Er war zu zufrieden mit sich. Das macht mich nervös." Er nahm eine Prise. „Tatsache ist, Roxton, dass er Wert darauf legte, mir zu sagen, dass er dich morgen aufsuchen wollte."

„So? Wie enttäuschend für ihn, dass ich nicht zu Hause sein werde."

Lord Vallentine musterte Antonia für einen Moment. „Er möchte dir nicht nur die Ehre seiner Gesellschaft erweisen", sagte er grimmig. „Er möchte das Mädchen sehen. Uff, er macht mich krank! Er genießt es richtig, über sie zu sprechen."

„Beruhige dich, mein Lieber. Ich beabsichtige, Antonia mitzunehmen. Wir fahren aufs Land. Die frische Luft wird ihr guttun. Ich überlasse unseren Cousin deinen fähigen Händen, Estée."

„Wie du wünschst", sagte Madame. „Möchtest du etwas über Thérèses Soiree hören?"

„Eigentlich nicht", antwortete der Herzog. „War Richelieu dort?"

„Nein. Er soll nach Flandern, an die Spitze seines Regiments, geschickt werden", sagte Estée zu ihm. „Und es scheint, dass die de la Tournelle Louis umgarnt hat, denn es wird geflüstert, dass sie zur

Herzogin gemacht werden soll. Madame de Mailly wird mit Sicherheit nach Paris verbannt …“

„Ich könnte mir ein schlimmeres Schicksal vorstellen“, witzelte seine Lordschaft.

„Aber für sie ist es grässlich, Lucian“, widersprach Madame. „Sie liebt den König wirklich. Ich glaube nicht, dass Marie-Anne das tut.“

„Dann wird sie länger durchhalten als die meisten anderen“, sagte seine Lordschaft voraus und bediente sich an den kalten Speisen, die auf dem Tisch vor ihm angerichtet worden waren. „Weiß du was, Roxton, ich glaube …“

„Erspare es mir, ich bitte dich.“

Vallentine ignorierte die Kränkung. „Ich halte nicht viel von dem ganzen Clan der Salvans“, sagte er und deutete mit einem halb gegessenen Brötchen auf seinen Freund. „Großmutter, Vater oder Sohn. Dieser Junge …“

„Étienne? *Parbleu*! Er ist nur ein Junge. Was habt Ihr gegen ihn?“, wollte Madame wissen. „Tante Victoire und Salvan, das kann ich verstehen, aber nicht Étienne, er ist anders als sie.“

„Anders, vielleicht. Aber an dem Jungen ist etwas irgendwie Seltsames“, sagte seine Lordschaft. „Er ist nett genug zu Euch und mir und zu Roxton, weil er ein bisschen Angst vor Eurem Bruder hier hat. Aber mir gefällt die Art nicht, wie er wegen Antonia um das Haus hier herumschleicht. Es macht mich nervös. Und es ist offensichtlich, dass das Mädchen nicht daran interessiert ist, ihn zu sehen.“

„Iss doch das Brötchen auf, Vallentine. Ich kann es in meinem Gesicht nicht ertragen“, klagte der Herzog und nahm mit seiner freien Hand eine Schale Kaffee an, vorsichtig, um Antonias Schlaf nicht zu stören. „Aber sprich weiter. Deine Nerven interessieren mich.“

„Wie kann man denn etwas gegen diesen Jungen haben?“, fragte Madame ungläubig und schaute von einem zum anderen. „Wie …“

„Lasst mich ausreden, Estée, dann könnt Ihr mich tadeln, wenn Ihr wollt“, sagte Lord Vallentine. „Ich bin die letzten paar Wochen hier gewesen, wenn der Junge zu Besuch kam, und ich gebe zu, dass er sehr sympathisch sein kann. Er ist ein wenig mürrisch, aber das macht ja nichts. Er ist der völlige Gegensatz zu seinem Vater. Er bedient sich zu oft an dieser Mischung, nennt es Schnupftabak, wenn Ihr wollt, aber ich habe meine eigene Vorstellung vom Inhalt von M'sieur d'Amberts Schnupftabakdose. Erinnerst du dich, wie aufgebracht er bei Rossard war, Roxton? Und jedes Mal, wenn er zu Besuch kommt, will das arme Mädchen ihn nicht sehen. Sagt, sie wäre dem nicht gewachsen. Ich sage Euch, warum sie dem nicht gewachsen ist …“

„Ich habe keine Ahnung, was Ihr mit Euren Andeutungen gegen Étienne vorbringen wollt“, sagte Madame mit erregter Stimme.

„Ihr könnt sagen, was Ihr wollt, aber ich glaube, der Junge ist nicht ganz richtig im Oberstübchen“, stellte Vallentine fest und tippte sich mit dem Zeigefinger an die Schläfe.

„Das ist völliger Unsinn, Lucian“, gab Madame zur Antwort. „Der Junge hat eine melancholische Veranlagung, weil seine Mutter starb, als er noch klein war. Sie starb unter misslichen Umständen, die es einem sensiblen Kind wie Étienne nicht leicht gemacht haben, damit fertig zu werden. Er hat unnatürlich an ihr gehangen. Salvan hatte nie Zeit für seinen Sohn gehabt. So, wie Ihr über ihn sprecht, hört es sich an, als wäre er eine Art Monster. Er ist jung, das ist alles. Junge Männer wissen manchmal nicht, wie sie ihren Gefühlen auf elegante Weise Ausdruck verleihen sollen. Und welche Hoffnung hat er bei Antonia, wenn sie nur für meinen Bruder Augen hat? Ist es ein Wunder, dass der Junge schmollt, wenn seine Chancen so schlecht stehen?“ Sie lachte verlegen. „Ihr seid doch nur eifersüchtig auf ihn, Lucian.“

„Eifersüchtig? Auf diesen Welpen?“, spöttelte Vallentine.

„Seht Ihr! Es stimmt!“

„Das bin ich nicht!“, brüllte seine Lordschaft, sprang auf und funkelte Estée böse an.

„Meine Lieben, wenn ihr euch streiten wollt, geht bitte woandershin. Ihr werdet Antonia aufwecken.“

„Wie – wie geradezu *väterlich* von dir“, fuhr Estée ihren Bruder an.

„Jetzt hört zu, Estée“, verlangte seine Lordschaft zornig, „lasst Roxton in Ruhe. Er hat eine völlig vernünftige Bitte an uns gerichtet und wir …“

„Das sieht Euch ähnlich! Es sieht Euch *so* ähnlich, *ihn* noch zu verteidigen!“, rief sie, brach in Tränen aus und floh aus dem Raum.

Lord Vallentine starrte ihr mit weit offenem Mund nach. Dann wurde er rot, murmelte etwas Unverständliches in Richtung des Herzogs, trat gegen ein Stuhlbein, um seiner Frustration Ausdruck zu verleihen und folgte ihr.

Roxton wartete ein paar Sekunden, dann sah er auf Antonia hinab und strich ihr sanft die Locken von den Wangen. „Ihr könnt jetzt aufwachen. Ich glaube nicht, dass sie wiederkommen werden.“

„Oh, Ihr wusstet, dass ich nicht schlief?“, sagte sie leise kichernd und versuchte, sich aufzusetzen. Sie streckte die Arme und strich ihre Röcke glatt. „War es falsch von mir, mich schlafend zu stellen? Zuerst habe ich wirklich geschlafen, aber ich wollte keinen Streit zwischen Liebenden unterbrechen, seht Ihr.“

„Meinst du?“

„Mit Sicherheit, Monseigneur. Könnt Ihr an ihren Gefühlen füreinander zweifeln?" Als er nicht sofort antwortete, schaute sie zu ihm auf, während sie sich die Schuhe anzog. „Warum schimpft Madame mit Vallentine, wo sie ihn doch liebt, und warum heiratet er sie nicht, wenn er sie doch offensichtlich liebt?"

„Aha. Nun, das sind zwei Fragen, die komplizierte Antworten erfordern. Ich glaube nicht, dass ich fähig bin, in ihrem Namen zu antworten."

„Vielleicht zögert Madame, weil Vallentine sich eine Mätresse hält und ihr das nicht recht ist?"

Der Herzog hob ihr zerknittertes Band vom Teppich auf. „Die meisten Gentlemen tun das, *petite*", antwortete er sanft. „Das ist kein Hindernis für eine Ehe."

Antonia schob langsam ihr taillenlanges Haar über eine Schulter und überlegte, wie sie ihm am besten antworten sollte. „Wenn ich Madame wäre", sagte sie ruhig, „würde ich Vallentine nicht mit einer anderen Frau teilen wollen. Ich würde der Gegenstand einer einzigartigen Zuneigung sein wollen. Das ist ein törichter Gedanke, aber das wäre mein Gefühl – wenn ich Madame wäre." Sie musterte ihn unter zusammengezogenen Brauen; sein römisch anmutendes Profil zeichnete sich vor dem Feuer ab. „Würde es Euch stören, wenn Vallentine Eure Schwester heiratet?"

„Nicht im Geringsten", stellte er trocken fest.

„Ich muss gehen, bevor Vallentine zurückkommt. Er wird heute Abend um Eure Zustimmung bitten, glaube ich. *Bonne nuit*, Monseigneur."

„*Bonne nuit, mignonne*", antwortete er geistesabwesend, eine Hand zum Kaminsims ausgestreckt. Er schaute lange in die flackernden Flammen, ohne sich bewusst zu sein, dass sie hinausgeschlüpft war, bis seine Gedanken vom Geräusch von Schritten unterbrochen wurden. „Antonia, ich …"

Lord Vallentine lächelte schuldbewusst. „Weg", sagte er und trat aus dem Schatten.

Der Herzog musterte ihn scharf und ihm entging der Fleck von Lippenschminke an seinem Mundwinkel nicht. Er schloss kurz die Augen und seufzte. „Du bist gekommen, um mich etwas von großer Wichtigkeit zu fragen, mein lieber Vallentine?"

„Nun – ja, ich denke schon", murmelte seine Lordschaft mit hochgezogenen Schultern. „Das heißt, ich wollte dich fragen – wahrscheinlich hast du nicht erraten, dass ich – dass wir …"

„Die Antwort lautet ja. Du kannst sie gerne haben."

„Da brat mir einer einen Storch, wenn du das nicht schon wuss-

test!“ Er stieß einen tiefen Seufzer der Erleichterung aus. „Froh, dass das
erledigt ist. In meinem Leben nie mehr Angst davor gehabt, dich um
etwas zu bitten.“

„Verständlich. Verliebt zu sein muss das Erschreckendste sein, was
es auf der Welt gibt. Gute Nacht und – äh – Glückwunsch.“

Lord Vallentines Augen wurden groß, aber er sagte nichts, sondern
lächelte nur in sich hinein, als er zuschaute, wie sein Freund schweigend
die Bibliothek verließ, eines von Antonias Bändern unbewusst zwischen
den Fingern drehend.

SIEBEN

ANTONIA WAR IN DER BIBLIOTHEK UND SUCHTE IN DEN REGALEN nach einem geeigneten Buch, während sie darauf wartete, dass der Herzog von seinem frühmorgendlichen Ausritt zurückkäme. Sobald er seine Reitkleidung gewechselt hätte, würde er sie zu der versprochenen Fahrt aufs Land mitnehmen. Sie hatte eigentlich nicht das Gefühl, dass sie stillsitzen und lesen könnte, so aufgeregt war sie, aber das Warten war schlimmer als alles andere und sie war bereits seit einer Stunde wach und angekleidet.

Die Tür öffnete sich und sie dachte, es wäre der Herzog, aber Duvalier führte den Vicomte d'Ambert herein und verließ auf einen ungezogenen Wink des jungen Mannes hin das Zimmer. Sie schrak zusammen, lächelte aber dann und streckte ihre Hand zum Gruß aus, als er durch den Raum auf sie zu kam. Er schaute sie stirnrunzelnd an, ebenso die Whippets, die vor dem Kamin zusammengerollt lagen, weil sie bei seinem Eindringen mit den Ohren gezuckt hatten. Er mochte keine Hunde, und diese beiden schon gar nicht. Sie erinnerten ihn an den Herzog – und dass dies sein Haus war und Antonia unter seinem Schutz stand.

Er beugte sich über ihre Hand und trat zurück, um sie anzusehen. „Ich wollte bereits gestern kommen, aber mein Vater bat mich zu warten. Er ist eigens gekommen, um Madame de Montbrail zu besuchen, und Euch."

Sie mochte die Art nicht, wie er sie von oben bis unten musterte, brachte aber dennoch ein Lächeln zustande. „Kein Wort des Grußes,

Étienne? Es ist bereits einige Zeit her, dass wir uns gesehen haben, nicht wahr?“

„Ja“, antwortete er automatisch.

Es war etwas an ihr, das ihn reizte. Es lag nicht an ihrer Erscheinung, obwohl er sich nicht erinnern konnte, sie je so hübsch aussehend zu Gesicht bekommen zu haben. Das Tageskleid aus dunkelrotem Samt schmeichelte ihrer Figur und die honigfarbenen Locken, die lose mit einem roten Band zusammengehalten wurden, umflossen ihre bloßen, weißen Schultern. Er war erfreut, dass sie endlich das Krankenzimmer hatte verlassen können und sich anscheinend völlig von ihrer Verletzung erholt hatte, aber es ärgerte ihn, dass sie im Hause des Cousins seines Vaters so glücklich und hübsch aussah. In der Tat wirkte sie strahlend.

Sie wandte sich ab und setzte ihre Suche in den Regalen fort. „Könnt Ihr das dritte Buch dort erreichen, das mit dem burgunderfarbenen Rücken?“, fragte sie und deutete auf ein Regalbrett außerhalb ihrer Reichweite. „Nein, das nächste. Ja, jetzt habt Ihr es. Es ist eine Geschichte der Julio–Claudianischen Kaiser. Habt Ihr Tacitus gelesen?“

„Habt Ihr gehört, was ich zu Euch gesagt habe?“, wollte er wissen.

„Ja“, sagte sie und nahm ihm das Buch aus der Hand. „Euer Vater kommt, um Madame zu besuchen ...“

„... und Euch“, ergänzte er und nahm eine Prise Schnupftabak.

„Ihr schnupft zu viel, Étienne.“

„Das geht Euch nichts an!“

Sie lächelte zögernd. „Ihr müsst nicht böse werden. Ich dachte, Ihr würdet Euch freuen, mich zu sehen, aber es scheint nicht so, wenn Ihr dauernd ein böses Gesicht zieht.“ Sie strich ihre Haare von der Schulter zurück. „Schaut. Die Narbe ist nicht so schlimm und mein Arm nicht mehr so steif. Falls Ihr also besorgt seid, weil Ihr glaubt, ich wäre immer noch ...“

„Bedeckt Eure Schulter“, sagte er und wandte den Blick ab. „Ich will das nicht sehen. Es ist eine abscheuliche Erinnerung – eine Erinnerung daran, dass Ihr fast gestorben wäret. Wenn ich getan hätte, womit ich drohte und Euch in Eurem Zimmer eingeschlossen hätte, statt Euch auf die Maskerade gehen zu lassen ...“

„Still. Ihr müsst Euch keine Vorwürfe machen,“ sagte sie. „Sagt mir, was Ihr getan habt, während ich krank war. Seid Ihr der Akademie beigetreten? Ach, Étienne, seht mich nicht so an! Ich bin wieder gesund, ich versichere es Euch. Und jetzt kann ich die ganze Geschichte als großes Abenteuer betrachten! Ich bin noch nie von Straßenräubern überfallen worden, nicht einmal, als ich noch mit Papa reiste. Und *M'sieur le duc* war so tapfer, zwei totzuschießen und jetzt ...“

„… seid Ihr in seinem Haus und genießt seine Gastfreundschaft, wo Ihr überhaupt kein Recht habt, hier zu sein!“, warf er ihr vor.

Antonia starrte ihn an und verkniff sich eine Erwiderung. Sie saß auf einem Sofa vor dem Feuer und gab vor zu lesen, war sich aber währenddessen des Vicomtes bewusst, der sie in aufsässigem Schweigen musterte.

„Ihr seid es ganz zufrieden, bei den Menschen unter diesem Dach zu bleiben, nicht wahr, Antonia?“

„Madame und Monseigneur waren sehr gut zu mir“, antwortete sie, ohne von der gedruckten Seite aufzublicken.

„Und warum, glaubt Ihr, ist das so? Warum glaubt Ihr, dass sie so gut zu Euch waren, Antonia, Ihr *bébé*? Seht mich an, wenn ich mit Euch spreche!“

Antonia sah immer noch nicht auf. Sie wusste, dass er neben ihrem Sessel stand und hörte das vertraute Klicken seiner Schnupftabakdose. Der braune Whippet kam, um sich zu ihren Füßen hinzusetzen und sein Gefährte richtete sich am Kamin auf.

„Étienne“, sagte sie ruhig, „wenn Ihr mich ausschimpfen wollt oder versuchen, mich vor *M'sieur le duc de Roxton* zu warnen oder mich mit einer Euren dummen Geschichten, dass Euer Vater Euch einsperren lassen will, zu erschrecken, wäre es mir lieber, Ihr würdet das unterlassen. Ich werde Euch kein Wort glauben. Das heißt, dass ich zwar nicht glaube, dass Ihr mich absichtlich anlügen würdet, aber dass Eure eigene Angst vor Eurem Vater Euch unvernünftig besorgt um meine Sicherheit sein lässt. Ich weiß, dass das nur daran liegt, dass Ihr Euch Sorgen um mich macht, aber …“

Der Vicomte brach in Gelächter aus und stellte heftig einen Fuß auf die gepolsterte Armlehne ihres Sessels.

„Sorgen um Euch?“, schnaubte er, riss ihr das Buch aus der Hand und warf es über seine Schulter nach hinten. „Seht mich an“, befahl er. „Ja, ich mache mir Sorgen um Euch. Aber ich muss mir mehr Sorgen machen, als Ihr Euch *je* vorstellen könnt! Ihr habt wirklich keine Ahnung, was im Gange ist, oder? Ihr seid wirklich nur *une bébé!*“

„Was ist los mit Euch?“, wollte Antonia wissen. „Warum fahrt Ihr mich so an? Was habe ich getan, um Euren Zorn zu erregen? Wenn Ihr nicht höflich mit mir sprechen könnt, geht bitte fort. Ich hoffe um Euretwillen, dass Ihr das Buch nicht ruiniert habt, denn es ist eine seltene Ausgabe und *M'sieur le duc* wird sehr zornig auf Euch sein.“

„Für was für eine feine Dame Mademoiselle sich hält!“, spottete der Vicomte. „Ihr glaubt, weil Roxton den Helden spielt, wäre er auch einer? Falsch! Falsch! Falsch! Er spielt nur ein Spiel mit meinem Vater. Und wisst Ihr, was der Einsatz ist? Eure Tugend! Ja, meine ach so schockierte Mademoiselle Moran. Es ist ein Spiel, das sie mit Euch und mir spielen. Je früher Ihr Euch das klar macht, desto eher werdet Ihr lernen, mir zu vertrauen und zu tun, was ich sage, oder wir beide werden am Ende die Verlierer sein. Euer kostbarer Herzog lacht hinter unserem Rücken, so sicher, wie Ihr hier mit diesem empörten Gesichtsausdruck sitzt. Er hasst meinen Vater und mein Vater hasst ihn. Sie hassen einander so sehr, dass es ihnen gleichgültig ist, wer durch ihre Rache verletzt wird. Lasst mich Euch ein Familiengeheimnis verraten – es gibt einen Skandal, in den Roxton und mein Vater verwickelt waren. Vielleicht wird das Euch davon überzeugen, dass er nicht der Mann ist, für den Ihr ihn haltet."

„Ihr könnt mich nicht schockieren, Étienne", sagte Antonia stur. „Ich weiß genau, wie sein Leben ist. Na und?"

„Na und? Habt Ihr Euch nie gefragt, warum mein Vater und Roxton einander hassen? Gerade sie, die einander im Alter so nahe stehen und fast wie Brüder aufwuchsen. Die Cousins ersten Grades sind. Sie standen sich als Jungen sehr nahe und als junge Männer gingen sie oft gemeinsam ihren Ausschweifungen nach. Großmutter erzählte mir alles über ihre Abenteuer in jungen Jahren. Ich liebe meinen Vater nicht, aber ich habe Mitleid mit ihm. Er ist ein großer Feigling. Ich hätte Roxton wegen dem, was er meiner Mutter angetan hat, gefordert. Aber meinem Vater liegt mehr an seinem Namen als an seiner Ehre. Also lächelt er albern und täuscht vor, auf bestem Fuß mit Cousin Roxton zu stehen, nur um des guten Namens der Familie willen. Pfui! Ich verachte ihn!"

Er zog eine Grimasse und bediente sich ein drittes Mal am Inhalt seiner Schnupftabaksdose.

„Ihr denkt, ich sei verrückt, all dies zu sagen, aber das bin ich nicht. Nein. Ihr redet Euch ein, der Vicomte d'Ambert sei verrückt, geistesgestört, ein dummer Junge, aber ich sage Euch nur die Wahrheit. Er ist kein guter Mann, Antonia. Mein Vater ist kein guter Mann, aber Roxton ist noch viel schlimmer. Niemand kann meinen Vater als dreckigen Mörder bezeichnen ..."

„Mörder? Alles nur, weil er es gewagt hat, zwei Bösewichte zu erschießen? Das ist kein Mord", widersprach Antonia. Sie rutschte etwas herum, sodass der Vicomte ihr nicht so nah war, aber er kam zur anderen Seite ihres Sessels und versperrte ihr den Blick auf das Feuer. „Étienne, es ist mir egal, und wenn er ein Dutzend dieser Schurken erschossen hätte."

„Wird es Euch auch noch egal sein, wenn ich Euch sage, dass er meine Mutter getötet hat?", sagte er leise und lächelte in sich hinein, als sie rasch zu ihm aufsah. „Mein Vater liebte sie sehr und sie betrog ihn.

Er blieb nach ihrem Tod sechs Monate lang dem Hof fern. Er wusste nicht, dass sie einen Liebhaber gehabt hatte, bis ihre Briefe gefunden wurden. Ihre Briefe und die ihres Liebhabers! Dieser Liebhaber machte ihr große Versprechungen, und dafür betrog sie meinen Vater. Dann, als dieser Liebhaber sie wegen irgendeinem hübschen anderen Ding sitzen ließ, konnte sie mit diesem Verrat nicht leben. Sie vergiftete sich. Ihr Liebhaber hatte nicht einmal den Anstand, Paris zu verlassen, als seine Gemeinheit in der Welt bekannt wurde. Ich weiß es. Ich war zwölf Jahre alt und erinnere mich an die Besuche *M'sieur le ducs* bei meiner Mutter. Es ekelt mich an, wenn ich jetzt auch nur daran denke!"

„Es tut mir wirklich leid, dass Ihr Eure Maman unter solchen – solchen furchtbaren Umständen verloren habt", sagte Antonia sanft. „Die Welt kann manchmal sehr grausam sein. Aber Ihr müsst versuchen, nicht ständig über solche Dinge nachzudenken. Ihr wart erst ein Junge und könnt nicht die ganze Wahrheit in dieser Angelegenheit kennen. Wie – wie könnt Ihr sicher sein, dass es *M'sieur le duc* war, der der Liebhaber Eurer Mutter war? Und was Euren Vater angeht, vielleicht war es seine große Eifersucht auf *M'sieur le duc*, die ihn dazu brachte, ihn solcher Grausamkeit zu beschuldigen?"

„Ihr seid nicht schockiert? Es kümmert Euch nicht, dass ich Euch sage, dass er sie umgebracht hat? Er hat sie in den Tod getrieben. Sie hätte sich nie vergiftet, wenn er sie nicht mit falschen Versprechungen und Lügen verführt und sie dazu gezwungen hätte, meinem Vater, der sie liebte, untreu zu sein!"

„Das ist unfair! *M'sieur le duc* ist kein Vergewaltiger. Wenn Eure Mutter eine anständige Frau gewesen wäre, hätte sie sich nicht *M'sieur le duc* zum Liebhaber genommen. Es tut mir leid, wenn Euch das kränkt, aber so ist es nun einmal in der Welt, Étienne."

Der Vicomte starrte sie mit offenem Mund an und konnte seinen Zorn nicht beherrschen.

„Ihr kaltherziges *Miststück*! Ich werde nicht zulassen, dass meine zukünftige Frau derart von meiner Mutter spricht. Was wisst Ihr schon von ihr? Ihr seid es nicht wert, ihren Namen auszusprechen! Vater hatte recht. Je früher Ihr von hier fortkommt, desto besser für mich."

„Wovon sprecht Ihr? Frau? Ich werde Euch nicht heiraten, das habe ich Euch gesagt. Hört auf, Unsinn zu reden", sagte sie mit ruhiger Stimme, obwohl er ihr jetzt wirklich Angst machte. Sie wollte aufstehen, aber er schubste sie wieder in den Sessel zurück. „*M'sieur le vicomte* vergisst sich!"

„*Ihr* vergesst Euch!", fauchte er. „Zuvor konntet Ihr es nicht erwarten, nach England zu fliehen, und jetzt sitzt Ihr in diesem Haus, als wäre es Euer Recht. Das ist es aber nicht."

Antonia hob trotzig den Kopf, aber der Vicomte sah, dass seine Worte Wirkung hatten, denn sie zitterte. „Wenn es mir gut genug geht, werde ich nach London reisen, um bei meiner Großmutter zu leben."

„Glaubt Ihr?", höhnte d'Ambert. „Eure Großmutter will nichts mit Euch zu tun haben. Sie hat zugestimmt, dass meine Großmutter sich um Euch kümmert, bis unsere Hochzeit stattfinden kann."

Antonia fuhr sofort aus dem Sessel hoch und wollte das weggeworfene Buch aufheben, als der Vicomte sie um die Taille fasste und an sich zog.

„Ich glaube Euch nicht! Ihr lügt!", sagte sie und bemühte sich, ihn abzuwehren. „Lasst mich los! Wie könnt Ihr es wagen, mich anzufassen!"

„Ihr glaubt, dass ich lüge? Erst in dieser Woche erhielt Salvan einen Brief der *Comtesse de Strathsay*. Es ist wahr, sage ich Euch! Salvan ist heute hergekommen, um ihn Eurem kostbaren Herzog und seiner Schwester zu zeigen. Euer Großvater wird unseren Ehevertrag unterzeichnen und Eure Großmutter hat seinen Wünschen zugestimmt. Hört auf, Euch zu sträuben!", forderte er und trat mit einem Fuß nach dem grauen Whippet, der an seinem Bein kratzte. „Ruft diese dummen Tiere zurück!" Er trat noch einmal zu, traf den weichen Unterkiefer des braunen Whippets, was diesen jaulend nach hinten fliegen ließ.

„Lasst sie in Ruhe, Étienne", flüsterte Antonia ängstlich. „Sie fürchten sich. Sie werden Euch nichts tun, wenn Ihr mich loslasst."

Er schien sie nicht zu hören. Er hielt sie fester, was sie vor Schmerz zusammenzucken ließ, als er ihren steifen Arm hinter ihren Rücken drückte. „Warum sollte diese Großmutter in London irgendetwas mit Euch zu tun haben wollen, wenn sie Euch in ihrem ganzen Leben nicht gesehen hat?", wollte er wissen. „Warum sollte sie nicht denken, dass eine Ehe mit dem zukünftigen *comte de Salvan* nicht in Eurem besten Interesse wäre, *hain*?" Er lächelte sie an und lachte dann laut. „Ich werde nicht in die Bastille gehen, seht Ihr, denn ich werde Euch heiraten."

Antonia starrte ihn voll stummen Unglaubens an. Als er sich herabbeugte und sie voll auf den Mund küsste, wurde sie dunkelrot und riss ihren Kopf weg, in die Beuge ihres Armes.

„Um den Handel zu besiegeln", erklärte er und versuchte erneut, sie zu küssen.

LORD VALLENTINE BETRAT DIE BIBLIOTHEK. HINTER IHM KAM der Herzog. Sie waren gerade von den Ställen gekommen. Ihre Reitstiefel waren staubbedeckt und ihre Reitröcke hatten sie über die Schultern geworfen.

„Ich habe de Chesnay gewarnt, dass der letzte Zaun verdammt schwierig wäre", sagte Lord Vallentine über seine Schultern. „Aber der dumme Kerl musste es versuchen und sprang trotzdem. Es ist ein kleines Wunder, wenn nicht noch etwas anderes als das Fischbein in seinem Korsett gebrochen ist!"

„Ich meine mich zu erinnern, dass du den – äh – *dummen Kerl* erst gewarnt hast, als er und sein Tier bereits in vollem Flug auf das Hindernis zu ritten. Nicht der geeignetste Moment, ihm eine Warnung zuzurufen."

Das Lächeln seiner Lordschaft wurde zu einem Grinsen. „Verdammt unbedacht von mir, nicht wahr?"

Er schaute in den Raum, wo er den Vicomte entdeckte, seinen Arm um Antonias Taille gelegt. Er hielt sie an seine Brust gezogen und küsste sie auf den Mund. Vallentine zog den Atem durch seine zusammengebissenen Zähne und täuschte einen Moment der Blindheit vor, als das junge Paar auseinandersprang und rot angelaufen und schuldbewusst mitten auf dem Teppich stehenblieb.

„Wo bleibt nur Duvalier mit dieser Flasche Burgunder?", fragte er mit lauter Stimme. „Bist du sicher, dass der Mann nicht langsam ein paar Jahre zu viel auf dem Buckel hat, um dir noch von Nutzen zu sein, Roxton?" Er schaute den Vicomte an, als sähe er ihn erst jetzt. „Wusste nicht, dass Ihr zu Besuch gekommen seid, d'Ambert. Wie geht es in der Akademie? Hörte, Ihr wäret der Beste in der Fechtklasse ..."

Der Vicomte murmelte eine Antwort, lehnte es aber ab, mehr zu sagen. Er war sich Roxtons hartem Blick, der auf ihm ruhte, nur zu bewusst und zwang sich dazu, aufrecht zu stehen, trotz des mulmigen Gefühls in seiner Magengrube. Der graue Whippet kratzte immer noch an seinem Bein und ließ sich nicht abschütteln.

„Ich bin gekommen, Mademoiselle Moran zu besuchen", erklärte er und schaute Lord Vallentine direkt an, während sein Gesicht von schuldbewusster Röte überzogen war. „Es ist ewig her, dass wir miteinander gesprochen haben. Mein Vater will auch gleich zu Besuch kommen. Er hat einen sehr wichtigen Brief für *M'sieur le duc*. Er ist von der *comtesse de Strathsay* ..."

„Wie könnt Ihr es wagen, Euch solche Freiheiten herauszunehmen", zischte der Herzog, dem die Kehle plötzlich so eng wurde, dass er hart schlucken musste. Er richtete seinen wütenden Blick auf Antonia, aber als sie sich nicht dazu durchringen konnte, von dem Band in ihren Haaren aufzuschauen, warf er seinen Rock über eine Stuhllehne und trat an den Schreibtisch, um einige Karten und Einladungen durchzusehen, die auf seine Beachtung warteten. „Verschwindet, d'Ambert", befahl er, und auf ein Schnippen seiner Finger hin kamen die beiden Whippets bei ihm zu Fuß. „Raus mit Euch, bevor ich Euch mit der Reitgerte Manieren beibringe!" Er wandte sich ab, eine goldgeränderte Einladungskarte zerknüllt in seiner Faust.

Der Vicomte trat einen Schritt vor, überlegte es sich dann jedoch nach einem Blick auf die Hunde, die leise knurrend zu Füßen ihres Herrn saßen, anderes. Mit einer Verbeugung vor Lord Vallentine und einem Blick zu Antonia war er fort.

Antonia sah seine Lordschaft an und wusste nicht, was sie zur Erklärung sagen sollte. Der Herzog wandte ihr den Rücken zu. Er war gerade und steif und sehr unnahbar. Sie schaute auf den Papierball, den er auf den Schreibtisch geworfen hatte, und schluckte.

„Ich habe ihn nicht darum gebeten, mich zu küssen. Ich habe ihn wütend gemacht, und da hat er mich einfach gepackt", erklärte sie Lord Vallentine, der ermutigend lächelte. „Wenn er wütend ist, tut er seltsame Dinge und ich glaube, er hat mich nur geküsst, weil er wusste, dass ich das nicht im Geringsten wollte. Ich hätte ihn nicht wütend machen sollen, ich weiß, aber er sagte ein paar grässliche Dinge, die mir gar nicht gefielen. Also konnte ich es nicht zulassen, dass er sie sagte und damit davonkam, oder? Ihr glaubt mir doch, nicht wahr?", fragte sie Vallentine flüsternd und fügte naiv hinzu: „Ich war froh, dass Ihr gerade in diesem Moment dazwischenkamt."

„Würde nie an Euch zweifeln, Kleines", sagte er freundlich und strich ihr über die Wange. „Wird langsam Zeit, Duvalier. Wohin seid ihr gegangen, um diese Flasche zu holen – nach Bordeaux? Ich bin völlig ausgetrocknet, und du, Roxton? Hier, auf den Tisch, und noch ein Glas für Mademoiselle."

Der Butler verbeugte sich und verblüffte seine Lordschaft dann, indem er Antonia großväterlich anlächelte. „Es wird nur einen Moment dauern, ein Glas für Mademoiselle zu holen."

„Da hört sich doch alles auf!", verkündete Vallentine, als der Butler noch nicht einmal ganz außer Hörweite war. „Der alte Teufel hat Antonia gerade angelächelt, Roxton. Sie tatsächlich *angelächelt*, und du hast es verpasst! Warte, bis ich Estée das erzähle. Habe den alten Sauertopf noch nie lächeln sehen, niemals."

„Halt doch die Klappe, Vallentine!" Der Herzog warf eine Karte, die er durch sein Augenglas betrachtet hatte, zur Seite und ließ sich auf einer Ecke seines Schreibtisches nieder. „In einer halben Stunde brechen wir zu unserer Ausfahrt auf", kündigte er Antonia an und erwiderte endlich ihren Blick. „Ich schlage vor, Ihr kümmert Euch um Eure – Eure Haare. Bindet sie zusammen."

„Ja, *M'sieur le duc*", murmelte sie und flocht eilig das zerknitterte Samtband durch ihre Locken. Sie konnte nicht verstehen, warum er böse auf sie war, wo es doch der Vicomte gewesen war, der sich unerwünschte Freiheiten herausgenommen hatte. Es hätte offensichtlich sein müssen, dass sie sich nicht willig daran beteiligt hatte, außerdem war es ein sehr ungeschickter Kuss gewesen. „Monseigneur, Ihr könnt doch nicht glauben, dass ich wollte, dass Étienne mich küsst?"

„Darüber sprechen wir später."

Antonia blinzelte ihn an. Die Röte auf seinen Wangen und der harte Zug um seinen Mund verwirrten sie, ebenso wie sein andauernder Zorn. „Nein, *M'sieur le duc*, wir werden jetzt darüber sprechen, denn Ihr seid offensichtlich zornig auf mich und ich weiß nicht warum, wo ich Euch doch erklärt habe, dass ich …"

„Später", knirschte der Herzog durch seine zusammengebissenen Zähne, mit einem raschen Blick auf Lord Vallentine, der sich diskret zurückgezogen hatte, um eine Reihe ledergebundener Bücher auf einem der Regalbretter zu betrachten.

Aber Antonia gab nicht nach, ihre klaren grünen Augen wandten sich nicht von seinem Gesicht ab.

„Ihr glaubt, weil ich eine Frau bin, die Euch kaum bis zur Schulter reicht, wäre ich nicht fähig, mich zu verteidigen? Wäret Ihr in diesem Moment nicht dazwischengekommen, hätte ich ihn ins Gesicht geschlagen wegen seiner Unverschämtheit, oder mein Knie in seine empfindlichen, männlichen Teile gestoßen, wie Maria Casparti es mir gezeigt hat, um unerwünschte Aufmerksamkeiten abzuwehren. Wie sonst, glaubt *M'sieur le duc*, dass ich es geschafft habe, an einem Ort wie Versailles meine Tugend zu schützen?"

Roxton starrte sie minutenlang an.

„Ich habe nicht darüber nachgedacht, Antonia. Und deshalb tut es mir wirklich leid", antwortete er leise. „Und jetzt holt bitte Euren Umhang und Euren Muff, draußen weht heute ein kalter Wind."

„Ja, Monseigneur", sagte sie lächelnd und knickste rasch vor ihm, bevor sie zur Tür flog. Sie erhaschte einen Blick auf Lord Vallentine und fragte sich, warum die Kinnlade des Gentlemans hinabhing.

Seine Lordschaft starrte seinen Freund mit offenem Mund an, weil er ihn noch nie zerknirscht gehört hatte. Er musste zugeben, dass der Herzog Tiefen aufwies, von deren Existenz er nichts geahnt hatte, Tiefen, die durch ein offenherziges Mädchen, das kaum dem Schulzimmer entronnen war, zum Vorschein gebracht wurden.

An der Tür schaute Antonia sich zufällig um und ertappte den Herzog dabei, wie er sie unablässig anschaute. Ihre Blicke begegneten sich. Er sah als erster zur Seite. Diesmal war sie nicht in der Lage, die

Gefühle auf seinem Gesicht zu verstehen und das beunruhigte sie, ebenso wie die Ankündigung des Vicomtes, dass Salvan einen unterschriebenen Ehevertrag von ihrem Großvater besäße und dass ihrer Großmutter ihr Wohlergehen einerlei wäre. Doch sie zwang sich, sich diese Ängste einstweilen aus dem Kopf zu schlagen. Dieser Tag sollte etwas Besonderes sein. Schließlich war es ihr Geburtstag und sie würde es den Salvans nicht erlauben, ihr ausgerechnet diesen Tag zu verderben.

DER COMTE DE SALVAN BEUGTE SICH TIEF ÜBER DIE MOLLIGE, weiße Hand seiner Cousine Estée und fuhr mit feuchten Lippen darüber. Als er sich aufrichtete, lächelte er ihr in das helle Gesicht und verfluchte sich zum hundertsten Mal, dass er nicht auf den Rat seiner Mutter gehört hatte. Er hätte ihr einen Antrag machen sollen, sowie ihre Trauerzeit beendet gewesen war. In den Jahren seit dem Tod ihres Ehemannes hatte er angedeutet, dass es keine schlechte Sache für beide Familien wäre, wenn sie heiraten würden. Sie hatte ihn lachend abgewehrt und er hatte in ihr Lachen eingestimmt, aber er war sich nicht sicher gewesen, ob sie mit ihm oder über ihn lachte. Er fragte sich, ob er doch noch um sie anhalten sollte und ob Roxton einer solchen Verbindung zustimmen würde, glaubte das jedoch nicht und hatte nicht vor, sein Glück zu versuchen.

Estée läutete eine kleine, silberne Glocke und trug dem Zimmermädchen, das auf ihren Ruf erschien, auf, das nachmittägliche Kaffeetablett in ihr Wohnzimmer zu bringen. Der Comte hob seine Rockschöße aus steifen Goldfäden auf, um sich auf einem zierlichen, vergoldeten Stuhl mit seidenem Bezug niederzulassen, immer darauf achtend, seine Kleidung nicht zu zerknittern. Er stellte seinen Gehstock mit dem polierten, goldenen Knauf zwischen seine hochhackigen Lederschuhe mit ihren enorm großen Laschen und stütze sich affektiert darauf.

„Es ist ewig her, dass ich Euch besucht habe, Estée", sagte er mit einem raschen Blick über den ausgesprochen weiblichen Raum. „Ich muss versuchen, öfter zu kommen, aber Ihr wisst ja, wie es bei Hofe ist. Ich sage Euch erneut, kommt doch an den Hof, wo man Eure Schönheit zu schätzen wissen wird. Und ich bin selbstsüchtig. Ich möchte jemanden, mit dem ich Klatsch austauschen kann. Jemanden, der Salvan versteht. Wer wäre da besser als Ihr, Cousine? Wir würden viel Spaß haben. Ich würde es genießen, wenn Ihr nur hin und wieder an den Hof kommen würdet." Er zuckte mit den Schultern und seufzte dramatisch.

„Nicht einmal *mon cousin* kommt in diesen Tagen nach Versailles. Seine sexuellen Eskapaden trugen immer zum Amüsement bei. Da frage ich mich: Was hält ihn in Paris? Thérèse schwört bei ihrer Ehre – was ja an sich schon amüsant ist, ja? – dass er sie vernachlässige! Könnt Ihr das glauben? Ich hätte es nicht für möglich gehalten, hätte ich nicht mit meinen eigenen Augen gesehen, dass er sich nicht einmal auf ihrer Soirée blicken ließ. Ganz Paris wunderte sich über seine Abwesenheit. Die arme Thérèse, sie war äußerst gekränkt, nicht wahr?"

Er kicherte und wollte weitersprechen, aber ein Diener kam mit dem Kaffeegeschirr und einer großen Platte des Lieblingskuchens des Comte. Da er geradezu süchtig nach Süßem war, reichte dies, um ihm vom Verlauf des Gesprächs abzulenken.

„Ihr überwältigt mich, Salvan", sagte Madame mit einem Lächeln. „Ich fühle mich geschmeichelt, dass Ihr glaubt, ich würde bei Hof gebraucht, aber ich bin nun schon so viele Jahre fort, dass mein Interesse mehr und mehr nachlässt. Es gab eine Zeit, als ich auch keinen Tag ertragen konnte, ohne über das kleinste Gerücht Bescheid zu wissen. In so vielen schlaflosen Nächten habe ich mir Sorgen darüber gemacht, was hinter meinem Rücken über mich geredet würde, und von wem. Jetzt kümmert mich das nicht mehr im Geringsten. Es ist mir nicht wichtig. Ich bin in Paris glücklicher."

„Ich wünschte, das gälte auch für Salvan", sagte der Comte und leckte die Sahne von seinen Lippen. „Es ist eine ständige Sorge für mich, dass Ihr nicht wieder heiratet. Ihr braucht einen Mann, der sich um Euch kümmert. Nicht, wie Roxton es tut – auf brüderliche Weise. Das kann eine Frau von Eurer Schönheit doch kaum zufriedenstellen. Nein, einen Mann, der Euch zu schätzen weiß. Dieser Kuchen ist köstlich. Ich muss das Rezept haben. Werdet Ihr es herausgeben?"

„Ich werde Jacques bitten, es für Euch aufzuschreiben", versprach sie. „Obwohl ich Euch warnen muss, er verrät seine kleinen Geheimnisse nicht gern. Noch ein Stück, Salvan?"

Salvan hielt seinen Teller hin.

„Was habt Ihr heute an Euch, Estée, was mich so verwirrt. Beim letzten Mal war da nicht dieses Funkeln in Euren so wunderschönen Augen. Aha, Ihr errötet! Sagt es Salvan. Ihr habt einen neuen Liebhaber?"

„Es ist kein Geheimnis", sagte sie. „Ich bin mit Vicomte Vallentine verlobt. Ihr seid der erste in Paris, der es erfährt. Freut Ihr Euch für mich? Werdet Ihr Eurer Cousine gratulieren?"

Nur einen Augenblick lang zeigte sich die völlige Überraschung des Comte in einem finsteren Blick, doch sofort stellte er seinen Teller ab und warf die Hände in die Luft. „So plötzlich", sagte er mit gezwungener Fröhlichkeit. „Das ist eine höchst interessante Neuigkeit. Ganz Paris muss das erfahren. Man muss es von allen Dächern rufen. *Bon Dieu*, aber ich kann es nicht glauben! Und hier ist Salvan, der immer bereit war, seinen Namen und Rang keiner anderen anzubieten, und Ihr, Ihr nehmt stattdessen einen anderen!" Er küsste ihre Fingerspitzen. „Einfach so! Ich bin am Boden zerstört. Aber ich werde mich für Euch freuen. Dieser M'sieur Vallentine ist ein guter Mann, denke ich. Sehr gutaussehend und groß und mit diesem englischen Teint. Ein ganz außergewöhnlicher Fechter. Ich beneide ihn. Ich gratuliere ihm auch. Berichtet mir von Euren Plänen. Wann wollt Ihr heiraten? Werdet Ihr Salvan zu diesem Fest einladen?"

„Es soll bald sein. Das ist alles, was ich Euch sagen kann. Lucian hat erst gestern Abend mit meinem Bruder gesprochen, sodass es noch vieles zu erledigen gibt. Wir haben noch nicht besprochen, wo wir uns niederlassen werden. Wir werden natürlich ein Haus hier in Paris haben, aber vielleicht werden wir einen großen Teil unserer Zeit in London verbringen."

„London! *Parbleu,* aber das ist eine ganze Welt entfernt. Das kann nicht Euer Ernst sein. London? Das ist nicht Paris. Ich muss diesen Vallentine überreden, Euch in Paris zu lassen. Lasst ihn nach London zurückkehren, wenn er will, aber Estée, Ihr würdet in London dahinwelken."

„Es wird nicht so schlimm sein, wie Ihr annehmt", sagte sie abwehrend. „London ist Lucians Zuhause. Seine Familie ist dort."

Der Comte ließ sich nicht überzeugen. „Wo werdet Ihr einkaufen? Was werdet Ihr essen? Wo werdet Ihr einen vernünftigen Koch finden? Es ist so entsetzlich, Ihr könnt es Euch nicht vorstellen, Estée. Die Liebe hat Euch blind gemacht. Ihr könnt nicht einmal diese barbarische Sprache dieser Engländer sprechen."

„*La*! Salvan! Ihr scheint zu glauben, dass ich ins Exil ginge. Ihr vergesst, dass ich halbe Engländerin bin. Mein Papa war Engländer. Lucian versichert mir, dass alle wohlgebildeten Engländer unsere Sprache sprechen. Also werden sich diese Probleme von allein lösen." Madame goss mehr Kaffee in die Tasse des Comte. „Und ich muss mich nicht sofort mit diesen Kleinigkeiten befassen. Lucian wird mich auf eine Hochzeitsreise in die italienischen Staaten mitnehmen. Er hat einen Cousin mit einer Villa in einem malerischen Städtchen, an dessen Namen ich mich nicht erinnern kann, aber es wird wundervoll werden."

Salvan hob in einer Geste der Endgültigkeit die Schultern. Er lächelte. „Ich wünsche Euch Glück. Meine Mutter wird entzückt sein. Seit Jahren hat sie Euer fortdauerndes Witwentum bedauert. Und jetzt! Welche Überraschung für sie."

„Vielen Dank, Cousin. Ich könnte Tante Victoire mit diesen Neuigkeiten nicht so bald unter die Augen treten. Sie – sie kennt Lucian nicht und hasst alles Englische mit einer Leidenschaft, die ich unverständlich finde."

„Ich verstehe. Salvan wird sich um alles kümmern." Er kam, setzte sich neben sie auf das damastbezogene Sofa, sein Lächeln war noch immer breit. „Es ist nur gut, dass ich heute zu Besuch kam", sagte er mit leiser Stimme, „damit für die Zukunft der kleinen *demoiselle* alles eiligst arrangiert werden kann. Ich muss Eurer Vernunft in dieser Angelegenheit applaudieren. Das ist nur zum Besten. Ich weiß, dass Ihr werdet nicht anders können, als mir zuzustimmen. Alles fügt sich von ganz allein. Das letzte, was Ihr braucht, ist es, auf ein Mädchen aufzupassen, wenn Ihr so viele Vorbereitungen für Euch selbst zu treffen habt. Sie wird Euch nur im Weg sein."

„Wir – wir haben sie sehr liebgewonnen", sagte Madame leise. „Sie ist überhaupt keine Last für uns. In der Tat werde ich sie sehr vermissen, wenn sie fortgeht, um bei ihrer Großmutter in England zu leben."

Der Comte ließ seine leutselige Maske fallen. „Aber sie geht nicht nach England", stellte er unverblümt fest. Er zog einen Brief aus der Tasche seiner geblümten Weste. „Lest das. Es ist überaus wichtig. Er ist von der Großmutter des Mädchens." Er lächelte in sich hinein, als Estée ihm die Papiere aus der Hand riss, lehnte sich zurück und beobachtete, wie sie die gekritzelten Zeilen überflog, genoss ihren Ausdruck wachsender Empörung und Unbehagens mit einem Gesichtsausdruck mitfühlender Überlegenheit.

„Wie Ihr seht, Comtesse, sie ist tatsächlich glücklich, das Mädchen der Obhut meiner Mutter zu überlassen, bis zur Hochzeit mit meinem Sohn", sagte er. „Eine doppelte Hochzeit für die Salvans! Madame Strathsay möchte das Beste für das Mädchen. Und das Beste für das Mädchen ist es, meinen Sohn unverzüglich zu heiraten. Freut Ihr Euch nicht für uns? Und die kleine Mademoiselle? Es ist eine große Ehre für sie, als Braut meines Sohnes erwählt zu werden. Ihre Großmutter versteht diese Tatsache und wünscht dieser Verbindung alles Gute."

Estées gewöhnliche Beschwingtheit verließ sie. Sie wusste nicht, warum die Aussicht auf eine Hochzeit zwischen Antonia und dem Comte d'Ambert sie auf einmal mit einer so plötzlichen Furcht erfüllte, denn sie war von Anfang an für diese Partie gewesen. Vielleicht war es ihre eigene, neue Verlobung, die alles geändert hatte und sie Vallentines Standpunkt besser nachvollziehen konnte. Außerdem warnte sie ihre eigene, weibliche Intuition, sich vor ihrem Cousin, dem Comte, und seinen Motiven zu hüten. Sie würde diesem Instinkt mehr vertrauen als allem anderen.

„Ich bin überhaupt nicht davon überzeugt, dass es dem Mädchen gut genug geht, um das *hôtel* so bald zu verlassen", sagte sie und griff nach Strohhalmen. „Vielleicht in ein paar Wochen ..."

„Oh nein, liebste Cousine", sagte Salvan mit einem süßen Lächeln und steckte den Brief ein. In seiner näselnden Stimme lag ein zorniger Unterton, der Estée auf der Hut sein ließ. „Das Mädchen hatte reichlich Zeit, sich unter diesem Dach zu erholen. Morgen werde ich kommen, um zu holen, was mir gehört." Er legte seine Hand auf ihre und drückte sie. „Denkt nach, Estée. Das Mädchen kann unmöglich hierbleiben, wenn Ihr heiratet. Man schaudert bei dem Gedanken, sie hier zu wissen, ohne Euch, ohne angemessene Anstandsdame und nur in der Gesellschaft von *mon cousin*."

Madame zog ihre Hand weg. „Roxton betrachtet Antonia wie ein eigenes Kind, wie ein Vater seine Tochter. Ich werde Euch nicht erlauben, mehr in diese Situation hineinzulesen. Es ist lächerlich, dass Ihr das bei mir, seiner Schwester, tun wolltet."

„Nein? Ihr kennt Euren Bruder besser als ich", sagte der Comte und nahm eine Prise. „Ihr glaubt nicht, dass das letzte Dutzend Jahre oder sogar länger Grund genug für seinen äußerst anrüchigen Ruf ist? Was ist schon ein hübsches Frauenzimmer im Vergleich zu einem anderen? Sie alle dienen nur dazu, einen riesigen Appetit zu stillen. Ist er zu so etwas nicht *au fait*?"

„Mit Antonia ist es etwas anderes. Sie spielt bei ihm nicht die Kokette und er – er fühlt sich sehr verantwortlich für sie."

„Ich glaube nicht, dass Ihr Euch von seinen vielen Verführungstechniken täuschen lasst", sagte der Comte ungläubig. „Ich bewundere seinen Einfallsreichtum, wie er all diese kleinen Herzensangelegenheiten arrangiert. Welche Fantasie! Nicht einmal der vollendete Spieler solcher Spielchen, der Herzog von Richelieu, könnte sich eine bessere Geschichte ausdenken, um das Herz eines jungen, leicht zu beeindruckenden Mädchens zu erobern."

Estée richtete sich kerzengerade auf und musterte den Comte de Salvan böse aus ihren blauen, aufgeschreckten Augen. „Was wollt Ihr andeuten, Salvan?"

„Ihr habt nicht die letzten Gerüchte über Euren Bruder gehört?", fragte der Comte mit gespielter Überraschung. „Ich selbst weiß nicht, ob ich das Ganze glauben soll. Aber es gibt Leute, die es glauben, sehr viele, in der Tat. Mit der einen Hand applaudieren sie der Taktik *M'sieur le ducs*, und mit der anderen?" Er zuckte die Schultern.

„Beklagen sie diesen vulgären Missbrauch einer Unschuldigen. Ich sage, die Verletzung des Mädchens war ein Unfall. Nicht einmal er würde es wagen, so tief zu sinken. Nein. Das ist zu viel, als dass selbst Salvan es glauben könnte. Er hat einen Schurken zu viel angeheuert. Dass zwei davon starben, tut nichts zur Sache. Gut, sie los zu sein. Der, der auf die Kutsche schoss, ist verschwunden, vielleicht fürchtete er, der nächste zu sein? Roxton wird ihn finden, keine Sorge. Seine Komplizen zu erschießen ist wirklich genial. Dann kommen keine Gerüchte auf. Denn wer kann sagen, dass es etwas anderes als ein echter Überfall war auf der Straße von Versailles?"

„Genau das war es", erklärte Madame. „Diese Straßenräuber sind überall. Wir sind nicht sicher, nie sind unsere Kutschen vor Angriffen sicher. Das kommt täglich vor. Ich verstehe absolut nicht, was Ihr andeuten wollt. Was ist das für ein *Gerücht*?"

„Regt Euch nicht auf, liebste Cousine", besänftigte sie der Comte. „Wie ich sagte, ich persönlich glaube nicht daran. Doch lasst uns einen Moment lang annehmen, dass wir es glaubten. Wie! *M'sieur le duc*, Euer Bruder, ist ein Genie. Er entführt die kleine *demoiselle* aus Versailles. Und dann? Werden sie von diesen Männern überfallen, die sich Straßenräuber nennen. *M'sieur le duc* ist sehr tapfer und ermor– tötet zwei von ihnen, die es gewagt haben, seine Person und sein Eigentum anzugreifen. Das Mädchen wird verletzt. Ein unglücklicher Umstand, mit dem er nicht gerechnet hatte, aber sie wird sich erholen. Also! Was hat *mon cousin* erreicht? Er hat das Mädchen, und es betet ihn für seine wagemutigen Taten förmlich an. Er muss auf ihre Genesung warten, aber was bedeutet ihm das schon? Er hat den Gewinn! Sein Plan hat funktioniert und das Leben meines Sohnes ins Unglück gestürzt! Ich frage Euch, Estée, was soll ich tun, um mein – meines *Sohnes* Glück wiederherzustellen?"

Estée war entsetzt. „Dieses Gerücht, das in Paris umgeht, wer hat gewagt, es in die Welt zu setzen? Das ist eine monströse Bosheit. Ich wusste, dass Roxton von Leuten, die ihn nicht gut kennen, beneidet und gehasst wird, aber dieses Gerücht erfüllt mich mit *Abscheu*! Kann er so verhasst sein, dass man es wagt zu flüstern, er hätte einen Überfall auf seine eigene Kutsche inszeniert, nur um ein Mädchen zu beeindrucken, das noch nicht einmal zwanzig Jahre alt ist? Das ist so albern, einfach lächerlich!", rief sie höhnisch.

Je mehr sie über diese Vorstellung nachdachte, desto breiter wurde ihr Lächeln, bis das Lachen in ihrem Hals heraufsprudelte und sie kicherte. Der Comte starrte sie an, ohne zu wissen, ob er in ihr Lachen einstimmen oder weiterhin mit der ernsten Miene dastehen sollte, die die Situation seiner Meinung nach verdiente.

„Oh, Salvan, Ihr müsst Roxton alles über dieses Gerücht erzählen", sagte sie und betupfte ihre tränenden Augen mit einem kleinen Spitzentaschentuch. „Wenn er doch nur zu Hause wäre. Es wird ihn amüsieren, ich weiß es. Die Person, die dieses lächerliche Märchen erfunden hat, sollte für die *Comédie Française* schreiben. Es ist offensichtlich, dass man meinen Bruder wahnsinnig beneidet. Glaubt man, mein Bruder müsste so weit gehen, um eine Frau zu beeindrucken? Lächerlich! Nur *M'sieur le duc de Richelieu* erfindet solche lächerlichen Pläne, um eine Frau in sein Bett zu bekommen. Findet Ihr nicht, dass das alles ein großer Witz ist?"

„Witz?", flüsterte der Comte. Als er erkannte, dass seine Cousine es ernst meinte, zwang er sich, auch zu lachen. „Ein Witz! Ja, ein – ein *Witz*! Wie ich sagte, ich glaube keinen Moment daran. Ein Märchen, das ein – ein Idiot in Umlauf gesetzt hat! Ein *eifersüchtiger* Idiot!"

Madame warf ihm über den Rand ihrer Porzellanschale einen Blick zu und lächelte verschmitzt. Das Lachen war aus ihren Augen verschwunden, die jetzt hart und kalt waren.

„Roxton wird es zuerst erheitern, aber dann, glaube ich, wird er die Person finden wollen, die es wagt, seinen guten Namen zu verleumden. Er wird darauf aus sein, diesem eifersüchtigen Idioten eine Lektion zu erteilen. Ihr würdet doch unter solchen Umständen dasselbe tun, nicht wahr, Salvan?"

„Denn Mann fordern?", stammelte der Comte. „Ja, ja, natürlich! Das ist die einzige Antwort auf solche Verleumdungen, ganz Eurer Meinung."

„Noch ein Stück Kuchen vielleicht?", fragte Madame süß. „Und lasst mich Eure Schale auffüllen. Ihr habt Euren ganzen Kaffee einfach hinuntergestürzt."

„Ihr seid zu gütig zu Salvan. Dieser Vallentine – dieser Schuft, der Euch mir geraubt hat – er sollte gefordert werden, weil er das Glück Eures Cousins zerstört hat."

„Ich hätte gegen diese Idee nichts einzuwenden", sagte seine Lordschaft, der am Türrahmen lehnte und mit einem goldenen Zahnstocher in seinen Zähnen kratzte.

Der Comte sprang vor Schreck fast vom Sofa auf, als Lord Vallentine weiter in das Zimmer trat. Seine Lordschaft küsste seine Verlobte auf die Stirn und sagte beiläufig:

„Ich nehme an, der gute Comte hat dein kleines Ohr mit müßigem Klatsch gefüllt, meine Liebe?"

„Niemals müßiger Klatsch, M'sieur", sagte der Comte mit einer Verbeugung. „Ich gratuliere zu Eurer Verlobung. Ihr seid ein glücklicher Mann, M'sieur Vallentine. Sie sehen mich sprachlos, dass man sie mir einfach genommen hat! Ich finde keine Worte für meinen Neid. Ich kann Euch nicht sagen, was mir dies antut. Jetzt ist es zu spät für Salvan. Ah! Aber so ist der Lauf der Welt, nicht wahr, M'sieur?"

„Für einen sprachlosen Mann schafft ihr es immer noch, den Mund ziemlich voll zu nehmen", stellte Vallentine fest. „Aber ich danke für Eure Glückwünsche, wenn ihr diese mit diesem Springbrunnen von Plattitüden ausdrücken wolltet."

Madame reichte ihm eine Schale mit Kaffee. „Salvan hat mir gerade das neueste, interessanteste Gerücht erzählt, das in den Salons die Runde macht. Es dreht sich natürlich um Roxton."

„Natürlich! Wann ist das je anders?", sagte seine Lordschaft mit einem Knurren.

„Es ist gar nichts, überhaupt nichts", antwortete der Comte ausweichend. „Ich erzählte es Estée nur, um sie zu erheitern. Ein Gerücht. Nichts als ein Gerücht, das irgendein Idiot verbreitet hat – ein eifersüchtiger Idiot. Vergessen wir das doch bitte völlig."

„Nein, Salvan, Ihr müsst es Lucian erzählen. Es ist höchst unterhaltsam. Vor allem, da Lucian jetzt ein Mitglied unserer Familie wird. Als Roxtons Schwager hat er ein Recht zu wissen, was geflüstert wird."

Das Geräusch, das aus Salvans Kehle hervordrang, klang wie das eines erschreckten Fasans und er goss seinen kalten Kaffee herunter.

„Ich bin gerne bereit, mir eine interessante Geschichte anzuhören", sagte Lord Vallentine und beugte sich vor. „Und jede Geschichte über Roxton wird mich sicher zum Lachen bringen, da sie immer verzerrt sind. Und wenn Ihr sagt, dass dieses spezielle Gerücht von einem eifersüchtigen Idioten in die Welt gesetzt wurde, bin ich ganz Ohr. Und wann wurde ein Gerücht über Roxton nicht von solchen Hohlköpfen verbreitet?" Seine Lordschaft lehnte sich zurück und lächelte. „Obwohl ich nicht gerne Verleumdungen des Herzogs weitergeben würde. Er ist da recht empfindlich, seht Ihr. Was das anbetrifft, bin ich es auch, was mich und die Meinen betrifft. Er ist mächtig flink mit einer Pistole, aber gebt ihm einen Degen und er ist ebenso tödlich. Und ein guter Schlag und Schnitt sind viel sportlicher, nicht wahr, Comte?"

„Ja, das ist wohl so", stimmte der Comte mit einem nervösen Lachen zu. Er schaute auf das Perlmutter–Zifferblatt seiner Taschenuhr. „Der Portier hat mich informiert, dass *M'sieur le duc* ausgegangen wäre. Er enttäuscht mich durch seine Abwesenheit. Und die kleine Mademoiselle?"

„Mit Roxton zu einer Ausfahrt aufs Land gefahren", teilte Vallentine ihm mit. „Kann nicht sagen, wann sie wiederkommen werden. Ich werde ihm Eure Grüße ausrichten. Schätze, Ihr habt in Paris noch andere Besuche zu machen, bevor Ihr nach Versailles zurückkehrt."

„Keineswegs", sagte der Comte. „Ich werde nicht vor dem Morgen an den Hof zurückkehren, daher kann ich Euch beiden den ganzen Nachmittag Gesellschaft leisten."

„Der Sohn am Morgen und der Regenguss am Nachmittag", murmelte seine Lordschaft gereizt. „Hört, Comte. Estée und ich wissen nicht, wann sie zurück sein werden. Ihr müsstet vielleicht lange warten."

„Aber es ist bald die Zeit des Diners. Er wird dann doch zu Hause sein? Es wäre sehr übel für ihn, wenn er das nicht wäre."

„Was meint Ihr damit?", knurrte seine Lordschaft. „Er wird hier sein. Er muss ..."

„Lucian!"

Salvan lächelte und verbeugte sich vor beiden. „Vielen Dank. Ich muss mit *mon cousin* über eine Angelegenheit größter Wichtigkeit sprechen. Sofort."

„Salvan hat einen Brief von der *grandmère* der Kleinen", platzte Estée heraus. „Sie – sie will sie nicht. Sie hat die Erlaubnis gegeben, dass das Mädchen ..."

„Pst, Liebes", befahl Lord Vallentine mit einem bedeutungsvollen Blick. „Es ist jetzt nicht die Zeit, solche Angelegenheiten zu besprechen. Überlasst das Roxton. Er wird wissen, was zu tun ist ..."

„Zu tun ist?", wiederholte der Comte. „Aber es ist doch offensichtlich, was getan werden *muss*! Sie muss mit mir kommen. Alles ist arrangiert. Sie ist mit meinem Sohn verlobt. Wie ich Estée sagte, ist alles, was noch benötigt wird, die Unterschrift des alten Earls ... „

„Nun, darauf werden wir warten", unterbrach seine Lordschaft. „Bis der alte Mann die Tinte aufs Pergament gibt, glaube ich nicht, dass Ihr das Recht habt, irgendetwas zu fordern."

„Verzeiht, M'sieur", sagte der Comte süß, „wie Ihr sagtet, es ist eine Angelegenheit zwischen *mon cousin* und mir."

„Lucian, bitte, setz dich wieder hin", flehte Estée und ergriff seine Hand.

Ein Tumult im angrenzenden Vorzimmer lenkte sie ab, und Lord Vallentine setzte sich wie gewünscht wieder hin. Madame beschäftigte sich mit den Porzellanschalen und den auf einem Tablett aufgestapelten Tellern, um etwas zu tun zu haben und die unangenehme Stille im Salon zu unterbrechen. Seine Lordschaft rutschte neben ihr herum und kramte nach seiner Schnupftabakdose, während der Comte sich erwartungsvoll vorbeugte, da er die tiefe, weiche Stimme des Herzogs und das Trillern weiblichen Lachens erkannt hatte. Er sollte nicht enttäuscht werden.

ACHT

Die Tür zum Salon wurde aufgerissen und Antonia, die ihren warmen Umhang, Muff und Haube abgelegt hatte, rauschte herein. Sie lachte über ihre Schulter hinweg als Antwort auf etwas, das der Herzog gesagt hatte, während er ihr ins Zimmer folgte. Sie wäre fast mit Madame zusammengestoßen, die vom Sofa aufgesprungen war, um sie zu begrüßen. Der Herzog jedoch, dessen Gesicht Farbe hatte und ungewöhnlich fröhlich aussah, hielt sie auf und sie wandte sich mit leuchtenden Augen und einem Lächeln Estée zu.

„Wir hatten einen solch wundervollen Tag, Madame!", sagte Antonia atemlos und küsste Estées Wangen. „Es gab keinen Hauch von schlechtem Wetter und die Sonne ließ es nicht so kalt erscheinen. Wir haben jede Menge Rehe im Wald gesehen und die Hunde hatten die schönste Zeit, als sie sie durch die Bäume gejagt haben. Ich glaube, sie sind ganz erschöpft." Sie streifte ihre Handschuhe ab und warf sie auf einen kleinen Tisch neben dem Sofa. „Monseigneur hat mich in dieses malerische kleine Dorf mit einem Wasserrad mitgenommen, wo wir mittags gegessen und ein Fest besucht haben. Dort waren so viele, viele Stände und wartet, bis ich Euch erzähle, was …"

Sie unterbrach sich abrupt, als ihr bewusst wurde, dass Madame de Montbrail alles andere als glücklich aussah. In den blauen Augen der Frau standen Tränen, die sie rasch abtupfte, aber Antonia sah sie und runzelte die Stirn.

„Was ist los?", fragte sie leise und schaute über Madames Schulter. Sie sah Lord Vallentine und den Comte und warf dem Herzog einen raschen, hilfesuchenden Blick zu.

Roxton hatte den Comte de Salvan gleich beim Betreten des Raumes erspäht. Er hörte Antonias gestammelte Entschuldigung, aber als sie zu ihm zurückschrak, schob er sie mit einer Hand in ihrem Rücken nach vorn.

„Mein lieber Salvan, wir hatten bereits die Hoffnung aufgegeben, dass Ihr mein Haus besuchen würdet", näselte er. „Ich hoffe, Ihr habt einen angenehmen Nachmittag verbracht?"

„Einen höchst angenehmen Nachmittag", antwortete der Comte.

Er machte eine prächtige Verbeugung vor den neu Angekommenen, wobei die langen, weißen Rüschen an seinem Handgelenk über den Teppich fegten. Er konnte sich nicht einmal dazu zwingen, seinen Cousin anzuschauen, so sehr war er durch Antonia abgelenkt. Er musterte sie offen von Kopf bis Fuß und erlaubte seinem Augenglas, länger als höflich auf dem tiefen Ausschnitt zu verweilen, der die hohe Rundung ihrer Brüste zeigte. Er lächelte anerkennend und ließ das Glas sinken.

„Einen höchst angenehmen Nachmittag", wiederholte er. „Ich freue mich sehr für Ihre Schwester und M'sieur Vallentine. Es war ein Schock für mich, diese Neuigkeit, denn sie kam so plötzlich! Ich kam in der Erwartung, Euch hier zu finden. Mein Sohn sagte, Ihr wäret zu Hause. Er war doch am Morgen hier, ja? Um Euch zu besuchen, Mademoiselle. Er sagte, Ihr hättet Euch erholt, aber ich hatte keine Ahnung – wie entzückend erholt …" Er wagte es, näher zu treten, aber als Antonia vor Abscheu zitterte, lächelte er säuerlich. „Kommt schon, meine Liebe, habt Ihr kein freundliches Wort für jemanden, der sich lange danach gesehnt hat, Euch wieder völlig genesen und wohlauf zu sehen? Eure Krankheit hat Salvan Eurer Schönheit und Eures so ungewöhnlichen Witzes beraubt."

Nach einem kleinen Schubs des Herzogs streckte Antonia zögernd ihre Hand aus.

„Es geht mir gut, vielen Dank, *M'sieur le Comte*", sagte sie und brachte einen hübschen Knicks zustande, konnte sich aber nicht zum Lächeln zwingen.

Als der geschminkte kleine Mann ihre Hand küsste, war es Vallentine, der angesichts der übertriebenen Manieriertheit des Comte knurrte. Und als Salvan sich weigerte, seinen Griff um Antonias Handgelenk zu lockern und sie dicht neben sich auf dem Sofa niedersitzen ließ, war es Vallentine, der schon aus seinem Sessel aufstehen wollte, bevor ein rascher, finsterer Blick des Herzogs ihn zurückfallen ließ.

„Maurice ist Eurer Schönheit gerecht geworden, Mademoiselle", sagte Salva gerade. „Und Euch so fröhlich mit *mon cousin*, dem Herzog, lachen zu hören, erfüllt mich mit Freude. Die Luft bei Hofe muss Euch nicht bekommen. Paris wohl schon eher? Oder ist es vielleicht ein anderes Element, das Eure so schönen Augen leuchten lässt? Ich sagte gerade zu Estée, Roxton, dass die Pariser Luft Thérèse Duras-Valfons überhaupt nicht bekommt. Gestern Abend war sie von stummer Wut erfüllt, nicht wahr, Estée? Und nur, weil Ihr nicht bei ihrer Soirée aufgetaucht seid. Eure Abwesenheit hat sie wirklich unglaublich gereizt. Ich glaube, sie wird an den Hof und zurück in die Arme dieses schniefenden Geliebten laufen, wenn Ihr nicht vorsichtig seid. Ihr kennt ihn schon, dieser Engländer, Baron Thesiger. Aber", und er küsste Antonias Hand ein zweites Mal, „Salvan versteht durchaus den Grund für Eure momentane Ablenkung von der vielseitigen Thérèse …

„Kaffee?", fragte Madame, wobei ihre Stimme fast brach. Sie gab dem Dienstmädchen, das an der Tür herumstand, ein Zeichen näherzukommen. „Ihr müsst nach euren Abenteuern beide Durst haben. Möchtest du Kaffee, Antonia? Lucian, was sagst du?"

„Fantastische Idee", sagte seine Lordschaft nachdrücklich. Er schlenderte dorthin, wo der Herzog noch immer reglos stand und flüsterte ihm ins Ohr. „Duvalier hat alles vorbereitet. Genau, wie du angeordnet hast. Ich habe auch die Hilfe deines Kammerdieners in Anspruch genommen."

Doch Roxton beachtete ihn nicht. Er starrte seinen Cousin unverwandt an. Die Verführungskünste seines Cousins hatten ihn nie im Geringsten interessiert. Gelegentlich fand er sie amüsant. Doch ihn Antonia geradezu mit den Augen entkleiden zu sehen, erfüllte ihn ebenso mit Abscheu wie früher am Tag das empörende Benehmen des Vicomtes. Es hatte seiner ganzen Selbstbeherrschung bedurft, um nicht mit Gewalt gegen den Jüngling vorzugehen, wie er auch jetzt an sich halten musste, um seine wahren Gefühle hinter einer Fassade der Gleichgültigkeit zu verbergen. Solche intensiven Emotionen waren bei ihm selten, doch war er nicht blind für ihre Quelle, was überraschend und mehr als nur ein wenig verstörend war. Als er hörte, wie der Comte nach Antonias verletzter Schulter fragte, fand er es an der Zeit, einzugreifen.

„Wenn Ihr keine leichte Konversation betreiben könnt, die uns unterhält, schlage ich vor, Ihr haltet Euren schönen Mund geschlossen", sagte der Herzog. „Estée, wo bleibt die versprochene Erfrischung?"

Lord Vallentine beugte sich vor und lächelte Antonia an. „Also hattet Ihr einen angenehmen Tag, Kleines?"

Froh, sich endlich von dem durchdringenden Blick des Comte abwenden zu können, nickte Antonia eifrig. „Wir hatten einen wundervollen Tag, Vallentine. Nicht wahr, *M'sieur le duc*?"

„Sehr angenehm, ja."

„Erzähle uns von diesem Fest, zu dem ihr gefahren seid, und von dem Mittagessen im Dorf", regte Madame an.

Antonia gehorchte ihr nur zu gerne. Alles, solange sie nur die Anwesenheit des Comte vergessen durfte.

„In diesem alten Dorf – es ist uralt, denn dort ist eine von den Römern erbaute Straße und ein Wasserrad, von dem man nicht weiß, wie alt es ist, aber es ist sehr alt – trafen wir eine Gruppe von Reisenden, deren Französisch nicht das Beste war", erklärte Antonia. „Sie waren aus Venedig, seht Ihr, lauter alte Herren. Ich weiß nicht, was sie in Frankreich machten, denn das erzählten sie nicht. Ich glaube, sie waren vielleicht nur ein wenig neugierig und wollten etwas von der Welt sehen. Aber da keiner von ihnen fließend Französisch sprach, haben wir in ihrer eigenen Sprache mit ihnen gesprochen." Sie schaute seine Lordschaft vorwurfsvoll an. „Ihr müsst zurücknehmen, was Ihr gesagt habt, Vallentine, denn Monseigneur spricht ebenso gut Italienisch wie irgendjemand, den ich kenne!"

„Was habe ich denn gesagt?", stotterte seine Lordschaft. „Ich kann keine Gedanken lesen, Mädel. Sieh mich nicht so an, Roxton. Ich kann mich nicht erinnern, um Himmels willen! Frag Antonia."

„Ich werde das jetzt nicht wiederholen", sagte Antonia hochnäsig, wobei ihr Grübchen sichtbar wurde.

Madame lächelte bei dieser Behandlung ihres Verlobten. „Erzähle weiter, meine Liebe. Du kannst Lucian noch beim Diner ausschelten."

„Oh ja, tut mir leid. Vallentine hat mich unterbrochen ..."

„Unter... oh, ich bin ja schon ruhig!", murmelte seine Lordschaft.

„Diese Herren waren so glücklich, ihre eigene Sprache zu hören, dass wir uns fast eine Stunde lang mit ihnen unterhielten. Und einer von ihnen war ein Künstler, denn während wir sprachen, nahm er sein Papier und seine Tinte heraus und malte ein recht nettes Bild von mir, das er *M'sieur le duc* überreichte." Sie wandte sich an Madame und flüsterte: „Ihr werdet nie erraten, was dieser Venezianer zu Monseigneur sagte! Ich fand es amüsant, aber er war sehr verstimmt und gab sich größte Mühe, es richtigzustellen ..."

„Das reicht, Antonia", sagte Roxton vorwurfsvoll. „Es interessiert Estée nicht im Geringsten."

„Oh doch."

„Und wenn nicht sie, dann mich!"

„Wenn es Mademoiselle belustigt hat", warf Salvan ein, „wird es uns wohl auch amüsieren."

„Nein, Antonia", sagte der Herzog.

„Kommt und flüstert mir die Worte des Venezianers ins Ohr",

schlug seine Lordschaft vor. „Wenn ich meine, sie wären es wert, wiederholt zu werden, könnt Ihr sie laut aussprechen."

„Sehr fair", stimmte der Comte zu.

Antonia sprang auf Lord Vallentines Aufforderung auf, überlegte es sich jedoch auf halbem Weg durch den Raum anders und ging stattdessen zum Sessel des Herzogs hinüber. Sie stand mit dem Rücken dem Comte und Estée zugewandt.

„Ich werde es ihnen nicht erzählen, wenn Ihr das nicht wünscht", sagte sie leise. „Ich fand es nur amüsant, weil Ihr so schockiert wart, dass er Euch für meinen Vater hielt. Ihr wart sehr böse auf ihn, glaube ich. Aber war das so schlimm? Wenigstens hatte er nicht die Frechheit zu vermuten, dass Ihr mein Liebhaber und ich Eure Hure wäre."

Der Herzog zog sie dichter zu sich. „Glaubt mir, Antonia, ich eigne mich zu keinem von beiden bei dir. Versteht Ihr das?"

Sie runzelte die Stirn und neigte den Kopf zur Seite. „Nein, Monseigneur. In meinem Herzen glaube ich das nicht."

Diese trauliche Szene war zu viel für den Comte. Obwohl er weder ihre Gesichter sehen noch ihre Worte hören konnte, genügte ihre Nähe, um den Comte vom Sofa aufspringen zu lassen. Er kam auf die Füße und ließ das Ende seines Stocks mit einem dumpfen Schlag auf die dicken Teppiche sausen.

„Roxton! Ihr müsst Euch mir widmen! Wir müssen miteinander reden, Ihr und ich. *Parbleu*! Es ist dringend!"

Lord Vallentine, der den Herzog und Antonia mit einem dümmlich sentimentalen Lächeln betrachtet hatte, war ebenfalls aufgestanden, aber es war Madame, die eingriff.

„Antonia, es ist spät. Du musst dein Reisekleid vor dem Diner wechseln. Ich habe dein Mädchen das austernfarbene Seidenkleid herauslegen lassen, von dem Maurice meinte, es stünde dir am besten."

Antonia zögerte. Sie hielt noch die Hand des Herzogs, als sie von Madame zum Herzog, vom Comte zu Lord Vallentine schaute, dessen Finger verstohlen dorthin glitten, wo normalerweise der Griff seines Schwertes an seiner Seite ruhen würde, und dann wieder zurück zum Herzog.

„Auf ein Wort, Roxton", forderte Salvan schrill und machte einen Schritt auf seinen Cousin zu. Lord Vallentine tat dasselbe.

„Ihr werdet ihn mich doch nicht mitnehmen lassen, oder?", flüsterte Antonia in panischer Angst. „Versprecht mir, dass Ihr mich ihm nicht übergeben werdet."

Madame legte einen Arm um Antonias Schultern. Sie wünschte, ihr Bruder würde etwas sagen, aber er saß nur da und sah Antonia an, und behielt seine Gedanken für sich. „Komm, Kind, es ist Zeit, dass wir uns zum Diner umziehen."

Antonia riss sich von ihr los. „Nein! Monseigneur soll mir versprechen …"

Roxton küsste ihre Hand und warf seinem Cousin einen flüchtigen Blick zu, der hinter dem Rücken des Mädchens herumstand. „Geht mit Estée", sagte er und stand auf, um sich um den Comte zu kümmern. „Mein Bester, Ihr müsst wirklich lernen, Eure üble Laune zu beherrschen. Ich mache mir Sorgen um Eure Gesundheit. Hat man Euch kürzlich zur Ader gelassen? Das ist Euer Problem, Salvan. Ein guter Aderlass würde Eure gewohnte gute Laune wiederherstellen. Nicht wahr, Vallentine?"

„Ja doch", antwortete Seine Lordschaft mit einem grimmigen Lächeln.

Der Herzog spürte, dass die Ladys den Raum noch nicht verlassen hatten und drehte sich zornig zu ihnen um. „*Allons*! Bring das Mädchen weg!", knurrte er und wandte sich mit einem Lächeln wieder an den Comte. „Sicher kann doch das, was Ihr zu sagen habt, warten, bis ich mein Diner eingenommen habe?"

„Nein! Das heißt – es ist sehr wichtig, dass ich gleich mit Euch spreche. Ihr wisst, warum ich hier bin."

„Das ist nicht sehr höflich, Salvan. Roxtons Bitte ist doch einfach."

„Ja, aber ich …"

„Das ist das Mindeste, das Ihr an Rücksicht erweisen könnt, wenn man das Verhalten Eures Sohnes heute Morgen bedenkt."

„Verhalten, M'sieur?"

„Ja. Es passt nicht zu einem Gentleman, wie er dem Mädchen seine verdammten Aufmerksamkeiten aufzwang …"

„Was?" Der Comte schnappte nach Luft. „Davon hat er mir nichts erzählt. Was hat er getan, Roxton?"

„Das spricht man am besten nicht aus", sagte Lord Vallentine, als er den kleinen Mann zur Tür geleitete. „Nur gut, dass Roxton die Geistesgegenwart hatte, dem Jungen seinen Vorwitz zu verzeihen. Nun, wenn das in meinem Haus gewesen wäre, hätte ich ihn nicht so leicht davonkommen lassen. Aber sprechen wir nicht darüber. Wir möchten speisen und Ihr sicher auch. Es wird ein langes Mahl werden, also braucht Ihr nicht so bald wieder auf der Schwelle zu stehen. Ihr versteht die Situation sicher …"

„Verstehen?", höhnte der Comte. „Ich gebe nur nach, weil Roxton *mon cousin* ist. Es ist eine Familienangelegenheit und ich bin ein Gentleman. Als Mann bin ich mir über die Macht der Schönheit der kleinen *demoiselle* im Klaren. Also gönne ich ihm sein letztes Abendmahl!" Er lachte über seinen eigenen Witz und erlaubte es Vallentine, ihn die geschwungene Treppe zur Eingangshalle hinunterzuführen. „Letztes Abendmahl, *hain*, Vallentine?"

„Ich habe es gehört und es ist nicht witzig."

Lord Vallentine zog den Comte an dessen großer Manschette außer Hörweite des Portiers und eines anwesenden Lakaien.

„Hört mir gut zu, Salvan", sagte er ruhig. „Wenn es nach mir ginge, würdet ihr das Mädchen nicht in Eure fetten Finger bekommen. Doch es ist nicht meine Angelegenheit, daher ziehe ich nicht blank, um Euch die Lektion zu geben, die Ihr dafür verdient, dass Ihr hinter einer solchen Unschuld herjagt. Und da ist noch etwas, woran Ihr denken solltet, wenn Ihr demnächst Lust verspürt, frei und offen die angeblichen Absichten meines Freundes herauszuposaunen: Ihr irrt Euch völlig in Roxton. Das sage ich Euch, und Ihr werdet es nicht weitersagen, da Ihr ein kluger Mann seid – und ich ramme Euch meinen Degen in den Bauch, wenn ich nur ein geflüstertes Wort darüber höre – dem Herzog liegt nur das beste Interesse des Mädchens am Herzen, nicht mehr und nicht weniger. Er wird nicht versuchen, sie zu verführen, er will sie nur beschützen."

„*Malheur*! Ein Mann wie *mon cousin* und ein hübsches Frauenzimmer nicht verführen wollen?", rief der Comte großspurig aus. „Bei seinem Ruf? Das glaube ich nicht! Die bloße Vorstellung ist lächerlich!"

„Denkt daran, ein Wort, und ich spieße Euch auf."

Der Comte de Salvan setzte ein beleidigtes Gesicht auf. Er gestattete einem Lakaien, ihm in seine Roquelaure zu helfen und einem anderen, die Tür zu seiner Sänfte zu öffnen. „Warum sollte ich schon weitersagen, was Ihr mir gesagt habt, niemand würde mir glauben, wenn ich auch nur ein Wort verriete. Und ich werde Euch Eure grobe Unhöflichkeit vergeben, dass Ihr mir gedroht habt, denn obwohl Ihr ein Barbar seid, werdet Ihr Estée heiraten. Und um ihretwillen will ich nicht beleidigt sein. Dass Ihr sie heiraten werdet, verursacht mir großen Kummer. Es verletzt mich, aber ich werde es überleben. Ihr glaubt, Salvan kümmert es nicht, was das Beste für das Mädchen ist. Ihr irrt Euch, mein Freund. Mademoiselle wird gut aufgehoben sein, wenn sie erst meine Schwiegertochter ist. Ich werde dafür sorgen, dass mein Sohn sie glücklich macht. Alles wird achtbar sein. Ich gebe Euch mein Wort darauf."

Lord Vallentine schaute zu, wie man dem Comte in die Sänfte half und ihn wegtrug. Er schleppte sich die Treppe hinauf, um sich zum Diner umzukleiden. Er hatte keinerlei Vertrauen in die Zusicherungen des Comtes.

ALS DER HERZOG ANTONIA IN DEN GROSSEN SPEISESAAL FÜHRTE,
fand sie Madame und Lord Vallentine bereits hinter ihren Stühlen
stehen. Ohne die beiden, aus dem langen Mahagonitisch entfernten,
Bretter war dieses Mahl eine eher intime Angelegenheit. Der Tisch war
mit dem besten Dresdner Porzellan und goldenen Bestecken gedeckt.
Beide Kristalllüster waren zu höchstem Glanz poliert und blitzen vor
Licht. Auf dem polierten Tisch wechselten sich Kristallschalen voller
frisch geschnittener Blumen mit silbernen Platten verschiedener Größe
ab, die mit hohen Hauben bedeckt waren. Duvalier und vier livrierte
Diener standen an der Anrichte und erwarteten die Wünsche des
Herzogs.

Antonia zögerte. „Warum ist Madame nicht an ihrem gewohnten
Platz am Fuße des Tisches?", fragte sie.

„Heute Abend sollst du dort sitzen", antwortete Estée mit einem
fröhlichen Lächeln.

Antonia sah den Herzog um Bestätigung bittend an, und als er
nickte, ging sie zu ihrem Platz, wo ein Lakai schnell ihren Stuhl
zurechtrückte. „Ihr habt heute Abend das beste Geschirr herausgeholt
und da – *eh bien!*" Sie sah die eingewickelten, mit Bändern verschlossenen Päckchen und riss die Augen auf. „Ich dachte, Ihr hättet – ich
hatte nicht erwartet, dass Ihr wusstet …" Sie schaute die anderen an,
die sich jetzt gesetzt hatten und lachte verlegen. „Ihr wusstet die ganze
Zeit, dass es mein Geburtstag ist!"

„Nun, setzt Euch hin und packt Eure Geschenke aus", verlangte
seine Lordschaft. „Meins ist das mit der großen, roten Schleife."

Antonia breitete gehorsam ihre Röcke aus und setzte sich, ihre
Verlegenheit verschwand bei der Aussicht, ihre Geschenke auszupacken.
Sie hielt eine lange, flache Schachtel mit einem roten Band hoch und
schüttelte sie. „Darin ist ja gar nichts."

„Hey!", protestierte Vallentine. „Vorsicht!"

Sie lachte und legte das Päckchen wieder auf den Tisch. „Vielleicht
öffne ich das zu allerletzt." Als Vallentine böse dreinschaute, öffnete sie
die rote Schleife mit einem Ruck. „Nein, ich werde die Geschenke von
M'sieur le duc zuletzt und Eures zuerst öffnen, Vallentine." In dem
Päckchen lag ein zarter Fächer aus bemalter Hühnerhaut, mit silbernen
Stäbchen und einer Quaste aus Silberfäden und Perlen. „Er ist wunderschön, Vallentine, vielen Dank. Ich habe noch nie einen Fächer solcher
– Qualität und von – solchem Geschmack gehabt." Sie öffnete ihn mit
einem gekonnten Zucken ihres Handgelenks und fächelte sich spielerisch damit, wie sie es bei vielen Damen am Hofe gesehen hatte. „So

werde ich Mylords Fächer benutzen, wenn ich zur Oper und auf Bälle gehe. Ich halte ihn doch wie eine große Dame, nicht wahr, Monseigneur?"

„Genau so, *mignonne*."

Vallentine lachte. „Eine große Dame, was? Das und mehr werdet Ihr eines Tages sein, Mädel! Öffnet Estées Geschenk. Ich bin neugierig."

Antonia legte den Fächer beiseite und hob ein ziemlich großes, weiches Päckchen hoch und befühlte vorsichtig den Inhalt. „Was kann das sein? Wollt Ihr es wagen zu raten, Vallentine?"

„Nicht nötig. Ich weiß, was darin ist. Öffnet es."

„Ihr seid sehr neugierig, nicht wahr, das ist er, *M'sieur le duc*? Vielleicht werde ich den Rest meiner Geschenke erst nach dem Diner öffnen."

„Wenn du das möchtest."

„Ermutige sie nicht auch noch, Roxton", fauchte Vallentine. „Ihr spielt mit mir, Ihr kleines Biest! Ich möchte, dass Ihr Euch mit Estées Geschenk beeilt, damit wir sehen können, was Roxton für Euch hat. Er war so verdammt geheimnisvoll, kann ich Euch sagen. Habe es nicht geschafft, es aus ihm herauszubringen."

„Sehr vielen Dank, Lucian", schmollte Estée und tat so, als wäre sie gekränkt.

„Verdammt! So hatte ich das nicht gemeint", entschuldigte sich Vallentine. „Es ist nur – bist du denn nicht neugierig zu erfahren, was dein Bruder für das Mädel besorgt hat?"

Die Damen lachten über ihn und er brummte etwas über weibliche Verschwörung und verstummte.

Madame de Montbrail hatte Antonia ein Paar lavendelfarbene Glacéhandschuhe und eine Ballmaske aus Pfauenfedern geschenkt. Sie probierte ihre neuen Handschuhe an und hielt die Maske am Griff hoch und gurrte entzückt.

„Das ist eine richtige Maske. Vielen Dank, Madame. Glaubt Ihr, *grandmère* Strathsay könnte mir zu Ehren einen Maskenball geben, *M'sieur le duc*?"

„Zweifellos, wenn sie Eure Maske erst gesehen hat. Wie könnte sie Euch das abschlagen?"

„Ich hatte noch nie einen so wundervollen Geburtstag!"

„Da sind noch zwei Päckchen, die ausgepackt werden müssen", erinnerte Vallentine sie so beiläufig, wie er es vermochte.

Antonia legte pflichtbewusst die Maske und die neuen Handschuhe beiseite und widmete den verbleibenden Geschenken ihre volle Aufmerksamkeit. Jedes war in silbrigen Stoff gehüllt und mit schwarzen

Bändern zugebunden. Sie wählte das größere der beiden. „Das ist ein Buch."

„Woher wisst Ihr das?", fragte Vallentine. „Es ist doch noch verpackt."

Es war ein Buch, ein dünner Band mit Gedichten, und sie öffnete den Deckel und stellte fest, dass der Herzog ihr eine Widmung hineingeschrieben hatte. Bevor Madame darum bitten konnte, es sich ansehen zu dürfen, bedeckte sie es wieder mit Seidenpapier und legte es zur Seite.

„Ich hoffe, es ist ein passendes und angebrachtes Buch für das Mädchen", sagte Madame vornehm.

„Würde ich ihr etwas anderes schenken, Estée?" antwortete ihr Bruder und nippte an dem Rotwein in seinem Kristallglas.

Bei dem letzten Geschenk bewegte Antonia ihre Finger ganz langsam. Als sie endlich die äußere Hülle entfernt hatte, hielt sie eine lange, schmale, mit schwarzem Samt bezogene Schachtel in der Hand. Sie öffnete sie nicht sofort, sondern legte sie vor sich und musterte sie mit zusammengezogenen Brauen.

„Um Himmels willen, Antonia!", flehte Lord Vallentine, aller Selbstbeherrschung beraubt. „Ich kann dieses Warten keine Minute länger ertragen. Das verdammte Ding kann sich nicht von selbst öffnen!"

Sie hob die Schachtel auf und klappte sie mit einem Lachen hastig auf. Was sie darin erblickte, ließ sie sofort den Deckel wieder zuklappen und die Schachtel wegschieben. Sie sah den Herzog an und fand kaum Worte.

„*M'sieur le duc*, seid – seid Ihr sicher, dass das für mich ist?"

Roxtons dunkle Augen schauten in ihre und er lächelte dünn. „Passend zu Euren Augen, *mignonne*."

„Jetzt reicht es mir aber!", verkündete Vallentine und sprang von seinem Stuhl auf, um sich die Schachtel zu schnappen.

„Nein!", wehrte Antonia ab und lief mit der Schachtel den Tisch entlang. Sie hielt sie dem Herzog mit einem schüchternen Lächeln hin. „Legt Ihr es mir bitte an?"

Er stellte sein Glas ab und winkte sie näher zu sich. „Dreht Euch um und steht still", befahl er. „Und habt die Güte, diese wilden Locken von Eurem Nacken fernzuhalten."

Aus der Samtschachtel hob der Herzog das exquisiteste Halsband aus Smaragden und Diamanten heraus, das Estée je zu Gesicht bekommen hatte; jeder der Smaragde war so groß wie der kleinste Fingernagel ihres Bruders und vom jeweils nächsten durch einen funkelnden Diamanten getrennt. Sie schaute mit offenem Mund zu, wie er das schwere Band um Antonias Hals legte und geschickt den diamantbesetzten Verschluss in die richtige Stellung brachte. Die kostbaren Steine hatten tatsächlich die gleiche Farbe wie die Augen des Mädchens.

Antonia tastete nach dem juwelenbesetzten Band und berührte es sanft.

„Ich kann es nicht sehen. Ich muss – ich muss einen Spiegel finden", murmelte sie und floh aus dem Zimmer.

Lord Vallentine war ebenso sprachlos wie Estée und sie starrten sich über den Tisch hinweg mit aufgerissenen Augen und geöffneten Lippen an.

Der Herzog gab Duvalier das Zeichen, dass er mit dem Servieren des Diners beginnen könnte und sagte über seine Schulter: „Kein Rotwein für Mademoiselle Moran. Der Barbados wird genug sein."

„Ich hätte es mir denken können!", sagte seine Schwester mit einem spröden Lachen und überwand schließlich ihr Erstaunen. „Als ich vorschlug, dem Mädchen ein Halsband zu schenken, hatte ich nicht gedacht, dass du das wörtlich nimmst."

„Aber dein Scherz war doch sehr scharfsinnig, meine Liebe", antwortete Roxton. Er hob sein Augenglas zu der Platte von angerichteten Austern, die ihm angeboten wurde, und winkte ab. „Ich kann angesichts deines offenstehenden Mundes nur ahnen, Vallentine, dass du mir etwas zu sagen hast?"

„Ich möchte wissen, welche Pläne du mit Antonia hast", sagte dieser. „Das macht mir seit Wochen Sorgen."

„Pläne?"

„Mach es nicht so verdammt schwierig! Es ist ernst. Salvan hat einen Brief von Lady Strathsay bekommen, in dem sie sagt, dass es sie nicht im Geringsten interessiert, ob das Mädchen an diesen verrückten Jungen verheiratet wird oder nicht!"

„Ich weiß, mein Guter", sagte der Herzog. „Beruhige dich. Ich schlage aber vor, dass wir dieses – äh – *widerwärtige* Thema heute Abend nicht erwähnen. Gönnt Antonia zumindest eine schöne Geburtstagsfeier."

„Dagegen habe ich nichts einzuwenden", stimmte Vallentine zu. „Aber was mir Sorgen bereitet, sind ihre zukünftigen Geburtstage."

„Roxton", sagte Estée und legte ihr silbernes Besteck beiseite, „du musst wissen, dass sie großes Vertrauen in deine Fähigkeit setzt, sie vor den Salvans und ihren Absichten zu beschützen. Wenn du ihr das Herz brichst, werde ich dir das niemals verzeihen!"

Der Herzog betrachtete seine Schwester mit ausdruckslosem Gesicht. „Dann lass mich ein paar deiner Ängste zerstreuen, indem ich dir sage, dass unser lieber Cousin heute Abend unerwartet von *Sa Majesté* an den Hof zurückgerufen und dort unvermeidlich für die nächsten sieben Tage aufgehalten werden wird.“

„Das hast du veranlasst?“, fragte Vallentine und grinste, als sein Freund den Kopf neigte. „Ich weiß nicht, wie du es geschafft hast, aber ich bin verdammt froh darüber!“

Der Herzog nippte mit einem kleinen, zufriedenen Lächeln an seinem Glas. „Als Kammerherr steht mein lieber Freund Richelieu seinem königlichen Herrn sehr nahe. Ich habe lediglich einen ausstehenden Gefallen eingefordert.“

„Es freut mich sehr, das zu hören“, sagte seine Schwester mit einem erleichterten Lächeln, war aber nicht zufriedengestellt. „Doch sieben Tage oder sieben Wochen, Salvan wird der Kleinen wegen so bald zurückkehren, wie es ihm möglich ist. Es muss doch noch mehr geben, was du dir hättest ausdenken können, um sicherzugehen, dass unser Cousin gar nicht wiederkommt!“

„Nun hört aber, Liebes, Euer Bruder hat so viel geschafft“, predigte seine Lordschaft, während der Herzog lediglich die Augen zur Decke verdrehte, aber nichts sagte. „Habt ein wenig mehr Vertrauen, denn ich bin sicher, dass er noch etwas in der Hinterhand hat, was er uns nur jetzt noch nicht sagt.“

Madame öffnete, mit dieser Antwort überhaupt nicht zufrieden, ihren geschminkten Mund, schloss ihn jedoch schnell wieder, als seine Lordschaft mit einem Nicken Richtung Tür eine Warnung zischte.

Antonia war in den Speisesaal zurückgekehrt und ging leise zu ihrem Platz. Sie trank aus ihrem Glas, ohne aufzuschauen. Es war für die drei Anwesenden deutlich zu sehen, dass sie geweint hatte, daher waren sie so höflich, sie nicht zu beachteten, und unterhielten sich weiter, als wäre nichts Ungewöhnliches vorgefallen. Der Herzog ließ sich von seiner Lordschaft dazu animieren, einen erheiternden Vorfall zu erzählen, der sich ereignet hatte, als er auf der Jagd in den Wäldern um Fontainebleau gewesen war. Als Lord Vallentine mit seinen hervorragenden Reitkünsten prahlte, ließ das Antonia mit einem mutwilligen Schmunzeln von ihrem Teller aufsehen.

„Glaubt mir nicht, wie?“, fragte seine Lordschaft mit erhobener Gabel.

„Lucian ist ein meisterhafter Reiter“, sagte Madame stolz.

„Ich kann bei jedem Zaun mit Roxton mithalten. Habe noch keinen Zaun gesehen, über den ich ein Pferd nicht bekommen könnte, so oder so.“ Als Antonia Vallentine noch immer skeptisch ansah, fügte er empört hinzu: „Na, wollt Ihr nicht den Herzog frage, ob ich die Wahrheit sage? Ihm würdet Ihr glauben, das weiß ich.“

Um ihn zu necken, warf Antonia dem Herzog einen fragenden Blick zu.

Roxton lächelte über ihr Verhalten gegenüber seinem Freund.

„Ihr dürft Vallentine nicht so schlecht behandeln, *mignonne*. Er verdient das meiste, was du geruhst, ihm an den Kopf zu werfen, aber nicht bei diesem Thema."

„Er ist im Sattel so gut wie Ihr?", fragte sie ungläubig.

Estée lachte und schüttelte ihre schwarzen Locken. „Mein liebstes Mädchen, glaubst du, dass *M'sieur le duc* in Allem der Beste ist?"

„Aber ja, Madame, das denke ich", antwortete sie schlicht. „Oh, außer mit einer Klinge, denn jeder weiß, dass Vallentine der beste Schwertkämpfer in Frankreich ist."

„Eine lobende Erwähnung!", rief Vallentine aus. „Schmeichelt mir nicht. Ich könnte mich daran gewöhnen!

„Aber Monseigneur hat eine elegantere Haltung und Bewegung", fügte Antonia ernst hinzu, was seine Lordschaft dazu veranlasste, die Augen zu verdrehen und zu stöhnen.

„Lieber Himmel!", sagte er dramatisch und schlug eine Hand vor die Stirn. „Hat man jemals schon von jemandem wie ihr gehört? Sie hält Roxton hier für den verdammten Inbegriff männlicher Tugenden."

Antonia rümpfte ihre kleine Nase. „Ihr seid nur eifersüchtig."

Estée und Vallentine lachten, seine Lordschaft fügte in väterlicher Stimme, die vom Zwinkern seiner blauen Augen Lügen gestraft wurde, hinzu: „Wenn es nicht Euer Geburtstag wäre, mein Mädchen, würde ich mit Euch darüber streiten. Aber heute werde ich nachgeben."

„Dann kann man hoffen, dass das M'sieur genügend Zeit geben wird, über die Torheit seiner Worte nachzudenken", sagte Antonia mit einem geübten Seufzer. „Morgen werdet Ihr einsehen, dass ich recht habe."

„Du kannst nicht gewinnen, Lucian!" Madame kicherte.

Lord Vallentine blies sich auf, suchte nach einer Antwort, fand aber keine und beugte sich zum Herzog. „Hast du das gehört, Roxton? Mademoiselle Virago versucht uns zu überzeugen, dass du ein verdammtes Vorbild bist! Du warst ja in deinem Leben schon so manches, aber ein glänzendes Beispiel noch nicht."

Der Herzog betrachtete starr den Inhalt seines Glases, seine hageren Wangen waren gerötet. Er antwortete nicht und machte sich daran zu essen, was noch auf seinem Teller war. Sein Freund warf Estée einen Blick zu und stellte fest, dass sie genauso verwirrt war wie er selbst. Es schien möglich zu sein, dass der Herzog verlegen war. Vor einem Monat noch hätte Vallentine den Mann solcher Bescheidenheit nicht für fähig gehalten. Er lehnte sich zurück und stocherte mit seinem goldenen

Zahnstocher in seinen Zähnen, ein Auge aufmerksam auf den Herzog gerichtet, mit einem innerlichen Grinsen so breit wie die *Seine*.

ESTÉE SCHLUG VOR, IM ANGRENZENDEN SALON KAFFEE UND Cognac zu trinken, doch Antonia wollte in die Bibliothek. Es war ein Bruch der Tradition, aber der Herzog ließ ihr ihren Willen. Sie spielten Whist, bis Antonia den Herzog zu einer Partie Reversi und dann einer Partie Backgammon entführte. Lord Vallentine und seine Verlobte ließen sich auf einem Sofa in der Nähe der Spielenden nieder, aber weit genug entfernt, um nicht belauscht werden zu können. Es dauerte nicht lange, bis ihr vertrauliches Gespräch wieder zu dem Paar am anderen Ende des Raumes zurückkehrte.

„Sieh sie dir an, Lucian", sagte Estée und rührte geistesabwesend in ihrem schwarzen Kaffee, den Blick auf das Halsband aus Smaragden und Diamanten gerichtet. „Ich weiß nicht, was man für sie tun kann. Ich mache mir große Sorgen. Ich fürchte, sie hat sich in meinen Bruder verliebt, ist aber zu jung, um es zu erkennen. Wie könnte sie das, in ihrem Alter? Und der Herzog? Er verbringt zu viel Zeit mit ihr, spielt diese dummen Brettspiele, ermutigt ihren Eigensinn und überhäuft sie mit teuren Schmuckstücken. Ist es da ein Wunder, dass er ihr den Kopf verdreht? Es ist falsch von ihm, sie zu ermutigen. Wo es doch nur zu einem gebrochenen Herzen führen kann. Er ist zu alt für sie."

„Erinnerst du dich an deine erste Ehe mit Jean-Claude?", fragte Vallentine geduldig. „Du warst jünger als Antonia, das könnte ich schwören, als du ihn geheiratet hast. Er muss auch doppelt so alt gewesen sein wie du! Und du warst doch glücklich, nicht wahr?"

„Das war etwas anderes."

„Anders – inwiefern?"

„Das war eine arrangierte Ehe", widersprach Estée. „Arrangiert von meiner Mutter und meinem Onkel Salvan, mit der Zustimmung meines Bruders. Zuerst gefiel mir die Idee gar nicht. Ich weinte während der ganzen Trauung. Aber sie wussten, was das Beste für mich war, und ja, Jean-Claude hat mich sehr glücklich gemacht."

„Und er war doppelt so alt wie du."

„Es ist lächerlich von dir, Jean-Claude mit meinem Bruder zu vergleichen! Jean-Claude war Witwer und wusste, wie man eine Frau als Ehefrau behandelt. Außerdem hätte man ihn nie als Lebemann bezeichnen können. Glaubst du, meine Mutter hätte einen solchen Mann für ihre Tochter gebilligt, wenn er einen Ruf gehabt hätte, wie mein Bruder?"

Lord Vallentine nickte verzweifelt. „Du hast natürlich recht. Es gibt keine Mutter in Paris oder in London, die gerne ihre Tochter mit einem Adligen von Roxtons Ruf verheiraten würde. Dennoch, es gibt kein Gesetz, das besagt, dass ein Mann nicht so leben dürfte, wie es ihm gefällt."

Estée hörte nicht zu. Sie seufzte und sagte: „Ich mache mir Sorgen, solche Sorgen, Lucian. Du hast Salvan gehört. Er hat einen Brief von Antonias Großmutter. Nicht einmal sie möchte das Mädchen haben. Sie wirft sie den Wölfen vor. Ich habe Augusta immer verachtet, und dies steigert meine Verachtung für sie nur noch mehr. Und es gibt diesen Ehevertrag, dem nur noch die Unterschrift ihres Großvaters fehlt …"

„Ich wette, dein Bruder hat sich etwas einfallen lassen, um dem Mädchen aus dieser Klemme herauszuhelfen. Sagte er nicht bei Tisch, er wüsste von Augusta Strathsays Brief? Wenn er das weiß, dann hat er auch einen Plan."

Estée wandte ihren Blick vom Hals des Mädchens ab und musterte seine Lordschaft offen. „Und wenn nicht?"

Seine Lordschaft sank in die seidenen Kissen zurück und seufzte schwer, als er mit einer Hand über sein langes, gutaussehendes Gesicht strich. „Schau, Estée", sagte er. „Ich möchte nicht länger mit dir hierüber diskutieren. Ich bin bereit, mein Vertrauen in die Fähigkeit deines Bruders zu setzen, Antonia vor den Salvans zu beschützen. Ich sehe nicht ein, warum du das nicht auch können solltest."

Estée lächelte zögernd und legte ihren Kopf auf die Schulter seiner Lordschaft. „Sei nicht naiv, Lucian. Ich liebe dich für deine romantische Art, aber es sind nicht die Salvans, die Antonia das Herz brechen werden. Ich sehe es, wie es ist. Sie ist so ein süßes, liebes Ding und sie wird von meinem Bruder verletzt werden, sehr verletzt, und ich weiß nicht, wie ich das verhindern soll!"

Lord Vallentine kratzte sich an der Perücke. „Das weiß ich auch nicht, verdammt! Aber wir dürfen nicht trübsinnig sein, nicht heute Abend, oder das Mädel wird erraten, dass etwas nicht in Ordnung ist und mich quälen, bis ich alles ausplappere. Ich bin ihr gegenüber wehrlos, das weißt du!"

Madame lachte und kniff ihn ins Kinn.

„Monseigneur und ich haben Euch genug Zeit gegeben, um auf dem Sofa zu turteln", verkündete Antonia, die neben dem Tablett mit Kaffee und Brandy stand. „Also werden wir jetzt eine anständige Unterhaltung führen, ja?"

Die Gentlemen waren von dieser Aussage sehr amüsiert, aber Estée hielt Antonia eine strenge Predigt über ihren Vorwitz – dass eine junge

Dame keine solchen unangemessenen Aussagen in gemischter Gesellschaft machte.

„D–das war gedankenlos von mir", stammelte Antonia. „Mir war nicht klar ... es tut mir leid ..."

„Ja, natürlich", sagte Estée und schloss sie in eine erdrückende Umarmung. „Ich bin müde, das ist alles." Sie sah über Antonias blonden Kopf hinweg zu ihrem Bruder. „Lass sie nicht zu lange aufbleiben."

„Ich bringe dich noch nach oben", sagte Lord Vallentine und bot seiner Verlobten den Arm an. Er blinzelte Antonia zu. „Verschwindet nicht, Ihr Kobold. Ich möchte wenigstens noch einmal versuchen, Euch beim Backgammon zu schlagen, auch wenn Euer Geburtstag ist."

„Gute Nacht, Madame", sagte Antonia lächelnd. „Ich freue mich sehr, dass Ihr M'sieur Vallentine heiraten werdet. Ich glaube, er wird Euch ein guter Ehemann sein, auch wenn er bei allen Brettspielen hoffnungslos ist und beim Fechten nicht mit ..."

„Range!", lachte seine Lordschaft und tippte ihr unters Kinn.

Antonia wartete, bis sie die Bibliothek verlassen hatten, bevor sie sich mit einem verwirrten Blick an den Herzog wandte. „War ich taktlos, meint Ihr das auch?"

„Ziemlich taktlos. Aber das hat nichts zu sagen. Estée ist überempfindlich, wie das in ihrer Lage üblich ist."

Sie setzte sich neben ihn auf das Sofa und zog ihre Schuhe aus. „Vielleicht sollte ich auch Vallentine nicht so sehr necken?"

„Da wäre er enttäuscht."

Sie lachte leise. „Vielleicht werde ich ihn necken, aber nur ein bisschen. Stört es Euch, wenn ich in Strümpfen hier sitze, Monseigneur?", fragte sie und wackelte mit den Zehen vor der Wärme des Feuers.

„Mich nicht. Aber Ihr müsst daran denken, dass es sich in – äh – *anständiger* Gesellschaft für eine Lady nicht gehört, ihre Schuhe auszuziehen. Und eine Lady sollte auch nie ihre Knöchel zeigen."

„Nein? Und doch kann eine Dame der Welt den größten Teil ihres Busens zeigen und keine Augenbraue hebt sich missbilligend. Ich finde das ziemlich seltsam."

„Das Diktat der Gesellschaft ist etwas Seltsames, *mignonne*."

„Nun, mir ist es gleichgültig, was die Gesellschaft über mich denkt, solange Ihr Euch nicht an dem stoßt, was ich tue."

„Aber ich bin kein achtbarer Gentleman, Antonia", sagte er ironisch und entfernte sich von ihr, um sich Cognac einzuschenken. „Bemüht Euch, daran zu denken."

„Und wenn ich keine achtbare Dame wäre?", fragte sie leichthin und musterte seinen geraden Rücken mit einem leisen Lächeln, „würde Monseigneur dann meine Fußknöchel küssen?"

Der Herzog schaute sie über die Schulter an. „Ich würde nicht bei Euren Knöcheln aufhören, Ihr kleines Biest. Jetzt benehmt Euch, oder ich schicke Euch ins Bett."

Die Antwort war alles, was sie sich erhofft hatte, aber ein nagender Zweifel ließ sie einen Augenblick lang die Stirn runzeln und ernst werden. „Étienne sagte, sein Vater und Ihr spieltet ein schmutziges, albernes Spiel um meine Tugend."

Der Herzog stellte sein Cognacglas ab, setzte sich neben sie und ergriff ihre beiden Hände. „Antonia, schau mir in die Augen und sagte mir, ob du ernsthaft glauben kannst, dass ich mich an einem der verabscheuungswürdigen Pläne meines Cousins beteiligen würde."

„Ich glaube es nicht", antwortete sie leise und schaute auf seine schlanken Finger, die ihre Hände hielten. Sie beschloss, dass es keinen besseren Zeitpunkt als diesen geben könnte, um herauszufinden, wie viel sie ihm wirklich bedeutete. „Dieser grässliche Ehevertrag zwischen den Salvans und meinem *grandpère*, ich bin nicht so naiv, dass ich nicht wüsste, dass ich gezwungen sein werde, Étienne zu heiraten, wenn *M'sieur le comte* die Unterschrift meines *grandpère* erhält. Und wenn meine *grandmère* ebenfalls für diese Verbindung ist, habe ich auf der Welt keinen anderen Verbündeten als Euch und Madame, und Vallentine natürlich. Aber es gibt etwas, das Ihr tun könnt …"

„Glaubt mir, *mignonne*, wenn es einen Weg gäbe …"

„… um mir zu helfen", fuhr Antonia fort und brauchte einen Moment, um sich zu sammeln, bevor sie fortfuhr: „Ich frage mich, ob Ihr mir die Ehre erweisen würdet, mit mir zu schlafen, bevor ich verheiratet bin …"

„Mademoiselle geht zu weit", knurrte der Herzog und ließ ihre Hände los.

„… weil, wenn Ihr es nicht tut, wird Salvan mich als erster haben und ich glaube nicht, dass ich das ertragen könnte", fügte Antonia eilig hinzu, wobei der finstere Ausdruck des Herzogs sie mit jeder verstreichenden Sekunde ihren Mut mehr verlieren ließ. „Ich habe gehört, dass, wenn … wenn … es beim ersten Mal mit einem Mann für eine Frau keine angenehme Erfahrung ist, wenn er nur an seine eigenen Wünsche und Bedürfnisse denkt, dass dann jedes Mal danach ebenso unerträglich für sie sein wird. Und das wird geschehen, Monseigneur, wenn Salvan seinen Willen bekommt."

„Antonia, um Himmels willen …" Ärger wurde durch Besorgnis ersetzt, denn er wusste, dass sie die Wahrheit sagte und er wusste nicht, wie er ihre berechtigten Ängste zerstreuen sollte. „Worum Ihr bittet …

Ich habe kein Recht ... Ihr müsst verstehen, dass ich mich nicht einmischen kann ...“

Antonia blinzelte. „Ihr wollt, dass Salvan mich bekommt?“

„Nein! Natürlich nicht! Und selbst, wenn ich dich wollte, dürfte ich dich doch auch nicht haben!“

„Weil Ihr nicht mit mir schlafen möchtet?“, fragte sie kleinlaut.

„Nicht möchten?“, wiederholte er, als ob die Antwort selbstverständlich wäre.

Dennoch war es das erste Mal, seit er ihr geholfen hatte, aus Versailles zu fliehen, dass er sich erlaubte, über eine solche Möglichkeit nachzudenken. Die Erkenntnis, dass er liebend gerne mit ihr schlafen wollte, war so blendend offensichtlich, dass ihm die Hitze ins Gesicht stieg und er auf seine Hände hinabschaute, um ein schuldbewusstes Erröten zu verbergen.

„Mignonne, wenn kein Schaden entstünde und ich die Zeit beeinflussen könnte – sie nur für uns beide anhalten könnte – würde ich das tun, nur um des Privilegs willen, Euch zu lieben“, gestand er. „Aber man kann die Zeit nicht anhalten. Es ist keine Frage des nicht mit Euch schlafen Wollens, sondern eine Frage des Unterlassens, weil es nicht recht wäre. Es ist falsch für einen Mann meines Alters und meiner Stellung, ein Mädchen, das in seiner Obhut steht, auszunutzen. Das wäre ein Vertrauensmissbrauch.“

„Aber was, wenn ich es doch möchte“, fragte sie schlicht, „wie kann es dann ein Vertrauensmissbrauch sein, wie Ihr es nennt?“

Er holte sein Cognacglas vom Kaminsims und trank den Inhalt auf einmal aus, ein Auge auf Antonia gerichtet, die still wie eine Statue auf dem Sofa saß, mit um sich gebauschten Röcken, und deren in Strümpfen steckenden Zehen unter den seidenen Lagen hervorlugten. Sie betrachtete ihn eindringlich und fragend, ihre großen, leicht mandelförmigen smaragdgrünen Augen voller Erwartung und dem Optimismus der Jugend. Sie hatte so wunderschöne Augen. Er musste einen schmerzhaften Kloß in seiner Kehle herunterschlucken und schaute zu dem Smaragdring an seiner Hand.

„Ich kann nicht tun, was Ihr verlangt“, krächzte er, schluckte wieder und sagte tonlos: „Es – es wäre absolut verächtlich – meine Moral würde für unsäglicher gehalten als Salvans.“

„Wenn zwei Menschen, die einander *lieben*, sich *lieben*, was bedeutet dann das Urteil der Welt? Sicher sind doch alle Bedenken unwichtig?“

Bei dieser schlichten Aussage lächelte er schief. Antonia erkannte mit sinkenden Herzen, dass seine zynische Fassade wieder fest an ihrem Platze saß.

„Eine unterhaltsame, aber überaus naive Sicht auf die Welt, meine Liebe", sagte er gedehnt und drehte sich wieder zum Kamin um, wo das Lächeln sich geistesabwesend verfinsterte, als er weiter das Feuer im Kamin anstarrte. „Es ist Zeit für Euch, schlafen zu gehen", sagte er unvermittelt. „Morgen begleitet Vallentine Madame nach Saint-Germain, um einige ältere Tanten zu besuchen. Sie werden höchstens zwei Nächte fortbleiben, daher werdet Ihr nicht allzu lange allein sein."

Antonia trat an den Kamin und schaute zu seinem unbeweglichen Profil auf. „Ihr bleibt nicht hier bei mir?"

„Nein. Das wäre nicht anständig", sagte er zu den Flammen. „Beim ersten Morgenlicht fahre ich zur Königlichen Jagd nach Fontainebleau."

„Bonne nuit, Monseigneur", antwortete Antonia und versank in einen Knicks. „Und vielen Dank für den heutigen Tag. Ich hatte einen wunderschönen Geburtstag. Und Eure Geschenke …" Sie berührte sanft das Halsband aus Smaragden und Diamanten an ihrem Hals. „Ich werde sie immer in Ehren halten."

Daraufhin zog sie sich zurück, um wieder ihre hochhackigen Schuhe anzuziehen, und war schon auf halbem Wege zur Tür, als er ihren Namen rief, was ihr Herz rasen ließ und wieder Erwartung in ihren Augen zum Blitzen brachte.

„Antonia. Es wird das Beste sein, dass unsere – äh – Unterhaltung von heute Abend nie stattgefunden hat."

„Ja, Monseigneur", antwortete sie gehorsam und hielt sich nicht weiter auf.

Doch sie ging lächelnd zu ihren Zimmern hinauf. Optimistin, die sie stets war, wusste sie doch jetzt, dass ihm genug an ihr gelegen war, um sie zu wollen und dennoch ihr Angebot nicht anzunehmen. Am Morgen würde sie beweisen, dass ihre Intuition narrensicher war. Am Morgen würde sie die Zeit anhalten.

NEUN

Es überraschte Estée zu erfahren, dass der Herzog im ersten Morgenlicht nach Fontainebleau aufgebrochen war, um mit dem König zu jagen. Ihr Bruder hatte seine Absicht nicht erwähnt, doch das bedeutete, dass sie und Lord Vallentine ihre alten Tanten in Saint-Germain besuchen konnten, ohne sich endlos Sorgen darüber machen zu müssen, dass es an Anstand fehlte, wenn Antonia mit dem Herzog allein ohne Anstandsdame zurückbliebe. Genau, wie ihr Bruder vorhergesagt hatte, war auch der Comte an den Hof zurückgekehrt, wie seine gekritzelte Nachricht an sie besagte, höchst widerstrebend. Er würde jetzt den Rest der Woche von Pflichten am Hofe festgehalten werden, was hieß, dass er nicht imstande sein würde, seine Drohung wahr zu machen und Antonia aus dem *hôtel* abzuholen. Dies gab Estée noch mehr Anlass, mit ihrem Entschluss, nach Saint-Germain zu fahren, zufrieden zu sein.

Dennoch war sie von der Richtigkeit ihrer Entscheidung nicht vollends überzeugt und schwankte immer noch, als die Kutsche bereits mit Portmanteaux beladen war, der Kutscher auf dem Bock saß und Vallentine auf dem Pflaster unter dem Portikus in Umhang und Handschuhen herumspazierte und erklärte, wenn die Liebe seines Lebens nicht sofort in die Kutsche stiege, würden sie Saint-Germain nicht mehr bei Tageslicht erreichen. Schließlich wurde Antonia geholt, die spät aufgestanden war und in ihren Räumen gefrühstückt hatte, und Madames Ängste wurden letztlich ausgeräumt.

Antonia versicherte Madame, dass sie keine Angst hätte, allein bleiben zu müssen und sagte, sie würde gerne ihre Zeit in der Bibliothek verbringen, um dort in Gesellschaft der Whippets des Herzogs zu lesen. Sie wünschte dem Paar eine gute Reise. Daraufhin umarmte Madame sie, Lord Vallentine warf ihr eine Kusshand zu und Antonia winkte der Kutsche hinterher, als sie durch die gold-schwarzen Gittertore des *hôtels* auf die Rue St. Honoré hinausfuhr. Sie ging dann wieder nach drinnen und sagte Duvalier prompt, dass die Federn und Zahnräder aller Uhren im *hôtel* der Reinigung bedürften und man darauf achten möge, zuerst alle Zeitmesser im Flügel des Herzogs zu entfernen. Sie sollten in den Dienstbotentrakt hinuntergebracht werden, wo der Uhrmacher sich Zeit für seine Arbeit würde nehmen können, ohne den Haushalt zu stören.

Bis Mittag waren alle großen und kleinen Uhren aus den privaten Räumen des Herzogs entfernt worden und befanden sich jetzt im Untergeschoss, wo der Uhrmacher und sein Helfer schon fleißig bei der Arbeit waren. Duvalier bat die kleine *demoiselle* um Verzeihung, dass diese Arbeit sehr mühsam wäre und es mehrere Tage dauern würde, bis sie beendet sein würde. Antonia setzte ein angemessen ernstes Gesicht auf und verbarg ihr Lächeln zwischen den Seiten von Tacitus. Sie lächelte nicht, als der Vicomte d'Ambert unerwartet eine Stunde später zu Besuch kam.

Sie hatte ihr Buch beiseitegelegt und war in den Haupthof mit seinen gepflasterten Wegen, dem Kastanienhain und dem großen Rasenplatz hinunter gegangen, um mit den Whippets zu spielen. Der Kammerdiener des Herzogs, der sie in der Bibliothek gestört hatte, um die Hunde zu einem Spaziergang abzuholen, war nicht fähig gewesen, ihrem Flehen zu widerstehen, dass er mit ihr zusammen Gray und Tan Stöckchen apportieren spielen lassen möge. Die Kapitulation dieses hochmütigen kleinen Mannes verursachte einen solchen Aufruhr der Belustigung unter den Heerscharen der Diener des Herzogs, dass die Haushälterin und Duvalier sich gezwungen sahen, ihnen zu befehlen, den Fenstern der Obergeschosse fernzubleiben, aus Angst, dass der Kammerdiener sie ertappen könnte, wie sie ihre Nasen an den Fensterscheiben plattdrückten und zur Strafe unverzüglich den Herzog über das nachlässigen Verhalten seiner Diener informieren könnte.

Antonia wollte Étienne nicht sehen, und Ellicott kam zu ihrer Rettung. Er teilte dem Vicomte mit, dass Mademoiselle Moran nicht zu Hause wäre. Der Jüngling verweilte dreißig Minuten in einem Vorzimmer, in dem kein Feuer brannte, bevor er schließlich ging, mit einer Warnung an den Kammerdiener, dass er am nächsten Tag wiederkommen würde und Mademoiselle Moran für ihn zu Hause zu sein *hätte*, andernfalls würde er, der *Lakai* des Herzogs, die Folgen zu tragen haben. Am nächsten Tag würde er das Haus nicht verlassen, bis er sie nicht gesehen hätte. Der Kammerdiener begleitete ihn unter Verbeugungen höflichst hinaus und fragte sich, welche Folgen der Vicomte schon bewirken könnte, und kehrte dann in den Hof zurück, ohne Antonia gegenüber die Drohungen des Jungen zu erwähnen. Ihr Spiel mit den Hunden wurde ohne weitere Unterbrechung bis zum Mittag fortgesetzt.

Antonias fröhliche Stimmung blieb bis zum Einbruch der Dunkelheit erhalten. Erst, als sie sich ausgezogen und zum Schlafen bereit gemacht hatte und im dünnen Baumwollhemd an ihrem vollgestellten Frisiertisch saß, kamen ihr erste Zweifel. Ihre Laune wurde trüber. Vielleicht hatte ihre Intuition sie bei dieser Gelegenheit im Stich gelassen und der Herzog plante tatsächlich, fortzubleiben und mit dem König zu jagen? Aber wie lange würde er fort sein? Und würde er vor Madame und Vallentine zurückkehren?

Antonia wusste, dass die Jagden des Königs wochenlang dauerten. Und sie wusste auch, dass Madame beabsichtigte, bei Ende des Monats verheiratet zu sein und erwartete, dass der Herzog sich an all ihren Plänen und Vorbereitungen beteiligte. Grund genug für ihn, wegzubleiben, dachte Antonia mit einem Kichern, aber sie wusste auch, dass er Lord Vallentine freundschaftlich genug verbunden war, um seine Lordschaft solche Vorbereitungen nicht allein erdulden zu lassen. Nachdem sie sich so getröstet hatte, entschied sie, dass sie ihrem Instinkt vertrauen konnte. Und daher warf sie einen seidenen, geblümten Morgenrock über ihr Hemd und schlüpfte ohne auch nur eine Kerze aus ihrem Zimmer, sehr zum Entsetzen ihrer Zofe mit über ihren Rücken hängenden Haaren und ohne Nachtmütze.

Das *hôtel* war ganz still, als sie durch die zahllosen Gänge, Räume und Treppen ging, die sie so weit wie es in diesem Haus mit seinem Mansardendach möglich war von ihren Räumen fort brachten. Sie erreichte den zweiten Stock des Südflügels, in dem sich die Privaträume des Herzogs befanden, über die Dienstbotentreppe. Sie hielt sich für sehr klug, dass sie diese versteckte Treppe, die nur vom Kammerdiener und einer Handvoll männlicher Diener benutzt wurde, entdeckt hatte. Niemand drang in diese Räume ein, nicht einmal Diener, mit Ausnahme derer, die das ausdrückliche Vertrauen ihres Herrn genossen. Antonia hatte diese und andere interessante Tatsachen von Ellicott beim Spielen mit den Hunden herausgefunden.

Es überraschte Antonia, dass, als sie erst Zugang zum zweiten Stock gefunden hatte, es dort keine Türen an den höhlenartigen Räumen gab, die nacheinander angeordnet waren. Jedes Zimmer war auch überraschend warm und gut beleuchtet, mit schönen Möbeln, dicken Teppichen und schweren Vorhängen ausgestattet. Große, goldgerahmte

Gemälde von zeitgenössischen Künstlern wie Fragonard schmückten jede Wand und lackierte Schränke enthielten eine Vielzahl von Schmuckstücken und Kunstgegenständen. Es gab Büsten römischer Kaiser, Statuen nackter Nymphen und tiefe Sessel, in die man sich mit einem guten Buch hineinkuscheln konnte. In den bis zur Decke hinaufreichenden Bücherregalen gab es viele Bücher, zu Antonias Befriedigung, und wäre sie nicht bei jedem neuen Zimmer, das sie betrat, nervöser geworden, hätte sie sich durchaus verführen lassen mögen, einen Moment anzuhalten, um die Rücken der ledergebundenen Bände zu betrachten.

Im vorletzten Zimmer hörte sie, wie sich im Raum vor ihr etwas bewegte, und erst da nahm sie ihre Umgebung wirklich wahr und erkannte, dass sie mitten im Schlafgemach des Herzogs stand. Das kunstvoll verzierte Himmelbett aus geschnitztem Mahagoni mit Samtvorhängen in Blau und Gold schien in dem riesigen Raum fast zu klein. Die Chaiselongues, Sofas, Schränke und verstreuten Tischchen noch viel mehr. Es gab einen massiven Marmorkamin, in dem ein schönes Feuer flackerte und der eine kunstvoll gestaltete Umrandung hatte, die bis zu der mit Stuck und Vergoldungen verzierten Decke hinaufreichte. Ein langer Tisch mit eleganten Spindelbeinen und dazu passendem Stuhl, dessen mit Einlegarbeit verzierte Oberfläche von Papieren bedeckt war, stand an einer nicht durch Vorhänge verschlossenen Fenstertür in der Nähe des Betts. Durch das Fenster konnte Antonia gerade noch die Sterne erkennen.

Ihr Blick kehrte zu dem Himmelbett zurück – sie fragte sich, ob der Herzog dieses Bett je mit einer anderen geteilt hatte und vermutete, dass das nicht der Fall war. Dies war seine private, männliche Domäne, frei von der Verantwortung seiner Stellung, seiner Familie, seinen Freunden, Gefolgsleuten, Dienern und all denen, die sich in der ein oder anderen Weise für ihre Existenz auf ihn verließen … und sie war frei von seinen Geliebten.

Der Gedanke war ernüchternd und einen winzigen Moment lang hätte Antonia sich fast umgedreht und wäre geflüchtet, bis die Neugier sie weitertrieb, als sie das Plätschern und Fließen von Wasser sowie eine leise geführte Unterhaltung aus dem nächsten Raum dringen hörte.

Sie blieb im Türrahmen stehen, zögernd, ob sie weitergehen sollte, längst nicht mehr so mutig, wie sie gedacht hatte, als ihr klar wurde, dass ihre Intuition sie nicht im Stich gelassen hatte. Der Herzog war tatsächlich nach Hause zurückgekehrt und sie hatte zu ihm laufen und sich in seine Arme werfen wollen, wenn nicht eine überaus

wichtige Tatsache sie auf der Schwelle wie angenagelt hätte stehen-
bleiben lassen.

Er war nackt.

Er hatte gerade sein Bad in seinem Tauchbecken beendet und stand
auf dem dicken Aubusson–Teppich vor der Wärme des Kamins, wo er
sich unbefangen trockenrieb.

Antonia hatte ihn in seinem gewöhnlichen Anzug aus schwarzem
Samt und weißen Spitzen für ein großartiges Exemplar von Mann
gehalten, in allem, was zu seinem Stand und seinem Reichtum gehörte,
aber nackt war er einfach prachtvoll. Da er ein großer, gut gebauter
Mann war, verbargen Samt und Spitzen die ausgebildeten Muskeln und
seine Gestalt außer an den Unterschenkeln und den breiten Schultern.
Sein breiter Rücken verjüngte sich zu schmalen Hüften und kleinen,
festen Hinterbacken, die die Muskeln seiner kräftigen Oberschenkel
betonten. Und seine Füße waren schlank und ebenso elegant geformt
wie seine schmalen Hände.

Ihn zu beobachten, wie er sich bewegte, beugte und streckte, als er
seinen wohltrainierten Körper von der Feuchtigkeit befreite, ließ die
Hitze des Verlangens in Antonias Kehle aufsteigen und sie erlaubte
ihrem sehnsüchtigen Blick endlich, der dünnen Spur dunkler Haare
von seinem Nabel nach unten zu folgen, seinen flachen Bauch entlang,
dorthin, wo seine eigentliche Männlichkeit zwischen seinen Oberschenkeln ruhte. Sie wusste sofort, warum die Damen am Hof hinter ihren
flatternden Fächern gekichert hatten, dass der englische Herzog dem
Ausdruck *zu groß für seine Hosen* eine völlig neue Bedeutung gäbe.

Ihr Blick ruhte fasziniert darauf, auf diesem verletzlichsten und
empfindsamsten Teil eines männlichen Körpers, denn sie hatte nie
zuvor einen nackten Mann gesehen und mit Sicherheit nie erwartet, ihn
so ausgiebig betrachten zu können. Und sie erschrak vor ihrer eigenen
Reaktion auf diese neue, aufregende Erfahrung, denn ihr überwälti-
gendes Verlangen war es, ihn *dort* zu streicheln und zu erleben, wie er
ihre Berührung genoss. Sie wusste nicht, warum, aber nur das
Aufsteigen solcher Gefühle ließ ihre Knie weich werden und trotzdem
waren sie doch seltsam angenehm.

Schließlich hörte er auf, sich zu bewegen und stand ruhig da, sah sie
an, völlig sichtbar und in seiner Nacktheit absolut unbefangen. Er hatte
das feuchte Badetuch beiseite geworfen und schlang ein Band um das
Ende seines langen, schwarzen Zopfes, nachdem er eben die feuchten
Enden geschickt wieder geflochten hatte. Antonias Gesicht und Brüste
wurden rot und heiß und sie befeuchtete ihre leicht geöffneten Lippen,
als sie ihren Blick zwang, sich zu seinem Gesicht zu heben.

Er starrte sie direkt an.

Antonia wagte nicht, sich zu bewegen.

Die Zeit war tatsächlich stehengeblieben, als sie auf den gegenüberliegenden Seiten des Zimmers standen und sich weder bewegten noch sprachen.

Sie zwang sich, ihren Blick nicht von seinem zu wenden. Und wenn das Verlangen ihre Wangen und ihren Hals gerötet hatte, hielten jetzt ihr Eindringen und ihre Entdeckung ihre bloßen Füße wie angenagelt am Boden und ihre Zunge gefesselt. Doch die Intensität in seinen schwarzen Augen ließen sie erkennen, dass ebenso wie sie ihn gemustert hatte, offen und voller Fleischeslust, er dabei gewesen war, dasselbe mit ihr zu tun, und ein Schauder der Begierde durchströmte sie bei dem Gedanken, wie er sie mit Blicken förmlich auszog.

Antonia musste sich bewegen. Ihre Knie gaben beinahe schon nach. Sie machte einen Schritt nach vorn.

Dann sprach er, und mit so veränderter Stimme, dass sie wieder erstarrte.

„Raus mit dir! Verdammt sollst du sein! Raus!", knurrte der Herzog und sein ganzer Körper spannte sich an. Doch bewegte er sich nicht und seine Augen wandten sich nur für einen winzigen Moment von ihr ab, um nach rechts zu schauen.

Hätte Antonia diesen Blick nicht bemerkt, hätte sie sich umgedreht und wäre geflüchtet. Ein Schluchzen stieg in ihrer Kehle auf, aber dieser Blick und die erstaunliche Erkenntnis, dass er Englisch gesprochen hatte, ließen sie zögern. Er hatte noch nie in seiner Muttersprache mit ihr gesprochen. Sie schaute rasch nach links und dort, auf dem Boden, im Bemühen, die abgelegte Reitkleidung und das Unterzeug des Herzogs an seine Brust zu drücken, während er sich bemühte, schnellstens aus dem Zimmer zu verschwinden, krabbelte Ellicott, der Kammerdiener.

Das Zappeln des Dieners im angestrengten Bemühen, dem Befehl nachzukommen, ließ Antonia lächeln und brachte durch seine Komik Erleichterung in eine Situation, die eine Intensität erreicht hatte, die sie nicht mehr unter Kontrolle hatte. Doch ihr Lächeln erstarb, als der Herzog sich abwandte und seine Nacktheit unter einem seidenen Morgenrock verbarg, den der Kammerdiener zuvor auf einer gepolsterten Stuhllehne zurechtgelegt hatte.

„Gefiel Mademoiselle, was im Angebot war?", fragte er unverblümt und schob seine Hände tief in die Taschen des Morgenrocks.

„Ja, Monseigneur", antwortete sie wahrheitsgemäß.

„Also entspricht dieser Körper Eurem Geschmack?"

„Ja."

Er kam langsam auf sie zu.

„Ihr empfindest keinen jungfräulichen Abscheu dabei, die – äh –
männliche *equipage* zum ersten Mal zu sehen?"

Unbewusst begann Antonia vor ihm zurückzuweichen.

„Überhaupt nicht, Monseigneur. Sollte ich das? Es ist eher … *faszinierend.*"

„Faszinierend? Eine neue Art der Beschreibung. Die meisten Frauen
bewundern meine Größe, aber für eine Jungfrau, die das Glied eines
Mannes nicht von dem eines anderen unterscheiden könnte, werde ich
faszinierend als Kompliment werten."

„Es – es ist nicht nur *das*", stammelte sie, von seiner ironischen
Stimme und dem unverwandten Blick verwirrt. Inzwischen standen sie
in seinem Schlafzimmer. „Euch ganz zu sehen ist – ist faszinierend. Ihr
habt einen schönen Körper."

Er grinste und zeigte seine ebenmäßigen, weißen Zähne.

Dachte er, sie wäre unaufrichtig? Sicher würde er mit seiner jahre-
langen Erfahrung nicht bei so ehrlichem Lob verlegen werden?

„In der Regel genießen Frauen es, den Hengst vor einem Ritt genau
zu betrachten, um sich zu vergewissern, dass er es wert ist. Haltet Ihr
mich für eines Rittes wert, Mademoiselle?"

Ritt? Wovon redete er da? Und wenn er nicht verlegen war, war er
zornig auf sie oder lag in seiner Stimme noch ein anderes Gefühl?

„Ich wollte Euch nicht verletzen."

„Mich verletzen?"

Lieber Gott! Er hatte gerade sein Bestes getan, um sie zu kränken,
damit sie sich von ihm abgestoßen fühlen und lieber weglaufen sollte,
bevor es zu spät war, das Unabänderliche abzuwenden, und jetzt
entschuldigte sie sich bei ihm! Was sollte er tun? Er wusste genau, was
er tun wollte, aber diesen letzten Schritt zu tun, um den Abstand
zwischen ihnen zu überwinden, war kaum anders, als eine Schlucht zu
überspringen. Sobald der Sprung getan war, würde es mitten im Flug
kein Zurück mehr geben, man musste bis auf die andere Seite springen.

Er hatte sich überzeugt, dass er sie, als er ihr half, aus Versailles zu
fliehen, vor seinem Cousin Salvan geschützt hatte. Er redete sich ein,
dass er sich nicht körperlich für sie interessierte, dass sie für seinen
Geschmack nicht reif genug wäre. Sie hatte seinen gewöhnlichen
Zustand der Langeweile gemildert und seine Zuneigung zu ihr war
gewachsen, aber das war auch alles. Zumindest hatte er versucht, sich
das einzureden. Doch dann hatte er den Vicomte dabei überrascht, wie
er sei küsste …

Unsäglicher Zorn war in ihm aufgestiegen und er hätte um Haaresbreite dem Jungen gegenüber Gewalt angewendet. Doch daran war
mehr, als nur die Wut auf den Jungen, weil er sich Freiheiten herausge-

nommen hatte. Antonia in den Armen eines anderen vorzufinden, hatte ihm innerlich einen heftigen Stoß versetzt. Dann hatte sie sich ihm am Abend zuvor selbst angeboten und zu seiner beschämenden Überraschung war ihm klar geworden, dass er sie sehr begehrte. Er hungerte danach, in ihr zu sein. Es verlangte ihn verzweifelter danach, mit ihr zu schlafen, als er je mit einer Frau hatte schlafen wollen. Doch es war nicht die Eroberung, nach der er sich sehnte. Er wollte *sie lieben*, nicht einfach mit ihr schlafen. An erster Stelle stand eine tiefe Sehnsucht, sie in die Freuden des Liebesspiels einzuführen, der Wunsch, ihre Freude und Befriedigung zu sehen, wenn er sie zu ihrem Höhepunkt brachte.

Und er wollte der erste und einzige sein, der sie in dieses Paradies entführte.

Doch er war immer mit erfahrenen Frauen zusammen gewesen, mit Frauen, die wussten, was sie wollten und wie sie es bekommen konnten. Frauen zur gegenseitigen Befriedigung Lust zu bereiten, nicht nur als Bestätigung seiner erheblichen sexuellen Fähigkeiten, das war es, was ihn in den Salons von Paris und London zu einem so gesuchten Liebhaber machte. Aber eine Unschuld durch das sexuelle Labyrinth zu führen, war ein völlig neues und herausforderndes Unterfangen, und eines, bei dem er sich nicht sicher war, es mit dem gleichen Mut wagen zu können.

„Ihr genießt es nicht, bewundert zu werden?", fragte Antonia neugierig, verblüfft, warum er weiter nur ein paar Fuß von ihr entfernt dastand, während er mit seinen Gedanken meilenweit fort zu sein schien.

Es nicht genießen? Wie sie ihn beobachtet hatte, als er sich abtrocknete, war die erregendste Episode gewesen, die er je erlebt hatte, ohne weibliche Haut zu berühren. So offen und ehrlich bewundert und begehrt zu werden war ein solch neues, mächtiges Aphrodisiakum, dass er dieses Erlebnis so lange andauern lassen wollte, wie es ihm menschenmöglich war, sich zu beherrschen. Es hatte all seiner Willenskraft bedurft, um vor ihr zu stehen, ohne eine vollständige Erektion zu bekommen. Er hatte sich ständig gesagt, dass da ein Mädchen ohne sexuelle Erfahrung stand, dass sie, wenn er sich gehen ließe, durchaus vor Schreck über diese Entdeckung davonlaufen könnte. Die zornige Verlegenheit über Ellicotts Eindringen zur falschen Zeit hatte gerade im letzten Moment diesem unmittelbar bevorstehenden Ereignis einen Guss kalten Wassers übergeschüttet.

„Vielleicht bin ich es, die Euch nicht gefällt?", fragte sie ängstlich mit einem verlegenen Stirnrunzeln, weil sie vor ihm stand, nur in ein dünnes Baumwollhemd gekleidet, das formlos war und daher ihre weib-

lichen Rundungen völlig verdeckte. „Es tut mir leid, Monseigneur …
ich … ich werde gehen …“

„Antonia, du kleines Biest!“

Kapitulation.

Mit zwei großen Schritten überquerte er den Abstand zwischen
ihnen und riss sie an sich, seine Hände zerknüllten ihr Hemd, als er sich
schnell vorbeugte, um sie direkt auf den Mund zu küssen. Es war ein
sanfter Kuss, dem sie sich begierig hingab, die Hände um seinen Hals
gelegt und ihre Brüste gegen seinen festen Oberkörper gepresst. Es war
ihr erster, wirklicher Kuss und Sanftheit wich bald der Leidenschaft. Er
verstand sich wundervoll darauf, ihre Lippen zu zerwühlen, dachte sie
verrucht, als ihr Mund hungrig an seinem hing.

Bevor sie wusste, was geschah, schwebte sie in der Luft und er trug
sie in sein Bett, wo er sie mitten in einem Berg aus Daunenkissen
ablegte. Kaum war dies geschehen, riss er sich jedoch von ihr los. Sie
wollte nicht, dass er aufhörte, sie zu küssen und zu berühren. Verwirrt
sah sie zu, wie er seinen Morgenrock herabgleiten ließ, aber ihr weiter
den Rücken zudrehte. Daher setzte sie sich auf, zog das Hemd über den
Kopf und warf es zu Seite, da sie sich sagte, dass sie sich nicht schämen
müsste, sich ihm zu zeigen, wenn er nackt vor ihr stand.

„Ich habe keine Angst“, flüsterte sie an seinem Ohr, die Arme um
seinen Hals geschlungen. Ihre Hände tasteten sich zögernd über seine
Schultern und an seinem Rücken hinab, aber als sie sie um seinen
Oberkörper schob, hielt er ihre Finger auf, bevor sie weiterwandern
konnten. Ihre Stimme klang überrascht. „Ihr wollt nicht, dass ich Euch
berühre?“

Er hob ihre Hand an seine Lippen und küsste sanft ihr Handgelenk.

„*Mignonne*, ich möchte mehr als alles andere, dass du mich
berührst, nur … ich möchte dir nicht *wehtun*. Ich möchte so sehr, dass
du die Liebe *genießt* … Verstehst du das?“

„Aber … aber ich werde es genießen … Euch zu lieben.“

„Es ist nur, weil dies dein erstes Mal ist und ich möchte, dass es
schön für dich wird, und ich habe noch nie – ich habe noch nie mit
einer Jungfrau geschlafen …“

Lieber Gott, war er jetzt plötzlich der Linkische?

Antonia lächelte und rutschte heran, um sich neben ihn zu setzen,
mit nur ihrer Mähne taillenlanger, honigfarbener Locken als Bede-
ckung. „Dann wird es für uns beide ein erstes Mal sein“, versicherte sie
ihm mit einem Lächeln und beugte sich vor, um sein stoppeliges Kinn
zu küssen.

Er war von solch naivem Vertrauen so verblüfft, dass er nur langsam
reagierte. Er, der bei einer Frau in einem Schlafzimmer immer völlig

selbstsicher gewesen war, wurde von einem dummen Mädchen belehrt, dass alles in der Nacht gut laufen würde! Sie hatte ihn verunsichert und gleichzeitig verzaubert, und für einen winzigen Augenblick fragte er sich, ob er überhaupt in der Lage sein würde, mit ihr zu schlafen.

Und als er sich umdrehte und sie küsste, den Duft ihrer Haut einsog, die Finger in ihren Haaren verfangen, war es ihm das Allerwichtigste, diese Nacht aller Nächte für sie so wundervoll wie irgend möglich zu machen. Um das zu tun, musst er äußerst sanft und zärtlich sein und alles langsam angehen lassen und … Sein Atem stockte.

„Ich wollte Euch hier berühren, seit Ihr aus Eurem Bad gestiegen wart", gab sie schuldbewusst zu, die Hand zwischen seinen Oberschenkeln.

„Du bist schamlos …", murmelte er, als die Woge aus Blut und Wärme zwischen seinen Beinen bei ihrer Berührung ihn qualvoll hart werden ließ. Er sah, wie ihre Augen sehr groß wurden, bis sie ihn unter ihren Wimpern hervor mit einem mutwilligen, kleinen Lächeln anschaute. „*Völlig* schamlos."

„Ja, das muss ich wohl sein", gestand sie. „Obwohl ich das gestern nicht gedacht hätte." Sie ließ sich mit einem Kichern in die Federkissen fallen. „Und jetzt werdet Ihr mir bitte sagen, was Ihr mit ihm tut, wenn er zur Größe eines Ungeheuers angeschwollen ist."

🐎 🐎

SIE SCHLIEFEN. ANTONIA LAG IN DEN ARMEN DES HERZOGS, beide gemütlich in die Kissenberge unter der schweren Bettdecke seines massiven Himmelbetts gekuschelt. Bevor die Sonne aufging, liebten sie sich noch zweimal. Nicht so emotional aufgewühlt wie beim ersten Mal, aber genauso intensiv, vielleicht jetzt noch mehr, nachdem der Herzog Antonia in das Geheimnis der körperlichen Liebe eingeführt hatte. Er verspürte noch ehrfürchtigere Lust für ihre Bedürfnisse und sie, nachdem sie jetzt wusste, wie man sich liebt und es genoss, folgte begierig seiner Unterweisung. Schließlich überkam beide der tiefe Schlaf befriedigter Lust und sie schliefen bis nach dem Mittag.

Es war früher Nachmittag, als der Herzog erwachte.

Er war allein.

Einen Moment lang glaubte er, Antonia wäre in ihre eigenen Zimmer zurückgekehrt. Er runzelte die Stirn, diese Vorstellung gefiel ihm überhaupt nicht. Doch dann hörte er etwas Unbekanntes, etwas, das seinen Räumen so völlig fremd war, dass er sich fragte, ob der angenehme Ton von irgendwo draußen aus dem Hof hereindränge. Das hieß, bis er das Plätschern hörte. Singen und plätschern, eine sehr angenehme weibliche und melodische Altstimme.

Es war Antonia, sie sang auf Italienisch.

Er warf die Decken ab, fand seinen Morgenrock zwischen dem Haufen von Kissen und weggestoßener Decken und schlenderte in sein Kabinett, wo er Antonia in seiner gefliesten Wanne bis zu ihren Schultern in parfümierten Seifenblasen fand. Sie hatte ihr schönes, langes Haar auf ihrem Kopf aufgetürmt, allerdings nicht sehr erfolgreich, da das Ganze eher schief hing und eine lange Strähne entkommen war und über ihren bloßen Rücken ins Wasser hing. Er lehnte eine Schulter an einen Mahagoni-Kleiderständer und beobachtete sie mit einem nachsichtigen Lächeln.

Sie erblickte ihn fast sofort und watete mit einem fröhlichen Lächeln auf ihn zu, wobei die Seifenblasen hinter ihr platzten und ihre glänzenden Brüste seiner Bewunderung darbot. Sie verschränkte die Arme an der gefliesten Kante der obersten Stufe der Badewanne und sah zu ihm auf.

„Ich hoffe, es macht Euch nichts aus, dass ich ein Bad nehme, Monseigneur", sagte sie mit einem schüchternen Lächeln. „Ich fand es ausgesprochen notwendig, nachdem – nachdem, was wir – weil –" Sie korrigierte ihren Fehler sofort und gab dem Satz eine andere Richtung, „weil es wirklich ein sehr interessantes Bad ist. Fast ein kleiner Teich. Ellicott und die Lakaien brauchten ewig, um es wieder aufzufüllen. Ich bin überrascht, dass ihr Kommen und Gehen Euch nicht geweckt hat. Aber vielleicht schlaft ihr immer wie tot nach einer Nacht der ... ich fand es höchst interessant, zu erfahren, wie es geleert wird", stotterte sie, um ihre Unbeholfenheit zu verbergen, was sein Lächeln nur noch breiter machte. „Ellicott sagte mir, dass es eine Reihe von Röhren gibt, über die das Seifenwasser nach unten in die Küche abfließt. Ich fand, es wäre äußerst schade, dass es keine ähnliche Einrichtung gibt, um sauberes Wasser nach oben zu ziehen."

„Dein Wissensdurst ist unerschöpflich, *mignonne*", scherzte er, ignorierte ihre beiden verlegenen Ausrutscher und holte sein Augenglas zwischen dem Durcheinander auf seinem Frisiertisch heraus. Er saß auf dem Frisierschemel und schaute sie an, seine langen Beine an den Knöcheln überkreuzt, während seine Fersen auf der gefliesten unteren Stufe des Tauchbades ruhten. „Zweifellos war mein Kammerdiener nur zu erfreut, mit dir über Mechanik diskutieren zu können, während ich wie ein Toter schlief?"

„Ich fand Ellicott immer äußerst zuvorkommend. Und er hat mich nicht einmal gefragt, warum ich in Euren Räumen wäre oder mich irgendwie unwohl fühlen lassen."

„Nicht, wenn er seine Stellung behalten will“, murmelte der Herzog und ließ sein Augenglas am Seidenband zwischen zwei schlanken Fingern baumeln. Er sah sie eindringlich an. „Du – du fühlst dich wohl, *mignonne*? Du hast keine – äh – Beschwerden?“

Antonia runzelte die Stirn und schüttelte den Kopf. Eine weitere Locke löste sich und sprang auf ihre seifige Schulter. „Nein, Monseigneur. Sollte ich das? Warum?“

Er wusste nicht, wie er ihre offene Frage anders als ebenso beantworten sollte und er hatte es ihr in der Nacht zuvor gestanden.

„Ich habe gehört, dass eine Frau, die noch nie mit einem Mann zusammen war, nach der Liebe einige Beschwerden haben könnte“, sagte er langsam, während seine Wangen sich röteten. „Aber da ich keine – äh – Erfahrung mit einer solchen Situation habe, kann ich dir das nicht wirklich beantworten.“ Er lächelte freundlich. „Meine einzige Sorge gilt deinem Wohlergehen und deinem Glück, *mignonne*.“

Das gefiel ihr sehr und, um ihr Erröten zu verbergen, stand sie auf, nahm den kleinen Eimer mit frischem Wasser, der genau zu diesem Zweck neben dem Bad stand und spülte sich die Seifenblasen ab, bevor sie über die drei gefliesten Stufen aus dem Bad stieg. Sie bedeckte sich mit dem Badetuch, das Ellicott diskret auf dem nächsten Polsterstuhl bereitgelegt hatte und drehte sich zum Herzog um, der seinen Blick nicht einen Moment von ihr abgewandt hatte, und sagte im Plauderton:

„Ich hoffe, es macht Euch nichts aus, aber ich habe Ellicott losgeschickt, um mir ein paar Röcke und andere notwendige Dinge zu holen.“

„Ich bin froh, dass mein ehemaliger Kammerdiener eine Beschäftigung hatte, während ich schlief“, antwortete er, ihre bloßen, wohlgeformten Beine durch sein Augenglas bewundernd.

„Ja. Ich sagte Ellicott, er dürfe zu Gabrielle kein Wort über meinen Verbleib sagen, obwohl ich glaube, dass sie es vielleicht weiß.“

„Du überraschst mich.“

„Aber sie muss es wissen, Monseigneur, weil …“

„Ich glaube dir, *mignonne*“, sagte er und zupfte an ihrem Badetuch, sodass es hinabfiel und sie nackt vor ihm stehen ließ.

Trotz ihrer winzigen Gestalt waren ihre weiblichen Rundungen die Vollkommenheit selbst und hatten die Macht, ihm den Atem zu rauben. Zum ersten Mal in seinem Leben fragte er sich, was um alles in der Welt er richtig gemacht haben konnte, um zu verdienen, eine so schöne Frau lieben zu dürfen – dieses entzückende elfenähnliche Wesen, das ein reines Herz und eine unberührte Seele besaß. Er fühlte sich seltsam gesegnet und erhoben.

Er wollte nicht, dass dieser Tag zu Ende ginge.

Er zog sie in seine Arme und wiegte sie auf seinem Schoß. „Musst du dich anziehen?"

Antonia legte ihre Arme um seinen Hals, konnte ihm aber, plötzlich schüchtern geworden, nicht in die Augen sehen. „Wenn wir diesen Mittagsimbiss haben möchten, den Ellicott für uns vorbereitet hat, dann, ja, denke ich, wir müssen das."

Er streichelte ihre Brust, sein Daumen rieb sanft an ihrer Brustwarze. „Aber du bist ohne deine Kleider noch schöner, als ich es mir vorgestellt hatte, *mignonne*", murmelte er und knabberte an ihrem nackten Hals. „In der Tat, dieser Kenner schönster Frauen hält dich für die schönste von allen ..."

Doch sobald er dieses Kompliment ausgesprochen hatte, bereute er es auch schon. Sie hätte nicht ihren Kopf an seine Schulter verstecken müssen, damit ihm klar wurde, dass sie sein offenes Geständnis nicht als so ehrlich aufgefasst hatte, wie er es beabsichtigte, sondern als einen beliebigen Spruch eines Liebhabers gegenüber einer schönen Frau. Und daher fühlte er, der vollendete Liebhaber, sich zum zweiten Mal in weniger als einem Tag unglaublich unbeholfen in ihrer Gegenwart.

Er hob seine Hand von ihrer Brust und kniff sie ins Kinn.

„Du hast völlig recht", entschuldigte er sich und wischte eine weiche, honigfarbene Locke von ihrer erröteten Wange. „Ellicott wäre äußerst gekränkt, wenn wir seiner Küche nicht den Respekt zollen würden, den sie verdient. Und er würde nicht fähig sein, seine Wachtel in Rotweinsauce zu servieren, ohne alles fallen zu lassen, wenn wir so am Tisch säßen, wie wir jetzt sind. Daher werde ich baden, mich rasieren und einen Rock tragen, der meiner erhabenen Position entspricht. Mein äußerst korrekter Kammerdiener wird das zu schätzen wissen, meinst du nicht?"

Sie lächelte und fühlte sich wieder wohl. „Er wird sehr zufrieden mit Euch sein, Monseigneur. Und nachdem wir gegessen haben, wünsche ich mir, dass wir auf Erkundung ausgehen!"

Er grinste, da ihm eine besonders unanständige Reaktion in den Sinn kam. Aber er beherrschte sich. „Erkundung? Und was hat Mademoiselle im Sinn, was sie erkunden möchte?"

„Gestern Abend, als ich durch Eure Räume kam, fiel mir ein Bücherregal auf, das mit interessanten Büchern in allen Formen und Größen gefüllt war."

„Das gibt es auch nur bei dir."

„Werdet Ihr mir ein paar dieser Bücher zeigen?"

Eine einfache Bitte, eine, die er erfüllen würde, obwohl er bei seiner Auswahl vorsichtig sein wollte. Schließlich war Antonia trotz ihrer weltgewandten Fassade im Grunde genommen noch völlig naiv und er würde das um nichts in der Welt ändern wollen. Das Bücherregal, das sie beschrieb, enthielt seine wertvollste Sammlung erotischer Schriften von unschätzbarem Wert sowie künstlerische Feder- und Tuscheskizzen, Kohlezeichnungen und Aquarelle, die überall in der bekannten Welt gesammelt worden waren. Eine bestimmte Sammlung von Zeichnungen kam ihm in den Sinn, aus Kleinasien. Aus Indien, wenn er sich recht erinnerte. Schöne Illustrationen. Sehr aufschlussreich. Diese Erkundung könnte tatsächlich sehr interessant werden …

Und so verbrachten Antonia und der Herzog mehrere Stunden des Tages innerhalb der Räume des Herzogs in Wohn- und Arbeitszimmer und den Rest der Zeit in dem großen Himmelbett, in nahezu häuslicher Atmosphäre.

Ellicott war das einzige Mitglied des herzoglichen Haushalts, das in diesen paar Tagen Kontakt mit dem Herzog hatte und auch nur, wenn es absolut nötig für ihn war, die Zeit des Paares zu stören. An einem Morgen betrat er ihr privates Speisezimmer, um die Reste eines späten Frühstücks abzuräumen, und erkannte zu spät, dass die Liebenden sich nicht, wie es ihre Gewohnheit geworden war, mit ihrem Kaffee ins Arbeitszimmer zurückgezogen hatten. Zum Erstaunen des Kammerdieners stand Antonia auf der polierten Oberfläche des Mahagoni-Esstisches in Unterröcken und spazierte in ihren bestrumpften Füßen vor dem Herzog auf und ab – der ein begeistertes Publikum in Hemdsärmeln und schwarzen Kniehosen bildete, die langen Beine lässig auf den nächststehenden Polstersessel gelegt. Die kleine *demoiselle* schien eine Szene aus einem Theaterstück vorzuführen. Und als ob das alles nicht genug wäre, um den adretten kleinen Kammerdiener in ungläubige Starre zu versetzen, lachte sein Herr – so sehr, dass seine Augen tränten – über die außergewöhnliche Schauspielkunst des Mädchens. Diese, ihre letzte Vorführung, stellte die Königin Frankreichs dar, Marie Leczinska, Louis' unscheinbare, sehr fromme polnische Frau.

Der Herzog war dem phlegmatischen und reservierten Aristokraten so unähnlich, dass es kaum zu glauben war und Ellicott überzeugt war, dass er getrunken haben musste. Als ob die Ereignisse der vergangenen paar Tage nicht genug gewesen wären, um die selektive Blindheit selbst des großzügigsten Kammerdieners auf die Probe zu stellen, war die ungezügelte Heiterkeit seines Herrn der letzte Strohhalm und er floh panisch aus dem Raum, wobei er fast über die Teppiche und vergoldeten Möbel stolperte. Er wagte es nicht, zurückzukehren, bis er gerufen wurde.

Es war spät am Abend des sechsten Tages, als Antonia fest auf einem Sofa schlief, den Kopf auf einem Kissen in seinem Schoß gelegt, als der Herzog eine Wochen alte englische Zeitung fortlegte, die er durchgeblättert hatte und seinen Blick durch das Zimmer schweifen ließ. Etwas in diesem Zimmer, in der Tat in allen Zimmern seiner Wohnung, stimmte irgendwie nicht. Er war nicht in der Lage gewesen, es herauszufinden. Nachdem er jetzt Muße hatte, nach dem Grund zu suchen, kam ihm die Antwort von selbst. Was war mit all seinen Uhren geschehen? Nicht eine einzige war zu sehen. Er hätte wetten mögen, dass er, wenn er die Möglichkeit hätte, die anderen Zimmer zu überprüfen, feststellen würde, dass es überall der Fall war. Es war verblüffend.

Als Ellicott mit dem Kaffeegeschirr und dem üblichen Cognac für den späten Abend für seinen Herrn in der Tür erschien, fragte der Herzog mit leiser Stimme, ob er dieses Rätsel für ihn lösen könnte. Ellicott stellte den Cognac und ein Glas in Reichweite der freien Hand seines Herrn, während er ihn höchst widerstrebend darüber informierte, dass Mademoiselle angeordnet hätte, alle Uhren des *hôtel* zum Reinigen und zur Reparatur zu entfernen.

Der Herzog war sprachlos. Dann lachte er in sich hinein.

… wenn ich die Zeit ändern, sie nur für uns beide anhalten könnte, würde ich das tun …

Er war voller Bewunderung für Antonias Schlauheit.

Da fragte er nicht nur, welche Stunde des Tages es war, sondern auch, welcher Wochentag und ob es irgendwelche Nachrichten von der Welt draußen gäbe, über die er informiert werden sollte.

Ellicott hörte seinen Herrn nicht. Er war mit dem Kaffeegeschirr beschäftigt, stellte das silberne Tablett auf den niedrigen Tisch vor dem Sofa, vorsichtig, um nicht über Antonias abgelegte Seidenpantoletten zu stolpern und tat sein Bestes, ihre Existenz zu übersehen. Doch er versagte kläglich und ertappte sich, wie er sie offen mit einem albernen, sentimentalen Lächeln bewunderte. Er dachte, wie lieblich und unverdorben sie im Schlafe erschien, mit ihrem Gewirr honigfarbener Locken und den zerwühlten seidenbestickten Röcken, während eine Hand noch ein offenes Buch an ihre Brust drückte. Er wagte es, offen zu lächeln.

Der Herzog beobachtete seinen Kammerdiener und unerklärlicher Zorn überwältigte ihn.

„Du, mein Freund, bleibst taub, stumm und blind, bis ich etwas anderes sage", zischte er und war zufrieden, als Ellicott wie unter einem Schlag zusammenzuckte und sofort seinen Blick auf den Teppich sinken ließ. Dann wiederholte er seine Aufforderung, ihm Zeit, Tag und alle dringenden Nachrichten, die seiner Aufmerksamkeit bedürfen könnten, zu nennen.

Ellicott reichte ihm ein Briefchen, das er zwischen das Kaffeegeschirr gelegt hatte. Es war vom Comte de Salvan und war vor zwei Tagen angekommen mit der Anweisung, es dem Herzog unverzüglich zukommen zu lassen. Ellicott hatte nicht das Herz dazu gehabt, da er den französischen Adligen fast ebenso verabscheute wie Lord Vallentine. Dann teilte er dem Herzog mit, dass Lord Vallentine am Tag zuvor aus Saint–Germain zurückgekehrt wäre. Madame hatte sich entschieden, den Rest der Woche bei ihren Verwandten zu verbringen, um einer der alten Tanten Gesellschaft zu leisten, die aus ihrer Kutsche gestürzt war und sich den Zeh gebrochen hatte.

Ellicott erzählte seinem Herrn mit unbewegtem Gesicht, dass Lord Vallentine nach dem Aufenthaltsort von Mlle Moran gefragt hatte, da Madame ihn angewiesen hatte, sie zu ihr nach Saint-Germain zu bringen. Er hatte seiner Lordschaft erklärt, dass die kleine *demoiselle* mit einer unbekannten, ansteckenden Krankheit im Bett läge, aber sicher in den nächsten ein oder zwei Tagen wieder genesen würde. Der Kammerdiener verbeugte sich dann sehr tief, warf vor dem Gehen noch einen Blick auf das Gesicht seines Herrn, gar nicht überrascht, dass der Herzog in nur wenigen Minuten um ein Jahrzehnt gealtert zu sein schien.

Zum ersten Mal in sechs Tagen, in den frühen Morgenstunden, während Antonia fest schlafend in sein Bett gekuschelt lag, verließ der Herzog seine privaten Räume mit seinen Hunden, um allein im Mondlicht durch den Kastanienhain zu schlendern – das Briefchen des Comte in der Tasche seines Rocks.

ZEHN

AM ZWEITEN ABEND NACH SEINER RÜCKKEHR STATTETE LORD Vallentine Rossard einen Besuch ab und lungerte in den verschiedenen Spielzimmern herum, in der Hoffnung, der Herzog würde jeden Moment hereinspaziert kommen, aber das geschah nie. Die Gentlemen, mit denen er ein Gespräch führte, gaben an, den Herzog an keinem seiner üblichen Aufenthaltsorte in der Stadt gesehen zu haben. Doch es ging das Gerücht, dass sein Cousin Salvan ihn bei der Königlichen Jagd in Fontainebleau zusammen mit seiner neuesten Mätresse, der Comtesse Duras-Valfons, gesehen hätte. Das war jedoch eine Woche her.

Im Gehen traf Lord Vallentine zufällig den Marquis de Chesnay im Vestibül und wiederholte dieses Gerücht, was den dicken Adligen dazu veranlasste, in spöttisches Gelächter auszubrechen. Natürlich hatte er *M'sieur le duc de Roxton* in Fontainebleau gesehen! Er hatte einen Tag betrunkener Ausschweifung mit vier oder fünf Kumpanen verbracht, einschließlich des Herzogs. Wo war Monsieur Vallentine gewesen? Machte seine Verlobung ihn zu einem Langweiler? Es war fast eine Orgie gewesen. Wie schade, dass Vallentine es nicht für nötig gehalten hatte, sich dorthin zu begeben. Aber de Chesnay verstand es durchaus. Marguerite hatte wieder recht. Die schöne Estée duldete solche Exzesse bei einem Bruder, aber nicht bei ihrem zukünftigen Ehemann. Er wünschte dem sehr verlegenen Vallentine viel Glück und erklärte ihm, dass die Orientalin zugunsten einer rothaarigen Kurtisane übergangen worden wäre. Roxton, gurrte er, war unersättlich. De Chesnay stolperte im frühen Morgenlicht davon und summte die Melodie eines unanständigen Liedchens.

Keine zehn Minuten später tänzelte der Comte de Salvan, sehr strahlend und voller Jovialität, ins Vestibül. Wenn de Chesnay Vallentine dazu
gebracht hatte, sich unbehaglich zu fühlen, ließ das lachende,
geschminkte Gesicht des Comte, der sich aufführte wie der große
Höfling, der zu sein er sich einbildete, ihm die Galle hochsteigen. Nicht
nur de Chesnay und Salvan, sondern die ganze berauschende Atmosphäre
von Rossard machte ihn krank. Doch es war nicht seine Verlobung, die
ihm solche Unterhaltungen verdorben hatte, sondern das Wissen, dass
der Herzog weiter indiskret war und es ihn nicht kümmerte, dass sein
Appetit weiterhin dem Adel vergnügliche Unterhaltung bescherte.

Und was der Comte de Salvan seiner Lordschaft verkündete, war so
deprimierend vorhersehbar, dass Vallentine dem kleinen Adligen nur
zwei höfliche Worte zu murmelte, bevor er auf die Straße hinausstürzte,
da er frische Luft und einen klaren Kopf benötigte. Das machte ihn nur
noch entschlossener, den Verbleib des Herzogs herauszufinden, denn er
konnte nicht ohne weiteres glauben, was der Comte ihm mitgeteilt
hatte. Er musste die niederschmetternde Neuigkeit vom Herzog selbst
hören.

Auf dem Weg nach Hause in einem Tragstuhl sagte Vallentine sich
immer wieder, dass die affektierte Darstellung von Selbstzufriedenheit
des Comte nur das war, eine Darstellung. Es war unvorstellbar, dass
Salvan seinen Willen bekommen sollte. Und so hatte er sich, bis er
unter dem Portikus des *hôtel* ausstieg, überzeugt, dass die Verkündung
einer weiteren Verlobung in der Familie – einer Verlobung, die ihm sehr
am Herzen lag und die Vallentine für sich behalten müsste, bis Salvan
die kleine *demoiselle* von ihrem großen Glück informieren konnte – nur
eine Haufen Pferdemist war.

Ein schläfriger Portier half ihm aus Umhang und Schwert und er
ging, den Kerzenleuchter in der Hand, in den zweiten Stock hinauf. Er
wollte sich gerade zu Bett begeben, als ein Lakai aus der Bibliothek kam
und ausdruckslos von Vallentine zur Tür und wieder zu seiner Lordschaft zurückblickte. Der wortlose Blick des Dieners war genug, dass
Vallentine den Kerzenhalter beiseite stellte und leise die Bibliothek
betrat.

Er zog seine Taschenuhr heraus und stellte fest, dass es sechs Uhr
war. Es brannte noch ein schönes Feuer im Kamin und ein Kandelaber
brannte, der Licht über den Kaminsims und eine Reihe nahe dem Feuer
stehender Sessel warf. Der Rest des langen Raums lag im Schatten. Auf
einem silbernen Tablett neben dem Lieblingssessel des Herzogs stand

eine Kristallkaraffe mit Cognac und drei leere Rotweinflaschen. Daher war er nicht überrascht, ein paar gestiefelter Füße in Richtung Kamin ausgestreckt zu sehen, dazu eine weiße, mit Rüschen bedeckte Hand, die langsam Cognac in einem Glas herumschwenkte. Was seine Lordschaft überraschte, war die brütende Intensität in dem schmalen Gesicht und der Glanz in den schwarzen Augen, die unverwandt in das flackernde Licht des Feuers starrten.

Vallentine hielt es für das Beste, seinen Freund zu begrüßen, als ob er ihn erst gestern gesehen hätte.

„Hey, Roxton! Ich hatte heute Abend eine Glückssträhne bei Rossard. Du hättest da sein sollen. Habe einem Grünschnabel aus London zehntausend Livres abgenommen. Dummer Kerl, hätte nicht an einem solchen Ort sein sollen. Aber ich schätze, er ist recht flüssig. Seinem Vater gehört Northumberland. Wir kennen seinen Vater. Wie auch immer, viel Glück für ihn, sage ich! Verdammt, wer will schon so eine windgepeitschte Ecke vom guten, alten England. Stört es dich, wenn ich mir auch einen eingieße?"

Er goss einen Cognac ein, lehnte sich mit dem Rücken gegen den Kaminsims und warf dem Herzog beim Trinken einen besorgten Blick zu. Er fragte sich, ob sein Freund krank geworden wäre. Er sah kreideweiß aus, obwohl er drei Flaschen vom Besten geleert hatte. Er entschied sich, offen zu sein.

„Salvan war bei Rossard. Er war unglaublich zufrieden mit sich selbst. Stolzierte herum wie ein preisgekrönter Dartmouth-Hahn. Wo warst du in diesen letzten paar Tagen, Roxton?", fragte er plötzlich. „Ich habe mir die Schuhe durchgelaufen, während ich wie so ein verdammter grünschnäbliger Tourist durch Paris getrabt bin. Verdammt! Und dann komme ich heim, du bist unauffindbar und Antonia hat die Grippe erwischt. Nun, jedenfalls haben sie mir gesagt, dass das arme, kleine Ding die Grippe hätte, aber ich wäre überhaupt nicht überrascht, wenn sie sich nur ins Bett zurückgezogen hätte, um Salvan und seinem griesgrämigen Sohn zu entgehen. Wird dir nicht übel davon, wie diese beiden sie umkreisen wie Geier ein Stück Aas?"

„Hast du die Rolle des Wächters deines Bruders übernommen, Vallentine?", fragte der Herzog. „Ich tue, was ich will, wann und wo es mir gefällt. Ich schulde weder dir, noch meiner Schwester oder Mademoiselle Moran Rechenschaft. Wenn du es genau wissen willst, ich war ziemlich – äh – beschäftigt."

„Das kann ich sehen. Du bist zu drei Vierteln betrunken!"

„Nein. Zu sieben Achteln", antwortete der Herzog gelassen und hob sein Glas. „Willst du wissen, womit, oder sollte ich besser sagen, mit wem, ich so beschäftigt war?"

„Wenn es eine Frau betrifft, bin ich nicht interessiert", murmelte seine Lordschaft böse.

„Ach, Vallentine, es gab eine Zeit, als das alles war, was du …"

„Schau, Roxton, das ist jetzt nicht der richtige Zeitpunkt, um leichtfertig zu sein!"

„Mein Lieber, es ist mir völlig ernst. Und ich habe genug Rotwein getrunken, um die Ernsthaftigkeit einer bevorstehenden Feier zu rechtfertigen."

„Feier? Welche Feier?"

Der Herzog seufzte müde. „Ich bin zu einer Inquisition heimgekehrt", murmelte er. „Der Anlass zur Feier, mein bester Vallentine? Eine Verlobung. Aber nicht deine, die einer anderen."

Vallentine hob verärgert eine rüschengeschmückte Hand und drehte sich zum Feuer um. „Nun, das interessiert mich überhaupt nicht. Ich wollte, dass du mir sagst, wie es kommt, dass Salvan etwas zu krähen hat."

„Hat er es dir nicht gesagt?"

„Er hat mir eine Menge Unfug erzählt, den ich nicht glauben will. Daher bitte ich dich um Aufklärung", sagte Vallentine ruhig.

Der Herzog ließ sich mit der Antwort lange Zeit.

„Antonia ist offiziell mit dem Vicomte d'Ambert verlobt", erklärte der Herzog. „Es gibt einen Ehevertrag, der von Salvans Anwälten aufgesetzt, von Strathsay eigenhändig unterschrieben und von zwei der ersten Edelleuten Frankreichs bezeugt wurde. Sogar Louis hat es für angebracht gehalten, ihm seinen königlichen Segen zu geben. Daher ist er legal, endgültig und unwiderruflich. Ist heute Mittwoch oder Donnerstag?"

„Verdammt!", donnerte Lord Vallentine. „Das – das kann nicht wahr sein! Du musst zu dem alten Mann gehen und ihn dazu bringen, seine Meinung zu ändern. Tu, was immer du tun musst. Drohe ihm, wenn nötig. Ich komme mit und helfe dir. Er wird zur Vernunft kommen, und wenn nicht, werden wir ein paar Überredungskünste anwenden …"

„Vallentine, der Earl von Strathsay ist vor vier Tagen gestorben."

Vallentine starrte ihn mit offenem Mund an. Er musste sich sehr beherrschen, um nicht das nächstbeste Objekt, ob es ein Kerzenhalter oder eine Flasche war, zu nehmen und gegen die andere Wand zu schleudern, um seiner aufgestauten, wütenden Frustration Luft zu machen. „Was?", schrie er. „Was zum – was zum …"

„Oh, hör doch mit dieser Weiberhysterie auf", klagte der Herzog.

„Sie hat sich darauf verlassen, dass du alles in Ordnung bringen würdest", sagte Vallentine leise. „Sie hat alle ihre Hoffnungen in ihren strahlenden Helden, den englischen Herzog, gesetzt, und wozu, he?"

„Um Himmels willen, Vallentine", flüsterte der Herzog, „glaubst du, ich weiß das nicht? Glaubst du, ich hätte nicht alle Möglichkeiten ausgeschöpft? Glaubst du, dass ich sie als Vicomtesse d'Ambert sehen will? Die Tatsache bleibt, dass es einen rechtswirksamen Vertrag gibt. Es ist das, was ihre Großeltern beide wollen. Sie ist mit d'Ambert verlobt und Salvan hat schon begonnen, es von allen Dächern zu verkünden. Was soll ich denn deiner Meinung nach tun?"

„Ich weiß nicht, ob dir das schon klar geworden ist", sagte Vallentine unbeholfen, „aber du bist ein Mann von Welt, daher wage ich zu behaupten, dass es dir nicht neu ist – nur für den Fall, dass du es übersehen haben solltest ..."

„Ich mag betrunken sein, aber ich bin kein Idiot! Was schwafelst du da?"

„Antonia liebt dich."

Der Herzog starrte ihn mit bleichem, starren Gesicht an. „Du bist ein romantischer Narr!"

„Ich bin ein romantischer Narr? Warum? Weil ich es wage, dir die Wahrheit zu sagen? Na gut, dann bin ich einer!"

Roxton schaute wieder ins Feuer.

„Na. Was sagst du dazu?", wollte sein Freund wissen.

„Sie ist zu jung, um ihr eigenes Herz zu kennen", sagte Roxton offen. „Für sie bin ich ein Held, der es gewagt hat, sie den Klauen meines lieben Cousins Salvan zu entreißen. Sie glaubt, ich hätte sie gerettet. Sie kennt mich nicht so, wie ich wirklich bin."

„Glaubt Ihr? Du irrst dich. Sie ist jung, das muss ich zugeben, aber sie weiß genau, was du bist. Und es stört sie absolut nicht."

Der Herzog lachte leise. „Wie rührend, aber erbärmlich", höhnte er.

„Gott verdamme Salvan!", brach es aus seiner Lordschaft heraus, der mit der Faust auf den Kaminsims schlug. „Gott verdamme ihn! Du darfst diese erzwungene Heirat nicht zulassen. Verdammt will ich sein, wenn dieses kleine Ding den Begehrlichkeiten dieses geschminkten, verseuchten Clowns und diesem griesgrämigen Kerl von Sohn geopfert werden soll. Der Vater hat kein Rückgrat und der Sohn ist nicht normal. In der Familie ist schlechtes Blut."

„Du vergisst dich", sagte Roxton hochmütig. „Salvans Blut fließt auch in meinen Adern."

„Das vergesse ich nicht! Aber du und Estée, ihr seid die Besten von ihnen", sagte seine Lordschaft. „Also was ist zu tun?"

„Es hat schon schlimmere Ehen gegeben."

Lord Vallentine stand wie vom Donner gerührt. „Gott!", murmelte er mit gebrochener Stimme. „Wie kannst du das sagen? Sie wird umkommen.“

„Meine Moral ist weit schlechter als Salvans, mein Lieber, und Antonia weiß das“, sagte der Herzog mit einem schiefen Lächeln. „In London wird sie viel Ablenkung finden und die Entfernung wird ihr einen klaren Blick aus einer anderen Perspektive ermöglichen. Sie wird froh sein, mich bald vergessen zu können.“

„London?“, rief Vallentine erleichtert aus. „Verdammt! Ich wusste, du würdest sie nicht im Stich lassen. Du hast dir einen Plan einfallen lassen!“

„Einen – äh – ja, *Plan* könnte man es nennen. Ja. Strathsays Tod ist eine Unannehmlichkeit für Salvan“, sagte der Herzog mechanisch. „Es muss eine angemessene Trauerzeit für den lieben verstorbenen jakobitischen General eingehalten werden, bevor die Hochzeit stattfinden kann. Selbst mein lieber Cousin würde den Konventionen nicht derart ins Gesicht spucken, nur um seine – äh – *Begierden* zu befriedigen. Also muss er sechs Monate warten.“

Bravo! Wie hast du ihn dazu gebracht zuzustimmen, dass das Mädchen nach London geschickt werden soll?“

„Ach, Vallentine, ich wünschte, ich könnte sagen, es wäre einfach gewesen“, sagte Roxton und stand auf, um seine Beine zu strecken. „Es gibt eine Bedingung. Abgesehen davon vergaß Salvan die Existenz eines Onkels, eines Theophilus Fitzstuart, von dem ich dir vor einiger Zeit erzählte. Augusta möchte ihre Enkelin vielleicht nicht, aber dem tapferen Theo ist sehr wohl an seiner Nichte gelegen. Er hat seinen Anspruch auf sie geltend gemacht und die Gültigkeit des Ehevertrages angefochten.“

„Du hast ihn dazu gebracht, nicht wahr?“

Der Herzog lächelte hässlich. „Ich habe ihm vor einiger Zeit geschrieben, aber Theophilus bedurfte keiner Überredung. Anders als seine Mutter hat er einen Sinn dafür, was moralisch richtig und falsch ist. Als Antonias Onkel und der nächste Earl von Strathsay hat er dem Mädchen gegenüber Pflichten.“

„Kann er einen Vertrag anfechten, den sein Vater unterschrieben hat? Aus welchem Grund?“

„Wenn er beweisen kann, dass er, und nicht sein Vater, zum Zeitpunkt des Vertragsabschlusses der rechtmäßige Vormund des Mädchens war, ja.“

„Das würde den Vertrag unwirksam machen“, sagte Lord Vallentine mit funkelnden Augen. „Ich verstehe nicht, warum du glaubst, dass der Junge und nicht sein Vater der Vormund des Mädchens wäre, das ist mir zu dieser Stunde am Morgen zu hoch, aber mir ist alles recht, was du Salvan in den Weg legen kannst. Ich wusste, dass du das kleine Ding nicht enttäuschen würdest! Das habe ich Estée schon in der Kutsche gesagt. Und du bist bei verdammt klarem Verstand für jemanden, der aussieht, als hätte er seit Tagen nicht geschlafen und sich drei Viertels betrunken!"

„Ach, mein abnehmendes Prestige", seufzte der Herzog und nahm mit sicherer Hand eine Prise Schnupftabak. „Aber du musst verstehen, wie delikat die Situation ist, Vallentine. Ich würde es zu schätzen wissen, wenn Antonia nichts von dem, was ich dir erzählt habe, zu hören bekommt. Dass sie wie versprochen zu ihrer Großmutter fahren wird, muss ihr reichen."

„Du bringst sie hin?"

„Ich? Nein. Ich bleibe in Paris", erklärte Roxton ihm. „Ich vertraue sie Ellicotts Obhut an. Wie ich ein paar Tage ohne ihn auskommen soll, weiß ich nicht. Das ist der Preis dafür, den Helden zu spielen, schätze ich."

Vallentine ignorierte den lässigen Ton. „Warum begleitest du sie nicht?"

„Die – äh – *Bedingung*, mein Lieber", antwortete er leise. „Mein lieber Cousin will Antonia nicht erlauben, Paris zu verlassen, wenn er nicht mein Wort darauf hat, dass ich sie erst wiedersehe, wenn sie die Vicomtesse d'Ambert ist. Also bleibe ich in Frankreich. Oh, erspare mir doch diesen gequälten Gesichtsausdruck! Ich verdiene dein Mitgefühl nicht."

Lord Vallentine schüttelte den Kopf. „Du hättest dem doch sicher nicht zustimmen müssen? Das ist eine größere Strafe, als ihr beide verdient."

„Und doch, wie passend", spöttelte der Herzog. Er gab einem schräg liegenden Scheit einen Schubs mit der Spitze seines Stiefels. „Wenn aus Theophilus Fitzstuarts Ansprüchen nichts wird, ist es besser für Antonia, dass ich im – äh – Exil bleibe."

„Du glaubst, du kannst dich entspannt zurücklehnen und zusehen, wie sie die Vicomtesse d'Ambert wird? Du glaubst, dein Leben wird weitergehen, als hätte sich nichts geändert …", wollte seine Lordschaft fragen, unterbrach sich dann aber, als er jemanden kommen spürte.

Er spähte ins blaugraue Morgenlicht, das durch das unverhängte Fenster in seinem Rücken drang und lächelte, als Gray seine Schnauze durch die Tür der Bibliothek steckte, dicht gefolgt von Tan. Als sie ihren Herrn erspähten, kamen sie zum Herzog getrottet und verlangten, gekrault zu werden. Roxton ließ sich auf ein Knie nieder, um ihrer Aufforderung nachzukommen und kratzte zuerst den einen, dann den anderen unterm Kinn.

„Glaube nicht, dass sie vernachlässigt wurden", sagte Vallentine und zupfte liebevoll an Grays Ohr. „Antonia verwöhnt sie. Ich habe zuverlässige Informationen, dass sie und dein höchst korrekter Kammerdiener beobachtet wurden, wie sie mit den beiden im Hof Stöckchen apportieren spielten. Er hat etwas für das Mädchen übrig."

„Ellicott?" Roxton war sehr amüsiert über den dunklen Ausdruck auf Vallentines Gesicht. „Sollte ich ihn zur Rede stellen?"

„Nein. Nur eine Warnung."

Roxton grinste.

„Was ist so amüsant?", fragte seine Lordschaft finster.

„Abgesehen von dem Bild vor meinem inneren Auge, wie mein Kammerdiener – äh – *apportieren* spielt, der Ausdruck auf deinem Gesicht, bester Vallentine. Ist dir nie in den Sinn gekommen, dass Ellicott im Gegensatz zu uns andere Neigungen hat?"

„Guten Morgen, Mädel!", unterbrach Lord Vallentine. „Es ist ein bisschen früh für Euch, um herumzulaufen. Nicht einmal die Diener sind schon aufgestanden."

Antonia blieb zögernd in ihren Pantöffelchen an ihren Füßen in der Tür stehen. Ein geblümter Seidenmorgenrock war achtlos über ihrem dünnen Hemd zugeknöpft und ihre Haare waren eine Flut ungekämmter Locken. Sie lächelte seine Lordschaft schüchtern an und kam vorsichtig ins Zimmer.

Der Herzog sah von seinen Whippets auf und wünschte, er hätte es nicht getan. Er schnippte Grays Ohr geistesabwesend zum Abschied und drehte Antonia den Rücken zu. „Ich kann mich nicht erinnern, nach dir geschickt zu haben", sagte er kalt auf Englisch, was Vallentine überraschte, da er es nie für möglich gehalten hatte, dass Antonia ausgerechnet diese Sprache verstehen könnte.

Als Antonia ihn praktisch ignorierte und direkt zum Herzog ging und diesem etwas hinter seinem Rücken zuflüsterte, zog sich Lord Vallentine höflich zurück und blieb auf halbem Weg durch den langen Raum im Halbdunkel stehen. Aus Mangel an Beschäftigung zog er seine Schnupftabakdose heraus.

„Als ich aufwachte und Ihr nicht da wart … Die Wahrheit ist, ich habe festgestellt, dass ich ohne Euch nicht mehr schlafen kann", gestand Antonia naiv in geflüstertem Französisch. Sie sah über ihre Schulter und war erleichtert, dass Vallentine den Anstand besessen hatte, sich außer Hörweite zu begeben. „Ellicott hat mir erzählt, dass Ihr Gray und Tan gestern Abend spät in den Kastanienhain mitgenommen und ihm nicht gesagt habt, wann Ihr zurückkehren würdet –"

„Ich kann wohl in meinem eigenen Haus kommen und gehen, wie es mir gefällt, oder nicht?"

„J–ja, ja, natürlich", stotterte sie, von seinem kalten Auftreten und der Tatsache, dass er in seiner Muttersprache zu ihr sprach, verwirrt. „Ich sagte es nur, weil ich mir Sorgen um Euch machte, und annahm …"

„Weil du *annahmst*?", unterbrach er sie und schaute verächtlich auf sie hinunter. Er nahm seine Schnupftabakdose heraus und klopfte auf den Deckel. „Du nimmst viel zu viel an."

„Wenn ich Euch und Vallentine gestört habe, werde ich in Eure Räume zurückgehen und warten …"

„Du wirst in deine Zimmer zurückkehren."

„Meine Zimmer …", wiederholte sie erschrocken. „Warum?"

„Du wirst zu deiner Großmutter nach London geschickt …"

„London?"

„… während hier die Vorbereitungen für deine Hochzeit mit dem Vicomte d'Ambert getroffen werden."

Antonia blinzelte verständnislos. *„Hochzeit?"*

Der Herzog versuchte, eine Prise Tabak zu nehmen, aber seine Hand zitterte so sehr, dass er den Versuch aufgab und den Deckel schloss. Er steckte seine Hand in die Rocktasche und umklammerte die kleine, goldene Schachtel fest.

„Deine Zofe wird deine Portmanteaux packen und du und deine Habseligkeiten werden mein Haus bis zum Mittag verlassen."

„Mittag?", murmelte sie benommen.

Und dann traf es sie wie ein Schlag.

Mittag.

Zeit.

Ihr Blick fiel auf das Kaminsims und sie fühlte sich plötzlich elend.

Dort stand eine Kutschenuhr in ihrem filigranen, goldenen Gehäuse, glänzend poliert, die genau die korrekte Zeit anzeigte. Ihr ging auf, dass die Zeit ohne sie weitergelaufen war und der Traum, in dem sie gelebt hatte – der Traum, aus dem sie nicht hatte aufwachen wollen – sich ohne ihre Zustimmung und ihr Wissen in einen Albtraum verwandelt hatte. Heiße Tränen fielen aus ihren Augen.

„Bitte. Nein. Es ist zu früh", flehte sie flüsternd und umklammerte den großen Samtaufschlag des Herzogs, ihre warmen Brüste an seinen Arm gepresst. Sie schaute in wütendem Unglauben zu seinem Profil auf. „Ich will nicht nach London gehen. Ich will Euch nicht verlassen. Ich will nicht!"

Roxton zwang sich, sie abzuschütteln. „Hör sofort mit diesem kindischen Benehmen auf. Es ist unziemlich und vulgär."

„Aber wir hatten nicht genug Zeit für – für *uns*", wimmerte sie, ihre Finger in den Spitzenrüschen an seinem Handgelenk vergraben.

Er fuhr sie an, in seinen schwarzen Augen stand ein harter Glanz, als er ihre Finger aus den Brüsseler Spitzen riss.

„Ich habe dich lange genug verhätschelt und jetzt hat dieses Intermezzo ein Ende."

„Ver–*verhätschelt*?"

„Das heißt nicht, dass deine Gesellschaft nicht amüsant war."

„A–*amüsant*?", wiederholte sie zaghaft. „I–ich dachte ... dass es bei mir ..."

„... anderes wäre?", näselte er mit amüsierter Herablassung den Satz für sie beendend. „Mein liebes Mädchen, sie alle denken das, und schließlich befinden sie sich alle im gleichen Irrtum." Er fasste sie unters Kinn und sagte gönnerhaft: „Mit der Zeit wirst du, wie alle vor dir, dazu gelangen, meine Unterweisung als Trittbrett zu Größerem anzusehen. Dein zukünftiger Ehemann sollte mir jedenfalls danken."

Jetzt liefen Tränen über Antonias heiße Wangen und ihr war übel. Sie wollte aus dem Zimmer laufen, um tausend Meilen von seinen abscheulichen, grausamen Worten fort zu sein, und doch wollten ihre Beine ihre Füße nicht bewegen.

„Das war unter aller Kritik, selbst für jemanden wie Euch, *M'sieur le duc*", sagte sie leise.

Der Herzog machte ihr eine formvollendete Verbeugung und drängte sich, ohne es zu wagen, ihrem tränenerfüllten Blick zu begegnen, an ihr vorbei zu seinem lackierten Schreibsekretär. Er griff nach einem Stapel ungeöffneter Briefe und sagte zu Lord Vallentine, als ob Antonia nicht länger im Raum wäre:

„Vallentine, sei so gut und teile Estée mit, dass ich bis Donnerstag der nächsten Woche nicht im Haus sein werde. Madame Duras-Valfons wartet darauf, dass ich zu ihr nach Fontainebleau komme... „

Zu entsetzt, um zu sprechen, ohne jegliche Aussicht auf zukünftiges Glück und im Wissen, dass das alles kein böser Traum war, aus dem sie bald erwachen würde, floh Antonia aus dem Raum, als der Herzog seine Mätresse erwähnte, die Hand fest auf den Mund gedrückt, um ihr herzzerreißendes Schluchzen zu ersticken.

„Verdammt! Roxton! Das war ein erbärmliches Verhalten", warf Lord Vallentine ihm an den Kopf, der aus dem Schatten trat, als die Tür hinter Antonias Rücken zuknallte. Der Ausdruck äußerster Verzweiflung auf ihrem blassen, tränenbefleckten Gesicht reichte, um das seine hochrot werden zu lassen. „War es nötig, sie so verdammt brutal zu behandeln?"

„Um Himmels willen, Vallentine", krächzte der Herzog mit

trockener Kehle, während das Zittern seiner rechten Hand drohte, seinen ganzen Körper zu erfassen, „Nicht jetzt. *Niemals.*"

„Gut, ich bin ja schon ruhig", sagte Vallentine mit einem langen Seufzer. „Ich hoffe um deinet- wie um ihretwillen – Gott segne ihr kostbares Herzchen – dass die nächsten Monate beweisen, dass es das wert war, bevor wirklicher Schaden angerichtet wird."

„Mein Lieber, der wurde bereits angerichtet", stellte der Herzog fest. „Der Schaden ist entstanden."

TEIL II

IM ENGLAND GEORGE II

E L F

Antonias Grossmutter Augusta Mary Fitzstuart, die Gräfin von Strathsay, war vor einem Monat einundfünfzig geworden. Normalerweise hätte dieser Umstand sie nicht gestört. Sie galt immer noch als schöne Frau, hatte kein einziges graues Haar in ihren flammenden Locken und ihre üppige Figur war nicht zu verachten. Sie wirkte jünger als sie war, blieb lange auf und wurde es nie müde sich, während der langen Intervalle, in denen sie ihren wahren Geliebten nicht sah, neue Liebhaber zu nehmen. Die Tatsache, dass sie die Großmutter einer schönen jungen Frau war, wäre ihr nie in den Sinn gekommen, bis dieses junge Mädchen ihr aufgehalst wurde.

Sie führte ein Leben, das von mehr als nur ein paar in der feinen Gesellschaft für eine Frau in ihrem Alter als ausgefallen angesehen wurde. Prüdere Menschen gingen so weit, sie als gewöhnliche Hure zu verdammen, da sie eine Affäre mit ihrem verwitweten Schwager, Lord Ely, hatte. Er war der Mann, den sie dreißig Jahre zuvor hätte heiraten sollen und aufgrund der bestehenden Gesetze jetzt nicht mehr rechtmäßig heiraten konnte. Sie waren seit mehr als zwanzig Jahren ein Liebespaar. Er würde an diesem Abend in London sein, in diesem Raum, und obwohl sie es nach einer viermonatigen Abwesenheit nicht erwarten konnte, ihn zu sehen, war sie über sein Kommen doch besorgt. Daran gab sie ihrer Enkelin die Schuld. Das Mädchen, dem sie auch die Schuld daran gab, dass sie jetzt mit ihrem Aussehen unzufrieden war. Sie wünschte, sie hätte sie nie zu Gesicht bekommen.

Ihr – in den Augen von Kirche und Staat – inzestuöses Verhältnis mit dem Earl von Ely hatte ihr nie eine schlaflose Nacht beschert.

Antonia unter ihrem Dach zu haben, hatte ihr mehr schlaflose Nächte bereitet, als ihr lieb war. Nicht, dass das Mädchen ihr die leisesten Schwierigkeiten bereitet hätte. Sie war sehr zurückhaltend und verbrachte viel Zeit in der Gesellschaft ihres Onkels Theo, Lady Strathsays einzigem Sohn. Also gab es nichts zu beanstanden. Sie war weder eitel noch übermäßig bescheiden, boshaft oder kindisch. Sie hatte eine spitze Zunge und war gebildeter, als für sie gut war, aber das war die Schuld des Vaters des Mädchens. Es war die Tatsache, dass sie nicht das geringste Ärgernis war, die sich als beständige Sorge erwies. Das, und die große äußere Ähnlichkeit des Mädchens mit ihr selbst.

Sie hätte geschmeichelt sein sollen zu entdecken, dass ihr einziges Enkelkind ihre ungewöhnlichen smaragdgrünen Augen, vielgerühmten Brüste und sahnigen Teint geerbt hatte. Diese ausgeprägte Ähnlichkeit war nicht zu leugnen. Lady Strathsay wünschte, sie könnte sie leugnen und ignorieren. Und, als ob das nicht genug gewesen wäre, um sie zu ihren Schminktöpfen und Puderquasten eilen zu lassen, traten sich die Herrenbesuche im Foyer ihrer Residenz am Hanover Square auf die Füße. Und nicht etwa, um sie zu besuchen. Alle kamen, um ihrer Enkelin Besuche abzustatten. Das bereitete ihr Kopfschmerzen. Es erinnerte sie so an ihre eigene Jugend. Doch während sie die Aufmerksamkeiten ihrer Verehrer genossen hatte und noch genoss, war Antonia allen gegenüber uninteressiert. Lady Strathsay kam langsam zu der Überzeugung, dass es ihre Enkelin völlig gleichgültig gewesen wäre, hätte kein Gentleman sie jemals besuchen wollen.

Sie wollte gerade über die Gründe für dieses seltsame Verhalten nachdenken, als ein Kratzen an der Tür ihres Boudoirs ihre Gedanken unterbrach und sie sich auf einen Ellenbogen aufrichtete, um ihrem schwarzen Pagen ein Zeichen zu geben, dass er öffnen sollte. Ein Lakai brachte ihr Mr. Percival Harcourts Karte und sie scheuchte ihn mit der Anweisung fort, den Besucher sofort heraufzuschicken.

„Meine liebste Lady, wie immer liege ich Euch zu Füßen", rief Mr. Harcourt aus, als er in das Zimmer gerauscht kam und der Gräfin eine prächtige Verbeugung machte. Er steckte ein parfümiertes Taschentuch in seine Tasche und küsste die Hand, die sie ihm hinhielt. „Ihr schafft es immer, mich zu blenden!"

„Ihr schafft es immer, mir zu schmeicheln, mein lieber Junge", sagte sie. „Es gefällt mir. Die jungen Männer von heute sind nicht ganz so aufmerksam, wie sie sein sollten. Es ist eine Schande. Eine moderne Neigung, die ich bedauere. Doch Ihr, mein lieber Percy, gehört im Geiste zu meiner Generation, wenn auch vielleicht nicht in Eurem Kleidungsstil. Was habt Ihr da um Euren Hals? Man kann nur hoffen, dass es tot ist."

Mr. Harcourt kicherte und hielt ihr den großen Zobelmuff hin, der an einem Band um seinen Hals hing und auf der seidenen Schärpe ruhte, die um seine Taille gebunden war. „Nur ein Muff, Mylady. Das Wetter ist fürchterlich. Absolut fürchterlich! Ich bin schon die ganze Woche gezwungen, im Bett Baumwollhandschuhe zu tragen, aus Angst vor aufgesprungenen Händen. Es weht ein furchtbarer Nordostwind und es soll Schnee geben. Theo teilt mir in einem Brief, den ich gestern von ihm erhielt, mit, dass der Mann auf dem Lande Schnee vorhersagt. Und ich glaube einem Bauern weit mehr als jedem Stadtmenschen!“

„Schnee? Ich hoffe, der Junge wird aus Treat zurück sein, bevor es so weit kommt“, sagte Lady Strathsay und deutete auf einen dünnbeinigen Stuhl, auf dem Mr. Harcourt sich niederlassen sollte. „Er ist schon seit mehr als zwei Wochen dort. Gott weiß, was er da für Roxton erledigt. Irgendein Bauprojekt oder die Entwässerung eines Sees oder ein solcher Unsinn. Warum er sich die Mühe machen sollte, wenn es kein Anzeichen dafür gibt, dass der Herzog in nächster Zeit nach London zurückkehren könnte, weiß ich auch nicht!“

„Sehr wahr, Mylady. Wir alle erwarteten Seine Gnaden zur Weihnachtszeit. Das ist der übliche Zeitpunkt, an dem er sein Haus am St. James' Square öffnet. Doch der Klopfer hängt noch nicht an der Tür. Nicht einmal Theo hat Nachricht erhalten. Nun, jedenfalls nicht auf *formelle* Weise.“

Lady Strathsay bemerkte den Hauch von Kritik in der Stimme des jungen Mannes und runzelte die Stirn. „Ihr müsst mir nicht sagen, dass mein Sohn diesem *roué* sklavisch ergeben ist. So erniedrigend für einen Mann, der demnächst Earl sein wird. Aber er weigert sich, seine Stellung als Haushofmeister des Herzogs aufzugeben, bis sein Anspruch auf den Titel von Strathsay vom König und dem Parlament bestätigt wurde.“

Mr. Harcourt war etwas überrascht. „Ich dachte – das heißt – es gibt doch ein Testament, nicht wahr, Mylady?“

Lady Strathsay lächelte dünn. „Reden wir nicht um den heißen Brei, Mr. Harcourt. Natürlich hat Strathsay ein Testament hinterlassen. Welcher Papist würde das nicht? Oder diese Welt verlassen, ohne alles seinem schmutzigen kleinen Priester zu beichten. Ich schätze, er musste Buße für seine Sünden tun oder man hätte ihm sonst das letzte Abendmahl oder die Ölung verweigert, oder was auch immer Priester beim letzten Atemzug eines Sterbenden veranstalten. Möglicherweise Eimer voll Weihwasser über ihn schütten. Strathsay konnte es brauchen – das Wasser, meine ich. Er hatte nie viel dafür übrig, sich zu waschen oder zu parfümieren. Gott weiß, dass ich mich noch an alles erinnern kann!

„Hier kommt unser Tee. Sam, schenke für Mr. Harcourt ein. Es ist

Bohea, wisst Ihr, für mich extra von einem kleinen Mann auf dem Strand gemischt." Sie bewegte sich, um den Schal, der von ihren weißen Schultern gerutscht war, zurechtzurücken, ohne dabei ihr Gespräch zu unterbrechen. „Wo war ich? – Ach ja, Strathsay! Wenigstens besaß er den Anstand, bei seinem Tod alles zu regeln. Wenn nicht sein papistisches Gewissen gewesen wäre, glaube ich immer noch, er hätte bis ins Grab hinein Theo als seinen Sohn verleugnet. Gewissen und Eitelkeit. Männer sind solche eitlen Geschöpfe. Einen Sohn und Erben zu hinterlassen, um den Namen zu tragen, ist wichtiger für sie als alles andere. Und nachdem Strathsay Theo vor bald siebenundzwanzig Jahre zum Bastard erklärt hatte, ist es da ein Wunder, dass der Anspruch des armen Jungen angezweifelt wird?

„James hatte nach Theos Geburt keine Kinder mehr – nicht einmal Bastarde. Ich vermute, die Pocken haben dem ein Ende bereitet. Nicht, dass das seine Fähigkeiten im Bett irgendwie beeinträchtigt hätte. Oh nein, Mr. Harcourt. Das war am Ende das Einzige, was ich an ihm bewunderte. Nun, es ist die einzig nette Erinnerung, die ich an ihn habe – ach du liebe Güte, Ihr habt Euch Tee über Eure schönen, kanariengelben Kniehosen geschüttet! Ist der Tee zu stark, mein Junge? Sam, hole ein Tuch für Mr. Harcourt."

Der Page stürzte aus dem Raum und Mr. Harcourt war dankbar für die Ablenkung. Er klapperte wieder mit der Teeschale und betupfte ein Knie seiner Satinhosen mit einem zarten Taschentüchlein. Er hätte von dem Geschwafel der Gräfin nicht überrascht sein dürfen. Ihre Affären waren zahllos, ihr Ruf berüchtigt und ihre unverblümte Redeweise legendär. Vor allem war sie das eitelste Geschöpf, das er kannte und ihre Eifersucht auf ihre Enkelin war so offensichtlich, dass es erbärmlich war. Er war nicht gekommen, um die Großmutter zu besuchen, sondern die Enkelin. Doch war er weise genug, um zu erkennen, dass es undiplomatisch gewesen wäre, die Jüngere zu besuchen, ohne zuerst der Älteren seine Aufwartung zu machen.

„Auf dem Strand gemischt, sagt Ihr? Wie interessant, und wie gut dieser Tee ist, Mylady", sagte er mit einem stirnrunzelnden Blick auf den dunklen Flecken, der sich auf seinen Hosen ausbreitete. „Und ich würde mir Theos Ansprüchen wegen keine Sorgen machen. Seine Majestät wird ohne zu zögern seine Unterschrift darunter setzen. Vor allem, da Roxton und die Lords dahinterstehen. Und schließlich ist er Strathsays Erbe. Das ist unbestritten!"

„Ich denke, Ihr habt recht", sagte Mylady seufzend. „Ihr könnt Euch nicht vorstellen, welche Belastung das für mich war. Mit dieser unbequemen Trauerzeit und Antonia, die hier bleiben muss ..." Sie hob den Handspiegel, um ihr Spiegelbild zu betrachten. „Ich werde wirklich alt, ich weiß es!"

Mr. Harcourt achtete nicht auf das Stichwort, so sehr war er bestrebt, Miss Antonia Moran zu verteidigen. Daher schenkte er Lady Strathsay nicht die bewundernde Zusicherung, die sie sich von ihren Herrenbesuchen erhoffte, dass sie noch immer so schön wie in der ersten Blüte ihrer Jugend wäre. Das ärgerte sie, aber er bemerkte es nicht und sagte mit dem leisen Lachen, das in unangenehmen Situationen seine Eigenart war:

„Miss Moran muss Euch in so schwierigen Zeiten ein Trost sein, Mylady. Eine Enkelin zu haben, der man seine ganze Aufmerksamkeit schenken kann, um die man sich kümmern kann und die nicht das kleinste Problem darstellt, muss ein Segen sein."

Lady Strathsay warf den Spiegel beiseite und betrachtete den jungen Mann und seinen absurden Muff mit Missfallen.

„Trost? *Antonia?* Mr. Harcourt, es ist offensichtlich, dass Ihr nicht die geringste Ahnung habt, was für eine Prüfung dieses Mädchen für mich ist! Für ein achtzehnjähriges Mädchen verantwortlich zu sein, das von jedem Gentleman in London verfolgt wird wie ein Fuchs von Jagdhunden, kann man kaum einen Trost nennen! Sie mag meine große Schönheit geerbt haben, aber sie ist mir überhaupt nicht ähnlich. Sie schrumpft förmlich zusammen, wenn ein Mann auch nur aus der Entfernung ihre Brüste beäugt. Und was nützt das? Meiner Überzeugung nach ist sie ein hässliches Mädchen in dieser schönen Hülle! Ach! Ich kann nichts mit ihr anfangen – liebe Güte, Mr. Harcourt, meine Teemischung scheint Euch absolut nicht zu bekommen. Euer Gesicht ist ebenso scharlachrot wie Euer Rock. Sam, hole Mr. Harcourt ein Glas Burgunder."

Der schwarze Junge verließ den Raum, als Lady Strathsays gute Freundin, Lady Paget, eintrat und fast mit dem kleinen Mann zusammenstieß. Sie wich ihm mit einem Schwung ihrer Reifröcke aus und lachte, als er sich rasch ungeschickt vor ihr verbeugte und verschwand. Ihre großen braunen Augen leuchteten angesichts Mr. Harcourts seltsamen Aufzugs und des Flecks auf seinen Hosen mit einem Hauch des Verständnisses auf. Sie hielt ihm die Hand hin und setzte sich, ohne aufgefordert zu werden, auf den Stuhl gegenüber der Chaiselongue. Mr. Harcourt beeilte sich, ihre Fingerspitzen zu küssen und seinen Platz wieder einzunehmen. Lady Paget fragte sich, was der Geck so allein bei ihrer Freundin vorhatte und ob er sich die Augenbrauen rasierte, um einen so perfekten Bogen zu erzielen.

„Meine liebe Gussie", sagte sie süß, „ich erwartete, dich mit einem

Mann zusammen zu finden, aber nicht mit einem so jungen! Hat Richard seinen Abschied erhalten, meine Liebe?"

„Liebe Kate! Bis du von Sinnen?", antwortete Lady Strathsay mit einem hohlklingenden Lachen. „Dick war erst heute Morgen hier. Vielleicht schicke ich dich zu ihm. Schließlich ist John in dieser Woche aus Ely hier, so dass ich wirklich nicht weiß, was mit dem armen Dick geschehen soll. Möchtest du ihn für mich unterhalten?"

„Ich nicht! Außerdem, ich sagte es dir doch. Er hat diese junge Xanthippe, Anne Yarmouth – nur die Frau eines Richters, wie man mir sagte – um ihn beschäftigt zu halten. Furchtbar, dass er sich so weit hinablässt. Du tust mir leid, meine Liebe, wirklich. Wie geht es Euch, Mr. Harcourt? Bereit für einen Theaterabend und Mr. Garrick? Eure rosafarbene Kutsche ist absolut charmant."

Mr. Harcourts Lippen waren bereits seit einiger Zeit in Bewegung gewesen, bereit, jede Anzüglichkeit zu bestreiten, die Lady Paget ihm wegen seines Besuchs bei Lady Strathsay an den Kopf werfen könnte. Doch bei der Erwähnung seiner rosafarbenen Kutsche strahlte er vor Freude. „Denkt Ihr das wirklich, Mylady? Wird Miss Moran beeindruckt sein?"

„Die ganze Stadt spricht von Eurer Kutsche, Mr. Harcourt. Geh doch ans Fenster und wirf einen Blick darauf, Gussie. Sie zieht eine regelrechte Menschenmenge auf dem Platz an. Diese Rolle als Anstandsdame, die du mir jetzt zuweist, ist neu für mich", fuhr Lady Paget fort und wedelte mit einem Fächer von gitterförmigem Elfenbein. „Ich habe wirklich keine Ahnung, was ich mit meinem Schützling anfangen soll, Gussie. Wo ist sie?"

„Sie lässt sich ankleiden, aber ich bezweifle, dass es das Kleid ist, das ich für sie ausgesucht habe. Sie wird eine dieser Kreationen von Maurice tragen, wie immer." Lady Strathsay warf Mr. Harcourt, der zum Fenster geschlendert war, einen Blick zu. „Percy, wollt Ihr mit diesem Teefleck ins Königliche Theater gehen?"

„Mylady? Der Teefleck!" Er schnappte nach Luft. „Nein. Ich muss um ein frisches Paar Hosen schicken!" Er stolperte auf dem Weg zur Tür in seiner Hast, während er in sich hineinmurmelte: „Ich hoffe, Patrick kann ein neues Paar Kanariengelbe bereitlegen …"

Beide Ladys lachten hinter seinem Rücken. Lady Paget sagte:

„Dieser junge Mann ist absurd! Ich weiß nicht, wie er zu diesem Flecken kam, aber er trägt nur zu dieser Wirkung bei. Ich wünschte, du hättest ihn nicht dazu veranlasst, loszulaufen, um sich umzuziehen."

„Ich glaube, er wurde ungeschickt, als ich zufällig Antonias wundervolle Brüste erwähnte. Oder war es, als ich ihm anvertraute, welche Fähigkeiten Strathsay im Bett hatte? Wie auch immer! Die jungen

Männer von heute sind so voll eingebildeter Empfindsamkeit, Kate. Das muss sich doch auf ihre Liebeskünste übertragen, meinst du nicht?"

„Möglich. Das weißt du wohl besser als ich. Junge Männer langweilten mich, als ich jung war. Ich denke heute kaum besser über sie. Wie alt ist Dick?"

„Zu jung. Das sind sie immer."

„Schande über dich, Gussie! Und das auch noch mit deiner Enkelin unter demselben Dach!" Lady Paget sah, wie ihre Freundin die Stirn runzelte und unfreundlich dreinschaute. „Das stört dich noch?", fragte sie leicht überrascht. „Doch nicht nach all diesen Jahren, in denen du gelebt hast, wie es dir gefällt?"

„Ein wenig. Ein Zeichen des Alters, meine Liebe. Johns Besuch stört mich. Die anderen, die bedeuten nichts, wie du weißt. Und ich bin so diskret wie immer. Krankhaft vorsichtig, mit Antonia im Stockwerk unter mir. Mit John ist es etwas anderes. Er wird es nicht ertragen können, durch die Gänge zu schleichen und zu flüstern und dergleichen. Nun, das musste er in zwanzig Jahren nie, warum sollte er jetzt damit anfangen? Und nur, um Antonias Empfindsamkeit zu schützen!"

„Du unterschätzt deine Enkelin, meine Liebe. Das Wenig, das ich über sie weiß, lässt mich annehmen, dass sie sich vieler Dinge mehr bewusst ist, als du es wahrhaben willst", sagte Lady Paget. „Lieber Gott, sie hat bei Strathsay gelebt und musste sich in Versailles durchschlagen. Und wenn das keine gute Einführung in die Laster in allen Formen war, kamen dann die Wochen, die sie bei Roxton in Paris verbracht hat, um ihre Erziehung zu vollenden."

Lady Strathsay setzte sich auf, wies den Pagen an, das schwere Silbertablett neben Lady Paget abzustellen und ihr ein Glas Burgunder einzuschenken. Sie warf ihr einen schlauen Blick zu. „Eifersüchtig, Kate?"

„Auf eine *ingénue*?" Lady Paget gab ein Schnauben von sich. „Habe ich Grund dazu?"

„Sie schreibt ihm jede Woche ..."

„Immer noch? Was für eine einzigartige Hingabe", erwiderte Lady Paget ironisch. „Wenn du immer noch solche Korrespondenz überprüfst, sehe ich keinen Grund, mir Gedanken zu machen. Ich staune nur, dass das Mädchen keinen Verdacht schöpft, warum er nicht den Anstand hat, ihr zu antworten."

„Sie hat einmal danach gefragt, aber ich habe es lässig abgewiesen und sie nur auf Roxtons üble Sitten hingewiesen. Sie hat kein zweites Mal gefragt." Lady Strathsay putzte sich vor ihrem Handspiegel. „Was ich tue, ist nicht einfach, Kate. Ich muss alt geworden sein, wenn ich mir solche Sorgen um das Mädchen mache. So sehr, dass ich sie diese

Woche zu einem Besuch bei den Harcourts schicke, während John in der Stadt ist."

„Die Idee unserer unscheinbaren Charlotte?"

„Ja."

„Sie wird eine großartige Schwiegertochter abgeben, meine Liebe. Dein Sohn hat wirklich Glück, wie du auch."

Lady Strathsay kicherte. „Ja. Es war ein Glück für mich, dass er sich für die unscheinbare Charlotte entschieden hat. Es wird schön sein, sie zur Tochter zu haben. Das heißt, wenn der Junge sie endlich um ihre Hand bittet."

„Er schiebt es noch immer vor sich her?"

„Theophilus ist ein Langweiler. Er ist das Gegenteil seiner göttlichen Mama. Er will sie erst fragen, wenn er die Nachfolge angetreten hat und erst, nachdem er mit Roxton gesprochen hat. Er scheint zu glauben, dass es korrekt wäre, die Erlaubnis des verruchten Familienoberhauptes einzuholen! Ist das nicht absurd langweilig?"

Beide Ladys brachen in kicherndes Gelächter aus.

„Meine arme Augusta!", sagte Lady Paget nach Luft schnappend. Sie wischte sich die Tränen aus den Augen. „Ein Langeweiler als Sohn und eine Nymphe als Enkelin! Solches Pech hast du nicht verdient. Ich frage mich, wie John reagieren wird, wenn er die schöne Antonia zu Gesicht bekommt."

So beiläufig diese Bemerkung auch gemeint war, hatte sie die gewünschte Wirkung, denn das Lächeln verschwand wie weggewischt von Lady Strathsays Gesicht und sie schnitt eine Grimasse. „Die Frage wirst du dir noch länger stellen müssen, Kate. So wie ich auch."

„Oh ja, ich vergaß! Er wird keine Gelegenheit dazu bekommen. Sie geht nach Twickenham, sagst du?"

„Du scheinst zu glauben, dass ich Antonias Korrespondenz dir zuliebe überprüfe", war Lady Strathsays verstimmte Erwiderung. „Ich dachte, deine Affäre mit Roxton wäre längst vorbei gewesen, bevor er letzten Sommer nach Paris abreiste."

„Ja", sagte Lady Paget. „Aber welche Frau sieht gerne, dass ihr Platz von einem jüngeren und viel schöneren Objekt der Begierde eingenommen wird? Ich habe auch ein Recht auf meinen Stolz, Augusta. So wie du auf deinen. Ich würde mir nur wünschen, dass das Mädchen nicht von ihm verletzt wird. Doch das wird sie wohl, wenn es nicht schon geschehen ist. Zweifellos war er von ihrer Anbetung geschmeichelt. Aber er wird sich von ihr nicht den Kopf verdrehen lassen. Es nährte aller Wahrscheinlichkeit nach seine Eitelkeit. Solche wie er sehnen sich immer danach. Aber sein Herz behält er dennoch immer."

„Liebe Kate. Meine arme, *liebe* Kate", sagte ihre Freundin mit ausgestreckter Hand. „Ich hatte dich davor gewarnt, dem Charme des Herzogs zum Opfer zu fallen. Und er hat dir das Herz gebrochen, nicht wahr?"

„Er hat es angekratzt, Gussie. Nur angekratzt. Aber ich bin froh, dass ich nicht auf deine Warnung gehört habe. Ich bedaure es nur, dass er sich nie etwas aus dir gemacht hat. Es hätte so viel Spaß gemacht, unsere Erfahrungen zu vergleichen." Sie lächelte mit hochgezogenen Augenbrauen. „So, wie es ist, musst du meinen Worten Glauben schenken, dass er wirklich ein so guter Liebhaber ist, wie in vielen Boudoirs berichtet wird."

Die Schicht von Bleiweiß-Schminke und Rouge verbargen ein natürliches und tiefes Erröten, das Lady Strathsays Wangen überzog, und eine bissige Antwort wurde nur durch das unerwartete Eintreten ihrer Enkelin verhindert.

„Theo ist nach Hause gekommen!", verkündete Antonia in ihrem stark akzentuierten Englisch. „Ich hörte eine Kutsche in den Stallhof einfahren. Charlotte, sie ging zum Fenster, weil Gabrielle meine Haare aufsteckte. Sie sagte, es müsste Theo sein, wegen all der Portmanteaux auf dem Kutschendach. Aber sie wollte mich nicht nachsehen lassen. Ich freue mich nur, weil er rechtzeitig zu Hause ist, um heute Abend ins Theater zu gehen. Obwohl Charlotte sagte …"

„Ich bin sehr erfreut, das zu hören, und noch dazu vor dem Schneefall", sagte ihre Großmutter mit einem Blick zu Lady Paget. „Trotzdem geben all diese Neuigkeiten dir kein Recht, unangemeldet in meine Zimmer hereinzuplatzen. Ich habe dich hundert Mal ermahnt, Antonia!"

„Es – es stand kein Lakai an der Tür, *grandmère*, daher dachte ich …" Antonia stockte.

„Und dieses Kleid ist nicht das, was ich für dich ausgewählt hatte."

„Aber es ist das, was ich zu tragen wünsche", sagte Antonia dickköpfig.

„Und sehr hübsch ist es auch", sagte Lady Paget und küsste Antonia auf beide Wangen.

Lady Pagets Laune hatte sich in dem Moment, als Antonia den Salon betrat, verschlechtert. Ihre sorgfältige Toilette und das teure Kleid verblassten neben Antonias Aufmachung. Sie konnte sich kaum davon abhalten, das Mädchen anzustarren. Das Kleid aus smaragdgrünem Samt mit Röcken aus Silberstoff, das Mieder, das zu einer winzigen Taille zulief und einen tiefen, viereckigen Ausschnitt hatte, der ein prachtvolles Paar schneeweißer Brüste zeigte, waren genug, um sie wünschen zu lassen, sich nicht als Anstandsdame angeboten zu haben. Das honigfarbene Haar des Mädchens – wundervoll zu einem Lockenturm arrangiert, mit einer Menge von Seidenbändern und einer Diamantspange geschmückt – war nur das Sahnehäubchen auf einer schönen Torte. Doch es war Antonias Hals, der ihren Blick anzog. Ein schlichtes und prächtiges Band aus Smaragden und Diamanten umschlang den schlanken, weißen Hals.

Erst durch eine gehässige Bemerkung, die ihre Freundin dem Mädchen aus reiner Eifersucht an den Kopf warf, wurde Lady Paget aus ihrer Trance gerissen.

„Ja, ich schätze, das ist eine ziemlich schöne Kreation", überlegte Lady Strathsay. „Dieser Maurice hat Talent. Aber er hätte beim Entwurf und Schnitt des Mieders mehr Feingefühl beweisen können. Er stellt deine Brüste sicher geradezu perfekt zur Schau, aber er hat es nicht geschafft, deine Schulter dort zu bedecken, wo diese groteske Entstellung ..."

„Gussie! Wirklich!", sagte Lady Paget mit einem verlegenen Lachen. Sie lächelte Antonia an, die steif da stand, während ihre grünen Augen vor Zorn blitzten. „Mein Liebes, schaut aus dem Fenster. Harcourts Kutsche steht auf dem Platz."

„So?", fragte Antonia und kletterte auf den Fenstersitz, ohne einen Gedanken an ihre Röcke zu verschwenden. „*Mon Dieu*, sie ist rosa! Es ist unglaublich, nicht wahr, Mylady? Oh, und die Pferde haben rosa Federn. Das ist eine Märchenkutsche!" Sie schaute in den Raum zurück und sah Charlottes gepuderten Kopf an der Tür erscheinen. „Ich kann es nicht erwarten, Theos Gesicht zu sehen. Er wird gar nicht erfreut sein, in einer rosa lackierten Kutsche ins Theater zu fahren."

Was Charlotte der Gräfin ins Ohr flüsterte, ließ diese Lady sich mit einem schnellen Blick auf Lady Paget sich erheben, woraufhin Antonia die Stirn runzelte.

„Was sagt Ihr so, dass ich es nicht hören kann?", wollte sie wissen.

„Antonia, geh zu Gabrielle und lass sie deine Locken richten. Und hole dein Reticule", befahl ihre Großmutter. „Mr. Harcourt wartet unten ..."

„Aber Theo ..."

„... kleidet sich an und wird Euch bald nachkommen", sagte Lady Strathsay und scheuchte sie zur Tür. „Jetzt tu, was man dir sagt."

Miss Harcourt lächelte sie lockend an. „Ich würde es hassen, zu spät zu Mr. Garricks Stück zu kommen."

Antonia musterte die drei Damen mit einem misstrauischen Stirnrunzeln. „Gut, ich gehe. Nur, weil Euer Bruder so freundlich ist, heute Abend seine rosafarbene Kutsche zu benutzen."

„Warum wolltest du das Mädchen loswerden?", fragte Lady Paget, als Antonia das Zimmer verlassen hatte.

Lady Strathsay und Charlotte Harcourt tauschten einen Blick.

„Mr. Fitzstuart hatte einen Passagier bei sich, Mylady", erklärte Charlotte sittsam. „Ich fand es besser, Lady Strathsay zu informieren, bevor Antonia irgendetwas erfährt. Es ist nicht unmittelbar wichtig, da der Passagier nur Mr. Fitzstuart absetzte und seinen Weg fortsetzte."

Lady Strathsay seufzte, als Lady Paget sie verständnislos anstarrte. „Sei keine dumme Gans, Kate! Muss man dir den Namen buchstabieren? Oder habe ich diesen verblüfften Gesichtsausdruck missverstanden? Vielleicht bist du einfach sprachlos vor Freude? Es ist Roxton!"

„Roxton?" rief Lady Paget aus.

„Ja! Und es wäre mir lieb, meine liebe Kate, wenn du Antonia gegenüber die Rückkehr deines Prachtbullen nicht erwähnen würdest", verkündete Lady Strathsay. „Was er in England macht, nachdem er gezwungen war, dem Comte sein Wort zu geben ... obwohl, das ist nicht deine Sache ..." Sie gab einen verärgerten Seufzer von sich und warf den Handspiegel auf die Chaiselongue. „Wie verdammt lästig! Ich kann nur denken, dass das die schlimmste Neuigkeit ist, seit ich gezwungen war, Trauer anzulegen!"

❧ ❧

In dem Moment, als Mr. Harcourts rosa Kutsche in der Drury Lane einbog und vor dem Königlichen Theater vorfuhr, wurde sie zum Mittelpunkt der Aufmerksamkeit in einem Stau schöner, eleganter Kutschen und der kleinen Menge von Theaterbesuchern, die noch auf dem Bürgersteig wartete. Auf einer Seite der Doppeltüren stand sich eine Gruppe livrierter Diener die Beine in den Bauch. Mr. Harcourts seltsames Gefährt verursachte ausreichend Ablenkung, um einen Moment Stille in dieser Gruppe zu verursachen. Der Lärm begann erneut – die Diener rannten in alle vier Ecken des Etablissements, um die Nachricht zu verbreiten, und die Insassen der rosa Kutsche sahen sich von einem lauten Empfang begrüßt.

Ein Diener blieb auf seinem Posten. Anders als seine Kameraden, die alle begierig darauf waren, ihre Herren über die Farbe von Mr. Harcourts Kutsche zu informieren – um eine Vielzahl absurder Wetten zu entscheiden – interessierte er sich nicht für die Kutsche, sondern für deren Insassen. Als sie ins Foyer getreten waren, verschwand der Diener. Seine auffällige rot-silberne Kleidung fiel Antonia auf. Als sie das Gesicht des Dieners musterte, konnte sie ihn nicht einordnen, daher ließ sie den Gedanken, sie könnte ihn bereits früher gesehen haben, fallen und widmete Mr. Harcourt ihre ganze Aufmerksamkeit.

Antonia hörte kaum ein Wort, das er zu den Leuten sagte, die ihnen auf ihrem Weg durch das heiße und stickige Foyer über den Weg liefen, so laut waren Lärm und Gelächter. Sie schnippte ihren Fächer auf und achtete darauf, sich und ihre Röcke nicht in dem Meer von Parfüm und Federn zerdrücken zu lassen. Mr. Harcourt hielt sie fest und da Mr. Fitzstuarts kräftige Gestalt voranschritt, bahnte er ihnen mit ausgestrecktem Gehstock einen Weg, so dass sie in der Lage waren, ohne größere Schwierigkeiten durch das Foyer zur Treppe zu gelangen.

Die Treppe war nicht so einfach zu überwinden. Lady Paget wurde von ihrer Gesellschaft getrennt und ging in der Menge verloren. Der Herzog von Cumberland stürzte sich auf Mr. Harcourt und Antonia; seine fetten Finger legten sich um Antonias Hand und zeigten sich selbst nach einer höflichen Vorstellung unwillig, wieder loszulassen. Mr. Fitzstuart und Miss Harcourt, die auf der Stufe darunter standen, schauten mit weit aufgerissenen Augen entsetzt zu, wie Antonia Seiner Hoheit mit ihrem Fächer einen Klaps auf die Knöchel gab und ihren Weg fortsetzte. Der Prinz schaute ihr voller Erstaunen nach. Bevor sich Mr. Fitzstuart für das unerhörte Verhalten seiner Nichte entschuldigen konnte, stieß der fette Prinz ein lautes Lachen aus und verbeugte sich vor ihrer verschwindenden Gestalt.

„Gut gemacht, Miss Moran", gratulierte Mr. Harcourt mit einem Schniefen. Er rückte einen Stuhl für sie zurecht. „Cumberland musste zurechtgewiesen werden."

„Nur Antonia kann sich einen derartigen Auftritt leisten", flüsterte Miss Harcourt Theophilus Fitzstuart zu. „Ich wäre nie so mutig. Haltet Ihr mich für einen Feigling, Mr. Fitzstuart?"

Mr. Fitzstuarts blassgrüne Augen musterten sie liebevoll. „Das und noch viel mehr, meine liebe Miss Harcourt." Er ließ sich auf einem Stuhl neben Antonia nieder. „Amüsierst du dich, Teufelchen?"

„Ja, sehr", antwortete sie aufgeregt. „Es ist nur gut, dass Ihr heute nach Hause kamt, sonst hätte ich nicht halb so viel Spaß hier. *Tiens!* Theo, Lady Paget spricht mit diesem fetten Cumberland! Wer sitzt in der dritten Loge dort drüben? Ich kann ihn nicht sehen, nur seine Schuhe. Er muss schlanker sein, wenn er derart im Schatten verschwindet, oder?"

„Bitte, nenne Seine Hoheit nicht fett, Liebes", sagte Miss Harcourt mit einem Lachen.

Mr. Fitzstuart versuchte, Antonias Aufmerksamkeit von Lady Paget abzulenken, indem er auf das Orchester und die im Parkett sitzenden

Personen hinwies, und es gelang ihm bewundernswert, bis Mr. Harcourt einen Schrei ausstieß.

„Oh Gott! Cumberland winkt uns mit seinem Taschentuch zu!“, stöhnte Mr. Harcourt. „Miss Moran, kommt bitte vom Geländer weg, sonst wird uns auch noch der Rest der jungen Hunde zuwinken! Diese Unverschämtheit! Was – macht – Ihr – denn – da?“, schrie er auf.

„Es ist nur höflich, zurückzuwinken. Ich kann diesen fetten Mann nicht ignorieren, sonst wird er lästig und winkt uns den ganzen Abend zu!“

„Komm her und setz dich“, lockte ihr Onkel und streckte seine Hand aus.

„Ich hatte gehofft, Ihr würdet ihn ignorieren“, sagte Mr. Harcourt schmollend.

„Still, Percy. Du machst dich lächerlich“, sagte seine Schwester Charlotte und wagte es, ihn anzulächeln, was ihn nur in eine Depression stürzen ließ. „Vielleicht könntest du deinen Diener nach Erfrischungen schicken?“

„Vielleicht einen Becher Wasser, um ihn Percy über den Kopf zu schütten und ihn abzukühlen?“, fragte Mr. Fitzstuart fröhlich.

„Ich wünschte Cumberland würde gehen!“, grummelte Mr. Harcourt und verschränkte die Arme. „Wenn er weiter so starrt …“

„Beherrsche dich, liebster Bruder“, warnte Charlotte.

„Harcourt, das ist lächerlich von Euch“, schalt ihn Antonia. Bewusst und auffällig reichte sie dem Gecken ihr Taschentuch. „So. Jetzt wird er nicht länger Euren scharlachroten Rock und das tote Ding, das Ihr um Euren Hals tragt, anstarren …“

„Mich anstarren? Aber er – Ihr seid es – nun, ich – danke …“, stotterte Mr. Harcourt und seine Laune hellte sich sofort auf. „Euch gefällt mein Rock nicht, Miss Moran?“, fragte er besorgt.

„Es ist ein sehr schöner Rock. Obwohl ich nicht finde, dass gelbe Hosen Euch so gut kleiden.“

„Nicht?“, murmelte er niedergeschlagen. „Und mein Muff?“

Antonia gab ihm keine Antwort. Sie wurde abgelenkt, als das Orchester anfing und vom Parkett Jubel ertönte.

„Ich hoffe, dass dieser Schauspieler Garrick gut ist.“

„Einer der besten Schauspieler, die dieses Land hervorgebracht hat, meine Liebe“, versicherte Miss Harcourt ihr und lehnte sich zurück, um die Vorstellung zu genießen.

Der erste Akt lief bereits seit einiger Zeit und Antonia amüsierte sich mit aller Begeisterung von jemandem, dem Mr. Garricks schauspielerische Fähigkeiten neu waren, als sie sich zu ihrem Onkel umdrehte, um eine Bemerkung über die weibliche Hauptdarstellerin zu machen, und ihn dabei ertappte, wie er sie mit einem seltsamen Ausdruck auf dem Gesicht anlächelte. Sie runzelte die Stirn, aber er schien nicht zu bemerken, dass sie ihn anstarrte, daher sagte sie nichts, bis der der Vorhang fiel und das Publikum begann, die Beine zu strecken, Erfrischungen zu sich zu nehmen und Gespräche mit Bekannten zu beginnen.

„Ich verstehe absolut nicht, was heute Abend mit Euch los ist, Theo", sagte sie schließlich. „Wenn Ihr mich weiter anschaut wie ein vom Donner gerührter *mouton* werde ich wütend werden!"

„Ein – Sch–schaf, *chérie?*"

„Ein – ein *mouton* – Schaf? Ja, so seht Ihr aus. Ich mag dieses Aussehen gar nicht, also lasst das bitte."

„Wenn ich dich an ein Schaf erinnere, kann ich auch verstehen, warum!" Mr. Fitzstuart lachte in sich hinein.

„Warum schaut Ihr mich so an?", fragte sie und musterte ihn scharf.

„Oh, weil du sehr schön bist", sagte er.

Antonias Fächer schloss sich mit einem Knall. „Das ist keine Antwort, die ich glauben kann!"

„Ich frage mich, wohin Lady Paget verschwunden ist?", fragte er beiläufig und begann die Reihe der Logen zu seiner Rechten zu überfliegen, bis er wieder zu seiner Nichte schaute, die ihn noch immer stirnrunzelnd ansah. „Wenn ich es dir sage, wirst du mich für langweilig halten."

Auf Antonias Gesicht erschienen Grübchen. „Besser ein Langeweiler als ein *mouton* oder ein Schwätzer. So nennt *grandmère* Harcourt nämlich. Heißt das so viel wie dumm?"

„Mama hat eine nette Art, das auszudrücken."

„Etwas ist geschehen, während Ihr in Treat wart", sagte Antonia. „Ich kann es sehen. Ihr habt ein Geheimnis! Kennt Ihr Theos Geheimnis, Charlotte?"

„Geheimnis?", platzte Mr. Harcourt heraus, alles Interesse an Mr. Garrick war verschwunden.

Charlotte schüttelte den gepuderten Kopf und lächelte. „Euer Onkel und ich hatten seit seiner Rückkehr noch keine Gelegenheit, uns zu unterhalten, meine Liebe. Falls er ein Geheimnis hat, konnte er es mir noch nicht anvertrauen."

„Er hat so ein dümmliches Grinsen auf seinem Gesicht!", warf Mr. Harcourt ein. „Nehme an, es ist die Landluft." Er schauderte. „Schweine und Kühe und Schafe. Bäh! Lady Paget! Ihr seid endlich wieder da! Meine Gefühle waren zutiefst verletzt, da ich dachte, Euch sei nichts an unserer Gesellschaft gelegen."

„Hörte ich meinen Namen im selben Atemzug erwähnen wie einen

Haufen Tiere vom Bauernhof?", fragte Lady Paget. „Was ist los? Es würde mich nicht überraschen, wenn diese Loge ebenso viel Aufmerksamkeit erhielte wie Mr. Garrick. Armer Mann! Oh nein! Dieser elende Mann winkt Euch schon wieder zu, Antonia. Ich habe ihn gewarnt."

„Cumberland!" kreischte Mr. Harcourt und sprang zum Geländer.

Antonia interessierte sich weder für die Mätzchen des Herzogs von Cumberland noch für Mr. Harcourts Benehmen, als er in die Richtung des fetten Prinzen knurrte. Sie drehte sich zu Lady Paget um, die hinter ihrem Stuhl stand.

„Theo hat ein Geheimnis. Charlotte kennt es nicht. Mylady, glaubt Ihr nicht auch, dass Theo sich die ganze Zeit, seit er aus Treat zurück ist, wie ein großes, verblüfftes Schaf benommen hat?"

Lady Paget kicherte hinter ihrem Fächer. „Eine treffende Beschreibung, mein liebes Mädchen." Ihre braunen Augen weiteten sich, als sie Mr. Fitzstuart anschaute. „Ich war selbst etwas verblüfft. Gerade eben, in der Tat."

„Tatsächlich?", antwortete Mr. Fitzstuart überrascht. „Ich hätte nie gedacht …"

„Im Foyer, lieber Junge", gestand Lady Paget. „Rein zufällig. Aber ich bekam einen Schock."

Antonia sah sie beide an. „Ich verstehe überhaupt nicht, worüber Ihr redet! Es ist gegenüber Charlotte und mir gegenüber sehr unfair, wenn Ihr in Rätseln sprecht."

„Nur zu wahr, Antonia!", sagte Charlotte mit dem Hauch eines Lächelns in Mr. Fitzstuarts Richtung. „Obwohl ich das Geheimnis kenne. Ich habe es nicht im Foyer, sondern im Hof am Hanover Square entdeckt."

Diese Aussage verärgerte Antonia und da sie diesen Verlauf der Unterhaltung verwirrend fand, drehte sie sich wieder zu Mr. Harcourt um, schaute ins Publikum und fragte ihn, was er von Mr. Garricks Vorstellung hielte. Lady Paget sah Antonia nachdenklich an und reichte Mr. Fitzstuart ein Stück gefaltetes Papier.

„Ich bin keineswegs sicher, was hiermit geschehen sollte, daher gebe ich es Euch", sagte sie zu ihm. „Entscheidet Ihr für mich. Eure Moral ist weit besser als meine. Wenn es die Entscheidung Eurer Mutter wäre, würde sie auf jede Formalität verzichten und mich eine übervorsichtige Glucke nennen."

Mr. Fitzstuarts verwirrter Gesichtsausdruck wurde heiter, als er das Schreiben las. Er gab es Charlotte zum Lesen. Mr. Harcourt sah seiner Schwester über die Schulter, sein Augenglas kitzelte sie am Ohr, als er sich bemühte, das Gekritzel zu lesen. Bevor er jedoch die Gelegenheit hatte, mehr als ein paar Worte zu erkennen, faltete seine Schwester das

Papier zusammen und gab es Mr. Fitzstuart zurück, der sich seiner Nichte am Geländer anschloss und ihr die Nachricht gab.

„Ich erwarte Eure Anweisungen, Mademoiselle", sagte er mit gespielter Ehrfurcht.

Antonia las die kurze Notiz und gab sie ruhig an ihren Onkel zurück, ein Grübchen auf jeder Wange. „Ich denke, dieser M'sieur Garrick ist ein sehr guter Schauspieler, daher mag er sich meinen Fächer ausleihen." Sie wickelte die silberne Kette von ihrem Handgelenk ab und legte den Fächer auf das Kissen, das ein Diener hinter Lady Paget in die Loge gebracht hatte. „Ihr solltet M'sieur aber warnen, dass er gut auf meinen Fächer aufpassen möge, da er ein Geschenk von Vallentine war, der ein besonderer Freund von mir ist", sagte sie zu dem Diener. „Ich würde ihm nie verzeihen, wenn er beschädigt würde."

Der Diener zog sich unter Verbeugungen zurück und Antonia kehrte wieder ans Geländer zurück, wo Mr. Harcourt brütend schmollte. Sein spitzes Kinn war nach oben gereckt, seine Arme verschränkt und er ließ das Augenglas an seinem Band zwischen zweien seiner Finger herumschwenken.

„Möchtet Ihr dies sehen?", fragte Antonia und wedelte mit der Nachricht. „Es ist von M'sieur Garrick."

Als der junge Mann ihr das Papier aus der Hand riss, erntete er viel Gelächter von seinen Freunden, ignorierte sie aber, während er die Nachricht las. Er war der einzige, der den Witz daran nicht erkennen konnte. „Unverschämter Kerl! Er und Cumberland, alle beide! *Haben Eure Augen die gleiche leuchtende Farbe wie Eure Smaragde?* Wirklich! Aufdringlich und – und vorwitzig! Es ist erstaunlich, dass Ihr Miss Moran erlaubt habt, ihren Fächer zu übergeben, Theo."

„Kommt schon, Percy, es ist doch nur ein wenig Spaß", sagte Mr. Fitzstuart.

Mr. Harcourt ließ sich nicht besänftigen. „Die Freiheiten, die diese Schauspieler sich herausnehmen!"

„Seht Euch meine Augen an, Harcourt", verlangte Antonia und stellte sich auf Zehenspitzen vor ihn. „Sie haben die gleiche Farbe wie meine Smaragde. Wir – *grandmère*, Theo und ich – haben alle solche Augen. Und *M'sieur le duc*, er hat diese Steine genau aus diesem Grunde für mich ausgesucht."

„*M'sieur le duc* hat einen ausgezeichneten Geschmack", sagte eine sanfte männliche Stimme aus dem hinteren Teil der Loge.

Gepuderte Köpfe drehten sich um, um zu sehen, wer zu ihnen gestoßen war. Doch Antonia wandte sich nicht um. Sie wusste, wer es war, und die Freude und der Unglaube, diese geliebte Stimme zum ersten Mal seit zwei Monaten zu hören, hielten sie am Geländer fest.

Seine Gnaden, der hochedle Herzog von Roxton, wie üblich in Schwarz gekleidet, einen Solitär in den Spitzenfalten an seiner Kehle, und die rabenschwarzen Locken aus dem Gesicht gezogen, hielt sein Augenglas hoch, um Mr. Harcourts kleine Gesellschaft zu mustern. In Lady Pagets Augen hatte er nie so elegant und so selbstsicher ausgesehen. Er versuchte nicht, sich der Gruppe anzuschließen, sondern stand im Lichte eines der Wandleuchter und wartete auf eine Reaktion.

Mr. Harcourt war der erste, der vortrat. „Es ist Roxton! Euer Gnaden, welche Überraschung! Wir dachten, Ihr hättet Euch dauerhaft in Paris niedergelassen. Nicht wahr, Theo? Gut! Gut! Willkommen daheim, Herzog."

„Ich muss mich einer kleinen Täuschung schuldig bekennen", gestand Mr. Fitzstuart.

„Ja, das solltet Ihr", tadelte Lady Paget scherzhaft. „Ich hätte schwören können, dass Ihr wegen des Herzogs nach Treat gereist wart."

„Ja?", fragte Mr. Harcourt. „Ist meine Freundschaft Euch so wenig wert, Theo, dass Ihr das geheim halten müsst …"

„Still, Percy", sagte Charlotte, die den Herzog beobachtete, der nur Augen für Antonia hatte. Sie berührte Mr. Fitzstuarts Arm und er folgte ihrem Blick. „Jetzt kennen wir das Geheimnis deines Onkels, Antonia", sagte sie zu dem hochaufgerichteten Rücken des Mädchens. „Aber warum er diese Neuigkeit für sich behalten sollte …"

Doch Antonia hörte nichts vom Verlauf der Unterhaltung. Sie war so glücklich und aufgeregt, dass sie ihr Englisch sofort vergessen hatte. Bevor der Herzog Gelegenheit hatte, eine Silbe auszusprechen, stand sie vor ihm, drückte sich in einer Wolke aus Samt an ihn und schaute erwartungsvoll zu seinem Gesicht auf, eine Hand um einen der silbernen Knöpfe an seiner Weste geklammert.

„Ihr seid es!", flüsterte sie mit Tränen in den Augen. „Ich glaubte, ich würde Euch nie wiedersehen. Wann seid Ihr nach London gekommen? Ich war so einsam ohne Euch. Es war eine *so* lange Zeit und ich habe Euch so viel zu erzählen! Ich hatte schon angefangen zu glauben, dass Ihr das, was Ihr in Paris zu mir sagtet, wirklich auch so gemeint hättet. Ihr habt meine Briefe nie beantwortet und – oh! Mon–monseigneur, jetzt bin ich so sehr, *sehr* glücklich!"

Der Herzog war auf eine so begeisterte Begrüßung absolut nicht vorbereitet, und die eine Reaktion zu erhalten, nach der er sich so gesehnt hatte, machte ihn sprachlos. Hundert Worte lagen ihm auf der Zunge, blieben jedoch unausgesprochen. Er schluckte schwer, konnte sich aber noch immer nicht dazu bringen, etwas zu sagen. Instinktiv bewegten sich seine Arme um Antonias kleine Taille und er zog sie an sich, nur um sich sofort von ihr zurückzuziehen und zurückzutreten. Er erinnerte sich daran, dass sie nicht allein waren, dass sie sich an einem öffentlichen Ort befanden und sich allein in ihrer Loge vier interessierte Zuschauer aufhielten – wenn nicht sogar die ganze Welt, die gerade im Theater saß, jede ihrer Bewegungen beobachtete.

„Antonia", flüsterte er heiser und starrte sie mit seinen schwarzen Augen unverwandt an, „ich flehe dich an, um Gottes willen, tu mir das nicht an."

Sie verstand es nicht. Alles, was sie sah, war ein unverständlich unterdrücktes Gefühl in seinem aschfahlen Gesicht, und sie stockte.

„Aber ich dachte … Ihr freut Euch nicht, mich zu sehen? Ihr habt mich nicht vermisst? Ihr – seid nicht gekommen, um mich abzuholen?"

Der Herzog verschlang sie weiter mit Blicken und wollte zu sprechen beginnen, fand jedoch wieder keine erklärenden Worte. Endlich ließ eine Bewegung hinter ihrer Schulter ihn zu einem Entschluss kommen. Er packte ihre Handgelenke, um sie grob von sich wegzuschieben und trat in die Loge. Ein Augenblick, vielleicht nicht einmal eine Minute, war vergangen, aber es war genug, um ihr Publikum in verlegenes Schweigen verfallen zu lassen.

Es war Mr. Fitzstuart, der rasch in die Bresche sprang und vortrat, Charlotte mit sich zog, um sie dem Herzog vorzustellen. Sie war geistesgegenwärtig genug, um ihn mit einem Schwall von Geplauder über ein unwichtiges Thema zu überschütten, das keiner Antwort bedurfte. Das alles überstieg jedoch Mr. Harcourts Verständnis, er konnte weder das Verhalten Antonias noch das des Herzogs nachvollziehen. Trotzdem fühlte er sich davon seltsam peinlich berührt und wandte sich ab, um die Bewegungen des Publikums, das seine Plätze für den zweiten Akt einnahm, zu beobachten.

Nur Lady Paget schien von der eben beobachteten emotionalen Szene zu berührt, um sie zu ignorieren. Sie konnte nicht anders, als den Herzog erneut anzustarren, da sie eine Seite an ihm entdeckte, von der sie gedacht hatte, dass sie ihm völlig fehlte. Sie war nicht zornig oder eifersüchtig, sie empfand auch Antonia gegenüber nicht die leiseste Feindseligkeit, weil diese errungen hatte, was sie selbst in dem Jahr, in dem sie die Geliebte des Herzogs gewesen war, vergeblich ersehnt hatte. Seltsamerweise fühlte sie sich dem Mädchen näher als je zuvor. Und sie war es auch, die einen tröstenden Arm um Antonias nackte, zitternde Schultern legte.

„Solltet Ihr Euch nicht setzen, meine Liebe?", flüsterte sie beruhigend. „Vielleicht ein Glas Burgunder?"

Antonia konnte nur ihre Locken schütteln. Sie war so betroffen, dass ihr Kopf schmerzhaft pochte und ihr einziger Wunsch war, allein zu sein. Sie hatte sich noch nie törichter gefühlt, war noch nie mehr davon überzeugt gewesen, dass der Herzog sich nicht mehr und nicht weniger aus ihr machte als aus jeder seiner abgelegten Mätressen. Ohne es zu bemerken, rannen ihr beim Blinzeln die Tränen über das Gesicht.

Ihr Onkel kam auf Lady Pagets Zeichen hin, und überließ es Miss Harcourts tapferen Bemühungen, das Stück dieses Abends mit dem Herzog zu diskutieren.

„Ich bringe Antonia nach Hause", teilte Lady Paget ihm mit. „Ruft Ihr uns bitte eine Kutsche?"

„Nicht doch! Ich bringe Euch zurück!", sagte Mr. Harcourt. „Ihr könnt mit Charlotte hierbleiben, Theo. Mir selbst liegt nicht viel an Garrick. Denkt daran, Miss Morans Fächer zurückzuholen. Ich mag Schauspieler nicht und traue ihnen auch nicht. Er könnte das Ding verpfänden, sobald er das Gebäude verlässt. Tut mir leid, Euch hier so sitzenzulassen, Euer Gnaden, aber ich denke, Ihr versteht, wie es sich verhält. Wie steht es, Theo?"

„Sei ruhig, Percy", sagte Mr. Fitzstuart und schob seinen Freund zur Tür. Er nahm Antonias Umhang von einem Diener entgegen und legte ihn ihr um die Schultern.

Roxton trat einen Schritt vor, so offensichtlich schuldbewusst, dass er zum ersten Mal in seinem Leben nicht wusste, was er als Nächstes tun sollte. Er wurde von Lady Paget aufgehalten.

„Ich hätte gedacht, dass neun Wochen reichlich Zeit wären, um einen vernünftigen Satz zu finden, den das Mädchen verstehen könnte", sagte sie mitfühlend. Als er ihr nicht in die Augen sehen konnte, drückte sie seinen Arm. „Brandy eignet sich sehr gut zur Beruhigung der Nerven. Ich beabsichtige, Antonia einen guten Schluck zu geben. Das wird Wunder wirken, ebenso wie ein Besuch von Euch am Morgen. Gute Nacht, Euer Gnaden."

ZWÖLF

Der Morgen nach dem Ausflug ins Königliche Theater war kalt. Nebel hing tief am Boden und drohte zu verweilen. Gabrielle weckte ihre Herrin eine Stunde früher als gewöhnlich. Sie stellte das Frühstückstablett wie immer auf den Tisch am Fenster und zog die schweren Vorhänge zurück, um das gedämpfte Licht eines Wintertages hereinzulassen. Ein Zimmermädchen kam auf leisen Sohlen herein, kniete sich an den Kamin, um das Feuer wieder anzuschüren und zündete dann die Wandleuchter im Ankleideraum und dem kleinen Wohnzimmer an. Die Geräusche einer erwachenden Stadt lockten Gabrielle an ein mit Raureif bedecktes Fenster.

Die auffälligen Rufe der zahlreichen Verkäufer, das Rumpeln der Wagenräder auf den Pflastersteinen und die Schreie der Hirten, die ihre Tiere zum Markt trieben, ließen das Mädchen Heimweh nach Paris bekommen. Doch im Hof unter dem Wohnzimmerfenster herrschte auch in der Nähe größere Aktivität. Stalljungen gingen pfeifend ihrer Arbeit nach, als sie eine schlammbespritzte und schmutzige Reisekutsche, die in der vorigen Nacht aus Ely gekommen war, auf Schäden untersuchten.

Gabrielle zögerte, ihre Herrin zu wecken. Sie wusste, dass sie gar nicht gut geschlafen hatte. Andererseits, seit sie Paris verlassen hatten, war keine Nacht vergangen, in der ihre Herrin nicht einen Teil der dunkelsten Stunden wachend am Fenster zusammengerollt verbracht hatte, die Arme um die Knie geschlungen und trostlos zu den Sternen aufschauend. Fort war der ansteckende, lebhafte Geist ihres jugendlichen Optimismus. Es war, als hätte sich eine große Last auf die Schultern des jungen Mädchens gelegt, eine Last, die so schwer war, dass sie drohte, ihr den Atem abzudrücken.

Gabrielle ahnte ziemlich genau, worin diese Last bestand und wer sie verursacht hatte. Es machte sie unermesslich traurig. Und obwohl sie ein gutes, ehrliches, gottesfürchtiges Mädchen war, das immer geglaubt hatte, dass eine Frau, die sündigte, eine sehr öffentliche Demütigung für die Früchte ihrer Taten verdient, betete sie täglich, dass dies Antonia nicht zustoßen würde. Sie hoffte aus ganzem Herzen, dass es eine andere Erklärung dafür gäbe, dass das Mädchen keinen Appetit mehr hatte, blasser als gewöhnlich war und ihr monatliches Unwohlsein nicht mehr aufgetreten war, seit sie Paris verlassen hatten. Irgendeinen anderen Grund als den, den Gabrielle am meisten fürchtete.

Ausgerechnet an diesem Morgen schlief ihre Herrin tief, nach einer besonders unruhigen Nacht, und wenn sie nicht nach Twickenham hätten abreisen sollen, würde Gabrielle sie nicht geweckt haben, und wenn der König von Frankreich vor der Tür gestanden hätte.

Sie ließ Antonia allein, um in ihrem Frühstück zu stochern, und ging, um sich um ihr Bad zu kümmern.

Das Ankleiden ging schweigend vor sich. Antonia zeigte kein Interesse an der Auswahl eines passenden Reisekleids, auch nicht am Aufstecken ihrer frisch gewaschenen Locken. Gabrielle tat ihr Bestes und wählte ein einfaches, offenes Samtgewand mit Röcken in einem passenden Lavendelton. Gabrielle hätte gerne einen Hauch von Rouge auf die hohen Wangenknochen des Mädchens getupft und ihren vollen Mund mit roter Lippenfarbe geschminkt, denn das kleine, herzförmige Gesicht im Spiegel war zu blass und traurig. Stattdessen flocht sie das lange, feuchte honigfarbene Haar sorgfältig zu sehr feinen Zöpfchen, schlang mehrere um den Kopf des Mädchens und verbarg den Rest davon in ihrem Nacken in einem silbernen, mit Halbedelsteinen besetzen Netz und befestigte das Ganze mit langen, perlenköpfigen Nadeln. Das Ergebnis war atemberaubend, aber als Antonia in den ihr hingehaltenen Handspiegel schaute, sah sie ihr Spiegelbild nicht und lobte Gabrielle mechanisch für ihre Arbeit.

Ein Diener kam wegen der Portmanteaux und Gabrielle ließ Antonia am Frisiertisch sitzen, wo sie die Brotscheiben vor sie hinstellte, die sie unberührt auf dem Frühstückstablett gelassen hatte. Als sie zurückkam, war das Brot noch immer unberührt und Antonia schrieb an ihrem Sekretär aus Walnussholz einen Brief.

„Warst du je in Venedig, Gabrielle?"

„Pardon, Mylady?"

„Ich werde in Venedig leben", verkündete Antonia und stellte die Feder wieder in den Ständer. „Kommst du mit mir?"

„Aber Mylady, ich – ich war noch nie fort von Paris, bis wir hierher nach London kamen. Ich – ich kann die Sprache nicht sprechen, und …“

„Du sprichst auch kein Englisch, aber wir sind hier in England“, widersprach Antonia und siegelte ihren Brief mit einer Oblate. „Wir können nicht nach Paris zurückkehren, weil ich dort zu einer abscheulichen Ehe gezwungen würde, die ich absolut nicht will. Und vielleicht würde ich *M'sieur le d– … ihn* irgendwo sehen, und das könnte ich nicht ertragen … Papa hat Freunde in Venedig, und auch Maria ist jetzt dort. Sie wird sich nicht aufregen wegen des B… – ich kann auf keinen Fall hierbleiben, weil der arme Onkel Theo sich nie von dem Schock über meine Schande erholen würde. Wenn du nicht mitkommen möchtest, würde ich das verstehen und es stünde dir frei, zu deiner Mutter und deinen Schwestern zurückzukehren.“

Auf diese Worte hin blinzelte Gabrielle, hielt es aber in Anbetracht des offensichtlich verstörten Geisteszustands ihrer Herrin für das Beste, allem zuzustimmen. „Nein, Mademoiselle. Ihr könnt nicht allein reisen. Wer würde sich um Euch kümmern und für das kleine … Natürlich komme ich mit.“ Sie reichte Antonia einen Zobelmuff und ein Paar lavendelfarbener Glacéhandschuhe. „Mademoiselle Harcourt und M'sieur sind in der Halle.“

Es klopfte ganz sacht an der äußeren Tür und Charlotte Harcourt trat unangemeldet ein.

„Gut, Ihr habt einen Muff“, sagte sie fröhlich. „Percy hat Wärmesteine in der Kutsche, aber Ihr werdet Eure Handschuhe und den Muff brauchen. Es ist kalt, aber ich glaube, die Sonne wird in nicht allzu langer Zeit herauskommen. Wenn nur der Nebel sich heben wollte. Dann würde unsere Fahrt perfekt. Ich habe darauf bestanden, dass Percy die rosa Kutsche in London lässt, so dass wir in der relativen Anonymität eines kornblumenblauen Wagens reisen. Gott sei Dank bin ich diejenige in der Familie, die über gesunden Menschenverstand verfügt!“ Sie erblickte den versiegelten Brief auf dem Tisch. „Oh, habe ich dich unterbrochen? Soll ich gehen?“

„Nein. Ich bin fertig und Gabrielle wird meinen Brief beim Butler lassen, der ihn zur Post geben soll.“

„Sehr schön. Ich hoffe, Euer Mädchen hat ein Reitkleid eingepackt“, sagte Charlotte mit aufgesetzter Fröhlichkeit, denn sie sah die dunklen Ringe unter den Augen des Mädchens und die blassen Wangen. „Ich kann es nicht erwarten, dir unser Haus und das Grundstück zu zeigen. Es ist Percys ganzer Stolz. Er ist immer noch dabei, einen Flügel zu renovieren, aber es wird ziemlich gotisch sein, wenn erst alles fertig ist. Ich hoffe, Ihr werdet Euch nicht an den Zimmerleuten,

Maurern und Arbeitern stören. So macht alles nur noch mehr Spaß! Kommt schon, wir dürfen Percy nicht warten lassen, oder …"

Antonia blieb auf dem zweiten Treppenabsatz plötzlich stehen und berührte Charlottes Arm. „Ich möchte um Verzeihung bitten, weil ich mich im Theater benommen habe wie ein *imbécile*."

„Denkt nicht mehr daran. Wir haben es gar nicht beachtet."

„Aber ich habe mich wirklich benommen wie ein *imbécile*."

„Unfug! Es war sehr unhöflich von ihm, sich so …"

„Nein", sagte Antonia fest und sah auf ihren Muff hinunter. „Er – er kann schlechtes Benehmen nicht ausstehen. Es war sehr unmanierlich von mir, mich an einem öffentlichen Ort so kindisch zu benehmen. Dieses gedankenlose Verhalten von mir hat ihn sich sehr unbehaglich fühlen lassen."

„Still, Liebes", sagte Charlotte lächelnd. „Vergesst es. Wie auch immer Euer Verhalten gewesen sein mag, seines war nicht besser. Nicht, dass wir Euch für im Geringsten ungezogen hielten. Es war nur natürlich, dass Ihr … Aber wirklich, so sollten wir unsere Ausflugswoche nicht beginnen! Percy steht sich in der Halle die Beine in den Bauch, der arme Mann."

Sie nahm Antonia am Arm und ging weiter die Treppe hinab. Doch auf dem ersten Treppenabsatz bleib Antonia wieder stehen und wollte nicht weitergehen. Charlotte hatte auch die Stimmen unten in der Halle gehört und spähte über die Balustrade. Nur der Butler und ein Diener waren zu sehen.

„Es ist nur Hawthorne", versicherte sie Antonia. „Höchstwahrscheinlich redet Percy mit deinem Onkel. Er wollte sich unbedingt von Euch verabschieden. „

„Nein. Es ist *M'sieur le duc*", erklärte Antonia.

Charlotte war skeptisch, aber sie gab dem Mädchen nach. „Glaubt Ihr? Sollen wir über die Dienstbotentreppe zum Hof schlüpfen?"

Antonia schüttelte den Kopf. „Ich mag eine Närrin sein, aber ich bin kein Feigling." Damit folgte sie Charlotte die letzten Treppenstufen hinab in die große Eingangshalle.

Es war in der Tat der Herzog. Er war in eine schwarze Reitjacke aus Samt mit silbernen Besätzen gekleidet, dazu eng am Oberschenkel anliegende lederfarbene Reithosen, und hatte einen staubigen Reitstiefel auf die unterste Treppenstufe und einen Ellenbogen auf das Geländer gestützt; in der Hand hielt er eine Reitgerte.

Charlotte knickste und sagte „Guten Morgen", wurde aber kaum beachtet, da der Blick des Herzogs fest auf Antonia ruhte, seit sie die erste Stufe der Haupttreppe betreten hatte. Charlotte wusste nicht, ob sie an Antonias Seite bleiben oder sich entfernen sollte. Unentschlossen zögerte sie und warf einen Blick auf das so schöne Gesicht des Edelmannes, das so undurchschaubar wirkte wie je. Charlotte mochte nichts für diesen arroganten Edelmann und seine berüchtigten, schändlichen Gewohnheiten übrighaben, doch sie fand nichts dabei, dass er mit Antonia an einem so öffentlichen Platz wie einer Eingangshalle sprach und zog sich daher auf diskrete Entfernung zu einer Gruppe von Sofas neben der Treppe zurück.

Antonia wollte ihr folgen, doch der Herzog vertrat ihr den Weg. Ihre behandschuhte Hand umklammerte das Geländer und sie spürte, wie ihr Herz schneller schlug, doch war sie merkwürdig taub. Sie hatte geübt, was sie zu ihm sagen wollte, wenn sie je Gelegenheit dazu haben sollte, und sie war entschlossen, ihre Sätze ohne Emotion auszusprechen. Charlotte als stumme Zeugin zu haben, half, aber nichts konnte die Röte aus ihren Wangen fernhalten.

„Ich muss mit dir sprechen", verlangte der Herzog leise. „Allein."

„Guten Morgen, Euer Gnaden", antwortete Antonia ruhig, ihren Blick auf die Diamantnadel in seiner Spitzenkrawatte gerichtet. Sie sprach Englisch, mit ihrem seltsamen Akzent, obwohl er sie auf Französisch angesprochen hatte. „Wenn Ihr mich entschuldigen wollt, ich war gerade dabei, mit Charlotte auszugehen. Wenn Ihr also so freundlich wäret …"

Er trat einen Schritt näher und ergriff ihren Ellenbogen. „Hör mir zu, Antonia. Es ist wichtig, dass ich dir erkläre, warum ich …"

Sie riss ihren Arm los und vergrub ihre in Handschuhen steckenden Hände tief in ihrem Muff. „Es ist völlig unnötig, dass Ihr mir noch mehr erklärt, Euer Gnaden. Ihr habt Euch an jenem Morgen in Paris ausreichend klar ausgedrückt und ich hätte auf Eure Worte hören sollen …"

„Ich habe nichts dergleichen getan", widersprach er und konnte nicht widerstehen, mit dem Handrücken über ihre Wange zu streichen. „Ich habe dich abscheulich behandelt."

„Bitte, Euer Gnaden, die Harcourts warten auf mich, um nach Twickenham zu fahren", stammelte sie und spürte, wie bei seiner Berührung Röte auf ihrem Gesicht aufflammte.

„Deine Aussprache des Englischen hat sich sehr schnell verbessert, seit du mich verlassen hast", lobte er sie und lächelte über ihr Erröten, „aber es ist mir viel lieber, Französisch mit dir zu sprechen. Wirst du mir nicht fünf Minuten deiner Zeit gönnen, *mignonne*? Die Pferde können warten …"

Antonia zögerte, schaute auf und sah sein nachsichtiges Lächeln. Sie wurde davon nicht nur verwirrt, sondern vergaß darüber ihr Englisch und ihre gut einstudierten Sätze, die sie sich jede Nacht in der Einsam-

keit ihres Himmelbettes vorgesagt hatte. Der Klang von Stimmen vom
Portikus her, die Tatsache, dass der Butler auf Charlotte zugekommen
war und beide in der Nähe standen, erfüllten sie mit einem Gefühl der
Eile. Vielleicht würde sie keine andere Gelegenheit erhalten, zu sagen,
was sie dachte, und ihre Entschlossenheit, emotionslos zu bleiben,
schwand. Sie sprach hastig auf Französisch.

„Ihr müsst Euch nicht im Geringsten schuldig fühlen", versicherte
sie ihm mit leiser Stimme. „Ihr habt nichts Falsches getan. Nicht mehr
oder weniger, als das, worum ich Euch bat."

„Schuldig? Aber ich wollte erklären, warum …"

„Das ist wirklich nicht nötig. Ich verstehe es. Wirklich. Als Ihr mich
in Eurer Kutsche nach Paris brachtet, hätte ich wissen sollen, dass Ihr
nur einer entfernten Cousine eine Freundlichkeit erweisen wolltet und
nicht …"

„Freundlichkeit? Mein Handeln hatte nichts mit Freundlichkeit zu
tun. Selbst damals schon …"

„Bitte Monseigneur! Ihr müsst mir erlauben, zu Ende zu sprechen",
sagte sie mit einer plötzlich erhabenen Zurückhaltung, die in dazu
veranlasste, ein Lächeln zu unterdrücken. „Andernfalls werde ich mich
verhaspeln und das darf nicht sein, weil ich Euch sehr viel zu sagen
habe."

„Sehr schön. Sprich weiter", sagte er geduldig und stützte einen
Ellbogen auf das Geländer.

„Mir ist jetzt klar, dass Ihr mir in Paris viele kleine Freundlichkeiten
erwiesen habt und ich hätte sie als das auffassen sollen. Stattdessen, weil
ich sehr naiv und dumm war, habe ich meinen Gefühlen vertraut und
zu hoffen gewagt, dass Ihr das Gleiche empfandet wie ich." Einen
Moment schaute sie ihm tapfer in die Augen. „Dass Ihr das nicht tut,
ist kaum Eure Schuld, daher verzeihe ich Euch."

Er schluckte. „Ich verdiene es kaum …"

„Bitte! Bitte unterbrecht mich nicht. Es fällt mir sehr schwer, diese
Dinge zu sagen", bat Antonia flüsternd. Sie räusperte sich, trat ein
wenig näher, damit nur er sie hörten könnte, und fuhr fort. „Ich
möchte, dass Ihr wisst, dass, was auch immer geschieht, Ihr Euch mir
gegenüber nicht verpflichtet fühlen müsst wegen dem, was wir – was
wir – was – zwischen uns *passiert* ist. Das ist vorbei und alle Folgen habe
ich allein zu tragen. Wenn Ihr so höflich gewesen wäret, mir eine
Antwort auf nur einen meiner vielen Briefe zukommen zu lassen, die
ich Euch geschrieben habe, würde ich jetzt nicht hier stehen und Euch
alles erklären müssen, denn ich würde wissen, dass Ihr es verstanden
habt … Aber im Theater habt Ihr Euch mir gegenüber sehr deutlich

verhalten. Also denke ich, dass wir uns jetzt verstehen. Ich werde Euch nicht wieder belästigen. Jetzt lasst mich bitte vorbei.“

Er trat nicht beiseite und sie bemühte sich auch nicht gleich zu gehen. Trotz allem, was um sie herum geschah, war es, als wären sie die beiden einzigen Menschen in der großen Halle. Der Herzog hob langsam ihr Kinn, um in ihre grünen Augen zu schauen.

„Ich habe nie versucht, mein Leben vor dir zu verbergen, Antonia, auch nicht die gemeinsten Facetten davon“, sagte er sanft. „Und dennoch, obwohl du wusstest, wie ich bin, hieltest du mich für einen besseren Mann. Ich verdiene dich nicht, schon gar nicht nach der unverzeihlichen Art und Weise, wie ich dich behandelt habe. Aber seit wir ein Bett geteilt haben, stellte ich fest, dass ich nicht – ich brauche – ich bin – Was ich dir zu sagen versuche, ist ...“

„Da bist du ja!“, rief Theo Fitzstuart aus, als er durch die offene Vordertür hereinkam und direkt auf den Herzog zu schritt. „Percy regt sich furchtbar auf wegen der Pferde. Sie können nicht mehr lange stehen. Charlotte? Antonia? Seid ihr bereit? Ach, Euer Gnaden! Unterbreche ich ...“

Der Herzog hatte sich von Theo abgewandt, um sein hochrotes Gesicht zu verbergen und Antonia wusste, dass der Augenblick verloren war. Unter dem erwartungsvollen Blick ihres Onkels, während Charlotte auf sie zukam, um sich ihr anzuschließen, raffte sie rasch ihre Röcke, machte einen Knicks vor dem Herzog und floh durch die Weite der Halle zu der wartenden Kutsche hinaus.

⚘ ⚘

THEO FITZSTUART SAH ZU, WIE ANTONIA NACH DRAUSSEN FLOH, Charlotte dicht ihren Röcken folgend, und wandte sich dann dem Herzog zu, der sich gegen die Balustrade lehnte und mit gerunzelter Stirn die Gerte in seinen Händen anstarrte.

„Ich komme ungelegen. Ich hätte auf Charlottes Warnung hören sollen.“

„Ja“, sagte der Herzog knapp, ohne ihn anzuschauen und lief die Treppe zwei Stufen auf einmal hinauf.

„Es tut mir leid, Euer Gnaden, aber wenn ich gewusst hätte ...“, versuchte Theo Fitzstuart zu erklären und folgte dem Herzog nach oben.

„Wo ist Eure Mutter?“

„Meine Mutter?“

Roxton schritt einen Gang entlang und ließ sich selbst in Lady Strathsays Salon ein, wobei er einen aufgeregten Diener zur Seite winkte und die Zofe Myladys, die mit einem Ohr an der Tür des Schlafzimmers gelauscht hatte, dazu veranlasste, aufzuschreien und in schuldbewusste Tränen auszubrechen.

„Hol deine Herrin aus dem Bett", befahl er und riss die Damastvorhänge auf, um durch das Fenster auf den Platz darunter zu schauen. „Und sage Hawthorne, er soll das Frühstück, das ich bestellt habe, in dieses Zimmer bringen. Fitzstuart, schließt Ihr Euch uns an?"

„Frühstück, Euer Gnaden?"

„Ach, stellt Euch nicht so dumm! Was ist, Mädchen, muss ich die Tür für dich aufbrechen?"

„Sicher kann das, was Ihr Mama zu sagen habt, noch warten?", schlug Theo Fitzstuart vor, der ebenso entsetzt war wie die Zofe bei dem Gedanken, seine Mutter zu dieser Stunde zu stören.

„Nein. Ich habe lange genug gewartet", sagte Roxton bitter. „Aber wenn der Gedanke, Eure liebe Mama aus den Armen ihres Liebhabers zu reißen, Euch verstört, solltet Ihr keinesfalls hier bleiben. Wer ist es heute? Oder hat sie vergessen, die Liste dieser Woche dem Hofkalender mitzuteilen?"

„Das war unangebracht!"

„Doch sehr wahr. Ich entschuldige mich nicht."

„Ich habe nicht darum gebeten. Ich kenne die Gewohnheiten meiner Mutter gut genug", sagte Mr. Fitzstuart steif. „Aber dass ausgerechnet Ihr ein solches Benehmen verdammt, wenn Euer eigenes seit fast zwei Jahrzehnten den Klatsch an den Teetischen nährt ..."

„Anders als Augusta hatte ich den Anstand, meine – äh – *Affären* unter dem Dach anderer zu genießen", höhnte der Herzog. „Hingegen hat Eure Mutter so schlechte Manieren, dass sie ihren Ausschweifungen im Stockwerk über ihrer Enkelin freien Lauf lässt!"

Dagegen konnte Mr. Fitzstuart nichts sagen. Er setzte sich auf die Armlehne eines geschnitzten, chinesischen Stuhls und ließ mürrisch schweigend ein Bein baumeln. Der Herzog nahm eine Prise Schnupftabak und schaute weiter aus dem Fenster, bis die Zofe wieder aus dem Schlafzimmer auftauchte. Sie zitterte und hatte sich einen roten Streifen auf ihrer linken Wange eingehandelt. Theo verzog bei diesem Anblick der Tätlichkeit seiner Mutter das Gesicht. Der Herzog hob lediglich sein Augenglas.

„Wie mittelalterlich", näselte er. Er winkte die eingeschüchterte Zofe weg. „Kümmere dich um dein Gesicht."

Die Zofe knickste und verschwand.

„Ah, hier ist das Frühstück", sagte der Herzog, als der Butler und ein ihm mit weit aufgerissenen Augen folgender Diener eine Kaffeekanne und ein schweres Tablett auf einem Seitentisch abstellten. „Hawthorne, schenkt Mr. Fitzstuart ein. Ich werde nur einen Moment brauchen, Theophilus.“

„Was habt Ihr vor?“, fragte Mr. Fitzstuart erschrocken. „Mein Gott! Ihr – Ihr werdet doch nicht wirklich dort hineingehen wollen?“

„Mein lieber Junge, in einem Schlafzimmer bin ich in Bestform. Jeder Klatsch am Teetisch wird Euch das bestätigen.“

Der Herzog und Mr. Fitzstuart tranken ihre zweite Tasse Kaffee und hatten nach einer zweiten Platte mit Brötchen geschickt, als Lady Strathsay aus der Dunkelheit ihres Schlafzimmers auftauchte, einer Löwin, die aus ihrer Höhle kommt, nicht unähnlich. Ihr rotes Haar fiel in ungeordneten Locken über ihren Rücken, sie hatte ihre Lippen leuchtend rot geschminkt und roch nach frischem Parfüm. Ein fließendes Gewand aus geblümter chinesischer Seide war achtlos über ihre Schultern geworfen. Es half nicht, ein dünnes Seidenhemd zu verbergen und ließ keinen Zweifel daran, dass sie noch immer wohlge-formte Schenkel und die Figur einer Frau hatte, die halb so alt wie sie war.

„Wie charmant. Du hast deine Maske aufgesetzt“, sagte der Herzog und streckte seine langen Beine aus. Er warf Theo einen Blick zu, der in dem Moment, als die Gräfin den Raum betrat, aufgestanden war. „Seid ein guter Junge und gießt Eurer Mama eine Tasse ein.“

„Ich will nichts!“, knurrte sie und blinzelte im Licht des späten Morgens, das den Salon durchflutete. „Wie kannst du es wagen ...“

„Erspare mir deine Empörung“, sagte der Herzog kalt. „Ich habe das alles schon gehört und dein Sohn verdient es kaum, deine scharfe Zunge zu kosten. Ich schlage vor, dass du eine Schale Kaffee nimmst. Ich habe vor, dich beträchtliche Zeit zu unterhalten.“

Instinktiv warf sie einen Blick zurück zur Schlafzimmertür.

„Ich habe mir die – äh – *Freiheit* genommen, Frühstück für John zu bestellen“, sagte Roxton und lächelte schief, als sie ihn anfunkelte. „Hawthorne wird sich um alles kümmern, auch um die Morgenzeitung und einen Krug Ale ... Das mag er doch am liebsten?“

„Wenn ich daran denke, dass du die – die *Frechheit* hattest ...“

„Bitte, du musst mir nicht danken. Es war das Mindeste, was ich tun konnte“, sagte der Herzog mit einer arroganten Handbewegung. „Ein Krug Ale ist eine nur kleine Entschädigung dafür, dass ich dich von deinen Knien hochgerissen habe. Obwohl ich nicht den Eindruck hatte, dass John die amüsante Seite an dieser Episode entgangen wäre. Er lachte sogar, als ich anbot zu warten, bis er ... Aber nein, ich will dich nicht weiter in Verlegenheit bringen. Vor allem nicht vor deinem Sohn."

Lady Strathsay schaute ihren Sohn an, als sähe sie ihn zum ersten Mal. „Was machst du hier?"

Mr. Fitzstuart schürzte die Lippen. „Wenn du es vorziehen würdest, dass ich nicht ..."

„Ihr bleibt", befahl der Herzog. Er deutete auf einen Sessel. „Setz dich, Augusta."

Sie hörte abrupt auf, auf dem Aubusson-Teppich auf und ab zu tigern und blieb ihrem Cousin gegenüber stehen, ihre leicht zusammengekniffenen Augen schossen grüne Blitze. Der Herzog nahm erneut eine Prise, anscheinend ohne zu merken, dass sie ihm trotzte, und in der offensichtlichen Erwartung, dass sie ihm widerspruchslos gehorchen würde. Theo hielt es für unmöglich, dass sie etwas anderes tun könnte. Als Roxton schließlich unter halbgeschlossenen Lidern aufschaute, war es mit ihrem Trotz vorbei und sie setzte sich in den Sessel, den er ihr bestimmt hatte.

Aber sie tat es nicht kleinlaut. Es brachte ihren Sohn in Verlegenheit. Er wandte sich ab, um sich mit der Kaffeekanne und dem Geschirr zu beschäftigen. Sie ließ sich in den Ohrensessel fallen, wobei Hemd und Morgenrock von einer Schulter glitten und ein Stück einer gerundeten Brust enthüllten, die zu bedecken sie sich keine Mühe gab. Sie ging sogar so weit, ein Bein über die gepolsterte Armlehne des Sessels zu werfen und sich, einen kleinen, nackten Fuß mit lackierten Zehennägeln zum Fenster streckend, gemütlich zurückzulehnen.

„Als Kate sagte, du hättest dich verändert, hat sie vergessen zu erwähnen, auf welche Weise", sagte sie voller Ironie. „In der Tat zögerte sie sehr, überhaupt etwas über den gestrigen Abend zu sagen. Ich war überrascht, sie so früh aus dem Drury Lane zurückkehren zu sehen, und mit Antonia im Schlepptau. Aber als sie dein plötzliches Auftauchen erwähnte, war ich nicht überrascht, dass sie die Flucht ergriffen hatte. Arme Kate – und arme kleine Antonia! Sie wird sich erholen, sie ist jung genug. Was Kate angeht?" Lady Strathsay zuckte die Schultern und lachte leise. „Ich habe dich immer um deine ewige Jugend beneidet, Roxton. Aber jetzt nicht mehr. Ich glaube, an deinen Schläfen zeigt sich etwas Grau in diesen rabenschwarzen Locken. Und Falten, ja, tiefer, ausgeprägter bei diesem höhnischen Grinsen. Ein schlechtes Gewissen, vielleicht?"

Theo hielt ihr eine Porzellanschale hin und funkelte sie an. „Euer Kaffee, Madam."

Lady Strathsay sah ihn an. „Lieber Theo, bist du auf *mich* böse? Was erwartest du von mir, wenn ich es doch war, die aus dem Bett gezerrt wurde?"

„Ein wenig Respekt für ..."

„– Seine Gnaden?", spöttelte sie. „Der Herzog kennt mich besser. Wir haben noch nie auf formellem Fuß miteinander gestanden."

„Dies ist kein Höflichkeitsbesuch, Mama."

„Was? Oh! Du möchtest, dass ich das Oberhaupt unserer Familie mit einem Knicks begrüße? Lieber Gott! Mach die Augen auf, mein Sohn. Roxton mag ein Herzog sein, aber er verdient kaum meinen Respekt, nicht, wenn ich dir die letzten Neuigkeiten erzähle ..."

„Genug", sagte der Herzog sehr leise. Er ging zum Fenster.

„Dieser höhnische Ausdruck steht dir besser, als du weißt", stichelte Lady Strathsay. „Aber denk an diese Falten um deinen Mund! Achte darauf ..."

„Du bist eine Närrin, Augusta", näselte der Herzog. „Es ist eine Schande, dass du deinen Verstand nie halb so kultiviert hast wie deine Eitelkeit. Das hätte dich vor einem einsamen Alter bewahren können. Wenn deine Schönheit erst zu Unansehnlichkeit verblasst, was wirst du einem Mann noch zu bieten haben? Es ist nie zu spät, ein bisschen Demut zu entwickeln, Cousine."

„So sprach die Demut in Person!", erwiderte Lady Strathsay.

Roxton schenkte ihr eines seiner seltenen Lächeln.

„Arroganz ist eine männliche *Tugend*, meine Liebe. Bei Frauen ist sie eine *Bürde*. Aber ich bin nicht hergekommen, um meine Zeit mit Wortgefechten zu verschwenden. Theophilus: Geht zum Sekretär Eurer Mutter und durchsucht die Schubladen."

„Nach was, Euer Gnaden?", fragte Theo Fitzstuart und schaute vom Herzog zu seiner Mutter, die plötzlich blass geworden war. „Vielleicht, Mama, möchtest du lieber ...?"

„Dort bewahrst du deine Korrespondenz auf?", unterbrach der Herzog und musterte die Gräfin scharf.

„Welches Recht hast du, meinem Sohn zu befehlen, meine privaten Papiere zu durchsuchen?"

Der Herzog hielt die offene Hand hin. „Den Schlüssel, Augusta."

„Er ist nie verschlossen."

„Der Schlüssel zu der einzigen Schublade, die du verschlossen hältst."

„Euer Gnaden, ich verstehe nicht, warum dies notwendig ist."

„Ich will das, was mir gehört. Und du hast doch noch immer, was mir gehört, nicht wahr, Augusta?"

Die Gräfin rutschte unbehaglich herum und wollte weder ihn noch ihren Sohn ansehen.

„Ich habe nicht die leiseste Idee, was ich haben könnte, das für dich
von Interesse sein könnte ...“

„Briefe.“

„Briefe? Ich verbrenne meine gesamte Korrespondenz. Es tut nicht
gut, seine kleinen Herzensgeheimnisse herumliegen zu lassen. Du solltest das besser wissen als ich.“

„Du hast einem erlaubt, dir durchs Netz zu schlüpfen. Ich will die
anderen.“

„G–gibt es welche?“

„Dein Gesicht verrät dich. Diese Briefe wurden an mich geschrieben. Sie gehören mir. Ich will sie haben. *Sofort.*“

„Ich – ich habe die anderen vernichtet!“, sagte sie ungestüm. „Ich
wüsste nicht, warum ich sie hätte aufbewahren sollen. Wozu waren sie
gut? Seitenweise unwichtiges Geschwätz eines Kindes. Größtenteils
kaum verständlich und voller alter Nachrichten – nun, *jetzt* jedenfalls
wären sie alt.“ Sie reizte ihn. „Hattest du gehofft, sie würden seitenweise
von unsterblicher Liebe zu dir erzählen? Wohl kaum! Dennoch, es gab
einen, oder waren es zwei, die auf Italienisch geschrieben waren. Die
konnte ich nicht verstehen. Vielleicht ist es einfacher, seine verirrten
Gefühle in dieser Sprache irgendwie geordnet auszudrücken, statt auf
Französisch? Schließlich ist Französisch ihre Muttersprache, und wenn
...“

„Mein – mein – Gott, Mama! Du – du hast Antonias Briefe vom
Tisch in der Halle gestohlen?“, wollte Theo wütend wissen. „Und sie
gelesen?“

„Nein. Hawthorne hat sie gestohlen. Ich habe sie nur an einem
sicheren Ort aufbewahrt.“

„Ich – ich weiß nicht, was ich sagen soll, Euer Gnaden“, entschuldigte sich Theo Fitzstuart, rot vor Verlegenheit. „Ich hätte mir nie
träumen lassen – ich meine, wenn ich gewusst hätte – all diese Wochen
– all diese Briefe – sie dachte, Ihr würdet sie absichtlich ignorieren.“

Lady Strathsay lachte nervös. „Sei nicht so schockiert, Theo! Das
hast du doch sicher erraten? Und ich habe es nicht aus Böswilligkeit
getan, daher musst du mich nicht anfunkeln, als wäre ich eine Hexe, die
man besser verbrennen sollte. Was auch immer du denkst, ich habe es
im besten Interesse meiner Enkelin getan. Es ist so ungesund für ein
Mädchen in Antonias zartem Alter, mit einem Mann von Roxtons Ruf
zu korrespondieren“, sagte sie voll Abscheu. „Was würde die Gesellschaft denken, wenn einer ihrer Briefe irgendwo auftauchte? Gott
bewahre, dass ihr Name in irgendeiner Weise mit seinem in Verbindung
gebracht werden sollte.“

Sie sah zu, wie ihr Sohn zum Escritoire aus lackiertem Walnussbaum schritt, die bewegliche Schreibplatte herunterklappte und im Inhalt der kleinen Schubladen kramte.

„Wie kannst du es wagen, meine private Korrespondenz zu berühren!"

„Recht spät, um empört zu tun, Mama", sagte Theo. Er fand, wonach er suchte, und steckte den kleinen silbernen Schlüssel in das Schloss, mit dem die Reihe von Schubladen unter der Schreibtischplatte gesichert war.

„Setz dich!", befahl der Herzog, als die Gräfin sich halb aus ihrem Sessel erhob.

„Ich habe fast Lust, nach John zu rufen!"

„Wie du willst. Wenn du glaubst, dass das helfen würde", antwortete der Herzog. „Ich bezweifle es aber sehr. Er war vermutlich so vernünftig, sich zu White's zu begeben."

Die Gräfin suchte nach einer passenden Erwiderung, schloss dann aber den Mund und riss die Augen auf angesichts der Verwandlung, die über die Züge des Herzogs kam, als ihr Sohn ein Bündel geöffneter, mit einem Band zusammengehaltener Briefe auf die Chaiselongue neben ihn legte. Sie dachte, er sähe aus, als wäre er tatsächlich eines Gefühls fähig. Die glattrasierten Wangen waren von roten Flecken übersät und ein kleines, heimliches Lächeln umspielte die dünnen Lippen. Sie lächelte schief und ging zum Angriff über.

„Solche Hingabe ist bei einem so jungen Mädchen wirklich selten", sagte sie glatt. „Ich hatte angenommen, wenn keine Antwort käme, würde sie es binnen zwei Wochen müde werden, dir zu schreiben. Aber nein, sie beharrte weiter darauf. Was für ein liebes Mädchen. Wunderschön, liebenswürdig und noch jung genug, um nach dem Willen eines Mannes geformt zu werden. Ein wenig dickköpfig, aber manche Männer finden das ja attraktiv. Diese kindische Vernarrtheit in dich wird natürlich vorübergehen. Ich denke, der Vicomte d'Ambert hat keinen Grund zur Besorgnis, nicht wahr?"

Roxton, der die Briefe durchblätterte, schaute von ihnen auf.

Lady Strathsay lächelte süß. „Ich empfinde Mitgefühl für dich, oh ja, wirklich. Ich wusste immer dass du, wenn du deinen Gefühlen je erlauben würdest dich zu überwältigen, tief fallen würdest." Sie seufzte tragisch. „Vermutlich hast du meine Enkelin von dem Moment an begehrt, als du sie zum ersten Mal zu Gesicht bekamst. Kein Wunder, dass Kate am Boden zerstört war. Aber sie ist so tapfer." Sie schaute ihren Sohn an, der am Kamin mit den Füßen scharrte und sehr peinlich berührt wirkte. „Theo? Sage mir: Hast du vor, dich einfach zurückzulehnen und diesem edlen Satyr zu erlauben, seine Rute zwischen die weichen, jungfräulichen Schenkel deiner Nichte zu stecken? Ist es dem jungen Vicomte gegenüber fair, in seiner Hochzeitsnacht eine Braut mit einem zerrissenen Schleier vorzufinden?"

In zwei Schritten war Roxton bei ihrem Sessel, das Gesicht weiß vor sprachloser Wut, ein Arm hoch erhoben. Die Gräfin wich zurück, eine Hand vor ihr Gesicht haltend, da sie erwartete, dass er zuschlagen würde und hoffte, ihr Sohn würde eingreifen. Theo Fitzstuart rührte sich nicht. Er wusste nicht, was er tun sollte. Die Entscheidung wurde ihm abgenommen. Der Herzog, angewidert von sich selbst, wandte sich ab und stellte sich mit dem Rücken zu Mutter und Sohn ans Fenster. Er nahm sich einen Moment Zeit und sprach dann, ohne sich umzudrehen, seine Augen auf eine Sänfte gerichtet, die vor einer ankommenden sechsspännigen Kutsche auf den Platz einbog.

„Es ist Zeit, diese Scharade zu beenden, Madam", sagte der Herzog mit ruhiger Stimme. „Du weißt ebenso gut wie ich, dass der von Strathsay und dem Comte de Salvan unterzeichnete Ehevertrag ungültig ist. Und du hast es von Anfang an gewusst."

Als er keine Antwort erhielt, schaute er über seine Schulter, rechtzeitig, um zu sehen, wie die Gräfin zu ihrem Sohn hin eine Schulter hob, als ob sie verwirrt wäre.

„Es nutzt nichts, dich zu verstellen, auch nicht deinem Sohn gegenüber. Er kennt jetzt die Wahrheit."

„Deshalb bin ich nach Treat gefahren", erklärte Theo. „Um mit Seiner Gnaden die Gültigkeit der Ansprüche des Comte de Salvan auf Antonia zu besprechen."

„Hat Roxton dir erzählt, dass er das seinem Cousin gegebene Wort gebrochen hat, als er seinen Fuß auf englischen Boden setzte?", erwiderte Lady Strathsay hochmütig. „Was hältst du von einem Mann, der sein Wort gibt und es dann bricht?"

„Mama, es ist sinnlos, den Herzog zu verleumden. Er gab sein Wort in gutem Glauben, aber es wurde ihm unter falschem Vorwand abgenommen. Salvan täuschte ihn …"

„Dummes Zeug, alles! Roxton versprach, nicht in Antonias Nähe zu kommen, bevor sie nicht mit dem Vicomte d'Ambert verheiratet wäre. Wie wurde er damit getäuscht? Es war keine ungerechtfertigte Bedingung, angesichts der Tatsache, dass er dem Mädchen völlig den Kopf verdreht hat. Lieber Gott, sie findet sogar Entschuldigungen für sein ausschweifendes Benehmen – und würde es dulden, wenn er sie heiratete. Zum Glück wird sie nicht an einen solchen Mann verschwendet werden. Und dank des gesunden Menschenverstands deines Vaters wird sie einen anderen heiraten."

„Ein bisschen spät, um die hingebungsvolle Ehefrau zu spielen, meine Liebe", höhnte der Herzog. „Es muss das Einzige sein, in du und er euch einmal einig wart. Aber ich kann es Strathsay verzeihen, weil er wirklich glaubte, das Beste für seine Enkelin zu tun. Während du diese Partie nur gefördert hast, weil sie Antonia von England fernhalten und dir die Mühe, dich um sie zu kümmern, ersparen würde.

„Du hast dich nie um das Wohl ihrer Mutter gekümmert, und auch nicht um die Zukunft des Mädchens, als ihre beiden Eltern gestorben waren. Und als du gesehen hast, dass sie äußerlich wie innerlich unendlich schöner ist, als du es je warst, wolltest du sie auf keinem Fall unter deinem Dach haben. Wie praktisch, sie einfach nach Twickenham zu schicken, bevor John einen Blick auf ihre exquisite, jugendliche Schönheit werfen konnte."

„Du stellst mich als herzloses Geschöpf dar", entgenete Lady Strathsay mit bebender Unterlippe. „Aber das bin ich nicht! Ich möchte auch nur das Beste für sie …"

„… vorausgesetzt, dass das nicht dem Besten für dich selbst entgegensteht!"

„Ich halte es für besser, dass sie mit einem Jungen ohne Vergangenheit verheiratet wird, statt in das Bett eines Wüstlings gelockt zu werden, der schon mit einem Bein im Grab steht!"

Der Herzog lächelte hässlich. „Weit besser. Wenn das ihr Wunsch wäre. Und das ist es nicht. Und wenn der Vicomte d'Ambert bei klarem Verstand wäre, was er nicht ist. Und nicht süchtig nach Opiaten, was er ist."

„W–was!?", stieß die Gräfin hervor. „Das glaube ich dir nicht! Theo, du kannst diesen Unsinn nicht glauben. Wie bequem für dich, Roxton, dass der Junge verrückt sein soll! Das erlaubt es dir, herzukommen und ohne Widerstand seinen Platz einzunehmen. Komm, Theo, du kannst doch unmöglich diesen Haufen unmöglichen Unsinns glauben."

„Jetzt schon. Zuerst hielt ich es für unmöglich, aber als Roxton mir die Angelegenheit erklärte – bestimmte Einzelheiten …"

„Ich bin sicher, du warst sehr überzeugend", warf sie dem Herzog an den Kopf. „Jetzt wirst du mir erzählen, dass Strathsay und der Comte de Salvan sich dessen wohl bewusst waren, als sie das Mädchen an d'Ambert versprachen!"

„Nein", sagte der Herzog und nahm eine Prise. Er schüttelte seine Spitzenrüschen aus und setzte sich mit überkreuzten Beinen auf den Fenstersitz. „Strathsay hatte nicht die geringste Ahnung. Was meinen lieben Cousin betrifft, ist er nicht so unschuldig. Der arme Salvan ist eher hohlköpfig, obwohl er sich für einen meisterhaften Intriganten hält. Ihm ist die Sucht seines Sohnes nach Opiaten wohl bekannt. Er hat gelegentlich versucht, sie unter Kontrolle zu halten, indem er den Verbrauch des Jungen – äh – *regulierte*, aber ohne Erfolg. Als nächstes fuchtelte er mit einem *lettre de cachet* unter seiner Nase herum. Auch das half nicht. Vielleicht hätte es das, wenn die Opiatsucht die einzige – äh – *Krankheit* des Jungen wäre.“

„Eine hübsche Geschichte“, sagte Lady Strathsay abweisend.

Der Herzog lächelte sie voller Verachtung an. „Ebenso hübsch wie die nächste. Vor ungefähr neun Monaten schrieb Strathsay dir …“

„Ich kann mich nicht erinnern …“

„Dann erlaube mir, deine Erinnerung aufzufrischen!“, knurrte der Herzog. „Strathsays größte Sorge in seinem Alter war die Fürsorge für seine Enkelin, wenn er diese Welt verlassen haben würde. Er wollte sie gut versorgt sehen; ja, verheiratet, und zwar gut. Der Comte de Salvan suchte ihn auf. Mein Cousin wusste, dass sein Sohn zu unkontrollierbaren Wutanfällen neigte, und das wusste auch der Rest des Hofes. Keine Mutter würde ihre Tochter mit jemandem wie ihm verheiratet sehen wollen. Hätten die Salvans außer ihrem Titel auch ein Vermögen besessen, wäre vielleicht eine Tochter des Adels geopfert worden. Wie auch immer. Strathsay hatte keine Kenntnis von der Veranlagung des Vicomte. Er stimmte einem Ehevertrag zu, jedoch unter einer Bedingung. Er verlangte von Salvan, ein Jahr zu warten. Er wollte sie zu dir schicken, weil er im Sterben lag, und …“

„Strathsay soll mir geschrieben haben? Und was war meine Antwort?“, fragte Lady Strathsay unverschämt.

„Es gab keine.“

„Siehst du!“, sagte sie mit einem Blick auf ihren Sohn. „Warum sollte dein Vater sich die Mühe machen, meinen Rat einzuholen? Wir haben uns seit dreißig Jahren oder mehr nicht mehr geschrieben! Ich würde seine Handschrift nicht einmal erkennen, wenn man sie mir unter die Nase hielte. Und selbst wenn, was würde das ändern? Die Idee, er könnte mir geschrieben haben, ist lächerlich!“

Theo schaute den Herzog an, aber dieser musterte die Gräfin mit einem hässlichen Lächeln.

„Dreißig Jahre?“, näselte er. „Das mag sein. Aber wann immer du in Paris zu Besuch warst, landetest du in seinem Bett. Du konntest einem guten Schäferstündchen nie widerstehen. Das Produkt einer solchen Nacht steht vor dir. Du musst nicht rot werden, mein Junge, du kennst deine Mutter gut genug.“

„Wie – wie kannst du es wagen“, hauchte die Gräfin.

„Rechne es dir aus und halt den Mund, Augusta“, sagte Roxton. „Um mit meiner – äh – *hübschen* Geschichte fortzufahren. Nein. Du hast nicht an Strathsay, sondern an Salvan geschrieben. Du hast dem Comte erklärt, dass du diese Heirat aus ganzem Herzen unterstützt. Salvan war entzückt. Er würde seinen Sohn mit einem Mädchen verheiraten, dessen einziger sich um sie sorgender Verwandter seine letzten Atemzüge tat. Sie hatte keine Mutter, keinen Vater, keine Geschwister – niemand kümmerte sich um sie. Es stand zu hoffen, dass die Ehe die Wutanfälle des Vicomtes für einige Zeit beruhigen würde. Wenn Salvan Glück hatte, würde bald nach der Hochzeit ein Erbe da sein, der den Namen weiterführen konnte, bevor die Krankheit seines Sohnes zu peinlich würde und er ihn für immer würde wegsperren lassen müssen. Und das Mädchen?

„Was würde aus der jungen Braut werden? Salvan verschafft sich eine Schwiegertochter, die nicht nur schön und liebenswürdig ist, sondern auch jung. Mein lieber Cousin hat eine Vorliebe für junge Mädchen – je jünger, desto besser. Sein Geschmack diesbezüglich ist ziemlich abstoßend. Oh, sehe ich Überraschung in deinen Augen, Augusta? Schmutzig, nicht wahr? Noch viel schmutziger ist die Tatsache, dass er deiner Enkelin seit fast einem Jahr nachgestellt hat. Er will sie für sich selbst. Sie mit seinem Sohn zu verheiraten, macht es nur um so bequemer.“

„D–das habt Ihr mir nicht erzählt“, sagte Theo Fitzstuart mit einem nervösen, halbherzigen Lachen. „Es ist absurd, sich vorzustellen, er würde – er könnte – dass er …“

„Ja“, sagte der Herzog.

„Ach, wie passend“, stellte die Gräfin fest. „Warum sollte Salvan sich wegen seines Sohnes solche Mühe geben, wenn er problemlos wieder heiraten und sich die Mühe sparen könnte, eine passende Partie für seinen Sohn zu arrangieren? Warum den Jungen nicht einfach einsperren und für immer vergessen? Er kann einen anderen Sohn haben.“

„Das könnte er“, räumte Roxton ein. „Jedoch hilft es ihm nichts, einfach neuen Nachwuchs zu produzieren. Étienne bleibt sein Erstgeborener und damit sein Erbe. Ist es nicht einfacher, den Jungen einen Erben produzieren zu lassen, statt darauf zu warten, dass der Titel auf den Halbbruder übergeht? Den Jungen einzusperren ist die Lösung, die für Salvan am wenigsten attraktiv ist.“

Lady Strathsay griff nach ihrer silbernen Handglocke. „Hübsch wegdiskutiert. Als nächstes wirst du uns erzählen, dass Salvan beabsichtigt, überhaupt auf die Mitwirkung seines Sohnes insgesamt zu verzichten und Antonia lieber selbst schwängern möchte.“

„Mama, wirklich!“

„Sei nicht prüde, Theo. Diese Schlussfolgerung war offensichtlich, selbst für dich! Hawthorne“, sagte sie, als der Butler leise ins Zimmer trat, „wir brauchen mehr Erfrischungen. Ist Lord Ely …?“

„Zu White's gegangen, Mylady", antwortete der Butler. „Man teilte mir mit, er werde rechtzeitig zum Diner zurück sein."

Lady Strathsay winkte ihn fort und rief nach ihrem Fächer, den ihr Sohn sofort von ihrem Sekretär holte. „Wenn Salvan so schlau war, kann er die Existenz meines Sohnes nicht übersehen haben."

„Er hat Theophilus nicht übersehen, er hat lediglich seine Existenz als unwichtig abgetan."

„Na! Wirklich!", sagte Theo Fitzstuart mit einem Schnauben und verschränkte seine Arme. „Ich muss feststellen, dass mir Euer Cousin weniger und weniger gefällt, Euer Gnaden."

„Seid versichert, dass Ihr ihm nie begegnen werdet", sagte der Herzog mitfühlend. „Aber Eure Mutter hat den entscheidenden Fehler in Salvans charmantem Plan genau getroffen. Er hat nie einen Moment gezweifelt, als Strathsay Euch als –äh– *Bastard* aus einer der Affären Eurer Mutter verdammte. Verzeiht mir, mein Junge, aber ich will Euch nicht absichtlich beleidigen. Salvan hat Euch nie gesehen, daher spielt die Ähnlichkeit mit Eurem lieben Vater keine Rolle. Und Strathsay hat Euch bis zum letzten Atemzug verleugnet. Nur aus Trotz. Das war seine Rache an seiner geliebten Frau, dafür dass sie – äh – ihn *im Stich gelassen* hat, als er sie am meisten brauchte."

„Humbug!", unterbrach die Gräfin. Doch gegen ihren Willen wurde sie rot. „Er beschloss, den Stuart-Aufstand zu unterstützen, ich nicht. Es war der Preis dafür, dass er eine Invasionstruppe gegen die Krone anführte. Narr! Wie konnte irgendjemand von mir erwarten, dass ich ihm nach diesem Verrat ins Exil folgen würde …"

„Das taten sie, aber du gingest es nicht. Welche *Hingabe.*"

„Du bist der letzte Mensch, der ein Recht hätte, zu spotten, Roxton! Und was meine Moral angeht! Deine eigene ist die schrecklichste – widerlichste – abscheulich unersättlichste …"

Der Herzog verbeugte sich vor ihr, ein Funkeln in den Augen.

„Meine liebe Augusta, wenn ich gewusst hätte, dass es dich noch nach all diesen Jahren schmerzen würde, dass ich dein Bett verschmähte, hätte ich dir den Gefallen getan. Aber selbst als unreifer Junge von nur fünfzehn Jahren besaß ich genug Urteilsvermögen, um jedem Trick deines sexuellen Repertoires, mich zu verführen, widerstehen zu können. Doch ich will nicht mehr dazu sagen. Theophilus sieht durch unser – äh – *Verhalten* ausgesprochen gekränkt aus. Du kannst mir später ins Gesicht schlagen, Augusta, wenn das dein Verlangen befriedigt. Ah, hier kommt unser Tee."

Hawthorne stellte das silberne Tablett auf einen Beistelltisch, und als sich der Herzog mit einer Schale Kaffee niedergelassen hatte, diesmal auf einem Stuhl am Feuer, fuhr er fort.

„Es ist nicht Strathsays Testament, mit dem wir uns zu befassen haben. Theo wird in diesem Dokument als Sohn und Erbe benannt, es wurde viele Jahre vor dem Tod des Earls verfasst. Das wusstet Ihr nicht, mein Junge? Ja, so ist es. Doch Salvan erfuhr das nie und weiß es wahrscheinlich jetzt noch nicht. Ihr seht, warum Ihr als – äh – *Bastard* niemals eine Bedrohung für Salvans Pläne darstelltet?"

„Theos Legitimität ändert nichts an der Tatsache, dass es einen Ehevertrag zwischen Salvan und Strathsay gibt", argumentierte die Gräfin. „Strathsay hat das Dokument unterschrieben, bevor er gestorben ist. Was kann Theo jetzt noch dagegen unternehmen, ob er Erbe ist oder nicht?"

„Es ist Frederick Morans Testament, das vor allem wichtig ist."

Lady Strathsay runzelte die Stirn. „Jetzt bin ich doppelt verwirrt. Dieser exzentrische Quacksalber ist vor über einem Jahr gestorben. Ich verstehe überhaupt nicht, was er damit zu tun hat!"

„Meine Liebe, du wirst ja rot. Ein schlechtes Gewissen vielleicht?", spottete der Herzog und warf einen Blick auf Theo, der seine Mutter zornig anstarrte. „Du weißt, dass meine Schwester vor kurzem Lucian Vallentine geheiratet hat und für die Flitterwochen nach Venedig und in die Toskana gereist ist?"

„Natürlich", sagte Lady Strathsay, die sich unter dem aufmerksamen Blick ihres Sohnes unbehaglich zu fühlen begann. „Warum sie beschlossen haben, durch Italien zu fahren, werde ich nie verstehen."

„Ich habe sie geschickt", sagte Roxton. „Vallentine hat mir den Gefallen gerne getan. Ich bat ihn, das Haus eines bestimmten Anwalts aufzusuchen – Morans Anwalt. Zufällig hatte der *signore* noch eine Abschrift von Sir Fredericks Testament. War das nicht ein Glücksfall? Wenn man bedenkt, dass das Original bei seinem Tod irgendwie verlegt wurde. Aber Sir Frederick hat dir von seinen Absichten geschrieben, Augusta."

„Wenn er das getan hat, kann ich mich nicht wirklich daran erinnern. Es muss lange Zeit her sein."

„Vor fünf Jahren, um genauer zu sein. Er hielt es für ratsam, dich, als Antonias Großmutter, über seine Pläne für seine Tochter zu informieren, sollte er plötzlich sterben. Ich habe den Brief – er hinterlegte eine Abschrift bei seinem Anwalt. Er bestätigt, was ich vor Monaten vermutet habe. Aber ich konnte nichts in dieser Sache unternehmen." Roxton trank den Rest seines Kaffees aus und fuhr fort. „Du weißt genauso gut wie ich, dass Strathsay niemals in Sir Fredericks Testament als Antonias Vormund benannt wurde. Sicher steht der Name Strathsay darin, aber der Name lautet Theophilus James Fitzstuart, zweiter Earl von Strathsay. Moran nahm an, dass der alte Earl lange vor ihm sterben würde, und Theophilus damit den Titel geerbt hätte."

„Er wollte, dass ich Antonias Vormund werden sollte, Mama, nicht Strathsay", stellte Theo fest. „Das hat Moran dir in seinem Brief mitgeteilt. Er hat dich auch informiert, dass er den Herzog zum Testamentsvollstrecker bestimmte."

Lady Strathsay hob eine Schulter und gähnte. „Wenn dem so war, kann ich mich nicht an den Brief erinnern."

„Seid versichert, mein Junge, Ihr seid Antonias Vormund."

„Na und?", gab die Gräfin zurück. „Das ändert nichts daran, dass Antonia durch den Vertrag verpflichtet ist, den Vicomte d'Ambert zu heiraten."

„Es ändert alles, Mama", widersprach ihr Sohn. „Strathsay hatte kein Recht, einen Ehevertrag für Antonia abzuschließen. Er war nie ihr Vormund, daher ist der Vertrag ungültig. Sie ist nicht verpflichtet, den Vicomte zu heiraten."

„Meinst du, mein Sohn?", sagte seine Mutter hochnäsig. „Solange deine Nachfolge nicht von unserem Herrscher unterzeichnet wurde, bist du noch nicht der zweite Earl von Strathsay, nicht wahr?"

Theo erstarrte, aber der Herzog lachte leise.

„Ein Funken von Intelligenz, meine liebe Augusta. Kein Grund, sich aufzuregen, mein Junge. Eure Nachfolge wird bestätigt werden, noch diese Woche, wie man mir sagte. Ihr werdet sowohl durch Geburt als auch auf dem Papier Earl von Strathsay sein, bevor die Woche um ist. Und damit Antonias legitimer Vormund. Dann liegt ihr Schicksal in Euren Händen."

„Sag mir, Theo", sagte die Gräfin bissig, „was wird ihr Schicksal sein? Soll es einen Austausch ihrer Bewerber geben? Wer ist passender, was denkst du …"

„Bitte, Mama, ich habe noch nicht darüber nachgedacht – ich meine – diese Rolle ist neu für mich und …"

„… ein junger Franzose aus adligem Haus – wir haben nur Roxtons Wort dafür, dass er geistig nicht auf der Höhe ist – oder vielleicht möchtest du sie lieber mit diesem alternden Stier verheiratet sehen?"

„Was ich möchte, ist das, was für Antonia das Beste ist", schloss Theo Fitzstuart energisch. „Antonias Wünsche und Bedürfnisse sind von größter Wichtigkeit. Daher werde ich sie fragen …"

„Oh, verschone mich! Ein achtzehnjähriges Mädchen fragen, was es will?" Das Lachen der Gräfin klang spröde. „Das ist *wirklich* verrückt!"

„Acht–*achtzehn*?"

Das war Roxton, der diese Worte nur geflüstert hatte.

Die Gräfin hob ihre perfekt geschwungenen Brauen und sah den Herzog an.

„Ja, *achtzehn*", schnurrte sie gedehnt und sah zu, wie der Edelmann schluckte und eine Hand vor seinen Mund legte. „Sie war so frech, ihrem kurzen Leben zwei Jahre hinzuzufügen, weil sie so albern war zu denken, dass man sie mit zwanzig ernster nehmen würde als mit achtzehn. Wer hat je von einer Frau gehört, die ihrem Alter Jahre *hinzufügen* würde?" Sie zuckte eine nackte Schulter mit einem hinterhältigen Blick von Zufriedenheit auf den Herzog, der sich, in Ermanglung von etwas, womit er sein Unbehagen hätte verbergen können, darauf konzentrierte, das Band um das Bündel Briefe aufzuknüpfen. „Achtzehn oder zwanzig, zwei Jahre sind für einen Mann, der auf die Vierzig zugeht, doch eher belanglos, nicht wahr, Herzog? Dennoch … es muss die Aussicht, diese frische Frucht zu kosten, noch um Einiges süßer machen …"

„*Mama.*"

„Wirklich, Theo", sagte sie mit einem verärgerten Seufzer über die Verlegenheit ihres Sohnes, die sich durch ein ziegelrotes Gesicht zeigte, und stand auf. „Ich weiß nicht, wie du das Verhalten und die Absichten des einen beklagen kannst, ohne ebenso den anderen zu verurteilen. Mir scheint, dass Roxtons Absichten auf Antonia keineswegs weniger schmutzig sind als die des Comte de Salvan. Was meinst du, Theo?"

„Bravo, Augusta. Bra–vo!", höhnte der Herzog. „Dein Hass und dein Neid auf deine einzige Enkelin kennen kein Maß."

Die Gräfin warf ihre lange, rote Mähne über eine Schulter, als sie zur Tür ihres Schlafzimmers schwebte.

„Nimm deine Briefe und geh. Obwohl, warum du sie jetzt lesen wollen solltest – nun, mir ist es so oder so egal. Lasst John und mich einfach den Rest der Woche in Ruhe – ihr beide. Oh, da ist noch eine Kleinigkeit, die ich zu erwähnen vergaß", sagte sie süß lächelnd, als sie in der Tür stand. „Da du jetzt der Vormund des Mädchens bist, Theo, ist das dein Problem. Ich wage zu behaupten, dass der Herzog seinen Rat anbieten wird, da er ja so großes Interesse an unserer kleinen Antonia hat. Ich frage mich, wie du es anstellen wirst, dieses Durcheinander zu regeln, wenn du dich gegen den Antrag des Vicomtes entscheidest? Du kannst es dem Jungen wenigstens ins Gesicht sagen …"

„Pardon, Mama?"

„Habe ich das nicht früher erwähnt? Wie vergesslich von mir! Gestern Nachmittag, als Charlotte mich mit der Nachricht von Roxtons Rückkehr erschreckte, war ich so überrascht und schockiert, dass ich sofort schrieb, um dem Comte de Salvan zu raten…"

„Das sieht dir ähnlich!", zischte Roxton und stand auf.

„Juckt es dich, deine Klinge zu zücken, Cousin?", stichelte sie, obwohl das Gift in seiner Stimme sie innerlich schaudern ließ. „Wenigstens hatte ich den Anstand, dich darüber zu informieren." .

„Wie konntest du so etwas tun?" wollte Theo voller Verzweiflung wissen. „Wozu soll das gut sein? Selbst wenn Salvan, sein Sohn oder sie beide auf schnellstem Wege aus Versailles herkommen, würde das nichts ändern."

„Das werden wir sehen, nicht wahr? Ich bin wirklich nicht davon überzeugt, dass der Junge so schlecht ist, wie Roxton es vorgibt. Er hat Antonia so viele charmante Briefe geschrieben. Und sie hat nie ein schlechtes Wort über ihn gesagt."

„Das ist typisch Antonia. Sie sieht in jedem das Gute", sagte Theo mit einem müden Seufzen, eine Hand an seine Stirn gelegt. „Himmel, was soll ich jetzt tun?" Er sah zum Herzog, der wieder ans Fenster gegangen war, um auf den Verkehr von Sänften, Kutschen und für den Markt beladenen Karren zu schauen. „Euer Gnaden, es tut mir leid, ich ..."

Roxton verbeugte sich höflich vor Lady Strathsay, was ihr einen Moment des Unbehagens verschaffte. „Ich wünsche euch beiden einen guten Tag. Und genieße eine schöne Woche, Augusta. Die darauffolgende wird es nicht sein."

DREIZEHN

Theo Fitzstuart traf in Mr. Harcourts Landhaus in Twickenham ein und fand das Gepäck seiner Nichte und ihre Zofe in der getäfelten Halle auf den Wagen warten. Er erfuhr, dass Miss Moran in der Bibliothek war, zusammen mit Mr. und Miss Harcourt. Der Butler führte ihn in einen langgezogenen, unordentlichen Raum, der auf beiden Seiten von Büchern gesäumt war. Mr. Harcourt stand ganz oben auf einer Stehleiter und suchte in einem Regal. Antonia stand in der Nähe, den Kopf über die Seiten eines dicken Wälzers geneigt, der auf einer Sprosse ruhte. Miss Harcourt saß an einem wärmenden Feuer, ihre Handarbeit vergessen im Schoß, während sie zuhörte, wie Antonia und ihr Bruder über eine Lehrmeinung stritten, von der sie absolut nichts verstand.

Theo bat darum, nicht angemeldet zu werden, um Miss Harcourt zu überraschen, ohne dass die anderen sich seiner Anwesenheit gleich bewusst würden.

„Nein, stört sie nicht", flüsterte er und setzte sich neben sie auf das Sofa. „Ich wollte einen Moment mit Euch reden." Er ergriff ihre Hand. „War Twickenham ohne meine Gesellschaft zu Eurer Unterstützung eine große Anstrengung, Miss Harcourt?"

Sie lächelte. „Ich weiß kaum, wie ich das beantworten soll, ohne Euer Stirnrunzeln zu erregen, Mr. Fitzstuart. Wenn ich sage, ich hätte in den letzten vierzehn Tagen keinen ruhigen Moment gehabt, ohne sehr gut unterhalten zu sein, hätte es jedoch vorgezogen, diese Zeit ruhiger und mit Euch an meiner Seite zu verbringen, würde Euch das zufriedenstellen?"

„Ich hoffe, dass meine Nichte Eure Geduld nicht zu sehr auf die Probe gestellt hat."

„Oh nein! Sie ist entzückend! Ihr müsst nicht denken, dass sie mir irgendwelche Probleme oder auch nur einen Moment der Sorge bereitet hätte", versicherte Charlotte ihm. „Die ersten beiden Tage war sie nicht ganz sie selbst, aber nachdem Percy sie für seine Bibliothek interessieren konnte, schaffte er es, sie von ihrer Neigung zum Grübeln abzuhalten – über bestimmte Dinge. Es gibt Zeiten, ruhige Minuten, wenn ich sehe, dass sie mit ihren Gedanken weit fort ist, aber Percy hat sich solche Mühe gegeben. Er ist ziemlich angetan von Antonia."

Theo runzelte die Stirn.

„Ihr braucht Euch keine Sorgen zu machen, dass Percys Zuneigung mehr wäre als kindliche Verehrung", sagte Charlotte, während sie bereits ihr Nähzeug in den Korb räumte. „Alle seine großen Lieben werden auf ein Podest gestellt. Ich glaube nicht, dass eine von ihnen bereits wieder aus den Wolken herabgestiegen ist. Und jetzt hat er auch Antonia dort hinaufgestellt. Obwohl sie anders ist als der Rest. Sie sagt ihm, was sie denkt, und das nicht zu freundlich für Percys empfindsames Gemüt."

„Ich fürchte, meine Nichte neigt dazu, ihre Meinung zu sagen", meinte Theo entschuldigend. „Ein Verhalten, das ihr Vater ermutigte. Ich hoffe, sie hat Euch nicht irgendwie schockiert?"

„Nein. Nicht im Geringsten. Zuerst, ich meine, als ich sie kennenlernte, neigte ich zu dem Gedanken, dass sie ein ähnliches Temperament wie Eure Mutter hätte. Äußerlich besteht eine auffallende Ähnlichkeit zwischen ihnen, dem müsst Ihr doch zustimmen. Doch was ihr Verhalten und ihren Charakter angeht, ist sie Lady Strathsay so unähnlich wie eine völlig Fremde. Verzeiht mir, wenn Euch das kränkt."

„Nein. Wir haben immer offen über meine Mutter gesprochen", sagte er mit einem Lächeln. „So sollte es sein." Er warf einen Blick auf Antonia, die einen Satinschuh auf der untersten Stufe der Bibliothekstreppe gestellt hatte und ein Buch in Mr. Harcourts ausgestreckte Hand legte. „Ist sie wohlauf?"

„In gewohnt guter Gesundheit, Mr. Fitzstuart. Obwohl ihr Appetit schwindet. Ich glaube nicht, dass ich sie bei einer Mahlzeit je mehr als ein oder zwei Bissen habe essen sehen. Das macht mir Sorgen, ebenso die Tatsache, dass sie zu blass ist. Und an sehr kalten Tagen leidet sie unter Schmerzen im Gelenk ihrer verletzten Schulter. Doch sie ist niemand, der sich schnell beklagt", sagte Miss Harcourt im Plauderton.

Als Theo sie durchdringend anschaute, schwand das Lächeln aus ihren braunen Augen.

„Mr. Fitzstuart, das Mädchen leidet. Sie und ich kennen uns nicht

gut genug, als dass sie mir ihre innersten Gedanken anvertrauen würde.
Aber bei ein oder zwei Gelegenheiten haben wir über ihr Leben in
Versailles und ihren Aufenthalt in Paris gesprochen. Es scheint, sie hat
der Protektion des Herzogs von Roxton viel zu verdanken. Dieser französische Comte hört sich wirklich abscheulich an."

„Und, Miss Harcourt?" fragte Theo. „Bitte, ich hoffe, Ihr werdet um
des Wohlergehens meiner Nichte willen ebenso offen sein."

„Sie hat mir das nicht selbst gesagt und ich möchte Euch nicht
beunruhigen", erklärte sie mit einem Blick unter ihren Wimpern
hervor, „aber Antonia ist sehr in den Herzog verliebt. Zuerst konnte ich
es nicht glauben. Ich dachte, es wäre nicht mehr als eine mädchenhafte
Schwärmerei. Doch das kann es nicht erklären. Sie weiß, was für ein
Mann er ist und dennoch ... mache ich mich Euch verständlich
genug?"

„Sehr verständlich. Und ...?"

Charlotte sah auf ihre im Schoß liegenden Hände hinunter, um ihre
Gedanken zu ordnen.

„Ich schäme mich, Euch zu verraten, was Antonia mir im Vertrauen
erzählt hat, aber ich tue es dennoch, weil ich mir Sorgen um sie mache
und ich weiß, dass Ihr als ihr Onkel nur ihr Bestes wünscht. Eure Nicht
plant, innerhalb eines Monats nach Venedig abzureisen. Sie möchte
lieber auf den Kontinent fliehen, als zu einer Ehe mit dem Vicomte
d'Ambert gezwungen zu werden. Sie hat an die Mätresse Eures Vaters,
Maria Casparti, geschrieben, und sie um Zuflucht ersucht! Zu denken,
dass Antonia es vorziehen würde, mit der Hure Eures Vaters zu leben,
statt bei ihrer Großmutter zu bleiben, sagt nicht nur viel über den
Mangel an Gefühl der Gräfin, sondern auch, dass Maria Casparti trotz
ihrer Unmoral ein gutes Herz haben muss.

„Ich habe Antonia sogar angeboten, mit Percy und mir hier in
Twickenham zu bleiben, aber sie ist fest davon überzeugt, dass sie es
vorziehen würde, in der relativen Anonymität Venedigs zu leben, als
ihre Familie und Freunde – und den Herzog – zu beschämen." Charlotte hob ihren Blick zu Theo Fitzstuarts dünnlippigem Antlitz. „Ich
kann mir nicht vorstellen, welche Schande ein unschuldiges Mädchen
einem Adligen mit dem berüchtigten Ruf des Herzogs verursachen
könnte, könnt Ihr das, Mr. Fitzstuart? Aber es bricht mir das Herz, zu
denken, dass sie glaubt, sie müsse sich um seinetwillen von der Gesellschaft fernhalten."

„Danke, meine Liebe", stellte Theo fest, glücklich, dass er auf der Fahrt
nach Treat endlich Gelegenheit haben würde, mit seiner Nichte unter vier
Augen zu sprechen, und wechselte abrupt das Thema, indem er eine Nach-

richt aus seiner Rocktasche zog und ihr aushändigte. „Eine Einladung nach Treat für Euch und für Percy. Sie ist für morgen. Obwohl das so kurzfristig ist, hoffe ich, dass Ihr an der Wochenendgesellschaft des Herzogs teilnehmt, wenn auch nur, um zu sehen, wie meine Mutter sich in tausend Qualen windet." Er lächelte. „Könnt Ihr es Euch vorstellen, Charlotte? Die Gräfin, gezwungen, vier Tage auf dem Lande unter Roxtons Dach zu verbringen, fern von London und ihren Verehrern, umringt von den Tieren im Stall und grünen Feldern. Sie wird dahinwelken, ich weiß es!"

„Ich bin sicher, sie kann sich kein schlimmeres Schicksal ausmalen. Es ist ein Wunder, dass sie die Einladung angenommen hat."

„Sie wurde weniger eingeladen als herbeizitiert. Sie wagt nicht, sich noch mehr von Cousin Roxtons Zorn zuzuziehen. Sie hat seine Gutmütigkeit ohnehin bis zum letzten ausgenutzt. Er verwaltet ihre Finanzen, überlässt ihr sein Haus am Hanover Square für eine symbolische Miete und unterhält ihre schöne, sechsspännige Kutsche. An Lord Ely braucht sie sich nicht zu wenden. Er wird sie nicht unterstützen, solange sie in London bleibt. Er möchte sie bei sich in Ely haben. Dort könnte sie über seinen Geldbeutel verfügen. Doch sie weigert sich, London zu verlassen!"

„Arme Lady Strathsay", sagte Charlotte ohne Mitgefühl. „Percy und ich müssen kommen, und wenn es nur wäre, um zu sehen, wie sie mit dem Landleben zurechtkommt. Mr. Fitzstuart …"

„Theo. Ich möchte, dass Ihr mich beim Vornamen nennt. Vor allem jetzt, wo wir verlobt sind. Oder Ihr mögt, wenn Ihr mich formell anreden möchtet, bis die Anzeige in der Gazette erscheint, meinen Titel benutzen …"

„Theo!" Charlotte schnappte nach Luft, ihr Ausruf war so laut, dass Antonia und Mr. Harcourt gleichzeitig zu ihr herüberschauten.

Lord Strathsay sprang auf und zog sie in eine Umarmung. „Liebe Charlotte, Ihr seht vor Euch den zweiten Earl von Strathsay!"

Antonia rannte auf sie zu und zog an dem großen Ärmelaufschlag des Reiserocks ihres Onkels, was ihn zwang, Miss Harcourt freizulassen und sie anzusehen.

„Mir macht es überhaupt nichts aus, dass Ihr Charlotte küsst, aber ich habe etwas dagegen, Zeit mit Harcourt zu verschwenden. Ihr habt Euch nicht anmelden lassen!"

„Na! Wirklich!", sagte Mr. Harcourt mit einem waidwunden Blick. Er machte sich nicht die Mühe, Lord Strathsay zu begrüßen, noch fiel ihm auf, wie rot das Gesicht seiner Schwester war. „Wenn Ihr nicht wollt, dass ich Euch helfe, dieses elende Buch zu suchen, hättet Ihr mich gar nicht erst darum zu bitten brauchen!"

Antonia rümpfte ihre kleine Nase. „Aber da es *Eure* Zeit war, die ich verschwendet habe, Harcourt, warum seid Ihr dann gekränkt?"

„*Meine* Zeit?" Mr. Harcourt bis zu den Ohren rot. „Oh! Ah! Ich bitte um Verzeihung. Ihr könntet *niemals* meine Zeit verschwenden, Miss Moran ..."

„Aber was ich sagen wollte, war: Euer Französisch ist sehr, sehr schlecht", tadelte Antonia, aber mit einem Grübchen ihren Onkel anlächelnd. „Und das verschwendet *unsere* Zeit."

„Das ist nicht nett, Antonia", belehrte ihr Onkel sie mit gespieltem Ernst.

Als Antonia zögerte, sich zu entschuldigen, schob Mr. Harcourt seine Unterlippe vor, was sie zum Lachen brachte und ihm impulsiv einen Kuss auf die Wange geben ließ. „Schaut nicht so gekränkt, Harcourt. Ich habe nur gescherzt. Euer Französisch ist nicht so schlecht wie Euer Italienisch, und das ist besser als ..." Sie dachte kurz nach.

„Besser als wessen, Miss Moran?", fragte Mr. Harcourt, über beide Wangen grinsend und von diesem Kuss leicht errötet.

„Als – M'sieur Vallentines!"

„Meines Cousins?" Mr. Harcourt blinzelte. „Das überrascht mich nicht. Er spricht schon schlecht genug Englisch!"

„*Bon Dieu*. Ihr Engländer seid doch alle verwandt", sagte Antonia und schüttelte ihre Locken. „Aber ich hätte mir denken sollen, dass Ihr ein Cousin von Vallentine seid. Der gleiche Verstand."

„Antonia!", Sagte Lord Strathsay schroff, aber er konnte ein Lächeln nicht unterdrücken.

Miss Harcourt hielt es für angebracht, einzugreifen, und nahm Antonias Hände in ihre eigenen. „Wird es Euch gefallen, mich zur Tante zu haben, Antonia?"

„*Parbleu*, lieber als jede andere! Ich bin froh, dass Theo Euch endlich einen Antrag gemacht hat. Ich fing schon an, mich über ihn zu ärgern."

Lord Strathsay zupfte an einer ihrer Locken. „Also bist du zufrieden?"

„Was soll das heißen? Charlotte? Bist du – bist du – *verlobt?*", stotterte Mr. Harcourt.

„Ich freue mich so sehr", verkündete Antonia ihrem Onkel und beachtete Harcourts ungläubigen Einwurf nicht. „Denn ich habe sonst keine Tanten. Und bald werdet Charlotte und Ihr Babys haben, was mir noch besser gefallen wird, weil ich viele Cousins möchte."

Es war etwa drei Stunden später, ungefähr zur Zeit des Diners, als die elegante Kutsche, die den frisch ernannten Earl von Strathsay und seine Nichte beförderte, durch die imposanten schwarz-goldenen Gittertore einbog, die die Einfahrt zum Landsitz des Herzogs von Roxton, Treat, anzeigten. Das Herrenhaus stand auf einem grasbewachsenen Hügel am Ende einer meilenlangen, von Bäumen gesäumten Auffahrt. Das Haupthaus stammte aus der Zeit der Restauration. Doch nach jahrzehntelangen Umbauten sah es seiner alten Gestalt kaum noch ähnlich. Von seinem zentralen Gebäude aus erstreckten sich weitere Flügel, die einen Blick auf den künstlich angelegten See hatten, der gut mit Forellen, Enten und Schwänen besetzt war und von mehreren kleinen Inseln, die man per Stakboot oder über Brücken erreichen konnte, übersät war. Im Osten lagen mehrere Hektar Ziergärten an einem sanften Abhang und reichten bis zum See hinab. Im Westen befand sich ein kleiner, von einer efeubewachsenen, bröckelnden Mauer umgebener elisabethanischer Garten und dahinter Wälder und Felder und Weiler, die alle Seiner Gnaden, dem Herzog von Roxton, gehörten.

Die Auffahrt durch die lange Allee lief am See entlang und Antonia hielt ihre Nase an die Fensterscheibe gedrückt, um Blicke auf Inseln mit Tempelchen und unter der Steinbrücke dahingleitende Schwäne zu erhaschen, auf Wälder und sanft hügelige, frisch gemähte Wiesen, hinter denen friedlich und ungestört Schafe weideten. Aber nichts davon bereitete sie auf den ersten Blick auf das Haus vor.

Als die Kutsche auf der kiesbestreuten Auffahrt zum Stillstand kam, konnte sie es kaum erwarten, dass ein livrierter Diener die Tür öffnete und die Stufen herunterklappte. Stallknechte rannten über den knirschenden Kies zu den Köpfen der Pferde, Gepäck wurde zu den wartenden Lakaien hinabgeworfen und der Kutscher sprang von seinem Bock herab, streifte die Handschuhe ab und nahm den Krug Ale an, der ihm gereicht wurde. Die Tür wurde von einem sich verbeugenden Lakaien geöffnet. Doch bevor Antonia aussteigen konnte, streckte Lord Strathsay seine Hand aus, um sie auf ihrem Platz zu halten. Sie sah ihn fragend an und wartete auf eine Erklärung.

„Du hast mir gesagt, dass du entschlossen wärest, dich in Venedig niederzulassen", sagte ihr Onkel und nahm ihre behandschuhte Hand in seine. „Und ich werde dich nicht aufhalten – wenn du es nach diesem Wochenende noch wünschen solltest. Aber ich bitte dich, mein Angebot ernsthaft in Erwägung zu ziehen – dass du bei mir und Charlotte ein Zuhause haben kannst."

Antonia schüttelte den Kopf, in ihrem Hals steckte ein merkwürdiger Kloß. „Danke, Theo. Das ist sehr freundlich von Euch und Charlotte. Aber ich – ich kann nicht in England bleiben."

Er drückte ihre Hand. „Wir kennen uns erst seit so kurzer Zeit und ich möchte dich nicht so schnell wieder verlieren. Aber ich möchte nicht, dass du hier unglücklich bist, und das bist du. Warum?"

„Bitte – bittet mich nicht, es Euch zu erklären … Eines Tages wird der Grund sehr offensichtlich sein und ich – ich kann es nicht ertragen, dass Ihr mich für besser haltet, als ich es bin. In Wahrheit bin ich mehr wie *grandmère*, als Ihr Euch je vorstellen könntet. Also lasst uns bitte jetzt hinein gehen, mir ist von dieser Reise sehr übel."

Mit dieser erstaunlichen Äußerung raffte Antonia hastig die Lagen ihrer gesteppten Röcke zusammen und kletterte mir der Hilfe eines aufmerksamen Lakaien aus der Kutsche. Sie ging, ohne aufzuschauen, auf die Ansammlung monolithischer Gebäude zu, die sich zu ihrer Rechten und ihrer Linken erstreckten, bis ihr Onkel ihr zurief, dass sie warten möge. Erst da hob sie den Blick von den Kieselsteinen der Auffahrt und ihre grünen Augen weiteten sich angesichts der gewaltigen Ausmaße des Anblicks vor ihr.

„*Tiens*. Vallentine hatte recht. Dieser Ort ist so riesenhaft wie das Schloss von Versailles!"

„Nicht ganz in der gleichen Größenordnung", sagte Lord Strathsay. „Aber es ist sicherlich gewaltig. Und wird durch die neuesten Verbesserungen des Herzogs noch mehr so. Er hat den Auftrag erteilt, seine gesamten Privatgemächer zu renovieren und neu auszustatten, und auch noch ein ganzes Bade*zimmer* einzubauen, mit einem gefliesten Tauchbad und fließendem heißen Wasser, wie in römischen Bädern, ist es zu glauben!" Theo schüttelte den Kopf, als er Antonia in ein Foyer aus italienischem Marmor führte, das etwa die Größe eines großen Saales eines jeden achtbaren Hauses hatte. „Kannst du dir das vorstellen? Ah, Duvalier, Ihr könnt Mademoiselle Moran Umhang und Muff abnehmen."

Antonia konnte sich ein gefliestes Tauchbad im römischen Stil nur zu gut vorstellen und in ihren grünen Augen wallten Tränen auf. Rasch betrachtete sie die Decke, deren blauer Himmel mit Wolken bemalt war, und die goldenen Amors und Götter, die alle vom Himmel auf sie herabstarrten, und fühlte sich unerklärlicherweise sehr glücklich, glücklicher, als sie es seit Wochen gewesen war. Vielleicht hatte das Schicksal sie doch nicht verlassen?

Die Erwähnung des Namens des Butlers holten Antonias Augen sofort wieder aus den Wolken und für einen entsetzten Moment glaubte Lord Strathsay, dass sie den alten Mann gleich umarmen würde.

„Duvalier! Oh, Duvalier, es ist eine solche Freude, ein vertrautes Gesicht zu sehen", sagte sie glücklich und streckte ihm die Hand hin.

Das unbewegliche Gesicht des Butlers geriet aus den Fugen und er strahlte, als er ihr Umhang und Muff abnahm und an sich drückte, als wären es seine eigenen Habseligkeiten. „Darf ich sagen, welche Freude es ist, Mademoiselle Moran als Gast in Treat zu sehen."

Lord Strathsay sah erstaunt zu, wie der Butler und seine Nichte in gedämpften Tönen wie zwei alte Freunde sprachen. Er konnte kaum glauben, dass dieses fröhlich lächelnde Wesen dasselbe Mädchen war, das während der Kutschfahrt über Land so verloren ausgesehen hatte, als trüge es die Last der Welt auf den Schultern. Er wagte nicht, sie zu unterbrechen, als er ihnen die geschwungene Treppe hinauf folgte.

„Habt Ihr einen langen Weg zur Haustür hier?", fragte Antonia, die neben dem Butler her hüpfte und den Kopf hier– und dorthin drehte, um einen Blick auf die Gemälde, Möbel und all das Gold und Marmor in den großen Räumen zu erhaschen, die an diesem Gang lagen. „Wie geht es Baptiste?"

„Wer ist Baptiste?" Fragte Lord Strathsay, wurde aber unbewusst ignoriert.

„Ah! Mademoiselle erinnert sich an Baptiste!", sagte Duvalier und strahlte über das ganze Gesicht. „Er wird nie wieder kutschieren, so schlimm ist sein Ellenbogen. Das ist traurig für ihn, aber er ist nicht unglücklich. *M'sieur le duc* hat ihm die Aufsicht über all seine Kutschen und Gespanne in Paris übertragen. Das ist eine wichtige Stellung mit einem ansehnlichen Lohn. Seine Frau ist sehr stolz auf ihn. Sie ist die Cousine zweiten Grades meiner Schwester. Baptiste gehört zur Familie."

„Tatsächlich?", sagte Antonia interessiert. „Ich freue mich für ihn und die Cousine Eurer Schwester."

„Duvalier", sagte Lord Strathsay und war erfreut zu sehen, wie die Haltung des Butlers wieder zu steifer Aufmerksamkeit wurde. „Wohin bringt Ihr uns?"

„Verzeihung Mylord", sagte der Butler tonlos und ohne einen weiteren Blick auf Antonia, die zur Seite gegangen war, um den Ausblick aus einer Reihe hoher Fenster zu genießen. „*M'sieur le duc* hat angeordnet, dass Ihr sofort auf Eure Zimmer geführt werden solltet, da das Diner bald serviert werden wird."

Theo winkte ihm, dass er weitergehen sollte und nahm Antonia bei der Hand, damit sie nicht wieder fortliefe. Er ließ sie an der Tür zu ihrer Suite zurück, nachdem er sie hatte versprechen lassen, dass sie nicht in den Gängen herumlaufen, sondern, nachdem sie ein passendes Kleid angelegt hätte, auf ihn warten würde, damit er sie zum Diner geleiten könnte. Er war vor ihr neu angekleidet, aber musste nicht lange warten. Sie kam in einer Wolke aus Röcken in venezianischem Rot aus ihrem Ankleideraum. Das Smaragdhalsband lag um ihren Hals und ihr Haar war aus dem Gesicht gekämmt und fiel über ihre bloßen Schultern. Sie ergriff einen großen Fächer aus geschnitztem Elfenbein und ihr Reticule und ging mit ihrem Onkel in den Salon hinunter.

Etwa zwanzig Gäste waren in dem orientalischen Salon neben dem Saal versammelt. Nicht alle zu diesem Wochenende Eingeladenen waren rechtzeitig zum Diner eingetroffen. Die meisten waren Antonia unbekannt, und sie blieb an der Seite ihres Onkels, als er auf der Suche nach seiner Mutter durch das Zimmer schritt. Er fand sie bald genug. Sie unterhielt sich mit Lady Paget und sah alles andere als glücklich über ihre Umgebung aus.

„Ihr seid noch rechtzeitig zum Essen angekommen!", verkündete Lady Paget und küsste Antonia auf beide Wangen. „Wie war Euer Aufenthalt bei den Harcourts, Liebes?"

„Du siehst nach einer Woche mit Percy Harcourt nicht schlechter aus", witzelte Lady Strathsay und hielt ihrem Sohn die Hand hin. „Habt ihr Charlotte mitgebracht?"

„Percy bringt sie morgen früh her."

Antonia machten einen hübschen Knicks vor ihrer Großmutter und küsste ihr pflichtschuldig die Stirn, konnte aber nicht verstehen, warum sie nur eine kühle Begrüßung erhielt.

„Hättest du gerne etwas zu trinken?", fragte Lady Paget Antonia. „Komm, setzen wir uns und dann kannst du mir alles über Percys ungewöhnliches Haus erzählen."

„Genießt Ihr Euren Aufenthalt hier, Mama?"

„Sei kein Trottel, Theophilus", murrte seine Mutter. „Was kann man auf dem Land schon tun, außer schlammige Füße zu bekommen? Das Kind sieht ausgesprochen strahlend aus. Was hast du ihr gesagt? Oder hat eine Woche von Harcourts krankhafter Bewunderung ihre gute Laune wiederhergestellt? Es kann doch nicht daran liegen, dass du zufällig den Besuch des Vicomte erwähnt hast? Du hast es ihr doch gesagt, hoffe ich?"

„Ich sehe Roxton nicht …"

„Er kommt immer spät. Also hast du es ihr nicht gesagt", sagte Lady Strathsay schlau und spähte über die Stäbchen ihres Fächers hinweg. „Das war unklug."

„Es ergab sich einfach nicht. Ich sehe nicht, welchen Unterschied es machen soll."

„Wir werden sehen, wer recht hat", verkündete sie und wandte sich mit verwandeltem Gesichtsausdruck ihrer Enkelin zu. „Antonia, Liebes, sieh doch, wer da gerade durch die Tür gekommen ist." Sie stand auf, um einen besseren Blick auf das Gesicht ihrer Enkelin zu haben und als das Mädchen entsetzt aufschreckte, drehte sie sich mit einem befriedigten Lächeln wieder ihm Sohn zu. „Da", sagte sie triumphierend. „Habe ich dir nicht geraten, es ihr zu sagen, bevor sie ankam?"

Antonia hatte ihr Gespräch mit Lady Paget unterbrochen, um zu ihrer Großmutter zu gehen. Sie hatte ihre Worte nicht gehört, sondern war ihrem Blick durch den Raum gefolgt. Lord Strathsay schaute in die gleiche Richtung, aber während die Gräfin sich fächelnd lächelte, schaute er böse durch sein Augenglas. Angesichts der allgemeinen Stille erwartete Antonia, den Herzog zu sehen. Aber es war nicht der Herzog. Wer langsamen Schrittes durch den Raum kam, war der Vicomte d'Ambert.

ANTONIA ZÖGERTE EINEN MOMENT ÄNGSTLICH, BEVOR SIE knickste und dem Vicomte die Hand hinstreckte. Seine Verbeugung war sehr förmlich und in seinem blassen Gesicht stand keine Spur von Wärme. Sie bemerkte, dass er es sich angewöhnt hatte, ein Schönheitspflästerchen im Augenwinkel und Rouge auf seinen glattrasierten Wangen zu tragen. Seine Perücke war dick gepudert und sein Rock mit den steifen, goldfarbenen Schößen überstrahlte sogar die schweren, goldfarbenen Röcke ihrer Großmutter.

Als sie auf seinen gepuderten Kopf schaute, schien das Blut in ihren Adern sich in Eis zu verwandeln, denn plötzlich war ihr sehr kalt. Sie fragte sich, ob der Comte de Salvan schließlich doch gewonnen hätte und diese Wochenendgesellschaft auf dem Lande eigentlich zur Feier ihrer Verlobung mit dem Vicomte stattfände. Ihre Großmutter wirkte jedenfalls sehr zufrieden mit dem jungen Franzosen, und da das Gesicht ihres Onkels keine Überraschung zeigte, schien das ihre Befürchtungen zu bestätigen, dass dieses Wiedersehen die ganze Zeit geplant gewesen war. Ihr war furchtbar schlecht, aber sie zwang sich, den Vicomte anzulächeln, der sie starr anschaute.

Lady Strathsay stupste sie mit den spitzen Silberstäbchen ihres Fächers an. „Hast du *M'sieur le vicomte* nichts zu sagen, meine Liebe?"

Antonia konnte nur eine Begrüßung stammeln. Der Vicomte wandte sich ab, um eine Frage von Lord Strathsay zu beantworten, doch nach fünf Minuten höflicher Unterhaltung mit Antonias Onkel und ihrer Großmutter nahm er Antonia am Ellbogen und führte sie kurzerhand zum nächsten unbesetzten Sofa.

„Zehn Wochen in England und Ihr habt zur Begrüßung kein freundliches Wort für mich?", flüsterte er. „Habt Ihr die Sprache verloren?"

„Ich war so überrascht, Euch zu sehen, Étienne. Dachtet Ihr nicht, dass ich das sein würde?", entgegnete sie in wütendem Flüsterton und schnippte ihren Fächer auf.

Der Vicomte schaute sich missmutig um und nahm eine Prise Schnupftabak. „Wie könnt Ihr es in diesem barbarischen Land aushalten, *hein*? Die englische Sprache, sie schmerzt mir in den Ohren. Und wenn man sie Französisch sprechen hört? *Parbleu*, es beleidigt mich. Und dann ist da dieses Gericht, nennt man es – Pudding? Ja, Pudding. *Mon Dieu*, es ist ein Gräuel!"

Antonia fragte sich, ob er scherzte, aber er sah so ernst aus, dass Lachen in ihrer Kehle aufstieg. Trotz ihrer Bemühungen, sich anständig zu benehmen, begann sie zu kichern.

Lady Strathsay schenkte ihrem Sohn ein selbstgefälliges Lächeln und hob ihre perfekt geschwungenen Brauen. „Hast du etwas anderes erwartet?"

„Vor einem Augenblick noch hast du eine Katastrophe vorhergesagt, Mama", erinnerte Theo sie mit einem Blick auf das junge Paar. „Wir müssen beide dankbar sein, dass das Wiedersehen besser als erwartet verlief."

„Besser für wen?"

Lord Strathsay sah ein vertrautes Funkeln in den Augen seiner Mutter und runzelte die Stirn.

„Mische dich nicht ein, Mama. Roxton weiß, was er tut …"

„Kate!", rief die Gräfin und beachtete ihren Sohn nicht. „Was denkst du über unseren jungen Franzosen?"

Lady Paget löste sich aus einer Unterhaltung mit einem einheimischen Grundherrn über den Anbau exotischer Früchte und folgte dem Blick ihrer Freundin zu Antonia und Étienne, die sich unterhielten.

„Er scheint recht sympathisch zu sein. Zu ernst für einen so jungen Menschen. Warum, meine Liebe? Du hast doch nicht vor …"

„Auf keinen Fall!", entgegnete die Gräfin und funkelte ihren Sohn, der es wagte zu grinsen, böse an. „Aber für meine Enkelin allerdings."

„Gegen eine solche Verbindung wäre sicher nichts einzuwenden", sagte Lady Paget. „Doch ich kenne den Jungen nicht. Aber da dein Sohn beabsichtigt, Antonia die Entscheidung zu überlassen, wäre wohl jede Mühe deinerseits, diese Partie zu fördern, verschwendet, meine Liebe. Sollen wir zum Diner hinübergehen? Ich sehe, dass der Herzog eingetroffen ist."

Lord Strathsay bot Lady Paget seinen Arm und gesellte sich zu den anderen Gästen, die durch die schwere Doppeltür aus Mahagoni gingen. Duvalier stand hinter dem Stuhl seines Herrn am Kopfende des langen Tisches, und hinter jedem der zwanzig Stühle befand sich ein Diener, dessen rot–silberne Livree zu den üppigen Brüsseler Wandteppichen an den vier Wänden passte. Drei schwere Kristallleuchter warfen schimmerndes Licht von der getäfelten Decke herab, und von oben auf der Galerie, die sich über die Länge des langen Raums erstreckte, ertönte der melodische Klang eines Streichquartetts.

Der Vicomte setzte sich kopfschüttelnd neben Antonia. „Er lebt besser als Louis!", flüsterte er, als er das Flackern des Wachses, das Schimmern des Kristalls und die Berge von Gerichten sah, die geschickt in kostbaren Porzellanschalen auf dem Tisch angeordnet waren. „Es ist besser, dass mein Vater nicht hier ist. Bei all dieser Pracht würde ihn der Schlag treffen!"

Antonia gestattete einem aufmerksamen Diener, ihr Glas mit Burgunder zu füllen. „Dann erzählt ihm unbedingt alles, was Ihr seht", sagte sie und lächelte, als Étienne den Sinn ihrer Worte erfasste und laut auflachte.

Vom anderen Ende der Tafel her hielt Lady Paget ein Auge auf das Paar so gut sie es durch die kunstvollen Aufbauten der Speisen und die Bewegungen gepuderter Häupter und der Lakaien konnte. Sie konnte Lady Strathsay nicht sehen, die am anderen Ende saß und sich um einen älteren General und eine hochnäsige alte Jungfer kümmern musste. Sie fand, sie hätte mehr Glück gehabt, da sie zur Linken des Herzogs saß und Lord Strathsay auf ihrer anderen Seite.

Sie wartete auf eine Gelegenheit, mit dem Herzog zu sprechen, der höflich dem Geplauder einer gewissen Susanna Woodruff lauschte, einer hübschen Blondine mit großen blauen Augen und Tochter von Sir Jasper – einem Züchter von Araberpferden. Susanna kannte den neuesten Klatsch. Diese Tatsache, dachte Lady Paget mit einem ironischen Lächeln, hatte ihr den so begehrten Platz an der rechten Seite ihres Gastgebers eingebracht.

Ihre Gelegenheit kam, als Miss Woodruffs Aufmerksamkeit von dem jungen Mann an ihrer Seite abgelenkt wurde, der ihren Strom von Skandalgeschichten mit einer unverschämten eigenen Beobachtung unterbrach.

„Ich frage mich, ob Susanne eine Ahnung hat, dass sie mit genau dem Mann spricht, den sie eben als den lächerlichen Liebhaber Beth Ruthmores schlechtgemacht hat?", sinnierte Lady Paget und schob den Rest ihrer Erbsensuppe weg. Aber als der Herzog nicht antwortete oder in ihre Richtung schaute, tippte sie mit ihrem Fächer auf sein spitzengeschmücktes Handgelenk. „Roxton! Ihr habt gerade ein zweites Spargelpastetchen verzehrt, und ich weiß, dass Ihr Spargel hasst!"

Der Herzog starrte auf seinen Teller und schob ihn schaudernd beiseite.

„Verzeiht mir, Kate. Ich bin ein nachlässiger Gastgeber."

„Und geistesabwesend – bei mir und all Euren Gästen", scherzte sie. Aber er lächelte nicht. „Augusta teilt mir mit, dass Eure Schwester auf dem Weg nach London sei. Erwartet Ihr sie jeden Moment?"

„Nicht bald genug. Ich war der Unglückliche, der die Grand Tour in Lucian Vallentines Gesellschaft erlebte. Daher erwarte ich nicht, dass sie ankommen werden, wann ich es möchte. Ein bedauerlicher Umstand, der Estée sehr missfallen wird. Aber ich habe nicht die Absicht, untätig herumzusitzen und darauf zu warten, dass Vallentine zu erscheinen geruht." Er hob sein Augenglas zu einer Obstschale, die ein Diener ihm präsentierte und wählte einen Apfel. „Ich fürchte, das war nicht alles, was Augusta Euch erzählt hat ..."

„Oh nein", versicherte sie ihm. „Aber ich verrate keine Geheimnisse." Sie nahm ein Stück Apfel vom Obstmesser mit Perlmuttgriff des Herzogs entgegen und lächelte ihn an, als er die Stirn runzelte. „Ich war immer diskret, mein Lieber. Ihr jedoch wart bemerkenswert nachlässig. Doch das hat Euch in der Vergangenheit nie gestört." Als der Blick des Herzogs am Tisch entlangwanderte und in der Mitte anhielt, er schweigend den Apfel verzehrte, stieß sie einen ungeduldigen Seufzer aus. „Bei Euch ist wirklich alle Hoffnung verloren. Verdammt sollt Ihr sein! Es gab eine Zeit, als ich und einige andere von solch ausgeprägter, öffentlicher Untreue sehr verletzt gewesen wären."

„Es ist ungemein schwierig, es in Worte zu fassen, Kate ... Es ist, als hätte sie mir die Existenz der Farben gezeigt", sagte der Herzog staunend und riss seinen Blick von Antonia los, um Lady Paget mit einem selbstironischen Lächeln anzusehen. „Die Welt ist nicht mehr grau."

Lady Paget lächelte und drückte liebevoll seinen Arm. „Ihr wisst natürlich, dass das bedeutet, dass es keine Hoffnung auf Genesung gibt. Ihr müsst sie unverzüglich heiraten."

„Es ist nicht so – äh – *einfach*."

„Ihr zögert, weil dieser hübsche französische Junge sich für ihren Verlobten hält?"

Der Herzog widmete sich dem Zerschneiden der zweiten Apfelhälfte, doch der harte Zug auf seinem Gesicht verriet ihr einiges über seine Gefühle. Sie zuckte mit den Schultern.

„Es gibt eine Lösung", sagte sie leise, denn Miss Woodruff hatte ihre Diskussion mit dem jungen Mann beendet und wollte die Aufmerksamkeit des Herzogs zurückerobern. „Brennt mit ihr durch."

„Wie ihre Mutter und ihre Großmutter vor ihr es getan haben? So wie meine eigene Mutter es tat?"

„Ihr habt die Idee ernsthaft in Betracht gezogen, sehe ich."

„Es wäre eine gute Lösung – für mich. Und für die Salvans? Die Schuld meines lieben Cousins würde getilgt und man hätte Mitgefühl mit ihm, als Folge des Skandals unserer Flucht. Über die Unrechtmäßigkeit seines Anspruchs auf Antonia zu sprechen, nachdem sie Herzogin von Roxton würde, wäre kleinlich."

„Was bedeutet Euch ein Skandal? Reicht nicht die Tatsache, dass sie Eure Herzogin sein wird, als Strafe für die Salvans aus?"

Der Herzog goss den letzten Schluck seines Weins hinunter und machte Duvalier ein Zeichen. „Ihr vergesst den Vicomte. Er ist unschuldig."

Sie zeigte sich überrascht. „Aber Augusta sagte …"

„Sie hat Euch alles erzählt, nicht wahr", sagte er mit einem schiefen Lächeln. „Er hält sich für verlobt. Sein – äh – *Zustand* macht die Lage nur um so heikler. Sagt mir, Kate", sagte er, als er sich erhob, um sich vor den hinausgehenden Damen zu verbeugen, „würde die Herzogin von Roxton in den besseren Kreisen empfangen werden, wenn die Flucht erst öffentlich bekannt würde?"

Lady Paget behielt den Zug der sich in den Salon zurückziehenden Damen im Auge. Sie bemerkte auch, dass Susanna Woodruff an der Tür auf sie wartete. „Ich verstehe Euer Dilemma", sagte sie seufzend. „Ihr kennt die Antwort ebenso gut wie ich. Ich habe nie verstanden, warum wir Frauen, wenn wir uns erst einmal mit dem Mantel der Ehrbarkeit einer Ehe getarnt haben, mit unserer Gunst so nachlässig sein können, wie es uns gefällt. Aber durchbrennen? Nein. Ich bezweifle, dass sie diesen Makel je beseitigen könnte."

Der Herzog lächelte dünnlippig. „Meine Mutter hat äußerst grausam unter dieser gesellschaftlichen Ächtung gelitten und ich werde nicht zulassen, dass meine Frau dasselbe erleiden muss wie sie."

Lady Paget drückte seine Hand. „Genau, Euer Gnaden. Aber ich glaube, Antonia interessiert sich keinen Pfifferling für das Diktat der Gesellschaft. Wegen ihres Vaters war sie ihr ganzes Leben lang von der Gesellschaft ausgestoßen. Für sie zähle nur eines – bei Euch zu sein."

Mit diesen Worten folgte Lady Paget eilig den Damen in die Lange Galerie, wo Spieltische aufgebaut worden waren und Tee und Kaffee auf sie warteten. Drei Lakaien standen bei einer lackierten Anrichte, die mit Schüsseln und Platten mit Süßspeisen beladen waren. Eine große silberne Kaffeekanne stand auf ihrem Walnussholzständer und eine ähnliche für Tee wurde neben Lady Strathsay platziert, damit sie eingießen konnte. Die Ladys gruppierten sich auf den mit gestreiftem Satin bezogenen Sofas und dünnbeinigen Sesselchen, die um einen der beiden großen Kamine platziert waren.

Entlang der Außenwand verlief eine Reihe von Fenstertüren mit schweren Brokatvorhängen in Blau– und Goldtönen. Hinter den Fenstern erstreckte sich eine mit schwarzem und weißem Marmor geflieste

Terrasse, die an drei Seiten von einer niedrigen Säulenwand umgeben war und von der eine Treppe zu den Ziergärten hinab führte.

Antonia stand an einem dieser Fenster und schaute zu, wie ein Diener die Wandleuchter, die rechtwinklig aus der niedrigen Mauer herausragten, anzündete. Sie war nicht in guter Stimmung. Das Diner war anstrengend gewesen, mit Étienne und seinen unablässigen Fragen nach allem, was sie während ihrer Zeit in London getan hatte und seinen beständig abfälligen Ansichten über alles Englische auf einer Seite, und auf ihrer rechten Sir Jasper Woodruff, einen gut gelaunten Gentleman, der dachte, er erwiese Antonia große Höflichkeit, indem er Französisch mit ihr sprach. Aber die französische Aussprache des freundlichen Gentlemans war grausam. Antonia blieb höflich und verlangte nicht, dass er Englisch sprach, und kämpfte sich so mit größter Schwierigkeit durch ein Gespräch.

Nach einer Stunde erregte er abermals ihre Aufmerksamkeit. Diesmal, nachdem er eine reichliche Menge guten französischen Rotweins getrunken hatte, vertraute er ihr auf Englisch an, dass die hübsche Blonde zu Roxtons Rechter seine Tochter wäre. Er erwartete zuversichtlich, dass sein guter Freund der Herzog um Susannas Hand anhalten würde. Er missverstand Antonias ungläubigen Blick als Erstaunen darüber, dass der Herzog, der so lange ein Junggeselle mit berüchtigtem Ruf gewesen war, je den Ehestand in Betracht ziehen würde. Er vertraute ihr weiter an, dass Susanna zu einer vernünftigen Frau erzogen worden war und als solche nicht verlangen würde, dass der Herzog seine Lebensweise irgendwie ändern würde. Sie würde als Gegenleistung für den Titel der Herzogin bei seinen Indiskretionen ein Auge zudrücken.

Wie um diesen Punkt zu veranschaulichen, wies Sir Jasper stolz auf das vorbildliche Verhalten seiner Tochter hin, während Kate Paget ihr am Tisch direkt gegenübersaß. Welche andere Frau würde wohl ohne zu erröten dort sitzen können, wenn vor ihrer Nase die Frau, die lange Monate die Geliebte des Herzogs gewesen war, sich vertraulich mit ihrem Zukünftigen unterhielt?

Antonia fragte sich, ob sie Sir Jasper richtig verstanden oder etwas durch die Übersetzung verpasst hatte. Aber nachdem sie während des Rests eines langen Mahles, in dem sie nur herumstocherte, darüber nachdachte, wurde ihr klar, dass Sir Jasper nicht nur bloße Gerüchte verbreitete. Irgendwie überraschte es sie eigentlich nicht. Madame de La Tournelle und Madame Duras-Valfons hatte sie als bloßen Zeitvertreib abgetan, ebenso, wie die angeblichen Besuche des Herzogs in diesem berüchtigten Bordell, dem Maison Clermont, das vom französischen Adel frequentiert wurde. Aber dass sie Lady Paget kannte und ihre

Gesellschaft schätzte, machte diese Affäre für sie schmerzlicher zu ignorieren.

Diese Gedanken zogen ihr durch den Kopf, als sie im Luftzug durch das offene Fenster fröstelte, ohne auf die Kälte und die herrische, laute Anweisung ihrer Großmutter, sie solle sich sofort wieder dem Rest der Gesellschaft anschließen, zu achten. Die Damen tranken weiter ihren Tee, knabberten Süßigkeiten und tauschten den neuesten Klatsch aus. Doch das seltsame Mädchen mit den schrägen, grünen Augen, das mit deutlichem Akzent Englisch sprach und, wie geflüstert wurde, mit dem gutaussehenden, jungen Vicomte verlobt war, entging ihrer Aufmerksamkeit nicht.

Miss Woodruff war die erste, die die Frage stellte, an die alle dachten, aber nicht auszusprechen wagten. „Mylady", sagte sie zur Gräfin, ihre blauen Augen auf Antonias Rücken geheftet, „mir fiel dieses göttliche Smaragdhalsband um Miss Morans Hals auf. Erzählt uns doch seine Geschichte. Ist es ein Verlobungsgeschenk, ein Familienerbstück, oder …"

„Ich bin sicher, dass es ein Erbstück werden wird", warf Lady Paget ein, bevor ihre Freundin Gelegenheit zum Antworten bekam. „Es ist göttlich, nicht wahr? Ein Geburtstagsgeschenk des Herzoges, wie man mir sagte. Möchte noch jemand eine Makrone? Sie sind köstlich."

Der Teller wurde herumgereicht und Lady Paget glitt zu den Terrassentüren hinüber, um einen Arm um Antonias schlanke Taille zu legen. Als das Mädchen aufblickte, errötete und sich losmachte, war sie ein wenig verletzt, ließ sich aber nicht beirren.

„Schließe die Tür, oder du wirst dir den Tod holen, meine Liebe", sagte Lady Paget lächelnd. „Deine Großmutter wünscht deine Anwesenheit an ihrem Teetisch. Aber wenn du magst, werde ich mit dir durch die Galerie gehen."

„Es tut mir leid … ich wollte nicht …"

„Es gibt über dem Kamin am anderen Ende ein großes Porträt, das ich dir zeigen wollte und einige an den Wänden, die du sehr interessant finden könntest. Oder möchtest du zuerst eine Tasse Kaffee?"

„Nein."

„Gut. Dann komm mit", sagte Lady Paget und schob ihren Arm unter Antonias. „Dies muss der längste Raum des Hauses sein. Oder ist die Bibliothek genauso lang? Ich kann mich nicht genau daran erinnern. Es ist einige Zeit her, seit ich zuletzt hier war. Roxton hat umfangreiche Änderungen an diesem Flügel vorgenommen, so dass ich ziemlich desorientiert bin. Es ist riesig, nicht wahr? Ein elisabethanisches Herrenhaus, das von Cromwell bis auf die Grundmauern abgebrannt wurde – dieser Barbar! Nur die Ruinen der Kapelle und ein Teil der Mauer, die den Kirchhof umgab, blieben erhalten. Dieses neue Gebäude, oder sollte ich sagen, das, was davon übrig ist, nachdem der vierte Herzog von Roxton es in die Hände bekam, stammt aus der Zeit König Charles. Es war die größte Residenz im Königreich, bis Blenheim gebaut wurde." Sie warf einen Blick auf Antonia. „Fandest du es scheußlich, als du es zuerst zu Gesicht bekamst?"

„Oh nein, Mylady. Ich fand es monströs."

Lady Pagets braune Augen funkelten. „Monströs scheußlich?"

Antonia musste lächeln.

„Da", sagte Lady Paget und schaute zu einem Gemälde in einem reich verzierten, vergoldeten Rahmen über dem Kamin aus italienischem Marmor auf.

Vor einem dunklen Hintergrund aus matten Buchrücken und Mahagoni–Täfelung standen vier Gestalten in leuchtenden Farben. Die Lady saß, gekleidet in ein blausamtenes Kleid in der gleichen Farbe wie ihre Augen, ihre dunklen Haare waren aus dem Gesicht gekämmt, fielen ihr aber in langen Locken über ihre bloßen Schultern. Auf ihrem Schoß hielt sie ein kleines Kind von vielleicht zwei oder drei Jahren mit Augen derselben Farbe und kurzem, lockigen Haar. Die Lady war sehr schön und das kleine Kind ihr Ebenbild.

Hinter dieser Lady stand, eine Hand auf der Rückenlehne ihres Stuhles, die andere auf dem juwelenbesetzen Griff seines Schwertes ruhend, ihr Ehemann. Er war nach der neuesten Mode der damaligen Zeit gekleidet. Die Rockschöße waren lang, breit und mit Fischbein versteift, und die Manschetten hatten große Aufschläge, die mit riesigen, runden Knöpfen aus graviertem Gold festgehalten wurden. Seine Krawatte war kunstvoll gebunden und aus feinsten Spitzen. Er trug eine gepuderte Allonge-Perücke. Er hatte hagere Wangen, schwarze Augen und eine markante Nase. Um ihn lag ein Hauch ruhiger Selbstsicherheit und auf seinem Gesicht ein Lächeln, das eher unverschämt als freundlich war.

Die vierte Gestalt war ein langbeiniger Jüngling in austerngrauen Satinhosen und dazu passendem Rock mit steifen Schößen. Er saß zurückgelehnt auf einem Samtkissen am Boden, einen Arm im Schoß seiner Mutter, den anderen um den Hals eines schlanken, weißen Whippets gelegt, dessen eine Pfote auf einem offenen Buch ruhte. Der Junge hatte das unverschämte Lächeln seines Vaters und den Ansatz einer markanten Nase, die zarten, fein geformten Hände seiner Mutter und einen Schopf schwarzer Locken, die er lose um seine Schultern hängend trug.

Lady Paget zweifelte nicht daran, dass Antonia sofort die Personen auf diesem formellen, aber häuslichen Porträt erkannte, denn der Blick des Mädchens hing in tiefem Schweigen an dem Gemälde. Sie schaute wieder zu dem Porträt hinauf und begann ihren Monolog.

„Madeleine-Julie de Salvan galt als die überragende Schönheit am Hofe Ludwigs des Vierzehnten, und von ihr wurde Großes erwartet", sagte Lady Paget. „Ihr Bruder, der damalige Comte de Salvan, arrangierte eine großartige Partie für sie, mit dem Sohn des Prinzen de Parvelle. Es war der Wunsch beider Familien und die Verbindung hatte auch den Segen des Königs. Alles war für eine prachtvolle Hochzeit am Hof vorbereitet. Niemand hegte einen Verdacht, dass Madeleine-Julie andere Vorstellungen haben könnte. Eines Tages entdeckte ihre Zofe, dass ihre Herrin fort war. Nicht nur das, sondern das Mädchen blieb für zehn Tage verschwunden."

„Wohin war sie gegangen?", fragte Antonia und löste endlich ihren Blick von dem Porträt, um keinen steifen Hals zu bekommen.

„Sie war mit dem Marquis von Alston davongelaufen", antwortete Lady Paget fröhlich. „Er war Engländer, Protestant und fünfunddreißig. Sie war kaum achtzehn, Papistin, und wurde exkommuniziert, weil sie einen Ketzer geheiratet und ihren Glauben aufgegeben hatte. Ihre Familie war entehrt und wurde bei Hofe gemieden. Die Salvans verloren ihre Stellungen. Es dauerte ein Jahrzehnt, bis sie die Gunst des Königs wiedergewannen. Der Comte weigerte sich jahrelang, mit seiner Schwester zu sprechen. Lord Alston war sein engster Freund gewesen.

„Auch seine Familie akzeptierte die Heirat nicht. Die Marchioness wurde auch von den englischen Verwandten ihres Mannes gemieden. Sie setzte nie einen Fuß auf englischen Boden und ihre Kinder wurden von den Franzosen als Bastarde betrachtet ..."

„*Mon Dieu*. Das ist zu schrecklich", murmelte Antonia.

„Überhaupt nicht", entgegnete Lady Paget und drückte Antonia beruhigend. „Ihr müsst nicht denken, dass Madeleine-Julies Leben mit Alston traurig gewesen wäre. Sie liebten einander sehr. Sie hatten kein Bedürfnis nach dem Leben am Hofe oder den Launen der feinen Gesellschaft. Sie waren sehr zufrieden und glücklich, und solange sie einander hatten, war die Welt für sie in Ordnung. Der Marquis lebte für seine Frau und die Kinder. Einige Jahre nach der Heirat, in der Tat anlässlich der Geburt ihres ersten Kindes, erlaubte der Comte de Salvan seiner Familie, sie zu besuchen. Ich glaube, Roxton muss etwa sieben oder acht Jahre alt gewesen sein, als der Comte seiner Schwester endlich vergab.

„Sie wurde nie wieder bei Hofe empfangen, aber was hatte das zu sagen, wenn die feine Gesellschaft in ihr Haus in Paris kam, um sie zu besuchen und bei ihr zu speisen? Die Gesellschaft ist sehr wankelmütig. Was an einem Tag als Skandal und unverzeihlich betrachtet wird, wird am nächsten ignoriert und übersehen, und alles ist, als wäre nie etwas Ungewöhnliches geschehen. Das Leben geht weiter wie zuvor. Versteht Ihr mich, Antonia?"

„Mich kümmert es nicht, was die Gesellschaft denkt oder – oder wie sie sich mir gegenüber verhält. Außerdem bin ich nicht so wichtig, dass sie sich jemals um mich kümmern würde", sagte Antonia leise. „Ich war nie ein Mitglied dieser Gesellschaft. Ob es hier war oder in Frankreich, oder in Italien, wohin mein Vater mich nach dem Tod meiner Mutter brachte." Sie ließ ihren Kopf hängen und spielte mit der Haarlocke, die einer Spange entkommen war. „Aber ich möchte glücklich sein, so wie Madeleine-Julie glücklich war. Und ich – ich könnte es nicht ertragen, wenn – wenn nach allem … Das heißt – was wäre gewesen, wenn der Marquis von Alston seiner Frau und seiner Familie nicht so ergeben gewesen wäre? Was, wenn er ohne sie wieder in Gesellschaft gegangen wäre, wenn er ihr untreu geworden wäre, nach allem, was sie für ihn geopfert hatte, und wenn …"

„*La*, das sind viele wenns!", lachte Lady Paget. „Vergesst sie alle! Es gibt nichts, worüber Ihr Euch den hübschen Kopf zerbrechen müsstet, das verspreche ich Euch. Mein liebes Mädchen, seht Ihr es nicht? Roxton liebt euch bis zur Selbstaufgabe!"

Antonia erstarrte und wurde rot, dann schaute sie Lady Paget tapfer ins Gesicht.

„Wir haben von Madame la Marquise gesprochen, Mylady", sagte sie tonlos. „Von nichts anderem. Ich mag jung sein, und manchmal weiß ich, dass ich naiv bin, in der Tat, ich bin sehr unerfahren in der Welt. Aber weder bin ich blind noch eine völlige Närrin, dass ich nicht sehen würde, was mir ins Gesicht starrt. Sir Jasper vertraute mir an, dass er hoffte, *M'sieur le duc* würde um seine Tochter anhalten. Er war sehr stolz auf ihr Verhalten am Tisch, wo sie so tat, als wäre sie blind für *M'sieur le ducs* englische Geliebte, die ihr gegenübersaß. Es machte ihr nicht das Geringste aus. Nun, mir würde es *sehr viel* ausmachen! Das ist ein Fehler bei mir, ich weiß es, aber ich kann nicht ändern, dass ich so bin. Also bitte, sprecht nicht ausgerechnet Ihr unter allen Leuten von *M'sieur le ducs* ‚Gefühlen'. Ich werde jetzt zurückgehen. Mir ist kalt und ich möchte meinen Kaffee. Vielen Dank, dass Ihr mir dieses interessante Porträt gezeigt habt."

„Ach du liebe Güte", sagte Lady Paget mit einem Seufzer, als sie Antonia davonhuschen sah. „Verdammt noch mal, Jasper!"

VIERZEHN

Roxtons Gäste amüsierten sich bereits seit einiger Zeit mit Karten und Konversation, als der Herzog endlich in der Galerie erschien, der letzte der Gentlemen, der sich den Damen anschloss. Er hob sein Augenglas, um die Gesellschaft zu mustern, und war erfreut, dass der Abend zu seiner Zufriedenheit verlief. Er hatte es nicht eilig, sich den diversen Unterhaltungen anzuschließen. In der Tat lehnte er ein Angebot, Whist zu spielen, ab und ignorierte eine Aufforderung, sich neben Miss Woodruff zu setzen, deren lebhafte Bewegung mit ihrem Spitzenfächer von zwei hoffnungsvollen Gentlemen auf sich bezogen wurden, sodass sie herbeieilten, um sich ihr zu Füßen zu werfen. Stattdessen ging er zum zweiten Kamin, um sich die Hände zu wärmen.

Antonia bemerkte ihn nicht, weil er hinter ihr stand, nahe dem Ort, an dem sie mit dem Vicomte auf einer Chaiselongue saß. Ihr Kopf war über eine leere Teeschale gebeugt, als ob sie aus den zurückgebliebenen Teeblättern lesen würde. Es war nicht ihre Schale, sondern die des Vicomtes. Sie zog Kaffee vor, aber er hatte darauf bestanden, dass sie einen Schluck Tee versuchen sollte. Zuerst hatte sie sich geweigert, doch seine Beharrlichkeit ließ sie nach der Schale greifen, damit er endlich aufhören sollte, sie weiter zu verfolgen und Unruhe zu verbreiten. Doch es war zu einem heftigen Streit gekommen, alles, weil er es gewagt hatte, die Wahl ihres Kleides zu kritisieren. Er mochte es nicht, sagte er. Es ließe sie aussehen wie eine Hure. Wenn sie erst verheiratet wären, würde er ihr vorschreiben, was er für die Frau eines Vicomte für passend hielte. Sie lachte, doch als sie erkannte, dass er es ernst meinte, ließ ihre Ungläubigkeit sie zornig werden.

„Es war ein Fehler, Euch zu erlauben, Frankreich verlassen“, flüsterte er mit unterdrückter Wut. „Ihr kleidet Euch nicht nur wie eine Hure, sondern benehmt Euch auch wie ein billiges Flittchen!“

„Jetzt habe ich für einen Abend genug von *M'sieur le Vicomtes* Ansichten“, stellte sie fest und erhob sich. Doch er packte sie am Handgelenk und zog sie mit einem Ruck wieder neben sich. „Étienne! Lasst mich los!“

„Haltet den Mund!“, befahl er. „Ihr wagt es, mit mir – *mir* –, dem Vicomte d'Ambert, zu sprechen, als ob ich ein bloßer … ein bloßer …“

„Oh, Étienne, seid doch vernünftig. Wenn Ihr so sprecht und Euch so benehmt, seid Ihr wie Salvan“, sagte sie in einem aufmunternden Ton. „Wir waren doch so gute Freunde, bevor er Euch diese dumme Idee mit der Heirat in den Kopf setzte.“

„Dumme Idee?“, wiederholte er und bemühte sich, in einer seiner Taschen eine Schnupftabakdose zu finden.

„Ja. Ich werde vergessen, wie Ihr mich genannt habt, wenn Ihr Euch entschuldigt.“

„Entschuldigen? Ich mich entschuldigen?“, fragte er hochmütig. „Mademoiselle vergisst sich. *Euer* Verhalten bedarf einer Entschuldigung!“

„Ich hoffe, Ihr genießt den Abend?“, fragte der Herzog mit seiner für ihn so typischen leisen Stimme. Er hatte den gesamten Wortwechsel mit angehört und hielt den Moment für günstig, um einzugreifen. Er bot dem Jüngling seine Schnupftabakdose an und war nicht überrascht, als dieser ablehnte. „Verzeiht, mein Junge. Ich vergaß. Der Vicomte bevorzugt seine eigene – äh – *Mischung*, nicht wahr?“

Der Vicomte stand auf. „Ja, *M'sieur le duc*“, antwortete er steif. „Mademoiselle und ich haben uns vertraulich unterhalten–“

„Wie charmant“, unterbrach der Herzog ohne ein Lächeln. „Ich bedaure, dass ich Euer vertrauliches Gespräch beenden muss. Ihr werdet mir fünf Minuten allein mit Mademoiselle Moran erlauben.“

„Aber ich –“

„Ihr müsst nicht für mich antworten, Étienne“, flüsterte Antonia zornig und trat zur Seite, um einem Diener zu erlauben, ein Backgammonbrett auf die Chaiselongue zu legen.

„Ihr könnt uns im Auge behalten, wenn Ihr das wollt“, sagte der Herzog. Er setzte sich mit einer Bewegung, die seine Rockschöße nach außen fliegen ließ und begann, die Steine auf dem Spielbrett zu verteilen. Ohne den Blick von seiner Beschäftigung zu heben, machte er dem Vicomte mit seiner spitzenbedeckten Hand ein Zeichen. „Von irgendwo dort drüben. Ich ziehe es vor, Backgammon zu spielen, ohne Zuschauer im Nacken sitzen zu haben. Mademoiselle, wenn Ihr bereit seid …“

Der Vicomte verneigte sich. „Wie *M'sieur le duc* wünschen. Mademoiselle, wir werden unsere Diskussion morgen fortsetzen. Vielleicht werdet Ihr bis dahin genügend Zeit gehabt haben, um über die Torheit Eurer Worte nachzudenken.“

„Ich habe nichts mehr zu sagen, Vicomte“, sagte Antonia, ohne aufzuschauen.

Sie brachte eilig ihre Steine in Position, obwohl sie sich dabei ungeschickt anstellte, und ließ die Augen auf dem Brett ruhen, fühlte sich dabei ungelenk und nervös. Sie wusste, dass sie rot wurde, als der Herzog einen Arm über die Rückenlehne der Chaiselongue legte und unbekümmert an einer ihrer Locken zupfte. Sie würfelte und wartete auf seine Reaktion.

„Du hast Glück heute Abend, *petite*“, sagte er. „Eine Eins kann deine Drei nicht schlagen.“

Danach spielten sie schweigend weiter. Nur die Geräusche der Kartenspieler störten gelegentlich ihre Konzentration. Mehrere der Gäste hatten sich in der Galerie verteilt, ein paar saßen vor dem hinteren Kamin. Sir Jasper kam irgendwann zum Herzog herübergewandert, voller Jovialität und zu viel Rotwein, nur, um ignoriert zu werden.

Miss Woodruff tauchte später auf, um das Spiel mit einer albernen Bemerkung zu stören, und wurde ebenfalls ignoriert. Zuerst verstand sie den Wink nicht und blieb, Nichtigkeiten schwätzend, dort stehen, bis sie bemerkte, dass der Herzog nur Augen für seine Backgammon-Partnerin hatte. Das verschloss ihr augenblicklich den Mund und sie schwebte davon, um sich mit einem Gentleman zu trösten, der sie aus Hundeaugen ansah und den sie den ganzen Abend konsequent gemieden hatte.

Auch Lady Strathsay versuchte das Paar zu stören und wollte Antonia unbedingt in ihre Zimmer schicken. Sie wurde jedoch von ihrem Sohn daran gehindert, ihre Meinung über die späte Stunde zu äußern, der sie entführte, um mit ihm am äußersten Ende der Galerie einem Gedichtvortrag zu lauschen.

Der Vicomte gab vor, sich für eine Partie Basset zu interessieren, beobachtete aber Antonia die ganze Zeit über. Als er an den Tischen fertig war und den Raum durchquerte, wurde er von Lady Paget abgefangen. Er war derartig davon überrascht, seine Sprache zivilisiert ausgesprochen zu hören, dass er ihr erlaubte, ihn mit zu dem Gedichtvortrag zu ziehen.

Antonia sah und hörte nichts von diesen Manövern. Für sie war es, als wären der Herzog und sie wieder in seinen Privatgemächern des *hôtel*, wie es zuvor gewesen war, bevor sie nach England gekommen war und wie sie sich vorgestellt hatte, dass es wieder sein würde. Sie spielten schweigend. Der Herzog begann nicht ein einziges Mal ein Gespräch, doch seine bloße Gegenwart machte jede Unterhaltung unnötig. Am Ende eines vierten Spiels hob sie die Würfel auf und klatschte in die Hände.

„Ich habe gewonnen! Ihr könntet keine Zahlen werfen, mit denen ihr meine Männer überholen könntet. Nicht einmal mit Dubletten!"

„Da wir jeder zwei Spiele gewonnen haben, müssen wir ein fünftes austragen, um die Partie zu entscheiden", sagte er und warf seine Steine wieder auf das Brett. „Einverstanden, *mignonne*?"

„Habt Ihr – Ihr habt doch nicht absichtlich dieses Spiel verloren, *M'sieur le duc*?"

Ihre beleidigte Miene amüsierte ihn, aber er sprach mit einer Stimme, die dem Ausdruck in seinen schwarzen Augen widersprach. „Das ist eine böse Anschuldigung, Antonia. Du überraschst mich. Sicher kennst du mich doch besser?"

„Es – es tut mir leid. Ich wollte nicht sagen – ich weiß, dass Ihr das nie tun würdet", sagte sie rasch und würfelte. „Nur verliert Ihr so selten."

„Selten heißt nicht nie. Ich hoffe, ich bin Gentleman genug, um eine Niederlage zuzugeben, wenn ein so seltener Fall eintritt." Er hob sein Augenglas, um über seinen nächsten Zug nachzudenken. „Jetzt musst du dein Bestes geben. Wenn ich das Glück habe, bei dieser Gelegenheit zu gewinnen, werde ich eine Belohnung verlangen, wie es mein Recht als Sieger ist."

„Aber wir haben vor Spielbeginn keinen Einsatz festgelegt!", widersprach sie. „Das ist unfair!"

Als sie zögerte, die Würfel wieder zu werfen, schaute er auf. „Unfair für wen? Wenn du gewinnst, steht dir das Privileg zu, eine Belohnung zu verlangen. Ich bin bereit, das Risiko einzugehen. Aber wenn du das für unsportlich hältst...?"

„Nein! Nein! Ich mache mit!", versicherte sie ihm und ohne an ihre Umgebung zu denken, schüttelte sie ihre Satinschuhe ab und zog die bestrumpften Füße unter ihre vielen Röcke, um sich bequemer in die Kissen zu setzen. „Dann sollten wir uns jetzt bitte auf das Spiel konzentrieren, weil ich so gerne gewinnen möchte."

Von Beginn an gehörte das Spiel dem Herzog. Er machte unvorsichtige Züge, die dazu führten, dass seine Männer viele Male gefangen wurden, aber nur, um bei Antonias das Gleiche zu tun. Ganz gleich, wie sehr sie sich bemühte, sie konnte sich nicht in die bessere Stellung bringen. Am Ende gewann der Herzog. Antonia nahm die Niederlage gut auf, obwohl sie sich beklagte, dass er das Ende hinausgezögert hätte, indem er es ihren Männern erlaubt hätte, seinem Innenraum zu entkommen, nur, um wieder gefangen genommen und schließlich ausgeschlossen zu werden.

„Es ist immer dasselbe", sagte sie, ohne sich zu beklagen. „Wir könnten unser ganzes Leben lang Backgammon spielen, und Ihr wäret immer noch der bessere Spieler."

Der Herzog starrte die Würfel in seiner Hand an. „Glaub mir, *mignonne*, das würde mir in diesem Leben mehr als alles andere gefallen."

Sie ließ den Kopf hängen. „Bitte, *M'sieur le duc*. Ihr dürft solche Dinge nicht zu mir sagen, weil ich – ich – Oh! Ich weiß nicht, wie ich Euch sagen soll, welche Gefühle das in mir hervorruft!" Sie rappelte sich auf, schlüpfte in ihre Schuhe und glättete aufgeregt mit der Hand ihre Röcke. „*Grandmère* kommt und wird mich ausschimpfen, weil ich zu lange bei Euch gesessen habe."

Aus dem Augenwinkel sah der Herzog die Gräfin mit entschlossenem Schritt auf sie zu rauschen. Er lächelte schief. „Eure Großmutter betrachtet mich als verderblichen Einfluss, *mignonne*."

„Verderblicher Einfluss?", wiederholte Antonia überrascht. „Aber sie ist die letzte Person, die mit dem Finger zeigen sollte, Monseigneur!" Und ohne Rücksicht auf das Missfallen ihrer Großmutter ließ sie sich auf den Schemel vor seinem linken Knie fallen. Der eindringliche Blick in seinen dunklen Augen und das besorgte Stirnrunzeln ließen in ihr einen winzigen Funken der Hoffnung aufkeimen, sodass sie schelmisch hinzufügte: „Wenn Ihr mich verdorben habt, bin ich sehr froh darüber. Wir hatten sechs wundervolle Tage zusammen, nicht wahr? Und ich habe festgestellt, dass ich Euch sehr gerne liebe. Aber wenn ich mir in Zukunft Liebhaber nehme, werde ich mich bemühen, mehr zu sein wie die Frauen, mit denen Ihr gewöhnlich schlaft. Nächstes Mal werde ich darauf achten, dass ich meinen Gefühlen nicht erlaube, mir in die Quere zu kommen …"

„Antonia! Du darfst so etwas nicht sagen! Hörst du mich? Du bist nicht wie diese Frauen!", flüsterte er drohend, packte sie am Arm und schüttelte sie leicht. „Ich möchte überhaupt nicht, dass du so bist wie sie! Ich wollte nie, dass du jemand anderes als du selbst bist. Und was ein nächstes Mal angeht, es wird kein nächstes Mal geben!"

Antonia senkte die Wimpern und lächelte in sich hinein. Sie seufzte bedauernd. „Das weiß ich, Monseigneur", sagte sie traurig. „Das habt Ihr mir in Paris sehr deutlich klar gemacht …"

„Mit anderen Männern, du kleines Biest", zischte er und zog sie dichter an sich, um ihr rasch einen Kuss auf die Stirn zu drücken. „Verstanden?"

„Mädchen in deinem Alter sollten bereits im Bett sein!", fauchte Lady Strathsay, die über dem Paar aufragte, das sich widerwillig voneinander löste. Sie funkelte ihre Enkelin böse an. „Du machst dich lächerlich, Liebes."

Antonia erhob sich, ignorierte die Gräfin aber und sagte mit einem Lächeln zum Herzog: „Ihr habt Eure Belohnung nicht eingefordert, Monseigneur."

Er lächelte ihr in die Augen. „Morgen, wenn der ganze Haushalt Cricket spielt, komm in die Bibliothek und dann werde ich meine Belohnung bekommen."

„Das werde ich nicht erlauben! Es wäre höchst unpassend …"

Antonia musterte ihre Großmutter langsam von Kopf bis Fuß. „Ihr seid die Letzte, die *M'sieur le duc* über Anstand belehren dürfte, Mylady", sagte sie hochmütig.

„Wie kannst du es wagen …", begann die Gräfin, so wütend, dass sie den Satz nicht zu Ende bringen konnte.

„Zu Bett, *petite*", sagte der Herzog sanft, „bevor deine liebe, alte Großmutter herumerzählt, ich würde Frauen von ihrem Bett fernhalten, statt sie hineinzuziehen."

Die Gräfin starrte beide mit offenem Mund an, die Farbe ihres Gesichts der ihres hochfrisierten Haares ähnlich, und wandte sich schließlich dem Herzog zu, als Antonia einen Knicks gemacht und sich widerwillig zurückgezogen hatte. „Du ermutigst ihren Eigensinn, Roxton! Und das werde ich nicht dulden."

Der Herzog lachte leise und lehnte sich zurück, um sein Augenglas mit der Ecke eines Leinentaschentuchs zu polieren. „Dann setzt du dich besser, meine Liebe, denn mir scheint, dass da eine feine Herzogin entsteht …"

Die Gräfin war wegen des Verhaltens ihrer Enkelin am Abend zuvor noch immer verstimmt, als sie in voller Pracht unter einer Markise saß und dem Cricketspiel zusah. Warum Männer in dieser Jahreszeit Cricket spielen mussten, war ihr unverständlich und diente nur dazu, ihre bereits üble Laune noch zu verschlechtern. Das Spielfeld war auf der unteren Wiese hinter den Ziergärten abgesteckt worden, einer weiten Fläche üppigen Grases umringt von uralten Eichen und am Rande ausgedehnter Äcker. Die Nähe einer Schafherde und die frische, kühle Luft eines sonnigen Tages trugen wenig dazu bei, die Stimmung der Gräfin zu verbessern.

Der kleine, schwarze Page fächelte sie, während ein Diener hinter ihrem Stuhl stand, um jede ihrer Launen zu erfüllen, ob sie ein Glas Canary oder Burgunder wollte oder einen Teller mit Essen von dem Büfett, das auf Klapptischen unter der Markise angerichtet worden war. Lady Paget, Miss Harcourt und Antonia lehnten an Kissen auf einer Wolldecke, die nahe dem Stuhl der Gräfin im Gras ausgebreitet worden war. Sie waren in ihre Plauderei vertieft, das Spiel kam erst an zweiter Stelle, vor allem für Antonia, die noch nie von Cricket gehört oder es spielen gesehen hatte und sich nicht vorstellen konnte, was die Männer mit diesen Schlägern und einem Ball taten und warum sie zwischen zwei Reihen von Stöcken hin und her laufen wollten.

Die Gentlemen, die auf dem Feld nicht gebraucht wurden und nicht an dem Spiel teilnahmen, saßen bequem bei den Ladys unter der Markise, unterhielten sich und bedienten sich am Büffet. Und die Dienstboten, die nicht unbedingt oben im Haus oder zur Hilfe bei der Markise gebraucht wurden, hatten die Erlaubnis, ihr eigenes Picknick oben bei den Eichen zu genießen, wo ihre Frauen, ihre Liebsten und ihre Kinder eine ausgelassene Gruppe von jubelnden Zuschauern bildeten.

Lady Strathsay hatte versucht, die Aufmerksamkeit des Vicomte zu erregen, aber nach einer halben Stunde gestelzter Unterhaltung war er zu den Tischen gegangen, um ein Glas Wein zu holen. Er hatte den größten Teil des Morgens in brütendem Schweigen getrunken, trat gegen Erdklumpen und wünschte, er wäre wieder in einem zivilisierten Land. Man hatte ihn gebeten, in der Mannschaft der Gentlemen mitzuspielen, aber er hatte sich rundweg geweigert. Es war unvorstellbar, dass er sich bereiterklären würde, seine Würde zu vergessen und gegen Menschen niedrigeren Standes im Sport anzutreten. Diese Engländer waren wirklich absurd. Er konnte es nicht erwarten, am folgenden Tag nach Paris abzureisen und Antonia mitzunehmen.

Er beobachtete, wie sie lachte und mit den Ladys plauderte und sein Blut kochte bei dem Gedanken, dass sie sich bei ihm nicht so verhalten würde. Das war die Schuld seines Vaters und die des Herzogs. Sie würden dafür bezahlen, teuer bezahlen, dass sie sie gegen ihn aufgehetzt hatten. Ein Ruf nahe seinem Ohr riss ihn aus diesen Gedanken und er verlor den Inhalt seiner Schnupftabakdose im Gras. Es war Miss Woodruffs Stimme. Die unverblümte Antwort Lady Strathsays auf eine Frage hatte die Blonde zum Lachen gebracht. Er dankte Gott, dass er kein Englisch sprechen konnte; es schmerzte furchtbar im Ohr.

„Ich denke, Ellicott schlägt sehr gut", sagte Antonia zu Charlotte. „Er rennt auch schnell zwischen diesen Stöcken herum."

„Das sind Wickets, meine Liebe", erklärte Lady Paget ihr freundlich.

„Bravo für den Kammerdiener!", erklärte Miss Woodruff mit einem spröden Lachen. „Jetzt wissen wir, warum Roxton ihn behält. Er ist ein schneller Läufer zwischen *Stöcken*."

Antonia wehrte sich. „Das ist es nicht, Miss Woodruff. Ellicott spricht ausgezeichnet Französisch, ist ein guter Pistolenschütze und kleidet *M'sieur le duc* de Roxton sehr geschickt. Und er kann auch Wachteln in einer wundervollen Rotweinsauce kochen. Also ist er unverzichtbar, ja? Warum lacht Ihr mich aus, Charlotte? Es ist wahr, sage ich Euch!"

„Mein Liebes, Ihr habt eine so charmante Art, Dinge ins rechte Licht zu rücken", sagte Lady Paget kichernd und schaute über Antonias dunkelblonden Kopf zu Miss Harcourt.

„Wenn Ellicott Wachteln kochen kann, bin ich nicht überrascht, dass Seine Gnaden ihn hoch schätzt", sagte Miss Harcourt.

„Seine Wachteln sind sehr gut", versicherte Antonia ihnen mit einem Grübchen in der Wange. „Eines Tages bereitete Ellicott für uns Wachteln zu, weil Frédéric, das ist der Koch von *M'sieur le duc*, auf der Hochzeit seines Bruders in Dijon war …"

„Ich würde denken, dass der Kammerdiener im Dienst bleibt, weil er zu viel über die zahlreichen Indiskretionen des Herzogs weiß, als dass er entlassen werden könnte", sagte Miss Woodruff und warf Antonia einen unschuldigen Blick zu.

Miss Harcourt hielt es für angebracht, einzugreifen. „Ich war angenehm überrascht zu sehen, dass Lord Strathsay der Kapitän der Heimmannschaft ist. Aber sollte nicht Seine Gnaden seine Männer in den Kampf führen, wie es üblich ist?"

„Was? Roxton und Cricket spielen?", schnaubte Lady Paget. „Er hält das Spiel für verdammt dumm und eine lächerliche Verschwendung der Zeit eines Mannes, um ihn zu zitieren."

„Nein, das ist nicht wahr, Miss Woodruff", sagte Antonia und ignorierte die Änderung des Gesprächsthemas. „Warum sollte Ellicott entlassen werden, nur weil er weiß, mit wem *M'sieur le duc* geschlafen hat?"

„Antonia!", sagte Miss Harcourt.

„*Eh bien*! Was ist das Problem an der Wahrheit?", fragte Antonia. „Monseigneur hat nie ein Geheimnis daraus gemacht, mit wem er schläft. Wie kann es dann einen Skandal geben?"

„*Touché*, meine Liebe", sagte Lady Paget und sah über die Schulter zur Gräfin. „Das drückt es doch genau aus, meinst du nicht, Gussie?"

„Roxtons Huren sind mir höchst gleichgültig", erklärte Lady Strathsay achselzuckend. „Ich finde, Theo macht seine Sache als Kapitän großartig. Wie immer. Es ist nur gut, dass du heute Morgen früh angekommen bist, Charlotte, sonst wäre er sehr enttäuscht gewesen."

„Ja, er macht es wirklich großartig, Mylady", stimmte Miss Woodruff zu. „Es ist viel besser, einen jüngeren, sportlicheren Gentleman zwischen den *Stöcken* laufen zu sehen. Ich schätze, Seine Gnaden spielt nicht, weil er für solchen jugendlichen Zeitvertreib zu alt ist. Das ist doch offensichtlich. Mein Vater und er sind im gleichen Alter, wo Männer beginnen, an Gicht zu leiden …"

„*Pah!* Was für ein ausgemachter Unsinn!", sagte Antonia hitzig.

„Sollen wir im Garten spazieren gehen, Antonia?", schlug Lady Paget vor. „Theo wird noch eine Weile schlagen, also bin ich sicher, dass wir Zeit haben …"

„Unsinn? Liebe Güte, Miss Moran. Hätte ich geahnt, dass Ihr Euch diese Wahrheit so zu Herzen nehmen würdet, hätte ich meine Meinung für mich behalten", sagte Miss Woodruff glatt. „Es liegt mir fern, Euch die Augen zu öffnen. Aber ich hätte gedacht, dass jeder Gentleman, der bei der Krönung des zweiten Georgs und seiner Königin Caroline seine Krone getragen hat, heute als alt gelten muss. Mein Vater stand Seite an Seite mit Seiner Gnaden in der Abbey."

„Sei nicht so albern, Susanna!", fauchte Lady Paget und sprang auf, um Antonia zu folgen, die mitten in Susanna Woodruffs bösartigem Monolog so unhöflich gewesen war, einfach zu den Tischen hinüberzugehen.

„Ich weiß nicht, warum du dir die Mühe machst, ihr nachzulaufen", legte Lady Strathsays noch nach. „An dem, was Miss Woodruff gesagt hat, war nichts, was das Mädchen irgendwie hätte kränken können!" Sie winkte den Pagen fort und schickte den Diener, um ihr Glas nachzufüllen. „Sie ist so verdammt dickköpfig wie ein Maultier, genau wie ihr Großvater – grässlicher Mann!"

Zu jeder anderen Zeit hätte Antonia den griechischen Pfad im Ziergarten bezaubernd gefunden. Viele der Bäume und Sträucher hatten noch keine Knospen, aber es war genug, die kunstvolle Anordnung von kiesbestreuten Wegen, Schlösschen, Grotten und der Platzierung von Statuen zu bestaunen. Ein Bach schlängelte sich in einer Reihe von Wasserfällen hinab zu einem orientalischen Garten, zu dem eine Pagode, eine chinesische Brücke und Laternen an den Ästen von Weidenbäumen gehörten. Sorgfältig platzierte Steinplatten, die im Bach geschickt verteilt waren, ermöglichten einen einfachen Zugang zum orientalischen Garten. Antonia schaffte den Übergang, ohne ihren Rocksaum zu durchnässen, und ohne die Hilfe des Vicomte.

Der Vicomte d'Ambert war ihr vorausgeeilt und hatte jeweils einen der Trittsteine übersprungen. Als er auf der anderen Seite ankam, bot er ihr nicht seine Hand. Er wartete, bis sie fast in der Mitte des Baches war und vertrat ihr dann den Weg, bog sich nach hier und nach dort, bis er sicher war, dass sie stolpern würde; erst dann trat er zurück und wollte ihr Hilfe anbieten. Daraufhin stieß sie ihn zur Seite und folgte dem Weg weiter, als wäre er nur eine Erscheinung.

Sie hatte ihn nicht um seine Gesellschaft gebeten. Sie hatte Lady Pagets Einladung, sich ihr anzuschließen, abgelehnt. Als Étienne anbot, an die Stelle dieser Dame zu treten, war Antonia froh, dass Lady Paget ihn hingehalten hatte, damit sie davonschlüpfen konnte. Aber sie hatte noch keine zehn Minuten des ruhigen Spaziergangs genossen, als er sie schon einholte. Sie hatte versucht, sich mit ihm über die Gärten zu unterhalten, aber er war nur daran interessiert, ihren Streit vom vorigen Abend fortzusetzen. Als sie sich weigerte, sich daran zu beteiligen, wurde er nicht nur hartnäckig, sondern lästig. Einen Moment tänzelte er an ihrer Seite entlang, im nächsten lief er ihr voraus, nur, um hinter einer Statue oder einem Busch hervorzuspringen.

Als sie anhielt, um eine besonders schöne Grotte mit einem Springbrunnen zu bewundern, sprang er auf eine Marmorbank und beobachtete sie.

„Ich wünschte, Ihr würdet aufhören, mich zu erschrecken", sagte sie, ohne ihn anzuschauen. „Ich bin zu verärgert, um Angst zu haben. Wenn Ihr darauf besteht, mir Gesellschaft zu leisten, kommt da herunter und schaut Euch diesen Springbrunnen an. Ich denke, er muss einen chinesischen Kaiser darstellen, oder? Schaut, wie das Wasser sich in die kleinen Teiche zu seinen Füßen ergießt. Ich frage mich, wohin der Bach fließt. Vermutlich in den See. Den See würde ich gerne sehen. Dort gibt es Schwäne und Enten und …"

„Ich muss kein Englisch verstehen, um zu bemerken, dass Ihr unhöflich zu Mademoiselle Woodruff wart", unterbrach Étienne sie. „Ihr seid einfach weggegangen, als sie noch zu Euch sprach. Das wäre in Frankreich unannehmbar. Ich hatte gehofft, Eure Manieren würden sich bessern, aber sie sind noch immer entsetzlich. Mein Vater mag solche Possen für erfrischend halten, ich aber nicht."

Antonia machte sich nicht die Mühe zu antworten. Sie ging fort und bog an einer Kreuzung von drei Wegen nach links ab. Oben auf dem Hügel war eine kleine Lichtung mit einer Rotunde auf dem Gipfel. Die Rotunde würde ihr einen Blick auf die gesamten Gärten gewähren, und sie würde hoffentlich sehen können, in welche Richtung das Haus lag. Sie hatte sich gerade dazu gratuliert, den Vicomte losgeworden zu sein, als er mitten auf dem ansteigenden Weg auftauchte.

„Wolltet Ihr mir entkommen, kleine Antonia?", sagte er mit einer spöttischen Verbeugung. „Ein sehr törichter Gedanke! Ein einzigartig dummer Einfall! Trotz all Eurer Gelehrsamkeit seid Ihr doch eine schlecht erzogene Frau. Es ist nur gut, dass Ihr schön seid, denn sonst würde kein Mann Euch anschauen. Ich finde Mademoiselle Woodruffs flachshelle Locken ohnehin schöner als …"

Antonia ging um ihn herum. „Das freut mich. Ihr und sie würdet ausgezeichnet zueinander passen."

„Sie erinnert mich an eine bestimmte kleine Pariserin, die ich recht gut kennengelernt habe. Sehr gut, in der Tat. Aber Ihr könnt sie nicht kennen. Sie nimmt nie an *levées* teil und besucht keine Salons."

„Sie ist Eure Geliebte?", fragte Antonia. „Ich hoffe, Ihr seid gut zu ihr und sie ist gut zu Euch."

Dies war nicht das, was der Vicomte hören wollte. Auch er mochte die Art nicht, wie Antonia ihn anlächelte. Es reizte ihn und machte ihn verlegen. Er grub in einer Tasche nach seiner Schnupftabakdose, dann fiel ihm jedoch ein, dass sie leer war, ihr Inhalt sinnlos auf dem Gras unter der Markise verstreut.

„Nein, ich bin nicht gut zu ihr!", rief er. „Ich mache mir überhaupt nichts aus ihr! Es ist mehr als sie verdient, dass ich mich überhaupt mit solchem Pack abgebe!"

„Es ist widerlich, so etwas zu sagen!"

„Warum? Glaubt Ihr, ich sollte mich bei jemandem, der nicht gut genug ist, aus dem gleichen Glas zu trinken wie ich, auch noch wie ein Gentleman benehmen? Diese Kreaturen sind ein Nichts", sagte er mit hochmütiger Verachtung.

„Doch bedient sich *M'sieur le vicomte* bereitwillig ihrer Gunst …?"

„Das ist etwas anderes! Das ist eine Ehre für sie. Wenn wir erst verheiratet sind, werdet Ihr vergessen, dass diese Weiber überhaupt existieren!"

Antonia richtete sich auf und sie blieb stehen, um den Vicomte zornig anzufunkeln. „Étienne, ich werde Euch niemals heiraten. Ich liebe Euch nicht und Ihr liebt mich nicht. Ich weiß nicht, warum Ihr auf dieser unsinnigen Idee besteht, aber Ihr müsst sie aufgeben. Wenn ich jemals nach Paris zurückkehren sollte, dann nicht als Eure Frau."

Er hatte einen Fuß auf die erste der sechs Stufen der Rotunde gestellt und versperrte ihr den Zutritt mit seinem Körper. „Was habt Ihr in dieser Angelegenheit schon zu sagen? Es steht Euch nicht zu, mir zu sagen, was ich tun soll – oder Entscheidungen zu treffen. Wir haben über Euer Schicksal entschieden. Mein Vater und ich. Das ist, was wir wollen, was Strathsay wollte und was mein Vater will. Es ist, was *ich* will!"

„Ihr wollt, dass Euer Vater mich in sein Bett holt?"

„Ruhe! Das ist unwichtig. Wichtig ist nur, was zu meinem Besten ist. Warum, glaubt Ihr, bin ich in dieses barbarische Land gekommen, *hein*? Wegen des Vergnügens von Cousin Roxtons Gesellschaft? Wohl kaum. Ihr werdet mit mir nach Frankreich zurückkommen und wir werden heiraten …"

„*Mon dieu*, diese ständige Wiederholung macht mich krank", murmelte Antonia und versuchte, die Stufen hinaufzugehen. „Bitte lasst mich vorbei. Ich möchte die Aussicht genießen."

„Wie könnt Ihr es wagen, mich zu unterbrechen! Wie könnt Ihr es wagen, mich zu behandeln, als wäre ich nur ein – ein *Junge*!"

„*M'sieur le vicomte* vergessen sich", stellte Antonia mit einer Stimme voll beherrschten Zorns fest, als er sie am Arm packte. „Selbst, wenn wir verlobt wären, würde Euch das nicht das Recht geben, mich ohne meine Erlaubnis zu berühren. Oder mir ins Gesicht zu schreien. Wenn Ihr Euch nicht zivilisiert benehmen könnt, muss ich Euch bitten zu gehen."

Étienne starrte sie mit offenem Mund an. Er war so verblüfft, dass er sie losließ. Doch er erholte sich bald und sprang mit vor Wut geballten Fäusten die Stufen hinauf. Antonia stand mit dem Rücken zu ihm. Sie lehnte auf dem Geländer und bewunderte den Anblick der Ziergärten und dahinter die fröhlich bunte Markise und das von Cricketspielern übersäte Feld. Durch die Bäume hindurch erspähte sie mehrere im Garten spazieren gehende Gestalten, aber sie waren so weit fort, dass sie sie nicht erkennen konnte. Sie sagte etwas über die Aussicht zu dem Vicomte, aber er hörte ihr nicht zu. Bevor er wusste, was er tat, hatte er sie gegen das Geländer gedrückt und ihr die Arme hinter den Rücken gezerrt. Je mehr sie sich wehrte, desto fester wurde sein Griff um ihre Handgelenke.

„Étienne, Ihr tut mir weh …"

„*Schweigt!* Was interessiert mich das? Ihr werdet mir jetzt zuhören! Ich biete Euch meinen Namen und Ihr wagt es, mich zu beleidigen, als wäre ich, ein Salvan, ein Niemand? Ihr, die Tochter eines Hanswursts von Arzt, der sich selbst entehrt hat – noch dazu ein – ein Heide! Ihr, die Enkelin einer geschminkten Kupplerin! Nein, wehrt Euch nicht! Ich bin viel stärker und würde Euch nicht gerne verletzen."

„Hör auf! Lasst mich los!"

„Es ist ein Wunder, dass ich immer noch darauf bestehe, Euch zu heiraten …“

„Ein – ein Wunder, allerdings!“, gab sie lebhaft zurück, obwohl sie jetzt große Angst vor ihm hatte.

„Ein bisschen Demut ist es, was ich von Euch verlange. Ich will keine Ehefrau, die den Kopf voller Buchwissen hat. Es steht einer Vicomtesse nicht an, sich wie eine Bürgerliche zu benehmen. Wenn Ihr lieb und brav seid und Euch Mühe gebt, mir zu gefallen, werde ich mich nicht beklagen und Euch nicht schlagen müssen …“

„Ich werde Euch niemals heiraten …“ Der Satz blieb unbeendet, da der Vicomte sie an der Kehle packte und zudrückte, bis sie nach Luft ran.

„Widersprecht mir nie – niemals wieder“, zischte er in ihr Gesicht. „Ich habe genug Worte aus Mademoiselles schönem Mund gehört. Ihr und ich werden heute Abend nach Paris zurückreisen. Ich werde keine weitere Nacht unter Cousin Roxtons Dach bleiben, um mich demütigen und behandeln zu lassen, als wäre ich nicht mehr als ein Schuljunge. Ich habe beobachtet, wie Ihr diesen Hurenschmuck zur Schau stellt, den er Euch geschenkt hat! Glaubt Ihr, ich wüsste das nicht? Törichte Antonia! Das ist ein schäbiges Geschenk. Ich habe an den Handgelenken seiner Huren Diamanten gesehen, gegen die Eure kleinen Steine reine Kiesel sind.“

Im Sprechen ließ er ihre Kehle los und sie holte zittrig tief Luft. „Es war seine Schuld, dass Ihr angeschossen wurdet“, fügte er höhnisch lachend hinzu, während seine dünnen Finger sich über den eng anliegenden Satin um ihre Schulter schlossen. „Was für ein Jammer, dass Ihr die heldenhafte Idiotin spielen und in die Quere kommen musstet.“

„*Ihr* habt auf uns geschossen? *Ihr* wart es, der uns im Wald aufgelauert hat? Wie – wie konntet Ihr etwas so Furchtbares tun?“, wollte sie wissen; ihr Entsetzen, als sie die Wahrheit über die Ereignisse jener Nacht erkannte, war größer als jede Furcht vor seinen Absichten. „Warum …“

„Das habe ich nicht gesagt!“, fauchte er ihr ins Gesicht. „Habe ich das behauptet? Ja? Ja? Mein Vater – er – er konnte nicht anders! Er glaubte an Roxtons Prahlerei. Das habe ich nie. *Er* hat auf Euch geschossen, dumme, dumme Antonia! Ich habe gesagt, Ihr sollt Euch nicht sträuben! Er hat diese Kugel in Euch hineingeschossen – Euch *entstellt* – lasst mich sehen, ob es noch so scheußlich aussieht wie in meiner Erinnerung …“

„Um Himmels willen, Étienne“, flehte sie.

Mit einer raschen Bewegung hatte er ihre Schulter und ihren Arm entblößt und die gekräuselte Narbe an ihrem Schlüsselbein offengelegt.

Sie starrte ihn voll unsäglicher Wut an, ihr Gesicht war bei seiner
Berührung scharlachrot geworden. Da hörte sie Stimmen von den
Gärten heraufdringen, die ihren Namen riefen. Das gab ihr den Mut,
die Worte zu finden, von denen sie wusste, dass sie ihn aus dem Gleichgewicht bringen und ihr zur Flucht verhelfen würden.

„Étienne, hört mir zu", verlangte sie und versuchte, sich mit dem
Rest ihres zerrissenen Oberteils zu bedecken. „In der Nacht der Maskerade hatte Euer Vater recht, als er *M'sieur le ducs* Prahlerei glaubte, denn
in der Kutsche habe ich ihn ..."

„*Lügnerin!*", schrie er, sein Gesicht jetzt ebenso hochrot wie ihres.

Da er seine kostbare Schnupftabakmischung, die seine Nerven
beruhigte, nicht hatte, begann er unkontrolliert zu zittern. Das war
alles, was Antonia brauchte, um sich unter seinem Arm hinweg zu
ducken und zu fliehen. Mit einer Hand umklammerte sie ein Bündel
ihrer Röcke, mit der anderen versuchte sie verzweifelt, ihre Nacktheit zu
bedecken, und so rannte sie den grasbewachsenen Hang in Richtung
des orientalischen Gartens hinab. Auf der anderen Seite des Bachs
waren die Stimmen lauter. Sie hörte die Stimmen ihres Onkels und
Lady Pagets und wusste, dass sie nicht weit fort sein könnten, vielleicht
gerade hinter der nächsten Wegbiegung. Sie verlor ihre Schuhe fast
sofort. Der Kiesweg war hart unter ihren Füßen, aber sie wagte nicht,
langsamer zu werden.

„Katze! Lügnerin! Kommt hierher zurück! Ich will die Wahrheit
hören!", brüllte der Vicomte. „Ihr könnt Euch nicht vor mir
verstecken!"

Eine Hand griff durch die Büsche nach ihr, aber sie rutschte in einer
schlammigen Pfütze aus und er verpasste die Gelegenheit. Sie rappelte
sich auf und rannte weiter, nur, um an einer besonders schmalen Stelle
des Weges von den dornigen Zweigen eines wilden Rosenbusches
gefangen zu werden. Irgendwo zu ihrer Rechten ertönte das Knirschen
der Reitstiefel des Vicomtes auf dem Kies, während sie verzweifelt an
dem Zweig zerrte und einen Riss in ihren Röcken verursachte. Ihre
Kehle war trocken, aber sie schrie trotzdem um Hilfe, und stolperte
weiter. Er konnte nur noch wenige Schritte hinter ihr sein und würde
sie gleich eingeholt haben. Sie wartete nur darauf, dass seine Hände
nach ihren Röcken griffen.

Über ihre Schulter erblickte sie ihn, sein Gesicht war vor Wut
verzerrt. Er stürzte sich auf sie, packte ihre wehenden Röcke und riss sie
an sich. Sie fiel unter der Wucht seines Zerrens auf die Knie und wurde
erbarmungslos nach hinten geschleift. Sie konnte nur kläglichen Widerstand leisten. Sie zwang sich hoch, versuchte, auf die Beine zu kommen,
und schrie. Kein Laut entrang sich ihrer trockenen Kehle und sie brach

zusammen. Gerade, als sie den Kampf aufgab, ihre Beine und Arme vor Erschöpfung schlaff wurden, fühlte sie sich unerwartet von einem Paar starker Arme aufgehoben.

Vor Erleichterung nach Luft schnappend fiel sie gegen eine breite Brust. Die Arme ihres Beschützers waren tröstlich und sie vergrub ihr Gesicht in dem weichen Samt seiner Weste, der dumpfe Schlag seines Herzens war fast so schnell wie der ihres eigenen. Mehrere Sekunden lang konnte sie weder ihren Kopf heben, noch sprechen oder den Gebrauch ihrer Beine wiedererlangen. Ihre Erleichterung war so groß, dass sie in Tränen ausbrach. Ihr wurde ein Taschentuch in die Hand gedrückt und sie trocknete ihre Augen, aber sie sträubte sich, den Schutz der starken Arme, die sie in so tröstlicher Umarmung hielten, zu verlassen. Sie fühlte sich töricht und verlegen und war sich nicht sicher, was sie als Nächstes tun sollte. Dann ertönten plötzlich Stimmen, das Rascheln von Röcken und das Scharren von Schuhsohlen auf den Kieselsteinen. Plötzlich schien der Garten voller Menschen zu sein.

„Oh, Theo! Ich bin so froh, dass du mich gefunden hast", brachte sie im Flüsterton heraus und spähte endlich durch ihre zerzausten Locken. Ihre Augen wurden groß. „Oh, Ihr seid es."

„Still, *mignonne*. Jetzt musst du vor nichts mehr Angst haben", antwortete der Herzog und strich ihr sanft die Haare aus dem nach oben gerichteten Gesicht. „Hast du daran gezweifelt, dass ich dich finden würde?"

„Ich hätte es wissen müssen", lächelte sie und kuschelte sich zufrieden in seine Umarmung, während seine Arme sich fester um sie legten.

Lady Paget und Lord Strathsay kamen aus der entgegengesetzten Richtung auf die Szene zu, nachdem sie zuerst in die Rotunde gegangen waren. Miss Harcourt, die dem Weg gefolgt war, den der Herzog einge-schlagen hatte, humpelte vom Überqueren des Baches heran und ließ sich auf eine Marmorbank fallen. Alle atmeten beim Anblick Antonias, sicher in der Umarmung des Herzogs, auf. Ein allgemeiner Seufzer der Erleichterung erhob sich. Aber Lord Strathsay hatte den Kampf in der Rotunde gesehen, und er schritt vorwärts und suchte nach dem Vicomte. Er sah den Jungen nicht sofort, der mit gesenktem Kopf und schwer atmend neben dem kleinen Springbrunnen mit der Statue eines chinesischen Kaisers kauerte.

Er nahm den Zustand von Antonias zerrissenen Röcken und zerwühlten Locken zur Kenntnis und konnte seinen Zorn nicht beherrschen.

„Wo ist er?", schrie er den Herzog an. „Wo ist dieser elende Hunde-sohn? Sagt es mir, Roxton! Hierfür verlange ich sein Blut!"

„Müsst Ihr so brüllen?", antwortete der Herzog ruhig.

„Ist sie …?", fragte Lady Paget und wurde sofort von einem harten Blick des Herzogs in ihre Richtung zum Schweigen gebracht.

„Kann ich irgendetwas tun, um zu helfen, Euer Gnaden?" fragte Miss Harcourt.

„Nein, ich danke Ihnen, Miss Harcourt. Außer mit Theophilus zum Cricketmatch zurückzukehren … „

„Der Teufel möge das Cricketmatch holen!", blaffte Lord Strathsay. „Man hätte ihr nie erlauben dürfen, allein mit diesem Monster wegzugehen!"

„Ich fürchte, das war meine Schuld", sagte Lady Paget schuldbewusst. „Ich hätte darauf bestehen sollen, mit ihr zu gehen."

„Gebt nicht Euch die Schuld, Mylady", sagte Miss Harcourt. „Ihr konntet nicht wissen, wohin das führen würde …"

„Da seid Ihr, Ihr elender Wurm!", knurrte Lord Strathsay und trat einen Schritt auf den Vicomte zu, der an den Ecken seiner zerknitterten Weste zupfte.

Der Vicomte duckte sich, lächelte aber nervös. „M'sieur! Es war nur ein Spiel! Ich schwöre! Ein Spiel – ein Versteckspiel, *hein?*"

„Verdammt sollt Ihr sein! Das war kein Spiel!"

„Theo, bitte", flehte Miss Harcourt.

Lord Strathsay packte den jungen Mann an den Spitzen seines Halstuchs und ließ ihn mit einem verächtlichen Stoß los, der den Vicomte rückwärts ins Gebüsch stolpern ließ.

„Wie könnt Ihr es wagen, Hand an meine Nichte zu legen, Ihr heuchlerische Schmeißfliege!"

„Strathsay", sagte der Herzog mit leiser, aber herrischer Stimme. „Erlaubt mir, dies zu regeln."

„Ich habe vor, dieses wertlose Stück *Abschaum* zur Rechenschaft zu ziehen!", verkündete Lord Strathsay und zerrte den Vicomte auf die Beine. „Ihr zittert, und Ihr schwitzt, *M'sieur le Vicomte.* Euer bloßer Anblick macht mich krank!"

„Roxton hat recht, Strathsay", warf Lady Paget ein. „Nicht wahr, Charlotte?"

„Ja! Oh ja!", stimmte Miss Harcourt zu, die am Rande eines Nervenzusammenbruchs war. Sie schaute von ihrem Verlobten zum Herzog und bemerkte den Zustand von Antonias Füßen. „Oh, die Füße des armen Mädchens!"

Lord Strathsay fuhr herum, ohne den Vicomte loszulassen, und starrte den Herzog an, dessen Gesicht so weiß war wie die Spitzen an seinem Hals.

„Ich bitte Euch, meine Nichte zum Haus zu bringen und einen

Diener mit unseren Schwertern zu schicken. Ich habe vor, das hier und jetzt auszutragen. Charlotte. Mylady. Bitte lasst uns allein."

„Nein! Nein!", schrie Charlotte auf. „Bitte Theo, es muss doch einen anderen Weg geben …"

„Lasst mich los, M'sieur!", forderte der Vicomte d'Ambert, der sich genug erholt hatte, um sich einen hochnäsigen Anschein zu geben, obwohl ein Blick auf den Herzog ihn dazu veranlasste, sich zu ducken. „Wie ich bereits erklärte, Antonia und ich …"

„Wagt es nicht, sie beim Vornamen zu nennen!", blaffte Lord Strathsay und drehte die Krawatte des Vicomte noch enger.

„Wie M'sieur wünschen. Aber wie ich Euch erklärte, stehen Mademoiselle Moran und ich seit langer Zeit auf vertrautestem Fuße miteinander."

„Lügner! Meine Nichte hat Euch nie Anlass gegeben zu glauben, dass sie Euch für mehr als einen bloßen Freund hielte. Und als Freund habt Ihr kein Recht, ihr Eure Aufmerksamkeiten aufzudrängen. Seht sie Euch an! Seht Euch an, was Ihr angerichtet habt! Ihr – Ihr …"

„Strathsay. *Es reicht*", unterbrach der Herzog leise, aber das war genug, um Lord Strathsay dazu zu bringen, den Franzosen loszulassen.

Der Vicomte lockerte seine Krawatte und wischte sich die Hände an der Reithose ab, als hätte er etwas Widerwärtiges berührt.

„M'sieur, ich bitte Euch, sehr vorsichtig zu sein mit dem, was Ihr mir vorwerft. Ich muss Euch daran erinnern, dass Mademoiselle und ich verlobt sind. Also geht es Euch nichts an, was ich – was wir – in der Einsamkeit dieses Gartens tun."

„Verlobt – verdammt!"

„*Eh bien*. Mademoiselle war keineswegs abgeneigt."

Lord Strathsay erstickte beinahe an seiner Wut. „Wie, Ihr – Ihr …"

„Theo! *Nein!*", schrie Charlotte auf und fiel prompt in Ohnmacht, als ihr Verlobter den Vicomte hart mit dem Handrücken ins Gesicht schlug.

Lady Paget eilte ihr zu Hilfe, bettete den Kopf der jungen Frau in ihren Schoß und fächelte ihr mit ihrem Gouachefächer Luft zu.

„Ich werde Euch eine Lektion erteilen. Gott *verdamme* Euch, d'Ambert!", brüllte Lord Strathsay und ließ dem Schlag ins Gesicht einen weiteren an das Kinn des Franzosen folgen, der den jungen Mann rücklings in ein Gebüsch taumeln ließ. „Steht auf! Steht auf und kämpft!"

„Das hat jetzt lange genug gedauert." Der Herzog seufzte ungeduldig. Er fühlte, wie Antonia sich in seinen Armen regte und schaute zu ihr hinab.

„Monseigneur. Bitte, Ihr dürft sie nicht mit Schwertern kämpfen lassen“, sagte sie. „Étienne, er war der Beste in seiner Klasse, und er sagte, dass Ihr es wart, der ihn lehrte, wie man …“

„Ja, *mignonne*, das weiß ich auch nur zu gut“, sagte er sanft und drückte sie fester an sich. Zu den beiden Männern, die einander anstarrten, während der eine drohend über dem anderen aufragte, der wiederum, sich sein wundes Kinn haltend, weiter ins Gebüsch kroch, sprach er mit einem Tonfall verächtlicher Langeweile. „Wenn ich zwei Hähne kämpfen sehen will, mache ich einen Einsatz beim Hahnenkampf in Dartmouth. Theophilus, Euer Mangel an – äh – *Manieren* enttäuscht mich. Ihr wisst, was ich von Gentlemen halte, die sich erniedrigen, indem sie sich vor den Augen einer Lady schlagen. Kümmert Euch um Eure Verlobte. Sie ist ohnmächtig geworden und fällt Lady Paget zur Last. „

„Euer Gnaden! Ich protestiere. Ich fordere …“

„Es ist nicht an Euch, hier etwas zu fordern.“ Der Herzog kochte. „Ich bin Herr in meinem eigenen Haus, nicht wahr?“ Er sah Lord Strathsays in die Augen, ohne zu blinzeln. „Euer Schweigen ist erfreulich. *M'sieur le Vicomte*“, fuhr er eisig fort und betrachtete den jungen Franzosen mit einer solchen Abscheu, dass der junge Mann sich eilig aufrappelte, „Ihr werdet mir die Gunst Eurer Anwesenheit in der würdigeren Atmosphäre meines Arbeitszimmers gewähren. Sofort.“

„*M'sieur le duc*! Ich habe das Recht …“

„Ihr, mein sehr lieber Freund, habt alle Eure Rechte verwirkt.“

FÜNFZEHN

Eine Stunde, nachdem der Herzog Antonia auf ein Sofa
vor dem Feuer gebettet hatte, betrat er die Bibliothek erneut. Er hatte
Anweisung gegeben, dass sie hierbleiben sollte, während ihre Zofe sich
um sie kümmerte, und ihre Füße ein pflegendes Fußbad erhielten.
Wenn immer sie etwas wünschte, sollte sie mit der silbernen Handglocke nach Ellicott läuten, und wenn es ihr langweilig würde, stünden
genug Bücher in den Regalen, um sie bis zu seiner Rückkehr zu
beschäftigen. Doch er war nicht überrascht, das Sofa verlassen zu
finden, während die Decke in einem zerknüllten Haufen am Boden lag
und mehrere aufgeschlagene Bücher um das Fußbad herum verstreut
waren. Er schaute an den von Bücherregalen gesäumten Wänden
entlang und zu dem Steg mit den chinesisch geschnitzten Geländern
auf, der sich an drei Wänden entlang zog und Zugriff auf die höheren
Regale gewährte, aber Antonia war nicht zu sehen. Er schaute auf der
Terrasse nach (obwohl er ziemlich sicher war, dass sie die Wärme des
Hauses nicht ohne ordentliche Fußbekleidung verlassen würde) und
wollte schon nach seinem Butler klingeln, als er den auffälligen Winkel
eines seiner Bücherregale bemerkte.

Es war eigentlich gar kein Bücherregal, sondern eine sorgfältig
verborgene Tür, die eine Geheimtreppe verbarg. Sie bot Zugang durch
die Bibliothek zu den Privatgemächern des Herzogs darüber. Niemand
außer dem Herzog benutzte diese Treppe, außer gelegentlich sein
Kammerdiener. Er fragte sich, ob es Ellicotts Nachlässigkeit gewesen
war, die Tür weit offen zu lassen, oder ob Antonia sie selbst gefunden
haben mochte. Er neigte zu letzterer Erklärung.

„Neugieriges kleines Frauenzimmer", lächelte er in sich hinein und schloss die Geheimtür hinter sich.

Die Treppe führte in das Kabinett des Herzogs hinauf, einen Raum, der mit seinen persönlichsten Habseligkeiten vollgestopft war. Ein Schreibtisch auf gefährlich dünnen Beinen stand an einem hohen Fenster; seine Oberfläche war mit Pergamentrollen, goldenen Siegeln und Petitionen um seine Protektion übersät. Es gab einen Schrank aus lackierter Buche mit Glastüren, vollgestopft mit Flaschen mit unterschiedlichen Schnupftabakmischungen, ungewöhnlichen Schnupftabakdosen und einer Sammlung kleiner Gegenstände, die er auf seinen Reisen erworben hatte. Auf einem langen Mahagonitisch an einer Wand standen Büsten römischer Kaiser und griechische Vasen.

Die vertäfelten Wände waren mit Landschaften, Porträts von Freunden und alten Verwandten und Lieblingstieren geschmückt – lauter Motive, die anspruchsvollen Augen standhalten konnten. Nur eine Reihe von Stichen – acht an der Zahl, eine limitierte Edition des Künstlers Boucher – konnte als ungeeignet für die Augen junger Damen, altjüngferlicher Tanten und prüder Pfarrherren angesehen werden. Sie zeigten ein wiederkehrendes Motiv – einen Satyr mit vertrautem Gesicht, der sich verschiedenen sexuellen Handlungen mit Nymphen vor einem Wald als Hintergrund hingab. Die Nymphen, deren Gesicht und Gestalt gut erkennbar waren, waren für ihre atemberaubende Schönheit, hohe Geburt und ihren berüchtigten Ruf bekannt.

Als diese Stiche zuerst veröffentlicht wurden, hatten sie in hohen Kreisen Aufruhr erregt, wurden schneller gekauft, als sie gedruckt werden konnten und hatten den Herzog von Richelieu so in Wut gebracht, dass er in einem Anfall von Eifersucht einen Monat lang dem Hof ferngeblieben war. Alles nur, weil es Roxtons Gesicht war und nicht das seine, das dem Satyr Leben gab. Dieses besondere Set war ein Geschenk des Künstlers selbst und hatte den Ehrenplatz über dem Schnupftabakskabinett inne.

Der Herzog erblickte zufällig die Stiche und zog dem Schicksal eine Grimasse. Mit einem Fluch ging er in sein Ankleidezimmer weiter und in das große Schlafzimmer dahinter. Hier brannte ein schönes Feuer im Kamin. Die schweren Samtvorhänge waren zugezogen worden, um das Licht des späten Nachmittags auszuschließen, und nur die Kerzen, die unbedingt notwendig waren, um genügend Licht zu geben, etwas erkennen zu können, waren in ihren Wandlampen angezündet worden. Das Himmelbett war unberührt.

Antonia war auf dem Sofa am Kamin zusammengerollt eingeschlafen, Gray und Tan kuschelten sich an ihre nackten Füße. Sie trug einen seiner gelben Seidenmorgenmäntel, ihre zerrissenen Röcke lagen auf dem Boden neben einem Becken mit parfümiertem Wasser und einem Tablett mit den Resten eines Nachmittagstees.

Ohne sie aufzuwecken, kehrte er in sein Ankleidezimmer zurück und ließ sich schwerfällig vor dem Spiegel über seinem Frisiertisch sinken.

Verdammt seien alle Salvans!, seufzte er an sein Spiegelbild gewandt, die Ellenbogen auf den Tisch gestützt und die Finger in die dichten Haare an seinen Schläfen geschoben. *Ich bin zu alt für sie,* sagte er dem Spiegelbild, aber es wagte, ihn anzulächeln. *Sei kein Narr. Heirate sie — und zum Teufel mit allem, was die Gesellschaft über diese Ehe denken mag. Und Étienne, was ist mit ihm?* Das Spiegelbild runzelte die Stirn. *Ja, ich würde ihn eher abstechen, als zuzulassen, dass er sie noch einmal berührt.* Das Spiegelbild wagte es, darüber die Brauen zu heben. *Du würdest so weit gehen, ihretwegen dein eigen Fleisch und Blut zu ermorden?* Das Spiegelbild starrte ihn weiter an, als ob es ihn dazu zwingen wollte, laut zu gestehen, was er noch nie einer lebenden Seele gestanden hatte. Das Geständnis wurde ihm durch etwas Unbekanntes erspart, das im Spiegel zu sehen war, und der Herzog drehte sich für einen besseren Blick auf das Sofa um.

Geschickt auf dem Sofa zurechtgelegt fand sich eine Zusammenstellung weiblicher Bekleidung: ein offenes Gewand aus geprägtem Damast in der Farbe alten Goldes; ein Oberteil mit Vorsteckmieder und mehrere Röcke ähnlicher Farbe, aber aus leichterem Stoff, vielleicht Seide; ein paar weiße, gewirkte Strümpfe, säuberlich halb gefaltet; satinbezogene Strumpfhalter, die darauf lagen; mehrere Bänder in Farbe und Stoff des Unterrocks; und eine kleine Samtschachtel, die eine Reihe perlenköpfiger Nadeln und Spangen enthielt, außerdem ein Paar Diamant-Schuhschnallen, die er nur zu gut kannte. Reifröcke aus Fischbein standen auf einem türkischen Teppich neben dem Sofa. Das einzige Kleidungsstück, das fehlte, war ein Paar Schuhe.

Das Ganze passte so wenig in seine Wohnung, dass er seinen Augen kaum trauen konnte. Als ob er sich vergewissern wollte, dass dies alles echt wäre, hob er eines der Strumpfbänder auf. Er untersuchte die übrigen Kleidungsstücke, als ob dies für ihn eine völlig neue Erfahrung wäre, denn er hatte zwar im Laufe seines Lebens sicher eine beträchtliche Menge weiblicher Unterbekleidung gesehen, aber nie so sorgfältig zurechtgelegt. Es brachte ihn zum Lächeln, denn es brachte ihm Erinnerungen an diese sechs wundervollen Tage zurück, die er mit Antonia in seinem *hôtel* in Paris verbracht hatte. Ihre Kleidung so daliegen zu sehen, hatte etwas Tröstliches an sich, als ob die Zeit wieder stillstünde und keine Stunde vergangen wäre, seit er gezwungen gewesen war, sie fortzuschicken. Sie könnten jetzt weitermachen wie zuvor, als ob es die zehn Wochen ihrer Trennung nie gegeben hätte und dies für sie beide nur der siebente Tag wäre.

Er musterte den Aufbau der Reifröcke, ließ geistesabwesend einen der Strümpfe durch seine Finger gleiten, als die vertäfelte Dienstbotentür zu seiner Linken sich lautlos öffnete und sein Kammerdiener mit einem Paar damastbezogener Pantöffelchen hereinmarschierte. Weder Herr noch Diener machte Anzeichen, den anderen zu bemerken, und Ellicott ging seiner Arbeit nach, wie er es in Paris getan hatte – als ob das Zimmer leer wäre. Er stellte die Pantöffelchen neben das Sofa, hob den Strumpf auf, den der Herzog kurzerhand auf den Boden hatte fallen lassen, faltete ihn wieder säuberlich und legte ihn zu seinem Zwilling zurück. Dann machte er sich daran, Haarbürste, Schildpattkamm, Etui, Bänder und Schminkschächtelchen auf dem Frisiertisch ordentlich anzuordnen. Er stand mit dem Rücken zum Herzog, der, in Ermanglung einer Tätigkeit, die seine Verlegenheit hätte überdecken können, seine Schnupftabakdose öffnete.

„Ich habe mir die Freiheit genommen, Mademoiselle Kleider zum Wechseln zu beschaffen", sagte der Kammerdiener unbefangen. „Ich habe mir auch die Freiheit genommen, es Mademoiselle auf dem Sofa in Monseigneurs Schlafgemach so gemütlich wie möglich zu machen; Mademoiselle hatte den Weg zu diesen Räumen über die Treppe gefunden."

„Du scheinst dir einige – äh – *Freiheiten* herausgenommen zu haben", antwortete der Herzog auf Englisch.

„Ja, Euer Gnaden", antwortete Ellicott stoisch. Er ließ seinen Blick über die Reitkleidung und die staubigen Reitstiefel seines Herrn gleiten. „Ich habe frische Kleidung für Euer Gnaden zurechtgelegt und hoffe, dass Ihr Euch in meinen Räumen wohlfühlen werdet. Ich habe für Mademoiselle die Sitzwanne Euer Gnaden vorbereitet, da die Arbeiter mit den Fliesen im Badezimmer noch nicht fertig geworden sind." Er stand an der Schwelle zu seinem Zimmer. „Wenn Euer Gnaden mir folgen wollen ...?"

„An alles gedacht, wie immer?", murmelte der Herzog, als er das Schlafzimmer seines Kammerdieners betrat.

Ellicott kümmerte sich geduldig um seinen Herrn, machte sich Sorgen über eine Falte im Ärmel eines weißen Leinenhemdes, und jede Unterhaltung, mit Ausnahme des Alltäglichen wurde sorgfältig vermieden. Als der Herzog in schwarzen Samtkniehosen, weißem Hemd und Seidenweste vorzeigbar gekleidet war, kehrten sie in das Ankleidezimmer zurück, damit der Kammerdiener die langen Haare seines Herrn vor dem Spiegel über dem Frisiertisch zu einem Zopf flechten konnte. Er befestigte den Zopf mit einer Satinschleife. Nun musste er nur noch seinem Herrn in einen Samtrock mit silbernen Schnüren helfen, aber der Herzog wehrte ab, er würde ihn später anziehen, und ließ den Kammerdiener die Diamant–Schuhschnallen auf den ledernen Laschen seiner schwarzen Schuhe befestigen. Nachdem Ellicott seine Aufgaben für diesen Nachmittag erledigt hatte, stand er auf und verbeugte sich leicht.

„Wenn Euer Gnaden erlaubt, werde ich nachsehen, ob Mademoiselle ihre Toilette beendet hat.“

Roxton, der dabei war, die Nägel einer schlanken, weißen Hand zu polieren, schaute auf. „Oh, genialer Ellicott, willst du Mademoiselle deine Dienste beim Ankleiden anbieten?“

„Nein, Euer Gnaden. Das heißt …“

„Zweifellos wird es deiner moralischen Empfindsamkeit gefallen, dass ich es mir versagen werde, Mademoiselle beim Baden und Ankleiden zuzusehen, bis wir unsere Gelübde gesprochen haben?“

Der Kammerdiener blinzelte und glaubte, er hätte sich verhört. „Euer Gnaden …“

Der Herzog warf die Nagelfeile zwischen die Unordnung auf dem Frisiertisch und stand auf, um seine muskulösen Beine zu strecken. „Ich muss auf meine alten Tage noch zum Moralapostel werden“, murmelte er mit einem resignierten Seufzer. „Ich werde mich ins Kabinett zurückziehen und damit beschäftigen, meine Korrespondenz zu beantworten, während Mademoiselle badet und sich ankleidet. Findet das deine Zustimmung?“

Der Kammerdiener wagte zu lächeln. „Ja, Euer Gnaden. Vielen Dank, Euer Gnaden.“

Der Herzog sah ihn zur Dienstbotentür gehen und rief ihn dann zurück. „Einen Moment. Bitte.“

„Euer Gnaden?“, sagte Ellicott überrascht.

„Erinnere mich, wenn du so gut sein willst, wie lange du in meinen Diensten stehst.“

„Fünfzehn Jahre, Euer Gnaden.“

„Guter – Gott. Ist es schon so lange?“

„Ja, Euer Gnaden. Mein Vater war der vierte Butler des Herzogs, und ich – ich war ein zweiter Lakai, bis Euer Gnaden mich bat, Kammerdiener zu werden.“

„Ist das so?“, sinnierte der Herzog. „Ich frage mich, was mich veranlasst hat …“, sagte er mehr zu sich selbst, doch der Kammerdiener hörte ihn und beantwortete die Frage.

„Euer Gnaden sagten, ich wäre das einzige Mitglied des Haushalts des Großvaters Euer Gnaden, das etwas von einer zivilisierten Sprache verstünde. Meine Mutter war französische Hugenottin. Ich bin sicher, Euer Gnaden werden sich an sie erinnern. Sie war die Haushälterin.“

„In der Tat?“, sagte der Herzog und drehte seinen Smaragdring, um das Licht eines auf dem kleinen Schreibtisch stehenden Kerzenleuchters aufzufangen. „Sage mir. In all den Jahren, seit du in meinem Dienst stehst, haben meine – äh – *Taten* dich je dazu gebracht, über dein Verbleiben in meinen Diensten nachzudenken?“

Ellicotts Gesicht verlor seine gesunde Farbe. „Ich verstehe nicht, Euer Gnaden.“

„Es wird eine Veränderung der derzeitigen – äh – *arrangements* geben“, sagte sein Herr mit schwankender Stimme. „Ich fand, dass du das wissen solltest.“

„Euer Gnaden müssen nichts erklären“, sagte der Kammerdiener mit höflicher Steifheit. „Ich werde mich entfernen und …“

„Nein, nein, du Trottel!“, sagte Roxton mit einem verlegenen Seufzer. „Geh auf jeden Fall, wenn das dein Wunsch ist, obwohl es mir viel lieber wäre, wenn du bleiben würdest.“

„Vielen Dank, Euer Gnaden. Ich bin erfreut, dass meine Dienste geschätzt werden. Ich bemühe mich immer nach bestem Vermögen und werde das auch in Zukunft tun, sodass Eure Gnaden nie …“

„Hör auf zu schwätzen. Ich versuche, dir etwas von höchster Wichtigkeit mitzuteilen und du schwatzt auf mich ein wie ein Fischerweib!“, tadelte der Herzog. Das kurze Grinsen, das über das Gesicht seines Kammerdieners huschte, entging ihm nicht, und er runzelte die Stirn. „Vorsicht, mein Freund. Zweifellos habe ich in der Vergangenheit endlose Unterhaltung geboten, aber Mademoiselle Moran – sie ist nicht – nicht wie die anderen.“

„Nein, Euer Gnaden.“

„Auf alle Fälle – und ich weiß nicht, warum ich dir das erzählen muss – liebe ich sie. Wir werden heute Nachmittag heiraten.“

„Das weiß ich, Euer Gnaden.“

„Tatsächlich?“, sagte der Herzog wieder eher in seiner alten Manier. „Dann solltest du dich am besten um Mademoiselles Bad kümmern.“

„Darf ich der erste sein, der Euch Glück wünscht, Euer Gnaden?“

„Ja, darfst du. Jetzt aber raus! Oh, und, Martin … Vielen Dank.“

DER HERZOG SCHRIEB AN SEINEM DRITTEN BRIEF UND ELLICOTT war gerade mit einem Tablett voll Erfrischungen zurückgekommen, als Antonia schüchtern auf Zehenspitzen das Kabinett betrat. Sie hatte ihre Toilette beendet, bis auf die Satinschuhe und ihre Haare, die sie ausgebürstet hatte, sodass sie ihr locker bis zur Taille fielen. Der Kammerdiener zog sich schnell zurück und verschwand im Ankleidezimmer, um aufzuräumen, aber Antonias Lächeln und Dank, als er an ihr vorbeikam, verwirrten ihn so, dass er fast über seine eigenen Füße gestolpert wäre.

Sie störte den Herzog nicht, obwohl er mehrmals von seinen Papieren aufschaute, um zu sehen, was sie tat. Sie war es zufrieden, durch den Raum zu gehen, sorgfältig darauf bedacht, nichts durcheinanderzubringen, aber an allem Vorhandenen interessiert. Ihr besonderes Interesse galt dem Inhalt des Schnupftabakschranks und sie kniete sich hin, um einen besseren Blick auf die Dosen im zweiten Regal zu bekommen. Alle waren aus edlen Materialien oder Halbedelsteinen und solch exotischen Dingen wie Lapislazuli, Schildpatt, Perlen und Elfenbein gefertigt; eine aus Lava, die vom Herculaneum stammte. Auf dem dritten Regal lag eine Reihe von chinesischen Fächern zu Ansicht, die mit Gouache auf Papier bemalt waren. Viele waren aus Silber oder Gold und Emaille oder mit Perlmutt eingelegt. Einer war schwarz lackiert mit filigran geschnitzten Stäbchen.

„Sind diese Fächer sehr alt, Monseigneur?", fragte sie und war überrascht, ihn neben sich stehen zu sehen. „Oh, habe ich Euch gestört?"

Er öffnete die Vitrine mit einem Schlüssel, den er aus einer kleinen Tasche seiner Kniehosen zog. „Ich glaube, die meisten dieser Fächer stammen aus dem frühen 16. Jahrhundert. Sie sind niederländisch-chinesischen Ursprungs. Ich habe in den Schränken der Bibliothek andere, die noch älter sind." Er wählte den lackierten Fächer und öffnete ihn mit einer geschickten Handbewegung, um ihn wie eine Frau zu bewegen. Er reichte ihn Antonia. „Ich nehme an, du weißt, wie man mit einem Fächer umgeht."

Sie stand auf.

„Aber er ist viel zu alt und zu schön, um ihn zu benutzen", protestierte sie. Doch er war zu seinem Schreibtisch zurückgekehrt und goss Kaffee in zwei Tassen. „Ich werde sehr gut darauf aufpassen", versicherte sie ihm.

„Besser als auf das Geburtstagsgeschenk des armen Vallentine", sagte er. Aus einer Schublade zog er Antonias Fächer.

„*Parbleu*! Vallentines Fächer. Ihr hattet ihn die ganze Zeit!", rief sie aus und klatschte in die Hände. „Armer Harcourt, er ist einen ganzen Tag im königlichen Theater herumgelaufen auf der Suche danach. Er hat M'sieur Garrick zur Rede gestellt, der ihm versicherte, ihn zurückgegeben zu haben. Doch Harcourt hat ihm kein Wort geglaubt, das weiß ich."

„Das sollte dir eine Lehre sein, *mignonne*. Es ist nicht üblich, dass junge Damen ihre Fächer Mitgliedern der Schauspiel-Bruderschaft zur

Verfügung stellen. Solches Benehmen verursacht nur unnötige Spekula-
tionen. Und sie laufen auch nicht barfuß herum", fügte er hinzu und
richtete sein Augenglas auf ihre bestrumpften Zehen. „Du wirst dir den
Tod holen, *chérie*."

„Aber ich trage Strümpfe, Monseigneur", versicherte sie ihm mit
einem leichten Heben ihrer Röcke.

„Das sehe ich", sagte er. „Ich hoffe, du wirst es dir nicht zur
Gewohnheit machen, der Welt deine schönen Knöchel zu zeigen."

Antonia runzelte schuldbewusst die Stirn. „Ich habe sie nie
jemandem gezeigt. Außer Euch, Monseigneur. Habe ich Euch verletzt?"

„Nicht im Geringsten", lächelte er und bedeutete ihr, sich neben
ihn auf den Fenstersitz zu setzen. „Fühlst du dich nach deinem Bad
besser?"

„Sehr viel besser", sagte sie. „Meine Füße sind noch recht wund.
Aber das Fußbad, das Ellicott bereitet hat, war sehr heilsam. Er ist sehr
rücksichtsvoll, Monseigneur. Und genau wie in Paris hat er nicht eine
unverschämte Frage gestellt oder – oder mich schräg angeschaut, weil
ich in Euren Räumen war. Ich mag ihn."

„Ellicott würde rot vor Freude, wenn er dich das sagen hörte", sagte
er. „Es tut mir nur leid, dass du nicht die Hilfe deiner Zofe beim
Ankleiden hattest. Und so, wie dieses Mieder befestigt ist, wären ihre
Dienste sehr von Nöten gewesen. Stell dich hin und lass mich das
anschauen."

Antonia legte ihren Fächer und die Kaffeeschale beiseite und stellte
sich wie verlangt vor ihm hin. Sie versuchte, mit dem Kinn auf der
Schulter den Sitz des Mieders zu überprüfen.

„Ich war sehr gut darin, mich selbst anzukleiden, als ich bei *grandpère* lebte. Er fand nie die Zeit, eine Zofe für mich einzustellen.
Manchmal half Marias Kammerfrau mir. Aber seit Ihr mir Gabrielle
gabt, bin ich sehr faul geworden, glaube ich. Das Problem ist, dass ich
nichts zustande bringe, wenn ich in den Spiegel sehen muss. Meine
Finger werden zu Daumen und sehr oft steche ich mich in die Haut
statt in eine Stofffalte, wenn ich eine Brosche befestige."

Als er die Haken des Mieders auf beiden Seiten in den richtigen
Ösen befestigt hatte, hielt sie ihm eine Brosche aus Diamanten und
Perlen hin.

„Vielen Dank. Könntet Ihr sie bitte hier auf der Schulter befestigen?
Das hilft, die Narbe zu verdecken, seht Ihr."

„Ich werde es versuchen", sagte er sanft und wartete, bis sie ihre
Haare von der Schulter gestrichen hatte. Doch als er versuchte, die
Spitze der Nadel in den Damast nahe ihrer Brust zu stecken, wurde
er durch die Berührung ihrer warmen Haut ungeschickt und die

Brosche fiel klirrend zu Boden. „Antonia, ich – es tut mir leid. Ich …“

„Nicht wichtig“, antwortete sie fröhlich und bückte sich, um die Brosche aufzuheben. „Da nur Ihr und ich hier sind, muss ich mir keine Sorgen machen. Möchtet ihr noch eine Schale Kaffee? Ich habe festgestellt, dass ich mich nicht daran gewöhnen kann. Ich habe es versucht, aber er bekommt mir nicht.“ Sie nahm seine Schale, füllte sie erneut und kam zum Fenstersitz zurück. „Manche Leute sind davon überzeugt, dass Teetrinken zu unmoralischem Benehmen führe, und daher wollen sie es sich nicht zur Gewohnheit machen. Das ist doch eine dumme Idee, *hein*? Worin unterscheidet Tee sich von Kaffee? Der eine kommt aus China, der andere aus Persien. Ich hätte gedacht, die Perser wären weit unmoralischer als die Chinesen. Man muss nur Herodot lesen, um das zu wissen.“

„Antonia, hör zu. Was ich an dem Tag gesagt habe, als ich dich zwang, mich zu verlassen – ich habe kein Wort davon gemeint“, gab er mit einem Blick auf den Inhalt der Porzellanschale in seinen Händen zu. „Mein Benehmen war entsetzlich. Ich bin nicht stolz auf mich. Aber so, wie die Umstände waren … ich fühlte mich gezwungen, dich aus Frankreich herauszuschaffen … Jeden Tag seither habe ich es bitterlich bereut, dich weggeschickt zu haben …“

„Aber Ihr wolltet mich vor *M'sieur le comte* beschützen.“

„Dich beschützen? Du musst mich für einen feinen Beschützer halten!“

„Ich bin froh, dass Ihr Étienne nicht gefordert oder es Theo erlaubt habt. Étienne ist nicht ganz richtig im Kopf, nicht wahr, Monseigneur? Und er ist opiumsüchtig.“

Die Augenbrauen des Herzogs hoben sich. „Das weißt du?“

„Aber natürlich. Fast von Beginn an. Papa nahm jeden Abend eine genau abgemessene Dosis. Manchmal, wenn er zu krank war, um sie sich selbst abzumessen, habe ich sie ihm verabreicht. Aber Étienne nimmt viel zu viel. Doch ich glaube nicht, dass es nur das Opium ist, das seine Wutanfälle verursacht.“

„Nein, *chérie*. Er hat das gleiche Leiden wie seine Mutter.“

„Madame de Salvan galt zu ihrer Zeit als große Schönheit, nicht wahr, *M'sieur le duc*?“, sagte sie mit leiser Stimme und beobachtete aufmerksam sein Profil. „Madame, Eure Schwester hat mir anvertraut, dass Ihr einmal gehofft hattet, sie zu heiraten.“

„Hat sie das wirklich? Estée war immer diejenige mit den guten Manieren in der Familie. Nein, ich habe Claudine-Alexandre nie meinen Namen angeboten, nur mein Bett. Ich bin sicher, dass dich das nicht schockiert.“

„Nein. Mir ist es lieber, die Wahrheit zu erfahren."

„Ganz gleich, wie sehr das schmerzen könnte?"

„Ja, *M'sieur le duc*."

Er küsste ihre Hand und stand auf. „Was hat Estée dir noch von Claudine-Alexandre erzählt?"

„N–nichts. Étienne hat mir ein wenig erzählt. Ich weiß, dass sie sich vergiftet hat, als er noch ein Junge war, und dass er Euch irgendwie die Schuld daran gibt, weil Ihr und sie ein Liebespaar wart."

„Der Junge irrt sich in dieser Angelegenheit. Er gibt mir die Schuld, weil meine Affäre mit seiner Mutter wohlbekannt war. Aber das war vor seiner Geburt."

„Aber Eure Briefe an sie …"

„Gefälscht, von meiner lieben Tante Victoire und meinem Cousin", sagte er trocken. „Es war so viel netter und weit weniger kompliziert, Claudine-Alexandres Selbstmord einem gebrochenen Herzen als einem zerstörten Verstand zuzuschreiben. Und sehr praktisch, mir die Schuld daran zu geben. Claudine–Alexandre hat nie ein Geheimnis aus ihrer – ähm – *Vernarrtheit* in mich gemacht. Nach dem Ende unserer Affäre schrieb sie mir weiter. Ich gab ihre Briefe ungelesen zurück. Es ist nicht gut, alles aufzuschreiben. Ich bin nicht so töricht. Was ist los, *mignonne?*"

Antonia schüttelte den Kopf. Sie dachte an ihre eigenen Briefe an ihn und es ärgerte sie, dass sie selbst so töricht gewesen war. Er schien ihre Gedanken zu lesen.

„Deine Großmutter, in ihrer fehlgeleiteten Weisheit, hat mir deine Briefe vorenthalten", sagte er und lächelte schräg, als sie rasch aufschaute. „Jetzt habe ich sie und sie alle gelesen. Du darfst sie nicht zu hart beurteilen. Sie hielt es nicht für – äh – *angebracht*, dass du mit jemandem meines Rufes korrespondierst."

„Sie ist eine Närrin!", sagte Antonia verärgert und verschwendete keinen Gedanken mehr an ihre Großmutter. „Als ich in Versailles war und Euch nur vom Sehen und Euren Ruf kannte, warnte Maria Casparti mich …"

„Die Mätresse deines Großvaters war um dein Wohlergehen besorgt, *mignonne*."

Antonia ignorierte den Sarkasmus. „Nein, es lag nicht daran, dass sie sich um mich Sorgen machte, Monseigneur. Sie glaubte nie, dass Ihr wie *M'sieur le comte* de Salvan wäret. Doch es machte ihr Sorgen, dass, sollte entdeckt werden, dass Étienne in Wahrheit Euer Sohn ist, es einen großen Skandal geben und Ihr wieder vom Hof verbannt werden würdet, wie es beim Tod der Comtesse de Salvan geschah. Und dann würdet Ihr mir gar nicht mehr helfen können. Monseigneur… Étienne sieht Salvan überhaupt nicht ähnlich. Zuerst glaubte ich Maria nicht, bis ich eines Tages sah, wie Ihr Étienne im Fürstenhof eine Fechtstunde gabt, und dann begann ich mich wirklich zu fragen, ob Ihr sein Vater wäret. Ich bin sicher, Étienne fragt sich das auch. Er hat die blauen Augen Eurer Schwester und da ist etwas an ihm, das mich an Euch erinnert … Und dann, als Lady Paget mir das Familienporträt in der Galerie zeigte und ich Euren Vater sah, war ich sicher, dass Étienne Euer Sohn sein müsste."

Der Herzog brauchte lange, bis er ihr antwortete. „Ihr vergesst, dass meine Mutter eine Salvan war, also das Blut der Salvans in unser beider Adern rinnt. Das ist eine ausreichende Erklärung."

„Aber er ist nicht Salvans Sohn. Er hat Hesham-Blut", beharrte sie. „Claudine-Alexandre hat Euch geschrieben und die Wahrheit gesagt, kurz bevor sie starb, nicht wahr? Deshalb hassen Euch Salvan und seine Mutter so. Deshalb haben sie Euch bequemerweise für ihren Tod verantwortlich gemacht."

„Ja. Der Ruf der Frauen bei Hofe ist so schlecht – und Claudine-Alexandre war da keine Ausnahme – dass ihre Kinder sich nur sicher sein können, wer ihre Mütter sind", sagte er, um das Thema zu beenden, und sie drängte ihn nicht weiter.

Sie sah zu, wie er Papiere auf seinem Schreibtisch herumschob und sagte nach einer Pause: „Darf ich eine Frage stellen, *M'sieur le duc*?"

„Frage, was immer du magst. Ich kann dir nur nicht garantieren, dass dir die Antwort gefallen wird."

„Ich habe nie verstanden, warum Lady Paget – Lady Paget und *grandmère* so gute Freundinnen sind", sagte Antonia so beiläufig, wie sie es vermochte. „Ich liebe *grandmère*, weil es meine Pflicht ist, aber ich mag sie nicht, Monseigneur. Doch ich mag Lady Paget. Sie ist nicht egoistisch und eitel und sie will nicht immer ihren eigenen Willen durchsetzen. Sie ist vernünftig und nett und auf majestätische Weise recht gutaussehend. Ich mag sie sehr gerne."

Er drehte sich um und sah sie an. „Das ist keine Frage, Antonia."

Sie hielt seinem Blick stand. „Mögt – mögt Ihr sie auch?"

„Kate und ich sind sehr gute Freunde", antwortete er und musste in sich hineinlächeln, als sie die Stirn runzelte und auf die Haarlocke hinabschaute, die sie zwischen ihren Fingern zwirbelte.

„Sie erinnert mich ein wenig an Madame de La Tournelle. Ihr und sie wart auch sehr gute Freunde."

„Komm her, *ma belle*", lockte er. „Ich weiß nicht, was man dir erzählt hat, oder wer es war, aber dies kann ich dir ehrlich sagen. Kate und ich sind seit der Zeit vor meinem letzten Aufenthalt in Paris kein Liebespaar mehr. Was die göttliche Tournelle angeht, war sie von vorübergehendem Interesse – jemand, der mir die Langeweile am Hof einige Zeit vertrieb. Beruhigt das meine Großinquisitorin?"

„Was ist mit dem Maison Clermont?", fragte sie offen.

Im nächsten Moment schwand das Lächeln von seinem Gesicht und er verließ sie, um sich an ein Fenster zu stellen. Sie erkannte sofort, dass sie es zu weit getrieben hatte.

„Sie bedeuten nichts, diese Frauen des Maison Clermont, das weiß ich. Nichts. Überhaupt nichts", sagte sie hastig, faltete ihre Hände und löste sie wieder voneinander. „Alle französischen Adligen gehen dorthin. Welcher elegante Mann tut das nicht? Das wird erwartet. Ehefrauen und Mätressen dulden es gleichermaßen. Ich sollte die Existenz solcher Frauen ignorieren und ich weiß, es ist falsch von mir, einen solchen Ort überhaupt zu erwähnen. Und ich habe mich sehr bemüht, Eure Besuche an diesem Ort und Eure Geliebten zu ignorieren. Ich sagte mir, dass diese Frauen Euch nichts anderes bedeuten als eine vorübergehende Befriedigung. Schließlich akzeptieren die Ehefrauen von Adligen solche Untreue ihrer Männer als ein Teil ihrer Pflicht, aber ... aber seit wir ein Bett geteilt haben und Ihr mir gezeigt habt, wie wundervoll es ist, sich zu lieben, stelle ich fest, dass die Vorstellung, wie ihr andere Frauen erfreut – mich so furchtbar traurig macht. Ich glaube, ich könnte mich niemals mit einem solchen Arrangement abfinden. Das ist mein großer Fehler, das weiß ich, aber die Idee, Ihr könntet ihre Gesellschaft der meinen vorziehen, dass Ihr einen solchen Ort besuchen müsstet, weil ich Euch langweile oder nicht erfreue ..."

„Ich muss meine – äh – *Vergangenheit* weder dir noch sonst jemand gegenüber rechtfertigen", unterbrach er mit ausdrucksloser Stimme. „Ich entschuldige mich auch nicht dafür, wie ich mein Leben verbracht habe. Ich kann die Vergangenheit nicht ändern, Antonia, aber selbst, wenn ich das könnte, hätte ich keine Lust dazu." Er sah mit einem schiefen Lächeln auf sie herab. „Ich kann dir nur die Zukunft, so viel davon bleibt, mit einem Edelmann anbieten, der eine Vergangenheit hat, die nicht ungeschehen gemacht werden kann. *Mignonne*, du verdienst so viel Besseres als mich."

„Ich verlange nichts Besseres", sagte sie schlicht. „Ich wollte nie einen anderen Mann als Euch. Ich liebe nur Euch." Sie lächelte zittrig. „Uns hat das Schicksal füreinander bestimmt, Monseigneur. Ich habe das in dem Moment erkannt, als ich Euch zum ersten Mal sah."

Diese Worte, mit ruhiger Schlichtheit gesprochen, zerstörten den letzten Rest der Zurückhaltung des Herzogs, und in zwei Schritten hatte er sie in seinen Armen und küsste sie mit diesem Leuchten in den Augen, das sie im Königlichen Theater dort erblickt hatte.

„Schicksal, meinst du?", ermahnte er sie liebevoll und schaute auf ihr nach oben gerichtetes, lächelndes Gesicht in seiner Umarmung hinab. „Dann werde ich dem Schicksal die Schuld geben, dass es mir so manche schlaflose Nacht verursacht hat, seit du mir in Versailles zum ersten Mal unter die Augen kamst. Ich habe mein Bestes getan, um dich zu ignorieren, dich zu vergessen, mir dein Bild aus dem Kopf zu schlagen, indem ich versucht habe, Trost in den Armen anderer zu finden. Aber du – der bloße Gedanke an dich hat dies bewirkt – hast diesen alten *roué* – impotent gemacht. Siehst du, es hat keine mehr gegeben, keine andere, seit jenem Tag, an dem du mit mir aus Versailles geflohen bist." Er küsste ihre Stirn und trug sie zum Fenstersitz, wo er sie vor sich hinstellte. Er verbeugte sich schwungvoll tief vor ihr. „Und seit wir ein Bett geteilt haben, stelle ich fest, dass mir der Sinn danach steht, achtbar zu werden. Du, mein liebstes Mädchen, sollst nie den geringsten Grund haben, an mir zu zweifeln. Das verspreche ich bei meiner Ehre. Also hier hast du dein Geständnis, Mademoiselle." Als dies tränenreiches Glück hervorrief, lächelte er nervös und nahm ihre Hände in seine. „Und es wird nicht mehr mit der Zeit gespielt. Wenn du wirklich erst achtzehn Jahre alt bist und nicht zwanzig, dann soll es so sein, obwohl mir bei dem Gedanken schaudert, so grausam hintergangen worden zu sein ..."

Antonia ließ den Kopf hängen, um ein schuldbewusstes Erröten zu verbergen. „Aber Monseigneur, Ihr hättet nie mit mir geschlafen, wenn Euch mein wahres Alter bekannt gewesen wäre."

„Du berechnendes kleines Biest!", sagte er mit einem Lachen und hob ihr Kinn. „Und keine unsinnigen Pläne mehr über eine Flucht nach Venedig", sagte er finster und schaute ihr in die Augen. „Du bleibst bei mir."

„Ja, Monseigneur. Das möchte ich sehr gerne." In ihren Wangen tauchten Grübchen auf, als sie die Stimme ihrer Großmutter und ihr säuerliches Benehmen nachahmte. „Werdet Ihr Lady Strathsay von dem Fall in Schande ihrer Enkelin informieren oder soll ich das tun?"

Daraufhin lachte der Herzog laut auf und zog sie an sich, die Arme um ihre schmale Taille gelegt. „Du hast wirklich keine Ahnung, wie sehr ich dich liebe, oder? Ich *liebe dich*. Ich will dich als meine Lebenspartnerin, nicht als meine Mätresse, *mignonne*. Ich bitte dich, mich zu *heiraten*."

Antonias grüne Augen weiteten sich und zuerst fand sie keine Worte, um ihr Glück auszudrücken. „Ja, *M'sieur le duc*, das möchte ich lieber als alles andere auf dieser Welt."

„Und das muss aufhören", schimpfte er spielerisch, zog einen kleinen goldenen Reif mit Smaragden und Diamanten aus der Rocktasche und steckte ihn Antonia an den Finger. Obendrein küsste er diesen

Verlobungsring dann auch noch. „Um das Geschäft zu besiegeln ... Kein ‚*M'sieur le duc*‘ mehr. Es ist das Privileg einer Ehefrau, ihren Mann bei seinem Vornamen zu rufen – im Bett und außerhalb davon.“

„Ja, Mon ... *Renard.* Ich werde versuchen, daran zu denken“, sagte sie mit einem schüchternen Lächeln, die Arme um seinen Hals gelegt. „Das heißt, es wäre viel einfacher für mich, mich daran zu erinnern, wenn du mich noch einmal küsst ...“

SECHZEHN

Eine vierspännige Kutsche, die in halsbrecherischem Tempo gelenkt wurde, bog auf der verlassenen Landstraße scharf um eine Kurve und hätte fast einen Schäfer, der seine Herde führte, erwischt. Der Fahrer dieses eleganten Gefährts rief dem Hirten Flüche zu. Doch der Mann schien völlig sorglos zu sein. Er hatte nicht die Absicht, sich damit zu beeilen, seine Herde zu der Wiese zu treiben, die neben dem imposanten Tor zum Anwesen seines Herrn lag. Daher war der Fahrer gezwungen, seine Kastanienbraunen mit aller Geschicklichkeit, die er sich in zwanzig Jahren am Zügel erworben hatte, um dieses Hindernis herum zu lenken. Die Kutsche fegte dann durch das Tor und die kurvige Auffahrt hinauf. Der Hirte hatte die französische Sprache noch nie gehört, aber er war sich ziemlich sicher, dass er sie erkennen würde, wenn man ihm jemals wieder diese Worte an den Kopf schleudern würde.

In dem rasenden Fahrzeug musterten ein Gentleman und seine Lady die Allee und die sich dahinter erstreckende, weite Landschaft, ohne einen Funken Interesse dafür aufzubringen, da sie sich in einem endlosen, hitzigen Streit verfangen hatten.

„Wenn Roxton nicht hier ist, gebe ich auf!", erklärte der Gentleman und versuchte, Schnupftabak zu nehmen. Die Prise landete auf seinem Schoß. „Verdammt!"

„Wo sonst könnte er sein, Lucian? Ich glaube all diesen Speichelleckern nicht, die sagen, er sei nicht zu Hause. Das Haus am St. James's Square ist leer, bis auf die Haushälterin. Und unsere Botschaft an diesen Ort? Sie blieb unbeantwortet. Er ist böse auf uns, ich sage es dir!" Estée

Vallentine packte den Ledergurt über ihrem Kopf mit einer behandschuhten Hand. „Dieser Kutscher fährt zu schnell. Wozu soll das gut sein, wenn wir ohnehin Wochen zu spät kommen? Du warst es dich, der zunächst nach London fahren wollte, während ich sagte, wir sollten zuerst hierher kommen!"

„Jetzt hör zu, meine Liebe. Wenn du dich erinnerst, *du* warst es, die unbedingt London sehen wolltest, nicht ich! Ich muss zugeben, dass ich nicht angenommen habe, dass eine weitere Woche für Roxton einen Unterschied machen würde. Er hat so lange gewartet. Es war nicht abzusehen, dass wir in der Schweiz in eine verdammte Lawine geraten würden. Verdammt sei dieser elende Ort!"

Estée schmollte. „Damals sagtest du, es wäre eine romantische Episode, die du nie vergessen würdest. Und jetzt verdammst du sie. Unsere Flitterwochen sind wirklich vorbei!"

„Komm, Estée, nicht weinen!", flehte seine Lordschaft. Er warf sich herum, um sich neben sie zu setzen, und nahm ihre freie Hand fest in seine. „Du kannst nicht in Tränen bei deinem Bruder ankommen. Was würde er von mir, seinem Schwager, denken, he?"

„Er würde dich für das halten, was du bist! Ein liebloses und gefühlloses – *Monster*."

Lord Vallentine gab jeden Versuch auf, die Flut einzudämmen, und reichte ihr lediglich sein Taschentuch. Er steckte die Hände in die Taschen seines Überrocks und runzelte die Stirn.

„Weißt du, was mich verwirrt – die Gräfin. Man sollte doch meinen, dass sie weiß, wo ihre Enkelin sich befindet. Aber nein. Sie benimmt sich, als gehörte das Kind nicht einmal zu ihr! Ich habe Roxton seinerzeit gesagt, dass nichts Gutes dabei herauskommen würde, wenn er das Mädel zu dieser Frau schickte. Hast du die Menge an Bleiweiß-Schminke auf ihrem Gesicht gesehen? Das kann doch nicht gesund sein, oder?"

„Diese Frau ist eine Hure."

„Schau her, Estée, ich bin nicht anderer Meinung als du, aber sag es nicht vor dem Mädchen. Die Frau ist schließlich ihre Großmutter."

„Ihr Gesicht war so bemalt wie das einer Hure. Und wenn man bedenkt, dass sie uns in ihrem Boudoir empfangen hat, mit nichts am Leib als einem dünnen Hemd und weit offenem Morgenrock! Ich wusste nicht, wohin ich schauen sollte!"

„Ekelhaft", murmelte seine Lordschaft und tat so, als würde er etwas in einer Tasche suchen, um ein Grinsen bei der Erinnerung an die verführerische Gestalt der Gräfin zu verbergen. „Ich frage mich, wohin ich das verdammte Etui gesteckt habe ..."

Estée ließ sich nicht täuschen. „Ich wette, du könntest mir nicht einmal die Farbe ihres Morgenrocks sagen! Du hast während der gesamten Unterhaltung deine Augen nicht von ihren großen Brüsten lassen können!"

„Der Morgenrock? Er war gelb. Ein Primelgelb!"

Estée lachte und kniff sein viereckiges Kinn etwas zu fest. „Er war zimtfarben, mit grässlichen Blumen an Manschetten und Saum bestickt – Lilien, glaube ich."

Lord Vallentine schlug sich auf die Seite seiner seidenen Kniehose. „Wenn wir nur direkt hierher gekommen wären!"

„Es ist zu spät, das jetzt zu sagen."

„Was ist, wenn sie nicht hier sind? Was dann?"

„*M'sieur le duc*, mein Bruder, *ist* hier. Ich weiß es", sagte Estée Vallentine überzeugt. Sie reichte dem Lakaien, der den Schlag der Kutsche geöffnet und die Stufen ausgeklappt hatte, ihre Hand. „Du musst meinem Instinkt vertrauen, Lucian."

„Wann tue ich das nicht?", sagte seine Lordschaft mit einem Lächeln und folgte ihr über die kiesbestreute Auffahrt. „Was hältst du von Eurem Familienstammsitz? Beeindruckend, nicht wahr?"

„Er hat ein Ausmaß, dass ich es nicht fassen kann!", staunte Estée und reckte den Hals, um die weitläufige Ansammlung von Gebäuden zu erfassen, und wirbelte dann herum, um über den samtgrünen Rasen zum See hinabzuschauen. „Jetzt verstehe ich die große Arroganz meines Bruders etwas besser. Hier ist er sein eigener König! Kein Wunder, dass er nie von Versailles und Fontainebleau geblendet wurde. Arme Maman. Niemals hat sie Papas Anwesen gesehen."

„Hier könnte man sich verirren, wenn er nicht eine solche Armee von Bediensteten unterhalten würde. Habe mich selbst einmal verirrt. Als die Diener irgendwo zu einem Fest fort waren. Habe über eine Stunde gebraucht, um Roxton zu finden."

Seine Frau lachte. „Er hat sich vor dir versteckt, dummer Lucian!"

Vallentine grinste. „Jetzt weiß ich das, sicher. Was hältst du von der Umgebung? Malerisch, nicht wahr? Alles Browns Werk. Aber man würde nie glauben, dass alles künstlich ist. Das ist die Kunst des Mannes", sagte er, auf den See und die Ziergärten deutend. „Herrliches Wetter! Prachtvolles Land! Und ich kenne keinen besseren Ort, um Zeit in diesem Land zu verbringen, als Treat."

EINER DER NIEDEREN BUTLER HATTE DUVALIER VOM EINTREFFEN der Kutsche unterrichtet, was den alten Mann dazu veranlasste, die Augen zu verdrehen und zu seufzen. Er glättete seine Weste und den Rock und trat den langen Weg zum Haupteingang an, den anderen

Butler dicht auf den Fersen. Er ließ den Diener die gut eingeübten Zeilen wiederholen, während sie einher schritten, und riet ihm, seinem Gesicht einen Ausdruck zu verleihen, der den ungeladenen Gästen nichts verraten würde. Wenn die Eindringlinge sich als aufdringlich oder hartnäckig erwiesen, wie es in der Vergangenheit bei einigen der Fall gewesen war, ließen sie sich gewöhnlich dadurch zufriedenstellen, dass man ihnen den Blauen Salon neben dem Haupteingang zeigte, wo alle Möbel von Schutzhüllen bedeckt und die Fenster fest geschlossen waren. Der Butler gestattete sich ein heimliches Lächeln. Mit dem Westflügel war es etwas völlig anderes.

Duvalier blieb weit hinten im Foyer stehen und der zweite Butler gab den Lakaien das Zeichen, die Türen zu öffnen. Er trat in das Licht hinaus und machte eine höfliche, knappe Verbeugung vor den Gestalten, die die Auffahrt hinaufkamen. Die wohlgeübte Rede floss ihm mühelos von den Lippen, als er sich aufrichtete, um den Besuchern in die Augen zu sehen.

„Verschont uns mit dem Geschwätz, Mann! Verdammt! Wo ist Duvalier?"

In einem Augenblick schob der Butler den plappernden Untergebenen beiseite.

„M'sieur Vallentine! Madame!", stammelte er und führte sie in die Eingangshalle. Er half seiner Lordschaft aus dem Mantel, nahm sein Schwert und drückte beides einem Diener in die Hände. „Ihr wurdet seit mehr als vierzehn Tagen erwartet, M'sieur. Darf ich sagen, wie froh ich bin, Euch und Madame sicher in England zu sehen."

„Danke." Vallentine grinste. „Wenn Ihr allen anderen diese hochnäsige Begrüßungsrede zuteilwerden ließet, bin ich nicht überrascht, dass niemand glaubt, *M'sieur le duc* könnte hier sein. Es sieht hier aus wie im Mausoleum! Warum die Schutzhüllen und der Mangel an Kerzen? Roxton ist doch nicht am Sparen, oder? Die Lage muss sich schrecklich zum Schlechten gewendet haben. Oder ist das eine Art Spiel von ihm? Was ist los? Ich wette, es ist Letzteres!"

„Sei nicht so gemein zu dem armen Duvalier!", tadelte Lady Estée. Sie lächelte den alten Diener an. „Es ist ein Trost, ein freundliches Gesicht zu sehen, und jemanden, dessen Französisch nicht grauenvoll ist. Diese Engländer sind genauso, wie ich sie mir immer vorgestellt habe – so furchtbar träge."

„Aye! Das reicht, Estée. Duvalier interessiert sich nicht für deine Ansichten. Bringt uns zum Herzog."

Der Butler versteifte sich und ein Teil seiner Hochmütigkeit kehrte zurück. „Ich werde Euch zu Euren Räumen führen lassen und dann möchtet Ihr vielleicht eine Erfrischung zu Euch nehmen."

Lord Vallentine musterte das Perlmutter-Zifferblatt seiner goldenen Taschenuhr. „Roxton sollte beim Frühstück sein. Die Stunde ist bereits vorbei." Er lächelte seine Frau an. „Wir kleiden uns schnell um und schließen uns dann deinem Bruder an, Estée. Es wird sein wie in alten Zeiten in Paris. Was meint Ihr, Duvalier?"

Der Butler lehnte es ab, zu antworten. Nichts, dachte er, könnte der Wahrheit fernerliegen. Er wies einen Lakaien an, die Vallentines in ihre Räume zu führen, und verabschiedete sich von ihnen, kam aber nach einer halben Stunde zurück, um die neu Angekommenen in den Westflügel zu führen.

„Ich hoffe, Roxton freut sich, uns zu sehen", flüsterte Estée nervös vor Vorfreude. „Er schrieb ja in seinem Brief, dass es dringend wäre und wir uns möglichst beeilen sollten, und wir kommen zwei Wochen zu spät."

„Ich bezweifle nicht, dass er höllisch sauer sein wird, mein Schatz", antwortete Vallentine fröhlich und ließ seiner Frau im Flur den Vortritt. „Wir sind so überfällig, dass es nicht mehr darauf ankommt, und er hasst es, wenn man ihm nicht gehorcht. Aber er wird uns sehen wollen. Ich habe das verdammte Testament. Und ich bin nicht den ganzen Weg nach Rom gereist, um nach einem italienischen Anwalt zu suchen und mich dann an Roxtons Tür abzuweisen lassen! Dann wäre die Reise völlig umsonst gewesen."

„Umsonst?", fragte Estée schrill.

„Na, versteh' mich jetzt nicht falsch, Liebling. Verschwendet nur in dem Sinne, dass wir unsere Hochzeitsreise ebenso gut nach St. Petersburg wie nach Rom hätten machen können. Wir haben Rom doch genossen, oder? Und Venedig! Na, da möchte ich eines Tages noch einmal hinfahren."

Lady Estée kicherte hinter ihrem Fächer. „Sei nicht albern, Lucian. In Venedig hast du dir die Ruhr geholt."

„Tatsächlich?", fragte seine Lordschaft ungerührt. „Ich muss an Florenz gedacht haben. Oder war es Mailand? Verdammt, ich kann einfach eine italienische Stadt nicht von der anderen unterscheiden! War genauso, als ich mit deinem Bruder die Grand Tour absolviert habe." Er betrachtete seine Umgebung mit Interesse. „Das sieht doch schon besser aus! Licht, und keine Schutzhüllen! Auch ein paar Renovierungen. Bisschen wenig Möbel, aber trotzdem nicht so schlecht. Bewohnbar wenigstens."

Duvalier ließ sie an einer Tür stehen bleiben, an der ein aufmerksamer Diener stand. Er drehte sich zu ihnen um und bat sie zu warten, indem er sagte: „Ich werde fragen, ob *M'sieur le duc* bereit ist, Euch zu empfangen." Er kratzte an der Tür und, als er zum Eintreten aufgefordert wurde, gab er dem Lakaien ein Zeichen, den Türknauf zu drehen.

DER HERZOG SASS ALLEIN BEIM FRÜHSTÜCK. DUVALIER WAR MIT der mangelhaften Bekleidung seines Herrn nicht einverstanden. Das lange, schwarze Haar fiel ungebändigt über das hagere Gesicht und ein Schlafrock aus rot geblümter Seide war locker über ein weißes Hemd geworfen, das am Hals offenstand. Der Butler fragte sich, was Ellicott von dieser neu entdeckten Lässigkeit und anderen Neuerungen hielt.

Die neueste Ausgabe eines Londoner Zeitungsblatts war über den Tisch verteilt, eine Schale Kaffee an einer Ecke der Seite. Der Herzog hob langsam den Blick, erkannte seinen Butler und kehrte dazu zurück, die gedruckte Seite zu überfliegen. Sein Gesichtsausdruck war so undurchschaubar wie immer, aber sein Mangel an Bekleidung sagte alles.

„Wenn mein Gedächtnis mich nicht im Stich lässt, habe ich Eure Anwesenheit nicht gefordert."

„Nein, Monseigneur."

„Hat *Madame la duchesse* nach Euch gefragt?"

„Nein, Monseigneur."

Roxton warf seinem Butler einen zweiten Blick zu, ein seltenes Funkeln in seinen schwarzen Augen. „Ihr meintet vielleicht, nachsehen zu müssen, ob wir noch – äh – *am Leben* sind?"

„Nein, *M'sieur le duc*", antwortete der Butler stoisch.

„Ich habe die Kutsche gesehen. Wer will nicht weggehen?"

„Es ist die Schwester von *M'sieur le duc* …"

„Tatsächlich? Helft meinem Gedächtnis nach. Wann hatten Lord und Lady Vallentine eintreffen sollen?"

„Die Vallentines sind seit vierzehn Tagen überfällig, Monseigneur."

Der Herzog hob dabei die Augenbrauen. „Das war mir nicht bewusst … das heißt, die Tage …"

„Ja, *M'sieur le duc*", antwortete der Butler nachsichtig, mit dem Hauch eines Lächelns über die Unbeholfenheit seines Herrn.

Roxton kehrte zu seiner Lektüre zurück. „Lasst sie ein. Lasst Gedecke auflegen und informiert den Koch."

Duvalier sollte keine Gelegenheit haben, die Gäste formell anzukündigen. Lord Vallentine schritt, dicht gefolgt von seiner Frau, in das Zimmer und schob sich mit ausgestreckter Hand an dem Butler vorbei. Auf seinem Gesicht lag ein breites Lächeln.

„Roxton! Verdammt! Es ist schön, dein hochnäsiges Gesicht zu sehen!“

Der Herzog war von seinem Stuhl aufgestanden und hatte den Schlafrock fester um seine Schultern gezogen. Er kam seiner Schwester auf halben Weg über den Teppich entgegen, ertrug ihre erdrückende Umarmung mit einem Lächeln und gab ihr einen Kuss auf die schwarzen Locken.

„Die Freude ist ganz meinerseits“, sagte er und machte sich von ihr los, um die Hand seines besten Freundes fest zu schütteln. „Nach der langen Reise seid ihr beide wohlauf. Keine Tränen, Estée, bitte, ich flehe dich an“, sagte er milde.

„Verdammt! Aber du siehst selbst sehr gut aus!“, rief seine Lordschaft aus. Er ließ ein kritisches Auge über die Erscheinung seines Freundes gleiten und pfiff leise. „Was soll dieser Morgenrock? Erzähle mir nicht, dass du erst zu dieser Stunde unter den Decken herausgekrochen bist. Ich glaube es nicht! Du?“ Er schüttelte lachend den Kopf. „Noch nie erlebt, dass du so lange schläfst. Das muss die Landluft sein, nicht wahr? Und was sollen diese losen Locken? Versuchst, einen jüngeren Mann zu beschämen? Verdammt, wenn deine Haare nicht Estées Konkurrenz machen!“ Er sah seine Frau an und blinzelte. „Dein lieber Bruder hier scheint nicht er selbst zu sein. Ich glaube, du und ich sind zu lange fortgeblieben.“

Roxton fuhr sich mit der Hand durchs Haar und mangels etwas anderem, um sein Schuldbewusstsein zu verbergen, ging er zur Anrichte und schaute unter mehrere der mit Hauben bedeckten Platten.

„Habt ihr gefrühstückt?“, fragte er. „Ich habe gehört, es soll hier verschiedene hervorragende Gerichte geben. Gegrillte Nieren, gekochtes Wild, und ich glaube – ja – Forelle. Wir haben gestern auf dem See ein Dutzend gefangen. Oh, und hier sind natürlich auch heiße Brötchen und Kaffee. Oder hättest du lieber Schokolade, Estée?“

Lord Vallentine warf seiner Frau einen misstrauischen Blick zu, aber sie musterte ihren Bruder durchdringend. Er kratzte sich an der Perücke und redete in seiner gewöhnlichen, unverblümten Art mit seinem Schwager.

„Bist doch nicht krank, oder, Roxton? Lord Strathsay wollte nicht sagen, wo du bist. Nicht, dass ich glaube, dass er auch nur im Geringsten eine Ahnung hatte. Aber es ging ein Gerücht um, dass du dich von einem Influenza-Anfall erholen müsstest – *Influenza*! Du bist in deinem ganzen Leben keinen Tag krank gewesen!“ Er hob sein Augenglas. „Nimm es mir nicht übel, wenn ich das sage, aber du benimmst dich mächtig seltsam. Wir waren monatelang fort, nicht Jahre, und ich habe lange genug unter deinem Dach gelebt, um zu wissen, dass du nicht mehr als ein Brötchen zum Frühstück isst. Meiner Meinung nach ist das für einen Gentleman nicht genug, aber du bist niemand, der mit lebenslänglichen Gewohnheiten bricht. Niemals! Estée, meinst du nicht auch, dass dein Bruder leicht erhitzt aussieht? Erzähle mir nicht, dass irgend so ein Pestarzt empfohlen hätte …"

„Sei still, Lucian!", fauchte seine Frau. Sie legte ihrem Bruder eine Hand auf den Ärmel. „Etwas – etwas ist geschehen. Was ist passiert, Roxton?", fragte sie leise.

„Muss den Mann nichts fragen, was so offensichtlich ist!", polterte seine Lordschaft. „He? Was – was zum – wer ist das?"

Der Herzog lächelte und errötete unfreiwillig. „Könnt ihr es nicht erraten?"

„He? Wer?", fragte Vallentine verblüfft und warf seiner Frau einen verwirrten Blick zu.

„Lucian! Manchmal kann ich nicht glauben, dass du wirklich so stumpfsinnig bist, wie du vorgibst! Sei doch kein Schafskopf. Du weißt ganz genau, wer es ist! Oh ja!" Sie drückte die Hand ihres Bruders. „Ihr habt nicht auf uns gewartet. Das kränkt mich. Aber ich verstehe es vollkommen. Ich – wir – freuen uns so sehr für euch."

Der Herzog küsste ihre Hand. „Vielen Dank, meine Liebe."

„Du bist hergegangen und hast das Mädel ohne uns geheiratet!", verkündete seine Lordschaft erstaunt. „Von allen gemeinen Tricks, die dir einfallen konnten! Konntet keinen Tag länger warten! Musstet einfach losgehen und es tun! Gut! Gut! Das erklärt alles. Kein Wunder, dass du aussiehst …"

„*Lucian*", sagte Estée mit einem Unterton zwischen Wut und Verlegenheit. „Bit–te."

„Äh, ja. Vergaß mich", murmelte seine Lordschaft verlegen und bohrte die Stiefelspitze in den Teppich. „Verdammt böse Zunge, habe ich, Roxton. Muss dir Glück wünschen", sagte er und ergriff die Hand des Herzogs erneut. „Und wir freuen uns für dich! Verdammt glücklich sind wir! Zeit, dass du sesshaft wirst und anfängst, das Kinderzimmer zu bevölkern. In deinem Alter …"

„Lucian!", flüsterte seine Frau wütend. Sie zupfte an seinem Ärmel. „Die Ruhr war nicht die einzige Krankheit, die du dir in Venedig eingefangen hast."

„Es war deine Entscheidung, ihn zu heiraten", sagte Roxton und bot seinem Freund Schnupftabak an. „Vorsichtig, mein Lieber. Meine Mischung könnte für deine senilen Nasenlöcher zu stark sein."

Lord Vallentine zuckte resigniert die Achseln und gab dem Herzog seine goldene Dose zurück. „Es ist kein Wahnsinn", sagte er, „das hat die Ehe mir angetan."

Estée schnappte nach Luft. „Von allen grausamen Bemerkungen!“ Und dann lachte sie.

Vallentine machte ihr eine prächtige Verbeugung. „Immer zu Eurem Befehl, Madame! Also“, sagte er zu dem Herzog, „wann werden wir das kleine Biest – *Madame la duchesse* – zu Gesicht bekommen?“

Estée seufzte. „Es ist eine Ewigkeit her, dass ich sie zuletzt gesehen habe. Wir waren alle so traurig, als sie Paris verließ, nicht wahr?“

„Du, meine Liebste, warst wochenlang in Tränen aufgelöst“, stimmte seine Lordschaft zu. „Ich habe sie vermisst. Weiß gar nicht, warum ich diese ständigen Beleidigungen so vermisst habe. Und seit Paris ist viel geschehen. Ich hoffe, sie hat sich nicht verändert.“

„Nicht im Geringsten, meine Lieben“, antwortete der Herzog und wandte sich beim Klang der Stimme seiner Frau zum Schlafzimmer.

„RENARD?“, RIEF ANTONIA. „ES TUT MIR SO LEID, DICH WARTEN zu lassen. Im Ankleidezimmer ist ein so unglaubliches Chaos. Alles ist durcheinander! Ich muss sagen, ich werde so froh sein, wenn die Arbeiter alles wieder in Ordnung gebracht haben werden. Doch ich habe es geschafft zu baden, ohne Wasser vom Badezimmer bis zum Ankleideraum zu tropfen, nicht wie beim letzten Mal. Aber da du genauso nass warst und mich gejagt hast, denke ich nicht, dass das allein meine Schuld war.“

Sie kicherte, als sie durch die Tür trat, den Kopf auf die Seite gelegt und damit beschäftigt, kleine Perlenknöpfe an ihrem Ellenbogen zu schließen. Sie war in ein loses Morgenkleid aus zarter Seide gekleidet, das mit verstreuten Blumen und Ranken in leuchtenden Farben bestickt war und trug dazu passende Pantöffelchen. Ihr Haar war gebürstet, aber nicht frisiert, nur locker in der Mitte ihres Rückens mit einem seidenen Band zusammengehalten.

„Ich wusste nicht, was wir heute tun würden“, sagte sie. „Daher habe ich Gabrielle gesagt, sie sollte nichts zurechtlegen, bevor wir das nicht entschieden haben. Ich würde am liebsten den ganzen Tag so unangezogen wie jetzt bleiben! Ich habe mich daran gewöhnt, ohne dieses schreckliche Korsett zu sein und ...“ Sie schaute mit einem verschmitzten Lächeln auf. *„Bon Dieu“*, stammelte sie und wurde rot. „Vallentine und – und – Madame!“

Roxton ging zu seiner Frau und führte sie weiter in den Raum.

„Ich kann es dir nicht verdenken, wenn du sie für eine Erscheinung hältst, *mignonne*“, sagte er ironisch. „Wir haben sie schon vor einer halben Ewigkeit erwartet, nicht wahr? Estée, Mylord, ich möchte Euch meiner Frau vorstellen – *Madame la duchesse de Roxton*.“

„Hast du geglaubt, wir würden gar nicht mehr kommen, Kleines?", sagte Estée, die als Erste vortrat. Sie umarmte ihre neue Schwester mit Tränen in den blauen Augen. „Du hast meinen Bruder sehr glücklich gemacht, Kind. Ich kann es in seinen Augen sehen!", flüsterte sie in Antonias Ohr und küsste sie auf beide Wangen, um in ihr anderes Ohr zu sagen: „Als du uns verließt, um nach England zu reisen, wusste ich, dass dies die einzige Lösung sein würde. Wir – wir freuen uns so für euch beide!"

„Vielen Dank, Madame", murmelte Antonia schüchtern. „Ich kann nicht erklären, wie ich mich fühle. Aber Ihr müsst wissen, wie – wie *wundervoll* es ist, eine verheiratete Frau zu sein. Es ist *schön*, ja?"

„Du kannst später mit dem Mädel flüstern, so viel du willst!", sagte Vallentine ungeduldig. Er grinste den Herzog an. „Weiber!" Er drängte sich an seiner Frau vorbei, um Antonia ohne Federlesens in eine erdrückende Umarmung zu ziehen, die sie vom Boden hob. „Es ist gut, Euch wiederzusehen, Füchsin! Wir haben Euch und Roxton vermisst, während wir fort waren. Zu sehr, verdammt, das kann ich Euch sagen!" Er stellte sie wieder auf die Füße und wandte sich zu seinem Freund, einen Arm noch immer um ihre Taille gelegt. „Wenn du sie nicht geheiratet hättest, hätte ich dich verprügelt! Du bist der glücklichste aller Männer, Roxton, aber ich wette, du kapierst das nicht einmal zur Hälfte!"

„Mein lieber Vallentine, ich versichere dir, dass ich das sehr wohl tue!", näselte Roxton.

Antonia erlangte ihre Gelassenheit ausreichend wieder, um hochnäsig zu sagen: „Monseigneur, jetzt, wo ich Herzogin bin, hat Vallentine kein Recht, mich kleines Biest und Füchsin zu nennen und mich derart durch die Luft zu schwenken."

„Ziemlich ungehörig, ja", sagte Roxton und zog sie wieder an sich. „Das Reisen hat seine Lordschaft nachlässig gemacht. Er vergisst seine Manieren als Gentleman. Eine Herzogin hat Anspruch auf höchsten Respekt."

„He? Ich wollte nicht – ihr könnt nicht glauben – na, ist das nicht …"

„Oh, Vallentine!", lachte Antonia und sah zum Herzog auf. „Er hat sich überhaupt nicht verändert! Er sieht immer noch aus wie ein großer Karpfen!"

„Ich werde diese Bemerkung überhören, Euer Gnaden", sagte seine Lordschaft mit einem Schnauben und ging zur Anrichte, um unter die Hauben zu schauen. „Ich bin am Verhungern. Lasst uns essen!"

„Ja", sagte Antonia an seiner Seite. „Die Ehe verschafft auch mir Appetit."

Der Teller seiner Lordschaft fiel klirrend auf den Boden und er starrte Antonia mit offenem Mund an.

„Habe ich etwas schrecklich Falsches gesagt, Renard?"

„Nichts, was dein Schwager nicht aus deinem süßen Mund zu hören erwarten sollte, *mignonne*."

„Gut." Sie reichte Lord Vallentine mit einem Lächeln einen frischen Teller. „Ich bin eine ziemlich empörende Herzogin, glaube ich."

„Empörend! Das ist eine passende Beschreibung! Das geht nicht. Es wird einfach nicht gehen, so – so *empörend* zu sein, wenn Roxton Euch erst mit in Gesellschaft nimmt", belehrte seine Lordschaft sie. „Es mag ja gut und schön sein, als Mademoiselle Moran ein Wildfang zu sein, aber nachdem Roxton Euch jetzt zu seiner Herzogin gemacht hat, werdet Ihr Euch mit einem Mindestmaß an …"

Antonia seufzte. „Armer Vallentine." Sie füllte ihren Teller halb voll und setzte sich am Tisch zur Rechten des Herzogs. „Ich fürchte, die Ehe hat ihn geistig altern lassen, Renard."

„Alt?", stotterte seine Lordschaft und setzte sich auf einen Stuhl der Herzogin gegenüber. „Hast du gehört, was das Mädel – was das Mädel – hast du das gehört, Estée?"

„Ja, mein Liebster", besänftigte ihn seine Frau, obwohl das Lachen deutlich in ihren Augen stand. Sie nahm eine Tasse Kaffee von ihrem Bruder entgegen und wandte sich an ihn. „Ich habe so viele Fragen zu stellen."

„Und ich auch!", erklärte seine Lordschaft und winkte Braut und Bräutigam mit einer auf seiner Gabel steckenden Schinkenscheibe zu.

„Zuerst müsst Ihr uns alles über Eure Reisen erzählen", verlangte Antonia. „Seid Ihr nach Florenz gereist und nach Venedig und auch nach Mailand? Wie war es, als Ihr die Alpen überquert habt? Oh, erzählt uns alles!"

Lady Estée schaute zu ihrem Ehemann, der den Rest des Schinkens herunterschluckte und sich gnädig bereit erklärte, den Erzähler zu geben. Er lehnte sich, eine Tasse Kaffee in der Hand, in seinem Stuhl zurück. „Wir haben so vieles unternommen, dass ich kaum weiß, wo ich anfangen soll, *Madame la duchesse*."

„*Parbleu*. Wie förmlich es klingt, mich so zu nennen! Plötzlich fühle ich mich sehr wichtig."

„Das seid Ihr auch, Mädel!", nickte seine Lordschaft. „Und vergesst das nicht."

„Na, das ist wieder Vallentine", sagte Antonia mit glucksendem Lachen. Sie legte ihre Hand auf die des Herzogs, der sie an seine Lippen hob. „Muss Vallentine mich *Madame la duchesse* nennen?"

„Wenn das dein Wunsch ist", sagte Roxton und küsste ihre Finger ein zweites Mal. „Aber du könntest dich dazu herablassen, ihn als Privileg eines Schwagers deinen Vornamen benutzen zu lassen."

Lord Vallentine gab ein gezwungenes, abschätziges Hüsteln von sich und warf seiner Frau einen Blick zu. „Wenn Ihr endlich fertig seid, werde ich mit meiner Geschichte fortfahren!"

Antonia warf ihm einen gebieterischen Blick zu. „Wir sind hier nicht in Paris, M'sieur! Und da Monseigneur und ich jetzt verheiratet sind, dürft Ihr kein bisschen gekränkt sein."

„Gut pariert, Liebes!", applaudierte Estée und ignorierte den stirn-runzelnden Blick ihres Lords.

„Schau mal, Estée. In Paris warst du es, nicht ich, die von einer Heirat dieser beiden nichts wissen wollte!"

„Und du weißt auch ganz genau, warum, Lucian. Ich gebe zu, ich habe mich geirrt, aber …"

„Oha! Meine Frau gibt zu, dass sie sich geirrt hat!"

„Bitte, Vallentine, wollt Ihr nicht mit Eurer Geschichte fortfah-ren?", lockte Antonia.

„Unsere Reisen? Ja! Zuerst muss ich sagen, dass wir den ganzen Weg von Venedig eine verdammt große Kiste mit Euren Sachen mitge-schleppt haben. Verdammtes Ding!", sagte seine Lordschaft, ohne wirk-lich böse zu sein. „Es ist aus Strathsays Palazzo und die Casparti versichert uns, dass es der Wunsch Eures Großvater gewesen wäre, dass Ihr den Inhalt bekommt. Wette, sie ist voller Bücher! Seltene Ausgaben und so, und da sind auch ein paar Schmuckstücke. Wie auch immer, wiegt so viel wie ein verflixter Elefant!"

„Maria!", unterbrach Antonia aufgeregt und legte Messer und Gabel hin. „Geht es ihr gut? Sie ist doch nicht in ein Kloster gegangen? Sie wohnt im Palazzo, sagt Ihr?"

„In großem Stil. Strathsay hat ihn ihr in seinem Testament vermacht, und eine anständige Summe für seinen Unterhalt. Ein Klos-ter?" Vallentine schnaubte. „Schlagt Euch das aus dem Kopf! Sie hat vier – oder waren es fünf? – aufmerksame Verehrer. Aber ich würde auf den Conte di Marchesin setzen. Der Conte ist aalglatt. Aber die Casparti hat Lust, endlich achtbar zu werden. Du kennst den Typ, Roxton", sagte er nebenbei mit einem wissenden Blick auf den Herzog.

„Das reicht, Lucian", sagte seine Frau besorgt. Doch Antonias nächste Worte ließen sie sich fragen, warum sie sich die Mühe machte, das Mädchen zu beschützen.

„Ich hoffe, dieser Conte ist gut zu ihr", sagte Antonia. „Sie hat so gelitten, als *grandpère* krank wurde. Ich bin froh, dass sie nicht beschlossen hat, Nonne zu werden. Keuschheit liegt einfach nicht in ihrer Natur. Ihre Talente wären in einem Kloster absolut verschwendet. Nicht wahr, Monseigneur?"

„Ich kann dazu nichts aus – äh – *Erfahrung* sagen, meine Liebste. Aber ja, sie hat diesen Ruf."

„Sie hat Euch einen Brief geschickt", fuhr Vallentine fort, schob seinen Teller zur Seite und füllte seine Kaffeeschale wieder auf. „Sie hat mich versprechen lassen, dass Ihr schreiben und ihr erzählen werdet, wie es Euch geht."

Antonia klatschte entzückt in die Hände. „Sie wird von meinen Neuigkeiten so überrascht sein!"

„Ohne Zweifel", kommentierte der Herzog mit einem schiefen Lächeln. „Wenn ich mich erinnere, war sie von meiner – ähm – *Beteiligung* an deiner Flucht aus Versailles nicht besonders angetan."

„Sie kennt dich nicht so gut wie ich", sagte Antonia bestimmt. „Ich werde ihr schreiben und alles erzählen."

Roxtons Mundwinkel zuckten. „Ich hoffe, nicht alles."

„Bit–te!", sagte Vallentine sittsam. „Estée, es ist gut, dass wir endlich gekommen sind. Jemand muss in dieser Familie ein wenig die Form wahren."

Der Herzog lachte ihn aus. „Gott bewahre, Vallentine."

Bevor seine Lordschaft Gelegenheit hatte zu antworten, forderte Estée ihn auf, mit seiner Geschichte fortzufahren.

„Aye. Die Casparti erwies sich als nützlich, um den Anwalt ausfindig zu machen. Sie hat di Marchesin dazu gebracht, uns zu helfen, und er hat den Kerl *subito* gefunden."

Roxton stellte seine Kaffeeschale in der Untertasse ab. „Alles ist so, wie ich es erwartet habe?"

„Könnte nicht besser sein", sagte Vallentine mit Stolz. „Ich denke, du wirst dich mit Morans ursprünglichem Testament zufriedengeben."

„Vormundschaft?"

„Wie ich in meinem Brief geschrieben habe. Moran hat seine Tochter der Obhut des zweiten Earl von Strathsay übergeben. Hat ihn mit Namen erwähnt. Verdammt scheußlicher Name, Theophilus. Aber ich mag den Mann. Phlegmatische Natur, aber ich mag ihn. Hat Eure Augen, Mädel", sagte er grinsend zu Antonia.

„Dann kann der Comte de Salvan nicht länger drohen …"

„Er hat keinen Anspruch auf dich, meine Liebe", sagte der Herzog beruhigend und streichelte ihre Wange. „Jetzt gibt es keine Macht auf Erden mehr, die uns auseinanderreißen könnte." Er wandte sich an seine Schwester. „Auf dem Weg nach *London* habt ihr in *Paris* Halt gemacht. Was erzählt man sich?"

Lady Estée zögerte, und die Vallentines wechselten einen hastigen

Blick, der vom Herzog nicht unbemerkt blieb.

„Du kennst Paris besser als jeder andere, Roxton", sagte seine Lordschaft beiläufig. „Was erzählt man sich nicht? Ich achte gar nicht darauf. Ich werde es dir bald erzählen, aber vorher möchte ich wissen, warum du nicht bis zu unserer Ankunft damit warten konntest, das kleine Biest zu heiraten. Ich denke, das warst du uns zumindest dafür schuldig, dass wir den ganzen Weg nach Venedig und zurück gezottelt sind."

Roxton hob eine Augenbraue. „Ich dachte, das wäre offensichtlich, Vallentine. Und mein Butler teilt mir mit, dass ihr zwei Wochen zu spät seid."

„Zwei Wochen und vier Tage", korrigierte Antonia. „Und das heißt, es ist etwas mehr als zwölf Wochen her, seit ich Paris verlassen und Madame und Vallentine das letzte Mal gesehen habe."

Der Herzog sah sie überrascht an. „Ich wusste nicht, dass du die Tage zählst, *petite*."

„Ich habe nicht – ich meine – Frauen wissen nur – wissen diese Dinge," antwortete sie zögernd und trank weiter ihren Kaffee.

„So lange, nicht wahr?", sinnierte Vallentine. „Aber versucht nicht, uns zu erzählen, dass ihr die Zeit nicht genossen habt! Freunde und Verwandte von eurer Tür verscheucht; kein Wort der Nachricht nach London geschickt. Ich denke, ihr schuldet uns allen eine Erklärung für das, was ihr hier im Schilde führt. Nun, vielleicht nicht genau *das*, also brauchst du gar nicht so über meine Worte schockiert zu tun, Roxton! Erzähl uns nur von der Trauung und hör auf, mich auf deine so makabre Art anzusehen!"

„Ich werde es erzählen", meldete sich Antonia freiwillig. „Monseigneur und ich wurden im Elisabethanischen Garten getraut. Da ist eine Ruine, die einmal eine Kapelle war, oh, vor vielen Hunderten von Jahren. König Henry ließ sie abreißen, als er sich mit der Kirche in Rom zerstritt wegen seiner Scheidung von der Spanierin …"

„Ist sie nicht wunderbar?", verkündete seine Lordschaft auflachend. „Ich frage sie nach den Einzelheiten ihrer Hochzeit und sie fängt mit einer Geschichtsstunde an! Ich hatte einen Monolog über das Kleid erwartet, das du getragen hast, Mädel. Die meisten Frauen würden das tun, aber eine gesch…"

Antonia winkte ungeduldig ab. „*Eh bien*! Was hat mein Kleid damit zu tun? Renard, Vallentines Gehirn ist ebenso voller Belanglosigkeiten wie das von *grandmère*."

„He? Jetzt steck mich nicht in dieselbe Schublade wie diese rothaarige Xanthippe!"

„Wirst du Antonia bitte erlauben, ihre Geschichte zu erzählen", sagte Estée. „Was hast du getragen, Kind?"

„Charlotte wollte mich das austernfarbene Seidenkleid tragen lassen, das Maurice für mich gemacht hat. Aber ich habe mich für die Röcke aus Goldgewebe und das Überkleid aus besticktem Damast entschieden. Und Monseigneur hat mir eine wundervolle Perlenkette geschenkt, die einst seiner Mutter gehörte."

„Ich kenne sie – die Alston–Perlen."

„Ich wusste, dass wir am Ende zu dem Kleid kommen würden", murmelte Vallentine.

„Der elisabethanische Garten, *chérie*?", erinnerte der Herzog.

„Oh! Ja! Dieser kleine, dicke Gemeindepfarrer hat uns getraut. Ich glaube, er war sehr nervös. Denn er schwitzte stark und verbeugte sich viele Male vor *M'sieur le duc*. Das hat dich nur böse gemacht, nicht wahr, Monseigneur?" Antonias Augen funkelten mutwillig. „Aber ich denke, Monseigneur war nur wütend, weil er noch nervöser war als M'sieur der Pfarrer."

„Das kann ich verstehen", sagte Vallentine mitfühlend. „Wäre nicht normal, wenn ein Mann an seinem Hochzeitstag nicht nervös wäre. Man heiratet ja nicht jeden Tag – wer würde das schon wollen. Verdammt erschütterndes Erlebnis! Bekomme Gänsehaut, wenn ich auch nur an das Ganze zurückdenke."

„Wer dir zuhört, könnte meinen, dass du vor dem Henker gestanden hättest, nicht vor dem Pfarrer", tadelte Estée. „Sprich weiter, Antonia. Wir werden dich nicht wieder unterbrechen."

„Bitte nicht, sonst wird das Erzählen länger dauern, als die ganze Zeremonie gebraucht hat", sagte Antonia hochmütig. „Sie fand am Nachmittag statt, als alle Gäste müde vom Cricketspielen weggegangen waren. Aber *grandmère* wollte nicht abreisen. Sie wollte nicht ohne Charlotte und Theo gehen, die als Zeugen auftraten. Doch Monseigneur wollte sie nicht dabeihaben. Daher fuhr sie in einem Wutausbruch und mit einem unglaublich dramatischen Auftritt ab. Es war wirklich unglaublich. Ich habe Monseigneur noch nie so böse auf jemanden gesehen, wie er es auf sie war."

„Antonia. Ich glaube, meine Schwester und Vallentine haben ein recht ausführliches Bild meines – äh – *Zustands* erhalten", unterbrach Roxton mit einem verlegenen Stirnrunzeln.

Lord Vallentine gab einen leisen Pfiff von sich. „So nervös, Roxton."

Antonia zuckte die Achseln. „Mehr gibt es nicht zu erzählen. Charlotte und Theo kehrten nach der Zeremonie nach London zurück, und Monseigneur und ich flüchteten in den Westflügel. Das war doch sehr klug von uns! Wir sind die ganze Zeit seither hier gewesen. Ganz einfach, ja?"

„Einfach und effektiv", stimmte Lord Vallentine zu. „Halb Paris wollte wetten, dass du in Südfrankreich wärest, Roxton, und die andere Hälfte nahm an, du wärest nach Italien gefahren."

„Niemand glaubt, dass du noch in England bist", fügte Estée aufmunternd hinzu, die aus dem Gesichtsausdruck ihres Bruders nicht entnehmen konnte, was er wohl dachte. „Und als wir London verließen, haben wir niemandem unser Ziel genannt, also brauchst du dir keine Sorgen zu machen, dass wir verfolgt worden sein könnten."

„Müsste ich mir Sorgen machen, Estée?", fragte der Herzog.

„Jetzt ist nicht der Moment, um das alles zu erzählen", sagte seine Lordschaft schroff und schob seinen Stuhl zurück. „Ist noch viel Zeit, um alles zu besprechen! Was hältst du von einem Ritt über Land, Roxton? Euch beiden würde eine Portion frischer Luft guttun. Hier eingepfercht, ständig am Schlafen, kann für niemanden gut sein – Flitterwochen oder nicht!" Er zog Estée von ihrem Stuhl hoch und bewegte sich zur Tür, bevor das Paar etwas dagegen sagen konnte. „Wir sehen uns an den Ställen!"

„LUCIAN, DU KANNST ES NICHT HINAUSSCHIEBEN, ALLES ZU erzählen. Mein Bruder wird die Nachrichten aus Paris erfahren wollen", flüsterte seine Frau, als er sie mit fester Hand aus dem Zimmer führte.

„Nicht vor dem Mädchen", riet Lord Vallentine mit einem harten Zug um seinen Mund, den Estée nur zu gut kannte, weshalb sie nichts weiter einwandte. „Es ist weder der Zeitpunkt noch der Ort, um über die Salvans zu sprechen. Ich werde mit Roxton unter vier Augen sprechen, nach unserem Ausritt. Solange Antonia in der Nähe ist, kann ich seine Aufmerksamkeit nicht auf mich lenken." Er lächelte sie an. „Wie ein Paar Turteltäubchen, nicht wahr. Hätte nie gedacht, deinen Bruder einmal so vernarrt zu sehen. Benimmt sich wie ein junger Amor! Genau wie zuvor, als wir alle zusammen in Paris waren. Kann kein Auge von ihr lassen, verdammt! Kann es ihm nicht verübeln. Habe sie noch nie so hinreißend schön gesehen." Er runzelte über einen plötzlichen Gedanken die Stirn: „Verdammt, diesen Salvans gehört eine Lektion erteilt, ein für alle Mal! Ich hätte nicht übel Lust …"

„Nein, Lucian. Es ist nicht an dir, irgendetwas zu unternehmen. Mein Bruder wird wissen, was zu tun ist. Wie immer."

Vallentine nickte. Aber an der Tür zu ihren Zimmern blieb er stehen und sah seine Frau mit gerunzelter Stirn an. „Glaubst du, sie hat ihn weich gemacht?", fragte er mit einem vielsagenden Tippen an seiner Schläfe.

„*Weich*? Den *Herzog*?", stieß Estée verblüfft aus. „Antonia hatte recht. Du bist gealtert!"

SIEBZEHN

Der Herzog ließ sich in seine Reitstiefel helfen, als Antonia ins Ankleidezimmer kam und sich auf dem Sofa niederließ. Sie hatte ihr Morgenkleid nicht gegen ein Reitkleid getauscht, sondern gegen ein Tageskleid aus Samt mit apfelgrünen, gestreiften Röcken. Sie trug einen Sonnenschirm und Handschuhe bei sich und spielte damit herum, bis Ellicott seine Arbeit erledigt hatte und weggeschickt wurde. Roxton stand nicht gleich vom Frisiertisch auf, sondern saß dort und betrachtete mit einer tiefen Falte zwischen seinen dunklen Brauen Antonias Bild im Spiegel.

„*Chérie*, geht es dir nicht gut?

Sie schaute rasch auf. „N–nein. Warum fragst du das? Ich dachte, ich könnte Gray und Tan zu einem Spaziergang zum See mitnehmen, um nach den Schwänen zu sehen", erklärte sie. „Ich habe es ihnen gestern versprochen und habe heute keine rechte Lust zum Ausreiten. Doch Vallentine wäre sehr enttäuscht, wenn du nicht mit ihm kämest. Macht es dir etwas aus, dass ich nicht mitreite?"

„Nur, weil du dann nicht bei mir sein wirst", sagte er lächelnd, als er seine schwarzledernen Reithandschuhe aufhob und ihr eine Hand hinstreckte. „Gehe mit mir zu den Ställen. Wenn das Wetter hält, könnten wir in den elisabethanischen Ruinen gegenüber der Schwaneninsel ein Picknick machen."

„Das würde mir gefallen. Wir waren nicht mehr auf der Insel, seit du mich an unserem Hochzeitstag dort hinüber gerudert hast. Aber versprich mir, dass du sie nicht dorthin mitnehmen wirst. Die Insel und der Tempel sind jetzt unser ganz besonderer Ort."

„Wenn du das so wünschst. Aber wie ich Vallentine dort fernhalten soll, ist eine andere Frage. Vielleicht, wenn ich ihm sage, warum …" Er wartete, um sie vor sich auf einen sonnigen Hof hinaustreten zu lassen, der zu den Ställen führte. „Vielleicht wird er es erraten?"

„Du ziehst mich auf!", sagte sie und sah das Lachen in seinen Augen. „Nicht einmal Vallentine könnte erraten, wie unanständig wir uns in dem Tempel auf der Insel benommen haben."

Er lachte leise und zog sie an sich. „Aber ich habe immer behauptet, er wäre allwissend, *mignonne*. Doch ja, es wird immer unser ganz besonderer Ort sein. Jetzt küss mich und dann lasse ich dich deinen Spaziergang machen."

Lord und Lady Vallentine saßen bereits im Sattel und warteten auf das Erscheinen des Herzogs. Ein Stallknecht hielt die Zügel der Stute seines Herrn und als seine Lordschaft das Paar entdeckte, schickte er den Diener über den Hof zu ihm.

„Hab' ich dir doch gesagt, Estée", sagte Vallentine mit einem Nicken. „Weich geworden. Es ist heller Tag, und schau sie dir an."

Estée schüttelte ungläubig den Kopf und näherte sich ihrem Bruder. „Antonia reitet nicht mit uns?", fragte sie mit einem Blick auf die Herzogin, die stehen geblieben war, um einem Lakaien Anweisungen zu geben.

„Äh – nein", antwortete Roxton nachdenklich. „Sie möchte lieber einen Spaziergang zum See machen."

„Das sieht ihr nicht ähnlich. In Paris musste ich ihr ständig das Reiten verbieten, weil ihre Schulter noch nicht verheilt war. Und das gefiel ihr gar nicht. Geht es ihr nicht gut?"

Der Herzog sah seine Schwester offen an. „Sie sagte mir, es ginge ihr gut."

„Wenn das Mädchen nicht reiten will, dann lässt sie es", unterbrach seine Lordschaft, der den letzten Teil der Unterhaltung mitbekommen hatte. „Komm schon, Roxton! Um die Wette reiten, wohin du willst! Sag mir nur die Richtung, und ich mache mit! Estée, versuche nicht, uns einzuholen. Folge uns einfach und wir treffen uns unten am See und sei vorsichtig, weil – he! Verdammt! Rox, du Teufel!"

Der Herzog hatte seiner Stute die Knie in die Seiten gestoßen und war fort. Lord Vallentine war weit zurückgeblieben und rief ihm eine solche Sammlung gutmütiger Flüche hinterher, dass seine Frau froh war, dass ihr Verständnis des Englischen nicht so weit fortgeschritten war, dass sie wegen dieses Ausbruchs bis über beide Ohren erröten müsste. Die herumstehenden Stallburschen grinsten anerkennend, räumten aber schnell das Feld, als Estée sie böse und vielsagend anschaute. Sie lenkte ihre kastanienbraune Stute aufs offene Feld und galoppierte davon.

Unten am See holte sie die anderen ein und verbrachte die nächsten beiden Stunden mit einem gemütlichen Ritt über das Anwesen. Als die Gentlemen die Unterhaltung auf landwirtschaftliche Methoden und die diesbezüglichen Bemühungen des Herzogs lenkten, verlor Estée das Interesse. Sie war es zufrieden, sich zurückfallen zu lassen und die Aussicht zu bewundern, und versuchte, einen Blick auf die Herde Rotwild zu werfen, die ihr Bruder im Park hielt. Schließlich wurde sie am Rande des Sees unter einer alten Eiche zurückgelassen, während ihr Mann ihrem Bruder ein Wettrennen zum fernsten Zaun am Horizont lieferte. Hier hoffte sie, Antonia zu treffen. Doch es gab keine Spur von ihr, daher kehrte sie ins Haus zurück.

Sie wollte unbedingt ein Wort im Vertrauen mit der Herzogin reden. Wenn Antonia keine Lust hätte, ihr etwas anzuvertrauen, würde sie versuchen, ihre Zofe beiseitezunehmen, um zu erfahren, ob ihr Verdacht sich bestätigen ließ. Doch als sie wieder bei den Ställen ankam und fragte, wo sie die Herzogin finden könnte, war keiner der Diener in der Lage, ihr zu antworten. Sie warf angewidert die Hände in die Luft aufgrund des Mangels an Verständnis für ihre Sprache, und als endlich ein Diener gefunden wurde, der genug Französisch verstand, um ihre Fragen zu beantworten, führte dieser sie zu ihren eigenen Räumen, nicht zu denen der Herzogin.

Estée gab ihre Versuche auf und überließ sich den Händen ihrer Zofe. Sie schickte einen Diener weg, um Duvalier zu suchen. Sie hatte sich umgezogen und ein Tageskleid aus geblümter Seide angelegt, ihr Haar war aufgesteckt, die Schminke erneuert und ein frisches Schönheitspflästerchen an ihrem Mundwinkel befestigt, und der Butler war noch immer nicht aufgetaucht. Daher war sie gezwungen, ihre Räume zu verlassen und selbst nach ihm zu suchen, doch ohne die leiseste Ahnung über die Anordnung der vielen Räume war ihr nicht klar, ob ein Gang sie nach Osten oder nach Westen führen würde.

Nach ein paar falschen Abbiegungen, verschlossenen Türen, Räumen, in denen die Möbel abgedeckt waren und dunklen Fluren stolperte sie in den Salon. Hier war ein frisch entzündetes Feuer, Erfrischungen standen auf der polierten Anrichte und Kronleuchter warfen ein warmes Licht auf die Kristallkaraffen und Gläser, die auf einem silbernen Tablett angeordnet waren. Ein bei der Anrichte stehender Diener ordnete das silberne Besteck. Er sagte, er hätte keine Ahnung, wo der Butler sich aufhielte, und nein, der Herzog wäre noch nicht wieder ins Haus gekommen. Er wandte sich dann wieder still seiner Arbeit zu.

Daraufhin rauschte Estée mit einem leisen Fluch über Barbaren aus dem Raum, bereit, mit dem nächsten Unglücklichen, der ihren Weg kreuzen würde, einen Krieg zu beginnen. Dies war zufällig Duvalier, im Vorraum des Salons. Er war in ein Gespräch mit jemandem vertieft, der auf ein Feld und nicht in einem Raum mit feinem, italienischem Marmor gehörte, schäbige Kniehosen aus verblasstem Leder und schwere Stiefel trug, die noch nie eine Politur gesehen hatten.

Estées Kinn hob sich und sie rümpfte die Nase über den Bauern, der an seiner Mütze zog und ehrerbietig zur Seite trat, als sie näher kam.

„Wo ist *Madame la duchesse*?", fragte sie ohne Vorrede. Als der Butler zögerte, klappte sie ihren Fächer mit einem Knall zu und hielt ihm die Stäbchen bedrohlich unter die Nase. „Du glaubst, weil *M'sieur le duc* frisch verheiratet ist, merkt er nicht, wenn seine Diener hinter seinem Rücken herumfaulenzen? Keinesfalls! Und nachdem ich jetzt hier bin, wird alles so sein wie in Paris. Hast du mich verstanden? Gut. Also. Sage mir: Wo ist *Madame la duchesse*?"

„Ich habe *Madame la duchesse* schon einige Zeit nicht gesehen, Madame", antwortete Duvalier aufrichtig, sich der Neugier des Hirten sehr wohl bewusst und dankbar, dass der Bauer kein Französisch verstand.

„Ist sie von ihrem Spaziergang zurückgekehrt?"

„Das kann ich nicht sagen, Madame", sagte er lahm.

„Sag diesem stinkenden Bauern, er solle verschwinden!", befahl sie und wandte den Rücken, bis der Butler den Schafhirten nach draußen geschoben hatte. „Was wollte er hier drinnen? Egal! Es ist mir völlig gleichgültig. Also hast du keine Ahnung, wo deine Herrin sein könnte?" Als der Butler nicht von seinen Händen aufzusehen in der Lage zu sein schien und schwer atmete, wurde aus Estées Zorn Furcht. „Was ist los? Ist sie erkrankt? Ist auf ihrem Spaziergang etwas passiert? Hat sie sich den Knöchel verstaucht oder was?"

„Es tut mir leid, Madame, aber ich kann Euch nicht antworten. Das Letzte, was ich von *Madame la duchesse* sah, war vor ihrem Spaziergang, und sie war auf der Terrasse und sprach mit dem Kammerdiener Ellicott."

„Aber das war vor vielen Stunden! Sie wurde seither nicht gesehen?"

„Nein, Madame."

„Habt ihr Diener ausgeschickt, um nach ihr zu suchen?"

„Ja, Madame. Es ist unerklärlich."

Der Tonfall des Butlers ließ Estée wütend werden. „Unerklärlich, ja das ist es! Habt ihr in den Privatgemächern von *Madame la duchesse* nachgesehen? Ihre Zofen befragt? Den Rest dieses monströsen Gemäuers durchsucht? Was? Sag mir, was ihr unternommen habt, um eure Herrin zu finden!" Sie hörte auf, hin und her zu gehen, und fächelte sich den erhitzten Busen mit ihrem Fächer. *„Mon dieu"*, murmelte sie vor sich hin. „Ich hoffe, die Kleine ist nicht verletzt – wo ist mein Bruder? Sie muss gefunden werden … „

Duvalier sah seine Gelegenheit zur Flucht und verbeugte sich. „Wenn Ihr mich entschuldigen wolltet, Madame."

„Nein! Du bist nicht entlassen! Bleib, wo du bist. Du weißt etwas", sagte Estée hellsichtig. „Ich glaube nicht, dass du mir die ganze Wahrheit gesagt hast!"

Der Butler verbeugte sich respektvoll. Er blieb stehen und schwieg hartnäckig. Estée wusste, dass sie ihn nicht zum Sprechen zwingen konnte, egal ob sie vor Wut mit dem Fuß stampfte oder ihn anschrie. Es war sinnlos, ihn festzuhalten, also winkte sie ihm, dass er gehen könnte, und verfluchte heimlich ihren Bruder, weil er so verschwiegene Diener hatte.

Was sollte sie tun?

Sie sank zitternd und den Tränen nahe auf den nächsten Stuhl an einer Wand. In ihr war noch immer diese Unruhe, die ihr aus Paris gefolgt war, seit sie zuletzt mit ihrem Cousin, dem Comte, gesprochen hatte. Sie hatte ihrem Bruder von diesem Gespräch gleich bei ihrer Ankunft berichten wollen, aber Vallentine hatte ihr zum Abwarten geraten. Jetzt war sie sich nicht so sicher, ob er die richtige Entscheidung getroffen hatte. Ihr Bruder hätte gleich wegen der Gerüchte und Verleumdungen, die in Paris umgingen, gewarnt werden müssen. Jetzt war sie geneigt zu glauben, dass an dem Gerücht etwas Wahres sein könnte.

Das Beste, was sie jetzt tun konnte, war, Antonias Zofe ausfindig zu machen, aber Estée hatte nicht die geringste Ahnung, wie sie das anstellen sollte. Am Ende erwies sich das als unnötig. Das Mädchen fand sie. Sie huschte mit tränenbeflecktem Gesicht und rotgeränderten Augen in das Vorzimmer, mit den Händen ihre gerafften Röcke umklammernd. Als sie Estée sah, fiel sie ihr um den Hals und brach erneut in Tränen aus.

„Wo ist *Madame la duchesse?*", verlangte Estée zu wissen, hielt das Mädchen von sich ab und schüttelte es.

„In der Bibliothek sind vier Männer mit Schwertern und Pistolen, und ich habe keine Ahnung, wer sie sind!", platzte Gabrielle heraus. „Und einer ist dabei, den ich im *hôtel* gesehen habe, oft. Aber ich weiß seinen Namen nicht. Sie verlangen nach *Madame la duchesse*! Was wollen sie von ihr? Der Kammerdiener ist auch verschwunden …"

„Der ist mir völlig gleichgültig!", fauchte Estée. „Wann sind diese

Männer angekommen? Meinst du, dass sie Franzosen sind? Wo ist deine Herrin? Rede doch, Mädchen! Sag es mir!"

„Ich – ich weiß nicht, wann sie angekommen sind, Madame. Sie sind Franzosen, ja. Der eine, den ich schon früher gesehen habe, hat Duvalier befohlen, mit niemandem im Haus zu sprechen, weil er nur mit *M'sieur le duc* sprechen möchte. Er – er hat mit allem Möglichen gedroht und wie ein Verrückter mit seinem Schwert herumgefuchtelt!"

„*Mon dieu*. Und wo ist deine Herrin? „

„Ich weiß nicht, wo sie ist–"

„Weißt nicht, wo sie ist?", wiederholte Estée.

„Der Kammerdiener von *M'sieur le duc* ist bei ihr, glaube ich. Ich habe sie zusammen auf der Terrasse gesehen, mit den Hunden von Monseigneur. Oh, das ist jetzt vielen Stunden her, aber er ist auch verschwunden. Das ist seltsam, nicht wahr? Aber was können diese Männer wollen?"

„Woher soll ich das wissen, Mädchen? Stell mir keine dummen Fragen! Was – was soll ich tun?", fragte Estée geistesabwesend und blickte über den Kopf des Mädchens zur gegenüberliegenden Wand. „Ich muss meinen Bruder und Lucian finden und ..." Sie stand abrupt auf und zog die Zofe auf die Füße, wobei sie ihr Gesicht dicht vor das des Mädchens schob. „Es gibt eine Frage, auf die ich eine Antwort haben will. Und versuche, nicht unverschämt zu sein, oder du wirst meine Hand zu spüren bekommen! Hat deine Herrin dir etwas Bestimmtes anvertraut seit – seit ihrer Hochzeit?"

Gabrielle senkte die Augen.

„Nun?", drängte Estée. „Du brauchst mir gegenüber gar nicht so schüchtern zu tun. Antworte!"

„Nein, Madame, sie würde nie – das heißt, wir – wir haben nie darüber gesprochen", sagte die Zofe leise. „Aber *M'sieur le duc*, er hat sie sehr glücklich gemacht. Oh, sehr glücklich! Von Anfang an. Aber sie würde nie etwas sagen – ich sehe sie kaum – sie lassen einander kaum jemals aus den Armen ..."

„Nicht dass, Dummkopf", sagte Estée mit einem verlegenen Seufzer. „Die Gesundheit der Herzogin. Wie ist ihre *Gesundheit*?"

„Gesundheit? Ich verstehe nicht, Madame", stammelte Gabrielle. Aber als Estée Vallentine die Augen weit aufriss, begriff die Zofe sofort. „Oh! Nein, Madame, die *duchesse* hat mir kein Wort gesagt – aber ich weiß es. Ich habe fünf ältere Schwestern und kenne die Anzeichen. Sie – die *duchesse* – hat niemanden, der ihr von solchen Dingen erzählt. Aber an ihrem Zustand gibt es keinen Zweifel."

„Keinen Zweifel?", flüsterte Estée. Ihre blauen Augen wurden schmal. „Aber sicher ist es doch noch zu früh?"

„Ich – ich kann nicht sagen … ich – ich – es wird am besten sein, Ihr sprecht mit *Madame la duchesse*, Madam", antwortete Gabrielle mit einem Knicks und erwartete, entlassen zu werden, wobei ihr verräterisches Erröten zur Genüge andeutete, dass sie mehr wusste, als sie verriet.

Die Schwester des Herzogs schien ihre Existenz vergessen zu haben, so weit ging ihr Blick in eine unbestimmte Ferne. Möglicherweise hätte die Frau sie noch länger dort stehen lassen, wenn sie nicht durch Stimmen im Salon aufgeschreckt worden wäre. Gabrielle wurde schließlich weggewinkt, und Estée rannte in das Nebenzimmer und rief den Namen ihres Bruders. Die Tür wurde der Zofe vor der Nase zugeschlagen, gerade als diese einen Blick auf *M'sieur le duc* de Roxton erhaschte, der eine Karaffe und Gläser zum Tisch trug.

BEIM LETZTEN SPRUNG WURDE LORD VALLENTINE AUS DEM Sattel gehoben, sehr zum Entzücken seines Freundes. Es war sein verwundeter Stolz, der ihn dazu veranlasste, Seine Gnaden zu einem Fechtkampf herauszufordern, bevor sie sich ihren Frauen zum Mittagsimbiss wieder anschlossen. Roxton beunruhigte das keineswegs. In der Tat begrüßte er die Gelegenheit, seine Handgelenke zu lockern, nachdem er keine Fechtübungen mehr gemacht hatte, seit er aus London gekommen war.

„Hatte eine Runde mit einem *Signore* …? Wie war der Name dieses verflixten Kerls gleich noch? Verdammt soll ich sein, wenn ich in meiner Erinnerung einen Italiener vom anderen unterscheiden kann!", gestand seine Lordschaft. „Sie sahen für mich alle gleich aus!" Sie saßen auf einer niedrigen Mauer, um wieder zu Atem zu kommen und ihre müden Glieder ruhen zu lassen. „Von dem Mann hieß es, er kenne die besten Finten in ganz Rom. Hübsche Beinarbeit, aber ich habe ihm schnell gezeigt, dass sein Handgelenk nicht mithalten kann. Hat ihm das Grinsen aus dem schwarzen Gesicht gewischt!"

„Ich sympathisiere mit dem namenlosen *Signore*", sagte Roxton. Er winkte einem Lakaien, der ihre Überröcke und Krawatten hielt. „Ich war ein armseliger Gegner, mein Bester. Ich bitte um Verzeihung."

„Aber nicht doch. Du bist jederzeit ein würdiger Gegner! Verdammt, ich muss dich doch bei irgendetwas übertreffen können!"

„Glaub mir, Vallentine, das tust du", sagte der Herzog. Er gab sein Schwert in die Hände des Dieners. „Seit deiner Abreise aus Paris hatte ich keinen anständigen Gegner mehr. Édouard Flavacourt fehlt die Erfahrung und Du Barrie das Talent. Ich sehe, ich muss mich ein bisschen mehr konzentrieren, sonst wirst du mich bei jedem Mal besiegen."

Lord Vallentine lachte und schüttelte den Kopf, als er die Ärmel herunterrollte. „Ich kann dich nicht tadeln. Deine Gedanken sind anderswo, und das ist verständlich, nicht wahr. Zwischen uns beiden, und mit allem Respekt vor meiner schönen Frau, deiner Schwester, du bist ein verdammter Glückspilz, mein Freund! Verdammt Glück gehabt!"

„Glück, mein lieber Vallentine?", näselte der Herzog mit einem Funkeln in den schwarzen Augen. Er warf die Krawatte um den Hals, band sie aber nicht, und ließ das weiße Leinenhemd am Hals offenstehen. Als der Lakai ihm den Rock reichen wollte, winkte er ab. Es war ein schöner, wolkenloser Tag und ihm war noch warm vom Fechten. Er wies den Diener an, ihnen ins Haus zu folgen. „Was war es, was du Antonia so unbedingt nicht wissen lassen wolltest?", fragte er.

„Wollte das Mädchen nicht unnötig beunruhigen", sagte Vallentine mit einem plötzlichen, tiefen Stirnrunzeln. „Die Nachrichten sind nicht angenehm."

„Das hatte ich vermutet. Weiter."

„Hatte die Geschichte von meinem Cousin Harcourt, der sie von meinem Freund gehört hat, der bei den de Chesnays in Paris zu Besuch war", sagte seine Lordschaft. „Natürlich hatten wir schon zuvor davon gehört. In unserer ersten Nacht in Paris, was glaubst du, wer an Estées Tür klopfte? Niemand anders als Thérèse Duras-Valfons! Sie hat Estée alles in ihr kleines Ohr geflüstert. Ich habe mich zu Rossard verdrückt, um die Geschichte aus dem Mund eines Gentlemans zu hören. Traue einer weiblichen Zunge nicht zu, sich an die Tatsachen zu halten. Und *erst recht* nicht, wenn sie vor eifersüchtiger Bosheit trieft!"

„Weiter", sagte Roxton und ignorierte einen vielsagenden Seitenblick seines Freundes.

„Gut, ich könnte schwören, als ich bei Rossard hereinspazierte, erwartete man, dich in meinem Rücken zu sehen. Was für ein unheiliger Aufruhr! Und meinst du, sie hätten mir, deinem Schwager, geglaubt, als ich ihnen sagte, ich hätte keine Ahnung, wo du steckst? Du hättest eine Maus vorbeihuschen hören können, als ich ihnen das erklärte!"

Der Herzog trat beiseite, um seiner Lordschaft zu erlauben, vor ihm durch die Tür zu gehen. „Die Neuigkeiten?", drängte er.

„Aye. Ich komme dazu. Es wird dich nicht überraschen zu hören, dass ganz Paris fassungslos war, als Salvan die Hochzeit seines Sohnes absagte. Tagelang das einzige Gesprächsthema. Nicht nur in Paris, auch in Versailles. König Louis bestellte Salvan ein, um es zu erklären. Seither ist er nicht mehr am Hofe gewesen. Bekam Urlaub von seinen Pflichten, wie er sagt. Obwohl geflüstert wird, dass er in Ungnade gefallen wäre."

„Und die Erklärung, die für die Absage der Hochzeit gegeben wurde?"

Lord Vallentine blieb an einem hohen Fenster in einem Flur stehen, an dessen Wänden Bilder uralter Mitglieder der Familie Hesham hingen.

„Das wird dir überhaupt nicht gefallen, mein Freund. In Paris geht das Gerücht, dass der Vicomte einen totalen Nervenzusammenbruch erlitten habe, weil du seiner zukünftigen Braut die – Tugend geraubt hättest. Er wurde seit Wochen nicht gesehen. Das Gerücht besagt, dass er auf dem Lande wäre, aber de Chesnay ist überzeugt, ihn erst etwa eine Woche zuvor in Paris gesehen zu haben. Und da ist noch etwas …"

„Ja?"

„Madame de Salvan ist tot."

„Wirklich?"

„Dachte, das würde dich überraschen. Sie starb genau an dem Tag, als ihr Enkel heiraten sollte."

„Wie bedauerlich."

„Für wen?", fragte Vallentine trocken. „Salvan ruft es von allen Dächern, dass die alte Frau an gebrochenem Herzen gestorben wäre, oder irgend so ein Unsinn, nur wegen der Schande, die du über den Namen der Familie gebracht hättest – Antonia entführt und verführt hättest und das zukünftige Glück seines Sohnes ruiniert. Du kennst Salvans Stil. Ich wette, der verdammte kleine Zwerg ist höchst erfreut, dass seine Mutter sich ausgerechnet diesen Tag zum Sterben ausgesucht hat."

„Natürlich."

„Natürlich?", stotterte seine Lordschaft. „Jetzt hör mir zu, Roxton. Das alles sieht für dich und deine Braut nicht gut aus. Vor allem nicht für sie. Der Mistkerl hat nicht aller Welt erzählt, dass du das Mädel einfach geheiratet hast. Und natürlich spielt das bei deinem Ruf so oder so keine Rolle mehr. Tatsächlich hob sich dein Verhalten betreffend nicht einmal eine Augenbraue. Was Antonia angeht – ganz Paris runzelt die Stirn, weil sie dir erlaubt hat, sie zu verführen. Man gibt ihr die Schuld an allem! Sogar der Tod der alten Großmutter Salvan. Die Wahrheit ist, dass die alte Hexe sich an einer Fischgräte verschluckt hat. Aber das würde nicht zur Tragödie passen, oder? Und noch etwas …"

Roxton sah gelangweilt aus. „Es geht noch weiter?"

„Aye!", sagte Lord Vallentine und lehnte sich an die Holztäfelung. „Die Harpyien bei Hof haben diesen Skandal aufgesogen wie süße

Sahne. Duras-Valfons, de la Tournelle und der Rest. Wie wird Antonia wohl von solchen Leuten empfangen werden? Und wenn sie entdecken, dass sie *Madame la duchesse de Roxton* ist, was dann? Sag es mir!"

„Oh, erspare mir deine Predigt", sagte der Herzog bitter.

„Kannst nicht auf ewig in Treat bleiben, lieber Bruder", verkündete Lord Vallentine und holte den Herzog im Salon ein.

Roxton hieß den Diener ihre Röcke und Schwerter auf einem Stuhl ablegen und schickte ihn weg. Er kam von der Anrichte mit einer Karaffe und zwei Gläsern herüber. „Ich mache nicht der Welt meine Aufwartung, Vallentine, sie kommt zu mir."

Vallentine nahm sein Glas mit einem Grinsen und einem Kopfschütteln entgegen. „Du bist so verdammt arrogant."

Der Herzog hob sein Glas zu einem Toast. „Es ist meine liebenswerteste Eigenschaft."

Sie lachten beide und ein Teil der alten Leichtigkeit kehrte zurück. Aber das Lächeln wurde von ihren Gesichtern gewischt, als Estée weinend ins Zimmer lief und sich an die Brust ihres Bruders warf. Roxton hielt sie stirnrunzelnd von sich weg. Aber Lord Vallentine fing sie in einer tröstlichen Umarmung auf und redete geduldig auf sie ein, bis ihre Erregung abnahm.

„Was ist denn geschehen, was dich so außer Fassung gebracht hat, Liebste?", fragte Vallentine dann besänftigend. „Wir wollten dich nicht so allein lassen, aber du weißt doch, wie dein Bruder und ich sind, wenn wir uns sehen. Du hast dich doch nicht verirrt?"

„Verzeiht. Ich wollte nicht so … so albern sein", schnüffelte Estée. „Aber ich habe Angst um das Kind."

„Antonia?", fragte der Herzog scharf.

„Nein! Ja! Ich weiß nicht, was los ist!", sagte sie mit einem trockenen Aufschluchzen und streckte eine Hand aus, um sich an den Ärmel ihres Bruders zu klammern. „Du musst vorsichtig mit ihr sein. Sie darf sich nicht aufregen. Sie ist zart, und in ihrem Zustand könnte die geringste …"

„Welchem Zustand?", fragte Lord Vallentine und ließ sie los, schaute von Bruder zu Schwester.

Der Herzog griff nach dem Ärmel seiner Schwester. „Sie hat mit dir gesprochen?"

Estée schüttelte zur Antwort auf die Frage ihres Bruders ihre Locken. „Wir hatten keine Gelegenheit. Aber etwas, das sie beim Frühstück sagte, ließ mich aufhorchen und dann hat mir ihre Zofe bestätigt, dass es so ist."

„Verdammt! Worüber plapperst du, Estée? Welcher Zustand? Was fehlt dem Mädel? He?"

Bruder und Schwester beachteten ihn nicht.

Estée küsste die Hand des Herzogs und lächelte durch ihre Tränen über seinen völlig verwirrten Blick. „Ist dir eine solche Möglichkeit nie in den Sinn gekommen?"

„Ich habe nie vermutet … Sie hat nie ein Wort gesagt. Sie – sie kann doch nicht … oder?", fragte er. Aber als seine Schwester lächelte und in Freudentränen ausbrach, wandte er sich schnell ab und füllte sein Glas wieder auf.

Lord Vallentine gab einen leisen Pfiff von sich. „Hör mal, Estée", sagte er leise in das Ohr seiner Frau. „Du willst uns doch nicht ernsthaft erzählen, dass das Mädchen – dass Antonia – ein Kind erwartet? *Jetzt schon?* Gut! Sehr gut!", rief er aus und schlug dem Herzog auf den Rücken. „Man kann sich auf dich verlassen, dass du dich beeilst! Verdammte Unverschämtheit!", lachte er. „Wenn das kein teuflisches Glück ist!"

„Lu–cian!", schimpfte seine Frau, deren Wangen vor Verlegenheit brannten, mit einem bösen Blick.

„Wo ist Antonia?", fragte der Herzog.

„Ich weiß es nicht", sagte Estée kleinlaut und vermied es, ihn anzusehen. „Deine Lakaien, sie sind unverschämt dumm! Und Duvalier ist genauso schlimm. Er weigert sich, es mir zu sagen. Er will nur mit dir reden."

Lord Vallentine grinste. „Sie spielt uns einen Streich, könnte ich schwören! Und ich wette, Duvalier ist eingeweiht. Schlauer alter Fuchs! Wenn er dreißig Jahre jünger wäre, würde ich dich vor ihm warnen. Er und auch dein Kammerdiener. Sie haben beide eine Schwäche für deine Frau, Roxton. Verdammt, wenn das Mädel nicht mit uns Verstecken spielt."

Der Herzog lächelte nicht. „Was hat Duvalier zu dir gesagt, Estée?"

„Nichts! Gabrielle, die Zofe, sie kam zu mir mit einer Geschichte von Eindringlingen in der Bibliothek mit Pistolen und Schwertern …"

„Was geht hier vor?", explodierte seine Lordschaft.

„Schrei mich nicht an, Lucian!", rief seine Frau und brach erneut in Tränen aus. „Wie soll ich wissen, was in einem Haus vorgeht, wo die Lakaien unverschämt und maulfaul sind und keines zivilisierten Wortes fähig? Seit ich von unserem Ritt zurückgekehrt bin, herrscht hier das Chaos! Ich habe mich verirrt und niemand will mit mir über die *duchesse* sprechen und oh – oh!" Sie fiel in die Arme ihres Mannes. „Lucian, Lucian, ich mache mir große Sorgen um die Kleine."

„Beruhige dich. Ich bin sicher, das ist nur viel Lärm um nichts."

„Aber erinnerst du dich nicht an das, was in Paris erzählt wird? Wir

hätten nicht nach London fahren dürfen, sondern gleich hierher-
kommen müssen!"

„Salvan hat doch nur vor Wut herumgedröhnt!", widersprach
Vallentine. „Es ist zu fantastisch, um es zu glauben. Du kennst deinen
Cousin besser als ich, Estée, und ich sage, er ist genauso verrückt wie
der Rest seiner Familie."

Er füllte das Glas des Herzogs erneut, aber dieser nahm es nicht an.
Roxton hatte sich zu dem großen Spiegel über der Anrichte umgedreht
und band seine Krawatte, ein Zittern in seiner rechten Hand ließ ihn
dafür länger brauchen als gewöhnlich.

„Roxton", sagte Vallentine freundlich angesichts des Zitterns, „ich
wünschte, du würdest das trinken. Es würde helfen, wie du weißt."

Der Herzog leerte das Glas und stellte es beiseite, dann zog er
seinen Reitrock über. „Estée. Was hat Antonias Zofe dir erzählt?", fragte
er leise.

„Es war ein völliges Durcheinander! Sie – sie sagte, da wären vier
Männer in der Bibliothek, zusammen mit einem anderen, ihrem
Anführer, und sie hätten Schwerter und Pistolen und hätten damit
drohend vor Duvalier herumgefuchtelt! Und sie hat keine Ahnung, wo
Antonia ist und irgendwie ist auch der Kammerdiener in alles
verwickelt!"

„Lieber Gott! Wer sind diese Dummköpfe? *He!*", wollte Vallentine
wissen. „Wohin gehst du mit diesem Schwert?"

„Entschuldige mich, mein Lieber. Ich muss meine Gäste
begrüßen."

„Nicht ohne mich! Warte!", rief seine Lordschaft, bemühte sich,
sein Schwert umzuschnallen und gleichzeitig seinem Freund zu folgen,
seine Frau auf den Fersen. „Ich gehe mit dir."

„Ich muss auch mitkommen!", verlangte Estée.

„Nein. Ich gehe allein. Madame, du wartest draußen."

„Du wirst nicht einem Rudel verdammter Schläger ohne mich
gegenübertreten!"

Roxton schritt durch einen Vorraum in den nächsten und
verschwand in einem langen, dunklen Flur. Lord und Lady Vallentine
folgten ihm.

„Du könntest von Glück sagen, wenn du eine Pistole halten kannst,
geschweige denn ein Schwert!", rief seine Lordschaft dem Rücken des
Herzogs zu. „Also wirst du nicht mit mir streiten! Hörst du? Außerdem
kannst du nicht bestreiten, dass zwei gegen fünf doch recht lustig
klingt, he?"

„Lucian! Lucian!", rief seine Frau, die nicht in der Lage war, Schritt
zu halten, und ihre hohen roten Absätze verfluchte. „Du musst aufpas-

sen! Oh! Willst du nicht langsamer gehen! Ich werde einen Absatz verlieren!“

„Warte draußen, wie Roxton gesagt hat!“, blaffte er sie über die Schulter an. „Es gibt nichts, worüber du dir Sorgen machen müsstest. Wir können es mit jedem Haufen Abschaum aufnehmen, den Salvan gegen uns ins Feld führen will!“ Er lachte auf. „Und ich prahle nicht, verdammt!“

Estée stolperte und beschloss, die Verfolgung aufzugeben. Sie ließ sich auf ein Sofa mit steifer Rückenlehne fallen und versuchte, wieder zu Atem zu kommen. *„Mon dieu*, töte ihn nicht!“, rief sie schrill, als Ehemann und Bruder durch eine Reihe von Türen stürmten, die von innen verschlossen worden waren.

Der Herzog hatte die halbe Länge der Bibliothek durchquert, bevor er anhielt. Lord Vallentine blieb stehen, stolperte und wäre fast gegen den breiten Rücken seines Freundes geprallt. Rasch glitt seine Hand zu seinem Schwert und blieb dort liegen, seine Knöchel wurden weiß, als er den Griff fest umklammerte. Doch der Herzog bewegte sich nicht und griff auch nicht nach seinem Schwert. Er stand völlig still, sein Gesicht wirkte wie eine ausdruckslose Maske, die zitternde Hand hatte er in eine Hosentasche gesteckt.

Der Comte de Salvan, in schweren Stiefeln und von der Reise verschmutzter Reitkleidung, stand vor einem ersterbenden Feuer in dem großen Marmorkamin, einen Fuß auf der Umrandung. Zu seiner Rechten warteten vier Musketiere, ähnlich gekleidet. Sie lümmelten sich auf den Möbeln herum und starrten geistesabwesend aus den hohen Fenstern, die auf den samtig grünen Rasen hinausgingen. Sie sahen aus wie das Rudel Abschaum, als das Vallentine sie bezeichnet hatte, und so gefährlich, wie die Zofe sie beschrieben hatte. Alle trugen Schwerter; zwei auch Pistolen. Doch nicht das hatte den Herzog veranlasst, abrupt stehen zu bleiben. In seiner behandschuhten Hand hielt der Comte de Salvan Antonias Sonnenschirm.

Salvan zeigte mit dem Sonnenschirm auf den nächsten Musketier und sprach einen scharfen Satz, den der Herzog nicht zu hören vermochte. Der Mann antwortete mit einem Fluch und seine Kameraden lachten auf seine Kosten. Der Comte lachte nicht. Er runzelte die Stirn und beschimpfte sie und stampfte mit dem Absatz auf die Kaminumrandung. Er wollte noch etwas herausbellen, als er eine Gegenwart spürte und herumwirbelte, um in das Gesicht seines Cousins zu starren. Sein Stirnrunzeln verflog und wurde durch ein Lächeln ersetzt, das sein geschminktes Gesicht verzog.

„*Mon cousin*! Endlich sind wir wieder vereint!", verkündete er mit ausgestreckten Armen und einer schwungvollen Verbeugung. „Es muss ewig her sein, seit wir uns zuletzt gesehen haben – im Maison Clermont, nicht wahr? Ja! Ich bin mir sicher! Ihr mit der schönen Blume des Orients, und ich? Der arme Salvan muss sich immer mit einer der weniger geschickten Perlen zufriedengeben ..."

„Wo ist meine Frau?", fragte der Herzog leise.

Der Comte stieß ein knappes, bitteres Lachen aus. „Ah, ja, Eure *Frau*", sagte er zärtlich und befingerte liebevoll den Sonnenschirm, bevor er ihn fallen ließ, als wäre er etwas Unreines. „Eure so schöne und sehr junge Frau."

Die Geste war für Vallentine zu viel. In blinder Wut und blitzschnell flog sein Schwert aus der Scheide, die scharfe Spitze lag unter der Kehle des Comtes, so sanft, dass sie die verwüstete Haut nur kitzelte.

„Wo ist *Madame la duchesse*, du widerliche Schmeißfliege?"

Kaum hatte Lord Vallentine seine Klinge gezogen, als das Sirren von geschliffenem Metall zu hören war, da vier Klingen augenblicklich aus ihren Scheiden glitten und in seine Richtung zeigten. Vallentines Schwert schwankte nicht. Stattdessen drehte er es ein wenig, aber so schnell und geschickt, dass die Bewegung unbemerkt blieb. Die scharfe Spitze stach in die weiche Unterseite des Kinns des Comte, was den kleinen Mann panisch lächeln ließ. Die Musketiere blieben stehen. Einer wagte es, den Herzog anzuschauen, der von der Möglichkeit, dass einen der Gentlemen der Tod ereilen könnte, völlig unbeeindruckt war, und seine Hände am Feuer wärmte.

„Ah, M`sieur Vallentine, Salvan ist beleidigt über den Empfang, den er erhält", flüsterte der Comte mit gepresster Stimme, den Blick auf die mörderische Waffe gerichtet. Er wagte es, den Kopf zu bewegen, und schauderte bei dem Gefühl des kalten Metalls. „Roxton, Euer Schwager, er ist nicht er selbst. Ihr müsst ihn beruhigen, andernfalls fürchte ich, dass meine Männer ..."

„Ihr seid ein verdammter Feigling, Salvan! Ich habe keine Angst vor Euch oder diesem Abschaum in meinem Rücken. Gebt den Befehl! Doch diese Klinge wird längst in Eurem Gehirn stecken, bevor ich falle! Ihr seid meiner Kutsche hierher gefolgt, wie? Oder etwa nicht!"

„Vallentine, würdest du bitte ...", begann der Herzog, wurde aber unterbrochen.

„Ich hatte schon in Paris Lust, Euch zu durchbohren! Das hätte ich tun sollen! Wo ist die Herzogin?"

„Nehmt Eure Klinge weg, M'sieur", sagte der Comte mit seiner hochmütigsten Stimme. Doch der Schweiß, der auf seiner Oberlippe glitzerte, strafte seine Ruhe Lügen. „Ich bin nur hier, um mir zu holen, was mir gehört …"

Vallentine schnaubte und drehte die Klinge an der Haut des Comte noch weiter. „Euch? Verdammt, das ist köstlich! Sie ist die Herzogin von Roxton, und damit hat es sich! Ihr habt keinerlei Anspruch auf sie!"

„Steck die Klinge weg, Vallentine", sagte der Herzog auf Englisch, die Augen noch immer auf den Kamin gerichtet. „Die vier – äh – *Gentlemen* in deinem Rücken sind nicht Salvans Sklaven, du Narr. Sie tragen die Insignien des Königs von Frankreich."

Lord Vallentine zog die Augenbrauen hoch und er verzog das Gesicht. „Musketiere?"

„Genau."

Seine Lordschaft stieß einen leisen Pfiff aus.

„In der Tat ist einer davon dein alter Sparringspartner, der Neffe des ersten Ehemannes deiner Frau", erklärte Roxton ihm. „Ich bin sicher, dass nur der Respekt, den er vor deinen Fähigkeiten hat, ihn bisher davon abhält, dich in einen – äh – *blutigen Kampf* zu verwickeln. Sie werden dich jedoch sofort erledigen, wenn mein sehr geschätzter Cousin den Befehl dazu gibt."

„Ich möchte ihn umbringen, Roxton", sagte Vallentine mit unterdrückter Wut und steckte seine Klinge widerwillig, aber schwungvoll wieder in die Scheide. „Ich möchte so gerne seine sämtlichen Innereien über diesen Boden verteilen!"

„Mein Wunsch, genau das zu tun, ist nicht weniger stark", antwortete der Herzog ruhig und schaute wieder zum Kaminsims. „Doch wir müssen an Antonia denken."

Vallentine senkte den Kopf. „Ja, um ihretwillen …"

Frei von unmittelbarer Todesangst versuchte der Comte, wieder Herr der Lage zu werden. Etwas von seiner künstlichen Weltläufigkeit kehrte zurück. Er befahl seinen Leuten, ihre Schwerter wegzustecken, und lächelte seinen Cousin breit an. Doch die Musketiere hatten seine Furcht gesehen und den Schweiß auf Oberlippe und Stirn des Adligen bemerkt. Obwohl sie seinen Befehl befolgten, empfanden sie nur Verachtung für diesen Sohn Frankreichs. Alle vier Männer machten vor dem Herzog und Vallentine eine steife Verbeugung, und der, der dem Herzog bekannt war, begrüßte ihn. Das war ein Schlag ins Gesicht für den Comte, dessen vernarbte Wangen unter der bleiweißen Schminke erröteten.

Roxton musterte seinen Cousin mit einem Ausdruck, den Vallentine nicht ergründen konnte. Er fragte sich, was als Nächstes geschehen würde. Bei seinem Freund konnte man das nie wissen. Doch im nächsten Augenblick musste er blinzeln. Mit einem Schritt hatte der

Herzog den Comte am Hals gepackt und ihn gegen eine Wand gedrückt. Der kleine Mann lachte nervös und würgte. Seine Augen huschten zu den Musketieren. Sie standen stramm, eine Hand auf dem Schwertgriff.

„Was für ein unfähiger Narr Ihr seid!", knurrte der Herzog und stieß Salvan zur Seite. „Meine Anweisungen waren deutlich ausgeführt. Ihr solltet den Jungen in Calais in Empfang nehmen und unter Bewachung nach Paris bringen. Was tut Ihr hier?"

„*M–mon c–cousin*! Es war nicht so einfach, wie Ihr es darstellt", erklärte der Comte und sog keuchend Luft in seine leeren Lungen. „Meine Mutter wollte nichts davon hören, dass er eingesperrt werden sollte!" Er richtete mit bebenden Händen seine Krawatte. „Parbleu. Denkt an die Schande – den Klatsch – den Skandal! Ich – ich habe getan, was Ihr befohlen habt. Ich bin nach Calais gefahren und habe gewartet. Doch sie – meine Mutter – wollte es nicht zulassen und fand ihn zuerst …"

„Erspart mir die schäbigen Einzelheiten. Ich hoffe um Euretwillen, dass Ihr es geschafft habt, das in Ordnung zu bringen."

Der Comte sah verwirrt aus. „Aber … er war nicht in Calais! Er verschwand! Kaum, dass er auf französischem Boden angekommen war, bestieg er umgehend ein Paketboot nach England. Wir folgten ihm, und in Dover sagte man uns, er hätte nach dem Weg zu Eurem Anwesen gefragt." Er schaute Lord Vallentine an und verzog das Gesicht. „Warum er jedoch wieder hierher zurückkommen wollen würde …"

Der Herzog wischte sich mit zitternder Hand über den Mund. „Ihr glaubt, er wäre hier, *in meinem Haus?*"

„He? Was soll das?", wollte Lord Vallentine wissen. „Weiß Salvan nicht, wo Antonia ist? Hat er sie nicht?"

Er wurde ignoriert.

Der Herzog wandte sich an die Musketiere. „Ist er immer noch in meinem Haus?"

„Das glauben wir, *M'sieur le duc*", antwortete ihr Anführer. „Wir dachten, wir hätten ihn hier, in diesem Zimmer in die Enge getrieben, aber leider war es eine falsche Spur. Jedoch fanden wir …"

„Ja?"

Der Musketier hockte sich vor ein Bücherregal. „Hier ist viel Blut auf dem Teppich."

Vallentine bückte sich und legte einen Finger auf den beschmutzten Aubusson-Teppich. Der dunkle Fleck war groß, feucht und klebrig.

„Oh Gott, Roxton", sagte seine Lordschaft schaudernd, „das ist eine verdammt schlimme Verletzung."

„Nein! Das glaube ich nicht“, stammelte der Comte. „Unmöglich! Ein Kratzer! Nicht mehr als ein Kratzer. Ich bin mir sicher!“

Roxton ging zu einem Stück vertäfelter Wand, drückte darauf und das Bücherregal schwang sich, nahe dem Ort, and dem Vallentine und der Musketier kauerten, nach innen und enthüllte eine dunkle Öffnung. Auch hier fanden sich ein paar Blutstropfen. Seine Lordschaft kroch sofort hinein, während die Musketiere stehen blieben und auf die Anweisungen des Herzogs warteten. Er schickte sofort drei von ihnen über die Haupttreppe zu seinen Privatgemächern im oberen Stockwerk. Ihr Anführer sollte dem Herzog und Lord Vallentine die Geheimtreppe hinauf folgen. Der Comte, der nicht zurückgelassen werden wollte, trabte hinter seinem Cousin her und drängte sich vor, um den Ärmel des Herzogs zu packen.

„Was werdet Ihr mit ihm machen?“, fragte er den Herzog im Flüsterton.

Der Herzog schüttelte ihn ab und ging die Stufen hinauf. „Was glaubt Ihr? Wenn er es gewagt hat, auch nur einen Finger an sie zu legen …“ Er schaute über seine Schulter in das geschminkte Gesicht des kleinen Mannes. „Salvan, sie trägt ein Kind.“

„*Eh bien*“, zischte der Comte, die Augen ungläubig weit aufgerissen. „Ein Kind? Seid Ihr sicher? *Mon dieu*, wenn er das entdeckt … „

Der Herzog wandte sich ab und bedeutete den anderen, ihm leise zu folgen, der Comte ließ es nur zu gerne zu, dass Vallentine und der Musketier ihn auf der Treppe überholten. Er hatte seinem Cousin eine Maske von Besorgnis und Mitgefühl gezeigt, doch im Dunkeln auf der Treppe erlaubte er sich ein träges Grinsen – fast hätte er in sich hineingelacht.

In dem ersten Zimmer oben herrschte unheimliche Stille. Nichts war von einem Kampf umgeworfen worden, alles schien unberührt. Der Comte rümpfte neidisch die Nase über so viel Komfort und Üppigkeit, wie er es beim ersten Anblick von Treat getan hatte, doch er konnte sein Interesse an seiner Umgebung nicht unterdrücken. Er achtete darauf, sich weit zurückzuhalten. Lord Vallentine und der Musketier waren blind für alles andere als die Dringlichkeit der Lage und, als sie das Kabinett leer vorfanden, wollten sie unbedingt eilig ins Ankleidezimmer weitergehen. Der Herzog hielt sie zurück.

„Lass mich zuerst gehen“, flüsterte Vallentine. „Still, nicht wahr?“

„Versuchst du, mich zu schonen, mein Bester?“, sagte der Herzog mit einem schiefen Lächeln. „Nein. Ich gehe. Bleib mit den anderen hier. Wenn der Junge ein ganzes Regiment sieht, könnte er in Panik geraten und ...“

„Hör zu, Roxton“, belehrte ihn Vallentine. „Auf dem Teppich unten ist ein ganzer Krug voll Blut! Dieser Junge ist nicht richtig im Kopf. Er ist gefährlich. Verstehst du das? Du kannst nicht erwarten, mit so jemandem vernünftig zu reden. Wer weiß, was er tun wird, wenn er dich sieht? Ich hoffe nur, dass er nicht die ganze Geschichte kennt – dass sie ihm nicht gesagt hat ...“ Er unterbrach sich, als er einen Blick tiefen Schmerzes über das blasse Gesicht des Herzogs huschen sah und packte seinen Freund am Arm. „Gefühlloser Rohling, der ich bin. Geh weiter. Ich werde warten. Aber gib mir diese Pistole.“ Er nahm sie und spannte den Hahn. „Wenn hier jemand schießt, dann bin ich das!“

Der Comte, der einen Damenfächer vom Schreibtisch aufgehoben hatte, saß da und kreuzte seine bestrumpften Beine mit der Ruhe eines Menschen, der auf eine Verabredung wartet. Er bewegte den Fächer wie eine Frau und seufzte. Lord Vallentine funkelte ihn, verwirrt durch das ausdruckslose Gesicht des Franzosen, der noch fünf Minuten zuvor ein zitterndes Häufchen Elend aus Nerven und Schweiß gewesen war, an.

„Ihr seid verdammt gelassen für einen Mann, dessen wahnsinniger Sohn Amok läuft und vermutlich jemandem eine schwere Verletzung zugefügt hat, wie, Salvan?“

Der Comte hob die Augenbrauen. „Aber, M`sieur Vallentine, ich bin am Boden zerstört, das versichere ich Euch.“

Der Musketier grunzte.

„Wenn Roxton ihn in die Hände bekommt, wird er ihn töten. Das wisst Ihr, nicht wahr?“

Der Comte fuhr fort, sich Luft zuzufächeln. Der Musketier verdrehte die Augen. Er hielt diesen Adligen für ebenso verrückt wie seinen Sohn und fragte sich, welches Unrecht er und seine Kameraden begangen haben mochten, dass man sie heimlich auf dieses verrückten Abenteuer schickte, in ein Land, das sich mit Frankreich im Krieg befand und wo alle Leute, außer dem phlegmatischen *duc de Roxton*, eine raue Sprache sprachen und keine Manieren hatten.

„Eure schöne Frau befindet sich auch in diesem Ungetüm von Gebäude?“, fragte der Comte und schaute sich interessiert in dem Raum um.

Lord Vallentines Gesicht verfinsterte sich. „Und wenn?“

Salvan hob eine gepolsterte Schulter. „Schaut mich nicht so eifersüchtig an. Ich wollte nur ihren Rat. *Enfin*, sie ist meine Cousine.“

„Rat?“

„Aber natürlich“, antwortete der Comte und warf den Fächer weg. „Ich will wieder heiraten und brauche Estées Rat dabei, was ich ...“

„Ihr seid reif für Bedlam!", zischte Vallentine. „Euer Sohn ist ein Wahnsinniger, der sich auf freiem Fuß befindet, verdammt! Und er hat die Herzogin entführt und jemand blutet alle Teppiche voll und Ihr – und Ihr erzählt mir von Eurer verdammten Absicht, wieder zu heiraten? Was für ein Trick ist das, Salvan?"

„Trick, M'sieur?" fragte der Comte und bot seine Schnupftabakdose an. „Ich glaube nicht, dass ich Euch verstehe."

Vallentine schwenkte drohend die Pistole. „Weg von mir, Ihr Schmeißfliege, oder ich werde die ganze Linie der Salvans hier und jetzt auslöschen!"

ACHTZEHN

Der Herzog fand das Ankleidezimmer ebenfalls verlassen, rief aber den anderen nicht zu, ihm zu folgen. Er wollte gerade ins Schlafzimmer eintreten, als er sich seinem Kammerdiener gegenüber fand. Ellicott kam aus dem Schlafzimmer und hielt seinen linken Arm über dem Ellbogen fest umklammert. Blut sickerte zwischen seinen Fingern hervor und war an der Vorderseite seines Hemdes verschmiert. Als er seinen Herrn in der Tür stehen sah, eine Hand auf seinem Schwertgriff, verließ ihn all sein Kampfgeist und er ließ mit herabhängenden Schultern den Kopf sinken. Als er es wagte, in das aschfahle Gesicht seines Herrn aufzuschauen, musste er Tränen wegblinzeln.

Das reichte aus, um den Herzog an den Rand des Wahnsinns zu treiben.

Er konnte kaum sprechen.

„Die Herzogin?", fragte er heiser.

Der Kammerdiener wagte zu zögern und wünschte dann, er hätte das nicht getan, denn das Gesicht des Herzogs wurde nun totenbleich.

„Nein! Nein! Sie – die Herzogin ist unverletzt", versicherte er seinem Herrn eilig. „Wenn Ihr sie seht, auf ihren Röcken ist Blut, aber nicht ihres, sondern Grays Blut. Er – der Vicomte – hat Grey die Kehle aufgeschlitzt …"

Der Herzog schloss die Augen.

„… direkt vor ihren Augen. In der Bibliothek. Die Tat eines Irrsinnigen. Die Herzogin fiel in Ohnmacht. Als ich versuchte, zu ihr zu gelangen, griff der Vicomte mich mit dem Messer an, aber ich schaffte es, ihn abzuwehren. Es ist nicht schlimm, Euer Gnaden", sagte er, als der Herzog auf seinen blutigen Arm schaute und noch bevor er fragen konnte. „Ich – ich habe den Fehler begangen, mich gegen seine Pläne zu stellen. Und in seinem derzeitigen rasenden Zustand hat er – hat er die Kraft von zehn Männern."

Der Herzog warf einen Blick auf die Schlafzimmertür. „Er ist jetzt bei ihr?"

Der Kammerdiener nickte. „Ja. Er glaubt, ich wäre weggegangen, um einen Diener zu holen, damit er mit dem Gepäck helfen kann. Er nimmt die Herzogin mit nach Paris. Wir dachten, es wäre am besten, ihm seinen Willen zu lassen. Die Herzogin tut ihr Bestes, sich seinen Plänen entsprechend zu verhalten. Sie hat sogar ihre Tasche selbst gepackt. Und jetzt …"

„Und jetzt?"

„Sitzt sie mit Tan auf dem Schoß im Fenstersitz." Ellicott betrachtete die Blutstropfen auf dem polierten Boden. „Er hat gedroht, Tan ebenfalls abzustechen, wenn sie nicht tut, was er sagt. Euer Gnaden …"

Der Ton in der Stimme des Kammerdieners ließ den Herzog ihn ansehen. „Du solltest dich am besten um deinen Arm kümmern, Martin. Ich werde mich jetzt mit ihm befassen."

„Ja, Euer Gnaden, aber ich …"

Der Herzog wartete. Sein Diener schluckte.

„Ich denke, Ihr solltet wissen, dass der Vicomte keine Ahnung von der gegenwärtigen Situation hat – dass Ihr verheiratet seid und dass Ihre Gnaden ein –" Er schluckte wieder. „Ich weiß erst von dem Kind, seit sie aus ihrer Ohnmacht erwachte und befürchtete, dass das Blut auf ihren Röcken müsse bedeuten, dass sie das Kind verloren hätte. Aber ich habe ihr versichert, dass alles so wäre, wie es sein sollte. Dass ihr Kind in Sicherheit wäre. Euer Gnaden, der Vicomte ist wahnsinnig."

„Dessen bin ich mir wohl bewusst, Martin", sagte der Herzog leise.

Ellicott sah seinem Herrn voll ins Gesicht. „Er ist so verrückt, dass er nicht zögern wird, sie zu töten, wenn Ihr Euch einmischt."

Antonia kauerte auf dem Fenstersitz, wo sich der braun—weiße Whippet auf ihrem Schoß zusammengerollt hatte. Irgendwie verringerte es ihre Furcht, ihn beschützen zu müssen. Tan zuliebe musste sie ruhig bleiben. Sie musste weiter freundlich und verträglich bleiben, bis der Herzog sie finden würde. Sie betete, dass Ellicott ihn inzwischen gefunden hatte, denn der Vicomte wurde zunehmend erregter.

Doch diese Kreatur war nicht der Vicomte d'Ambert, den sie

kannte. Er konnte in seinem gegenwärtigen Zustand nicht anders bezeichnet werden, nachdem ein Bart sein Gesicht entstellte und sein natürliches Haar zu einer verfilzten Masse gewachsen war. In Lederhosen und das wollene Hemd eines Schafhirten gekleidet konnte er leicht für einen absolut ungepflegten Bauern gehalten werden. Doch ein Bauer, der solche Mengen an Opium schnupfte, dass seine Nasenflügel eiterten und offen nässten, und seine Hände so heftig zitterten, dass er keinen Gegenstand aufheben konnte, ohne ihn sogleich wieder fallen zu lassen, außer, wenn er wütend wurde – dann schien er über die Kräfte eines ganzen Regiments zu verfügen.

Antonia beobachtete ihn jetzt durch das Gewirr von Haaren, die ihr Gesicht verbargen, und betete, dass er ihre Anwesenheit vergessen haben möge. Er tigerte zwischen dem Bett und dem Fenstersitz auf und ab und stritt mit sich selbst, wobei er mit ausgreifenden Gesten in der Luft herumgestikulierte. Seine Bewegungen erschreckten den Whippet und er versuchte, in Antonias Schoß aufzustehen. Rasch beruhigte sie Tan, bis er sich hinlegte, und streichelte seine Schnauze. Doch der Vicomte hatte ihre besänftigenden Worte gehört und wandte sich heftig ihr zu.

„Ihr lacht über mich!", fauchte er und näherte sein Gesicht drohend dem ihren.

Sein Geruch reichte aus, dass sie ein Würgen unterdrücken musste.

Er packte ihre Haare und zerrte sie aus ihrem Gesicht.

„Ich sollte das alles abschneiden! Dann würdet Ihr nicht über mich lachen! Soll ich es abschneiden? Soll ich es *alles* abschneiden?"

Er zog ein blutiges Messer aus seinem Stiefel und wand mit der anderen Hand eine Handvoll ihrer langen Haare um sein Handgelenk. Dann zögerte er. Antonia wagte es nicht, sich zu bewegen oder zu sprechen. Sie hielt die Augen gesenkt und betete, dass ein anderer verrückter Gedanke ihn ablenken würde.

„Wenn ich es abschneide, könnte ich ein Seil daraus machen", sagte er zu sich und nickte befriedigt. „Ein Seil, um Euch aufzuhängen, wenn Ihr es wagt, mir nicht zu gehorchen." Aber sobald dieser Einfall sich in ihm festgesetzt hatte, steckte er das Messer auch schon weg und drehte sie herum, sodass sie mit dem Rücken zu ihm stand. Er begann, ihre Haare zu flechten. „So schöne Locken. Ich glaube, ich werde sie doch nicht abschneiden." Er streichelte ihren Nacken. „Erinnert Ihr Euch, wie Ihr sie mich in den Zimmern der Casparti habt flechten lassen?"

Antonia versuchte, bei seiner Berührung nicht vor Abscheu zu erschauern. „J–ja, Étienne. Wirklich. Wir hatten so viel Spaß damals, nicht wahr?"

Er fuhr damit fort, ihre Haare zu flechten und wieder zu lösen, seine zittrigen Finger in ihren Locken vergraben. „Ja. So viel Spaß“, murmelte er. Dann jedoch krampfen seine Finger sich heftig zusammen und verfingen sich in ihren Haaren, als wären sie in einem Netz gefesselt. Ihr Schmerzensschrei, als er versuchte, sich zu befreien, ließ ihn nur sie anbrüllen. „Hört auf! Hört auf! Ich tue Euch nicht weh. Ihr habt keine Ahnung, was Ihr angestellt habt! Ihr wisst es nicht! Kommt her!“ Er zog sie mit einem Ruck vom Fenstersitz herunter, wodurch Tan aufjaulend zu Boden fiel, und zerrte sie zum Bett. „Ich habe lange genug gewartet. Ich habe lange genug Geduld gehabt. „

„Nein, Étienne! Nein! *Bitte!*“

Als sie sich losreißen wollte, schlug er ihr ins Gesicht. Sofort erschien ein roter Fleck auf ihrer Wange.

„Wisst Ihr, welche Hölle ich durchlebt habe, seit Ihr Paris verlassen habt? *Hain?* Wisst Ihr das?“, wollte er wissen und zerrte sie weiter durch das Zimmer. „Die arme *grandmère* Salvan starb an gebrochenem Herzen, nur wegen Euch, Ihr egoistische kleine Schlampe! Und ich bin Salvans Schlägern kaum entkommen, um herzukommen und Euch zu holen!“ Er stieß sie mit dem Knie ins Kreuz und schob sie gegen das Bett. Ihre Schluchzer fielen auf taube Ohren. „Wisst Ihr, wie lange ich schon um diesen Ort herumgeschlichen bin und darauf gewartet habe, Euch allein zu finden? Zwei Wochen! Zwei Wochen, in denen ich die Abfälle aus der Küche und die Knochen, die den Hunden zugeworfen wurden, gegessen habe.“ Er hob sie mühelos auf das Bett und kletterte dann neben sie. „*M'sieur le duc* wird eine Überraschung erleben …“

„Nein, Étienne!“

Er schlug sie erneut ins Gesicht, diesmal so fest, dass der Schlag ihr den Mundwinkel aufriss.

„Unterbrecht mich nicht! Wisst Ihr, wer ich bin?“

Er lachte ihr höhnisch ins Gesicht, aber als er Blut in ihrem Mundwinkel erblickte, streckte er einen Finger aus, um es zärtlich abzuwischen. Antonia zuckte zurück und wünschte, sie hätte es nicht getan, weil ihn das in Raserei versetzte. Er begann, die Bettwäsche abzureißen und die Füllung aus den Kissen zu zerren. So schnell, wie er gekommen war, endete sein Anfall wieder und er fiel zwischen Federn und zerrissene Laken, um wieder zu Atem zu kommen. Als Antonia es wagte, sich zu bewegen, packte er ihr Handgelenk und drückte es schmerzhaft, zog sie neben sich.

„Wisst Ihr, wer ich bin?“, wiederholte er flüsternd.

Antonia schüttelte den Kopf.

„Schaut mich an!“, knurrte er. „Wen siehst du?“

Sie starrte ihn an und empfand nichts als Furcht und Hass. „Wer seid Ihr, Étienne?“, fragte sie höflich.

Er hob die Hände und lächelte wie im Triumph.

„Ich bin der *Bastard* von *M'sieur le duc de Roxton*.“

Antonia bedeckte ihr Gesicht mit den Händen und fing an zu weinen. Es war nicht die Reaktion, die er wollte, und er setzte sich verwirrt und ein wenig fassungslos auf.

„Ihr glaubt mir nicht?“

„Doch, ich glaube Euch, Étienne.“

„Meine Mutter wurde kurz nach ihrer Heirat mit Salvan die Hure von *M'sieur le duc*. Großmutter Salvan erzählte mir, dass meine Mutter von Anfang an wusste, dass das Kind, das sie trug, nicht von ihrem Mann war, sondern von *M'sieur le duc de Roxton*. Sie erzählte mir das kurz bevor sie starb. Sie sagte, meine Mutter habe *M'sieur le duc* in einem Brief die Wahrheit anvertraut und sich dann das Leben genommen“, sagte er in einem fast normalen Plauderton. „Salvan glaubt, dass es der Wahnsinn meiner Mutter war, der sie *M'sieur le duc* als meinen Vater angeben ließ. Aber *M'sieur le duc*, er weiß, dass meine Mutter die Wahrheit sagte. Meine Mutter sagte es ihm, sobald sie wusste, dass sie ein Kind erwartete, und dann warf er sie weg wie einen gebrauchten, kaputten Gegenstand! *M'sieur le duc* lacht über Salvan, und über mich, seinen Sohn ...“

„Nein! Er ...“

„Unterbrecht mich nicht! Unterbrecht mich *niemals*“, sagte der Vicomte durch zusammengebissene Zähne. „Oder ich werde gezwungen sein, Euch zu bestrafen.“ Er lächelte und tätschelte ihr die Hand, während er zu dem gefältelten, seidenen Betthimmel hinaufschaute. „Ist das nicht das Bett, in dem er Euch auch zu seiner Hure gemacht hat?“

Antonia biss sich auf die Lippe. Wie sehr sie um Hilfe schreien wollte. Stattdessen schwieg sie. Der Vicomte rappelte sich auf und schüttelte sie.

„Na? Nicht? War es dieses Bett oder nicht?“

„Nein! Nein! War es nicht! Bitte, Étienne, Ihr tut mir weh.“

„Lügnerin! *Hure!*“, fauchte er ihr ins Gesicht. „Ihr seid doch seine Hure, oder? So wie meine Mutter seine Hure war. Nun, wir werden sehen, welche Tricks er Euch beigebracht hat!“, knurrte er und begann, ihre Röcke über ihre bestrumpften Knie hochzuschieben. „Ich will, dass Ihr ...“

„Nein! Ich flehe Euch an! Bitte! Étienne, um Himmels willen, habt Mitleid mit *meinem* Kind!“

Der Vicomte starrte sie verwirrt an und ließ ihre Röcke los.

„Was? *Kind*? Wovon redet Ihr, *hein*?“ Er schien nicht in der Lage zu sein, den Sinn ihrer Worte zu verstehen. Es war, als hätte sie in einer fremden Sprache mit ihm gesprochen. Das verschaffte ihr einen Augenblick, um aus dem Bett zu krabbeln.

Sie stürzte auf die Tür zu, die zu ihrem privaten Speisezimmer führte.

Der Vicomte war wie hypnotisiert. Er starrte auf den goldbestickten Bettüberwurf, als der mit Antonia vom Bett glitt, und seine Lippen kräuselten sich angewidert.

„Sein Kind? *Noch ein* Bastard für *M'sieur le duc*? Wohl kaum!"

Er schaute auf, sah, was sie beabsichtigte und stieß einen lauten, kehligen Schrei aus, als er mit der ganzen Macht eines seine Beute verfolgenden Tieres vom Bett sprang.

Antonia sah das Messer vor ihren Augen aufblitzen, als ihre Knie unter ihr einknickten. Sie glitt an der Wand hinunter und war sich sicher, dass er ihr die Kehle durchschneiden wollte.

Etwas kitzelte ihr Gesicht und liess sie die Augen öffnen. Sie lächelte und sagte den Namen des Herzogs. Aber es war nicht der Herzog, der sich über sie beugte, sondern der Vicomte, und als sie den Gestank seines Atems wahrnahm, wusste sie, dass der Albtraum nicht vorüber war. Sie wollte aufschreien, war aber zu erschöpft dazu. Sie lag auf dem Boden, wo sie zusammengebrochen war, während ihr Peiniger sich über sie kniete und mit der Spitze eines Messers Muster auf ihrem Mieder zeichnete – es war nur eine Frage der Zeit, bis er einen Schnitt durch den Stoff machen würde.

„Ich frage mich, was darunter ist?", murmelte der Vicomte und strich mit seiner freien Hand die vielen Schichten von Antonias zerknüllten gestreiften Röcken glatt. „Hoffst du auf einen Sohn, kleine Antonia?" Dann lachte er fröhlich und schüttelte den Kopf. „Das werden wir nun nie erfahren, nicht wahr?" Er hörte auf, fantasievolle Muster zu malen, und drückte mit der Messerspitze gegen den Samt. „Du weißt, dass du dieses Kind nicht haben darfst. Das weißt du doch?", sagte er ernst und schaute auf ihr Gesicht hinunter, sein Lächeln wirkte fast heiter. „Es wäre nicht nett von mir, es am Leben zu lassen. Nicht noch einen Bastard, der die Hölle ertragen muss, die ich durchlitten habe."

„Étienne, hört mir zu", flehte sie und fuhr mit den Händen über ihren Körper, in der Hoffnung, ihn abzulenken, damit sie das Messer aus seinem zitternden Griff schlagen könnte. „Ich liebe dieses Baby so, wie Eure Maman Euch geliebt hat."

„Maman? Ja, Maman hat mich geliebt", sagte er, als wäre ihm diese Tatsache gerade erst aufgegangen.

„Ja, sie liebte Euch und sorgte sich um Euch und–"

„Warum redest du von ihr?", knurrte er. „Ich will nicht über sie reden."

„Sie würde nicht wollen, dass Ihr so etwas Schreckliches tut."

„Schrecklich? Es ist nicht schrecklich, einen Bastard von seinem Elend zu erlösen!", widersprach er. „Das würde sie einsehen. Sie muss!", murmelte er, halb zu sich selbst. „Er darf nicht leben."

Plötzlich schlug er zu und packte Antonias Handgelenk, gerade als ihre Finger es geschafft hatten, den verzierten Griff des Dolches zu streifen. Er verdrehte und quetschte ihre Haut, es brannte und ließ sie vor Schmerz aufschreien, dann presste er ihre Hand hart gegen die Dielen.

„Du hinterlistige kleine Schlampe! Ich wollte dich schonen! Es sollte schnell gehen. Jetzt werde ich mir Zeit dabei lassen, ihn loszuwerden! Oh! Oh! Tränen! Weinen wird dir jetzt nicht helfen!"

Instinktiv versuchte Antonia, sich auf die Seite zu rollen, um ihren Bauch zu schützen, aber er warf ihre Schulter zurück und nagelte ihren Arm mit seinem Knie am Boden fest. Ihre Tränen wurden zu schmerzlichem Schluchzen, als er begann, die vielen Lagen ihrer Röcke hochzuziehen und dabei wie ein groteskes Ungeheuer auf sie hinabzulachen.

„Um Himmels willen, Étienne!", schrie sie. „Denkt darüber nach, was Ihr tut! *Bitte!*"

Dann sah sie ihn durch einen Nebel aus Tränen, wie er über ihnen aufragte, ein wenig zur Linken, sein ganzes Sein angespannt und auf den Vicomte konzentriert. Und als sie ihre Augen vor schierer Erleichterung über sein Kommen schloss, hob er den rechten Arm und schlug zu.

Der Vicomte wurde so hart an der Schläfe getroffen, dass sein Körper zur Seite flog. Sofort lag er völlig still, das Messer fiel klirrend neben seiner reglosen Gestalt zu Boden.

Der Herzog war ohne sein Schwert in das Zimmer geschlichen in der Hoffnung, dem irrsinnigen Vicomte vernünftig zuzureden. Ihm so lange zuzureden, dass er Antonia in Sicherheit bringen könnte. Das spielte jetzt keine Rolle mehr. In seinem Schlag hatte eine solche von Wut genährte Kraft gesteckt, dass er nicht wusste, ob er ihn getötet hatte oder nicht, und jetzt war ihm das auch gleichgültig.

Sicher, dass der Vicomte für viele Stunden bewusstlos sein würde, wandte er seine Aufmerksamkeit endlich Antonia zu. Als er das Schlafzimmer betrat, hatte er sich dazu gezwungen, nicht auf sie zu achten, bis sie nicht außer Gefahr wäre. Er hatte sich geywungen zu ignorieren, dass ein Wahnsinniger mit gezücktem Messer über ihr stand, wie zur

Zeremonie eines Ritualmordes bereit. Er wusste, hätte er nicht sofort gehandelt, würde der Vicomte das Messer in sie gestoßen haben; und er erriet den Grund. Er durfte überhaupt nicht daran denken.

Er sah das Blut auf ihren apfelgrün gestreiften Röcken, die durch den Kampf verursachten Risse in dem zarten Stoff und als sie zu ihm aufschaute, sah er Blut in ihrem Mundwinkel und den Schatten einer hässlichen Prellung an ihrer Wange. Doch er schloss die Augen und dankte Gott, dass sie noch ganz lebendig war. Es schien wie eine Ewigkeit, in der er zu nichts anderem imstande war, als sie wie eine Erscheinung anzustarren. Doch als sie lächelte und Tan sich zur Begrüßung an seine Hand kuschelte, fiel er augenblicklich neben ihr auf die Knie.

Er zog sie in seine Arme und hielt sie so fest an sich gedrückt, dass sie das Zittern der Erleichterung spürte, das seinen ganzen Körper erschütterte. Es war, als wäre eine fest gedrehte Schlinge um seinen Hals plötzlich durchschnitten worden und er könnte erst jetzt wieder Atem holen. Und mit der Erleichterung kam eine unsägliche Wut über das, was ihr angetan worden war und ein frustrierter Zorn darüber, nicht in der Lage gewesen zu sein, einen solchen Angriff zu verhindern. Antonia spürte seine Qual und versicherte ihm, dass sie nur geringfügig verletzt wäre. Sie hätte furchtbare Angst gehabt und ja, sie wäre noch sehr erschüttert, aber es war ja vorbei gewesen, bevor sie ernsthaft hätte Schaden nehmen können.

„Es ist nur ein Riss", sagte sie mit tränenreichem Lächeln, als er ihr mit dem Handrücken über die Wange strich. „Und ich bin sicher, dass ich ein paar Blutergüsse am Rücken haben werde, aber ansonsten geht es mir gut. Es – es sieht schlimmer aus, als es ist, wirklich. Er schlug mich, als ich ihm widersprach. Das hätte ich nicht tun sollen." Sie blickte auf und sah, wie seine Augen zu dem Blut auf ihren Röcken huschten. „Das ist nicht von mir. Nein. Es – es ist Grays Blut. Er hat ihn getötet …"

„Ich weiß, *mignonne*. In der Bibliothek."

Sie nickte. „Ellicott und ich – er, Étienne, hat Gray vor unseren Augen aufgeschlitzt und ihn zu Tode bluten lassen." Sie schluckte und schniefte, um ihre Tränen zu unterdrücken. „Ellicott hat ihn in etwas eingewickelt und nach draußen gebracht. Ich vermute, er hat ihn von seinem Leiden erlöst, Monseigneur. Das war das Beste für ihn, denn er verblutete langsam, der arme, kleine Kerl."

„Ellicott hat bestimmt das Richtige getan", versicherte er ihr.

„Ja. Es war das Beste."

Er wiegte sie zärtlich auf seinem Schoß, ihren Kopf in seiner Halsbeuge geborgen. „Willst du mir sagen, was noch passiert ist, *chérie*?"

„Étienne – aber es ist nicht Étienne – er ist wirklich verrückt, Renard.“

„Ja, *mignonne*, ich denke, das muss er sein.“

„Ich habe ihn nicht erkannt, ohne seine Perücke und mit dem langen Bart und den schmutzigen, zerrissenen Kleidern. Zuerst dachte ich, es wäre einer der Hirten, der sich in das Haus verirrt hätte. Als Nächstes habe ich gesehen, wie er durch einen der Korridore lief – bevor er mich in der Bibliothek gefunden hat.“ Sie schauderte bei der Erinnerung und bewegte sich ein wenig in seinen Armen. „Ellicott hat versucht, mich zu beschützen und abzuschirmen, als Gray so grausam getötet wurde. Er hat seinen Rock über ihn geworfen, aber ich habe trotzdem das viele Blut gesehen und bin in Ohnmacht gefallen … ich wollte nicht ohnmächtig werden, aber das viele Blut und Étienne, der so wahnsinnig war, es machte mich alles völlig krank. Ich konnte es nicht verhindern.“

„Still. Niemand macht dir einen Vorwurf“, sagte er und streichelte ihr Haar. „Also war mein Kammerdiener sehr tapfer?“

„Ja, Renard“, gestand sie schüchtern. „Ich erwachte, und sah all das Blut an meinem Kleid aber Ellicott versicherte mir, dass es nicht meins wäre. Was es natürlich nicht sein konnte, wenn ich darüber nachdenke, es war Grays, aber das wusste ich in dem Moment nicht.“ Sie stieß einen müden Seufzer aus. „Ich bin ein Feigling.“

Der Herzog lächelte sanft und küsste sie sanft auf den Kopf. „Aber ein sehr tapferer Feigling.“

Antonia kuschelte sich in die Wärme seines schwarzen Samtüber-rocks und schaute zu ihm auf. „Monseigneur, es tut mir leid, aber ich glaube, mir wird gleich ganz schrecklich übel werden.“

„Wenn es sein muss. Aber Ellicott wird sehr böse sein. Das ist ein neuer Reitrock.“

Sie lachte glucksend und fühlte sich dadurch gleich besser.

Doch ihr Lächeln verschwand, als die Tür des Schlafzimmers aufge-rissen wurde und ein Musketier schwertschwingend hereingestürzt kam. Der Kammerdiener folgte ihm, aber mit gesetztem Schritt, die Nase über den ungestümen Franzosen gerümpft. Sein Arm war frisch verbunden und er trug ein sauberes Hemd, obwohl er es in seiner Hast und Sorge versäumt hatte, sich das getrocknete Blut von Gesicht und Händen zu waschen. Als er seinen Herrn auf dem Boden neben dem Bett sitzen sah, die Herzogin sicher in seine Arme gekuschelt, bebte sein Mund – das einzige Zeichen eines Gefühls, das er sich erlauben wollte.

Der Musketier zeigte sich verwirrt. Er sah den Körper des Vicomte d'Ambert ganz still neben dem Bett liegen, doch es war kein Blut und keine Wunde zu sehen. Und auf dem Boden, keine zwei Fuß von diesem Körper entfernt, saß der Herzog von Roxton mit einem sehr schönen Mädchen auf dem Schoß. Er starrte sie offen an. Roxton fühlte, wie Antonia sich zu ihm drehte und spürte ihre Verlegenheit. Ein scharfes Wort zu dem mit offenem Mund dastehenden Soldaten, und das Schwert wurde weggesteckt und er zog sich in diskreten Abstand zurück, den Blick an eine andere Stelle gerichtet.

„Ich bitte für dieses Eindringen um Verzeihung, Euer Gnaden“, sagte der Kammerdiener ruhig, der all seine Hochnäsigkeit wiedergefunden hatte, nachdem die Herzogin jetzt außer Gefahr war. „Dieser — dieser *Franzmann* wollte mir nicht glauben, als ich sagte, dass nur ein einzelner Irrer auf freiem Fuß wäre und dieser sich jetzt in Eurer Obhut befände.“

„In der Tat?“, sagte der Herzog auf Englisch, ebenso wie sein Kammerdiener. „Ich habe es dir vorher noch nicht sagen können, Martin, aber ich stehe tief in deiner Schuld.“

„Bitte, Euer Gnaden“, sagte Ellicott rasch und errötete. „Ich habe nur meine Pflicht gegenüber Euch und der Herzogin erfüllt, und gegenüber Eurem ...“ Er hielt inne und machte eine kurze, elegante Verbeugung. „Wenn Euer Gnaden erlauben, werde ich für die Herzogin etwas zum Überziehen besorgen.“

Antonia drehte sich um und schaute ihn durch ihre verwirrten Haare an. „Vielen Dank, Martin“, sagte sie mit einem sanften Lächeln. „Ich finde, Ihr seid sehr mutig.“

Der Kammerdiener verbeugte sich vor ihr mit größter Höflichkeit und eilte in das Ankleidezimmer. Als er mit einem seidenen Morgenrock zurückkam, fand er die Szene unverändert. Der Körper des Vicomtes lag noch ruhig an der Stelle, wo er hingefallen war. Er stellte die Frage, die dem Musketier auf der Zunge brennen musste.

„Euer Gnaden, darf ich erfahren, was Ihr mit ihm gemacht habt?“

Der Herzog sagte es ihm. Er hätte den Vicomte einfach bewusstlos geschlagen. Vielleicht hätte er ihm den Schädel eingeschlagen. Er könnte ihn auch auf einem Ohr taub gemacht haben. Aber mit Sicherheit hätte er ihn nicht getötet. Nein, dem Vicomte und dem Comte de Salvan drohte ein schlimmeres Schicksal. Dessen könnte der Kammerdiener sicher sein.

Befriedigt verabschiedete sich Martin Ellicott, wobei er der Herzogin mitteilte, dass er Gabrielle suchen würde, damit sie ein Bad bereiten und frische Kleider herauslegen sollte. Damit verließ er den Raum, die Nase noch etwas höher gestreckt als bei seinem ersten Eintreten.

Im nächsten Moment kam Lord Vallentine in das Zimmer gestürmt, zwei Musketiere im Nacken, und alle drei schwangen

Schwerter und hofften auf einen Kampf. Sie waren ungeduldig geworden. Als sie Stimmen hörten und das Schlimmste befürchteten, hatten sie beschlossen, die Suite zu stürmen. Der Comte de Salvan hatte es nicht so eilig und betrat das Schlafzimmer gemessenen Schrittes, als er es für sicher hielt, dies zu tun.

Im gleichen Moment rauschte Estée mit dem vierten Musketier aus dem privaten Speisezimmer in das Schlafzimmer. Sie sah ihren Mann und die Musketiere mit ihren glänzenden Klingen, bevor sie sie sahen, und ihr Schreckensschrei ließ sie hochspringen, herumwirbeln und fast die Klingen miteinander kreuzen.

Als sie vorwärts eilten, wurde Lady Vallentine ohnmächtig und einer der Musketiere fing sie auf. Als seine Kameraden die Lage erfassten, lachten sie angesichts seiner Ritterlichkeit. Lord Vallentine fand es nicht erheiternd und erlöste den Soldaten schnell von seiner Last. Estée sagte, sie wäre nicht ohnmächtig geworden und verlangte, abgesetzt zu werden. Sie hatte ihren Bruder und Antonia auf dem Boden sitzen sehen und wolle sich nur noch vergewissern, dass das Mädchen unverletzt wäre.

Die Possen dieser neu Hinzukommenden verschafften dem Herzog und der Herzogin ein wenig komische Erleichterung. Doch als der Comte de Salvan auftauchte, verschwand ihr Lächeln. Antonia wandte den Kopf ab, der Herzog erhob sich und stellte sich vor sie; sein Gesicht wirkte wie aus Stein gemeißelt. Er war nicht weniger kalt zu seiner Schwester, als sie angesichts der Taten des Vicomte erschreckt aufschrie. Das über Antonias Röcke gespritzte Blut ließ sie die schlimmsten Folgen vermuten.

„*Bon Dieu*! Mein armes Mädchen! Hat sich denn niemand um deine Wunden gekümmert?", schrie Estée. „Hast du große Schmerzen? Und das – das Blut–"

„Bitte, Madame, es ist nichts – nichts", murmelte Antonia, als der Herzog ihr beim Aufstehen half. Sie zog sich hinter ihren Mann zurück, sich der Blicke der Soldaten und des Comte de Salvan nur zu bewusst.

„Wie kannst du sagen, es wäre nichts? Sieh nur, was dieser *Teufel* ihr angetan hat, Lucian! Wo ist er? Was hast du mit ihm gemacht?"

„Beruhige dich", befahl der Herzog. „Der Vicomte liegt zu deinen Füßen, aber er ist vollkommen harmlos."

Lord Vallentine mischte sich ein. „Das ist jetzt nicht der passende Zeitpunkt, Estée", sagte er energisch und hob das blutige Messer auf, das noch immer neben dem reglosen Körper des Vicomte d'Ambert lag. „Du kannst sehen, dass sie unversehrt ist …"

„Unversehrt? Du nennst ihren Zustand *unversehrt*?", fragte Estée schrill. „Ich hoffe, das Monster ist tot! *Tot*, sage ich dir! „

„Tot? Mein *Sohn* ist *tot?"*, rief der Comte mit melodramatischer Betonung aus. Er schaute mit einer dramatischen Bewegung seines Armes von einem zum anderen. *„Nein!* Mein Sohn *darf* nicht tot sein!"

Estée funkelte ihn mit Hass in ihren blauen Augen an. „Ihr seid nicht besser als er! Was kümmert es Euch, wenn er tot ist? Ihr gebt keinen *écu* auf Euren verrückten Sohn. Um die Wahrheit zu sagen, Ihr seid es, der ihn in den Wahnsinn getrieben hat, mit Euren dummen Plänen und Eurer Unterstützung seiner Sucht! Oh ja! Ja, es ist allgemein bekannt, dass Ihr ihn mit Opiaten versorgt habt, um ihn unter Kontrolle zu halten. Mir tut dieser arme Junge so leid. Ihr – Ihr habt ihn in ein Ungeheuer verwandelt. Ein *Ungeheuer.*"

Lord Vallentine legte seine Arme um seine schluchzende Frau, um sie zu trösten, so gut er es mit einem Raum voller Personen vermochte, die in verlegenem Schweigen zuschauten.

Das Lächeln des Comte wankte nicht. Er gab dem Musketier, der der Tür zum Speisezimmer am nächsten stand, ein Zeichen. „Holt Wein für Eure Tante Estée, Paul."

Estée löste sich aus der Umarmung ihres Mannes. „Paul? Paul de Montbrail?"

Der Musketier verbeugte sich mit einem nervösen Lächeln und verschwand, um den Butler zu suchen. Duvalier kam schnell. Er hatte im Nebenzimmer gewartet und stellte jetzt ein Tablett mit Gläsern voll Burgunder und anderem Rotwein auf den Tisch. Die Musketiere wurden zurückgelassen, um den Vicomte zu bewachen, ihr Anführer war der einzige, der den anderen in das private Speisezimmer folgte. Estée nahm Antonia an die Hand, um die Prellung auf ihrer Wange mit Lavendelwasser zu kühlen, während die Herren Burgunder tranken. Der Herzog lehnte ab. Er lehnte seine Schultern an den Kaminsims und beobachtete seine Frau mit einem besorgten Stirnrunzeln.

Lord Vallentine hatte hundert unbeantwortete Fragen, aber er verzichtete darauf, den Mund aufzumachen. Er nippte in zornigem Schweigen an seinem Wein, und warf dem Comte vor Wut glühende Blicke zu. Antonia relativ unverletzt vorzufinden, linderte sein Verlangen, dem kleinen Franzosen das Schwert in den Bauch zu stoßen, doch sein Durst nach Rache war längst nicht gestillt. Er wusste nicht einmal, ob der Vicomte lebte oder tot war.

Der Comte de Salvan sah weniger wie ein trauernder Vater als wie ein geladener Hausgast aus. Er trank seinen Wein in selbstgefälligem Schweigen und schmatzte in innerlicher Zufriedenheit mit den Lippen.

„Ah, Roxton, Ihr habt einen guten Keller. Einen der besten! Doch Ihr trinkt nicht? Ihr müsst! Ich bestehe darauf! Es war ein anstrengender Tag für uns alle, aber das Leben muss weitergehen! Ich kann nicht genug um Verzeihung bitten, dass wir das Monster nicht erwischt haben, bevor es Eure Frau überfiel." Er schüttelte traurig den Kopf. „Ja, mein Sohn, ein Monster! Aber es ist vorbei! Er wird uns nie wieder Ärger bereiten. Ich muss die ganze Schuld auf mich nehmen. Estée hatte recht. Armer Salvan, er hat versucht, das zu tun, was er für das Beste hielt, aber – ah, wer kann die Zukunft vorhersagen, *hein*?"

Der Herzog wandte sich langsam seinem Cousin zu und sah ihn an. „Ich freue mich, dass Ihr meinen Keller nach Euren Wünschen findet", sagte er leise und der Ton seiner Stimme, ließ Lord Vallentine lauschend gerader sitzen, „trinkt die Flasche ruhig aus. Ich bestehe darauf."

Der Comte füllte sein Glas nach. „Ihr seid zu großzügig!"

„Es wird die letzte sein, die Ihr in meinem Hause trinkt."

„Mon cousin! Was soll diese Feindseligkeit?", lachte der Comte. „Haben wir nicht beide heute genug gelitten? Es tut mir wirklich so leid wegen des Angriffs auf *Madame la duchesse*. So unglücklich. Aber denkt an meinen Verlust. Mein Sohn! Mein Erbe!"

„Salvan", stellte der Herzog fest, „der Vicomte ist nicht tot. Er ist nicht einmal schwer verletzt."

„*Was*? Nicht tot?", explodierte der Comte und sprang auf. „Aber ich dachte … Sein Angriff auf Eure Frau … Ihr habt ihn nicht getötet? Liegt sein Körper nicht tot im Nebenzimmer? Er ist tot, sage ich Euch! Ich habe seine leblose Gestalt mit meinen eigenen Augen gesehen! Estée, sie sagte, er wäre tot!"

„Setzt Euch, Salvan", befahl Lord Vallentine und drückte den Comte auf einen Stuhl.

„Sein Schädel mag gebrochen sein, aber er wird es überleben", sagte der Herzog. „In der Tat", sagte er mit einem unangenehmen Grinsen, „wird er wohl noch recht viele Jahre leben. Bei der angemessenen Pflege und jeder Aufmerksamkeit würde ich meinen, dass er lange genug leben wird, um den Titel zu erben."

„Bon Dieu!" Salvan wischte sich die glitzernde Stirn.

„Er scheint von dieser Vorstellung nicht allzu begeistert zu sein, Roxton", sagte seine Lordschaft und genoss das Unbehagen des Comte. „Warum wohl, meinst du?"

„Ich verstehe überhaupt nicht, warum du dieses Ungeheuer nicht abgestochen hast", sagte Estée schaudernd.

„Er ist zu irrsinnig, als dass man ihn töten könnte, Madame", sagte Antonia ein wenig traurig.

„Aber er verdient …"

„Still, Estée", befahl ihr Mann. „Ich will hören, was dein Bruder zu sagen hat."

Der Herzog hielt dem herumstehenden Musketier einen kleinen

Schlüssel hin. „Wenn Ihr so freundlich sein wollt. In der obersten Schublade des Schreibtisches in meiner Bibliothek werdet Ihr ein gewisses Dokument finden. Ihr könnt es nicht verfehlen. Bringt es mir." Als Paul de Montbrail ging, fuhr er fort. „Ich werde mich kurz fassen, bevor unser Freund gleich zurückkommt. In der Nacht, als meine Frau an der Straße von Versailles angeschossen wurde, geschah das von *Eurer* Hand, Salvan."

„W–was?", keuchte Estée.

„Es war ein Fehlschuss", fuhr der Herzog fort. „Ihr zieltet auf den Mann zu Pferd, der versuchte, die Herzogin aus der Kutsche zu zerren. Ihr verfehltet Euer Ziel. In Eurem Ärger über meine – äh – *Äußerung*, saht Ihr nicht richtig hin und Eure Kugel traf meine Frau."

„Eine wilde Unterstellung! Warum sollte ich mir die Mühe machen, einen Straßenräuber zu erschießen, der Eure Kutsche überfällt? Grotesk! Ich war bei der Maskerade, sage ich Euch. Ihr habt keinen Beweis." Der Comte schniefte. „Ich bin von einer so lächerlichen Anschuldigung beleidigt."

„Dieser Straßenräuber war Euer Sohn", sagte der Herzog. „Ihr beide hattet ausreichend Zeit, die Straße zu blockieren und Euch der Hilfe einer Reihe von Euren eher – äh – *brutaleren* Dienern zu versichern. Ihr saht, dass meine Kutsche wartete, bis das Habe der Herzogin aus ihrer Unterkunft geholt werden konnte. Vielleicht hattet Ihr für einen solchen Fall bereits vorgesorgt, sollte sie endlich damit Erfolg haben, meine Hilfe für ihre Flucht nach Paris zu gewinnen. Sie hatte Eurem Sohn erzählt, dass sie sich an mich gewandt hatte, falls er nicht bereit wäre, ihr zu helfen, Euren unerwünschten Aufmerksamkeiten zu entkommen. Wie auch immer, das ist unwichtig." Er nahm eine Prise Schnupftabak und warf Lord Vallentine einen Blick zu. „Ihr wartetet außer Sichtweite. Euer Sohn und seine Komplizen waren mutiger. Ihr hofftet, d'Ambert zu töten und mich damit in seinen Tod zu verwickeln. Ein Jammer, dass Euer hübscher kleiner Plan nicht aufging. Ein Jammer für uns beide."

Salvan schnaubte und winkte ab. „Grotesk!"

„Die Schnupftabakdose!", verkündete Vallentine. „Die ist Euer Beweis, nicht wahr, Roxton? Verdammt, dass mir das nicht früher eingefallen ist."

Die Augenbrauen des Herzogs schossen hoch. „Mein Bester, ich applaudiere. Ja, die Schnupftabakdose."

Estée schüttelte den Kopf. „Ich für mein Teil verstehe gar nichts."

„Dein Bruder und ich gingen noch in dieser Nacht zu Rossard", erklärte Vallentine. „Ganz Paris war da und sprach von nichts anderem als von dem Überfall auf Roxtons Wagen. Nun, Salvan war auch dort.

Und d'Ambert stürzte herein und machte einen riesigen Aufstand, schrie seinen Vater an, dass es dessen Fehler wäre, dass Antonia angeschossen worden sei und – nun, es ist alles recht kompliziert. Jedenfalls reichte Roxton dem Jungen eine Schnupftabakdose und sagte ihm, er hätte sie verloren. Nun, d'Ambert dankte ihm und steckte das Ding ein! Verstehst du?"

„Und hat er sie fallen lassen?", fragte Estée.

„Natürlich hat er sie fallen lassen!", stöhnte seine Lordschaft. „Er …"

„Erlaube mir, mein Lieber", mischte sich der Herzog ein. „Er hat sie fallen lassen. Aber nicht bei Rossard – sondern in einer Pfütze auf der Straße von Versailles. Ich kann mich nicht rühmen, sie gefunden zu haben. Ich war anderweitig beschäftigt. Ich schickte eine Gruppe von Männern unter der Leitung meines Kammerdieners, um die Gegend am Tatort zu durchsuchen. Sie haben die Schnupftabakdose des Vicomte gefunden."

„Guter Mann, Ellicott", sagte Vallentine mit einem energischen Nicken. „Habe ich immer gesagt. Ich mag den Mann."

„Oh, ich mag ihn auch sehr", sagte Antonia liebevoll und warf dem Herzog einen mutwilligen Blick zu.

Lord Vallentine runzelte die Stirn. „Ich würde trotzdem auf ihn aufpassen, Roxton", sagte er finster mit einem Blick auf die Herzogin.

„Lucian! Was willst du andeuten?", wollte seine Frau wissen.

„Es ist nichts, Madame", sagte Antonia leichthin. „Vallentine ist nur eifersüchtig auf *M'sieur le ducs* Kammerdiener. Nicht wahr, Monseigneur?"

Roxton lächelte sie an, aber Lord Vallentine war alles andere als erfreut und suchte nach einer geeigneten Antwort. In diesem Moment stand der Comte auf, aber seine plötzliche Bewegung ließ seine Lordschaft sofort das Schwert ziehen.

„M'sieur! Steckt die Klinge weg", forderte Salvan. Doch er entschloss sich, wieder Platz zu nehmen, als Lord Vallentine ihm die Spitze an die Kehle hielt. „Diese Sache mit der Schnupftabakdose finde ich unendlich *de trop*", sagte er hochmütig. „Warum sollte ich meinen Sohn töten wollen, wo ich doch eine so vorteilhafte Ehe für ihn arrangiert hatte? Warum sollte ich mich so sehr bemühen, ihm die Hand von Mademoiselle zu sichern und ihn dann töten wollen und all meine Pläne ruinieren? Estée, ich appelliere hier an Euren gesunden Menschenverstand! Ihr müsst dem armen Salvan glauben."

„Es war nie Eure Absicht, Euren Sohn mit Mademoiselle Moran zu verheiraten", sagte der Herzog. „Ihr habt von Anfang an geplant, sie selbst zu heiraten. Ihr habt Strathsay Euren Sohn angeboten, weil der

Earl Eure Werbung abgewiesen hat, obwohl Ihr schon die Absicht hattet, den Jungen zu töten. Strathsay sagte, Ihr wäret zu alt für seine Enkelin.“

„Zu alt für sie?“, höhnte der Comte. Und zum ersten Mal, seit er das Haus seines Cousins betreten hatte, ließ er seine Maske fallen. „So wie Ihr, *mon cousin*“, spottete er. „Strathsay muss sich in seinem Grab umdrehen im Wissen, dass Ihr es seid, der sie jede Nacht besteigt.“

„Das reicht, Salvan“, knurrte Lord Vallentine.

„Es erfüllt mich mit Abscheu, muss ich sagen. Wenn ich an Eure Vereinigung denke, wie Ihr sie mit Eurem Samen füllt …“

„Es reicht, habe ich gesagt! Soll ich an deiner Stelle ihm den Hals aufschlitzen, Roxton?

„Nein“, antwortete der Herzog ruhig. „Das wäre zu einfach. Ich habe eine viel bessere Lösung.“

Lord Vallentine zog seine Schwertspitze zurück. Doch er war nachlässig und kratzte den Comte am Kinn. Er entschuldigte sich nicht und wischte die Klinge symbolisch mit seinem Taschentuch ab. Er lächelte, als Salvan den brennenden Kratzer mit einem verschwitzten Taschentuch betupfte und richtete vorsichtshalber eine Pistole auf ihn.

Paul de Montbrail kam mit einem versiegelten Pergament in den Raum zurück. Er übergab es dem Herzog mit einer ehrfürchtigen Verbeugung. Sein Respekt vor dem englischen Herzog hatte sich in den letzten Minuten verzehnfacht. Das Pergament trug das königliche Siegel von Louis, König von Frankreich. Es war ein königlicher Haftbefehl.

„Montbrail! Sagt diesem Narren, er möge seine Pistole weglegen!“, befahl der Comte.

Der Musketier sah Salvan an, tat aber nichts.

„Wo ist mein Sohn? Ich verlange, ihn zu sehen!“, brüllte der Comte. „Roxton sagt mir, dass er lebt, aber das glaube ich nicht! Montbrail! Ich sagte, verhaftet diesen Mann! *Ihn!* Den *duc de Roxton*! Er hat einen französischen Adligen ermordet! Mein Sohn! Hat nicht der König Euch mit mir geschickt, damit ich meinen Sohn unversehrt und lebend nach Frankreich zurückbringe? Was glaubt Ihr, was mit Euch und den anderen geschehen wird, wenn Seine Majestät die Wahrheit über Euren Verrat erfährt? Und wenn ich ihm erzähle, dass Ihr meine Befehle nicht befolgt habt, was dann?“ Als der Musketier ihn nur weiter anstarrte, unbeweglich und mit ausdruckslosem Gesicht, wurde seine Stimme nervös – fast hysterisch. Er begann zu schwitzen. „Meinem Sohn wurde der Kopf verdreht von dieser – dieser Hure da! Wenn er verrückt ist, dann nur, weil sie ihn dazu gebracht hat. Er liebte sie. Und dieser von Syphilis verseuchte Wüstling hat sie entehrt! Es ist wahr, sage ich Euch!“

„Ich erwarte Eure Befehle, *M'sieur le duc*", sagte der Musketier
ruhig.

„Der *Vicomte d'Ambert* soll im blauen Salon versorgt werden", sagte
der Herzog zu dem Musketier. „Wenn er erwacht, gehört er Euch und
ist schnellstens nach Frankreich zurückzubringen. Ich vertraue Euch die
Sorge für seine sichere Heimkehr an. Es ist unabdingbar, dass er in der
Bastille eingesperrt wird, lebendig."

„Ich verstehe vollkommen, *M'sieur le duc*", sagte de Montbrail.
„Und *M'sieur le comte?*"

„*Verrat!* Das ist *Verrat!*", schrie der Comte. „Ihr seid derjenige, der
hinter Schloss und Riegel sitzen wird, Montbrail! Hingerichtet, wenn es
nach mir geht!"

Der Musketier wurde durch diese Drohung erschüttert, blieb aber
standhaft. „Und *M'sieur le comte de Salvan?*", wiederholte er mit fester
Stimme. „Was verlangt *M'sieur le duc*, dass ich mit ihm tun soll?"

Roxton drehte den Haftbefehl mehrmals in seinen Händen, als
würde er über seine Antwort nachdenken. Als er aufschaute war es nur,
um Antonia anzustarren – den Zustand ihres Kleides, den Riss im
Winkel ihres schönen Mundes, und das tiefe Grün ihrer Augen.

„Nichts", flüsterte er.

Der Musketier blinzelte. „Pardon, Monseigneur?"

Der Herzog sah den Musketier an. „Ich sagte, tut gar nichts mit
ihm. Ich bitte nur darum, dass er sofort von meinem Anwesen und fort
aus meinem Land gebracht wird. In Frankreich angekommen, lasst ihn
frei."

„Aha! Ich wusste, dass Ihr zur Besinnung kommen würdet!", sagte
der Comte grinsend. „Legt diese Pistole weg, Vallentine. Ich bin am
Verhungern! Lasst uns essen, ja?"

„Roxton", sagte Vallentine auf Englisch. „Ich verstehe das nicht. Du
kannst es nicht dabei belassen. Das darfst du nicht! Du hattest ihn
doch! Du hattest ihn und du lässt ihn einfach laufen? Bei meinem
Leben, nein! In dem Moment, wo er dein Land verlässt, werde ich ihn
stellen und töten. Ich schwöre es."

„Zeig doch ein bisschen Verstand, Vallentine. Der Tod ist zu gut für
ihn. *Denk nach.*" Roxton seufzte angesichts des verständnislosen
Gesichts seines Freundes und sprach den Comte in seiner eigenen
Sprache an. „Ihr könnt essen, was immer Ihr wollt, Salvan. Aber nicht
an meinem Tisch. Und Ihr werdet auch keinen Tropfen mehr trinken.
Stellt das Glas weg."

„Ich verstehe nicht", sagte der Comte nervös. „Wir sind Cousins!
Alles ist vergessen. Mein Sohn wird weggesperrt. Er wird Euch nicht

wieder belästigen. Man wird sich um ihn kümmern. Ich gebe Euch mein Wort darauf.“

„Euer Wort?“, knurrte der Herzog. „Wenn Ihr England verlassen habt, will ich Euer Gesicht nie wieder sehen. Wenn ich nach Versailles oder Paris gehen möchte, zu Rossard, in die *Comédie Française*, oder einen Spaziergang mit meiner Frau in den Tuilerien machen, dann werdet Ihr, mein Freund, einfach verschwinden. Solltet Ihr Euch *jemals*, aus welchem Grund auch immer, der Herzogin nähern, werde ich Euch töten. Wenn Ihr ihr *jemals* die geringste Sorge bereitet, und wenn es nur die Erwähnung Eures Namens im Zusammenhang mit meiner Familie ist oder Ihr ein Gerücht verursacht, das an die Ohren meiner Frau dringt, werde ich Euch töten.“ Er hielt den Haftbefehl hoch. „Wenn Euer Sohn das Unglück haben sollte zu sterben, bevor er die Bastille erreicht, werdet Ihr Eure Tage im Schloss Bicêtre beschließen.“

Der Comte wurde derart von Entsetzen gewürgt, dass sein ganzer Körper zitterte, und als der Herzog den *lettre de cachet* hochhielt, wich jede natürliche Farbe aus seinem Gesicht. Die Stille, die der Verbeugung des Herzogs folgte, wurde erst durchbrochen, als Lord Vallentine laut zu lachen begann. Er lachte noch, als der Musketier Salvan aus dem Zimmer abführte und die Tür sich hinter ihren Rücken schloss.

„Ich sage immer noch, du hättest ihn hier an Ort und Stelle aufspießen sollen!“, beklagte Mylady sich schmollend. „Beide!“

„Oh nein, meine Liebe“, sagte seine Lordschaft und wischte sich mit den Spitzen seines Ärmels die Tränen aus den Augen. „Das hier ist viel besser. Viel, *viel* besser. Verstehst du es nicht? Mit seinem in der Bastille eingesperrten wahnsinnigen Sohn und Erben wird er zum Gespött des ganzen Hofes. Es ist völlig gleichgültig, ob er wieder heiratet und zehn Söhne bekommt, weil d'Ambert sein Erbe ist und bleibt! Und er wird nicht herumlaufen und aller Welt verkünden, dass der Junge verrückt ist. Nein, nicht Salvan! Er ist zu stolz. Und wenn das nicht ausreicht, um ihm graue Haare zu verschaffen, dann die Aussicht, dass Roxton sich an ihn heranschleicht und seine Drohung wahr macht. Für einen Mann wie Salvan wird das die Hölle auf Erden. Es würde mich keineswegs überraschen, wenn er sich auf seine Güter zurückzöge oder allem mit einer Kugel ein Ende bereitet. Das könnte er genauso gut tun. Sein Leben ist vorbei. Verdammt, wenn du kein listiger Fuchs bist, Roxton!“

Der Herzog verneigte sich. „Ich werde das als Kompliment annehmen, mein Lieber.“ Er setzte sich neben Antonia auf das Sofa. „Was ist los, *mignonne*? Hast du gehofft, ich würde ihn – äh – *aufspießen*?“

Sie schüttelte den Kopf, aber ihr Stirnrunzeln hielt an. „Nein. Er ist deiner Mühe nicht wert. Ich denke, er wird sich selbst umbringen. Es ist der einzig ehrenhafte Ausweg, der ihm noch bleibt. Monseigneur", sagte sie schnell und griff plötzlich nach seinen Fingern. „Ich habe dir etwas Wichtiges zu sagen."

Der Herzog versuchte, nicht zu lächeln. „Ja, das hast du", sagte er leise und hob ihre Hand an seine Lippen.

„Aber ich muss es dir nicht sagen, weil du es weißt, oder?", fragte sie zögernd und sah ihn an.

„Ja? Du hältst mich wohl für einen Gedankenleser, *mignonne*."

„Nein. Ich denke, jemand hat dir meine große Überraschung für dich bereits erzählt", sagte sie schmollend. „Ich weiß nicht, wer, weil ... weil ... oh! Meine Überraschung ist völlig verdorben, weil *alle* es wissen!"

„Warum glaubst du, dass es so ist?", fragte der Herzog ernst, obwohl er sich kaum noch beherrschen konnte.

„Wie soll ich das wissen?", murrte sie und zupfte an den Spitzen um sein Handgelenk. „Ich weiß es schon seit einiger Zeit, aber ich hatte nicht geglaubt, dass das so bald geschehen könnte, daher habe ich gewartet, bis es keinen Zweifel mehr geben konnte." Sie sah zu ihm auf und stellte fest, dass er sie anlächelte. „Du lachst über mich, weil du denkst, wie jemand, der so viel liest, so unwissend in solch weltlichen Dingen sein kann. Aber wie konnte ich die Anzeichen erkennen, wenn dies mein erstes – ich war noch nie – ich meine, wie sollte ich mit Sicherheit wissen, was mit mir los war? Es scheint, ich bin die Letzte, die es erfahren hat!"

„Was erfahren hat?", unterbrach seine Lordschaft, und erhielt einen solchen Stoß von seiner Frau, dass er verlegen grinste. „Aha. Tut mir leid! Nicht meine Angelegenheit ..."

Herzog und Herzogin ignorierten ihn.

„Warum hast du es mir nicht früher gesagt?", fragte der Herzog sanft. „Musste mein Kammerdiener es vor mir erfahren?"

Sie errötete. „Oh! Das – ich konnte es nicht verhindern. Ich hatte so große Angst, als ich das Blut sah, weißt du – aber all das spielt jetzt ja keine Rolle mehr."

„War das der Grund für deinen albernen Plan, nach Venedig zu fliehen?", fragte er leise.

Sie runzelte die Stirn und konnte ihn nicht ansehen. „Ich wollte keine Last sein."

„*Last*? Mein armer, fehlgeleiteter Schatz." Er küsste ihre Stirn und flüsterte ihr dann ins Ohr: „Du hast in Paris empfangen, *mignonne*?"

Sie nickte und sah ihm endlich in die Augen. „*Das* ist das Einzige, dessen ich mir sicher bin." Sie lächelte scheu. „Freust du dich, ja?"

„Unbeschreiblich", murmelte er und fügte hinzu, damit die anderen es hören konnten: „Und ich bin nicht der einzige."

„Bin froh, dass das endlich geklärt ist!", sagte Lord Vallentine mit einem ungeduldigen Seufzer. „Jetzt können wir vielleicht alle über das Baby reden, ja? Hier", sagte er und reichte jedem von ihnen ein Glas Wein. „Es ist kein Champagner, und wir werden Duvalier anweisen, *subito* eine Flasche heraufzuholen, aber im Moment bin ich am Verdursten. Und ich möchte hier und jetzt einen Toast ausbringen! Einen Toast auf … „

„Aber Vallentine", unterbrach Antonia, „ich finde es überhaupt nicht passend, dass Renard mir das so schnell angetan hat."

Lord Vallentine blinzelte und fragte sich, ob er richtig gehört hatte. „Hast du gehört, was zum – was das Mädel gerade gesagt hat, Estée?", schimpfte er. „Du musst gar nicht darüber lachen! Du auch nicht, Roxton! Sie kann nicht herumlaufen und solche – solche – verdammt! Bin ich der einzige hier, der noch einen Sinn für Anstand hat? Es ist verdammt – verdammt …"

„Empörend?", schlug die Herzogin von Roxton vor und hob ihr Glas zu einem Toast, mit einem Lächeln zum Herzog und einem mutwilligen Zwinkern in ihren grünen Augen. „Ich bin eine recht empörende Herzogin, ja?"

*Erkunden Sie die Orte, Dinge und Geschichte im
Zusammenhang mit* Der edle Satyr *auf Pinterest.*
www.pinterest.com/lucindabrant

*Entwurf des Covers - Kostüme, Schmuck, Models und Fotoshooting.
Schauen Sie zu, wie das Cover für* Der edle Satyr *entstand.*
www.youtube.com/lucindabrantauthor
www.lucindabrant.com/blog/noble-satyr-cover-reveal

Die Roxton Familiensaga wird fortgesetzt mit
Heirat um Mitternacht